TAKE
HOBO

親愛なるあなたへ

孤独な軍人皇帝は清らかな花嫁に恋まどう

泉野ジュール

Illustration
サマミヤアカザ

contents

イラスト／サマミヤアカザ

To My Dear

親愛なるあなたへ

孤独な軍人皇帝は清らかな花嫁に恋まどう

プロローグ

後年になってジュリエットは時々思う。

もしあの時、あの白蝶がジュリエットの前を横切らなかったら、彼女の運命はどうなっていたのだろう……と。

ジュリエットは国境沿いの深い森にたたずむ寂れた塔で、静かに生涯を終えただろうか。それともなんらかの形で、やはり、ジュリエットは彼からの手紙を見つけただろうか。

わからない。

それでもやはり、ジュリエットはあの白蝶に感謝しなければならないと思っている。儚(はかな)げな二枚の羽根で軽やかに宙を舞い、ジュリエットを誘うように新緑の森へ入っていった、あの白蝶に。

それはやっと冬が明け、春の訪れを感じることができるようになった季節のよく晴れた朝だった。

使用人をひとり連れて、ジュリエットはいつもより深く森に足を踏み入れた。ある探し物をしていたからだ。

この時、ジュリエットは十八歳になっていた。

髪の色は薄い茶色。日光に透けると蜂蜜のような琥珀色になったが、特にこれといって目立つ色合いではない。瞳は髪と同色で、ぱっちりとしていて大きいが、顔立ちはおっとりとしていて大人しかった。

決して不器量ではないが、人目を引くような美人ではない。

ジュリエットは自分の外見をそう理解している。

「なかなか見つかりませんねぇ、例のキノコ。まだ時期が早すぎるんでしょうか」

そう、ぶつぶつつぶやきながら、ジュリエットに仕える使用人である侍女・サマンサが分厚い丸眼鏡に隠れた瞳をせわしなく動かしている。

「おかしいな……今日は『探し物が見つかる日』のはずなのに、影も形も見つかりやしない……。わたしのカードがそう示したんですよ。絶対に外れないんですから」

ジュリエットは微笑んだ。

「そうね。でも、あなたは帰ってもいいのよ。これはわたしの我がままなんだから」

サマンサの持つ木籠にジュリエットが手を伸ばそうとすると、丸眼鏡の侍女は血相を変えてすよ」

「我がままですって？　ジュリエット様！　あなたはひとが良すぎますよ！　このキノコ狩りは全部、町の薬師のためでしょう。本来なら王族であるあなたが、する必要はないことなんですよ」

怒ったようなサマンサの語気に、ジュリエットはひょいと肩をすくめる。

「でも、この森に住んでいるのはわたしだもの。わたしがやった方が早いわ。薬師は町に住んでいる上に、もう腰が悪くてキノコや薬草を探し歩いたりはできないのよ」

「そんなこと、わざわざ説明されなくてもわかってますよ」

サマンサはからっぽの木籠を振って、大っぴらに嘆いてみせた。

「ああ、王都の王女様たちもジュリエット様くらい清い心をお持ちだったら、この国はもっと住みやすかったんでしょうけどねぇ……！」

ここは深い森の中で、他に耳をそば立てている人間はいないはずなので、ジュリエットは黙っていた。サマンサはこのあけすけな物言いが祟(たた)って、王都の宮殿勤めから辺境のジュリエット仕えに左遷されてしまった経歴を持つ。

あそこではもう……自由な言論は歓迎されないのだ。

そういう意味で、義母から疎まれ、王都から遠く離れた国境の森の塔に半幽閉されているジュリエットは幸せなのかもしれなかった。

戦火もここにはなかなか届かない。

「わたしは……妾腹の第三王女にすぎないもの。お姉様たちのように甘やかされる機会がなかったから」

「そして、あの性悪な王妃に育てられなかったから……でしょうね。いいですか、ジュリエット様。妾腹なんていうのは、あなたの母君に嫉妬した第一王妃の戯言です。ジュリアンナ様は歴とした第二王妃でしたし、その娘であるジュリエット様は、本来ならふたりの腹違いの姉君に次ぐ第三王女として、王城で贅沢な暮らしができるはずなんです」

肯定も否定もできなくて、ジュリエットは曖昧に微笑んだ。

父の愛情を欲しいと思ったことはあったが、王城で贅沢をしたいと思ったことはあまりない。

ジュリエットも年頃なので、美麗なドレスを取っ替え引っ替えして舞踏会で素敵な殿方と顔を合わせる機会のある姉たちを羨ましく思わないわけではないが……それは恋に恋しているのであって、贅沢を求めているのとは違う。

「わたしにはあなたがいるわ、サマンサ。あなたと、あなたの不思議なカード占いがあれば、退屈なんてしないもの」

「仕方ありませんねぇ……」

まんざらでもないというふうに、サマンサは人差し指で丸眼鏡を押し上げた。

サマンサは口の悪さに加え、妙なカード占いを宗教的なほど信奉していて、それも左遷の一因だった。神秘的な絵の描かれた手のひら大のカードを使い、未来を予想する。

「でもねぇ、わたしのカードが昔から言っているんですよ。ジュリエット様、あなたはいつか王妃になる器です」

「そうかしら」

「そうですとも。ついでに言えば、今日は『探し物が見つかる日』のはずなんですけどねぇ。そのふざけたキノコはどこにあるのやら……」

「キノコがどこにあるのかは、占えないの？……」

冗談のつもりで言ったのだが、サマンサは真面目に背筋を伸ばした。

「ヒントならありますよ。『白い風を追え』です。でも風なんてほとんど吹いてないですねぇ」

白い風……。

不思議な言葉だ。

ふたりはそのままもう少し深く森に入った。

探しているキノコは、乾燥させて調薬すると、春先によく流行る熱病に効くらしい。森の奥の湿地に生育するもので、採取するにはジュリエットたちが住んでいる塔よりもさらに奥深くに足を踏み入れる必要があった。交戦中の敵国である、デラルトン帝国との国境に近づかなくてはいけない。

春先とはいえ早朝はまだ寒さが残るから、ジュリエットは目立たない濃緑のフードつきケープを羽織っていた。

「ジュリエット様、このまま進むと、もうすぐ国境に差し掛かってしまいます」

「わかっているわ」

「昔は気兼ねなく入れたそうですけどね。前線はもっとずっと西にあるとはいえ、戦争中の今、もし国境線を超えて捕らえられたら大変です。あなたは王女なのですから、人質として利用されてしまうかもしれませんし」

ジュリエットは一応うなずいたが、自分に人質としての価値があるとは思えなかった。サリヴァン国王である父は、ジュリエットの命よりも国の勝利を選ぶだろう。迷うことさえないはずだ。

「大丈夫よ。進むのはここまでにして、この辺りでゆっくり探しましょう。落ち葉の下に隠れていることが多いと聞いたわ」

第三王女とその侍女は、黙々と地面を探し回った。

そんな時だった。

小さな白い蝶がジュリエットの目の前をかすめて、ひらひら、ふわふわと飛んできた。そよ風に乗って、ジュリエットと戯れようとしているかのような飛び方だった。

「白い……風……」

ジュリエットは思わずささやいていた。

顔を上げてサマンサを見ると、キノコ探索に夢中になっていてジュリエットの異変には気づいていない。

白蝶はジュリエットの関心を引いたことを確信すると、ふわりと数メートル先に飛び立った。そうとしか思えない動きだった。

「待って、どこへいくの？　あなたがキノコのありかを知っているの？」

ジュリエットは白蝶を追った。

もちろん蝶に国境などない。白蝶はどんどんデラルトン帝国側に入っていった。見たことがないほど大きな古木が現れると、白蝶はその幹に留まった。

「まあ……」

これほど見事な老木を見るのははじめてだった。ジュリエットが両手を広げても、その太さには遠く及ばない、威厳に満ちた大木だ。幹の表面は凸凹があって、フォークの先端のように、上に行くに従っていくつもの幹に分かれている。

根っこが地面から盛り上がっていて、足場が不安定だったが、ジュリエットは吸い寄せられるように老木に近づいた。

手を伸ばし、ざらざらとした木の表面に触れる。

この森に住んでいるとはいえ、ここまで深く入ったのははじめてだった。こんな場所があったなんて……。

（もしデラルトン側に入ったら、きっと知らなかったものが沢山見つかるのでしょうね……。知らない木、知らない湖、知らない人々……）

そんな思いを馳せながら、木の表面に指を走らせる。

すると幹がふたつに分かれている溝に、なにかが挟まっているのに気がついた。

最初は落ち葉が挟まっているだけかと思った。しかし、なぜか気になって手を伸ばすと、丁寧に畳まれた紙であるのがわかる。

ジュリエットは紙を引き抜いた。

（これは……手紙……？）

白い紙が、痛々しいくらいにきっちりと角を合わせて、四つ折りにされている。

古いものではなかった。むしろ真新しい。まるで昨夜、誰かがここにこの手紙を挟んだのだと言われたら信じてしまうくらいだった。

ジュリエットは息を呑み、ゆっくりと紙を広げた。

そこには折り目と同じくらい几帳面な字で、文章が綴られていた。

『誰かへ

この手紙が誰に届くのか、もしくは誰にも届かないのか、わたしにはわからない。

しかし、わたしは書かずにはいられなかった。

現在、我がデラルトン帝国は、サリヴァン王国との果てのない戦争に明け暮れている。騎士や兵士は命を落とし、女子供は飢え、自然や歴史ある建築物が破壊されていく。

この惨劇の先に、誰が、なにを得るというのだろう。

わたしは、数多くの武人を指揮する人間として、決してこんな泣き言を口にしてはならない立場にある。だからこのように、胸の中の思いを手紙に託している。女々しいことだ。

この手紙はサリヴァン王国との国境沿いに残しておく。

誰かサリヴァン人の目に留まり、デラルトン人のすべてが侵略者でも悪魔でもないことを知ってくれればと願う。

それだけだ。

我々は長年、戦争や抗争を繰り返してきた。同じ島を二分するふたつの国家の宿命といえばそれまでだが、共存する道もあるのではないか。

この手紙が誰かの心に届くことを祈って。

——Cより』

C……。

まるで誰かの胸の内を覗いてしまったような気がして、ジュリエットの心臓は高鳴った。

確かに、ここは国境沿いだ。

そしてジュリエットの父を王とするサリヴァン王国は、大きな島の北半分を領土とするデラルトン帝国と、長年対立関係にある。その紛争の歴史は長かったが、競い合いつつも共存していた頃もあった。

ただジュリエットの父も、デラルトン帝国の皇帝も双方が好戦的な人物で、近年、局地的な戦争状態が泥沼化していた。

（数多くの武人を指揮するひと……？　将軍……のはずがないわね。中隊の指揮官かしら……）

ジュリエットはもう一度、手紙を読み返した。

書き手の誠実さ、そして知性を感じる。

ただの一兵士がこれほど格調高い文章を書くとは思えず、おそらく身分のある騎士で、指揮官の任務についている人物なのだろうと想像した。

顔も知らない。

名前もわからない敵国の騎士の心痛を思って、ジュリエットの胸はぎゅっと押し潰されそうになった。

さらにもう一度読み返して、ジュリエットは手紙を胸に押しつけた。

平和を願うのはジュリエットも同じだ。

もちろんジュリエットに、前線で戦っている武人の苦労まではわからない。それでも町に足を運べば、未亡人や腹を空かせたその子供、負傷して帰ってきた兵士の痛苦を目にすることがある。

曲がりなりにも王女として、父の暴走を止められないでいる責任も感じている。

（どうしてだろう……）

ジュリエットはこの手紙の差出人に不思議なほどの繫がりを感じた。

細心の注意を払って丁寧に畳み直すと、ジュリエットは手紙をケープの裏地にあるポケットに隠し入れた。

「ジュリエット様ー！　どこに行ったんですかー！　奥に入りすぎたらいけませんよー！」

サマンサの声が響いて、ジュリエットはもと来た方角を振り返った。サマンサはジュリエットを探している。この侍女はあまり視力が良くなかった。

「わたしはここよ！　大丈夫、すぐそちらに行くわ！」

声を上げてから、ジュリエットはサマンサの元へ戻ろうとした。

一歩足を踏み出すと、長靴の動きに地面の落ち葉が動き、ひょっこりと伸びた黄土色のキノコが顔を出した。

ジュリエットはあっと動きを止めた。

白い風。

探し物が見つかる……。

「見つけたわ！　サマンサ、わたし、探しているものを見つけたの！」

キノコだろうか？

それとも、長年求め、恋い焦がれていた、魂を分かち合えるひとだろうか……？

その夜、蠟燭（ろうそく）の炎が揺れる燭台（しょくだい）の下で、ジュリエットはもう一度こっそりと手紙を読み返した。

文章自体は落ち着いたものだ。

筆跡はいっさい乱れがなく、感情的な部分はあまりない。

それでもジュリエットにはこの手紙を書いた騎士の心の叫びが、鼓膜に痛いくらい強く響いてくるような気がした。

「『この手紙が……誰かの心に届くことを祈って……』」

隣室で寝ているサマンサを起こさないよう、小さな声でささやいた。

ジュリエットの脳裏にひとつの案が浮かんだ。

（返事を……書いてみようかしら……）

差出人は返信を期待していない。少なくとも、そう明記はしていない。そもそもあの巨大な老木に差出人がわざわざ戻ってくる可能性は低かった。

サリヴァン人が国境を越えるのが危険なのと同じように、デラルトン人がサリヴァン王国に足を踏み入れるのも、あまり安全とは言えないからだ。

でも……。

彼の言葉は、確かにジュリエットの心に届いた。

ジュリエットはこうして彼の言葉を読むために蠟燭を灯し、深夜近くにもかかわらず眠れずにいる。

（彼、でいいのよね？　女々しい、なんて書いてあるし、戦場で武人を指揮しているなら男性のはず……）

五年前に母が亡くなってから、ジュリエットはこの塔に半幽閉されて生活している。使用人はサマンサだけで、数ヶ月に一度だけ王都の宰相が慰問に訪れてくれる以外、貴族社会との接点はなかった。

だから年頃にもかかわらず、異性との交流はほとんどない。

たとえ紙の上に綴られた文字だけとはいえ、男性となにがしかのやり取りをするなんて……ときめかずにはいられなかった。

ジュリエットは筆記机の上のインク壺に手を伸ばすと、蓋を開け、羽ペンの先をインクに浸した。

紙は貴重品だ。

ジュリエットは自分が持っている数少ない本のうちから最も厚い一冊を手に取り、表紙裏の遊び紙を一枚切り抜いた。

そして、ゆっくりと、Cと名乗る彼の筆体に恥じることのない丁寧な文字で文章を書き綴った。

『Cへ

この返信があなたの元へ届くのか、届かないのか、わたしにはわかりません。

でも、わたしは書かずにはいられませんでした。

人気のない森で静かに暮らすわたしのような者にも、戦火の様子は伝わってきます。あなた方、武人のお心を思うと、胸が苦しくなります。

わたしも、あなたと同じく、人々の前で泣き言を言っていい立場ではありません。

勝利を掴むのが、サリヴァン王国でもデラルトン帝国でも構わない。ただ早くすべてが終わり、共存していく道を見つけられたらと思っています。

あなたの手紙は、わたしの心に届きました。

あなたの平和への願いが、いつか叶いますように。

あなたは『女々しい』とお書きになりましたが、決してそんなことはありません。あなたの部下はきっとあなたのことを尊敬していることでしょう。

いつかまた弱音を吐きたくなったら、同じようにあの老木に手紙を託してください。わたしにできるのは、あなたの言葉を聞くことだけですが、それがあなたの心の慰めになったらと思います。

この返信があなたに届くことを祈って。

——Jより』

次の日、ジュリエットは「またキノコを探しに行く」という口実で、ひとり国境沿いに向かった。

白蝶はもう見当たらなかったが、例の老木を見つけることができた。

ジュリエットは手紙があった場所に自分の返信を挟み、深呼吸をしてこれが『C』に届くことを祈ると、住んでいる塔に戻った。

それからしばらく悪天候が続き、ジュリエットはほとんど森の奥には入らなかった
半幽閉とはいえ、最寄りの町まで行くことはできる。ジュリエットはここで、薬師の手伝いや、教会の運営する孤児院の世話をしたりしている。忙しさにかまけて、ジュリエットは手紙のことをしばらく忘れていた。

十日ほど経った良く晴れた朝、やっと時間のできたジュリエットは国境沿いの老木へ向かった。

出掛けようとするジュリエットに、台所の木机でカード占いに熱中していたサマンサが、注意深く告げる。

「ジュリエット様、今日は『なにかがはじまる日』ですよ」

「はい？」

「『はい？』じゃありません。今日はジュリエット様の人生にとって、なにかとても重要なことがはじまる日だと、わたしのカードがはっきり示しています。キノコ狩り、ご一緒しましょうか？」

ジュリエットの鼓動はどきりと跳ねた。

「だ、大丈夫よ。もう採れる場所はわかっているもの。すぐ帰ってくるわ」

「なにかがはじまる日ですよ。いいですか」

「わかったわ！　なにがはじまるのかはわからないけど、気をつけて見逃さないようにしておくから、大丈夫。じゃあね」

「木籠をお忘れですよ」

「！」

ジュリエットは逃げるように森に入った。

そして引き寄せられるように、例の老木の元へ急いだ。

（……！　あった……！）

ジュリエットが見つけたのは、最初の手紙とまったく同じ、几帳面に四つ折りされた手紙だった。

しかし、それだけではない。

手紙と一緒に、まだなにも記されていない白紙が束になって丸められ、リボンで結ばれて幹の溝に挟まっていた。

ジュリエットはその両方を手元に引き抜くと、四つ折りの手紙を開いた。鼓動がドキドキと急（せ）く。

最初の手紙と同じ丁寧な筆跡が、ジュリエットの目に飛び込んでくる。

ジュリエットは思わず口元に片手を当てた。

『Jへ

君からの返信に感謝する。まさかあの手紙が、本当に誰かの元に届くとは思いもしなかった。

わたしがあの老木に戻ったのは、自分の馬鹿げた行動を後悔し、自分の書いた手紙を破棄する目的だったのだ。

しかし、君からの返事があった。

わたしは君からの言葉を何度も読み返し、数日迷った後、再び手紙を綴る決心をした。

その前にひとつだけ。

わたしたちが、この奇妙な文通じみたことをはじめる前に、君の蔵書がすべて頁（ページ）抜けになってしまうのは心苦しい。

いくつか紙を残していくので、もし返事をくれるなら、使ってほしいと思っている……』


手紙はそこから、前回よりももっと深い心情を綴られたものになっていた。

戦場での苦心。

彼を信頼している部下が、彼の立てた作戦の犠牲になった時の慟哭（どうこく）。

終わりの見えない戦いへの焦りと不安……。

そんなことがあけすけに、しかし一定の格調を保ったまま、数十行において語られていた。

彼は決して具体的な身分を明かさなかったが、彼自身の言葉遣いと話の内容から、かなりの身分であることがうかがえる。

数日後、ジュリエットは返事を書いた。

そのひと月後、彼からの手紙が再び老木に残されていた。

そうして数年、ふたりの文通は続いた——デラルトン帝国とサリヴァン王国の紛争に決着がつく、その日まで。

第一章

ジュリエットが二十一歳になった年、サリヴァン王国は動乱に満ちていた。

ひとつに……デラルトン帝国との紛争に決着がついたのだ。サリヴァン王国の負けという形で。

そしてもうひとつ。

デラルトン帝国の皇帝が、勝利を宣言したそのたった数週間後に、逝去したのだ。

サリヴァン国王は色めき立った——敗戦というより、サリヴァン王国に不利な停戦という程度の僅差の勝敗だったため、この機に乗じて再び攻め込もうと目論(もくろ)んだのだった。

デラルトン帝国の新皇帝となった皇太子は年若く、経験豊富なジュリエットの父親はなんとかなると踏んだらしかった。

しかし、結果は惨敗だった。

戦闘はたったの数日で終わり、元々士気の低かったサリヴァン王国の騎士たちの多くが、デラルトン帝国に降参して捕虜になった。

国は崩壊の危機にあるとさえささやかれていた。

「ジュリエット、どうしてここに呼ばれたのか……わかっているな?」

大聖堂を思わせる広大な謁見の間で、ジュリエットは覚悟に息を呑んだ。

目の前には父親であるサリヴァン国王、その第一王妃、そしてふたりの腹違いの姉たちがいる。

そしてジュリエットの左右には、数え切れないほどの貴族や政治家たちが、固唾を呑んでサリヴァン国王の一挙一同をうかがっている。

恐れている、ともいえた。父王はひどい癇癪(かんしゃく)持ちだからだ。

「お父様からわたしに……大事なお話があると、使者にうかがいました。それ以外はなにも……」

ジュリエットの震えた声が、謁見の間に響く。

ジュリエットは決して臆病者というわけではなかったが、父親の前ではいつも緊張した。

しかも、数日前に突然森の塔に使者が現れ、国王から重要な話があるからと、取るものも取らずに連れてこられたばかりだ。

そんなジュリエットの不安を、玉座の斜め後ろに立っているふたりの姉が笑う。

「なんにも知らないのね、本当に無知な子。ふふ、それに見て、エカテリーナ。なんて垢抜けないドレスでしょう」

「そんなこと言うもんじゃないわよ、カトリーナ。ジュリエットは田舎の暮らしが大好きなのよ。どうせ舞踏会に出ても誰にも相手にされないから……」

わざとジュリエットにも聞こえるようなコソコソ声で、意地悪く交わされる会話。

亡き母が、いつだったか、このふたりの腹違いの姉について語ったことを思い出しながら、ジュリエットはぎゅっと下唇を噛んだ。

――あれは可哀想な娘たちよ。ジュリエット、あなたは彼女たちよりもずっと賢くて美しくて、強いわ。だから嫉妬しているだけ。なにを言われても気にしてはだめよ。あなたにはきっと、もっと大きな運命が待っているでしょう……。

「お前たちは黙っておれ。エカテリーナ、カトリーナ」

サリヴァン国王がピシャリと娘たちを牽制した。

第一王妃は王の隣で不満げに眉間に皺を寄せたが、なにも言わなかった。サリヴァン国王は元々独裁的な人物ではあったが、戦況が思わしくなくなって以降の癇癪ぶりはすさまじかったという。

一説には、国王の乱心がサリヴァンの国勢を不利に導いたとさえ言われている。もちろん、そんなことは誰も、大きな声では言えないけれど。

いつもは高慢で威張り散らしている王妃も、国王の前では口を挟むのを控えているようだった。

ジュリエットの不安はますます深まった。

「ジュリエット。我がサリヴァン王国の置かれた苦境は知っているな」

知らないはずがないと匂わすような、断定の口調だった。

「はい、お父様。心中お察しいたします」

「まったく嘆かわしいことだ。デラルトンの若造ごときが、わたしを成敗した気になって大きな顔をしておる。今回の敗戦は、たまたま運が悪かっただけだというのに……」

ぶつぶつとつぶやく父の目は濁っていた。

かつては、力強いひとだと尊敬していたこともあった父は、すでに輝きを失っている。

戦争、権力争い、謀略……そういったものにその身を乗っ取られてしまった、亡霊のようにさえ見えた。

敗戦のツケとして、何人ものデラルトン帝国側の監視軍人がこの場で目を光らせているにも関わらず、口を慎もうともしない。

父はもうピエロなのだ。

気づいていないのは本人と……エカテリーナとカトリーナくらいだろうか。

「それで、お父様……わたしになにかできることはありますでしょうか」

ジュリエットが問うと、サリヴァン国王はこくりとうなずいた。

急な呼び出しを受けた時点で、ジュリエットはある程度の覚悟をしていた。自分の父親を国王とする母国が、戦争に負けたのだ。曲がりなりにも王女である自分も、なにがしかの責務を負わされる可能性は高かった。

皆殺しにされても不思議ではない立場なのだ。

「デラルトンの新皇帝は、驕傲にも、和平を結びたいと申し出てきた」

素晴らしいではないですか、と口が滑りそうになるのを、ジュリエットは懸命にこらえた。

「そうですか」

「そして、その証として我が娘のひとりを娶りたいと……」

ジュリエットが驚いて息を飲んだのと同じように、エカテリーナとカトリーナも目を見開いて、口をあんぐりさせていた。

「お父様、それでジュリエットをここに呼んだのですか?」

カトリーナが不満げに唇をとがらせる。

エカテリーナがそれに続いた。

「そういったことは第一王女であるわたくしの努め。もしくは第二王女であるカトリーナですわ。ジュリエットはただの妾腹の庶子です。わたしくしたちにお話してくれれば、ジュリエットなんて呼ぶ必要さえなかったのに」

この姉妹は年子だが、双子と言っても通じるくらいに似通っていて、やることなすことすべてがそっくりだった。

ジュリエットをライバル視しているのも、まったく同じだ。

いつかサマンサが言った通り、ジュリエットの母親は第二王妃であって、妾ではなかった。その娘を庶子と揶揄するのは第一王妃とこの姉妹の三人だけで、ジュリエットは内実共にれっきとした王女のひとりである。

しかし、それをここで議論する気にはなれなかった。

それにカトリーナはジュリエットと半年しか歳が違わない。つまり父王はほぼ同時期に第一王妃と第二王妃の間に子をもうけたことになる。ライバル視されるのは当然だと、ジュリエットはなかば諦めの境地にいた。

「わたしもそう思います。エカテリーナお姉様かカトリーナお姉様が適任かと……」

姉たちが焦っている理由は想像がついた。

ジュリエットは小耳に挟んだだけの話だが……デラルトン帝国の新皇帝はまだ若く、目を見張るような偉丈夫だとの噂だった。我こそが嫁ぎたいと思って当然だろう。

落ち目のサリヴァンにいるより、勝者であるデラルトンに移り住みたいと思うのも、当然といえば当然のことだ。

「もちろん、わたしもそう考えた。エカテリーナを差し出すつもりだった。しかし向こうはジユリエットを指定してきたのだ」

「え……？」

「なんですって！」

金切り声を上げたのは姉たちだけでなく、母親であり、実母亡きあとはジュリエットの義母ということになっている第一王妃もだった。

椅子から立ち上がり、ワナワナと唇を震わせている。

「この子は卑しい生まれですわ！　他国の皇帝に嫁がせるなど言語道断！　わたくしの娘こそがふさわしいはずですのに！」

母親の叫びを皮切りに、ふたりの娘たちも声を上げはじめる。

「え、ええ……きっとなにかの間違いだわ！　ジュリエットは社交界に出たこともない、ほとんど知られていない存在ですもの！」

「年が若い方がよいと思っているだけに違いありませんわ。事情を説明すれば、きっとカトリーナが……」

「黙っておれ」

サリヴァン国王は、うんざりしたように片手を上げて、女たちの騒ぎを静める。

「これはもう決まったことだ。デラルトン新皇帝はジュリエット以外は欲しくないと言っている。しかも、ジュリエットを差し出さないなら、我が国を植民地にするのも辞さない構えだという傲慢さだ」

ジュリエットは呆然とした。

自分が新皇帝に望まれている……？

姉たちの言った通り、ジュリエットは社交界に出ておらず、サリヴァン王家の秘密……とまではいわないまでも、闇に葬られたような存在だった。ただ、母親が亡くなるまでは王宮にいたので、完全な秘匿事項というわけではない。少し王家の事情に詳しい者ならば、皆知っていることだ。

エカテリーナとカトリーナのわがままぶりは国境を越えて知られているので、それを避けるために、ジュリエットに白羽の矢が立ったことは考えられる。

でも……ジュリエットは……。

「お父様、わたしは……」

「わかったな、ジュリエット。お前に選択肢はない。このままデラルトンへ赴いてもらう」

「このまま？　ま、待ってください。その前に一度だけ塔へ帰らせてください。あそこには荷物や思い出の品が……」

Cからの手紙が机の奥に隠されている。

あれは……あれだけは置いていけない。何年もジュリエットの孤独を支え続けてくれた彼の言葉を失いたくない。

それに誰かに見つかってしまったら大変だ。終戦したとはいえ、敵国の騎士と繋がっていたなど知られたら大事だ。

「必要なものは向こうが揃(そろ)えるだろう。粗末な品を持ち込んで我が国に恥をかかせるな」

国境の森の塔へジュリエットを半幽閉し、必要最低限のものしか与えなかったのは父――正確には王妃とふたりの姉かもしれないが――なのに、悪びれる風もなくのたまう。

父王はまるで玉座にすがるように、肘掛をぎゅっと握っていた。

「たとえデラルトンへ嫁いでも、ジュリエット、お前はサリヴァン王家の血筋であることを忘れるでないぞ。長い歴史の中で、一度や二度の負け戦など取るに足りん。いつか我々は返り咲くのだ」

ジュリエットの頭の中は真っ白になった。父親の声が木霊になって何度も頭の中に響く。

ジュリエットの運命はもう決まってしまっていて、変えることはできないのだ……。

（まさかこんな展開になるなんて……）

ジュリエットだってすでに二十一歳になる年頃の娘だ。

自分の結婚……そして初夜……はじめての床入りがどんな風になるのか、想像しなかったと言えば嘘(うそ)になる。

このまま森の中に半幽閉され続けているより、戦勝国の皇帝に嫁ぐ方がよっぽど幸せであることも、理解している。

でも、ジュリエットの妄想の中で、結婚したいと思う相手は長いこと、Cだった。

ジュリエットの夢想では、Cは黒髪に黒か茶色の瞳を持ち、背はそれほど高くないがしっかりした体躯で、誠実そうな落ち着いた面立ちをしていた。

デラルトン新皇帝はどんな目の色をしているだろう？

髪の色は？

（馬鹿ね。想像の中のひとと、現実の男性を混同しちゃ駄目でしょう）

だけど。

数年に及び、心のこもった文通を続けた相手を、そう簡単には忘れられなかった。

ましてやジュリエットはこれから彼の国に嫁ぐことになる。騎士や武人を目にするたびに、もしかしたらこのひとがCかもしれないと鼓動が急く状態で夫に身を捧げるのは、少し不誠実な気がする。

（誠実も不誠実もないか……。これは政略結婚だもの。もしかしたらデラルトン皇帝にだって誰か想いびとがいたかもしれないのに）

——そうだ。Cのことは忘れなければならない。

彼と交わしたいくつもの言葉も。

紙の折り目や文字にさえ滲み出ていた、彼の誠実さや真面目さも。

尊敬せずにはいられなかった、彼の強い責任感と、部下への深い配慮や優しさも……。

きっと彼と結婚する女性は、世界一幸せな妻になるだろう。戦争が終わって両国に平和が訪れたら、その世界一幸せな女性にジュリエットがなれるかもしれないと……淡い夢を見ていた。

（我ながら、どうしようもない子ね。森の奥の質素な暮らしで忘れかけていたけど、わたしは王女なんだから。自由に結婚なんかできるはずなかったのに……ましてや元敵国の武人と）

でも、Cからの手紙を受け取るとき、ジュリエットはただの恋する小娘になれた。

彼への手紙をしたためるとき、ジュリエットはなんのしがらみもないただの女だった。それが心地よかった。

おそらく、ふたりは互いの存在に自由を見出していたのだ。

ジュリエットは不遇の第三王女という出自から離れ、Cは血に濡れた戦地で戦う武人という立場から開放されて、ただの男と女として言葉を交わした。たとえそれが文通という形を通してだけでも、ふたりは静かに尊敬し合い、愛し合っていたのだと思う。

目元にじんわりと涙が浮かぶ。

デラルトン皇帝と結婚する限り、夫には誠実でいたい。ジュリエットはこの秘密を墓場まで持っていくつもりでいた。

ただ、今だけ。

今だけだからと、ジュリエットは王宮の片隅に与えられた部屋の窓辺で、儚く消えたCとの未来のために数粒の涙を流した。


次の早朝、その場にいたデラルトン帝国側の使者たちに連れられて、ジュリエットは早々に輿入れすることになった。

デラルトン帝国……。

ジュリエットの母国サリヴァン王国と諸島を二分し、ほぼ北半分を領地とする国家だ。サリヴァン王国は南側となる。

多くのサリヴァン人は、デラルトン人を野蛮で好戦的な獣のような連中だと揶揄する。

デラルトン人は、逆に、サリヴァン人を高慢で冷血な人間の集まりだと忌み嫌っているという話だった。

（わたしだって……彼との文通がなかったら……ずっとそんな風に思っていたかもしれないわね……）

ジュリエットに許されたのは、侍女サマンサを一緒に連れていくことくらいで、何枚かの道中のための着替えと、母の形見である婚礼衣装と、必要最低限な化粧道具しか持たせてもらえなかった。

おそらく、これはある意味、父からのデラルトン新皇帝への意思表示なのだ。

——お前たちに渡せるのはこれだけだ、と。

馬の背に揺られながら、ジュリエットは長いため息を漏らした。

サリヴァンの王宮からデラルトン城までの道のりは馬で四日の距離があった。使者たちは義務に忠実で、決してジュリエットに無礼を働くことはなかったが、かといって友好的ではない。

ジュリエットの唯一の心の慰めは、なぜか意気揚々なサマンサだった。

「当たりましたね！　ずっと言っていたでしょう、ジュリエット様はいつか王妃になる器だって。本当になったじゃないですか！」

「サマンサ……わたしたちは敵国に政略結婚に行くのよ。あなたは不安じゃないの？」

「いいえ、ちっとも。これは素晴らしい門出になると、わたしのカードは告げていますから。ジュリエット様もご安心くださいませ」

自信たっぷりで意気揚々のサマンサに、ジュリエットはもう笑うしかなかった。

「わたしも、あなたみたいに占いができたらいいのに。人生がずっと楽になりそうだわ」

ちょっとした皮肉のつもりだったが、サマンサはまったく意に介さず、「その通りです。心配しなくていいんですよ」と言って丸眼鏡の奥の瞳を細めた。

いよいよデラルトン帝国側に入ると、意外なことに、ジュリエットの心は不安よりも興奮に傾いてきた。

平地が多いサリヴァンに比べるとデラルトン側は険しい地形が多く、大きな都市も少ない。しかしその分、鉱山をはじめとする資源が豊富で、人々は質素ながらも堅実な生活をしているように見えた。

デラルトン人は概して金髪青眼で色白である場合が多く、サリヴァン人よりも多少色素が薄いような気がする。

ジュリエットもサリヴァン人としてはかなり色白な部類に入ったが、ここでは普通かもしれない。

そんな事実が、なぜか少し嬉(うれ)しかった。

「デラルトン城はもうすぐです。到着次第すぐに成婚の儀を執り行いたいと、キャメロン様は申しております」

使者団の長である年配の男が、四日目の昼下がりにそう言った。

「キャメロン……」

というのが、デラルトン帝国新皇帝の名前だった。

これから夫となる男性のひととなりを、ジュリエットはなにも知らない。

ジュリエットだけが知らないわけではない。この新皇帝は、多くの謎に包まれた人物だった。政治の舞台に出てきたことはほとんどなく、十六歳で成人の儀を迎えてこのかた、ずっと軍部に属していたという話だ。

最終的には将軍にまで上りつめているが、まだ年若く、相当な偉丈夫であるという。

一説には前皇帝との折り合いが悪く、たとえ軍のトップとなっても、あまり表舞台に出たがらなかった……らしい。

（デラルトン帝国の、軍人……）

つまり……ジュリエットがこれから結婚する相手は、Cの上官に当たる人物である可能性が高いのだ。

（ああ、手紙……。みんな置いてきてしまったわね……）

塔に戻ることを許されなかったため、Cと交わした手紙の束が、執筆机の引き出しの奥に仕舞（し）（ま）われたままになっている。あの寂れた場所をわざわざ探る者はいないだろうが……もし見つかってしまったら、問題になるかもしれない。

たとえそんな大事にはならなくても、Cからの手紙はジュリエットにとって長い間心の拠（よ）り所だった。何度も何度も読み返した。それを置いてきてしまったのは辛かった。

ジュリエットは、顔も見たことのない、頭文字を知っているだけの武人に……ほのかな恋心を抱いていたのだ。

彼の文章から伝わる誠実さと、真面目さ。そしてその裏にある情熱的な一面……。

惹かれずにはいられなかった。

「ふう……」

と、ジュリエットがため息をついた時、森だった風景が切り開かれて太い砂利道がはじまった。そのずっと先に、巨大な岩の建築物が目前にそびえ立っているのが見える。

「あれが……デラルトン城……？」

「その通りです。城下町は城の裏手に広がっています。こちら側ではなく」

使者団の長はそう説明して、誇らしげに背筋を伸ばした。

「サリヴァン王城をふくめ、大抵の城というものは城下町を正面に置きます。いざという時、町民に城を守らせるためです。しかしデラルトンは違います。城が民を守るのです。それが我々です」

ジュリエットは黙って聞いていたが、自国を下げられたような気がして胸がチクリと痛んだ。悔しさに下唇を噛んだあと、反抗するように指摘する。

「でも……前デラルトン皇帝はだいぶ好戦的な方でいらしたとうかがいましたわ。わたしの父に非がなかったとは申しませんけど、前デラルトン皇帝だって、民を第一に考えるような君主ではなかったと聞き及んでいます」

——それはCが教えてくれたことだった。

我が国の皇帝は民のことを考えるのをやめてしまった……と、彼は何度も嘆いていたのだ。

とはいえ、嫁ぎ先の前皇帝を辱める発言をしてしまったジュリエットはすぐに後悔した。が、使者団の長はただ悲しげに首を振るだけだった。

「たしかに、前皇帝が完璧な統治者でなかったことは認めます。しかし、キャメロン陛下は違います。あの方は真のデラルトン皇帝にふさわしい」

「……そう……」

ジュリエットは視線をデラルトン城に戻した。

美しさよりも強固さを目指したような、岩を積み上げた見上げるような城壁。周囲には水を張った堀が巡らされ、遠目にも歩哨(ほしょう)の姿が散見された。

巨大な城に見合うだけの大きな城門が、分厚い岩のトンネルの先で敵の侵入を防いでいる。

「ようこそデラルトン城へ、ジュリエット皇妃」

使者団の長は誇らしげに告げた。

第二章

ジュリエットだって、目を見張るほどの偉丈夫だと噂されるその新皇帝が、デラルトン城に到着したジュリエットを城門前で大歓迎するとまでは期待していなかった。

それでも、まるで御用達（ごようたし）の商人がやってきた程度の歓迎しか受けず、すぐに客室に押し込まれるに至って、ジュリエットの自尊心は深く傷ついていた。

「まったく！　どうして皇帝は姿を現さないいんでしょうねえ！　未来の皇妃がやってきたんですよ。ジュリエット様をよこさないならサリヴァン王国を植民地にするとか脅しておいて、この扱いですか！」

サマンサの毒舌は止まらない。

一緒に客室に入ってきたデラルトン側の女中が、顔をしかめた。

ジュリエットはため息を吐く。

「いいのよ、サマンサ。妃といってもお飾りの第二皇妃かもしれないもの……お母様みたいに。もしかしたら第三や第四皇妃の可能性だって……」

「それにしたってですね」

従僕たちが荷物を運び込む。

と言っても、運ぶような荷物もほとんどなく、一瞬で終わってしまうのだった。

「あのう……差し出がましいようですが」

年若いおさげ髪の女中が、ジュリエットとサマンサに向かって遠慮がちに言った。

「デラルトン帝国の律法では、皇帝といえども第二の妻を持つことはできません。一夫一妻制なんです」

「え？」

「離婚も許されません。一度婚姻の儀を結べば、死がふたりを分かつまで、夫婦は永遠に夫婦です。皇帝と皇妃もまったく同じです」

「そうなの？　それは……」

初耳だった。

サリヴァン王国もデラルトン帝国も同じ宗教を国教としていたが、微妙に宗派が違い、結婚や礼拝、祝日の習慣などが異なる。サリヴァン王国では養えることを条件に、ふたりまで妻を持つことができる。もちろん平民でふたりの妻とその子供たちを養える者は少ないので、王族や大貴族だけの特権と化した習慣だったけれど。

ジュリエット自身が第二王妃の子供で、必ずしも恵まれた境遇ではなかったから、一夫一妻制というのは嬉しかった。

同時に疑問に思った。

デラルトン皇帝はそれでいいのだろうか……？

「それに……これもまた差し出がましいことを申しますが、この客室は本当に一時的なものです。キャメロン陛下は婚姻後、ジュリエット様と同じ主寝室を使うと申しておりまして……今、皇后をお迎えしても大丈夫なように改装しているところなんです。もうすぐ準備が整いますわ」

「お、同じ部屋……？」

ジュリエットは目を見開いてパチパチと瞬きをした。

「でも、普通は部屋を分けるものではなくて？　お父様はそうしていらしたし、そういうものだと……」

「普通は、そうでしょうね。前皇帝もそうしていらしましたから。だからこそ改装が必要なんです」

「まあ……」

「だったらどうして出迎えくらいしてくださらないんです？　ジュリエット様をなんだと思っているんですか！　せっかくこのご結婚はジュリエット様の『大いなる勝利』だと、わたしのカードが告げていたのに！」

サマンサが苛立たしげに声を上げる。

デラルトンのおさげ髪の女中は、カードだとか大いなる勝利だとか、なにを言われているのかわからず当惑し、一歩引いて怪訝な顔をして佇んでいた。

ジュリエットの立場を庇ってくれようとするサマンサの気持ちは嬉しいが、それでなくても敗戦国から輿入れしてくる第三王女という微妙な立場を、さらに悪いものにはしたくない。

「サマンサ、ここでカードの話は……」

と、ジュリエットが侍女をたしなめかけたところだった。カタンと客室の扉が音を立てて、ゆっくりと開かれる。ジュリエット、サマンサ、おさげ髪の女中は一斉にそちらに目を向けた。

「え……」

現れたのは、見上げるほど背の高い男性だった。

髪は……鈍い煌めきを放つ濃い金髪。彫りの深い高貴な輪郭の奥で瞬かれる瞳は透き通るような青……。もしくは水色……。

すらりとした長身で貴族のような装いをしていたが、その体躯は騎士が武人ではないかと思えるほどたくましかった。そしてその顔立ちの、端正なことといったら……。

おさげ髪の女中が、膝を折って頭を深く下げるとつぶやく。

「キャメロン様」

これが……このひとがキャメロン。

ジュリエットは呼吸に詰まり、動けなくなった。急にドクドクと鼓動が急く。目を見張るほどの美丈夫という、噂の言葉を思い出した。

だからジュリエットもそれなりの心がまえをしていたが、目の前に現れた男性の秀麗さは想像を遥かに超えたものだった。

決して甘い容貌ではない。いわゆる優男の美しさではなく、もっと厳しくて、見るものに畏怖を抱かせるような男性美だ。

生まれながらの支配者を思わせる、圧倒的な存在感……。

「なかなか興味深い言葉だ。大いなる勝利、か」

デラルトン帝国新皇帝キャメロンは、その長身に似合った、低く振動する声でそうつぶやいた。

彼の瞳はまっすぐにジュリエットに向けられている。

まだ旅を終えたばかりのジュリエットは、完璧とは言い難い様相だった。髪は解けているし、服は乗馬のためのシンプルなものだ。

羞恥に、頬がパッと上気する。

「申し訳ありません——陛下。侍女の失言をお許しくださいませ」

ジュリエットはひざまずかんばかりの勢いで頭を下げて、未来の夫となるべき人物に詫びた。

キャメロンがどんな性格なのか、ジュリエットは一切といっていいほど知らない。もし父のような癇癪持ちなら、この場で罰を受けても不思議ではない。

サマンサも一緒に頭を下げていてくれますように……と願いながら、ジュリエットはぎゅっと目をつぶり、叱責を覚悟した。

しかし、次の瞬間響いたのは、予想したよりもずっと穏やかなキャメロンの口調だった。

「顔を上げなさい。君がジュリエット……だな」

驚きと安堵、どちらに突き動かされたのだろう。ジュリエットは言われるままに顔を上げて目を開いた。

いつのまにか音も立てずに、キャメロンはすでに入室してジュリエットたちに近づいてきていた。

「はい……。お初に……お目にかかります。ご機嫌麗しゅう……」

再び頭を下げようとしたジュリエットの顎を、キャメロンの手が伸びてきてクイッと掬う。上を向かされ、視線がかち合った。

「確かに、こうして目にするのははじめてだな、ジュリエット」

「え」

「……まあ、いい。そうすぐに気づくものではないのだろう。君の侍女が言ったとおり、わたしは城門で君を迎えるべきだったのかもしれない」

近くで見れば見るほど、キャメロンの美貌は俗世離れしたものがあった。

政略結婚で異国人との混血を繰り返した王族や皇族の間には、時折この世ならざる美貌や、異能の者が輩出されると聞いたことはあるが……もしかしたらこのキャメロンこそが、そういった人種なのかもしれない。

瞳の色は薄い青だが、肌色は決して薄くはない。

それが彼の男らしさを際立たせていた。

日がな一日、城内で贅沢をしている人間の肌色ではない……。野外で鍛錬を繰り返している男の肌と、体躯だ。

畏怖に、ジュリエットの声は震えた。

「いいえ、陛下。侍女が失礼をいたしました。どうかお許しくださいませ」

「許しとやらが欲しいなら、与えてあげよう。わたしが迎えに出なかったことを、君が許してくれるなら」

「許……っ、そ、そんな、まさか……っ、大それたことを……！」

「ではわたしたちは対等だな」

——対等？

誰と、誰が？

ジュリエットはこの新しい状況に慣れずに、水から揚がった魚のように口をぱくぱくさせてあえいだ。

デラルトン新皇帝が噂に違わぬ……いや、噂を遥かに凌駕する美貌の男性だったことに加え、こんな優しさを見せてくれるなんて。ジュリエットの知る『君主』は父親で、家族にも家臣にも常に横柄だったから、そのせいで驚きに拍車がかかった。

ジュリエットを見つめるキャメロンの瞳は、言い知れぬ熱をはらんでいた。

「大いなる勝利……か」

キャメロンは再びつぶやいた。ジュリエットは蒼白になった。

「ご、誤解なさらないでください……！　なにも政治的な意図はございません。ただの女どものたわいない占いでございます。今後は慎みますゆえ……ご容赦を……」

この結婚は、敗戦国の王女が和睦の礎として戦勝国に嫁ぐ形になる。それを勝利だなどと、謀反を企んでいると思われても仕方のない表現だった。

しかしキャメロンの口調は落ち着いていた。

「そうだろうか？　君の結婚が大いなる勝利だというのなら――」

咎めるというより、諭すといった雰囲気の語調で、キャメロンはゆっくりと先を続ける。

「――わたしの結婚も大いなる勝利ということになるのでは？　それが結婚というものだろう？　君の勝利はわたしのものになる。わたしの勝利が、君のものとなるのと同じように」

ジュリエットはぱちぱちと目を瞬いた。

ジュリエットの顎下に添えていた手を引いたキャメロンは、一歩後ろへ下がると、まじまじとジュリエットの全身を見つめた。

ドキドキと鼓動が早くなる。

見定められているのだと思って緊張に体を固くしたが、ジュリエットはやがて、彼の視線に批判めいたところがないことに気がついた。まるで、ただ純粋にジュリエットをよく見ておきたいと思っているような、穏やかな瞳に見つめられていた。

安堵すると同時に頬がぽっと赤らむのを感じて、ジュリエットはわずかに視線をそらしてうなずいた。

「ええ……。そうかもしれません……」

「侍女がすでに伝えたようだが、君とわたしは同じ部屋を使うことになる」

きっぱりとした断定の口調だった。

今だけではない。キャメロンは常にこうした喋り方をするようだった。相手と会話をするというより、一方的に自分の意思を告げることを目的としたような、指導者の話術。

これが皇太子として生まれ、皇帝となるべく育てられた人間というものだろうか。

「はい。うかがいました……。でも、どうして……」

「そうしたいと思ったからだ。なにか問題でも？」

「いいえ！　問題などありません。ただ、それが慣例というわけでもないようですし……どうしてなのかと思って」

恐る恐る再びキャメロンを見つめると、彼はぐっと唇をひき結んでいて、顎を固くしていた。端正で男らしい顔つきがさらに迫力のあるものになっていく。

——はじめて会ったひとだ。

肖像画さえ見せてもらったことがなかったし、書簡ひとつ交わしたことのない相手だった。でも、なぜだろう……。ジュリエットはキャメロンの堅苦しいくらいに真っ直ぐな物言いと、堂々とした佇まいに、妙な既視感を感じた。

知っているような気がした……このひとを。

このひとの人柄に、どこかで触れたことがあるような気がする。

「わたしと結婚する前に、君が知っておいた方がいいことがひとつある」

優雅な仕草で両腕を胸の前で組み、キャメロンはそう告げた。

またしても例の断定口調。

決して横柄ではないが、周囲に一切口を挟ませない隙のなさが伝わってくる。そんな物言いだ。

ジュリエットは身構えた。

これは政略結婚だ。

きっと、同じ部屋になるからといって思い上がるなとか、これは君の体に飽きるまでの一時的なものだとか、懐妊するまでの暫定的な処置だとか、そういった拒絶の言葉を受ける覚悟でいた。

もしくは同じ部屋を使うことで、ジュリエットの動向により鋭く目を光らせることができるからなのだろう……と。

だって……それ以外にどんな理由があるというのだろう？

しかし、次のキャメロンの言葉は、それらの予想とは似ても似つかないものだった。

「ジュリエット、わたしはあまり感情を表すのが上手(うま)い人間ではない。だからといって、感情がないわけではない。わたしの妻となる君には、そのことを知っていてもらいたい」

「え……と」

ジュリエットはぽかんと口を開けた。

キャメロンの視線は、真っ直ぐにジュリエットに向けられたままだった。ジュリエットは返答に困ったが、よく考えれば答えを求められているわけではないのかもしれない。

ジュリエットはなんとか、数回コクコクとうなずくのに成功した。

それを見て、キャメロンは微笑んだ。

微笑みと呼んでいいのかどうか……。少なくとも、引き締まっていた口元がリラックスして、微笑みに似た表情が現れた。

「よろしい。君なら分かってくれると思った。だから君を選んだんだ。君の姉のどちらかではなく」

そう告げるとキャメロンは踵(きびす)を返して、きびきびとした武人のような足取りで、客室の扉へ向かった。

部屋を出る前に一度だけぴたりと足を止め、肩越しにジュリエットを振り返る。

また水色の瞳にじっと見据えられて、ジュリエットは背筋を伸ばした。

「婚姻の儀式は、明日の朝、できるだけ早い時間に執り行う。君がひとりで夜を明かすのは今夜が最後だ……それをよく覚えておくといい」

そして、デラルトン帝国新皇帝キャメロンは、ジュリエットの元を去っていった。


その夜ジュリエットは、与えられた客室で真新しい寝巻きに身を包みながら、寝台に横たわった。

――君なら分かってくれると思った……。

そんなキャメロンの言葉が忘れられず、ジュリエットは何度も寝返りを打ちながら眠れない夜を過ごした。

――君がひとりで夜を明かすのは今夜が最後だ……。

思い出すだけで心臓がバクバクと高鳴る。

デラルトン帝国の新皇帝はその端正な顔つきだけではなく、存在そのものが高貴で威厳に満ちた男性だった。

——だからといって、感情がないわけではない……。

彼はそう告げた。ジュリエットにはそのことを知っていてほしいと。

不思議なひとだ。そして奇妙なことを言う。彼がジュリエットを選んだのは、ふたりの姉の高慢ぶりを知っているからだとばかり思っていたが……他にも理由があったのだろうか。

ジュリエットは、ほんの数分に過ぎなかった彼との邂逅(かいこう)を思い出し、彼の言葉ひとつひとつを吟味するように思い出していた。

その度に胸が高鳴るのを抑えられない。

これは政略結婚のはずだ……そうでしょう？

おそらく形だけの冷たい関係になるのだろうと、ぼんやりと予感していたのに。

母国の王宮を去る時も、義母や姉たちに散々そう言われた。サマンサと彼女のカード占いだけは意見が違ったけれど。

もしかしたら、うまくやっていけるだろうか……。

愛し合うとまではいえなくても、お互いを尊重して、それぞれの国の平和を守るために、共存するくらいはできるかもしれない……。

（そうね……だとしたらCのことは……本当に忘れなくちゃ）

ジュリエットは決心を固める。

数年に渡った彼との文通は、ジュリエットの心を溶かすだけの力があった。

ジュリエットはいつしか、紙の上に乗ったインクの几帳面な文面でしか知らない男性に惹かれていた。

最初のやりとりで、ジュリエットに紙を残してくれた思いやり。文面から溢れる彼の誠実さ。綴られた言葉に滲み出る責任感、男らしさ、そして少し分かりづらいけれど確かにあるユーモアのセンス。

(いつか会えるかしら……。軍人だもの。王城に来る機会は多いはず。どこかですれ違ったりするのかも……)

Cは独身のはずだった。

あまり個人的なことは語ってくれないひとだったけれど、一度だけジュリエットが、こんな文通をしていて奥さんや恋人に叱られないかと問うてしまったことがあった。

彼は、そのような相手はいない、自分は独身で、恋人はなく、心の慰めは君との文通だけだと返信してくれた。

(せめて名前くらい……聞いておけばよかったな。少なくともわたしの名前くらい教えておけばよかった)

後悔、先に立たず。

紛争が終わったら、彼に会えるのではないかとずっと思っていた。直接そうはっきり言葉にしたことも、されたこともなかったが、おそらく彼もそう考えてくれているのだろうと思えるやりとりはあった。

C……。

チャールズ。クリストファー。コリン。クリスチャン……。

候補はいくつもある。でも、きっとクリストファーだ。なんとなくそんな気がする。クリストファー。高貴だけど男らしくて、誠実そうな響きがぴったりだから……。

今まではいつかきちんと名前を聞けると思っていたから、想像はしても、決めつけることはしなかった。まさか終戦と同時に政略結婚に駆り出されるとは思ってもいなかったのだ。

でも今は、もう彼に返事を書くこともできない。思い出の彼に名前をつけたかった。

目を閉じると、クリストファーと交わしたいくつもの言葉を思い出す。

『いつか君にデラルトンの美しさを見てほしい』

と、彼は書いてくれたことがあった。

『特に春、雪解けの季節は素晴らしい。芽吹いたばかりの若草が風に揺れる草原と、そこに下り立つ帰ってきたばかりの渡り鳥たち……』

奇しくも、季節は春だ。

もしかしたらこの国のどこかで、クリストファーはJ……ジュリエットに手紙を書いてくれているかもしれない。

ついに戦争は終わった、君に会いたいと。

渡り鳥が水面に浮かぶ湖畔にジュリエットを招待してくれるかもしれない。軍人である彼が戦争中にそんなことをするわけにはいかなかったけれど、今なら。

ジュリエットはずっとその日を夢見ていたのだ。

(馬鹿みたい……。わたしはデラルトン新皇帝の形ばかりの妻になるのよ。こんな夢は忘れなきゃ)

そう……夢。

すべては夢に過ぎない。

確かにジュリエットはCに惹かれたが、実際に彼に会ったことがあるわけではない。実際に会ったわけでなければ、本当の彼のひととなりなどわからない。

それに対してキャメロンは、血肉を持ったひとりの人間としてジュリエットの目の前に現れた。

そして惹かれずにはいられなかった。

もし敵対した国の王家の血脈として生を受けなければ、否応(いやおう)なしに憧れ、惹かれ、恋をした相手だっただろう。いくら大切な思い出とはいえ、クリストファーへの初恋を引きずってキャメロンと結ばれたくはなかった。

「最後の……お別れの手紙を……」

ジュリエットはつぶやき、寝台から立ち上がると小さな筆記机に向かった。

紙はないが祈祷書が置いてある。

その冒頭の遊び紙を一枚ちぎって、インク壺に墨があるのを確認しペンを手に取った。

『クリストファーへ

さようなら』

……と短い一節を書き記して、ジュリエットの手は止まった。

一体なにをしているのだろう？

（馬鹿みたい！　それに見つかったら大変だわ。荷物の中に隠さないと……）

ジュリエットはすぐに紙を丸めて持ち込んだ荷物の木箱の奥にそれを隠した。

自分の愚かな行動に呆れるとともに、なんとなく……紙に記すことで迷いが吹っ切れたような気がした。

手紙にはじまった恋は、手紙に終わったのだ。

これからはクリストファーとの思い出は淡い初恋として心の奥に鍵をかけてしまって、キャメロンの妻として生きていく。

ジュリエットは寝台に戻ると、枕に深く顔をうずめた。不思議と涙は出てこない。

（これでよかったのね……）

キャメロンは類稀なる偉丈夫で、直実そうなひとだった。おまけにジュリエットと寝室を共にしたいと言うし、政治の駒として夫に煙たがられながら王宮の隅でこっそり生きていかなければならないわけではなさそうだ。

ちょっと不可解なことをいくつか言っていた気もするが、彼の言葉の端々には誠実さが感じられた。

（デラルトン帝国新皇帝、キャメロン……か……）

その時ジュリエットはあることに気がついて、枕から顔を上げた。

キャメロン。

彼もまた、Cだ。

（ううん……。あり得ないわ。確かに即位前は軍部にいたという話は聞いたけれど、彼は皇太子だったのよ。クリストファーは実際に剣を振るって騎士を指揮していると言ったもの。皇太子にそんなことは許されないはず……）

明日は婚姻の儀式だ。

そして当然、初夜がある。

だから、緊張のせいで突拍子もないことを考えてしまうだけ……。

ジュリエットはそう自分を納得させて、枕に顔を戻した。落ち着くために大きく息を吸うと、たっぷりと羽根の入った寝具からは、驚くくらいに心地よい太陽の香りが広がった。

安眠を求めて目を閉じる。

明け方近くになってやっと訪れた浅い眠りの中で、ジュリエットは夢を見た。

花嫁衣装のジュリエットが聖堂に現れると、長細い通路の先には祭壇があり、頭上の巨大なステンドグラスから陽光が降り注いでいた。ジュリエットが眩しさに目を細めると、祭壇に背の高い男性がひとりたたずんでいるのが分かった。

逆光が邪魔して、顔は見えない。

でも、これはクリストファーだ。そう感じた。

夢独特の確信と不確かさとの狭間で、ジュリエットはゆっくりと通路を進んで、クリストファーに近づく。

彼の輪郭がはっきりしてきた。なんとなく、クリストファーは黒髪ではないかとずっと想像していたのに、祭壇でジュリエットを待つ彼の頭髪は金髪だった。ほんの少しだけ癖があり、光を受けながら鈍く輝いている。

まさか……。

真っ直ぐで整った鼻筋、目元が影になるほど彫りの深い顔立ちに、男らしい顎の線。そして、やがてはっきりと見て取れた瞳は、澄んだ青……。

キャメロンだった。

言葉を失って呆然と立ち尽くすジュリエットに、キャメロンは獲物に迫る狼(おおかみ)のような動きで、静かに近づいてくる。

手の届く距離にくると、キャメロンは片手を伸ばしてジュリエットの右の頬に触れた。真摯な瞳にじっと見つめられ、ジュリエットはごくりと唾を飲み込む。

「やっと君に会えた」

キャメロンはささやいた。

ジュリエットはなぜか汗だくになって飛び起きた。それが婚姻の儀式の朝の出来事だった。

第三章

ジュリエットが母国から持ってくるのを許された数少ない荷物のうちにあったのが、王宮に保管されていた亡き母の婚礼衣装だった。

母ジュリアンナは類稀な美しさの聡明な女性だったが、男爵家の末娘という、王族に迎え入れられるには低すぎる身分であったため、第二王妃という形にしかなれなかったのだ。

そして、彼女の結婚生活は幸せとは言い難かった。

ジュリエットはそんな母の婚礼衣装に身を包んで、大きな姿見鏡の前に立った。

女中にほんのり化粧をほどこされ、白銀と宝石と真珠でできたティアラ風の髪飾りで、純白のベールを留めている。

「美しいですよ、ジュリエット様。亡くなったジュリアンナ様もきっとあなたを誇りに思うでしょう」

ジュリエットの背後でドレスの裾を調整しながら、サマンサが微笑んだ。

「そうかしら……。これはあくまで政略結婚なのよ。母親が喜ぶ娘の結婚の形とは、思えないけれど」

　鏡に映る自分を見つめる。

　当然、鏡の中のジュリエットが現実のジュリエットを見つめ返した。

　化粧などをするのは本当に久しぶりだった。森の奥の塔に半幽閉されてから五年間、ジュリエットが王女として人前で着飾る機会はほとんどなかったから、こうして化粧をするのは年頃の娘になってからはじめてのことかもしれない。

　ずっと繊細すぎて地味だと思っていた自分の顔が、驚くほど華やかになっている。

　サマンサが隣に立って、もうすぐデラルトン皇妃になるジュリエットの肩を抱いた。

「そんなことありませんよ。ジュリエット様、あなたは母国のために、逃げも隠れもせずにこの役目を受け入れてくれました。ええ、ジュリアンナ様はあなたを誇っていますとも」

「他に選択肢はなかったもの」

「もちろんありましたよ。泣くことも、取り乱すことも、反抗することもできた。でもあなたは堂々と胸を張って、義母や異母姉たちの嫌味(いやみ)にも負けず、凛(りん)となさっていた。あの新皇帝は意外にも聡明なのかもしれませんね。あなたを選んだんですから」

　昨日のキャメロンと今朝の夢を思い出して、ジュリエットは息を詰めた。

「この結婚は『大いなる勝利』だものね」

「そうですよ」サマンサの声に迷いはなかった。「これは大いなる勝利なんです。なんど占っても同じ結果になるんですから、これはもう運命ですよ」

すると、客間の扉がコッコッと叩かれる。

サマンサが「どうぞ」と返事をすると、現れたのは磨き込まれた甲冑を身につけたデラルトン帝国騎士のひとりだった。

「大聖堂と祭司の用意が調いました。キャメロン様がお待ちです。あなたを祭壇までエスコートするようにと、申しつかっております。さあ、おいでください」

ジュリエットとサマンサは顔を見合わせた。

確かにジュリエットの父は、デラルトン帝国側への当てつけのためにジュリエットに付添人をつけなかった。本来なら父親が娘の手を取って祭壇へ送り届けるべきところを、ジュリエットに与えられたのはサマンサひとり。ジュリエットはひとりで祭壇に向かうものだとばかり思っていた。

「ありがとう。あまり気持ちのいい役目でもないでしょうに」

「キャメロン陛下の下命とあれば」

騎士は静かに答えた。ジュリエットも口をつぐんでうなずき、言われるまま騎士について客室を後にした。

大聖堂への道すがら、ジュリエットはあらためてデラルトン王城を観察した。

基本的な構造はサリヴァンの王宮とあまり変わらない。しかし、装飾の色使いや様式に違いがある。サリヴァン王宮で見る手の込んだ波模様や天使像を象った飾りは少なく、もっと左右対称でシンプルで、それでいて大胆な意匠が好んで使われている。

嫌ではなかった。むしろ、好きかもしれない。

「ひとつ……聞いてもいいかしら。わたしは敵だった国の王女だわ。デラルトンの民は、キャメロン様とわたしの結婚を……どう受け取っているのかしら」

ぴたりと横をついて歩く騎士に、ジュリエットは語りかけた。騎士。もしかしたら彼がクリストファーである可能性さえあるのだ。そう思うと細身の婚姻衣装に締め付けられた胸が、さらに息苦しくなる。

騎士は兜を被ったままジュリエットを見下ろし、数秒の沈黙ののち、答えた。

「キャメロン様は戦争中から、この戦いの目的は復讐にあらず、平和にありと我々に説いていらっしゃいました。市井の者たちの感情まではわかりませんが……少なくとも我々騎士や武人は、この婚姻を平和への礎と受け入れております」

「そうなの」

「そしてあなたのことも、聡明で、平和を望む王女であると公言し、敬意を持って接するようにと厳しく言い渡されていますよ」

「まあ……」

今度は、軽々しく相槌を打てなかった。驚くことばかりだ。歩みの鈍ったジュリエットを促すように、騎士が大聖堂に繋がる通路を示す。

「さあ、こちらへ。あまり大げさなものにしたくないという陛下の希望で、参列者はかなり絞られております。それほどひとは多くありません」

ジュリエットは覚悟を決めた。

決めなければならなかった。

儀式がこぢんまりしているというのはありがたかった。ジュリエットは、姉たちのように聴衆から浴びる注目を楽しむ種類の王女ではない。クリストファーとの文通でも、いつかそんなやり取りをしたのを覚えている。

やがて結婚をする時がきたら、ジュリエットは親しい家族や友人だけが集まる、小さな儀式にしたいと思っていると書いた。クリストファーは、いや、自分はむしろ、できるなら花嫁とふたりきりの式がいいと答えてくれたものだ。

ジュリエットが騎士のエスコートを受けて大聖堂の入り口にたどり着くと、そこは本当に静かだった。ラッパを鳴らす音楽隊も、拍手で花嫁を迎える参列者もいない。

大聖堂の天井は空まで届きそうなほど高かった。

うながされて一歩足を踏み入れると、長い通路の先にある祭壇が目に入る。

(これは……今朝の夢にそっくり……)

色鮮やかなステンドグラスから降り注ぐ陽光。

金の鍍金（メッキ）を施されたパイプオルガンから、控えめな旋律が流れはじめる。ひと組の男と女が結ばれる時に使われる曲は、意外にもジュリエットの母国と同じ響きをしていた。

祭壇には、祭司と、キャメロンがいた。

それを囲むように、参列席の最前列に十数人の国の重鎮と思える立派な身なりの貴族や武人が並んでいる。どうやって先回りしたのか、端っこにはサマンサも参列していた。

一帝国の皇帝としては、驚くほど質素な式だ。それがなにを意味しているのかはわからない。でも、クリストファーしか知らないはずのジュリエットの密（ひそ）かな願いは、叶えられた形になるだろうか。

ついに祭壇の前に立つと、ジュリエットをエスコートしていた騎士が、彼女の手をキャメロンに委ねた。

「ご苦労だった」

と、キャメロンは参列者には聞こえないような小さな声でささやいた。

最初は自分に言われているのかと思って瞠目（どうもく）したが、騎士がわずかにうなずくのを見て、これは臣下をねぎらう言葉だったのだと理解する。

――いったい、どういうひとなんだろう……。

クリストファーからの手紙によると、先代のデラルトン皇帝は民のことを考えるのをやめてしまった独りよがりの指導者であったという。

キャメロンはその息子だ。

もちろん父親とは違う人物である——ジュリエットが、父親であるサリヴァン国王とはまったくの別人物であるのと同じように。

新皇帝であるキャメロンは、もっと優れたひとなのだろうか。

差し出されたキャメロンの手を取り、三段からなる祭壇の階段を上る。キャメロンはそんなジュリエットの一挙手一投足をじっと見つめていた。もしかしたら彼は視力に問題があるのだろうかと思ってしまうほどの凝視の仕方だった。

ジュリエットも彼を見つめ返した。

見つめ返さずにはいられないほどの美しさだった。

キャメロンの婚礼の衣装は白を基調に、繊細な金糸の刺繍が細かく施されきらめいている。元軍人として、数々の徽章がその胸元を堂々と飾っているのも目を引いた。

いわゆる美しいという言葉が、彼に当てはまるのかどうかはわからない。

見る者に畏怖を抱かせるほどの男らしさだ。

金髪は一般的に柔らかく女性的な雰囲気を醸し出すものなのに、彼の場合は逆だった。鈍く煌く金の流れが、獅子のたてがみを思わせる迫力を放っている。

「準備は整いましたかな？」

司祭が落ち着いた声で新郎新婦に問う。

「ああ。はじめてくれ」

キャメロンは即答した。まるで待ち切れないとでも言わんばかりに。

もしくは……こんな茶番はさっさと終わらせたいと思っているのかもしれない。ジュリエットにはわからなかった。

キャメロンのことはなにも知らないのだ。

「では、ここに神聖なる婚姻の儀式をはじめます。ジュリエット殿、デラルトン国教では、一度こうして婚姻の契りを交わせば、死がふたりを分かつまで別れることはできません。ご存知ですかな？　ご異存は？」

「存じています。昨日うかがいました。異存は……」

と答えて、ジュリエットはあらためてキャメロンを見やった。

彼の水色の瞳はあまりにも澄んでいて、真っ直ぐにジュリエットを見据えていて……ジュリエットに選択の余地などなかった。

「異存はありません。進めてください」

続いて、祭司は参列者に向かって、この婚姻に異議を申し立てる者はいないかと問いかけた。おそらくこれがデラルトン流の儀式の流れなのだろう。

幸い、異議を唱える者はいなかった。

そして祭司が唱える婚姻の誓いを、まずキャメロンが、次にジュリエットが復唱する。これもサリヴァン王国とほとんど変わらなかった。

「キャメロン・ド・デラルーシ、汝はジュリエット・ソニャーレを妻とし、生涯の愛と献身、誠実を誓いますか」

「誓います」

キャメロンの声は真っ直ぐで、一切の迷いがなかった。

彼の低い声色は大聖堂の厳粛な空間に美しく響く。声だけでこんなふうにひとの心を動かせる人間を、ジュリエットは他に知らない。

「ジュリエット、汝はキャメロン・ド・デラルーシを夫とし、生涯の愛と献身、誠実を誓いますか」

「誓います」

最後にジュリエットが誓いを立てると、祭司は目に見えて安堵して、両手を広げた。

「これにて汝たちを夫婦と認めます。新郎、新婦に誓いの口づけを」

——口づけ。

ああ、これはジュリエットのはじめての口づけになる。ジュリエットはあらためて夫となった長身の新皇帝に向き合い、彼を見上げた。

彼の唇を。

真っ直ぐに引き結ばれた口元は意志の強さを感じさせる。が、ぽってりと肉感的な唇がそこに色香を加えている。

この唇が……これからジュリエットの唇に触れる。

そう考えただけで体の奥が熱くなった。

「ジュリエット」

ささやくような声で名を呼ばれて、ジュリエットの鼓動が跳ねる。

「は、はい」

「さあ、早く済ませてしまおう」

「あ……」

スッと滑らかな仕草で、被っていたベールを暴かれる。現れたジュリエットの頬に、キャメロンの手が添えられた。ゆっくりと彼の顔が迫ってくる。

ジュリエットは本能的に首を傾けて、彼からの接吻(せっぷん)を受け入れた——つまり嫌ではなかったのだ。それどころかジュリエットの体の芯はポッと熱く火照った。

ふっと触れるだけで終わるだろうと思った口吸は、気がつくとキャメロンの力強い腕に絡めとられて、息苦しいくらい深いものになっていった。

「ん……——っ」

キャメロンの大きな手はジュリエットの右の頬を包んでいた。もう片方の腕が、ジュリエットの腰を抱いて、ぐっと彼の胸元に引き寄せる。

背の高いキャメロンとこの姿勢で接吻を交わすためには、ジュリエットの足はわずかに宙に浮く必要があった。

キャメロンの腕は驚くほど力強かった。

これが皇太子の地位にあぐらをかいていた人間の力とは、とても思えないくらいに。

空気を求めてうっすらと唇を開くと、そこを捕らえるようにキャメロンの舌が割り入ってくる。

ジュリエットは驚いて硬直した。どう反応していいのかわからず、思わずキャメロンの舌を噛みそうになる。しかし、頬に添えられていた彼の親指が、それを防いだ。

キャメロンの吐息がかかり、ジュリエットの唇をくすぐった。

熱い。

赤く熱した刻印を、唇を通じて体の芯に押されているような錯覚がした

彼の舌がジュリエットの口内をくすぐるようになぞると、快感とも不快ともとれる、未知の痺(しび)れがぞわりと背筋に走る。

切なく身をよじると、その動きもキャメロンの腕に封じられた。

「は……っ。あ……はぁ……」

早く済ませてしまおうって、言ったのはキャメロンなのに……。

誓いの口づけはいつまでも続いて、祭司のたしなめるような咳払(せきばら)いが聞こえ、居心地悪そう

に視線を泳がせる参列者がでてきてもなお、終わることはなかった。

もっと始末が悪いことに、ジュリエットも終わらせたいとは思えなかった。

伏せていた瞼をうっすらと開くと、双眸を閉じたキャメロンの端正な顔が目の前にある。

間近で見るキャメロンの面立ちの男らしさに、ジュリエットはあらためて見惚れた。

気がつくと自ら唇を開いて、彼の舌の動きを受け入れている。

どうして自分がこんなことをしてしまうのか、わからなかった。ただ軽く唇を触れ合うだけだと思っていた行為が、どんどん加速していく。

熱い接吻に溺れ、これはいつ、どうやって終わるのだろうといぶかしく思いはじめたころ、キャメロンはやっと唇を離した。

「あ……」

切ないつぶやきが漏れる。

これは……。

これは……なんだったんだろう……？

長くて濃い睫毛に縁取られた水色の瞳にじっと見下ろされながら、ジュリエットはなんとか呼吸を整えようとした。

そんなジュリエットの耳元に、キャメロンは低い声でそっとささやく。

「すまない……。こんなつもりではなかったのだが……」

ジュリエットはとろんとした目で、婚姻の誓いを交わしたばかりの男性を見つめた。

声色こそ誠実さを感じさせたが、彼の瞳に謝罪の色はあまりなく、ともすればこのまま再び唇を奪ってきそうな熱が籠っている。

「……君は賢いだけではないんだな」

「え」

「なんでもない。これでわたしたちは夫婦だ。君はデラルトン帝国皇妃になった。この結婚は、我々がこれ以上戦争を続ける意思はないと世界に知らしめるための、契約でもある」

ジュリエットの思考は急に現実に戻った。

情熱的な口づけにいっとき我を忘れていたが、この結婚は契約に過ぎないのだ。少なくとも彼にとっては。

これはデラルトン帝国の勝利宣言である。

サリヴァン王国は敗戦後も独立を保つために人身御供（ひとみごくう）を捧げたのであり、諸外国に向けては、これで長年の戦争が集結したのだと示すためのパフォーマンスでもあった。

キャメロンは言外に伝えたいのだろうか――これは愛情に基づく結婚ではないと。彼に愛を期待するなと。

あんな口づけのあとで。

「ええ……わきまえております。そのつもりで輿入れに参りました」

そうするしかなくて、ジュリエットは気丈に答えた。

キャメロンはうなずいたが、その水色の瞳がわずかに陰ったような気がしたのは……ジュリエットの勘違いだろうか。


儀式こそ地味に執り行ったものの、まったくお披露目（ひろめ）しないわけにはいかないのが、皇族王族の冠婚葬祭である。

その日の昼下がりまで、ジュリエットはキャメロンと共に来客を迎えた。

多くはデラルトン帝国国内の貴族や有力者たちだったが、遠く外国から訪れる来賓も少なくなかった。

ただ、花嫁の母国であるサリヴァン王国からは、この結婚を祝福する参列者の姿はない。

当然といえば当然だが、例えばもし輿入れしたのがジュリエットではなく姉のうちのどちらかだったら、外聞を取り繕うためにひとりかふたりくらいは寄越（よこ）したのではないか。

そう思うと寂しさはあるものの、母国への郷愁は薄らぐ。

「サリヴァン王国にこのような美しい姫がいらっしゃったとは初耳だ。キャメロン、君はなかなか目が高い」

キャメロンの伯父にあたる公爵にそう評されて、ジュリエットははにかみながら賛辞を受け入れた。

「ありがとうございます。デラルトン皇妃としてご期待に添えられるよう、努力いたします」

婚姻の儀式までエスコートしてくれた騎士が言っていたように、ほとんどの者がジュリエットとキャメロンの結婚に対して好意的だった。

勝者の余裕だろうか。

それに、キャメロンがそう指示してくれたのだろう――キャメロン自身、ジュリエットに対して敬意を持って接してくれる。

それでも中には敵意を隠せないでいる連中もいた。

身分の高い独身令嬢の中には、明らかな嫉妬の視線を投げつけてくる者もいる。

あらためて観察しても、キャメロンの美貌は浮世離れしていた。

その身分もあり、彼の隣に妻として立ちたかったと思う令嬢はひとりやふたりではないのだろう。それを、よりによって元敵国からやってきた、あまり名の知られていない第三王女に持っていかれて……嫉妬するなという方がおかしい。

やっと来賓の足が減ってきたころで、ジュリエットはすっかり疲れ切っていた。

キャメロンはといえば、凛とした表情と堂々たる態度を一瞬たりとも崩すことなく、無尽蔵の胆力を示している。その体力は羨ましいくらいだった。

「疲れただろうか、ジュリエット。顔色が冴えない」

披露宴として開放されていた迎賓の間に人の流れた途切れたとき、キャメロンがジュリエットの顔を覗き込んで眉間に皺を寄せた。

思わずドキッと胸を高鳴らせてしまう。

「いいえ、大丈夫です……。慣れないことばかりで少し気疲れしてしまったのかもしれません。あまり社交の場に出たことがなかったので……」

言ってしまってから、ジュリエットはしまったと思った。

まだ初夜を迎えていない段階で、この結婚は失敗だったかもしれないとキャメロンに思われたくなかった。

特に大きな失敗はしなかったはずだが、王族貴族同士の気の利いた会話にどこまでついていけていたかは自信がない。

単純で、田舎者で、面白味のない女だと思われているかも……。

しかしキャメロンは、うっすらと優しげな表情を浮かべるだけだった。

微笑みと呼ぶには頼りないかもしれないが、来賓に向けていた新皇帝の顔とは明らかに違うリラックスした表情だ。ジュリエットは安堵するとともに、ときめきを感じた。

すでに高鳴っていた鼓動が、さらに加速していく。

「君はよくやってくれた。想像していた通りだ。凛としてたおやかで、賢いがそれをひけらかさない……理想の妻だ」

「想像していた……？」

ジュリエットが小さく首を傾げると、キャメロンはなにかに気づいたように唇を引き結んだ。ジュリエットの疑問にすぐ答えてくれると思って待っていたのに、キャメロンはなにも言わずに彼女を見つめるだけだった。

キャメロンは再び、ジュリエットの体の奥に火を灯すような熱い瞳を向ける。

「それについては……今夜、君に説明しよう。わたしはもうしばらくここにいなければならないが、君はもう客室に戻ってくれていい。湯あみでもして休んでいなさい。寝室の用意ができたら迎えを寄越そう」

——今夜。

ジュリエットは思わず頬を赤らめた。今夜とはつまり初夜だ。この結婚を完全なものとするため、床入りをする義務がある。

——湯あみでもして……。寝室の用意ができたら……。

「わかりました……。では、こ、今夜……」

ジュリエットは頭を下げ、壁際に控えていたサマンサを呼ぶと客室に戻りたい旨を伝えた。騎士がひとり護衛について、ジュリエットたちは迎賓の間を後にする。

開け放された扉を潜るとき、背後に強い視線を感じてジュリエットは肩越しに振り返った。キャメロンがなにか言いたげな熱っぽい目つきで、じっとジュリエットを見つめていた。

第四章

寝室の準備ができたら迎えを寄越そう、とキャメロンは約束した。

その言葉通り、ジュリエットが湯あみを終え、サマンサとリサ——デラルトン側から与えられた新しい女中の名前だ——の手を借りて入念な初夜支度を済ませたころ、迎えの騎士が客間の扉を叩いた。

「このお部屋をお使いになるのはこれが最後です。陛下はジュリエット様に今夜から主寝室をお使いになるようにと仰せですから、お荷物はあとでお届けします」

サマンサには、使用人が住む区画に小さい相部屋を与えるという。

相部屋になる相手はリサだ。カード占いの習慣を訝しがられないだろうかと心配になるが、当のサマンサはまったく気にしていないようだった。

「とってもお綺麗ですよ、ジュリエット様。あなたのお付きとして、これほど誇らしく嬉しかった日はありません。さあ、背筋をしゃんと伸ばして」

サマンサは感極まった表情を浮かべ、これから初夜の床に向かうジュリエットの手を握った。

「え、ええ……。粗相のないように頑張るわ」

「粗相どころか、きっとキャメロン様はあなたに夢中になりますよ。まともな男ならみんなそうなります。そのくらいお綺麗です」

サマンサは左遷でジュリエットの塔に回されてからというもの、ずっと姉代わりのような存在でいてくれた。歳の差は十歳ほどで、あけすけな性格と奇妙なカード占いでいつもジュリエットを励ましてくれていた。

離れ離れになるわけではないが、いままでずっと狭い塔でふたり暮らしだったから、少し寂しく感じてしまう。

その気持ちはサマンサも同じだったようだ。

眼鏡の奥の瞳にうっすらと涙が浮かんでいる。

「それで……あなたのカードはなんと言っているの？」

普段、ジュリエットからカード占いについて聞くことはあまりしない。ジュリエットがわざわざ聞かなくても、この侍女はいつだって先回りの忠告をくれるからだ。

そもそもジュリエットは完全にカード占いを信じ切っているわけではなく、参考程度に聞き流しているのが常だった。でも今はサマンサの助言が欲しかった。

思い出せば、クリストファーの手紙を最初に見つけた日も、サマンサのカード占いはそれを言い当てた。

『探し物が見つかる日』。

しかしサマンサは困ったような顔をして、小さなため息をついた。

「お伝えしようかどうか迷ったのですが……実は、あまりはっきりしないのです。最初は『誤解』と出ました。そんなはずはないと思ってもう一度試しても、また同じ。どうしても納得できなくて最後にもう一回だけ試すと、今度はまたいつものあれがでました」

「いつものあれ?」

「『大いなる勝利』です」

「誤解……」

「ああ、そんな顔をしないでください! 不安にさせるかと思って黙っていたんです。でも、ジュリエット様から聞いてくるなんて滅多にないですから」

部屋の端に控えているリサと迎えにきた騎士が、不可解そうに首を傾げながら異邦人であるふたりのやり取りを見つめている。

「わたしが思うには……」

サマンサは、そんな視線には我関せずを貫いた。ジュリエットは時々、自分などよりサマンサの方がずっと王女や王妃にふさわしい度胸を持っているのではないかと思ってしまう。

「もしかしたら今夜、おふたりの間でなんらかの誤解が生じるかもしれません。でもね、ジュリエット様、きっと最終的にはすべていい方向に進み出します。だから恐れないで。ご自分を信じてください。ご自分と、キャメロン様を」
サマンサにぎゅっと両手を握られ、ジュリエットはなんとかこくりとうなずいた。

これから一生を過ごすことになるかもしれないデラルトン皇帝の主寝室へ向かう中、ジュリエットの頭の中には『誤解』の文字と、そしてなぜか、いつかクリストファーと交わした言葉が踊っていた。

『こうして戦地を渡り歩き、市井の者の生活を肌に感じるにつけ、羨ましく思うことがひとつある。彼らの居住する家々は概して小さく狭く、夫婦は寝室を共にし、兄弟姉妹も同じ部屋で眠っていることだ。

わたしの子供時代は、少なくとも金銭的には、もっと恵まれていたのだろう。しかし、わたしの両親は寝室を分けていたし、わたしはいつもひとりぼっちの子供部屋で夜を過ごした。

もし将来、わたしが生涯の伴侶を見つけ時、彼らのように寝食を共にしたいと思う。もちろん楽しいことばかりではないだろう。例えば口論をしたあとには、互いの尻を蹴飛ばしたくなるような夜もあるはずだ。

それでも床を共にし、隣にありながらも互いの温もりに飢えて、どうやって謝罪をしようか気を揉んで夜を明かす……。

それが愛し合うということではないだろうか』

それはクリストファーが珍しく粗野な言葉——尻を蹴飛ばす——を使った手紙で、ジュリエットは夜中にも関わらず何度も読み返して、毛布の中でくすくす笑ったものだ。

そして、ジュリエットもまったく同じ思いでいると、返事を書いた。

（おかしなことね）

ジュリエットは甘酸っぱい思いでキャメロンの寝室……いや、ふたりの寝室への道を進んだ。

（小さな婚姻の儀式。夫婦で共にする寝室……。どちらもクリストファーに共感したことだわ）

それらがどういうわけか、キャメロンを通じて叶う形になっている。

もしかしたらデラルトンの男性というのは、概して同じ考え方をするのだろうか？　だからこんな偶然が重なるの？

疑問を抱えたまま、ジュリエットは進んだ。

「こちらです。陛下はすでに中であなたをお待ちです」

石畳の回廊の最奥にある重厚な鋳鉄扉の前で、騎士はジュリエットに告げた。

扉の両横には壁に組み込まれた洋灯が、夕暮れ時の薄闇に光を投げかけている。その横に護衛が立って左右を固めていた。

ジュリエットがうなずくと、護衛は扉を叩いた。

すぐにキャメロンの「入れ」という深みのある声が向こう側から響いて、騎士は両開きの扉を開いた。

目の前に広がる豪奢な空間に、ジュリエットは息を呑んだ。

金箔をふんだんに用いた調度が至る所に置かれた室内には、複雑な模様を織り込んだ東洋の絨毯が敷かれ、壁にはいくつもの年代物の絵画が飾られている。巨大な暖炉には白い大理石のマントルピースがしつらえられていて、見事な装飾が彫られていた。

しかし、ジュリエットの感嘆を誘ったのは、金箔や大理石ではない。

入って正面にある大きな窓と、そこから見える夕暮れの景色のあまりの美しさ……。

そして、その手前に鎮座する四柱式の広々とした寝台の前に立ったキャメロンが、あまりにも神々しくて……あまりにも真摯にジュリエットを見つめていたから。

「ご苦労だった。今晩はもう下がっていていい」

キャメロンはジュリエットを見つめたまま、騎士に命令を下す。

「はっ、御意。扉の前にはいつも通りふたりおります。おやすみなさいませ」

騎士は答え、頭を下げた。

ジュリエットは目のやり場に困り、寝室を出ていく騎士をぼんやりと見送る。ぱたんと扉が閉じられると、広々とした空間にひんやりとした沈黙が落ちた。

ジュリエットはキャメロンに視線を戻す。

彼はやはり、じっとジュリエットを見据えたままだった。瞬きさえほとんどしない。

「あ……あの……あらためて、ジュリエットにございます。不束者(ふつつかもの)ですがよろしくお願いいたします、陛下」

不安を隠すために胸の前でぎゅっと両手を握って、ジュリエットは頭を下げた。

夫婦関係とはこんなにぎこちなくはじまるものなのだろうか？　それともわたしたちだけ？　わたしだけ？

「顔を上げてくれ、ジュリエット」

声だ、とジュリエットは思った。キャメロンの声。

信じられないほど深くて、低くて、少しかすれているのによく響く声。男性そのものの声質と、皇帝にふさわしい威厳に満ちた口調。

いくら王女とはいえ、森の奥の塔にひっそりと暮らしていた不遇の身のジュリエットが、すんなりと親しめる種類の響きではない。キャメロンがなにか言葉を発するたびにジュリエットの心臓は跳ねて、息苦しくなるくらいの血流が胸をざわつかせる。

「はい……」

ジュリエットはそろそろと顔を上げ、キャメロンの反応をうかがった。

キャメロンは両腕を胸の前で組んで、寝台の四つ端に立つ支柱のひとつに背を預けていた。その姿には大人の男の色香が溢れている。

緊張の面持ちでたたずむジュリエットに、キャメロンは小さなため息をついて見せた。

「ひとつ——君がわたしのことを陛下と呼ぶ必要はない。キャメロンにしてくれ。少なくともこの寝室では」

ジュリエットは瞳をしばたたいて、え、と声を漏らした。

「ふたつ——確かにこれは政略結婚で、両国の平和のために必要な契約だった。しかしわたしは、これから我々がはじめる行為を無理やりなものにはしたくない」

気のせいかもしれないが、近寄りがたいほどに厳格だったキャメロンの表情が、ふっと寂しく陰った。まるでジュリエットの反応に落胆しているようだった。

なにを期待されていたのだろう？

「陛……キャメロン様。もし……もし、わたしが不本意にここに立っていると思われているなら、それは誤解でございます。妻として、キャメロン様に身も心も捧げる覚悟です。ましてや無理やりなど……滅相もございません」

「そうだろうか？　君は震えている」

「それは、その……」

だって、はじめての夜だから。

あなたのことをなにも知らないから。

この行為には少なくない痛みが伴うと聞いたことがあるから……。

いくつかの説明が頭を横切ったが、緊張しすぎて上手く説明するのは難しかった。

「わたしは無知なので……失礼なことをしてしまわないかどうか、とても不安なのです」

結局、ジュリエットはそう告げて、答えを求めるようにキャメロンを見つめた。

キャメロンの美しさには、見るものを呑み込むような迫力がある。ただ体躯が優れているとか、輪郭が整っているとか、そういう種類の外見的な醜美を超えた、ひとをひざまずかせるような本物の風格。

これからこの男性に触れられて、それ以上の親密な行為に及ぶのだと想像しただけで、ジュリエットは思わず固まってしまう。もしかしたらジュリエットのこの反応を、嫌がっているせいだと、キャメロンは勘違いしているのだろうか。

誤解、というサマンサの言葉を思い出した。

誤解……。

このことかもしれない。

「キャメロン様こそ、こんなわたしでも……いいのですか？　デラルトン帝国の法律では離縁ができない上に、第二皇妃も持てないのでしょう？」

キャメロンはわずかに片眉を上げて、まるで心外な質問を受けたと言わんばかりに首を傾げた。

「ああ。君が第二の夫を持てないのと同じようにね。君はそれでいいのだろうか？」

「もっ、もちろんです！」

「わたしの答えもそれと同じだ。もちろん、わたしは君を生涯の伴侶にと望んでいる」

「でも……」

——どうして。

ジュリエットの疑問は声になる前に舌の上で凍りついた。

どうしてキャメロンはジュリエットを選んだのか。

ジュリエットを渡さなければサリヴァン王国を植民地にすることも辞さないと脅しておいて、この床入りを無理やりにはしたくないと言う。

不思議なひとだ。

「『でも……』？」

「わたしたち、まだお互いのことをなにも知りません。あなたは皇帝に即位なさるまで軍部にいらしたという以外、謎の多い方ですし、わたしも長い間……王宮では暮らしていませんでしたから、お会いしたこともないはずです」

「最初からすべてを知り尽くしている夫婦などいない。わたしはこの夜を、わたしたちの二度目のはじまりにできたらと思っている」

「二度目……?」

夫の不可解な言葉をジュリエットが繰り返すと、彼は胸の前で組んでいた腕をゆっくり解いて、静かにこちらに歩いてきた。

「それについては、君を抱いてから……ゆっくり説明させてほしい」

大聖堂のステンドグラスの下では水色に見えた瞳が、夕闇に落ちた仄暗い空と燭台の光だけの寝室では、濃い青のように見えた。

キャメロンはジュリエットの前に立つと、そっと片手を伸ばして妻の髪に触れた。

ジュリエットの茶色の髪は普段緩いウェーブを描いているが、湯あみの名残でわずかに湿っているため、いつもより真っ直ぐだった。後頭部を細いリボンで飾ってあったが、それ以外は自然に片方の肩に流している。

俗に栗色とも表現される色彩で柔らかい髪質のジュリエットの髪は、光に透かすと蜂蜜のような甘やかな色になる。

「綺麗な色だ。なんとなく……想像していた通りだ」

キャメロンが漏らすようにつぶやく。

目の前にはキャメロンの高貴な金髪がある。ジュリエットは母親譲りの自分の髪色を誇っていたが、キャメロンのような浮世離れした容姿の美形から褒められると——たとえそれが体の一部に過ぎなくても――嬉しいだけでなく、恥入りたいような気持ちにもなる。

「ありがとうございます……キャメロン様、あの……」

「わたしの妻になってくれたことに感謝する、ジュリエット。この日を夢見ていた」

「……！」

キャメロンはジュリエットの髪の流れをひと束掬うと、瞼を閉じて背を屈め、騎士が忠誠を誓うような厳かな口づけを濡れ髪に落とした。

ジュリエットは頬を染め、狼狽し、鳩尾の辺りをキュッと締めつける謎の感覚に戸惑った。

かなりの長身であるキャメロンに対し、ジュリエットの上背は平均の範疇を出ない。こうしてジュリエットに合わせるために、キャメロンはかなり深く背を屈める必要があった。でも彼の動きは滑らかで無駄がない。

完璧なひとだ。

なにもかもが、文句のつけようのない完全なひと。

「わたし……」

ジュリエットの声は震えて、上手く続きを紡げなかった。

キャメロンの唇が微笑みに似た曲線を描くのを感じる。

「君がわたしに同じ言葉を返してくれる必要はないよ。わたしはただ……この日を待った。この夜を。この結婚を。これから君を抱くことを……許してくれるだろうか」

その声の響きの色香に、頭が痺れる。膝が溶けて立っていられなくなるような男らしい低い声が、ジュリエットの鼓膜を揺らす。

許すも許さないもない。

ジュリエットにこの結婚から逃げる気はなかったし、キャメロンのことは素敵なひとだと思っている。素敵すぎるくらいだと。

無理やり奪われても文句は言えない立場のジュリエットに、こんな甘美な言葉をささやいてくれるキャメロンには、感謝したいくらいだった。

「はい……」

静かに答えると、キャメロンは優しく触れていただけのジュリエットの髪をぐっと引き寄せた。よろけそうになるジュリエットの肢体を、新皇帝の腕がきつく抱きとめる。

彼も湯あみを済ませたのだろう。清潔な石鹸(せっけん)の香りと、それでも消しきれない男らしい肌の匂いが鼻腔(びこう)をくすぐった。飾り気のないシンプルな白いシャツだけの上半身に頬が押しつけられて、その胸板のたくましさに息を呑んだ。

「口づけと、愛撫(あいぶ)と……どちらを先にしようか」

背筋がぞくりと震える。

ジュリエットの答えを待たずに、キャメロンは彼女を掬(すく)い上(あ)げて横抱きにした。慌てて夫の首に両手を回そうとしたが、それさえも終わらないうちに寝台の上に運ばれる。

口づけと、愛撫……？

口づけはわかる。

でも、愛撫とはどんなものだろう……？

どんな気持ちになるのだろう。ジュリエットはどうやってそれを受け入れるべきなのだろう。キャメロンはどれくらいそれを必要としているのだろう。

早くに母を亡くし、義母は協力的でなく、サマンサはカード占いはできても男女の営みに関する知識は浅く……ジュリエットにこうした知恵を授けてくれる年上の女性はいなかった。

これからはじまる夫婦の契りは未知なことばかりで、すべてをキャメロンに任せなければならない。

シーツの上に座らされたジュリエットに、キャメロンが覆いかぶさってきて、背中がぽすんと寝台に当たった。

「その、愛撫というのは……い……痛いのですか？」

震える声でジュリエットが問うと、キャメロンは動きを止めた。

「いや……。確かにそういう種類の前戯を好む男女もいるだろう。しかしわたしは、君に痛みを与えたいとは思わない」

「で、では……」

はじめての行為に痛みが伴うというのは嘘だったのだろうか？　少なくともキャメロンは、

痛みを与えずにその行為を済ませてくれると言う。

ジュリエットの心は決まった。

「先に、愛撫をしてください。口づけは……後にしましょう?」

キャメロンの美しい双眼が見開かれる。

しばらくじっといつもの熱っぽい目線でジュリエットを見下ろしたあと、小さく頭を振る。

「君にはたくさんのことを教えなくてはならないようだ」

「え……。あっ」

羽織っていた上着をするりと肩から脱がされ、レースに縁取られたシュミーズ風の寝間着があらわになる。ジュリエットは抵抗できなかった。

抵抗する理由もなかった。

ただ鼓動が急く。息が上がる。肌が熱くなる。

それでも、痛みを与えたいとは思わないというキャメロンの言葉が、ジュリエットに安心と勇気を与えた。

まだ名前と、幾ばくかの経歴を知っているだけの相手と、こんな風に肌を重ねる。それは本当に勇気のいることだったが、キャメロンの率直さにジュリエットは安堵を感じた。

じっとりとした熱い視線とは裏腹に、キャメロンは優しくジュリエットの頬を撫(な)でた。

「まずは……愛撫とはどんなものなのか、君に教えなくてはならないようだ……。時間をかけて、ゆっくりと……最初から、最後まで」

キャメロンの呼吸が荒くなっていく。

「はい。わたし、きっとすぐに覚えます。だから大丈夫で――」

ジュリエットの声は途中で切れた。キャメロンの右手がジュリエットの背中に回され、ぐっと彼女の胸を前に突き出す。そして彼の左手がジュリエットの胸をひとつ鷲掴(わしづか)みにした。

「なに……を……ぁっ」

信じられない気持ちでキャメロンの動きを見つめるジュリエットの乳房が、彼の大きな手によってグニグニと揉まれる。

最初は、なにが起きたのかわからなかった。

でも次第に、その不可解で卑猥(ひわい)な行為から、言い知れない痺れが全身にじわじわと広がっていく。

「これ、は……っ、あ、これ……が……？　ふ……ぁっ」

「愛撫というものは……」

「きゃうっ！」

キャメロンの人差し指の腹が乳房の頂点にある突起部分を押した。途端に、鋭い刺激がジュリエットを貫く。

どうしていいのかわからなくて、ジュリエットは息を荒げながらキャメロンにすがった。

「や……。おかしい……です、こんな」

「愛を、撫でると表現する。こうして、女性の体にはいくつか、とても敏感に愛を感じる部分がある……。わたしは夫として、君のそういった部分をじっくりと撫で……触れて……称える……義務がある」

キャメロンの手は執拗にジュリエットの胸の頂をなぶった。その度に手足がビクビクと痙攣し、これまで一度も経験したことのない種類のもどかしいうずきに支配される。

「んぁ……、ふっ」

「教えてくれ。君は今……どう感じている？」

「それ、は――」

はぁ、はぁと、水から出された魚のように喘ぎながら、この新しい感覚をどう説明するべきかわからずに、戸惑う。考えようとすればするほど思考があやふやになり、頭の中にぼんやりと霧が掛かってくる。

キャメロンの指の動きに呼応してどんどん固くしこっていく胸の蕾からは、さらに……さらにと、畳み掛けるような快感が送られてきて、ジュリエットを襲ってくる。

「熱い、です……。か、らだの……奥が……熱くなって……はぅっ」

びくん！

耐え切れなくなって、肢体が痙攣した。

キャメロンになぶられている蕾は、すでにぷっくりと膨れて、薄い布地を押し上げている。

それは確かに甘やかで、心地の快いものだった。

でも、どうやって受け止めていいのかわからない。この快感の先には、ジュリエットのまだ知らない強烈ななにかが待っている。それを感じる。

熱しすぎた鉄に触れたら火傷をしてしまうのと同じように、キャメロンの指先に、焼かれてしまうのではないかと思うほどの強い刺激を与えられる。

「ん……ぁあっ！」

キャメロンの指が、蕾をぴんと弾いた。痛みと快楽のない混ぜになった強烈な痺れに背がのけぞる。キャメロンはぷるんと震えたその頂を、素早く口に含んだ。

――く……口？

ジュリエットが戸惑ったのは一瞬だった。すぐに彼の舌がいままで指で苛めていた頂を優しく舐めはじめて、その行為の意味を知る。与えられる快感は指技以上だった。

「あ、あ……あ……ぅ……」

どんなに抑えようとしても、声が漏れてしまう。

ジュリエットはおかしいのだろうか。雌猫のようにあられもない嬌声を上げて、はしたなく腰をよじってしまうなんて……。

キャメロンの舌は執拗だった。

彼の唾液でしっとりと濡れた胸の先端は、舌の動きから受ける刺激と、生温かい吐息に翻弄されて、ジュリエットをどこか怖くなるくらいの高みまで持ち上げていく。

これが……。

これが、愛撫という行為なの……？

疑問が声に出てしまったのだろうか。ほんの少しだけ舌を離したキャメロンは、乳房に向けて話しかけるような体勢で、そっとささやく。

「そうだ。これは妻に対する夫の義務であると同時に……」

その低い声の振動にさえ、ジュリエットの体はふるりと反応した。

「んっ」

「権利であり、そしてなによりも、喜びだ。君は感じてくれているだろうか？ 可愛いジュリエット……我が、妻よ」

「感じる……？ これ、が……そうなのです、か？」

「そう思いたいね。しかし、これはまだ氷山の一角だ……はじまりにすぎない。わたしはこれから君を味わい尽くす。その先にはもっと深い……さらに激しい快感が待っているはずだ」

「あ……」

ジュリエットはすでに呼吸の仕方がわからなくなるほど乱されている。それなのに、これがまだほんの一部分にすぎないだなんて……すべてが終わった時、ジュリエットはまだ正気でいられるだろうか?

キャメロンは顔を上げた。すっかり頬の上気した、トロンとした瞳のジュリエットを見つめて、薄い笑みを浮かべる。

「……続きをしてもいいだろうか?」

ジュリエットは覚悟にキュッと下唇を噛む。そしてコクリと小さくうなずいた。

「では、遠慮なく。それから……声を我慢する必要はないよ。君の声は可愛い……もっと鳴いてくれ。城中に、わたしが君を抱いていると知らしめてやれるくらいに」

すでに赤らんでいた頬が、さらに赤くなる。

大きなキャメロンが姿勢を変えると、寝台はぎしりと乾いた音を立てた。

キャメロンはシーツの上で膝立ちになると、ジュリエットも同じように起き上がらせ、妻の両肩を掴んだ。長くて男らしい指先がシュミーズの肩紐の下を潜り、そのまますると二の腕まで引き落とす。

はらりと儚く、ジュリエットの胸の膨らみがあらわになった。

キャメロンがごくりと唾を呑み下し、喉仏を上下させるのがわかった。

そして、彼の水色の瞳……。

まるでジュリエットが大きなグラスになみなみと注がれた水で、彼はその水を飲まないと枯れ死んでしまうとでも言いたげな、飢えた視線だった。

ジュリエットもいつしか、彼になら飲み込まれても構わないと思いはじめていた。

「ください……。続きを」

ジュリエットがささやくと、キャメロンは目を光らせた。それはひとが野獣に変わる瞬間のようで、キャメロンの中でなにかが――おそらく理性の綱と呼ばれるものが――プツリと切れた合図だった。

でも、もう逃げ場なんてない。

キャメロンは襲いかかるようにジュリエットを押し倒し、彼女の背をシーツの波に沈めた。そして妻の首筋に噛みつくような口づけをすると、そのまま唇を下に滑らせていく。両手で乳房を掴み、激しく揉みしだきはじめた。

「きゃううぅ……！　ひっ！」

ジュリエットは細身で華奢（きゃしゃ）だが、胸はふっくらと柔らかく大きい。キャメロンの大きな手に力強く揉（も）み込まれ、淫らに形を変えた。

じっくり両手で乳房をまさぐる間、キャメロンは舌でくすぐるようにジュリエットのおへその窪（くぼ）みを舐（な）めた。

下腹部がじんわりと熱くなる。

「こ……こん、な……。ふぅ……、うぅ……んっ」

なにかにすがっていないと気が変になってしまいそうで、シーツをギュッと掴んだ。

じわじわと瀬戸際に追い詰められるような感覚……。この先になにがあるのかわからず、ジュリエットは期待と恐怖の両方に翻弄されながらもがいた。

「ん――――！　あぁっ！」

キャメロンの人差し指が、爪を使ってコリっと蕾を掻くように刺激する。ジュリエットは悲鳴に似た嬌声を漏らし、溢れる唾液を飲み込み切れずに唇から垂らした。

「愛撫とは……」

やっと聞き取れるくらいのかすれた声で、キャメロンは説明を続けた。

「ふたりの人間が体を繋げる前に……お互いが、相手の体に溶け合いやすいように……ほぐし合うことだと、わたしは理解している」

「ふ……、うっ、ふぅ……」

ジュリエットの声はすすり泣きに近づいてきた。

悲しいわけじゃない。

痛いわけでもない。

でも涙が溢れて止まらない。口内にも唾がすぐに溜まっていくうえに、太腿の間の深いところから、生温くてはしたないなにかが垂れてくるのを感じる……。

切なくて、もどかしくて、本当に体が溶けてしまいそうだった。

「とてもいい……可愛い反応だ。だが、今からこれでは……君を壊してしまう……」

限界に達しそうになったところで、キャメロンは乳房を弄る手を緩めた。

「ん、ぁ、わた、し……キャメロン、様……」

愛撫がやんで楽になったはずなのに、ジュリエットは急に体の大切な器官を失ったかのような喪失感に襲われる。はぁ、はぁと荒い息を繰り返しながら、キャメロンの次の動きを待った。

——どうしてやめてしまうの？

「次はこっちだ。服を脱がすよ」

「え……？」

こっち？　どこ？

ジュリエットが大きく両眼を見開いているうちに、キャメロンの手が腰までずり落ちていた妻の寝巻きをはぎ取った。ジュリエットは完全な裸体にさせられて、キャメロンの前に捧げられていた。

キャメロンはまた膝立ちになり、自らのシャツを頭から脱ぎはじめた。

「どうして……服を脱ぐ必要が……あるんですか？」

キャメロンはぴたりと動きを止めて、無防備な姿のジュリエットを見下ろした。

「なんてことだ。君はそんなことも知らないのか……？」

心臓が鳩尾あたりまで落ちていくような落胆を感じた。キャメロンはジュリエットを無知で教養のない女だと思っている……？

「ご、ごめんなさい」

ジュリエットは隠れたくなるのを堪えながらささやいた。

シャツを床に投げ捨てると、キャメロンは両手をジュリエットの顔の横について覆いかぶさってくる。

「謝らないでくれ。君がなにも知らないことを批判したわけじゃない。わたしは……自分の幸運に驚いただけだ」

「幸運？　あなたの？」

「そうだ」

ジュリエットに男女の交わり方の知識がないことが、どうしてキャメロンの幸運になるのだろう？

あらわになったキャメロンの上半身は、見る者の呼吸を奪うほどのたくましさだった。

神々しいほどに厚い胸の筋肉、そして引き締まった腹部……無駄な部分はひとつもなく、それでいてジュリエットの体とはまったく違う。

いくつか剣を受けたような傷跡が走っていたが、それさえも彼の美しさに影を差すことはできなかった。

高鳴る鼓動を持て余しながら、夫となった男性の雄々しい肉体を見つめる。それから、彼の水色の瞳を。唯一の妻として、この男性と生涯を共にするのだと思うと、胸がいっぱいになった。

キャメロンは素晴らしいひとだ。

過ぎるくらいに、ジュリエットを大切に扱ってくれている。

でもなにかが引っ掛かった。

小さな婚姻の儀式。

ふたりで共用する寝室。

まるで武人のようなキャメロンの肉体。

キャメロンとの交わりがあまりにも素晴らしくて、しっかり頭が動かない。でも記憶の中のなにかとキャメロンの言動がひどく一致するのだけは、ぼんやりと感じられた。

「まだ誰にも触れられたことのない……駆け引きさえ知らない……純粋な君を愛せることを、幸せに思うよ」

「キャメロン……様、ふ……ぅ、ぁっ」

ジュリエットの顔を見つめたまま、キャメロンは片手をするりと妻の太腿の間に滑り込ませた。

夫の指先がいつもは排泄と生理現象のためだけにあるはずの場所に触れる。

ジュリエットはびくりと震え、驚愕した。

「だ……だめです……そんな、ところを……」

言うが否や、キャメロンの人差し指がスッとジュリエットの恥部を縦にこすった。激しい寒気のような、未知の刺激が頭のてっぺんから足の爪先までを貫く。

妻の反応を確認しながら、キャメロンはさらにそこをこすり続けた。

ジュリエットだって、体のこの部分がどんな作りをしているのかはなんとなく知っている。月のものが排泄される部分から、とろとろした粘液が滴っているのも感じる。キャメロンの指はじゅくじゅくと音を立てながら、その秘境を探っている。

「ん……っ、んぁ……ぅ」

水音がかすかに劣情を誘う。

まだ弱々しい……でも次第に大きくなっていく欲望の中で、ジュリエットは我を失っていった。

二枚の襞に守られた小さな宝珠にキャメロンが触れたとき、ジュリエットはあまりの衝撃に短く悲鳴を上げた。それを聞いたキャメロンが動きを止めてくれると思ったのに、逆だった。

「ここだな、君が特に……感じるのは」

敏感な陰核を、執拗に弄られる。

いつのまにか、そこはぷっくりと膨れはじめ、さらに強い官能をジュリエットの全身に伝えはじめた。気が変になってしまいそうだった。なにかがじわじわと近づいてくる。

キャメロンは片手でジュリエットの乳首をひとつ、そしてもう片方の手で秘部の蕾を、したたかに虐め続けている。

体が溶けてしまいそうで、どこからが自分でどこからがシーツなのかわからなくなっていくくらい、ジュリエットは身悶えした。

「はぅ……うっ、こん……な……」

「逃げる必要はない……。達してしまえば楽になるよ、ジュリエット。約束する。ほら」

キャメロンの愛撫が、優しい触れ方から、残酷なほど強いものに変わる。ギュッと乳首をひねるのと同時に襞の間の蕾を爪で強く引っ掻かれて、ジュリエットは悶絶した。

達するとはどういう意味だろう。

達してしまったら、どうなるのだろう。

「んぁ……ふ――」

さらに責め立てられ、何度も似た動きで胸と花弁を刺激されると、ジュリエットは震えを止められなくなった。うっすらと浮かぶ涙に滲む視界には、荒い息をしたキャメロンが真剣な表情で彼女の体の反応を確かめているのが映る。

その情景は艶麗だった。

キャメロンはまるでジュリエットの肉体が美しい楽器であるかのように、あちこちを丁寧に触れて、撫で、弾いた。ジュリエットが声を上げると、そこをさらに丹念に刺激する。ジュリエットはさらに声を上げる。

キャメロンが愛撫と呼んだこの行為は、すでに戻れないところまで来ていた。

どこか高いところへ押し上げられる。

高くて、遠くて、一度そこへ行ってしまったら、きっと帰ってこられない場所。なにも知らなかった無垢なジュリエットには戻れない……そんな予感がする場所へ。

でも止まることはできなかった。キャメロンはそれを許してくれない。

「あぁ！　ん……っ、だ……だめ……ぇっ！」

それは猛烈な勢いでやってきて、またたく間にジュリエットを攫っていった。

ジュリエットの無垢な体では受け止めきれないくらいの快感が高波になって押し寄せ、すべてを呑み込み、押し流していく。

ジュリエットは背を弓形に反らしてビクビクと痙攣した。

唇からは唾液が、そして秘部からは愛液が垂れてシーツを濡らしている。

「あ……ぅ……」

信じられない。信じられなかった。

こんな感覚が存在するなんて知らなかった。こんな、体の奥で光が弾けるような……全身を焼き尽くされるような……それでいて甘美な快楽があるなんて……。

生まれてはじめての絶頂にシーツの上で震えているジュリエットの裸体を、キャメロンがそっと抱きしめる。

「素晴らしい反応だ。なんて感じやすい……可愛い体をしているんだ、君は」

夫の低い声と熱い吐息が耳元をくすぐる。

「わたし……」

「興奮しすぎて、いくらか乱暴にしてしまったかもしれない。すまなかった。少し休んで。ゆっくり息をするんだ」

難しいことを言われたわけではないのに、ジュリエットの頭はぼうっとして、真っ直ぐにものを考えられなくなっていた。

優しく背中をさすられて、ほんの少しだけ落ち着いてくる。

それでも、自分がどこにいるのかさえはっきり思い出せない状態だった。今、自分の年齢を聞かれても、きちんと答えられる自信がない。

そのくらい激しい快感だった。

「ほら……。そう、いい子だ。きちんと息をして」

キャメロンは優しくジュリエットの髪を撫でながら、そう指導した。ジュリエットはなんとかそれに従った。

次第に震えは治まってきて、呼吸も落ち着いてくる。

キャメロンの人差し指の裏側が、ジュリエットの頬にそっと触れた。同じ接触でも、さっきまでとはまったく違う触れ方だった。

それがとても心地よく、ジュリエットはそっと微笑んだ。

キャメロンの動きが止まる。

「わたし……。これで……よかったんですか？」

自分でもやっと聞こえるくらいの小さな声で、ジュリエットはそう質問した。

「完璧だった。ジュリエット、素晴らしかった」

キャメロンはわずかに震える声で答えた。それでも、彼のはっきりした物言いは寝台の上でも健在で、彼がそう言うのなら本当にそうなのだろうと思える信頼感があった。

とりあえずジュリエットの床入りは成功したらしい。これが夫婦の交わりというものなら、まだ少し恥ずかしくはあるけれど、喜びを持って受け入れることができる。

「素敵でした……。まったく痛くありませんでしたから……優しくしてくださって、ありがとうございます。わたしたち、これで夫婦になったんですね」

ジュリエットのささやきに、半裸のデラルトン新皇帝は再び動きをぴたりと止めた。

「いや、ジュリエット……礼を言われるのは、まだ」

「え？」

「……まだ早い。わたしたちは前戯と呼ばれる、本当の交わりの前の……そうだな、儀式のようなものをしたに過ぎない。本番はまだこれからだ」

「え、えぇ……？」

もし今、鏡を覗くことができたら、自分の顔が林檎の皮のように真っ赤になっているのを確認できたことだろう。

誤解、というサマンサの言葉が再び脳裏に浮かんだ。

まさかこれのこと！

「も……うしわけ、ありません。わたし、てっきり……」

これ以上親密な行為が存在するなんて信じられなかった。ジュリエットは両手で顔を覆って乳房に肘を当てがって覆ったが、隠せるものは少ない。

手で顔を隠したまま、嫌々をするように首を横に振る。

キャメロンはしばらくジュリエットをそのままにしておいてくれたが、やがて、手首を掴まれて動きを止められた。

「もういい加減、その可愛い顔を見せてくれ。恥じることはなにもない」

ジュリエットはそろそろと手を顔から離し、つぶっていた目を恐る恐る開いた。

キャメロンが至近距離で彼女を見下ろしている。呆れた顔をされるかと思ったのに、キャメロンの瞳に浮かんでいるのは優しさだった。

「よく聞いてくれ、ジュリエット。わたしはこれから君を抱く。わたしの……とても原始的な器官が、君の中を貫くことになる。それはおそらく痛みを伴うものになるが……最初だけだ。はじめての時だけ」

　ここでキャメロンは一息置いた。

　なにをどうジュリエットに伝えるべきか、思慮深く言葉を探してくれているようだった。

　それは間違いなくキャメロンの優しさで、戦勝国の皇帝であるこのひとが、ジュリエットに示す必要などない思いやりだ。無理やり抱かれて、お前など平和のためのお飾りにすぎないと冷遇されても文句は言えない立場なのだから。

　それでも彼は気遣ってくれる。

「……これから先、わたしたちは何十年にも渡って愛を交わし合うだろう……その度に、この貫通の痛みにはそれだけの価値があったと、思えるはずだ。少なくともそうなるよう、努力をしよう」

　貫通の痛み。

　なんとも生々しくて、正直で、それでいてすとんと腑に落ちる言葉だった。

「その痛みを感じるのは……わたしだけですか？　それとも、あなたも？」

　蚊の鳴くような声でジュリエットが尋ねると、キャメロンはふっと表情を緩めた。

「心配してくれるんだな」

「もちろんです……」

「ありがたい。ただ、答えは……否だ。男はこの行為に痛みを感じない」

「そうなんですか。よかった」

ジュリエットは安堵に微笑んだ。

ふたりが体を重ねることで彼に苦痛を感じさせてしまうのは忍びない。どうしてもどちらかが痛い思いをしなくてはならないのなら、それがジュリエットである方が安心できる。はじめての時だけだというし……そのくらいは我慢できそうだった。

しかし、ジュリエットが理解を示したというのに、キャメロンはほんの少し苦しげに眉間に皺を寄せた。

「君はいつかわたしの心を粉々にするだろう……。感じるよ」

彼の口から漏れた言葉にジュリエットは首を傾げた。

「どうしてそんなことを言うのですか？」

「君は今、わたしの心臓をその小さな手に収めたからだ。それを愛するのも、握り潰すのも、すべて君次第になった」

「だったら安心してください。握り潰したりするつもりはありません……」

キャメロンの水色の瞳が、もっとなにかを問いたげにジュリエットを見つめる。

もっとなにかを……伝えたげに。

寝台の先にある大きな窓から臨む景色は、すでに闇に沈みはじめている。天候は穏やかで静かな夜になりそうだった。

でも、ジュリエットの心はざわついた。

その不安を鎮めたくて、そっと懇願する。

「続きを……してください。教えてほしいの。どうやって結ばれるのか……」

「そうさせてもらうよ」

短くそう宣言して、キャメロンはぐっと下半身を押しつけてきた。

なにかひどく固くて熱いものがおへその下にめり込むように当たって、ジュリエットは息を呑む。

「これが……」

「そうだ。これが、これから君の中に入る。君の入り口は……先ほどほぐした場所の、すぐ近くにある。すでに一度達したあとだから、いくらか楽にはなっているはずだ」

布越しでも感じるキャメロンのものの質量に、ジュリエットは慄(おのの)いた。

でも同時に、夫のこれが大きくて力強いのは……喜ばしいことであると、本能がささやいている。

理屈ではない。ジュリエットの知らなかった体の奥の女の部分が、期待に打ち震えた。キャメロンがすでに前戯を通じて、この行為の喜びを教えてくれていたのも、助けになっているのかもしれない。

すぐに貫かれるかと思ったのに、キャメロンはまず片手でジュリエットのお腹(なか)の素肌を撫で、それからゆっくりと下がっていった。

「ふ……っ、また……そこ、を……」

絶頂に導かれたばかりの陰核はまだひくついていて膨れていて、また刺激されたら気が変になってしまいそうだった。

しかしキャメロンは、花弁をくすぐるようにスッとなぞるだけだった。

切なくて、もどかしくて、かえって身震いする。

もっと強く触れてほしかったと悶えている自分に気がつき、ジュリエットは己を恥じた。そんな時、ジュリエットの無知さを嘲笑うかのように、キャメロンの指がずぶりと蜜壺に侵入した。

「ん――あ……あぁ！」

思わず背をのけ反る。柔らかな毛に隠れた恥部の秘道に、キャメロンの指――おそらく中指――が入っているのがわかった。

体の中……それも他人から隠すべき場所にある性器に、今朝婚礼の儀式を挙げたばかりの男性の指が……。

羞恥と戸惑いに、きつく目を閉じながら首を左右に振る。思わずすすり泣きと、嫌、という声が漏れた。

はじめて異物を受け入れるジュリエットの柔肉は、キャメロンの指に吸いつくようにして抵抗する。しかもそこは、ねっとりとした粘液に濡れていて、ぐちゅりと水音を立てた。

嫌々ともがくジュリエットを押さえるように、キャメロンの裸の上半身が被さってくる。動きを封じられ、蜜壺を満たす指が前後に抽送する動きをはじめ、ジュリエットはあられもなく鳴いた。

「あっ、あぅ……！　こ……こんな……」

これが……。

頭が真っ白になった。この行為をどう受け入れるべきなのかわからない。秘所や胸の外側をいじられるところまでは、恥ずかしくても応じることができた。

でもこんな……体の中に指を入れられて……。

「う……ふぁ……」

最初は戸惑いでしかなかったものが、彼が指を動かすたびに、小さな快感を生み出していく。じわじわとした官能はもどかしい……でも、確実にジュリエットを蝕んでいく。

胸の蕾や、花弁の間の真珠を玩弄された時とは違う、もっと生々しくてもっと野性的な侵略だった。抵抗しようとしても無駄で、誰に教わったわけでもないのに勝手に腰が浮いてしまう。

「逃げないでくれ。わたしを……受け入れてほしい」

「あ……ぅっ」

ジュリエットのお腹の奥がキュッと切なく締まった。

キャメロンのような男性に乞い願われて、女の本能がうずかないはずがない。

不慣れな感覚を受け入れようともがいていると、キャメロンの指の腹が柔肉のある部分を引っ掻くようにこすった。

「あ……あぁ！」

叫びが漏れ、ジュリエットの肢体はビクつく。

「ここだな……よく覚えておこう」

「ど、どういう……意味……ぅ……っ、あ……っ！」

ジュリエットが特に敏感に反応したその箇所を、キャメロンの指が出し入れする動きで何度も何度も執拗に突いた。ジュリエットはどんどん高みに上らされていく。すでに雌芯で絶頂を迎えていた体は、この二度目の快感にたやすく呑み込まれていった。

その悦楽は怖いくらいで、ジュリエットはきつく唇を噛んで溢れそうになる涙を我慢した。

こんな風に翻弄されて……自分が自分でなくなっていくようで怖い。

次々に押し寄せるあまりにも激しい快楽の波に溺れて、自分を見失っていく。

キャメロンは蜜壺を責めながらも、そんなジュリエットの頬や額、そして首筋に唇を滑らせて、優しくささやいた。

「怖がらなくていい……。そして、怖いと思っていることを、隠す必要もない。話してくれ。伝えてくれ。君の望む通りにするから」

肌に吹きかかる吐息が熱い。キャメロンの言葉は誠実で、真っ直ぐで、ジュリエットの心をいとも簡単に溶かしていく。

なぜかジュリエットの瞳から涙がひと粒こぼれた。

「痛いかい？」

キャメロンの男らしくて低い声がさらに思いやりの言葉を紡ぐ。下腹部から広がっていく官能の波に頭がくらくらする。キャメロンに気遣ってもらえるのが、たまらなく嬉しい。

「い……いいえ……。痛くは……ないです。でも、ほんとうに……そ、そんなことを……言っても……いいの……ですか？」

なんとかそう答えると、キャメロンはうなずいた。

「もちろんだ。少なくともわたしたち夫婦の間では、君の気持ちを隠す必要はない……それが愛し合うということではないだろうか？」

「あ……」

キャメロンの言葉をどこかで聞いたことがあるような気がした。でも目の前の彼に夢中になりすぎていて、どこで聞いたのかまでは思い出せない。

キャメロンの指がすっとジュリエットの蜜壺から引き抜かれると、その喪失感にジュリエットは震える。

水色の瞳は万華鏡に似ていた。穏やかな時、それは世界で一番清らかで優しい色に見える。でも、淫情を湛(たた)えている時……それは最も淫らで、激しい色になる。

「わたしはこれから君を奪う。君は永遠にわたしのものになる」

キャメロンは静かに告げた。同時に、キャメロンの長身がジュリエットに覆いかぶさる。

腹部と腹部が隙間なく重なった。

固く反り立った熱い杭のようなものが、ジュリエットのおへその下に刺さるように押し当てられる。ジュリエットは息を呑んだ。

「確かにこれは政略結婚としてはじまった。しかしわたしは、誰にも君を渡すつもりはない。わかっているな？」

夫の不穏なくらい真剣な声に、ジュリエットは恐れながらもうなずく。

「わかって……います。あなただけです、ずっと……」

強張っていたキャメロンの口元が、少しだけ緩んだ気がした。

これから起こることを恐れて、ジュリエットは目を閉じた。

キャメロンはそれを許さなかった。

突然、首筋に噛みつくような接吻を受け、ジュリエットはすぐに瞼を開く。あっ、と声を上げるのを遮るように、キャメロンの手がジュリエットの乳房を両方とも捕らえた。

「――――！」

いままでよりもずっと激しい動きだった。

形が変わるくらい強く胸を揉まれ、固くなったふたつの蕾を交互に吸われる。

「あうっ、あ、ん……ま……待って、くださ……」

ジュリエットはすぐに息も絶え絶えにあえいだが、キャメロンの呼吸も同じくらい荒いものになっていた。

「待てない……」

食いしばった歯の間から押し出すような、かすれた声がキャメロンの唇から漏れる。

「どうやら、わたしは……ジュリエット……君を壊してしまいそうだ……。しかし、誰もわたしを……止められない……」

いつもはっきりと明瞭に喋っていたキャメロンが、こんなふうに訥々とつぶやくのをはじめて聞いた。

たっぷり胸を味わい尽くし、ジュリエットをぎりぎりまで翻弄してから体を離したキャメロンは、なにかに急かされるような動きでまだ穿いていたズボンと肌着を引き下ろした。

恥ずかしさに目を反らそうとするジュリエットを、キャメロンの声が止める。

「こちらを見るんだ。これが、今から君の中に入るものだ。これが君の純潔を奪う……」

キャメロンはジュリエットの頬を両手ですくい、正面を向くように仕向けた。

キャメロンの堂々とした裸体から目を離すことはできなかった。

引き締まった腹部から続く、優れた骨格の腰……そして太腿の間から顔を覗かせる血管の浮き上がった力強い雄芯が、ジュリエットを求めてそそり立っていた。

丸みを帯びた先端の小さな穴からは、滑りを帯びた透明な液体が漏れて光っている。

「あ……っ！　き……キャメロン……さま……っ」

キャメロンは有無を言わせない力でジュリエットの両足をぱっくりと開いた。

誰にも見せたことのない秘部があらわになる。

そこはすでに彼の指に施された愛撫に溶かされ、濡れそぼっていた。だらしなく蜜を垂らし、襞はひくひくとひくつきながら次なる快感を待っている。

はしたない女だ、わたし……。

まだなにも知らないくせに、キャメロンから求められることに喜びを感じている。

「んん……っ、ふ……ぁ」

キャメロンはするりと妻の花弁と女の入り口を舐めた。舌の先で敏感な部分をねぶられ、ジュリエットは小さく震える。

しかし、そんな甘い官能は長く続かなかった。

キャメロンは自らの竿に手を当てがうと、ジュリエットの蜜壺に固く膨張した彼自身を押し込んだ。メリッと体を引き裂かれるような鈍痛が走る。

「あうぅ……い……っ、痛……ぁ……あ……――」

頭が真っ白になった。

雄に支配される雌の本能が、ここで抵抗しても無駄だと告げる。キャメロンの男性自身はジュリエットの中を突き進み、深く奥まで貫いていく。

説明は必要なかった。

ジュリエットはキャメロンに抱かれている。

彼のものに純潔を奪われ、処女を散らす。

そこに慰めや甘い言葉はなく、キャメロンは歯を食いしばりながらひたすらに最奥を目指した。

「ひぅっ！」

一瞬だけ、夫の侵入が止まったかと思うと、そのまま力づくで穿（うが）たれる。ジュリエットの大切なにかが弾けたのを感じた。同時に、キャメロンの肉棒が完全にジュリエットの中に収まる。

「あ……こ……これ、が……」

「そうだ」

最後まで言い切らないうちに、キャメロンが答える。

「そうだ……。これで君はわたしのものになった……。君は永遠にわたしから逃げられない。そしてわたしは、永遠に君から離れられない……」

痛みはそう簡単には引かなかった。でも、夫を受け入れた蜜壺は、彼の形を覚えようとするように収縮する。

嗅いだことのない塩っぽい匂いが充満していた。

これが汗なのか、それとも互いの性器から溢れている滑りのせいなのか、わからない。おそらく後者だろうと、麻痺する頭でぼんやりと考えた。

「んぁ……う……」

キャメロンの肉棒の最先端が、ジュリエットの最奥を突く。

やっと彼の質量に慣れてきたと思った頃になって、キャメロンはゆっくりと腰を動かしはじめた。

穿たれるという原始の支配行為に、ジュリエットの体が揺すぶられる。たわわな胸はその躍動に上下して揺れ、あられもない声が漏れ続ける。

「なんて……きついんだ、君の中は……」

ジュリエットは自分の指を噛んで涙を耐えた。

「それ、は……いい……こと、ですか……?」

きついとはどういう意味だろう。それはいいことなのだろうか？　ひとによって、その具合は異なるのだろうか？　キャメロンは他の女性と経験があるのだろうか？

ジュリエットはなにも知らない。

「くそ、ジュリエット……」

必死の形相でジュリエットの中を奪うキャメロンは、幸せそうとは言い難かった。まるで苦痛に耐えているような表情で、ジュリエットは罪悪感に息苦しくなった。

「わ……わたしが……きつい……せいで、痛い……の、ですか……？」

自らの痛みさえ忘れて、ジュリエットはそう問う。

キャメロンは歯を食いしばったまま、さらに顔を強張らせて、首を横に振った。

抽送が激しくなっていく。

もはやジュリエットの体は壊れたからくり人形だった。元敵国の皇帝の男の剣に貫かれ、揺さぶられ、シーツの上でどうしようもなく悶える糸の切れた人形。

「うぁ……ひ……ぅ……あぁ……ン」

蜜壺からはいつしか愛蜜がたっぷりと滴り、キャメロンが腰を動かすたびに水音を立てる。

痛みは消えなかった。

でもその先に、最初に感じた激痛とはまったく種類の違う甘いうずきが、下腹部を中心に体中に広がっていく。

遠くにある星が欲しくて手を伸ばすような気持ちで、ジュリエットは腰を浮かせた。

「すまない……。これ以上は……ぐ……ぁあっ！」

キャメロンが声を荒らげるのを、ジュリエットははじめて聞いた。

最後に野獣めいた動きで激しくジュリエットを穿つと、キャメロンはさらに声を上げて背を反らした。彼の肌は汗に濡れて、顔は興奮に火照っている。おそらくそれはジュリエットも同

じだ。

キャメロンの肉棒の先端から、大量の熱い飛沫が放たれたのを感じた。

ジュリエットの蜜道の奥は彼の放ったものにたっぷりと満たされ、不器用に、でも貪欲に、それを呑み込もうとしている。

それでも、受け入れ切れなかった白濁がとろりと接合部分から漏れて、妖艶な香りを漂わせた。

「こんな……。畜生……ジュリエット……」

ぜえぜえという苦しげな喘鳴と共に、キャメロンはぐったりとジュリエットに覆い被さった。

夫となった男性の体のたくましさを、ジュリエットはあらためて思い知ることになった。

彼に覆い被されるとジュリエットの体は完全にシーツに沈んで見えなくなる。肩幅も、胸板の厚さも、腰も、太腿さえ、ジュリエットの倍近くありそうだった。加えてその長身……。

なにもかもがはじめての連続で、ジュリエットはキャメロンの力強い体の下で、小さく身を縮ませて震えた。

「ごめんなさい……」

男女の契りのなんたるかを知らず、本来なら男性は痛くないはずの行為に、苦痛を感じさせてしまったらしい。

なんという失態……。

最後の破瓜こそ痛みを伴ったとはいえ、キャメロンはジュリエットに素晴らしい絶頂を二度も与えてくれた。それなのに彼は苦しげに呻いて力を失っている。

なんて出来損ないの妻だろう。

「ごめんなさい、キャメロン様……。わ、わたし……どうしたら……」

「謝らないでくれ、ジュリエット……。君はなにも悪いことはしていない。今のは……素晴らしかった。君の中は最高だった。ありきたりな言葉しか言えないわたしを許してくれ」

キャメロンの低い声が耳元にささやかれて、ジュリエットは顔を上げた。

夫の体という檻に囲まれながら動ける範囲は少なかったが、澄んだ水色の瞳とすぐ視線がかち合った。

「でも、わたしは……その、きつかったのでしょう？」

ジュリエットの悔恨の懺悔に、キャメロンはなんとも言えない間の抜けた顔をした。

「そうだな」

と、短い肯定の返事。

もし動けたら、ジュリエットはシーツの上にひれ伏して謝罪したい気持ちになった。

きつい女。

言葉の響きからして悪妻そのものである。

「ごめんなさい……。次はそうならないよう、努力しますから……どうか」

許してください、と蚊の鳴くような声でささやく。

ジュリエットは泣き出したい気持ちだったのに、彼女を見下ろすキャメロンはゆっくりと笑みを深めた。なにかがおかしい気がしてジュリエットが唇の先を尖らせると、キャメロンの微笑はいよいよ笑い声を伴った勢いのいいものに変わった。

「は……ははは！　ジュリエット、君は……ああ、違う。笑うつもりではなかった。ただ……、くそ、ははっ」

「な……っ」

キャメロンはわずかに上半身を起こして、笑いによる肺の動きでジュリエットが押し潰されないように斜め横にどいた。大きな彼が体勢を変えたせいで、華奢なジュリエットの体は寝台の弾みに飛び跳ねそうになる。

そんなジュリエットの二の腕をキャメロンの片手がぎゅっと掴んで、動かないように守った。金の髪の美しくて大きい獣にきつく囲われ、守られるその甘いときめき……。

でも、彼は笑っている！

ジュリエットの必死の謝罪を！　まるで取るに足りない虫ケラみたいに！

悔しくて、ジュリエットの瞳にはみるみる涙が溜まっていった。自分がどんな顔をしているかわからない。できるだけ平静を保とうとしたが、自尊心を傷つけられた今、それに成功しているとは思いがたかった。

ありていに言って、笑っているキャメロンは信じがたいほど魅力的だった。たくましい筋肉に覆われた優れた骨格の王者そのものの体に、日に焼けた肌。そして彫刻の手本にするために存在するかのような整った男らしい顔つきが甘く崩れて、空気を揺らすような低い声で笑う……。

もちろん、わずかに波打つ優雅な金髪も忘れてはならない。

床入りする前は綺麗に撫でつけられていた髪は魅惑的に乱れていて、それもまた……笑われているのが自分の失態でなければ、きっとうっとり見つめてしまうところだ。でもキャメロンはジュリエットを笑っている。

情けなくて、恥ずかしくて、ジュリエットは首だけそっぽを向いた。二の腕を掴まれているので、体の向きを変えられなかったからだ。

するとキャメロンは、やっと、ジュリエットの異変に気がついたらしかった。笑うのをぴたりと止めて、上半身を乗り出してジュリエットの顔を覗き込む。

「すまない。違うんだ、君を笑ったわけじゃない」

「い……いいんです。放っておいてください」

「そういうわけにはいかない。ジュリエット、お願いだ。こちらを見てくれ」

――お願いだ。

キャメロンのようなひとに、こんな風に懇願されて拒否し続けられるほどジュリエットは頑固ではなかった。

そろりと夫の顔をうかがう。

彼は本当に申し訳なさそうに表情を固くしていた。

「信じられないかもしれないが……普段のわたしは笑ったりしない人間なんだ」

「そうですか。久しぶりの笑いの対象になれて、光栄です」

油断したら絆されてしまいそうで、ジュリエットはわずかな皮肉を込めて返した。

どれだけ意地を張っても、互いに裸のままで、ジュリエットに隠せるものは少ない。体も。心も。

キャメロンの表情がふと陰った。

「『久しぶり』などではないよ。わたしは本当に自分の感情を表に出さない……出せない、人間なんだ。声を上げて笑ったのは何年ぶりか、もう思い出すこともできない」

「え……」

「特に戦争がはじまってから、わたしの心は死んでいた。そんな時――」

と、説明をはじめようとしたキャメロンは、ジュリエットの瞳を見つめながら急に言葉を切った。

精悍な容貌が、切なく、苦しげに歪められる。

当然だ……ジュリエットはその敵国の王女だったのだから。和平を固めるための婚姻とはいえ、ジュリエットの存在が戦時の苦難を思い起こさせても不思議ではない。

「なんでもない」

キャメロンはそう告げ、一度はじめようとした話に蓋をした。

「とにかく、君の反応があまりにも可愛らしくて、心の底からそれを喜ばしいと思ったんだ。だから笑ってしまった。胸に支えていた氷が溶かされたような感覚だった。君を嘲笑したんじゃない」

続けて説明するキャメロンの顔に、もう苦悶の影はない。

ただ、どこか切なさを湛えたままの微笑で、穏やかにジュリエットに諭そうとする。

「君の中は最高だった。きついというのは、決して悪いことじゃない。素晴らしいことだ。男にとってこれほど喜ばしいことはない」

「でも……あなたは苦しそうでした……」

「男が達する時というのは、そういうものなんだよ。己のすべてを愛しい女性の中に解き放つ瞬間だ。へらへらと笑いながらできる種類のものではないんだ……おそらく」

わかるような、わからないような……。とりあえずジュリエットはうなずいた。

「では、喜んでいただけたのですね?」

ジュリエットの問いに、キャメロンはうなずいた。

とりあえずそれに安堵して、強張らせていた肩の力を抜く。同時にキャメロンもリラックスして、ジュリエットの髪に指を通した。

「ああ、もちろんだ。君には想像もできないくらいに。そして……君も喜んでくれていたならと思う。痛い思いをさせてすまなかった」

キャメロンの誠意はあらゆるところに現れていた。優しい指づかい。ゆっくりとした口調。憂いの浮かぶ瞳。

今はそれだけでよかった。

キャメロンはそっと腰を引き、ジュリエットの様子をじっと観察していた。夫の視線の先を辿り……その時はじめて、ジュリエットは自分の太腿の間が血に濡れていることに気がついた。愛蜜や白濁に混じり、肌を伝わってシーツを汚している。

ジュリエットは小さな悲鳴を上げそうになった。

「驚かなくていい。これは普通のことなんだよ」

「え……ええ……。出血が伴う可能性があるというのは……聞いたことがあります……。これが?」

「そうだ。動かないで。清めてあげよう」

「はい」

ジュリエットは当然、キャメロンが使用人を呼ぶのだろうと思ってさらりと彼の提案を受け入れた。おそらくサマンサかリサのような、訓練された侍女が現れるのだろうと。

恥ずかしくはあったが、曲がりなりにも一国の王女として生まれた身である。侍女に身の回りの世話をさせることには、感謝はあっても抵抗はなかった。

が――。

「キ、キャメロン様……ななにを……っ」

寝台を離れたキャメロンは、壁際に用意されていた洗顔用の大きな陶器のボウルと水差しを器用に扱い、体を清めるための布を水に浸し、絞った。

デラルトン皇帝の動きは淀みなく、こうした行為を習慣としている者のそれだった。

とりあえず彼が、着衣から歯磨きまで、すべて従者にさせている種類の男ではないことはわかった。

わかったけれど、実際にキャメロンが絞った布を手に寝台に戻ってくるに至って、ジュリエットは卒倒しそうになった。

「お願いします、陛下。どうかお手を汚さないで」

そうささやくのが精一杯だった。

ジュリエットは片手で胸元を、もう片方の手で秘部を隠して寝台に乗るキャメロンを見上げた。

「……もし、わたしが王城でのうのうと育ったプライドの高い甘やかされた皇子だったと思っているなら、その誤解は正してもらわなければならない」

ジュリエットの心を読んだように、キャメロンがそう告げた。

ぎしっと寝台が軋む。

キャメロンは腰を布で隠すということもせず、完全な裸体だった。それを恥じる様子もない。確かに彼くらい完全な肉体を持っていれば、隠そうという気もあまり起きないのかもしれない。

でもジュリエットは恥ずかしい。

目のやり場に困ってしまう……。

ふたりはゆっくりと距離を縮めた。肉食獣と、逃避を諦めて悲しみの目で捕食者を見つめる獲物のように。

「そんな顔をしないでくれ。君を貪ったばかりなのに、わたしはまた」

彼のような大柄の男性には不釣り合いなくらい繊細な動きで、キャメロンはジュリエットの太腿を濡らす破瓜の血を拭いた。

水が冷たくて、ひんやりとした布の感触にふるりと肌が震える。

「また……？」

「また君を求めてしまう。しかし、今夜これ以上は酷だろう。はじめてだからな」

それはつまり、今夜はここまでだが、これからはひと晩に何度もこの行為を繰り返すつもりだということで。

ジュリエットはその想像に赤面した。

「さあ、綺麗になった。君の肌は白いから、血の跡は痛々しくてたまらないな」

キャメロンは清め終わったジュリエットの右の太腿を高く持ち上げると、白くて柔らかい肌に唇を滑らせた。

「んぁ……」

「君のことを大切にしたい。ずっと……そう思っていた。ずっと夢見ていた」

夢……？

――ずっと？

キャメロンの低い声が心地良くて、太腿の内側を伝う彼の唇が優しくて、ジュリエットは夢見心地のまま夫の動きを見つめた。

どうしてキャメロンはそんなことを言うのだろう。

過去に、ふたりは会ったことがない。キャメロンは謎の多いひとだし、ジュリエットは長く半幽閉の身で表に出ることが少なかった。接点はひとつもない。

その時、ジュリエットはあることを思い出した。

「あなたは、わたしを……抱く前に」

あの時は緊張していて、よく聞いていなかった部分もある。でもこの言葉だけは印象的だった。

「仰(おっしゃ)っていました。この夜をわたしたちの二度目のはじまりにできたらと思う、と。その意味を、わたしを抱いてからゆっくり説明してくれると」

キャメロンの動きがぴたりと止まる。

あられもない格好で絡み合ったまま、ふたりは見つめ合った。

「今なら、説明してくださりますか?」

キャメロンはジュリエットの瞳をじっと見つめたまま、しばらく動かなかった。

再びジュリエットの太腿の内側に優しく唇を滑らせると、ゆっくりと彼女の脚をシーツの上に戻す。

「約束を破る男だと思われるのは不本意だが……」

キャメロンはジュリエットの顎の下に片手を伸ばすと、くいっと上を向かせる。

「……この話はわたしにとってとても大切で、じっくり話し合いたいと思っている。長くなるし、見せたいものもある。しかし今……わたしにはその忍耐力がない。おそらく君も疲れているだろう。出血もあった後だ」

「ええ……でも」

「今はもう休んで、明日、落ち着いてゆっくり君に説明してあげるのはどうだろう?」

そう提案するキャメロンはリラックスした雰囲気で、情事後の乱れた髪も相まって、さらに色気が増しているような気さえした。

今すぐキャメロンの告白を聞きたいと思う自分と、彼の言う通り、今はもうとにかく休みたいと思う自分とがいる。

しかし、睡眠欲は人間の三大欲求のひとつだという。

ジュリエットはうなずいた。

「確かに……今日は疲れました。わたしの人生で一番忙しかった日だと思います」

「そうだろう。わたしにとってもとても思い出深い日になった。明日、すべて君に説明すると約束するよ。今夜はもう寝よう」

「わたしはこの寝台であなたと一緒に夜を明かしていいのですか？」

たとえ夫婦でも密事が終わると寝台を別にする王族貴族は多い。

キャメロンはすでにここがジュリエットと彼、ふたりの寝室だと宣言してくれていたが、念のための確認だった。

しかしキャメロンはキッと眉を吊り上げた。

「当然だ。君の荷物はすでに扉の前に運ばせている。他の場所で眠りたいと言っても、わたしは君を離さない。なにか異存でも？」

キャメロンの顔があまりにも真剣で、まるで本当に新妻が逃げてしまうのではと懸念しているみたいだ。

ジュリエットは思わずクスクスと笑ってしまう。

「いいえ、異存はありません。いびきをかいてあなたに嫌われたくないとは思いますが……」

「くだらない。もしわたしがいびきをかいたら、君はわたしを嫌いになるのかい？」

「まさか。ずっとサマンサが隣の部屋で寝ていましたが、彼女のいびきはすごいんですよ。あの音がなくなると、かえって眠りづらいかもしれません」

「じゃあ問題はなにもない。さあ、明日も早い。一緒に寝よう」

キャメロンは立ち上がって寝台から下り、ジュリエットの血を清めた布を陶器のボウルに戻し、ひとつを残して他のすべての蠟燭を消して回った。

そして暗くなった寝室で、ふたりはぴたりと裸体を寄せ合って眠りに落ちた。

＊　＊　＊

すぐに来ると思った眠りはなかなかキャメロンの元に訪れなかった。

はじめてジュリエットを抱いた興奮に、いまだ身体中の血が沸騰しているような状態が続いている。

どれだけ控えめに言っても……至高の体験だった。

おまけに、柔らかな白い肌を晒したジュリエットが腕の中にいるとなればなおさら……キャメロンの屹立はまた彼女の中に潜り込みたいと、石のような固さで欲望の解放を訴えている。

（そういうわけにはいかないな。あどけない寝顔だ）

このままずっと、ジュリエットを腕に抱いたまま朝を迎えたいと思うものの……我慢を続けるのは難しかった。

キャメロンはそっとジュリエットの額に口づけて、彼女を起こさないよう静かに寝台から下りた。

下半身だけ下着を身につけ、寝室の扉に向かう。

音を立てないようゆっくりと扉を開けると、廊下にいた護衛の騎士が慌てて背筋を伸ばした。

「もうお休みかと思いました、キャメロン陛下」

「夜だからといって警備を怠るな。もし疲れているなら交代を頼め」

そしてキャメロンは、運んでおけと指示しておいたジュリエットの荷物の木箱が扉の前に置かれているのを確認して、満足げにうなずく。

「数刻前に届いたのですが、お取り込み中だったようですので、ここに置いたままで……」

「それで構わない。ご苦労だった」

「運びましょうか」

「いや、わたしが運ぶ」

訓練された忠実な騎士とはいえ、裸体のジュリエットのいる寝室に他の男を入れる気はなかった。キャメロンは古い木箱をひょいと持ち上げて寝室内に運び込んだ。

軽かった。

一国の姫が嫁入りに持ってくる荷物がこの軽さとは、一体何事か。ジュリエットが母国で受けていた待遇を思うと胸が痛む。

しかし同時に、これから先の未来は、キャメロンが彼女を幸せにしてやれるのだと……満足とも欲望ともつかない熱い希望が胸を満たした。

木箱を暖炉の前まで運び、床に下ろす。

静かに置いたはずなのに、古くなった木箱はその動作にギシリと軋み、錆(さ)びのついた蝶番(ちょうつがい)がおかしな方向にひしゃげた。

「くそ」

キャメロンはそう短く悪態をつくと、軽いだけでなく粗末で古い嫁入り道具の無事を確認した。

ジュリエットのための衣服はこれからいくらでも与えてやりたいと思っている。ただ正確な寸法がわからなかったため、彼女のための着替えはまだない。

明朝の着替えだけでもベッドサイドに用意しておいてやろうと考え、キャメロンは木箱を開けた。

中に入っているのは、彼女がここに到着していた時に着ていた服と、もう一着、そして寝間着のみ。他にいくつか身嗜(みだしな)みのためのごくごく基本的なもの……例えば櫛(くし)とか、リボンとか、洗顔道具が散見されるくらいだった。

（冷遇された身であることは知っていたが……これほどまでとは）

それでも、控え目ではあるが卑屈にはならないジュリエットがいじらしく、愛しかった。

とりあえず明日のためだけに服を一着出しておいて、他はすべて木箱に戻した。

その時……キャメロンの手元から一枚の紙切れがはらりと落ちた。

なにかと思い、床に落ちたそれを拾う。

これはジュリエットのプライベートな荷物だとはわかっていたが、理性より先に手が勝手に動いて、不自然なほどくしゃくしゃに丸められた紙を広げていく。

そこに記されていた文字に、キャメロンは動きを止めた。

『クリストファーへ
さようなら』

「なんだ……と……？」

クリストファー？

クリストファー……？

キャメロンは自分の目が信じられなかった。『さようなら』と決別を告げるこの文字がジュリエットの筆であることを、キャメロンはひと目で判別することができた。

柔らかくて丸みのあるこの筆跡を、見間違えるはずもない。

この短い二節の手紙が、一体なにを意味するのか……わからないほどキャメロンは愚鈍ではない。しかもジュリエットはこの手紙を感情的に握りつぶし、隠すように嫁入り道具の中に隠した。

それはつまり……。

わたしはなんと愚かだったんだと、キャメロンは何度も何度も頭の中で繰り返しながら、ジュリエットの筆による短い手紙をじっと見つめた。

背後には、娶ったばかりの新妻が裸体を横たえて眠っている。

初夜を遂げた寝台の上で。

一糸纏(まと)わず。

魂さえ吹き飛ばすような、素晴らしい交わりの余韻を残したまま……ふたりの生液の匂いさえ漂う寝室の中で……。

――クリストファーだと?

キャメロンは自分の目が信じられなかった。ずっと恋焦がれていた女性を妻に迎えた喜びに、まともな判断力を失っていたのかもしれない。

ジュリエットに想いびとがいたとは……考えてもみなかった。

もしかしたら考えたくなかっただけなのかもしれない。ジュリエットはすでに二十一歳、恋のひとつやふたつ経験していても不思議ではない歳だ。

しかし……信じたくなかった。

キャメロンにとってジュリエットが唯一無二であったのと同じように、彼女が心を通わせたのもキャメロンだけだと、思っていたかった。

だからその可能性を頭から否定して、なかば強引にジュリエットを妻にと望んだ。

事情を説明し、正体を明かせば、喜んでもらえるだろうとさえ思っていた。

ジュリエットに恋人の影はなかった。それについてはすでに調べさせていたし、彼女自身も言及したことはない。しかしどんな優秀な間諜（かんちょう）も、ひとの心までは探ることができないと……そういうことなのだろうか……。

キャメロンは未（いま）だに怒りに震える指でなんとか紙を折りたたむと、ジュリエットの木箱の奥にそれを戻した。

そして暗澹（あんたん）たる思いでジュリエットの眠る寝台の端に体を横たえた。

「ん……」

深夜を過ぎて、ジュリエットはかすかな寝言をささやいた。

ずっと眠れずにみじろぎしていたキャメロンは、この数時間、したくてもできなかったことをした。

肩越しに、ジュリエットを振り返ったのだ。

新妻はこちらを向いて眠っていた。キャメロンは彼女に背を向けていたのに、彼女はこちらを向いている。取るに足りないはずのそんな事実が、ほんの少しだけキャメロンの心を慰める。

「どうした……？」

静かに問うてみても、答えはない。

本当に眠っているようだった。当然といえば当然だろう。数ヶ月前まで敵だった隣国からたったひとりで重い使命を背負って輿入れし、キャメロンのような大男に無垢だった体をこじ開けられ、純潔を散らしたばかりの女性が、疲れていないはずがない。

ましてや……その心に他の男を残したまま、元敵国の皇帝に抱かれたのだとしたら……どんな気持ちだっただろう。

想像するだけで心が痛んだ。

しかし同時に、自分がジュリエットのはじめてであったことに、卑怯な満足を覚えた。少なくともクリストファーなるその男は、ジュリエットの処女を奪いはしなかったのだ。

（ジュリエット……）

白いシーツに包まれた彼女の肌は抜けるように白く、暗闇でさえその柔らかさを感じることができた。この肌に触れる喜びを、キャメロンはすでに学んでしまった。

彼女から離れることはできない。

たとえ彼女の心に他の男がいたとしても……別れることなどできなかった。デラルトンの法律がそれを許さないだけではない。キャメロンの心が、魂が、ジュリエットを手放すことを固く拒んだ。

この身を地獄の業火に焼き尽くされそうとも。

世界のすべてを敵に回そうとも。

やっと手に入れた彼だけの希望の花を、手折ることはできなかった。

それだけは。どうしても。

第五章

『親愛なるＪへ
この手紙が短くなることを許してほしい。

戦況は緊迫している。わたしの国も、君の国も、すでになにをもって勝利とするのか忘れているような泥沼だ。

ひとりでも多く敵を殺した方が勝つのか？

一ミリでも多くの土地を奪った国が勝利を手にするのか？

そんなことはない。本来の勝利は平和に他ならない。違うだろうか？　わたしはそれを求めて戦っている。わたしはすでに十九年近く、剣と共に生きてきたが、殺戮を求めたことなど一度もない。

前回の手紙で、荒ぶったわたしの心境を綴りすぎてしまってすまなかった。しかし君は、そんなわたしの心を癒すような優しい返事をくれた。

感謝している。

今のわたしに、平和より強く願うものがあるとすれば、それは君の幸せだけだ。どうか無事で。

――Cより』

＊＊＊

デラルトン帝国皇帝の皇妃となってまだ三日と日は浅いが、ジュリエットはすでにいくつかのことを学ぶに至っていた。

この国は、多くのサリヴァン人が思っているような野蛮な未開の地ではない。

人々は直実で働き者ばかりだった。気取ったところがあまりなく、率直に意見を口にする者が多い。たしかにそこを荒っぽいと感じる向きはあるだろう。でも、裏を返せば、彼らは実に素朴であるということだ。

季節は春だが、サリヴァン王国よりずっと北に位置するためか、まだ肌寒さの残る日が続く。山脈の多い地形であるせいだろうか、水の美味しいことといったら……！

まだ城の外には一歩も出ていないが、ここに来るまでの旅路も美しかったから、きっとジュリエットの知らない絶景がいくつも広がっているはずだ。

そして……

「おはようございます、ジュリエット様。今朝のお加減はいかがですか？」

お揃いの白と黒の侍女の制服に身を包んだサマンサとリサが、一緒になって寝室に入ってくる。

すでに三日、毎朝同じ時間に、同じ台詞を言いながら、彼女たちはデラルトン皇帝夫妻の寝室を整えにやってくる。

なぜなら……

「キャメロン様はもう執務に向かってしまっているんですか？　もうすでに三日ですよ。忙しいのはわかりますけど、朝くらいもう少し新妻といちゃついてもよさそうなものですけどねぇ」

「サマンサ、もう少し口を謹んで……」

「デラルトンの男というのはみんなこうなんですかね？　意外と淡白というか……もっと見境がないのかと思っていましたが」

外国にやってきたからといって、眼鏡の侍女の毒舌が止むことはなく。

サマンサはこの毒舌が祟ってジュリエット付きに左遷されたくらいだから、特異である。しかし、おそらくデラルトン城の人間は、サリヴァンの使用人はみんなこんな調子なのかと呆れているはずだ。

ちょうどサマンサが、キャメロンの行動を指して『デラルトンの男は』と主語を大きくするのと同じように。

ジュリエットは寝巻き姿のまま寝台から下りて、侍女たちが洗顔のために用意してくれる水の張った陶器のボウルに向かう。

「でも、まぁ……まったく淡白ってわけでもないんですかね」

背後から、シーツを整えはじめるサマンサの声が聞こえる。これもすでに三日続いたことだ。なんだかんだと言って優秀な侍女であるサマンサに隠せることは少ない。

ジュリエットの洗顔と着替えを手伝おうと背後に控えているリサも、サマンサの指摘に、こっそりと笑んでいるのがわかる。

そう……キャメロンは決して淡白ではない。

少なくとも寝台の上では。

「そうですね。本日は……首元の隠れる服装にした方がよろしいかもしれませんね。本日も、と申すべきかもしれませんが」

リサはサマンサと対照的に物静かだったが、言うべきことはさらりと言うサッパリとした性格だった。

「ほ、本当に……？」

ジュリエットは思わず首筋に手を当てる。鏡を覗き込むと、確かにいくつもの赤い花が肌に浮かんでいた。

――ああ、昨夜はこの辺りにはそれほど印をつけられなかったと思っていたのに……いつの間に？

まさか眠っている間に……？

恐ろしい可能性が浮かび上がってきて、ジュリエットは戸惑いに頬を染めた。

「そのうち頭まですっぽり隠す衣装を作らなくてはならなくなるかもしれませんね、ジュリエット様！」

冗談なのか本気なのか、サマンサがそんな声を上げながら染みのついたシーツをテキパキと交換していく。

染み。そう、キャメロンとジュリエットの、夜の営みの動かぬ証拠。

「もうすでに三晩、ジュリエット様の肌に数えきれないくらいの所有印を残して、一緒に起きられないくらいに疲れさせておくのに……それでいて朝になるとジュリエット様を避けるみたいにいなくなるのですから……よくわからないひとですよ」

その通りだった。口の悪さは別にしても、サマンサの言葉はジュリエットの心を代弁している。

結婚の儀式から三日――

初夜は完璧だったと思っていたのに、蓋を開けてみると、キャメロンは次の朝からジュリエットを避けだした。

次の朝にジュリエットが目を覚ますと、キャメロンの姿はすでに寝室になかった。やがて朝の支度の手伝いにきたリサとサマンサに、キャメロンはすでに朝食を済ませて執務室にいると報告を受ける始末だ。それでも最初は、ジュリエットの疲れを考慮して、そっとしておいてくれているだけかと思っていた。

しかしその日、ジュリエットは、深夜近くになるまで一度もキャメロンと顔を合わせることがなかった。食事の時でさえ、キャメロンは姿を現さない。

「普段はこの時間に城の者と一緒に大食堂で食事をなさるんですけど……どうしていらっしゃらないのかしら」

と、リサは首を傾げた。

ひとりぽつんと皇帝が座るべき椅子の隣に案内されたジュリエットは、寂しく食事を終えた。

朝も昼も夜もそうだった。

確かにキャメロンは多忙の身だ。それでもこの状態が三日続くと、避けられているのは火を見るより明らかになってくる。キャメロンはジュリエットに近づかないようにしているのだ。

でも……

（夜のキャメロン様は……信じられないくらい情熱的なのに……）

あれから三つを数える夜の間、キャメロンは激しくジュリエットを抱いた。

日中は一切その姿を見せないくせに、深夜になるとふらりと寝室に帰ってくる。

真夜中の寝室は薄暗かったが、キャメロンの瞳はいつも燃えるようにギラついていた。

その熱量は、時にジュリエットを慄かせるくらいだった。

キャメロンはジュリエットの肌を喰らい、息を奪い、意識を遠のかせるくらいまで彼女を奪い尽くした。

まるで屠られるような激烈な抽送にうがたれ、ジュリエットの体は儚く揺れる。

同時にキャメロンは、夢のような愛撫をたっぷりとジュリエットに施した。彼の大きな手に体中のありとあらゆる部分を刺激されて、ジュリエットは官能を教え込まれていく。

なにも知らなかった体が、淫蕩の海に沈められていく。

いつしかジュリエットは、夜が近づくと下腹部が切なくうずきはじめるくらいに、キャメロンと体を重ねることに溺れてきている。

それがいいことなのか、悪いことなのかはわからない。

ただ、キャメロンがしつこいくらいにジュリエットを求めるのは、夜だけだった。

求める、求めないどころではない。顔を合わせるのさえ、ジュリエットが寝台に入り、まどろみはじめた頃だけなのだ。

慣れない異国での生活にぐったり疲れて眠くなったころ、キャメロンは静かに寝室に戻ってくる。

ジュリエットは新しい皇妃として、できるだけのことをしたいと思っている。時が来たら、サリヴァン王国とデラルトン帝国の和平を固める要となるべく、文化を学びたかった。なんらかの慈善活動をはじめたいとも模索している。

昨晩、体を重ねる前にジュリエットがそれを伝えると、キャメロンは一応賛同の言葉をささやいてくれたものの、反応は薄かった。彼は結局、ジュリエットが気を失うまでそのまま彼女を抱きつくした。

そして今朝も、ジュリエットが目を覚ます前に姿を消してしまっていた。

きっと一日中、顔を合わせることもない。そしてまた夜になるとキャメロンは静かに……まるで憑かれたような陰った目をして寝室に入り、ジュリエットを抱くのだろう。

この三日間、その繰り返しだった。

(これは政略結婚なのだから……当然といえば、当然かもしれないけれど……)

求められているのが体だけなのかと思うと、ジュリエットの心は痛んだ。

――そんな資格はないのに。

(だって、ただのお飾りになってもおかしくない立場なんだから……。でも初夜は素敵で……わたしたち、きっと上手くやっていけると思ったのに……思い上がりだったの?)

ただ、キャメロンがジュリエットを抱く時、なにかの説明を求めるような切なげな視線を彼女に注ぐことが時々あって、その理由がわからなかった。

「……ですよ、ジュリエット様。聞いていますか？　今日は『祈りの日』なんです」

「え？」

首元がレースで隠れる清楚なデイドレスに着替え終わったジュリエットは、サマンサの呼びかけにハッと我に返った。

ドレスの色は薄いクリーム色で、太陽の下に出ると純白に見えるかもしれないくらいに煌めいている。

サマンサとリサがじっとジュリエットの反応を観察していた。

「お祈り？　今日は礼拝があるのかしら？　知らなかったわ。いつ頃に大聖堂に向かえばいいの？」

侍女ふたり組が同時に顔を見合わせる。

もしかしたら彼女たちは意外と気が合っているのかもしれない。

「違いますよ、ジュリエット様。確かに月に一度礼拝の日はありますが、それは今日ではありません」

と、リサ。

「占いですよ、わたしのカードが告げたんです」

とは、サマンサ。

自信たっぷりに背筋を伸ばし、厚い眼鏡の奥の目を鋭く輝かせながら続けた。

「ジュリエット様は今日、祈りを捧げるべきなんです。じつは、おふたりが初夜からちょっとギクシャクなさっている気がするので、どうするべきかとカードに聞いたんです。答えは『祈り』でした」

サマンサがあんまり真剣に語るので、ジュリエットは思わずクスクスと笑ってしまった。

「心配してくれるのは嬉しいわ。でも、祈ったくらいでどうにかなるなら、苦労はしないのよ」

「わたしの占いが外れたことはないでしょう」

「そうだけど。ねえ、確かにこの三日、わたしと陛下は夜以外顔を合わせないわ。でもキャメロン様はお忙しい方だし、これは政略結婚なのよ。そもそも陛下はわたしと仲良くしたいとさえ思っていらっしゃらないのかも――」

「まさか！」

声を上げたのは意外にもリサだった。

思ったよりも声が大きくなってしまったことを恥じるように口元に手を当ててから、バツが悪そうに視線を泳がせる。まるで周囲にジュリエットとサマンサ以外がいないかどうか確認しているような、怪しい仕草だった。

異国から輿入れしてきた皇妃とその侍女に見つめられて、リサはゴホンと咳払いひとつする。

「キャメロン様は婚前から、ジュリエット様がデラルトンにいらっしゃるのを、それはそれは心待ちにしておいででした。この寝室を改装させたのはもちろん……」

と言って、寝室のあちこちにある女性用の調度に目を走らせた。

一本足の執筆台。大きな鏡のある化粧机。ドレスのための衣装箪笥(いしょうだんす)……。

そういった、おそらく普通なら隣接する妻の部屋に置かれるべきものが、自然な配置でこの寝室に並んでいる。確かにこれが、お飾りのためだけの妻への待遇とは考え難かった。

でもそれは、ジュリエットに会う前の話だ。

実際にジュリエットがやってきて、期待いっぱいで抱いてみたものの、思ったよりもいい女ではなく……絶望したのかも。

ジュリエットの声なき懸念を感じ取ったのか、リサは首を左右に振ってみせる。

「ジュリエット様。確かにデラルトンは一夫一妻ですが、皇帝ともなると妾(めかけ)を持つこともございます」

そんなことをさらりと言う。

その意味するところの重みに、ジュリエットは下唇をきゅっと噛んだ。

「でもキャメロン様は、そういった誘いを片っ端から断っただけでなく、二度とそのような誘いをしないよう、物凄(ものすご)い形相で臣下にお怒りになったのだそうですよ。兄が陛下の近衛兵(このえへい)のひとりとして仕えているので、色々耳にしますの。昨日のことですわ」

「そうなの？　でも……」

「それなのに、キャメロン様は新婚にもかかわらずもう三日も夜以外ジュリエット様に近づこうとしませんから……どうなっているのかしらね、とサマンサと話していたのです」

「そうなんですよ。それで久しぶりに占ってみたんです。その結果が『祈り』でした」

息の合った侍女ふたりの掛け合いに、ジュリエットは喜びと、一抹の寂しさを感じた。

ジュリエットに仕えるという共同の仕事を通して、元々敵対関係にあった国の者同士が、すでに心を通わせている。

それなのにキャメロンとジュリエットはまだぎこちないままだ。

（祈り……か）

ジュリエットは考えた。

祈ることそのものに、現実を変える力があるかどうかはわからない。でも自分の願いを明確にすることで、これからどうするべきか指針を得ることができるかもしれない。きっと気分も落ち着くだろう。

しかも今日のジュリエットのデイドレスは清楚で、白に近い色合いで、礼拝におあつらえむきだった。

「リサ、大聖堂は自由に出入りしてもいいのかしら？」

「ええ。特別な儀式や来賓などがない限りは、誰でも祈りを捧げに入ることが許されています」

「わたしも?」

「もちろんですわ。ジュリエット様がお使いになりたいなら、しばらく人払いすることも可能だと思います」

「そこまでしなくていいのよ。仕事があるわけでもないし、空いている時間を選ぶわ」

「でしたら、今がちょうどよいかもしれませんね。午後になるとかえって混みますの。騎士や使用人なども役目を終えて祈りにきたりしますから」

「そう……」

そんなやりとりがあって、ジュリエットは午前中を大聖堂で過ごすことに決めた。

ジュリエットは特に信心深くはなかったが、教会や聖堂の清らかな雰囲気はとても好きだった。国境の森では、最寄りの教会が催す行事や慈善活動には積極的に参加していたし、もしかしたらここでもなにか続けられるかもしれない。

そのためには大聖堂に仕える司祭などと話し合う必要がある。

やりがいのある仕事ができれば、心も落ち着くだろう。そうすれば長じて、キャメロンとの関係も改善するかもしれない。

もしかしたらサマンサの占いが示すのはそういうことかもしれないと、ジュリエットは思うことにした。

ジュリエットは厳粛な佇まいの建物を見上げた。デラルトン城の大聖堂に足を踏み入れるのはこれで二度目になる。

一度目はもちろん、キャメロンとの婚姻の儀式のためだった。

二度目の今日は、まだ三日しか経っていないというのに、その夫との関係の改善について祈りを捧げに来たのだから、滑稽かもしれない……。

大聖堂は、城の居住区画とは少し離れた場所に、密やかに、しかし確かな威厳を持って建っていた。周囲には木々が茂り、垣根と花壇を有した庭園が広がっている。

人々はここに安息を求めてやって来るのだろう……。

ひと気は少なかった。庭師がひとり、剪定（せんてい）バサミを手に垣根の背を揃えている以外は誰も見当たらない。

「少しひとりでゆっくりしたいから、付き添わなくても大丈夫よ。昼食の前に迎えに来てくれればいいわ」

やんわりとそう告げて案内してくれたリサとサマンサと離れると、ひとりで大聖堂の大きな扉をくぐる。

中はひんやりとしていた。

ブルッと身を震わせ、自分の二の腕をさする。外と同じく中も無人で、ジュリエットは大聖堂の内装をゆっくりと眺めることができた。

背の高い建物で、天井が円形になっているためとても広い空間のように感じる。でも面積自体はそれほどでもないかもしれない。あまり飾り立てない、控えめながらも優雅な装飾は魅力的だった。

清らかな白亜の天使像が数体、円柱に乗って壁際に置かれ、こちらを見つめている。

そして最奥、壁一面を飾るステンドグラスから降り注ぐ日の光……。

美しかった。

婚姻の儀式で祭司が祈祷書や聖杯などを置いていた祭壇はからっぽで、なにもない。

ジュリエットは祭壇に近づき、そこでひざまずいた。

――どうか。

どうか、このデラルトン帝国にも、母国にも、平和が続きますように。

どうか、キャメロンとの結婚生活が幸せなものになるよう……少なくとも不幸なものにならないよう、祈らせてください。

「主よ、お助けください。わたしは……どうしたらいいのでしょうか」

祭壇に向かってささやいた問いかけが、誰もいない大聖堂に響く。

答えを期待したわけではなかったのに、ジュリエットの背後から、突然、男性的な低い声が響いた。

「神に問う前に、夫に相談してみたらどうだろうか、ジュリエット」

祈りのためにきつく閉じていた目をパッと開いたジュリエットは、慌てて声のした背後を振り返る。

「だ、誰……」

……などと、問うまでもない。

そこにはキャメロンがいた。

日の光を背に、大聖堂の中央通路をゆっくりと進むキャメロンの姿は、まさに皇帝と呼ぶにふさわしい威厳に満ち溢れていた。

加えて若さからくる生命力、怖いほどに整った彫りの深い顔立ち、見上げるほどの長身とたくましい体つき……そういったものが色香を纏い、見るものの息を止めてしまうほどの迫力を放っていた。

そんな彼が、ジュリエットに近づいてくる。

ジュリエットになにができただろう。逃げる？　立ち上がって彼に抱きつく？

どちらもできなくて、ジュリエットはひざまずいた体勢のままその場に固まっていた。

「キャメロン様……」

「質問の続きだ。君のその願いは……わたしでは叶えてあげられないものなのだろうか？」

ゆっくり歩いているとはいえ、彼の長い足は歩幅が広い。ジュリエットと距離を詰めるのにそう長い時間はかからなかった。

「いいえ、キャメロン様……。でも、わたしの願いなどで……あなたのお心をわずらわせてしまうわけには……」

控えめな態度をとったつもりだったのに、キャメロンはまるでジュリエットが彼の横っ面をひっ叩いたような、引きつった顔をした。

「つまり……わたしはそれほど頼りにならない伴侶だろうか？」

「まさか！　違います……！　ただ……あなたの重荷になりたくないという意味で」

「それとも君が頼りたいのは別の男かな……。クリストファーといったか……」

「え……？」

ジュリエットはその時はじめて、キャメロンの目元が暗く窪んでいて、目の下にうっすらとくまがあるのに気づいた。

まるで何日も眠っていないような。

まるで、なにか邪悪なものに取り憑かれているみたいな。

そんな危険な雰囲気の青い瞳が、じっとジュリエットを見据えている。キャメロンはすでにジュリエットに手の届く距離に来ていた。

「どうしてその名前を……」

一瞬、なんのことを言われているのかさっぱりわからなかった。

クリストファーというのが『C』につけた仮の名前だと思い出すのにさえ、数秒を要した。

気がついた時にはすでに、全身から熱気をほとばしらせたキャメロンが目の前にいて、ジュリエットは息を呑む。

ジュリエットが立ち上がろうとする前に、キャメロンは彼女の前に片膝を折ってひざまずいた。皇帝というより、騎士がそうするような俊敏な動きだった。

ふたりとも大聖堂の床に膝をついた姿勢になった。

目の前にキャメロンの顔が迫る。

切ない……ともすれば怖いほど真摯な瞳に見つめられて、ジュリエットは息の仕方がわからなくなっていった。

「ジュリエット、わたしは……君の願いならなんでも叶えてあげたいと思っている」

キャメロンは、彼独特のかすれた低い声で言った。

その声の響きだけで背筋に甘い痺れが走る。

「しかしその『なんでも』の中に、過去の男との情事を許すことは含まれていない……それは理解してもらえるだろうか?」

「もちろんです……。どうしてそんなことを言うのですか? どうしてクリストファーの名前を知っているの……？」

「すまないが、君の荷物を見てしまったよ。別に探ろうと思ったわけじゃない。服を用意してやりたかっただけだ。しかし箱の奥に……君が隠した手紙を見つけた。デラルトン製の紙だった。つまり君はこの城に着いた後で……わたしに抱かれる前に、想い人に別れを告げる手紙を書いたわけだ」

「ち、違います……！　あれは……」

と説明しかけたところで、ジュリエットの声は消えた。

なぜならキャメロンは皇帝であり、クリストファーこと『C』は、彼に仕えている騎士のはずだからだ。

もしジュリエットが事情を語れば、『C』が敵国の王女と秘密裏に通じていたことを公にしなければならない。

手紙には前皇帝をなじるような文もあった。さらに始末の悪いことに、ジュリエットは彼からの手紙をすべて森の奥の塔に残してきてしまっている。破棄することはできない。もし捜索されて現物が見つかったら……どうなるだろう？

騎士が秘密裏に敵国の人間と通じるなど、極刑に処されるべき種類の罪だ。

いくら憧れの気持ちは終わったとはいえ、何年もジュリエットの心を支えてくれたひとを、そんな目に合わせるわけにはいかなかった。

ジュリエットはなにも言えず、どうしていいかわからなくなって下を向いた。

しかし、キャメロンは大きな手で、妻の顔と頭をすっぽりと包んで上を向かせ、ぐっとジュリエットを引き寄せる。均衡と軸を失ったジュリエットの体はキャメロンの胸元に倒れ込んだ。

「あ……、ふ……」

そしてキャメロンがはじめた口づけは、ひどく塩っぽい味がした。

「聞きたくない。なにも、言わないでくれ」

接吻の角度を変え、右に、左に、首を曲げながら、それでも等しくジュリエットの呼吸と声を塞ぐ。いつしかキャメロンの舌がジュリエットの口内を蹂躙（じゅうりん）しはじめ、湿った生温かい舌に歯茎をなぞられると、言葉では言い表せない種類の熱が下腹部に灯った。

この熱の正体を、ジュリエットの体はもう知っている。

情念。欲望。

その向こうにある快感……。

ひとしきり唇を奪い尽くすと、キャメロンの手はゆっくりとドレスに包まれたジュリエットの体をまさぐりはじめた。

「あ……だめ、です……。こんな場所で……」

ふたりに降り注ぐ陽光は、天使や聖母を描いたステンドグラスの色彩を受けて鮮やかにきらめいている。ここは祭壇で、ふたりは三日前にここで生涯の伴侶となることを誓い合ったばかりだった。

そして、今は無人とはいえ、いつ誰が入ってくるかわからない公共の場所だ。

「心配しなくても、人払いはさせた。侍女たちが……君はここだと報告しに来たからな……」

リサ。サマンサ。ああ、もう！

ジュリエットの祈りは夫婦の仲を取り持つどころか、さらに深い誤解へと陥れようとしている。もちろん今さらお節介焼きの侍女たちを恨んでもなんにもならない。が、嘆かずにはいられなかった。

「でもここは……神聖な場所です。こんなことをしてはいけません」

「ほう？」

キャメロンの手が布越しにジュリエットの胸をすっぽりと包み込んだ。

これからされることをしっかり理解している体が、不安と期待に打ち震えはじめる。指での責めを受ける前に、胸の頂の蕾はすでに固くなりはじめていた。

「神はわたしの欲望をお許しになるだろう……。君のような女性を妻に与えて、場所が聖堂であるというだけで禁欲を迫るほど……神は残酷ではないはずだ」

固くしこった桃色の蕾をずぶりと押しつぶされて、ジュリエットは啼く。

「ん……あぁ――――ぁ！」

まるでパイプオルガンの一番高い音色のように、ジュリエットの嬌声が大聖堂に響き渡った。

ブワッと一気に脂汗が湧いてくる。

「く……だ、だめ……ぁ……こんな……」

この三日間で、キャメロンは妻の体の機微を隅々まで知り尽くしていた。ジュリエット本人でさえ知らなかった敏感な場所を次々に探り当てられ、時には激しく、時にはもどかしいほど優しい愛撫でもって、何度も絶頂に押し上げられた。

「ひとは来ない。扉はすでに閉めてある。あとは君が、わたしにその身を預けるだけでいい」

「あ……」

喉がカラカラに渇いて、気道が痛いくらいだった。

キャメロンとの交わりは、水流の激しい川での水浴に似ていると思ったことがある。最初はとても気持ちいい……でも油断をしていると溺れてしまう。時々足を踏み外すような危険な岩や濁流があって、一度流れに飲み込まれると、あとはキャメロンという名の水の許しがあるまで、息をすることさえできない。

キャメロンはジュリエットの胸の頂を刺激し続けた。

「んく……っ、ひ、ひぅ……」

ひく、ひく。

胸を弄ぶキャメロンのいたずらがどんどん深まるにつれ、ジュリエットの肢体はビクビクと震え出す。

ジュリエットは特に乳首が敏感だった。いつか刺激に慣れるのかと思ったのに、それは逆で、抱かれれば抱かれるほど、この性感帯は過敏になっていく。

まだ布越しだというのにこれでは、壊れてしまう。壊されてしまう。

「キャメロン……さま……」

きっと乱れた、情けない顔をしているはずだ。そんなことは自分でもわかっていたけれど、懇願せずにはいられなかった。

――優しくして。壊さないで。

これからあなたという海に溺れていくわたしを、受け止めてください、と。

その声なき願いを感じ取ったのだろうか、キャメロンは一度だけ小さくうなずくと、胸を放して再び接吻でジュリエットの息を奪った。

その温かくて生々しい感触にジュリエットは酔いしれる。すると、急にふわりと体が浮いた。

キャメロンのたくましい腕が軽々とジュリエットを持ち上げる。

彼は颯爽と立ち上がると、腕に抱いたジュリエットを祭壇の上にすとんと座らせた。

「い……いけません。祭壇に腰を下ろすなど……罰が……当たってしまいます」

祭壇は冷たい白い石でできていた。

表面は磨かれていて滑らかで、小さなひとり用の寝台と同じくらいの表面の広さがある。

高さはちょうどキャメロンの腰のあたり……表面に座らされているジュリエットと、立ったままのキャメロンの視線がちょうど同じ高さになった。

「罰が当たる？　なぜ？」

喋るために唇を動かすという、そんな単純な動作も、デラルトン帝国皇帝キャメロンがするとひどく艶っぽいものに見えてしまう。

喉仏の動きや、肉感的な唇が形を変えるさまは官能的だった。

欲望にけぶった瞳にじっと見つめられて、ジュリエットの鼓動はどんどん加速する。

「なぜって……。ここは聖なる場所です。敬意を払わないと……」

なんとかそれだけ、蚊の鳴くような声でささやく。

「その通りだ……。祭壇とは神を敬い、誠意を捧げる場所だ。わたしはこの世で最も価値のあるものを、ここに捧げている」

その意味を。

理解するのに、数秒を要した。キャメロンはジュリエットが彼にとってこの世界で最も価値のあるものだと言っているのだ。

「キャメロン様……お、お戯れを……」

「もしかしたら君は、わたしがこの祭壇に捧げる生贄（いけにえ）かもしれない……。神はお喜びになりさえすれ、罰を与えることなどないだろう。少なくとも、君には」

ツーッと、キャメロンの指がジュリエットのドレスの前部分を上から下になぞる。そこには今朝リサに結んでもらった白いサテンのリボンがあった。

「わたしは地獄に落ちるかもしれないが」

「あっ」

するりと目にも留まらない速さでリボンが解かれる。柔らかいドレスの生地がはらりと開き、胸の谷間がはだける。

そこにはキャメロンの欲望の花が白い肌にいくつも咲いていた。

「君はさながら……祭壇に捧げられた花といったところかもしれない」

「キャメロン様、お願いです。本当に――」

「わたしはここで君の夫になることを誓った。そして君は、ここでわたしの妻になることを受け入れた……」

キャメロンは、喰むようにジュリエットの首筋に歯を当てた。口づけと呼ぶには残酷すぎる強さで肌を吸われる。またもうひとつの花が――ジュリエットが彼に所有されている証が――肌に浮かんだ。

「他の男に渡すことはできない」

「んんっ！」

ぐっと引き寄せられたと思うと、濃厚な接吻で唇を塞がれる。すぐに舌が入ってきて、ジュリエットの口内を犯した。

その動きに応えようと、ジュリエットも舌を動かす。しかし上手く彼の舌に絡めることができなくて、溢れた唾液が細く顎を伝った。

「そうだ」

キャメロンはつぶやいた。

なにを肯定されているのかはわからなかったが、とにかくジュリエットが彼の舌に応えようとしたことを嫌がられていないのは、朗報だった。

(どうしよう……。どうすればいいの……なんと伝えれば)

おそらく、ふたりは真面目すぎるのだ。

ジュリエットは、クリストファーについて、嘘や言い訳ができない。

キャメロンはといえば無理にジュリエットを問いただすことはしない。そういうひとではないのだ。

だからふたりはすれ違って、体を重ねることでしか心を通わせることができないでいる。

ここ三日間キャメロンがよそよそしく、夜以外ジュリエットを避けていたのは、この誤解のせいだったのだ。

「わたしは……あなたのものです」

ジュリエットには、それだけささやくのが精一杯だった。

気がつくとキャメロンはジュリエットの背を倒し、祭壇の上に彼女の背を横たえていた。

胸元がはだけて、胸の頂が見えそうなくらいの儚い格好になった。

その中途半端で、それでいてひどく扇情的な姿を、キャメロンは気に入ったのかもしれない。あられもないジュリエットの肢体をしばらくじっと見下ろしていた。

ここでやめてと本気で乞えば、おそらくキャメロンは無理強いをしない。

ここは大聖堂で、ジュリエットは祭壇の上だ。

いくら人払いをしたとはいえ、絶対に誰も入ってこない保証はない。

（でも……）

そんな、背徳を絵に描いたような状況だというのに……ジュリエットは彼を受け入れたいと思った。彼の情熱を。言葉にできない思いを。欲望を。

すべてを。

だから、キャメロンがゆっくりと祭壇の上のジュリエットのドレスを脱がせはじめても、震えはしたが抵抗はしなかった。

「綺麗だ」

と、キャメロンがつぶやく。

祭壇に仰向けに横たわったジュリエットの目に、ステンドグラスから射し入る色とりどりの光が眩しい。壁際の天使像がこちらを見ているような気がして、肌が火照った。

脱衣はまるで儀式のように行われていく。

ジュリエットの体は祭壇の冷たい石の上に横たえられ、身を包んでいた衣服を順々に取り払われた。

現れた白い裸体には、キャメロンが刻んだ情念の証があちこちに浮かんでいる。

そのひとつひとつに、キャメロンは触れるだけのもどかしい口づけをした。

「あ……ぁ……ん」

手足が切なく打ち震えた。こんな場所で……許されるはずがない行為をしているのに、すでに官能を知っている体は素直にキャメロンを求めた。

とろんとした瞳でキャメロンの動きを見つめる。彼の金髪は濃い色目だが、太陽の光に透けると明るく輝いて神秘的だった。

彼はさながら天から遣わされた大天使で、ジュリエットは彼のために捧げられた生贄のようだと……艶美な妄想をしてしまう。

ジュリエットの肌を飾る印の数は多かったから、キャメロンの儀式めいた口づけは時間がかかった。忙しいひとなのに、時刻を気にしている様子はない。

まるでジュリエットの体が本当に神聖なものであるかのように、慎重に、そして大切に、時間をかけて優しく触れていく。

（でも、これは……）

この穏やかな愛撫は、今だけだ。

ジュリエットはすでに知っている。キャメロンは信仰じみた丁寧さと入念さで、体を重ねる前に妻の体をいとしんだが、ある一点を超えると堰が切れたように激しくなっていく。

「ん……っ、あ……はぁっ」

キャメロンは祭壇に横たわる妻の裸体を、手で犯しはじめた。

いつのまにか固くしこっていた胸の頂の蕾を弾かれるのと同時に、太ももの間に指が侵入してくる。花弁はすぐに暴かれ、陰核は彼の指にされるがままになった。

「あう……ぁ……」

すでに濡れていたそこは、グチュグチュと卑猥な音を立てる。

ジュリエットは必死で声を抑えようとしたが、キャメロンの愛撫は正確すぎて、とてもではないがすべて我慢することはできなかった。ことジュリエットの体に関する限り、彼は勉強熱心で、実験好きな学者のようだった。

ジュリエットの感じやすい場所……ジュリエットの濡れやすい力加減……タイミング……。

そういったものを見つけ出しては繰り返し、さらに快い方法はないかと、常に目を光らせている……夜の彼はそんな恋人だった。

でも、今はまだ太陽がある。

いつもは薄闇の中で曖昧にしかわからなかった、彼の顔色をうかがうことができた。ジュリエットに性戯を施す彼の頬は興奮に赤みがさしていた。

蠟燭の明かりだけでは見えなかった、苦悶を思わせる深い眉間の皺が刻まれているのも、わかった。

ジュリエットの肢体は祭壇の上で儚く痙攣し続ける。

「ん……っ、だ……だめ……ぁぅ……」

「耐える必要はない。達してしまうんだ。そうしたほうが、楽になるよ」

「で、でも……ここ、は……大聖堂……で……アッ！」

キャメロンが大きく口を開けてジュリエットの乳房をひとつ口に含んだ。

丸みをもった柔らかい肌は、彼の唇の動きに呼応して素直に形を変える。口で吸われて、舌で転がされて、手で揉み込まれて、ジュリエットはもどかしい官能に苛まれて身をよじる。

ステンドグラスの聖母に見下ろされながら、ジュリエットは乱れた。喘ぎ声を漏らし、妖しく腰を浮かせながら、抵抗らしい抵抗もできないで溺れている。

こんなことが許されるはずがない。

許されるはずがないのに、なぜか、ふたりのしていることは神聖な儀式であるような気がしてしまう。

キャメロンはジュリエットの胸を口で犯しながら、指を一本、蜜壺の中に忍ばせた。

「――――！」

普段は慣らすようにゆっくりした抽送からはじめてくれるのに、今のキャメロンは違った。

いきなりジュリエットの最も感じやすい、お腹側にある無防備な箇所を指の先で強く刺激する。引っかかれるような感触に、ジュリエットは背をのけ反らせて打ち震えた。

「だ……だめ……」

振動のような動きで、弱点を突かれ続ける。

耐えられるはずがなかった。

長くはもたなかった。

尿意に似た甘すぎる快感がぞわぞわと体の奥を満たし、どうしようもなく高みに持ち上げられる。絶頂がきたのはそれからすぐで、そのあまりの激しさにジュリエットは悲鳴を上げた。

我慢なんて、できなかった。

「……ぅ……あ……はぁ……っ」

ジュリエットはあられもなく痙攣して、女の入り口をだらしなく愛蜜で濡らしながら、絶頂の余韻に揺蕩(たゆた)った。

キャメロンの指がそっとジュリエットの唇の下を伝い、自分が唾液を呑み込みきれずによだれを垂らしてしまっていたのだと感づく。

でも、今のジュリエットには、羞恥を感じる余裕さえなかった。

キャメロンはゆっくりと屈(かが)み込(こ)み、ジュリエットの唇に柔らかい接吻を落とした。

「なんて素晴らしいんだ、君は」

唇を離して姿勢を元に戻すと、キャメロンは長方形の祭壇の周りをゆっくりと歩きはじめた。彼の視線はずっと、祭壇の上のジュリエットの裸体に向けられている。

熱い視線——その熱量は肌に痛いくらいだった。

キャメロンの靴音が大聖堂の高い天井に響く。比較的軽装とはいえ、キャメロンはしっかり服を着たままで、ジュリエットは祭壇の上に裸体で横たわっている。

こんな……不公平で、危険な構図であるのに……ジュリエットは恐怖を感じなかった。

恥ずかしい。もどかしい。どこかに隠れてしまいたい……。

でも、怖いとは思わない。

ジュリエットは本能的にキャメロンを信頼しているのだと、その時に気がつく。彼はジュリエットを傷つけない。元敵国の王女であるジュリエットを。他の男の名を記した手紙を嫁入り道具の中に残してしまった愚かなジュリエットを。

彼は罰しない。

それどころか、彼の苦しげな表情は、まるで彼自身を罰しているようでさえあった。

(わたしは、このひとが……好き……)

その自覚は突然で……それでいてすんなりと腑に落ちるものだった。

彼の優れた容姿だけではない、その裏にある厳格で、真面目で、すぎるくらいに誠実な人柄に惹かれる。はじめて顔を合わせた瞬間から、ふたりの間にはすでに言葉では表せない不思議な繋がりがあった。

愛を語るには、ふたりはまだ日の浅い関係かもしれない。

それでも、この愛の種がこっそりと芽吹いて、小さくて頼りない……でも新しくて生命力に満ち溢れた花が、これから咲こうとしている……。そんな予感に胸が熱くなっていく。

ジュリエットはひと粒、涙をこぼした。

「どうした……？」

心配げなキャメロンのかすれた声。

大丈夫だと答えようとしたが、喉が詰まって声が出せない。キャメロンは足を止めて眉間に皺を寄せた。

「痛かったのかい？　それとも……泣くほど嫌だったのか？」

――いいえ。いいえ。あなたを好きだと気づいてしまったから。誤解を解きたいのに、『C』の安全を思うと、どう伝えていいかわからないから……。

言葉にならず、ジュリエットはただ小さく首を左右に振った。

「『クリストファー』だな」

キャメロンの断言がひんやりとした空気に響く。彼の声には怒りと悲しみがこもっていた。

「ち、ちが……」

「ジュリエット……その男のどこがそれほどよかったんだ？　君が他の男に娶られても、助けにさえ来ない。わたしなら、君を他の男に取られて黙ってなどいられない。相手が神であろうと悪魔であろうと……皇帝であろうと、必ず奪い返しに行く」

キャメロンなら本当にそうするだろうと信じてしまうような、強い断定の口調だった。

ジュリエットはなんとか上半身を起こして、キャメロンと向き合った。

自分は裸で、キャメロンは服を着ている。

ここは大聖堂で、小さな吐息でさえ、パイプオルガンを通しているかのように高らかに響く。

祈り、とサマンサは言った。

今日は祈りを捧げるべき日だと。

「わたしは、あなたが……好きです。あなたに生涯を捧げます。信じて」

ジュリエットが片手をそっとキャメロンの頬に当てても、彼は微動だにしなかった。ただ苦しげな瞳でジュリエットを見つめている。

「君は人質でも……ましてや生贄でもない。少なくともわたしにとっては。だから嘘をつく必要はないんだ」

こんなふうに気弱な声でキャメロンが喋るのを、はじめて聞いた気がした。

「その通りです……。わたしは嘘をつく必要なんてありません。だから本当のことを言っただけです」

「しかし、その男のことは教えてくれないんだな」

「それは……」

一糸纏わぬ肌が、寒気にふるりと震える。キャメロンが嫉妬してくれているという事実に、喜んでいる自分がいる。

ずるいことだ。でも、それが本心だった。

しかし、キャメロンが好きだからといってクリストファーの身を危険に晒すことができるほど、ジュリエットは実利的な人間ではない。

「今は……あなただけです。どうかそれだけは信じて」

それが今のジュリエットに言える精一杯だった。

キャメロンは静かに顔を近づけてきた。口づけをされるかと思ったのに、彼がしたのは額(ひたい)をジュリエットの額にコツンと当てることだった。

睫毛の動きさえ感じられるような距離で、ふたりはしばらく時が止まったように静止していた。

いつか、もっと上手に説明できたらと思う。すべてをさらけ出してなんのしがらみもなく、ただ無邪気に愛しあえたらと。

「……君は隠し事が上手だ」

キャメロンの口調が少しおどけていたので、ジュリエットはこんな時にこんな格好でいるにもかかわらず、くすりと笑ってしまった。

「そうかもしれませんね。でも、あなたも教えてくれないことがあります。初夜のあとに教えてくれると言ったのに、もう三日も」

ジュリエットが指摘すると、意外にもキャメロンはまったく否定しなかった。

「そうだったな」

とだけつぶやいて、大きな両手でジュリエットの頬を包み込む。

そこから続いた口づけは自然で、互いを求め合うものだった。どちらかがどちらかを奪うのではなく、どちらも一緒に相手を望み、唇をついばみながら呼吸を分け合う。そんな接吻。

そこにあるのは信頼と愛情と……そして恍惚(こうこつ)だった。

誰かと心と体を与え合うことがこれほどの幸福を伴うなんて、知らなかった。

きっとこの祭壇の前で、数え切れないくらいの男女が結婚の誓いを立てたはずだ。多くは愛と希望を持って。でも、その夫婦すべてが幸せになったわけではない。不幸な結果に終わった夫婦も少なくないはずだ。ジュリエットの母のように。

でも……それでも——ひとは繰り返す。

これほどの幸福が得られるなら、たとえ傷つくかもしれない危険があっても、求めてしまう。それが結婚……そして愛し合うということなのかもしれない。

「ここで君を抱きたい」

キャメロンの懇願はシンプルだった。

「わたしも、あなたが欲しい……です」

頭で考えるより先に、ジュリエットは答えていた。

キャメロンに抱かれるのを嫌だと思ったことはない。でも、今ほど彼を欲したこともまた、なかった。

禁断の場所なのに。キャメロンの言う『人払い』がいつまで続くかもわからないのに。

禁忌はいくつもあったが、ふたりの間に燃える熱情はそれらを焼き払ってしまうほど熱かった。

「神に見せてやろう……。わたしがどれだけ君を求めているか」

キャメロンは服を着たまま、性急にズボンの前を開けて雄々しく反り立った肉棒を取り出した。大柄な彼の体に見合ったその男性器は、他に比較するものを知らないジュリエットにも、かなりの大きさを誇っているのだろうとわかる。

これにナカを支配される喜びを、ジュリエットはもう知っている。

彼に求められている証拠を前に、ジュリエットは少し大胆になった。そそり立った力強いものにそっと触れ、その先端に光る、ぬめった液を指先でくすぐるようにいじる。

「神様よりも先に……わたしに、教えてください」

キャメロンは歯を食いしばって、野獣のうなり声に似た音を漏らした。

すでに言葉のやり取りは重要ではなく、ふたりは互いを求める獣になっていた。キャメロンは軽々とジュリエットの体を持ち上げ、ふたたび妻を祭壇に寝かせた。

祭壇は白い石でできている。だから成人ふたりの体重を受けても微動だにしないし、大きさも十分あった。しかし、キャメロンが祭壇に乗ってジュリエットに覆いかぶさったときは、落ちてしまいそうで体を固くした。

「わたしに掴まっていてくれ」

そう導かれて、ジュリエットは言われた通りに彼の背中に両腕を回してしがみついた。

そのせいでさらに体がぴたりと密着する。

キャメロンは服を着ているが……ジュリエットは裸体だ。胸の先が布にこすれる感覚に、すでに一度達しているジュリエットの体は切なく震えた。

「あまり長くは持ちそうもない」

とキャメロンはささやいたが、それはジュリエットに向けているというより、独り言に近い気がした。

「わたしも……です」

ジュリエットがささやき返すと、キャメロンは微笑んだ。——微笑んだのだ。初夜以来はじめてだった。

端正で男性的な彼の顔に浮かぶ笑みは、甘やかだった。ときめきに心が溶けてしまうのではないかと思った。

しかし、次にキャメロンのした行為は、甘やかとは程遠かった。素早くズボンを下ろしたと思うと、こじ開けるように激しく挿入したのだ。

「あぁ……っ！」

どちらの性器も濡れていたから、キャメロンの力強い腰の動きと、密着した体勢によって、一気に最奥まで貫かれる。あまりの衝撃にジュリエットはビクビクと痙攣した。

「ぐ……ぁ……くそ……」

いつもはあまり声を出さないキャメロンが、食いしばった歯の間から低くうなる。

キャメロンはズブズブと妻を穿ちはじめた。

ジュリエットは夫の背に両手でしがみつき、キャメロンは妻を頭からすっぽりと抱きかかえる。寝室の寝台と違い、石の祭壇は夫婦の動きに合わせてたわんだりはしない。ジュリエットはキャメロンの欲望の発露をすべてその身に受け入れなくてはいけなかった。

想像以上の快感だった。

もう、これを快感と呼んでいいのかさえわからないほど、激しすぎて、狂おしくて、切ない官能を刻みつけられる。まだ男を覚えて日の浅いジュリエットの体はすぐに限界に達した。

「いっちゃ……う……。もう……ぁ……だ、め……っ」

「もう少し」

「ひ……ぅ……」

「一緒に、いこう……わたしも、もう……」

抽送が速度を増す。

ジュリエットの視界はすでに白んでいた。ステンドグラスから差し込む光がプリズムを作って、宙を舞うようにきらめく。キャメロンの汗の匂いと、常に大聖堂に灯されている蠟燭の香りが鼻腔にからまる。

密着したまま穿たれることで、ジュリエットの乳房は押し潰されてあられもなく形を変えた。痛いくらいの刺激にさいなまれる。激しすぎる情念。禁断の場所……。

嬌声を我慢しているせいで口内にどんどん唾液が溜まり、ジュリエットはすでにだらしなく顎を濡らしている。

神はこんな姿のジュリエットを許してくれるだろうか。

もし許されなくても、キャメロンが愛してくれるなら……それでいいと思えた。

どれだけ耐えようとしても、これ以上は無理という瞬間がきて、ジュリエットは抑えた悲鳴を漏らしながら絶頂を迎えた。蜜壺の柔肉が、きつく貪欲にキャメロンの肉棒を咥え込む。

彼のものも、最後の瞬間を前にしてぐっと質量を増して、ジュリエットの膣壁を押し返す。

吐精の飛沫がジュリエットの中に大量に注ぎ込まれた。

「あ……ぅ……」

「ジュリエット……。くそ……」

力を失ったキャメロンの体重に押し潰されて、ジュリエットは息も絶え絶えになった。二回続いた激しい絶頂の後で、彼の大きな体を押し返すだけの腕力は出ない。

もういっそ、このままぺしゃんこにされて息絶えても後悔はしない……。場所だって都合がいいかもしれない。すぐに葬儀ができる。

ふふ、とジュリエットが力なく笑うと、キャメロンは荒く肩で息をしながらのっそりと上半身を少しだけ浮かせた。

「どうして……笑うんだい？」

「だって……もし、ここであなたに押し潰されて窒息してしまっても、すぐに葬儀ができるなと思って。なんといっても、大聖堂ですから……」

冗談のつもりで言った自分の台詞が、実は相当に趣味の悪いものだったと気がついたのは、キャメロンがひどく苦しげで傷ついた顔をしてジュリエットを見下ろしたからだった。

「ご、ごめんなさい……」

「ジュリエット……。冗談でも言っていいことと悪いことがある」

まったくその通りだった。このひとは基本的に正論しか言わない。そこが彼に惹かれる理由のひとつでもあるのだが……。

特に、自分が裸で……大聖堂の祭壇に、あられもなく組み敷かれている今などは。

「わたしは君を傷つけない。ましてや君を……くそ、やめてくれ。聞きたくない」

想像するだけでも寒気がすると言いたげに、キャメロンは左右に首を振った。

ふたりの体はまだ繋がっている。お腹とお腹。脚と脚。肉棒と蜜壺。どれだけ心や精神の重要さを説いても、肉体を持つ生き物にすぎない自分たちにとって、やはり肌の触れ合いは大切なのかもしれない。

肌を重ねることでしか、感じられない想いがある。

キャメロンの言葉のひとつひとつが間違いなく真実であると、接触する肌からじんわりと伝わってきた。

「ごめんなさい、キャメロン様」

もう一度、ジュリエットは素直に謝った。

キャメロンは皮肉っぽい自嘲の笑みを浮かべた。

「いつか言おうと思っていたのだが……『様』をつける必要はないよ」

「そういうわけには……」

「君のことを、和平のための人質だと思っている連中は確かにいる。対外的には、そういう意味があることは否定しない。しかしわたしが君を——君だけを求めたのは、そんな理由からじゃない。君は、母国のためにわたしの機嫌を取る必要はないんだ」

それはそうかもしれない。

ただ利害だけを考えたなら、キャメロンはジュリエットの姉のどちらかを娶るべきだった。

しかしキャメロンは、あえて政治的に重要度の低いジュリエットを選んだ。

キャメロンは上半身を起こし、使命を終えた肉棒をジュリエットの中からゆっくりと引き抜いた。

「あん……」

喪失感にふるりと震える。

ジュリエットはこの瞬間の切なさが苦手だった。いつも寂しさに身震いしてしまう。キャメロンはこのことをすでに知っていて、引き抜くときは慎重に、ゆっくりと動いてくれる。

そんな事実も愛しかった。

芽生えたばかりのこの愛を、守りたいと思った。

「さあ、妻よ。もし二度目の……わたしのモノによる洗礼を望むのでなければ……服を着てもらわないと」

優しく手を差し出され、彼の力強い腕の助けを借りて、ジュリエットは祭壇から下りた。

キャメロンは真面目だが、時々茶目っ気のあるユーモアを見せる。決して品は失わないのだが、少し皮肉っぽい批評や例えを口にすることがあった。

――クリストファーもそうだったから、もしかしたらこれはデラルトン男性特有のものかと思いもしたが、彼ら以外にそういった性質を持つひとは見当たらない。

（どうして……こんなに……）

彼は皇帝になるべく生まれついた貴人だというのに、床に落ちたジュリエットのドレスを屈んで拾うことも、まるで甲斐甲斐しい侍女のようにそれをジュリエットに着せるのを手伝うのも、まったくいとわなかった。

髪は乱れてしまったが、夫の助けもあってジュリエットはきちんとデイドレスを着付け直すことができた。

ジュリエットは自分でできると言ったのに、キャメロンは彼女の靴も拾って履かせてくれた。

「あなたは、こんなこともできるんですね。わたしの父はおそらく自分の靴紐を自分で結ぶこともできないと思いますよ。すべて従者にやらせるもの」

屈み込んで靴紐を結んでくれているキャメロンをそうからかうと、彼はジュリエットを見上げた。

「わたしは皇太子であった時間より、軍人であった時間の方が長いんだよ」

「そうなのですか？」

「父との折り合いが悪かったからな……。十三の歳にはすでに隠れて騎士の真似事をしていた。当時の将軍がわたしの才を買ってくれていたんだ。父への反発もあって、十六になってすぐに軍部に入った。そして数ヶ月前に父がみまかるまで軍を離れたことはなかった……。ちなみにわたしは三十五歳になる」

ジュリエットは昔から文学が好きで、数字にはあまり強くない。それでもこのくらいの計算はすぐにできた。十六歳から三十五歳。つまり十九年。

その認識に、ジュリエットは雷に打たれたような衝撃を受けた。

（待って……。最後の手紙で、クリストファーはなんて言っていたの……？）

十九年。

彼は、十九年近く剣と共に生きてきた、と。

（そんなはずがないわ……。だって……）

だって、なんだろう？　彼をクリストファーと名づけたのは自分だ。彼は最後まで『C』としか名乗らなかったから、イメージに合う名前を選んだだけで。

でもキャメロンだって『C』ではじまる。

（まさか……まさか……まさか……！）

クリストファーはよく前皇帝やその周辺の政治家について苦言を呈していた。人前で弱音を吐くことのできない立場だと言い、高級品である白い紙を定期的に用意できるだけの財力があって……。

「キャメロン様……いいえ、キャメロン……」

とんでもない仮定に、ジュリエットの声は震えた。

――キャメロンが『C』かもしれないなんて。ありえるだろうか？

確かに可能性は無ではない。イニシャル、軍歴、そしてなによりもふたりの性格の共通点……。

ジュリエットの様子がおかしくなったことに気づいたのだろう、キャメロンは眉間に皺を寄せて妻を覗き込んだ。

「どうした？　ジュリエット、どこか痛むのか？」

普段より少し荒っぽいキャメロンの口調は、確かに皇帝というより軍人を思わせる。ジュリエットは彼の水色の瞳をじっと見つめ、キャメロンもまた、ジュリエットを真っ直ぐに見つめ返した。

――もし仮に、キャメロンが『C』だったとして。

キャメロンはジュリエットが『J』だったことを知っているのだろうか？

だからこそ彼はジュリエットを求めたのだろうか？

だったらどうしてすぐに教えてくれなかったの？

心臓がドキドキと痛いくらいに強く脈打っている。頭が混乱して、息が苦しくなった。

――もし本当にキャメロンがクリストファーなら……。

ふたりの間の誤解は消える。ジュリエットは念願だったクリストファーとの出会いを果たすことができただけでなく……彼と結婚していたのだ！

いつのまにか、キャメロンはジュリエットの肩を掴んでいた。ジュリエットはその腕にそっと手で触れる。

クリストファー……『C』と交わした言葉の数々が脳裏に浮かぶ。

その文体、哲学、ユーモア、そしてジュリエットを気遣ってくれる優しさ……。ああ、どうして気づかなかったんだろう。

ジュリエットの瞳にうっすらと涙が浮かんだ。

伝えなくちゃいけない。ふたりの間に横たわる誤解を解かなくてはいけない……。

「キャメロン……。聞いてください。お話ししなくちゃいけないことがあるんです。クリストファーについて――」

と、言いかけたところで、突然、大聖堂の扉がドンドンと強く叩かれた。ふたりは驚いて振り返り、扉に目を向ける。

扉を叩く音に野太い男性の声が重なった。

「キャメロン陛下、緊急事態です！　扉をあけてください！」

キャメロンはごくりと喉を鳴らし、それからジュリエットに視線を戻してささやいた。

「ジュリエット、その話なら――」

「お聞きになっていますか、キャメロン陛下！　扉を破りますよ！　出てきてください……！」

扉の外の声がどんどん悲痛な叫びになっていく。キャメロンはジュリエットと扉を交互に見ながら、小さな舌打ちをした。

「行ってください。なんだか大変そうだわ。彼らはあなたを必要としています」

「君にだってわたしが必要だろう」

「もちろんです。でも……わたしの話はもう少し待てます。今夜、寝室であなたを待っています。だから今は行って」

それでもキャメロンはしばらく微動だにせず、ジュリエットを見下ろしたままでいた。いよいよ扉の外の騒ぎが大きくなってくると、キャメロンの表情はデラルトン帝国皇帝のそれへと変わっていった。

「わかった。今夜」

そう言い残し、名残惜しそうにジュリエットをじっと見つめてから、しつこく叩かれ続けている扉へ向かう。キャメロンは内側から掛けてあった閂(かんぬき)を抜き、扉を開いた。

外には十人を超える騎士が集まっていて、すぐにキャメロンを囲んだ。

次々に告げられる報告によると、正体不明の盗賊が城下町を襲い、略奪をはじめているとのことだった。城の騎士たちはその盗賊伐倒のためにキャメロンを必要としていた。

キャメロンはちらりと離愁の漂う視線をジュリエットに向ける。

彼を安心させたくて、ジュリエットは「大丈夫、行って」と唇を動かした。声は聞こえないだろうが、唇の動きは読めたはずだ。

キャメロンはうなずき、そして騎士たちと共に大聖堂を離れた。

騒ぎを聞きつけ、大聖堂の前で待っていたらしいサマンサとリサがジュリエットを迎えに入ってくる。

ふたりの侍女に付き添われて、ジュリエットは城の中に戻った。

「で……お祈りはどうでしたか、ジュリエット様？」

道すがら、わざとらしく眼鏡の位置を直しながらサマンサが聞いてくる。その仕草の意味するところに気づいて、ジュリエットは目を細めた。

「あなたたちね。わたしが大聖堂にいるとキャメロン様に告げ口したのは」

「別に告げ口ではありませんよ。ジュリエット様の行動は逐一報告しろと言われているので、それに従ったまでですよ」

「そうです。わたしたちは命令に忠実な侍女なので」

サマンサとリサは、悪びれる様子もなく、そうしれっと告白した。ジュリエットは盛大なため息を吐きはしたが、怒る気にはなれずにそのまま寝室に戻った。

第六章

ジュリエットの知る限り、盗賊の来襲とは金目のものを狙ったもので、正規の騎士団や軍隊の介入を察するとすぐに蜘蛛(くも)の子を散らすように退散してしまうのが常だった。

それがどういうわけか、その日の盗賊はかなり手の込んだ戦術を使い、騎士団を陥れようとしたという。

それだけでなく、かなりの抵抗を見せ、小さな戦闘が勃発したとのことだった。

キャメロンたちが帰城したのは夕方を過ぎ、日の沈む直前になってからだった。


「ふう……」

その晩、侍女ふたり組に選んでもらった、いつもより少し大胆な寝間着の裾を指先でいじりながら、ジュリエットは長いため息をついた。

マントルピースの上には金鍍金(きんメッキ)の燭台が数本置かれ、一晩中でも灯し続けることのできる太い蠟燭に火が踊っている。キャメロンはすでに帰城しているはずだが、まだ寝室には戻ってきていない。

ジュリエットは寝台の端に腰を下ろして、今夜は長い夜になるかもしれないと思いながら、蠟燭の炎をぼんやりと眺めた。

（本当にキャメロンがクリストファーだったなら、いいわ。でも、もし違ったら……？）

ジュリエットは慎重に話を進める必要があった。

まず、相当に疲れているであろうキャメロンを労(ねぎら)いたい。

いくら元軍人とはいえ、すでに皇帝である彼がどこまで戦闘に関わったのかは謎だが、責任のある立場としてひどくストレスを感じたはずだ。

それから、まず前置きとして、ジュリエットにも『C』にも謀反や反抗の意思はなかったことを説明して……。

まったくのプラトニックな関係だったことも伝えて、それから『C』が罰されることのないよう、文通がはじまった罪はジュリエットにあるとはっきりさせなくては……。

ジュリエットは悶々(もんもん)と考えを巡らせていたが、しばらくして寝室の扉が音もなく開いた時、それらの思考はすべて霧散していった。

キャメロンはこの三日間、入室前に軽く扉を叩いていたのに、この晩はそれがなかった。

考え事に夢中だったせいかもしれない。物音に気がついてジュリエットが顔を上げた時には、キャメロンはすでに寝室内に入っていた。

「キャメロン……?」

今まで一日の終わりでもしっかりと身だしなみを整えていたキャメロンが、その晩は白いシャツ一枚……それも前のボタンがいくつも外れて、すっかり乱れた姿だった。

シャツだけではない。彼の高貴な金髪は普段、上品に後ろに撫でつけられている。それが今晩は獅子のたてがみのようにあちこちに散っていた。

ジュリエットは緊張の面持ちで立ち上がった。

キャメロンはゆっくり、獲物を狙う獣のような慎重な足取りで寝台に向かってくる。

ジュリエットもまた、絶対に敵わないとわかっている野獣に狙いをつけられた小動物のような気分になった。でも逃げ場なんてない。

「お……おかえりなさいませ。お疲れでしょう……」

正しい妻であろうとして、いたわりの言葉を口にしただけのつもりだったのに、キャメロンは苦々しげに顔を歪ませた。

「君はまだ、わたしに他人行儀だな」

まるでそれが重罪であるかのような、暗いキャメロンの口調。

「そんなことは……」

ジュリエットもまた、なぜか罪悪感を感じて、まごつきながら答えた。

これからふたりが交わすであろう会話を予想して、ジュリエットの胸は痛いくらいに高鳴った。緊張と、期待と、希望と。

危惧と。

どんどん距離が縮まって彼の体臭を感じられるほどの近さになると、ジュリエットは鼻腔に異変を感じた。ツンと尖った独特の香り……が、キャメロンから漂ってくる。

「キャメロン……お酒を飲んでいるのですか？」

単純な質問のつもりだったが、もしかしたら批判がましく聞こえてしまったかもしれない。

キャメロンは皮肉っぽい笑みを唇に浮かべた。

「そうだ。君の夫はだらしなく酒を飲んでふらふらと寝室に戻ってきた……。離縁したいかい？　残念だったな。デラルトンの法律ではそういうわけにはいかないんだ」

なにがおかしいのか、キャメロンはここで悪魔じみた笑い声を上げた。しかし目は笑っていない。

「少なくともデラルトンの法律はわたしの味方なわけだ」

「わ……わたしだってあなたの味方です。今日は盗賊騒ぎがあったうえに、なかなか戻ってきてくれないから心配して……」

「心配？　そうか、その手があったな。君が未亡人になればクリストファーにも二度目のチャンスがあったかもしれないのに」

これには、さすがのジュリエットもカッとなった。このひとはジュリエットを疑っている。もちろんその原因はジュリエットにあるとしても――こんなふうに嫌味を言われるのは胸が痛んだ。

「残念だったな。悪いがわたしはピンピンしているよ」

「皮肉はやめてください。今夜はあなたと話がしたかったのに……これでは無理です……」

キャメロンはもうジュリエットの目の前に来ていた。

夫に肩を掴まれる覚悟でいたのに……いや、むしろ、それをなかば期待していたのに……キャメロンはあっさりとジュリエットをすり抜ける。

そしてどさりと寝台の縁に腰を下ろした。

彼の体重を受けて寝台がたわみ、シーツが深い波を刻む。ジュリエットは振り向いて、酒気を帯びた夫を見つめた。

こんなキャメロンははじめてだった。

いつだって完璧で、威厳に満ちていて、誇り高いのが彼だったのに。婚礼の儀式の後に一杯か二杯の葡萄酒を口にしたのは見たが、それ以降、彼が酒の匂いをさせてきたことはなかった。

それが今夜のキャメロンは強い蒸留酒の匂いを漂わせて、乱れた髪と服装で寝台に座っている。

その瞳はどこか濁っていて、憑かれたようにジュリエットを見据えていた。

「キャメロン――」

「その『話』とやらをする前に」

キャメロンは片手を上げて、ジュリエットの言葉を遮った。

「……わたしの話を聞いてくれ。わたしを捨てる前に、君に知っていてほしいことがある」

――捨てる？

ジュリエットがキャメロンを？

「あなたは酔っているんです……。どうしてそんな……」

「ああ、ジュリエット。あまりわたしを買いかぶらないでくれ。妻が故郷に残してきた想い人の話をするのを、シラフで聞いていられるほど聖人ではないんだ。だから今晩は飲んだ。浴びるほど。しかしまだ足りない……」

そう言いながら、キャメロンは立ち上がろうとした。

しかし足元がふらつき、慌てて駆けつけたジュリエットにその長身を支えられる形になって、キャメロンは乾いた笑い声を漏らす。

「君はあまり図体（ずうたい）のでかい男は好きではなかったかな、ジュリエット。君は痩身で背の高過ぎない、穏やかな男が落ち着くと言っていたな……」

ああ……。

ジュリエットは確信した。

『C』は、やはりキャメロンだったのだ……。

まだ文通をはじめたばかりのころ、お互いにどんな異性が理想か……という話をした。当時は終戦間際ほど戦局が緊迫しておらず、そういった他愛のないやりとりをすることも多々あったのだ。

ジュリエットは確かに、穏やかで知的で背の高過ぎない男性が一緒にいて落ち着くから好きだ、と答えた。

クリストファー……いや、キャメロンは、なんと言っていただろう……。

すぐに思い出して、ジュリエットは呆然とささやいた。

「『君のように、穏やかで優しい女性が……』……」

好きだ、と。

「そうだ。やっと気づいてくれたようだな、ジュリエット。いや、『J』……」

「わたし……」

「驚かないんだな。わたしとのやりとりなど、君にとっては取るに足りないことだったか」

キャメロンは確かに酔っていたが、その口調は明瞭だった。ただジュリエットに寄り掛かってくる体重はいつもより重くて、まるで甘えるように……もしくはすがるように、体をすり寄せてくる。普段のキャメロンならしない行動だった。

「そんなことありません。聞いて、キャメロン、今夜わたしが話したかったのは——」

「しっ」

キャメロンは人差し指を立ててジュリエットの唇に当てた。

「まだ聞きたくない。言っただろう、君に知っていてほしいことがあると。わたしでない男を選ぶ前に、わたしの心も見てくれ」

彼の顔が近づいてくる。

ジュリエットは酒の匂いが苦手だったのに、キャメロンの息と混じったその芳香は、鼻腔を痺れさせるような甘美なものだった。このままこのひとの吐息に溺れていたい……でもキャメロンは誤解している。

しなだれかかってくる夫の大きな体を支えながら、彼の背中に腕を回してぎゅっと抱きしめた。言葉で伝えられないなら、せめて行動で示したかった。文通をしていたときは紙の上に記された言葉だけが頼りだったけれど、今はお互いの肉体がある。

キャメロンはまた低い声で短い笑い声を漏らした。

もしかしたらジュリエットの夫は、酒を帯びると笑い上戸になるのかもしれない。そんな小さな事実をひとつ知ることができて、ジュリエットの胸は切なくうずいた。

これからもっと、このひとを知りたい。

生身の彼を。

クリストファーでも『C』でもない、キャメロンを。

このひとにどんな過去があり、どんな夢を抱え、どうやって未来を生きていくのか……知りたい。

そしてなによりも彼の隣で、そのすべてを共にできる伴侶になれたらと、心の底から願う。

「じゃあ、見せてください。あなたの心を。キャメロン……」

ジュリエットが乞うと、キャメロンは彼女をきつく抱き返した。

「今日、大聖堂で君を抱いたとき、すべてが完璧だった。君はその柔らかい体でわたしの欲望に応えてくれた。その甘い声でわたしの名前をささやいてくれた。その可愛らしい瞳にわたしの姿を映してくれた。わたしは――」

キャメロンの声がわずかに震えた気がした。

まるで音がふたつに割れたように、低音と高音が混じる。涙を堪えているとき、こんな声になることがある。

キャメロンの焦燥が血潮にまで流れ込んでくるようで、ジュリエットの心臓はそれこそふたつに切り裂かれたように痛んだ。

「君の過去の男に嫉妬して、今のわたしたちの関係を汚す必要はないと……思うことができた。少なくともわたしには君の未来がある。あの大聖堂で得た婚姻の誓いがある。きっかけはなんでも、君はわたしの妻なのだから」

「キャメロン……わたしは、」

「それがどうだ。君はなんと言っただろうか？　『お話ししなくちゃいけないことがある』だったか？　生憎(あいにく)、奴(やつ)についての『お話』とやらを正気で聞けるだけの忍耐を、わたしは持ち合わせていないんだ。いないいんだよ……」

ここでまたキャメロンは乾いた笑い声を漏らす。

しかし皮肉めいたものではなく、疲れ切ってやつれたような声……。

クリストファー云々(うんぬん)以前に、キャメロンは今日一日を盗賊伐倒のために費やしている。こんなすれ違いは一刻も早く終わらせて、彼の疲れを労ってあげたいのに、ジュリエットが口を開こうとするとキャメロンはすぐそれを阻止しようとする。

頑固だ。思った以上に、頑固なひとだ。

——でもそれを愛しいと思った。

「君に見せたいものがある」

キャメロンはそう言って、わずかにふらつく足取りで寝室の壁に備えつけられている執務机に向かった。

真鍮(しんちゅう)の取っ手のついた引き出しが数段あり、キャメロンは屈んで、最も低い段を開く。

いくつかインク壺などが几帳面に整頓されている以外は何の変哲もない引き出しだったが、キャメロンが慣れた手つきで底板をいじると、そこには隠し箱があった。

キャメロンはそっと紙の束を取り出した。

「それは……わたしの……」

キャメロンは肩越しにジュリエットを振り返って、切なげな微笑を浮かべた。

「いいや、わたしのものだ。君には返さないよ。せめてこれだけは……誰にも渡さない」

数年に渡り、ジュリエットがクリストファー……いや、キャメロンにしたためた手紙が、彼らしい丁寧さで綺麗に重ねられて、赤い紐で束ねられている。

一番上にある最初の一枚には見覚えがあった。

ジュリエットが最初に書いた手紙……。本の遊び紙を切り取った、あの書簡だ。

キャメロンはその手紙の束を大切そうに持ち、寝台に戻った。縁に腰掛けると、ジュリエットを手招きして隣に座るよう促す。

ジュリエットは素直に夫に従った。

すとんとシーツの上に座り、隣にいるデラルトン皇帝の青い瞳を覗き込むと、彼は静かにジュリエットを見つめていた。

「まず最初に――わたしはおいそれと自分の心情を他人に語る種類の人間ではない。それを知ってほしい。わたしたちの文通は、君にとってはなにげないやり取りに過ぎなかったのかもしれないが……わたしには自分の胸を切り裂いて心臓を取り出すくらいの勇気と……信頼のいるものだった」

「勇気？　あなたが？」

「わたしは英雄でもなんでもないんだよ、ジュリエット。たまたま父の息子に生まれついてしまっただけの、平凡でつまらない男だ。いつもそう感じていた」

そんなことはない。

本来なら王城で贅沢三昧することのできたひとが、十九年も騎士や武人と共に血や汗を流してきたのだ。最終的には将軍の地位まで昇りつめているというのに、キャメロンは自慢の類をたったの一度もしたことがない。騎士たちがどれだけこの新皇帝を慕い、頼りにしているかを目にするにつけ、彼の将軍の地位は決して「皇太子だから」という理由で授かったものではないことを確信する。

「あなたは勇気のあるひとです。それに……誰よりも優しくて真面目で……素晴らしいひとだわ」

ジュリエットの口は勝手にそうささやいていた。

キャメロンは静かに「ありがとう」と答えた。

「そして君の言う『素晴らしいひと』であるのと同じくらい、素晴らしい夫になれたらと思うよ」

「キャメロン――」

「とにかく」

キャメロンは乾いた咳払いをひとつして、またしてもジュリエットの言葉を遮った。

「君からの手紙は長い間、わたしの心の拠りどころだった。暗闇に差すひと筋の光だった。最初の手紙を国境の森に残した時、わたしは将軍と呼ばれる立場になったばかりで、自分の肩に乗った責任の重さに苦しんでいた。何千……いや、何万の命がわたしの声ひとつで散ることさえある……」

キャメロンは決して口下手ではなかったが、おしゃべりとはいいがたい。しかし今夜のキャメロンは饒舌だった。まるでずっと胸につかえていたものを吐き出すかのように、妻に真実を語った。

たまたま国境沿いに駐屯していた最初の数回をのぞき、あの森には信頼できる使者を送っていたということ。

一年を過ぎた頃、『J』の正体を探るため密偵を放ったこと……。

これにジュリエットは驚いた。キャメロンは文通一年を過ぎたころ、すでにジュリエットの正体を知っていたのだ。義母に疎まれ、森の奥に半幽閉された敵国の第三王女が相手らしい……と。

「悪く思わないでほしい。しかしわたしは君の意向を探る必要があった」

密偵は陰からジュリエットをしばらく探り、その動向を数ヶ月に渡りキャメロンに逐一報告した。結果は白。ジュリエットは大人しく森の奥の塔で過ごしているか、最寄りの町の診療所や教会の孤児院で奉仕している。中央との繋がりはほとんど見当たらない……。

「密偵に君の外見的な特徴を語らせ、画家に肖像画を描かせた」

キャメロンは淡々と語った。

「君がはじめてデラルトン王城に到着した時……わたしは遠くから君を見ていた。君は本当にあの肖像画のように美しいのだろうか？　わたしが心惹かれたあの穏やかな微笑は、画家の想像の産物なのだろうか？　それとも……」

ジュリエットが唖然（あぜん）としていると、キャメロンは愛情のこもった瞳で彼女の顔を覗き込む。

「それとも……？」

「答えは、君は肖像画などよりずっと美しかった。たったひとりで、ひと回りも歳の違う敵国の皇帝に嫁がされにきたというのに、凛と背を伸ばして。わたしはすでに手紙の中の君に惹かれていたが、あの瞬間、わたしは完全に恋に落ちたんだ」

キャメロンの片手がそっとジュリエットの頬に添えられる。

彼の掌（てのひら）は熱かった。でも、彼の視線はもっと熱い。

「勝利したのはデラルトンだ。しかし、はじめて君を目にした瞬間、わたしは君に負けたと思った。君には敵わないと。この美しくて勇気のある女性の夫として、わたしは生涯君に尽くすことになるのだろうとね。それに文句があるわけではないよ。ぜひそうしたいと思っている。

今でも」

キャメロンの顔が近づいてきて、ふたりの額がこつんと当たった。

「君にはすぐ、わたしが『C』であることを伝えるつもりだった。初夜のすぐ後に。それがどうだ。君の心にはクリストファーなる男がいるらしいとわかって、なにも言えなくなったんだ」

キャメロンの告白に驚いている自分と、ずっと抱えていた疑問に答えが得られたことに納得している自分とがいた。ジュリエットはもう黙っていられなかった。

「お願いだから、わたしの話も聞いてください」

もちろん、キャメロンはまたジュリエットを遮ろうとした。

ジュリエットはついさっきキャメロンがしたのと同じように、人差し指を立てて、彼の唇に当てて「しっ」とささやいた。

「わたしにとっても、あなたとの文通は大切でした。わたしは森の奥に捨てられた、いらない王女だったんです。あなたの言葉はわたしに生きる意味を与えてくれました。あなたが時々わたしに……『J』に甘えてくれるのが本当に嬉しかったの」

「そうだろうか」

「そうです。でもそれ以上に、わたしはあなたの誇り高さや優しさや……時々見せてくれる弱さ……そういったものに惹かれたんです。きっと恋をしていたの。あなたの顔も知らなかったのに」

この時キャメロンが見せた顔を、ジュリエットはきっと一生忘れないだろう。

喜びと混乱が混じった奇妙な表情で、キャメロンのような端正な顔つきでなければ少々見苦しいくらいだったのだろうけれど……彼がすると可愛かった。

「クリストファーと同じくらいには、好いてもらえていただろうか？」

まるで同情を引こうとしている仔犬のような瞳で見つめられて、ジュリエットの胸は高鳴る。

「ええ。クリストファーとまったく同じだけ、あなたを好きになりました」

「ふうん……。あまり慰めにはならないな」

酒のせいか、それとも凛とした皇帝の仮面をはぎ取ったせいか、キャメロンの口調はだいぶくだけていた。そしてそれを愛しく思った。

「嫉妬ですか？」

ジュリエットは夫をからかう。

「慣れ親しんだ君の筆跡で書かれた他の男の名前を見るまで、わたしは自分がこれほど嫉妬深い男だとは知らなかった。覚悟しておいてくれ。わたしはこれから世界中のクリストファーと名のつく男に決闘を申し込んでくるつもりでいる」

「でも、そんな必要はないんです」

「なぜ？　君の優男クリストファーは剣を持つこともできない臆病者かな」

「いいえ。わたしのクリストファーは強いと思いますよ。実際に剣を持ったところを見たわけではないですけど。でも、十三歳から騎士の真似事をして、十六歳ですでに軍部に入り、十九年もいて将軍にまでなったというくらいですから……腕は立つのではないかしら」

——沈黙。

キャメロンがごくりと喉を鳴らす音がして、さらに数秒の沈黙。

「……わたしはなにか聞き間違いをしたのだろうか？」

「いいえ、キャメロン。クリストファーというのは『C』のことなんです。あなたなの」

またさらに沈黙が落ちる。

キャメロンの驚愕の表情にいたたまれなくなって、ジュリエットは慌てて説明を続けた。

「わたしは……戦争が終わったらあなた……つまり、『C』に……会えるかもしれないと思っていたんです。でも急な呼び出しがあって、新しいデラルトン皇帝との政略結婚を告げられて、思い出の手紙さえ持ち出すことも叶わず輿入れすることになりました」

キャメロンはまだ黙っている。

ただ、彼の喉仏と胸が呼吸に合わせて大きく上下していた。

「だから『C』への憧れは諦めなくちゃいけないんだと悟りました。わたしが結婚するひとは一国の皇帝で、おまけに軍部の最高指揮者で、わたしの『C』はそこに仕えていたはずですから。曲がりなりにも元敵国の王女で、これから皇妃となる女と文通をしていたなどと知られたら、彼はきっと厳罰を受けるでしょう……」

キャメロンはまだなにも言わなかったが、うなるような低い音を喉の奥から漏らした。

「でもせめて……思い出の彼にひとらしい名前が欲しかったんです。ただ『C』なんて寂しいわ。いくつか候補を考えましたけど……クリストファーが一番しっくりくる気がして」

今夜ジュリエットは、キャメロンの帰りを待つために寝室に多めの蠟燭を灯していた。それでも、そのうちのひとつがジュッと音を立てて消えると、辺りが仄暗くなる。

ジュリエットはしばらくキャメロンがなにか言ってくれるのを待ったが、しばらく静かなままだった。

ジュリエットは片手を伸ばし、キャメロンの髪にそっと触れた。なんとなく肌に触れるより親密な気のするその接触に、キャメロンは熱いため息を吐く。

「あなたが素敵なひとだったから、忘れられると思ったんです。忘れなくちゃと。それで初夜の前にさよならの手紙を書いて……お別れすることにしたの。その紙をあなたが見つけてしまったんです」

キャメロンの手がジュリエットの腕を掴んで、動きを止めた。

ふたりはじっと見つめ合った。

間近に迫るデラルトン皇帝キャメロン・ド・デラルーシから、目を離せなかった。

彼はまるで太陽のようなひとだと、ぼんやりと思う。眩しくて熱くて、油断をしていたら焼かれてしまう。でもなによりも強くジュリエットを温めてくれる。

「……どうして今朝、すぐ言ってくれなかったんだ？」

「あなたの……つまり、『C』の安全のためです。もし彼があなた以外の臣下や部下だったとして、敵国の王女と秘密裏に書簡を交わしていたのを無罪放免にしますか？　しないでしょう？」

「確かに。ただ、言い分くらいは聞くよ。わたしはそこまで暴君ではないつもりだ」

「でも……嫉妬深い夫じゃないですか？」

「ああ。とても、ね」

キャメロンはあっさりと認めた……のが可笑しくて、ジュリエットは笑ってしまう。

「笑い事ではないよ、ジュリエット。君はかなり厄介な配偶者に捕まってしまったことを自覚するべきだ。これからは特に……わたしを躊躇させる誤解はもうなくなったのだから」

と、指摘するキャメロンもまた、その端正な顔に笑みを浮かべていた。

胸の奥につかえていた重くて暗いなにかが、すうっと溶けていく。

キャメロンは両手でジュリエットの頬を包んで、ゆっくりと顔を近づけてきた。

しばらくすれ違ったとはいえ、ジュリエットはすでに心身共にキャメロンの妻だ。彼の口づけの仕方はわかっている。ジュリエットはわずかに首を横に傾け、うっすらと唇を開いて、彼からの接吻を受け入れた。

「ん……」

キャメロンの舌がジュリエットの口内に入ってくる。深過ぎず、しかし浅過ぎず、くすぐるように舌を絡めてから……激しく執拗にジュリエットの息を奪う。

ふたりの間にあった手紙の束が、するりと床に落ちた。

寝台はぎしりと乾いた音を立て、夫婦の動きに縁をたわませる。

キャメロンがジュリエットの体をぞんざいに扱ったことは一度もなかったが、それでも今夜の彼はいつもよりさらに丁寧に、ゆっくり時間をかけて、崇めるように、妻の寝間着を脱がせた。そして寝台の中央にジュリエットを運び、横たえる。

「わ……わたしだけ裸なのは……ずるいです」

一糸纏わぬ姿を、あまりにも真っ直ぐな水色の瞳にじっと見つめられて、ジュリエットは掌で胸を覆った。羞恥というより、これからふたりの間に起こることへの期待が、ジュリエットの肌を火照らせる。

「あ……ふぅ……っ！」

キャメロンは妻の手首を掴まえて胸からどけると、ふるりと現れた乳房のひとつを口に含んで吸い上げた。きゅうっとお腹の奥が切なくうずき、股の間が熱を持つ。

舌と歯と吸引によりたっぷりとジュリエットの胸を味わったキャメロンは、仕上げに、ツンと固くなった蕾をチロチロと舐めながらささやいた。

「心配しなくても……わたしもすぐに服を脱ぐよ……」

「あ……ぅ……あぁ……」

「ずっと君の夢を見ていた。戦場で……野営地で……。昼も夜も。いつか君を呼び寄せ……わたしの妻として迎え……こうして君の快楽のために尽くす……夢を」

舌と吐息が、ジュリエットの敏感な乳首をいじめるように弄ぶ。キャメロンの片手はすでにジュリエットの陰毛に届いていて、そこを優しくいじっていた。

人差し指の先がジュリエットのあわいをなぞりはじめ、濡れていることを確認すると、つぷりと蜜道に侵入してくる。

ジュリエットはびくりと震えて背筋を弓形にした。

「いつしか……わたしの戦う理由は、君になっていた……。わかるかい？　あの戦争が終われば……我々が勝利すれば……和平への保証を口実に、君を妻に迎えられる、と」

「んぁ……ふ――っ、そ……そこ、は」

「つまり戦争を終わらせたのは君なんだよ。わたしの君への想いが……君の存在が、我々に平和をもたらしたことになる……」

にわかには信じられない告白を受けて、ジュリエットの体はさらに感度を増した。体のあちこちがキャメロンの唾液に濡れていく。舐められて、吸われて、くすぐられて。

いったい、いつまで正気でいられるだろう……？

ジュリエットはすでに恥じらいを手放していた。キャメロンの愛撫に全身を預け、彼の言葉に翻弄されて、シーツの波に溺れている。

キャメロンはもうそれ以上なにも語らなかった。

一瞬だけジュリエットの体から離れると、服を脱ぎ捨てて鍛え上げられた見事な肉体を晒す。その美しさにジュリエットが感嘆のため息を吐き終える前に、キャメロンはすでに彼女の上に覆い被さっていた。

「ああ……っ！」

午前中に大聖堂で与えられた絶頂の余韻がまだわずかに残っている蜜壺に、硬く滾ったキャメロンの欲望の剣がずぶりと埋め込まれる。大きくて熱いそれに貫かれて、一気に奥まで支配される圧にジュリエットは震えた。

キャメロンの愛撫はひたすらに優しい。

でも、この瞬間だけは……この瞬間からは……キャメロンは残忍なほど激しくなった。心を尽くした細やかな前戯は、彼なりのジュリエットへの償いなのではないかと思えるほど、一度彼女の中に入ったキャメロンは激烈だった。

「あう……ひっ……ぁ……」

キャメロンはひたすらにジュリエットの中を穿つことに淫していた。

まるで、ジュリエットの中に、彼がずっと探していた疑問の答えが隠されているかのように。彼はその答えを求めて、ジュリエットの最奥を突き続けているようだった——激しく。強く。全身全霊を傾けて。

「あ……キャ……キャメロ……」

「しっ、黙って」

肌に汗をにじませながらジュリエットを奪うキャメロンは、艶美で色香に溢れていた。

愛する男性にこれほどまで深く求められていることが、ジュリエットに喜びと自信を与えてくれる。ジュリエットはもう森の奥に捨てられた不遇の第三王女ではない。皇妃だ。そしてなによりも、キャメロンの伴侶だった。

揺すぶられる体を持て余しながら、ジュリエットはぎゅっとキャメロンの背中を抱く。

「んぁ……も、もう——ぁ」

ふたりの裸体がさらに密に重なって、官能はさらに深まり続けた。

与えること。求めること。受け入れること。

この愛の行為には、そのすべてがあった。

キャメロンの肉棒がさらに質量を増して抽送の速度が上がると、ジュリエットは耐えきれずに絶頂を迎えた。あり得ないほどの快感がジュリエットの肢体を痺れさせる。

切なくひくつく妻の中をさらに穿つと、キャメロンはくぐもった咆哮（ほうこう）と共に大量の白濁を飛ばした。

「あ………う……」

「ジュリエット……くそ、君は……もう……」

どくどくと体内に注ぎ込まれる吐精を、ジュリエットの淫部は健気(けなげ)に受け入れ、呑み込んでいる。

キャメロンは強くジュリエットを抱き寄せた。息が苦しくなるほどの抱擁に身を任せ、ジュリエットはそっと目を閉じる。

「もう君を離すものか、『J』……」

キャメロンがかすれた声でそうつぶやくのが、鼓膜をくすぐった。ジュリエットの口元が綻ぶ。

「あなたが好きです。キャメロン……『C』……呼び名はなんでも」

「わたしもだよ、ジュリエット。君を愛している。そしてこれからさらに深く君を愛することになる。感じるんだ」

その夜は静かに明けていった。

すべてが完璧に思えた、思い出の夜。

第七章

春だった季節が夏に移り変わるのは早かった。

ジュリエットが城の外に出る機会は多くなかったが、それでも時々城下町への慰問や、近隣の教会の奉仕行事に参加している。

「ジュリエット様の努力のおかげで、わたしたちのサリヴァン王国への心象は少しずつ回復しておりますよ」

と、リサは言ってくれているが、実際のところはどうだろう。

ジュリエットにできるのは、長かった紛争の傷痕を宥めることくらいだ。慰め程度にしかならない。

それでも、デラルトンはサリヴァン王国の王女であったジュリエットに寛容だった。勝者の余裕がそうさせるのかもしれないし、キャメロンがそう国中に言い渡しているからかもしれない。

とにかく、例の『クリストファー』の誤解が解けてからのキャメロンは、ジュリエットに降るような愛情を注いでいた。そこに公私の別はあまりなく、昼も、夜も、ジュリエットは夫の愛に包まれていた。

当初は、デラルトン皇帝の急激な変わり身ぶりを訝しがる筋もあったという。将軍としてのキャメロンは寡黙で、軍部以外の人前にほどんど姿を表さなかったし、皇帝に即位してからも、有能ではあるがあまり感情を表さない近寄りがたい人物だと思われていた。

それが、ジュリエットと一緒になってからのキャメロンは人前で笑顔を見せることが多くなった。

時間が許す限り城内や城下町にジュリエットを連れて、人々と交わろうとする。そういう時、ジュリエットの柔和で人懐こい性格はキャメロンの助けになった。その浮世離れした偉丈夫ぶりもあって、キャメロン単体は近寄りがたいのだが、ジュリエットが隣にいると親近感が湧くらしかった。

ふた月以上経ってしまった今では、すでに城の名物となってしまっている感がある。

「キャメロン様は即位なさるまでずっと戦地にいらっしゃったので、わたしたちにとっても、少し怖い……よくわからない存在だったんです。あまり口数の多いお方でもありませんし」

というのは、リサの言だった。

彼女は本当によく城内の事情を知っている。

ジュリエットはそれによく助けられたが、同時に、キャメロンとの夜の営みについての噂が使用人勢の間に色々と出回っているのも、実は彼女のせいではないかと睨んでいる。

「……でも、ジュリエット様に夢中になり出してからの陛下は、人間らしくて親しみが持てるようになったと評判ですのよ」

リサはそう説明して、まるですべては彼女の功績であるとでも言いたげな、誇らしげな笑みを浮かべていた。

でも、悪い気はしない。まったくもって、悪い気はしなかった。

——これはそんな日々にはじまる。


ある晩、城の大食堂での夕食をすませたジュリエットとキャメロンは、一緒に寝室に戻った。

そう、ジュリエットはもう、ひとりで寂しくキャメロンの帰りを寝室で待っている身ではないのだ。

キャメロンは三度の食事をふくめ、時間の許す限りジュリエットと過ごしたがったから、その宵もふたりは一緒だった。

「エルディーグまで慰問に行きたい？」

寝室に入って、ふたりきりになってすぐ、ジュリエットは明日の計画をキャメロンに告げた。

「ええ……いつもより少し遠いですけど、とても綺麗な街だと聞きました。そこにある孤児院を訪ねられたらと思って」

「確かにエルディーグは美しいが――」

キャメロンは頭部に指を走らせ、丁寧に後ろに撫でつけてあった髪を無造作に下ろした。

彼の金髪は深みのある色味なので、光の加減によっては銅のような鈍い輝きを放つ。

すでに見慣れてもいい頃だと思うのに、ジュリエットはいつもその高貴さに見惚れてしまう。

キャメロンは、ぼうっと呆けて夫の動きを見つめているジュリエットを見下ろし、微笑を浮かべた。

「君がそこまでする必要はないよ。明日は執務で、一緒に行ってやることはできない。ひとりであまり遠くへは行かせたくないんだ」

「もちろん、ひとりではありませんよ。あなたがわたしのために編成してくれたあの大仰な護衛騎士団についてきてもらいますし、リサかサマンサのどちらかも連れていくつもりです。ね、いいでしょう？」

ジュリエットは甘えてみた。

――いつも一緒に……とはいっても、キャメロンは多忙だ。時間は限られている。

ジュリエットは最近、城下町から離れた場所にも少しずつ訪れはじめ、その小さな旅に喜びを見出していた。デラルトンの自然や街並みは美しかったし、知らない人々に出会えるのは本当に楽しかった。

なんといってもジュリエットは、母国では半幽閉の身だったのだ。

「君は、日に日にわたしに甘えるのが上手くなっていくな」

キャメロンの大きな手がジュリエットの頬を撫でた。

「それは……いいことですか？　悪いことですか？」

喉を鳴らして甘える猫のように、ジュリエットは彼の手に頬を押しつけた。

時間は甘やかに流れ、こんななにげない触れ合いさえ、ジュリエットの体の奥を熱くさせる。

「素晴らしいことだよ。わたしはずっと君とのこんな日々を夢見てきた。言っただろう？」

そっと胸元に引き寄せられると、衣服越しにキャメロンの男性的な香りが鼻腔を刺激する。

キャメロンは長身なだけでなく、そもそもの体つきが骨太で男らしく、こうして目の前に立っていると大きな壁に守られているような気分になった。

しばらく互いの温もりを味わうようにじっと抱き合っていたが、キャメロンの手は次第にゆっくりと下がっていき、ジュリエットの腰の後ろをぐっと掴まえる。下半身が密着すると、キャメロンの剛直がジュリエットの下腹部に食い込んだ。

彼のものは痛いくらいに硬くなっていた。

「キャメロン……」

「君を抱きたい」

これ以上ないくらいにシンプルに求められて、ジュリエットの鼓動は急く。

すでに数え切れないほど体を重ねているのに、キャメロンは毎回、まるではじめてのように丁寧にジュリエットを愛した。その中にはびっくりするような大胆な愛の行為もあって、ジュリエットはいつだって彼の情念の深さに驚かされる。

それに……彼が『C』だとわかってからは、ジュリエットは別の羞恥に囚われることがあった。

（あの彼が……こんな風に女性を抱くなんて……）

信じられなかった。

あの誠実で真面目で、きっちりと手紙の角を合わせて畳む几帳面な堅物……だと思っていた彼が、大胆に情熱的に……時には少し癖のある倒錯的なやり方でジュリエットを抱く。

キャメロンは、ジュリエットをぎりぎりまで焦らしてから抱くのが好きだった。そして、数え切れないくらいの赤い刻印をジュリエットの肌に散らすことを、まるで儀式のように忠実に毎晩繰り返した。

「……抱いてください。わたしの……ナカを……あなたのもので満たして、ください……」

こうして自分が乞うことで彼が興奮するのを、ジュリエットはもう知っている。

腹部にめり込んでいた彼のモノがさらに質量と硬度を増す。

ジュリエットはすがるようにキャメロンに抱きついた。彼の肉棒の先に透明な粘液が漏れ出す様子を、ジュリエットは想像することができる。

ふたりは口づけを交わした。

それはもう、キャメロンが一方的にジュリエットの息を奪うようなものではない。互いを求め合う、夫婦の接吻だ。口の中に入ってくるキャメロンの舌に、ジュリエットは自分の舌の先を控えめに絡める。唇をついばみ、角度を変えて……キャメロンは徐々にジュリエットに覆い被さっていく。

ジュリエットが立っていられない角度になると、キャメロンは彼女を抱き上げた。

「寝台の上がいいかな。それとも……我が妻は長椅子が好きだろうか……？」

「あ……あなたが好きな場所で……」

「ああ、ジュリエット」

キャメロンはジュリエットの耳元でくすりと笑った。

熱い吐息が耳たぶをくすぐって、ジュリエットはその感覚だけでびくりと震え、痺れてしまう。

「わたしは、君の中に入れるなら場所などどこでも構わない……。どこだって天国だ。君はわたしのエデンの園なんだ」

結局、キャメロンはそのままジュリエットを寝台へ運んだ。

しかし、すぐにシーツの波に沈められると思ったのに、彼はジュリエットを縁に座らせ、自らは床にひざまずいた。

「なにを……きゃっ」

キャメロンはジュリエットの脚を開かせると、慣れた手つきでスカートの中の女性用の下着を引き下ろした。

そのまま控えめな陰毛に守られた秘部に舌を走らせる。

「ま……待って……いきなり……ぁ」

キャメロンはいつもは胸への愛撫からはじめる。だから、いきなりの肉襞への刺激にジュリエットはうろたえた。

「は……う……んぁっ」

首を仰け反らせ、空気を求めてあえぐ。

キャメロンを知れば知るほど、ジュリエットは彼に惹かれた。美しい外見は、文字通りただの外見にすぎない。彼が美しいのはその内面だった。高潔で、誇り高く、まさに民の上に立つべき者……でも同時に、彼は驚くくらい真面目で、誠実で、努力家だった。

城の住人や騎士たち、時には外国からの来賓までもがデラルトン新皇帝キャメロンに対して尊敬の念を表す。そのたびに、ジュリエットは誇らしさと一緒に、一種の戸惑いを感じてしまう。

——このひとと秘密の文通を交わして、彼を身近に感じていただなんて、なんて身の程知らずだったの……と。

彼が前皇帝と折り合いが悪かったというのも、理解できる気がした。父は息子を恐れていたのだろう……とても敵わないと、わかっていたから。

「キャメ……ロン……」

「君は甘くて、柔らかい」

ジュリエットの花弁と、その中に潜む敏感な陰核が舐め尽くされていく。蜜壺からはとろりと透明な液が垂れて、すでに準備ができていることをキャメロンに伝えていた。

閉じてしまいそうになる太ももをぐっと押し広げられ、ジュリエットは息を呑んだ。

「辛かったら……言ってくれ。今夜は少し……乱暴になるかもしれない」

ジュリエットの足の間に顔をうずめたまま、キャメロンがささやく。

「それが……あなたの望みなら」

覚悟を決めて、ジュリエットは答えた。

本当に激しい時のキャメロンは熾烈で、彼が元武人だったことを思い知らされることになる。

彼の体力は無尽蔵で、ジュリエットは密事の途中で気絶するように眠ってしまうことさえあった。

そんな彼がわざわざ忠告するくらいなのだから……今夜はきっと熱烈になる。

ジュリエットは頬を火照らせて肩で息をしながら、キャメロンの頭に手を伸ばして、彼の髪に指を通した。

それが着火点だった。

キャメロンは油を得た炎のように激しく、熱く、ジュリエットを愛し尽くした。情炎に体を燃やされてしまうかと思うほどの熱量をその身に刻まれ、ジュリエットはすすり泣く。

その晩、キャメロンはジュリエットの中で三度果てた。

ジュリエットが何回の絶頂を迎えたかは……もう、数えることさえ放棄していた。


事後のまどろみの中でジュリエットがうとうとしていると、キャメロンがそっと彼女の頬を撫でた。

「わたしがどれほど君を想っていたか……君には想像できないだろうな」

彼らしくない、ぼそぼそとしたか細い声でキャメロンがつぶやいた。

何度も導かれた絶頂の余韻で、ジュリエットの意識はとろんとしている。眠気も手伝い、ジュリエットは思わず小さなあくびをしてしまった。

「そんなに退屈な話かな?」

キャメロンがそれを笑う。

「もう……。あれだけ……激しかったあとで、疲れてしまっただけです」

「そうだな。無理をさせてすまなかった。もう休むといい……明日は早くなるだろう」

つまり、明日のエルディーグ慰問を許可してくれたという意味だ。ジュリエットはパッと目を輝かせた。

キャメロンは逆に目を細める。

「本音を言えば、あまり遠くへは行ってほしくないよ。不審な盗賊も何度か現れたばかりだ。護衛を増やしておこう」

寝台の上でキャメロンが裸体を横にして、片肘を立てて手に顎を置いた。

もちろんジュリエットも裸のままだ。

ふたりを包むのは白いシーツだけで、服はすべて床に散らばっている。このまま眠ってしまいたいくらいに疲れていたが、キャメロンの瞳があまりにも真剣で、ジュリエットはなんとか彼に向き直った。

「すぐに帰ってくると約束します。わがままを言ってごめんなさい……」

「そうしてくれ。君が皇妃として慰問や慈善活動に力を入れてくれていることには、感謝している。君は得がたい伴侶だ。ただ……わたしは……君を国民と共有するには嫉妬深すぎるのかもしれない。もしくは過保護すぎるのか……」

キャメロンは指先にジュリエットの髪をくるくると巻きつけ、いじっている。ジュリエットの髪は茶色で、あまり変哲のない色だ。自慢に思ったことはなかったのに、キャメロンはこの色が好きだとよく言った。

「……いつ頃から、わたしのことを好きだと思ってくれたんですか？」

もしこんなに疲れていなければ自制しただろうけれど、その時のジュリエットは、思わずぽろりと質問してしまった。

キャメロンはなにも答えずにじっとジュリエットを見つめた。

彼の視線はいつもよりさらに真っ直ぐだった。沈黙が長くなると恥ずかしくなってきて、ジュリエットは慌てて気味に喋り出した。

「わたしがデラルトン王城に来たのを見た時に恋に落ちたと言ってくださったけど、それは外見の話でしょう？　あの初夜から三日間……わたしたちは夜以外……あまり交流がなかったし……どこがいいと思ってくれたのかな、って」

キャメロンはまだなにも言わない。

なんて間抜けな質問をしてしまったんだろう？　まるで褒め言葉を期待している子供だ……。

ジュリエットは羞恥にシーツを引き上げて顔を隠そうとした。

キャメロンの手が伸びてきて、そんなジュリエットを止める。

「隠さないで」

「いえ……隠させてください。馬鹿な質問をしてしまいました。答えなくていいですから……」

「ジュリエット――」

キャメロンは、聞かん坊な子供を諭そうとするような優しくも威厳のある調子で、妻の名を呼ぶ。一国を泥沼の紛争から勝利に導いた男の声だ。

ジュリエットは観念してうぅっとうなった。

「と……時々……不安になるんです……。知れば知るほど、あなたがすごいひとだから……。ただ手紙で交流があっただけのわたしを、どうして……と」

キャメロンの眉間に深い皺が寄り、喉仏が大きく動いた。

「わたしのなにが君を不安にさせたんだ？　なにか君を傷つけるようなことをしたか……言ったのか？」

「ち、違います。あなたのせいじゃないんです。わたしです。わたしは平凡な見た目で、地味ですから、あなたには釣り合わない気がして……いつも……」

「くそ……ジュリエット。君の控えめで驕らないところは、確かに美徳だ。わたしは君のそんなところも愛している。しかしその……平凡だとか地味だとかいう思い込みは、ただの刷り込みにすぎない。おおかた、君の義母や姉たちが吹き込んだのだろう？」

「それは……」

確かに、母が亡くなるまで住んでいた王宮で、ジュリエットは耳が痛くなるほどそれらの悪口を例の三人から聞かされていた。

母や、当時は母つきだったサマンサ、他の城の住人はそんなことはないと言ってくれていたが、あまりにも執拗なのでいつしか反論する気もなくなってきてしまったのだ。「その通りだ」と思い込むことで、風波を立てずに生きることができたから。

「たしかに派手ではないが……君は美しいよ。それを知っていてほしい」

「あ……りがとうございま、す……？」

「それから、わたしがいつ君に……つまり君の内面に……惹かれたのかという質問については――初夜のすぐ後だと言っておこう」

「え、ええ？」

ジュリエットは裏返った妙な声を出してしまった。

初夜のすぐ後といえば、ジュリエットがクリストファーの名前を書いた紙を残してしまったせいで、すれ違っていた時期だ。

ジュリエットの疑問を、キャメロンはお見通しだったのだろう。彼は唇の端を皮肉っぽく上げた。

「もちろん君の優しさや思いやりの深さや知性には、手紙のやり取りをしていたころからずっと惹かれていた」

と言って、キャメロンはまるで照れたように手で口元を覆った。照れたように……キャメロンが照れる！

キャメロンは自嘲に似た薄い笑みを浮かべ、続けた。

「……わたしが、君とクリストファーの仲を誤解して、素っ気なく君を避けていた間……それでも君はなんとかして、わたしとの仲を改善しようと努力してくれていた。かといって、わたしに無理に説明を求めたり、ヒステリーを起こして怒ったりは一切せず、辛抱強く健気にわたしのすべてを受け入れてくれていた。あの三日間、わたしは度を過ぎたやり方で君を抱いたというのに」

「…………」

「わたしは、そんな君にますます溺れていった。同時に、そんな君が……君の心が……クリストファーのものであるのかもしれないと思うと、見苦しいほど嫉妬した。今となっては笑い話だが……」

よっぽど呆けた顔をしていたのかも知れない。

キャメロンは「こら」とジュリエットをとがめて、彼女の額を指で軽く弾いた。痛くはないが、じんと痺れて額に手を当てる。

「もう」

「それで、君は？　わたしに告白させておいて、君は黙っているつもりかい？」

「え……」

キャメロンの瞳は、蠟燭の明かりしかない夜の寝室でもわかるくらいにはっきりと、楽しげにきらめいている。彼はジュリエットをからかっているのだ。そして彼女が戸惑うのを楽しんでいる。

「わたしの見てくれ以外にも、君が惹かれてくれたところがあるといいのだが」

と言って、美しい金髪を手でかき上げ、軍神と見まごうばかりのたくましい胸板を惜しげもなく見せる。

ジュリエットはときめくより笑ってしまった。

「もちろんあなたの外見はとても素敵だと思いますけど……どちらかというと完璧すぎて、恐れ多くなってしまうばかりで、わたしがあなたに惹かれた要因とは少し違います」

キャメロンは片眉をわずかに上げた。

「わたしは完璧とは程遠いよ」

「ふふ。それこそ、あなたのお父様があなたに吹き込んだことではないですか？　わたしにとってあなたは完璧です。体も、心も、皇帝としての素質も……」

ゆっくり、ゆっくりジュリエットが言葉を紡ぐのを、キャメロンは真剣に、辛抱強く聞いてくれていた。

なぜ彼に惹かれたのか？　あまりにも自然なことすぎて、言葉にしようとすると難しい。

「あなたの……驕らないところ」

そう、とりあえず一番最初に思い浮かんだことを口にしてみる。キャメロンは視線を泳がせた。

「別に、驕る理由がないだけだと思うが……。外見は母に似ただけで、皇帝なのは父の息子に生まれたからだ。わたしが自分で努力したわけじゃない。確かに軍ではそれなりに出世したが、他にやることがなかっただけだからな……」

「そういうところです。普通のひとなら、そのどれもを鼻にかけて傲慢になるものだわ。一度わたしの姉たちに会ってみるといいですよ」

「確かに君の姉君たちの噂は聞いたことがある。わたしは本当に賢い選択をした」

ふたりは一緒になってくすくすと笑った。

「他には？」

キャメロンが催促する。

「真面目で誠実なところ……。努力家で、でもそれをひとには見せない誇り高さがあって……臣下や国民を大切にしているところ」

「それ以外には？」

「もう。もっとあると信じて疑っていないんですね？　せっかく驕らないひとだと褒めたばかりなのに」

「今夜だけだ。今夜は……君の口から甘い言葉を聞きたい」

こんなふうにキャメロンが甘えてくるのは、はじめてだった。ふたりの仲がどんどん打ち解けていくことが嬉しい。

胸がいっぱいになって、ジュリエットはそっと愛しい人の頬に指で触れた。

キャメロンの顔に笑みが広がる。

「あなたの愛情深いところです……。初夜の後に誤解していた時でも……わたしとの仲を諦めないでくれたこと。ありがとうございます」

キャメロンは微笑んだまま、力強くうなずいた。キャメロンは頬に触れていたジュリエットの手をぎゅっと握ると、瞼を伏せて、掌の内側に忠誠の口づけをする。

「わたしが君を諦めることなどありえない……ジュリエット。わたしは多くを求める男ではないが、一度欲しいと思ったものだけは絶対に手放さない。そのひとつが君だ」

静かな夏の夜だった。

ふたりはそれから裸のまま抱き合って眠った。なんの虫の知らせも、悪い予感もなかったのに……それは起きてしまう。

＊　＊　＊

翌朝、まだ午前中の早い時間、デラルトン皇帝キャメロン・ド・デラルーシは深く眉間に皺を寄せて二枚の紙を見比べていた。

――なんということだ。

ある程度予想していたこととはいえ、二枚の異なる報告書にはどちらも最悪の事態が記されている。

「サリヴァン国王は気が触れてしまったとしか考えられません。元々好戦的な人物ではありましたが、過激派の後ろ盾を得て国の再建を目指すなど……狂気の沙汰」

キャメロンの信頼できる右腕であり、キャメロンの即位と同時に宰相に抜擢（ばってき）した元軍人貴族ノードスが、怒りを抑えた声でそう指摘する。

キャメロンはうなずいた。

将軍として軍部を率いていたころから、キャメロンは無駄な軍事力より情報の力を重んじるやり方を貫いてきた。それは皇帝となった今でも変わらない。そんな彼の放った選（よ）りすぐりの間諜たちの報告は、軒並みキャメロンの危惧していた事態が現実となりつつあることを示唆している。

「キャメロン様の返信に、サリヴァン国王は息もできぬほど憤怒していたとか……。届けた使者の話によれば、サリヴァン国王はその場で心臓発作を起こしてしまうのではないかと思った、とのことです」

「そうなってくれればよかったのだが」

「まったく」

サリヴァン国王はすでに、二度、ジュリエットを帰国させる要請をキャメロンに送ってきて

いる。表向きは一時的な帰国と謳っているが、そんな戯言を信じるほどキャメロンは無邪気ではない。

キャメロンは二行ほどの短く、簡潔で、断定的な返信を使者に送らせた。

──ジュリエットはわたしのものだ。絶対に渡さない、と。

「我々はサリヴァンに多くの譲歩をしている。父の代で失った不凍港を取り返した以外、ほとんど制裁も行っていない」

「そして、ジュリエット様を娶った以外には、ですね」

キャメロンの言葉にうなずきつつ、ノードスはつけ加えた。

ノードスの声色になにか含みがあるのを感じて、キャメロンは鋭い視線をこの歳若き宰相に向けた。ノードスはキャメロンのふたつ年上に過ぎない。

そう……前皇帝の崩御をきっかけに、デラルトン帝国は新しい時代を歩もうとしている。どうもサリヴァン王国は逆を行っているようだが……。

キャメロンが欲しかったのは勝利ではない。

疲弊していた国を立て直すための平和と……ジュリエットだけだ。

ただ、被害を最小限に留め、一刻も早くジュリエットを妻に迎えたかったために、時期早々に停戦に漕ぎ着けてしまったかもしれない自覚はあった。

もっと時間をかけて、勝利を決定的にしておくべきだったのだ。

サリヴァン国王はすでに一度、停戦条約を破っている。二度目がないとは言い切れない。そのための保険がジュリエットであるのだが……過激派が裏につきはじめたとなると、話は違ってくるだろう。

ただの盗賊とは考えにくい武装したならず者集団がデラルトン国内で見つかったのも、サリヴァン国王が関係していたと考えるのが妥当だ。

「嫌な予感がする。セスと連絡を密にしておけ。予定より早く行動を起こす必要があるかもしれない。それから……ジュリエットを迎えにいく」

「今からですか？　しかし午後には来賓が……。ジュリエット様には精鋭の護衛騎士をつけているでしょう。あなたが行かなくても、誰かを迎えに行かせれば……」

「客には文句が出ないだけのもてなしをして、待たせておけ。わたしは、ジュリエットを、迎えにいく」

はっきり、ゆっくりとした語調で、まるでなにかに噛みつきたがっているように歯を食いしばりながら、キャメロンは断言した。

ジュリエットは今朝早くエンディーグへ慰問に出かけてしまっている。

馬がけで数刻かかる道だ。本来なら行かせるべきではなかった……が、彼女に甘えられるとどうしても願いを叶えてやりたくなってしまう自分がいて、護衛の増強を条件に許してしまった。

しかし、これからしばらくは、ジュリエットは外に出さないようにしなければ。長かった半幽閉から解放され、蝶のように自由に舞い、輝くジュリエットを見るのは至福だったが、彼女の安全には代えられない。

「キャメロン様。まさかあなたがこれほどジュリエット様に夢中になられるとは、思っておりませんでしたよ」

ノードスの冷然とした指摘に、キャメロンは目を細める。キャメロンに睨めつけられて怯むみせる。

人間は多い……が、ノードスはその限りではなかった。こともなげに、ひょいと肩をすぼめてみせる。

「ジュリエット様に、というより……あなたが誰かをこんな風に愛するとは思わなかったのですよ。誤解しないでください。とても喜ばしいことだと思っています。あなたは素晴らしい指導者ではありますが、私生活は孤独な方だと思っていたので」

キャメロンはすでに執務室を出るために扉の前まで来ていた。そこで肩越しに振り返り、ノードスの思慮深い瞳を見つめ返す。

「わたしの心理を探る暇があったら、さっさと言われたことをやってくれ」

「はっ、御意」

「それから……わたしは孤独だったわけではない。ただ、魂を捧げられる唯一の相手を、辛抱強く待っていただけだ」

それだけ告げると、キャメロンは足早に執務室を後にした。一刻も早くジュリエットをこの腕に抱いて安心したかった。

本当に、それだけだったのだ……。

第八章

こんなことになってしまうなんて。

こんなことになってしまうなんて……！

ジュリエットは瞳を瞬きながら辺りを見回し、自分の置かれた状況を理解すると目眩を感じて、再びまた気絶してしまいたい衝動に駆られた。

「あら、やっとお目覚めね、『デラルトン皇妃』様。敵国に嫁いでチヤホヤされて、すっかりいい気になっていたというじゃない」

ズキズキと痛む頭に響くのは、甲高いそんな声。

「……エカテリーナお姉様」

腹違いの姉妹の上、エカテリーナが苛立ちの表情でジュリエットを見下ろしている。

ジュリエットは再び周囲を確認した。華やかな装飾、色鮮やかな絨毯、白い壁にずらりと並ぶ仰々しい肖像画の数々……。

サリヴァン王国の王宮だ。

ジュリエットはその一室で、長椅子に寝かされていた。

意識を取り戻すと目の前にはエカテリーナがいて、いつも通りの派手な真紅のドレスを纏い、口元に黒い扇子をそよがせている。

「おお嫌だ。お父様、見てくださいな。ジュリエットはすっかりデラルトンの悪魔の情婦になってしまったようよ。顔つきが違うわ」

――お父様？

ジュリエットは慌ててエカテリーナが向いたのと同じ方向に顔を向けた。

そこには父……サリヴァン王国国王がどっしりとした大きな椅子に腰を下ろしていた。

「お父様……これはいったい……」

久しぶりに肉親を目にする喜びが、なかったわけではない。たとえどんな関係でも、父親は父親だ。しかし、背筋に這い上がってくる寒気を、ジュリエットは止められなかった。

そのくらい、父の目は狂気を宿していた。

「父が娘に会いたいと思うのが、それほど不思議なことだろうか……ジュリエット？」

サリヴァン国王は立ち上がった。

キャメロンの長身を見慣れ過ぎてしまったせいかもしれない。立ち上がった父親が、ジュリエットの覚えている姿よりひとまわりもふたまわりも縮んでしまった気がして、胸が締めつけられる。

しかし、ジュリエットはすぐに、どうやってここに来たのか思い出した。

——エンディーグへの慰問への道で突然、武装した盗賊集団に襲われたのだ。あまりの数の多さに護衛騎士たちさえ歯が立たず、苦闘の末に連れ去られてしまった。静かに運ぶためだろう、ジュリエットはすぐに薬を嗅がされて気を失った。

キャメロン、と声を上げたのが記憶にある最後だった。

ジュリエットは重い体を動かし、上半身を起こして父親を見据えた。

「お父様、どうしてこんなことをなさったんですか」

質問ではなく、糾弾の口調でそう告げる。言いながらすでに沸々と怒りが煮え滾ってきていた。

ジュリエットの父は、苦々しげに顔を歪めた。

「わたしを責めるか、ジュリエット？　わたしは二度もお前を返すようあの若造に要請した。しかし奴は一度目のそれを無視し、二度目は信じられないほど無礼な返信を寄越してそれを断ってきた。こうするより仕方なかったのだよ」

コツ、コツ、とサリヴァン国王がジュリエットに向かってくる靴音が響く。窓からは夕暮れの橙色の陽光が差し込んでいる。

連れ去られてから、いったいどれくらいの時間が経ったのだろう？

キャメロンはどうしているだろう……。

――嗚呼（ああ）。

「……わたしの夫は、なんの理由もなくあなたの要請を断ったりはしません」

「あの結婚は間違いだった。わたしは和平など受け入れるべきではなかったのだ。たとえ国が滅びようとも、戦い続けるべきだったのだ」

「な……」

ジュリエットは耳を疑う。

確かに父は賢王ではないかもしれない。しかし、ここまで気の触れたひとではなかったはずだ。それともそれは幻想だったのだろうか？　曲がりなりにも父親であるひとを理想化したくて、現実から目を背けていただけだろうか？

唖然とするジュリエットの隣に、エカテリーナが座ってきた。わざとらしくしなだれかかってきたと思うと、ジュリエットに耳打ちする。

「そうよ、ジュリエット。お父様は今、ヴァルフォース伯爵を宰相に迎えて彼と手を組んでいるの。あなたの旦那と違って賢いひとよ。わたしは彼と結婚するの……」

「ヴァルフォース伯爵？」

なんということだ――ヴァルフォース伯爵はサリヴァン王国内でも指折りの名門貴族のひとりだが、その病的なほどの好戦的な思想でも知られている。

とてもではないが、国政を任せられる人物ではない……。

「でも、セスは……」

ジュリエットの知っているサリヴァン王国宰相はセス・スタットソンという初老の政治家で、侯爵家出身の名門貴族だが、紛争中から穏健派として知られていた。今回の和平へも尽力してくれている。半幽閉されていたジュリエットを定期的に訪ねてくれる唯一の貴族が、彼だったのだ。

「あれは追放して、地方の奴の屋敷に軟禁している」

「なぜ……」

「あの売国奴はわたしの頭に要らぬ知識を吹き込み、これ以上犠牲の出る前に降参しろと悪魔のささやきをした。わたしは踊らされたのだ。一時的に不利な戦局にあったとはいえ、あのデラルトンの若僧如きに、このわたしが負けるはずがなかったのに」

――いいえ、それは違うわ、お父様。

ジュリエットの口から、父親を否定する言葉が出そうになる。

セスは賢かったのだ。新皇帝キャメロンの実力を正確に理解して、あれ以上の犠牲を出す前にすべてを終わらせてくれた。その気になればキャメロンはもっと進撃することもできたはずなのだから……。

すでに騎士たちの心が離れてしまっている老いた父と、軍部から圧倒的な支持と尊敬を受けているキャメロンでは、たとえ数の上では互角でも勝負にさえならない。

でも今更そんなことを父に説いてもどうにもならない。父の濁った目を見ればそれがわかる。父はおそらく、エカテリーナと手を組んだヴァルフォース伯爵に洗脳されてしまっていて、理性を失っているのだ。

「それで、わたしをどうするつもりですか……お父様……」

ジュリエットは迫り上がってくる酸味のある嫌な唾をごくりと飲み下した。

「お前とあの男の婚姻は解消する。もちろん離縁だ」

「でも、デラルトンの法律は離縁を許しません。わたしも彼と離れるつもりはありません。わたしを帰してください。そして戦争のことなど忘れて、国民のために尽くしてください」

震えそうになる手をぎゅっと握りながら、ジュリエットは断言した。

父が顔を歪めると同時に、隣に座ったエカテリーナが敵を威嚇する蛇のような形相をした。

「聞きましたか？　それにね、お父様、ジュリエットはずっとデラルトンと繋がっていたのよ。皇帝がこの子を妻にと望んだのもそのせいだわ——なにか裏工作があったに決まっているの。知っているんだから！　これがその証拠よ！」

エカテリーナは立ち上がってツカツカと進むと、父の側にあるテーブルに積まれていた紙の束を掴み上げた。

（あ……）

説明されなくても、それがなんであるかジュリエットにはすぐわかった。

「この手紙の束を、あなたの塔から見つけたのよ！　あなたはデラルトン軍部にいる男と密通していたのね……あなたのご主人はそれをご存知かしら？」

エカテリーナはばさりと乱暴に手紙の束をジュリエットの足元に叩きつけた。『C』……キャメロンからの言葉が床に散らばる。

ジュリエットはあらためて腹違いの姉を見つめた。幼い頃、ジュリエットはこの姉ともうひとりの姉が怖くて仕方なかった。容姿や振る舞いをあげつらわれるたびに萎縮して、いつしか彼女たちの言っていることは本当だと思い込むに至っていた。

でも、今のジュリエットはもう違う。

キャメロンに愛されて、自信を与えられて、ジュリエットは強さを得た。自由を。屈しない心を。

「ええ。キャメロンはすべてを知っています」

ジュリエットはきっぱりと言い切った。

「なんですって？　手紙の中には、どちらが勝っても構わないなどという泣き言まで書いてあったのよ。そんなことを一国の皇帝が許すとでも？」

――少なくとも差出人がキャメロンであることは明るみに出ていないのだ。

ジュリエットは気丈にまっすぐエカテリーナを見つめる。

「すべての指導者が勝利にしがみついているわけではありません。キャメロンは平和を愛する臣下を罰したりしないわ」

「この……無礼者！」

エカテリーナが振るった手を、ジュリエットは避けきれなかった。肌を叩く乾いた音が響き、ジュリエットはジンと痛む頬に手を当てた。

エカテリーナは甲高い声でさらなる罵詈雑言を叫んでいるが、耳鳴りがしてジュリエットにはほとんど意味がわからない。そんな姉のヒステリーを止めたのは、意外にも父だった。

「黙っていろ、エカテリーナ」

「でも、お父様……っ」

「ジュリエット、お前はエカテリーナの言う通り、デラルトンの軍人と秘密裏に通じていた。我が娘とはいえ、国王として許せることではない」

父はしばらく焦点のはっきりしない目でジュリエットを見下ろしていた。

ジュリエットは返答できないでいた。

それは極刑にさえ値する罪だ……。

ジュリエットの恐怖と覚悟を読み取ったのだろう、サリヴァン国王は小さくうなずいた。

「お前を殺しはしない。しかしデラルトンに帰すこともあり得ない……。半幽閉などではなく、お前は王宮の地下牢に拘束する。デラルトンの若造には……一通だけ手紙を書くことを許してやろう」

手紙……。

ジュリエットの瞳に涙が溢れ、父も姉も、周りのすべてが歪んでぼやけて見える。手紙。キャメロンへの、最初で最後の手紙。

「奴はずいぶんお前に入れ込んでいたと聞いたぞ、ジュリエット。もしお前を取り戻すために奴が乗り込んでくれば、我々は再度開戦のいい口実を得られるわけだ。どうも最近、軍部の士気が下がっておったからな……渡りに船というわけだ」

父が乾いた笑い声をあげると、なにがおかしいのかエカテリーナも狂ったように笑い出した。もう……この王家は気が触れてしまっているとしか思えない。

ジュリエットが茫然としていると、父の呼び鈴に合わせて数人の騎士が部屋に入ってきてジュリエットを拘束した。

「お父様、目を覚ましてください。戦いなど時間の無駄です。今のお父……サリヴァンはデラルトンに敵いません。どうか思いとどまって……」

「それはわたしが決めることだ」

懇願はぴしゃりと跳ねのけられ、ジュリエットは感情を殺した無表情な騎士たちに両脇を抱えられ、地下牢へ連行された。

その夜、ジュリエットは紙一枚だけキャメロンへ手紙を書くことを許された。

手元に灯るのは小さな蠟燭ひとつだけで、先の割れて書きにくいペンと質の悪いかすれたインクを与えられる。検閲されるのはわかっていたから、ジュリエットは慎重に言葉を選んだ。

再びの戦争にだけは、なってほしくなかった。

キャメロンの名前の最初の『C』を記す時、ジュリエットの筆はぴたりと止まった。『キャメロン』とはっきり名前を記すのはこれがはじめてだった。

——そして最後かもしれない。

『親愛なるキャメロン

どうしてこんなことになってしまったのか、わたしにはまだ信じられません。

あなたと過ごした日々の思い出は鮮烈過ぎて、母国の王宮に戻ってきても、まだあなたの腕の中にいるような気がしてしまいます。

わたしは無事です。どうかご心配なさらないで。

お互い、新しい道を探しましょう。決してわたしを求めないで。あなたならいつか、素晴らしいひとと出会えます。そして幸せになって。

あなたが大切にしていた平和を守ってください。サマンサをよろしくお願いします。

——あなたのジュリエットより』

めてだった。

涙が紙を濡らした。

キャメロンと宛名を書くのがはじめてなのと同じように、ジュリエットと名を記すのもはじめてだった。

インクが乾くと、ジュリエットはキャメロンの真似をして手紙を丁寧に四つ折りにした。

「どうかこれを大切に届けてください。この手紙次第で、再び戦争がはじまるかどうか決まるかもしれないんです。あなた方の良心を信じます」

手紙を受け取ったサリヴァンの騎士に、ジュリエットはそう告げた。

もう父や姉たちに期待できることはない。

民の力を信じるしかなかった。いくら国王とはいえ、父は自ら剣を振るうわけでも、鍬で大地を耕すわけでもない。民がいなければなにもできないのだ。

騎士の表情に、なにがしかの小さな、しかし確かな決意が灯ったのをジュリエットは見た気がした。希望が見せた幻覚かもしれないが、今はそれを信じたい。

「了解しました、ジュリエット様。あなたの未来に幸多からんことを」

「あなたにも」

短いやり取りの末、騎士はジュリエットの手紙を胸元にしまうと颯爽と地下牢から去った。

あとは待つことしかできなかった。

目を閉じると記憶の中のキャメロンが瞼の裏に浮かぶ。彼の水色の瞳にじっと見つめられると、たとえそれが夢でも、ジュリエットの心は平安を得ることができた。

夏だというのに地下牢はジメジメしていて寒かった。与えられた一枚の毛布に身を包み、ジュリエットは石の床に体を横たえる。

夜はゆっくりと明けていった。

そして、それは五日後の夜だった……と思う。

地下牢に日の光は届かない。交代する看守たちのようすや、一日二回だけ運ばれる質素な食事のタイミングでしか日時時刻を知ることができず、この頃になるとジュリエットの計算は少し曖昧になってきていたからだ。

（な……なに？　なにかが崩れる音……？）

まどろみはじめていたジュリエットは、突然の大きな衝撃音に目を見開いた。

音だけではない。城そのものを揺るがすような振動があって、ジュリエットのうなじに鳥肌が立った。その衝撃音は二回、三回と続き、四回目になるともう数を数えていられないほどの乱発になっていく。

看守が騒ぎ出し、ジュリエットは鉄格子を両手で掴んで外の様子をうかがおうとできるだけ顔を押しつけた。

「敵軍の来襲だ！　デラルトンが攻めてきたぞ……！」

外からのそんな叫びを聞くまでに、そう長い時間はかからなかった。

「射石砲だ……見たこともないほど大きい石玉が撃ち込まれてきやがる。俺たちはもう終わりだ……デラルトンの連中に殺されちまう！」

警護の歩哨と思しき軽装の身分の低い騎士たちが数人、逃げまどうように地下牢に雪崩れ込んできた。彼らは混乱している。誰ひとりとして、決死の覚悟で王を守ろうと立ち向かう者はいなかった。完全に統制が取れていない。

おそらく、父も、ヴァルフォース伯爵の過激派も、騎士たちから支持を得ていなかったのだろう。それは未来への希望だった。

キャメロンが勝てない戦いではない。

それにキャメロンは投降した敵を無闇に殺めるような指導者ではない。

でも……

「わたしを出して！　わたしはデラルトン皇妃です！　彼らの目的はわたしのはずです……早く戦いを終わらせたかったら、わたしを出して！」

ジュリエットは必死で鉄格子を揺らしながら叫んだ。地下牢に逃げてくる騎士や歩哨の数は増えていくばかりで、大部分は訝しげにジュリエットを睨めつけている。数年に及ぶ半幽閉生活のせいで、ジュリエットの顔を知らない城の者も多いのだ。

しかし何人かは、ジュリエットの正体に気づいたらしかった。

「ジュリエット王女、なぜここに……。デラルトン帝国に嫁いだのだと伺いましたが」

白髪の交じった、優雅な身なりの騎士のひとりが唖然とつぶやいた。

「その通りよ。現在のわたしはデラルトン皇妃です。お父様に無理矢理連れ帰されてしまったの。夫は……デラルトン皇帝は、それについて怒っているはずです」

その証拠に、外ではまた射石砲が城壁を崩そうとする炸裂音が響いてくる。

わたしを求めないでと、手紙には書いた……。

でもよく考えればわかることだ。あのキャメロンがそうですかと引き下がるはずがない。彼の進軍を止められるのは自分だけだと、自惚れでもなんでもなく事実として、ジュリエットは知っていた。

白髪交じりの騎士は神妙な顔でうなずいた。

「僭越ながら申し上げますが……近頃のあなたのお父上の言動は、常軌を逸していらっしゃいました」

「ええ、わかっています。わたしも感じました。近くで彼に仕えていたあなたたちは、さぞ苦しかったことでしょう。なにも知らなかったわたしを許してください」

またしても衝撃音。

今度はそれに壁の崩れるような音が続く。

かつて『C』としてしかキャメロンを知らなかったころ、彼は前皇帝の愚かな政策のせいで思い通りの戦略を取れず、兵を無駄に犠牲にしてしまったと嘆いていたことがある。

しかし、自らが皇帝となってからは、稲妻のような速さで圧倒的な勝利を飾った。

そんな彼だ。もしかしたら城が落ちるのも時間の問題かもしれない。

こんな時だというのに、騎士は物悲しげに微笑んだ。

「ジュリエット様、あなたこそ本物の王女の器であったというのに、半幽閉など……王は愚かなことをしました」

思わず、ジュリエットも微笑み返していた。

「いいのよ。おかげで姉たちのように奢(おご)った人間にならずにすんだわ」

——そして、キャメロンに出会えた。

「……とにかく、今はわたしをここから出してください。わたしが姿を現せば、デラルトン皇帝はこれ以上無意味な殺生はしません。約束するわ。知ってるの。だから出して」

騎士はうなずくと、すでに持ち場を放棄した看守が壁に残した鍵束を取って戻ってきた。十を軽く超える錆びた鍵をひとつひとつ試していく。

その間も破壊音はやまない。

「早く……」

「お待ちください、薄暗くて手元が……」

と、焦りはじめたところで、ピンと小気味のいい音を立てて南京錠が外れた。

「エスコートいたします。ジュリエット様、こちらへ。早く！」

白髪まじりの騎士はジュリエットを連れ、さらに雪崩れ込んでくる人並みを逆行するように地下牢から出た。

そこはすでに戦場だった。

そして——キャメロンがいた。

キャメロン……。まさに軍神の名にふさわしい堂々とした勇姿で、銀に輝く甲冑を身につけ、憤怒の形相で長剣を振るっている。

戦う彼は、味方でさえも易々とは近寄れない迫力と威厳に溢れていた。

「キャメロン！」

ジュリエットが叫ぶと、キャメロンは彼女の声のした方向へ顔を向けた。彼の水色の瞳はすぐにジュリエットを捉えて、大きく見開かれる。

ジュリエットは愛する男性に駆け寄った。

キャメロンは大きく息を吸い、そして両手を広げてジュリエットを胸の中に迎えた。

鉄の甲冑は肌に優しいとは言い難かったが、キャメロンに再び抱きしめられる喜びは言葉にならない。ジュリエットは力一杯夫を抱きしめた。

ジュリエットは涙声で「もう大丈夫よ」とささやきながら、キャメロンの背中に回した手にさらにぎゅっと力を入れる。

「ああ……」

男らしい低音の声と、かすれた吐息がジュリエットの耳に吹きかかる。

ぎゅっと抱き合うふたりは戦場に咲いた花のようだった。

その周囲を、デラルトンの騎士たちが囲んで守りながら戦う。勝敗はすでに見えていた。

エピローグ

キャメロンは、ただ怒りに任せて進軍したわけではなかった。

……と、ジュリエットが知ったのは数日後、すべての決着を見た後だった。

「まさか、あなたとセスが、裏で連絡を取り合っていただなんて……」

その事実を知らされた時、ジュリエットはにわかには信じられなくて首を左右に振った。

「過激派が王宮内で台頭し、サリヴァン国王を操ろうとしている情報を得た時点で、いざという時のために秘密裏にこの話を進めていたんだ。その甲斐(かい)はあった」

自分の夫が想像以上に戦略家であることを思い知らされ、ジュリエットは誇らしいような……ちょっと寒気がするような、不思議な気分になったものだ。

キャメロンは軟禁されていた元宰相セスと裏で繋がり、国王があまりにも暴走した場合に備えて、手を組んで戦う準備をしていたのだ。

そんな折にジュリエットが誘拐される……。

つまり、ことが早まってしまっただけで、すべてある程度予想されていた事態だったのだ。

ひと晩で戦闘の終わった圧倒的な勝利、そしてその後の驚くほど迅速な政権の立て直しには、そんな裏があったわけだ。

そう……現在のサリヴァンは、セスを指導者とした暫定政府が建てられており、将来的には共和制を目指す……ということだった。それらの青写真もすべて用意されていたのだというから、感心を通り越して呆れてしまう。

そしてジュリエットの父と義母、姉妹については……

「あれでも君の肉親だ。本来なら処刑してしまいたいところだが……」

と言って、キャメロンとセスは彼らの西大陸への流刑を決めた。国王を操ろうとしたヴァルフォース伯爵とその一派と共に。

西大陸は野蛮な未開の地だ。一度流されたら戻ってこられる者はほとんどいない上に、疫病や野獣にやられてすぐに命を落とす者も多い。しかし、少なくとも、生き延びてやり直すチャンスだけは与えられたわけだ。

甘やかされた姉たちが、未開の地でどう生きていくのか想像するだけで気の毒にはなるが……殺されるよりはいいだろう。おそらく。

「時代は変わっていくのだろう。楽なことばかりではないだろうが、希望はある」

サリヴァンを離れるとき、ジュリエットと手を繋ぎながらキャメロンはそんなことを言った。

「そうですね。デラルトンにも沢山やらなければならないことがあります。あなたの助けになれたらと思います」

夫の大きな手に指を絡ませながら、ジュリエットは微笑む。

暫定政府の創設に立ち合い、セスに挨拶を済ませたジュリエットたちは、帰路に就くことになった。

「あなたはいつかどこかの王妃になる器だと、ずっと思っていましたよ。我がサリヴァンでないのは残念だが、あなたなら我が国との架け橋になってくれるでしょう」

セスは別れ際、キャメロンと一緒に馬に乗ったジュリエットにそう告白した。

森の奥に半幽閉されていた間も時々訪れてくれていたのには、そういった背景もあったのだと……。上のふたりの姉では国が傾いてしまう。誰か、どこか有能な名門貴族か友好国の第二王子あたりをジュリエットの夫にあてがい、サリヴァン王家を継いでほしいと思っていたこともあった、とのことだった。

それを聞いた時、馬上でジュリエットを背後から抱きしめるキャメロンの腕が、痛いくらい強くなった。

「そんなふざけた計画を実行しないでくれて助かったよ、セス」

「わたしにはなかなか見栄えのいい年頃の息子がいるのですよ、キャメロン。ジュリエット様と同じ歳です。どうですか、ジュリエット様？」

「セス！　冗談も大概にしろ！」

そんなキャメロンとセスのやりとりに、思わずカラカラと笑ってしまう。彼らがファーストネームを呼び合う中だということが微笑ましい。キャメロンが嫉妬してくれるのが、くすぐったい。

彼の腕の中にいられるのが嬉しい。

確かに希望はあるのだ……そこに辿り着くまでの道は長くても。幾多の試練が待ち構えていても。

頑張れる。あなたとなら。

「お幸せに、ジュリエット様！」

セスたちに見送られて、ジュリエットは生まれ育った王宮を発った。背後には愛しいひとがいる。

心は晴々としていて、幸せで胸がいっぱいだった。

＊　＊　＊　＊

自分は真面目すぎるかもしれないと、キャメロンは感じていた。

母国の王宮に捕らえられていたジュリエットを取り戻して数日経ったころ、時々、期待と疑問の混ざった熱っぽい瞳で彼女が自分を見つめていたのも、もちろん理解していた。

しかしキャメロンは待った。

ふたりがデラルトン城の夫婦の寝室に帰ってくるまで、キャメロンは待ったのだ。

「やっと帰ってこられて嬉しいです。まだそんなに長く住んでいないのに、今はここが一番落ち着きます。不思議ですね」

皇帝夫婦の寝室に入って開口一番、ジュリエットがそんな可愛らしいことを言いながら、背後のキャメロンを振り返った。

——この女性はどれだけわたしを狂わせれば気が済むのだろう?

かつて手紙の上に綴られた言葉だけでキャメロンの心を鷲掴みにした女性は、今はそのたおやかな心で、可愛らしい仕草で、優しく耳に響く声で、彼を魂ごと揺さぶっている。

きっと生涯、キャメロンは彼女に翻弄され続けるのだろう。

それは素晴らしい人生に思えた。

「それはよかった。君のいないこの寝室は地獄だったからね」

「キャメロン、それは……」

キャメロンはひょいとジュリエットを横抱きにしてずんずんと寝室の奥に進んだ。寝室の奥……正確には、ふたりの寝台へと。

シーツは侍女たちによって清潔に保たれている。

なにを期待したのか、薔薇(ばら)と思しき赤い花の花弁が、白いシーツの上に散らされてもいる。

――これを使った猥褻(わいせつ)な遊びを、キャメロンはいくつも思い浮かべた。

シーツの上にジュリエットを横たえると、柔らかい茶色の髪がふんわりと広がる。彼女の白い肌にほのかな赤みが差す。

キャメロンの剛直は痛いくらいに衣服の布を押し上げた。

「今夜は抱いて……くださいますか……？」

「抱かないでくれと懇願されても、今夜は我慢できそうもないよ。ああ、わたしはこれから君を抱く。君の中に入る」

「本当に？」

「絶対に。疑っているのかい？」

ジュリエットはふんわりと微笑んだ。

「だって、再会してからずっと抱いてくださらなかったから……。あなたが渋ったのにエンディーグへ慰問へ行ってしまったことを怒っていらっしゃるのかと思ったの。それとも、わたしに飽きたとか――」

「そんなことはあり得ない。わたしは……自分が怖かっただけだ。わたしはまだ戦闘後の興奮の中にいて、君を抱き潰してしまうかもしれないと」

長旅を終え、ふたりはそれぞれ夜支度を済ませている。

キャメロンはこの瞬間まで自制した己の分身を褒めてやりたい気分になった。そしてこの哀れなほど硬くなっている彼自身に、ジュリエットという名の褒美を与えてやらなければならなかった。

ジュリエットは微笑んで、覗き込むキャメロンの頬に手を寄せた。

「あなたになら、壊されてもよかったのに」

キャメロンの中でなにかが、ぷつりと音を立てて切れた。おそらくひとはそれを理性とか忍耐と呼ぶのだろう。

ふたりは狂おしく唇を重ねた。

ジュリエットの唇は蜜の味がした。ジュリエットの口内は、媚薬（びやく）が仕込まれているのではないかと思うほど甘美な痺れを、キャメロンに与える。

「ふ……っ、あ……」

どうやって彼女の服を脱がせたのか、キャメロンはよく覚えていない。引きちぎってしまったのかもしれないし、彼女が身をよじって脱衣を手伝ってくれたのかもしれない。とにかく興奮しすぎていて、この辺りの記憶は曖昧だった。

しかし、次の瞬間、目の前に現れたジュリエットの美しい裸体を、キャメロンの瞳は永遠に覚えている。

キャメロンがつけた欲望の証はすべて消えてしまっていた。

青白いほどに透き通ったまっさらな肌に、キャメロンは狂ったように吸いついた。

キャメロンのこの性癖に、ジュリエットはいつも応えてくれる。もっと言えば、キャメロンはジュリエットを抱くまで、自分にこんな性癖があることを知らなかった。

ジュリエット……。

ああ、そうだ。ジュリエット。

「君だけだ。わたしは君だけを求めている。過去も、今も……これからも」

キャメロンの生い立ちは必ずしも幸せなものではなかった。

父と母の冷めた夫婦関係。優しかった母の早すぎる逝去。常に厳格で、どれだけ努力しても絶対に息子を認めなかった父。

そして逃げ込むように入った軍部で目にすることになった、厳しい現実。戦い。戦争。ジュリエットとの奇妙な文通は、知らぬ間に血を流していたキャメロンの心の傷をじんわりと癒してくれる魔法の薬のようだった。

その魔法の名が「恋」や「愛」であることを知ったのは、実物のジュリエットをはじめて見た瞬間だった。

キャメロンは思いの丈をジュリエットの体に刻むように、丹念な愛撫を重ねた。

ジュリエットのふっくらとした乳の頂点には、信じられないくらい魅惑的な桃色に色づく蕾がキャメロンを誘っている。

花の蜜に誘われる蜜蜂は、こんな気分で花芯に飛び込んでいくのだろうか……キャメロンは本能に誘われるまま、その蕾を口に含んで吸い上げた。

「きゃう……っ！　あぁ……ぁ……キャメロン……っ、ふ——」

卑猥な水音が響く。

ジュリエットの嬌声はキャメロンの情欲をさらに煽ってくる。キャメロンの肉棒はすでに痛いくらいに張り詰めていて、先端がジュリエットの太ももの間に擦れるだけで先走りがじくじくと漏れた。

——まるで性の衝動を覚えたばかりの若者のように。

しかしことジュリエットに関する限り、キャメロットはいつまでも新鮮さを失うことがなかった。

いつだって、はじめて体を重ねた時と同じだけ興奮する。どの口づけも、どの愛撫も、どの絶頂も……すべてが鮮烈で、それでいて永遠だった。

「ここまでだ……。君の中に入らせてもらうよ」

ジュリエットは一瞬だけ驚いたように瞠目したが、すぐに従順にこくりとうなずく。

この類稀なる女性を幸せにすることだけが、キャメロンの夢であり、願いだ。他はすべて付加価値に過ぎない。

国を安定させればジュリエットが安全でいられる。

国を豊かにすればジュリエットに苦労をさせずに済む。そういった具合だ。

「あ……あぁぁ……っ、ひぅ……っ」

ジュリエットの熱い蜜壺の中に自分自身を打ち込む。ねっとりと絡みつき、吸いつくように肉棒を咥えるジュリエットの柔肉は最高だった。

キャメロンはその晩、それこそ若造のように貪欲にジュリエットを穿った。

キャメロンの動きに揺さぶられるジュリエットの儚い裸体。

彼女の唇から漏れる甘い声。

蜜口から溢れる愛液はぐちゅぐちゅと音を立てて、ふたりの交わりをさらに深いものにした。

「どうして……ひとは」

荒い息の合間に、キャメロンはつぶやいた。あまりにもジュリエットの中が素晴らしくて呼吸が苦しくなり、肺が焼けつくように熱くなる。

「……これほどまでに……愛を求めるのだろう……？　魂の……片割れを……。わたしにとっての……君を……」

抽送が激しくなると、ジュリエットの呼吸もどんどん荒くなっていく。キャメロンに貫かれ、繰り返し突き上げられて、彼女の肢体は儚く揺れた。

「わ、わかり……ません……でも」

ジュリエットは瞳に涙をうっすらと浮かべながら答えた。

「……いつか、ふたりで……見つけましょう。その……答えを。これほどまでに……あなたが愛しい……その意味を」

キャメロンの中でなにかが弾け、もう我慢することはできなくなった。

残忍なくらいの激しさでジュリエットの奥を穿ち、欲望を、愛を、力の限りに解き放つ。

その晩、ふたりは同時に絶頂を迎えた。

キャメロンはぎゅっとジュリエットの震える体を引き寄せ、快感の余韻と、愛する女性をこの胸に抱ける喜びに酔いしれた。

しばらくはふたりは静かに抱き合っていたが、呼吸が落ち着いてくるとわずかに離れて互いを見つめた。

「愛しているよ、ジュリエット」

陳腐ではあるが、それ以上言葉にならなかった。

「わたしもあなたを愛しています。あなたに会えてよかった。あなたの手紙を見つけられてよかった……」

ジュリエットの髪を撫でながら、キャメロンは「そうだな」とつぶやいてうなずいた。それからジュリエットが微睡（まどろ）みはじめるまでそのままで、うとうとするジュリエットが可愛らしくて、閉じていく瞼に唇を寄せる。

するとジュリエットがささやいた。

「きっと……あの白蝶のおかげです」

――白蝶？

「どういう意味だい、ジュリエット……」

と言いかけたところで、ジュリエットがすでに眠りに落ちてしまっているのに気がついた。その寝顔があどけなく、とても質問だけのために起こす気にはなれない。

「まあいい。それについては明日、説明してもらうよ」

キャメロンは妻の耳元にそっとささやいた。

すぐに眠りにつくつもりでいたのに、眠気はなかなか訪れなかった。久しぶりにジュリエットを抱いた興奮は、そう簡単には覚めやらないらしい。キャメロンは睡眠を諦め、妻を起こさないように静かに寝台を下りた。

そして執務机に向かうと、一番下の引き出しを開ける。

ジュリエットからの手紙の束を慎重に引き出して、机の上に広げた。

迷ったとき、落ち込んだとき、なにかの指針が欲しいとき……キャメロンはこの数年間、いつもこの手紙にあるジュリエットの言葉に救いを求めてきた。

今はもう本人が隣にいる。

同じ部屋の、同じ寝台で夜を明かす。

だから、本来ならもう必要のない行為であるはずなのに、キャメロンはなぜか自分を止められなかった。一枚、一枚、手紙をめくっていく。

キャメロンは規律正しくあることに心の平安を感じる種類の人間で、ジュリエットからの手紙も、日付順に重ねてあった。キャメロンにとって、これらの手紙は国宝よりも大切なものだった。しかし最後に一枚だけ、思い出すだけでも胸が焼けつくように痛む手紙がある。キャメロンはその一枚を手にとった。

捕われの身となったジュリエットが、サリヴァン王国から送ってきた手紙だ。

『……お互い、新しい道を探しましょう。決してわたしを求めないで。あなたならいつか、素晴らしいひとと出会えます。そして幸せになって……』

この手紙を受け取って、はじめて目を通した瞬間の絶望を覚えている。

怒りと同時に、どれだけ深くジュリエットを愛していたかを自覚した。とてもではないが、彼女なしでは生きていけない……そんな現実を突きつけられたのだ。

「まったく……君は罪作りな妻だ」

キャメロンはささやき、肩越しに寝台のジュリエットを振り返った。彼女はぐっすりと眠ってしまっていて、キャメロンの独白にはまったく気づいていない。キャメロンは口元にうっすらと笑みを浮かべた。

「君からの手紙はすべて大切にするつもりでいたが……これだけは、処分させてもらうよ」

つかつかと暖炉に向かうと、マントルピースに灯った燭台の前に立った。ジュリエットが別れを懇願した手紙を、蝋燭の火の上にかざす。ポッと火が移って、薄い紙はすぐに焼け焦げ、やがて灰になった。胸につかえていたものがスッと消えたような満足を覚える。

キャメロンは寝台に戻り、眠っているジュリエットの隣に身を横たえた。

そしてジュリエットの頬にそっと手を触れた。

「わたしの道はすでに君と共にある。わたしは君を求め続ける。わたしはすでに素晴らしい伴侶を得た……そして幸せだよ」

燃やしたばかりのあの手紙に、キャメロンは返信を書かなかった……が、これが答えだ。キャメロンは生涯を通じて彼女を愛し続けるだろう。その愛の深さを、激しさを、彼女には知っていてほしかった。

「明日もまた君を抱こう。そして、どれだけわたしが君を愛しているか、ゆっくりと教えてあげよう」

それだけ独り言をつぶやいて、キャメロンも目を閉じた。ふたりには明日がある。

明日はまた新しい一日だ。

ふたり一緒の。

＊　＊　＊　＊　＊

同じ晩。同じデラルトン城の使用人部屋で、皇妃つきの侍女ふたりが相部屋でティーテーブルを間に挟んで、向き合っていた。

「あらあら、これはこれは」

そのうちのひとり、丸眼鏡の侍女――サマンサが、わずかに裏返った素っ頓狂な声でつぶやいた。目の前の生真面目そうな侍女――こちらはリサ――は、刺繍をしていた手元から顔を上げた。

ティーテーブルの上一面には数十枚ものカードが並べられている。

「いったい今度はなんですか。肝心のジュリエット様誘拐は占えなかったっていうのに、もう信じませんよ」

「わたしのカードは時を選ぶんですよ」

カードの主サマンサは、いっぱいに息を吸い込んだ胸を反らして誇らしげに言い放った。

「ジュリエット様が捕らえられたことで、結果的にサリヴァンの改革がずっと早く進んだでしょう。もしカードが不吉を告げていたら、陛下はジュリエット様をエンディーグ慰問に行かせなかったはずだもの」

「それはそうかもしれませんけど」

リサはテーブルの上で意味ありげな並び方をしているカードを見つめた。裏面はすべて同じ柄なのだが、表面はどれも違う絵が描かれている。リサが目にした時、一枚をのぞくすべてが裏面を向いていた。

　そして表面を向いているカードに描かれていたのは……

「赤ん坊、ですか?」

「そうですね」

「なにについて占ったんです?」

　――と尋ねてすぐ、リサは驚いて「あっ」と声を上げた。

「まさか……」

「そう、そのまさかですよ。わたしのカードはそれが今夜だと告げているんです」

　丸眼鏡の奥の瞳が意味深に笑っている。

　あまりにもガラスが分厚過ぎて、寝る直前まで眼鏡を外さないために、よく考えるとリサは相部屋にも関わらずまだサマンサの目の色を知らなかった。

　でも、まぁいい……とリサは思った。

　これから先は長い。数ヶ月前までは顔も知らなかった元敵国人のサマンサが、今では仕事仲間として友人として、リサの人生の大きな部分を占めている。人生は変化していくのだ。

「それは……きっと忙しくなりますわね」

「しかも、今開いたこの二枚目を見てくださいよ。王冠ですよ。これはやんちゃなお世嗣になるとみたわ。男の子ですね」

「あら、サマンサはまだ知らないんですね」

リサはクスクスと笑った。

そう遠くない未来を夢見て、喜びに目を細める。そこには誇り高き金髪の偉丈夫な皇帝と、大地の色をした髪の優美な皇妃が仲睦まじく並んでいる。

リサとサマンサは笑い転げながら、彼らの愛の結晶を追いかけ回している……のかもしれない。

「デラルトン帝国は女の皇帝も認めているんですよ。ひとりだけですが、過去に女皇帝がいます。ふたり目が今夜宿ったのかもしれませんね……」

あとがき

この度は本書『親愛なるあなたへ　孤独な軍人皇帝は清らかな花嫁に恋まどう』をお手にとってくださり、誠にありがとうございます。

こんにちは、はじめまして。泉野ジュールと申します。こちらが蜜猫文庫様で出させていただく最初のお話になりまして、大変ありがたく、とても緊張しております。

突然ですが、わたしは手紙がとても好きです。

　送るのも貰うのも、書くのも読むのも、そしてストーリーの中で手紙が重要な役割を果たす小説や映画も、みんな大好きです。時代はすでにインターネットとメールが紙の手紙にとって代わって久しいですが、それでも可愛いレターセットや便箋を見つけると、せっせと買い集めてしまう性癖の持ち主です。

そんな自分ですので、なかばダメもとのつもりで担当さんに送った本作のプロットが通ったときは、天にも上る気持ちでした。

とても楽しく書かせていただきました!

本作では、顔の見えない相手の心をのぞくという、手紙という媒体の特殊性をうまくお話に引き込めたらなと思っていました。筆勢から伝わる性格とか、手紙の折りかた、返事の頻度……そんな部分にもヒーローとヒロインの人柄や関係を表せたらな、と。

そして、せっせと手紙のやりとりをするくらいですから、今回のヒーローとヒロインはお互いとっても真面目なふたりです。

曲がったところのない、不器用なくらいに真っ直ぐなヒーローの想いとふたりの関係の変化を、楽しんでいただけたら幸いです。


おそらく、サマミヤアカザ先生の美しい表紙に引き寄せられて、本書を手に取られたかたも多いでしょう。サマミヤ先生、思わず見惚れずにはいられない素晴らしい表紙と挿絵をありがとうございました！

執筆中はまだどの先生がイラストを担当してくれるかわからないことが多く、今回もそうだったのですが、担当様からサマミヤ先生になるというお知らせをいただいたときは、喜びのあまり大絶叫してしまったほどです。

どうぞ美麗絵の数々をお楽しみください！

作者が一番楽しみました！

そして、はじめて挑戦するレーベルでなかなか要領を得ず、色々とご迷惑をおかけしてしまったにも関わらず根気よく付き合ってくださいました、担当編集様、ならびにデザイナー様、出版社、書店員様等、本書に関わってくださったすべてのかたに深く感謝申し上げます。

そしてなによりも、この本をお手元に迎えてくださった読者の皆様に、心より「ありがとう」を。

こんなご時世だからこそ、文字や絵という手段で人々の心を豊かにできる「本」は、本当に素晴らしいものだなと思います。この一冊が、あなたの心を少しでも温めることができれば、作者としてこの上ない幸いです。

あなたの未来が素敵なものでありますように。

また次回作でお会いできることを祈って。

泉野ジュール

蜜猫文庫をお買い上げいただきありがとうございます。
この作品を読んでのご意見・ご感想をお聞かせください。
あて先は下記の通りです。

〒102-0075 東京都千代田区三番町 8 番地 1 三番町東急ビル 6F
(株)竹書房　蜜猫文庫編集部
泉野ジュール先生 / サマミヤアカザ先生

親愛なるあなたへ
孤独な軍人皇帝は清らかな花嫁に恋まどう

2021 年 12 月 29 日　初版第 1 刷発行

著　者　泉野ジュール　©IZUMINO Jules 2021
発行者　後藤明信
発行所　株式会社竹書房
〒102-0075 東京都千代田区三番町 8 番地 1 三番町東急ビル 6F
email : info@takeshobo.co.jp
デザイン　antenna
印刷所　中央精版印刷株式会社

藍杜 雫
Illustration 森原八鹿

ざんねん逃げられない！
変人伯爵の甘いえっちにきゅんです♥
昼も夜も旦那様の愛の力がすごすぎる！

大丈夫。僕は仕事より
妻を大事にするタイプだから

「爪の綺麗な娘にかぎる」という怪しい見合い募集に応募し、公爵令息であるビクター伯爵と結婚してしまったマチルダ。彼は美貌と天才的な頭脳を持つ極上の貴公子であったが、極度の爪フェチで独特の価値観を持つ変人だった。「かわいい君と秘密のことをしたいな」理想の爪を持つマチルダを溺愛し、彼女と一緒でなければ仕事にも行かないとダダを捏ねるビクター。マチルダは適度に彼に躾をしつつも、とろとろに愛され流されて⁉

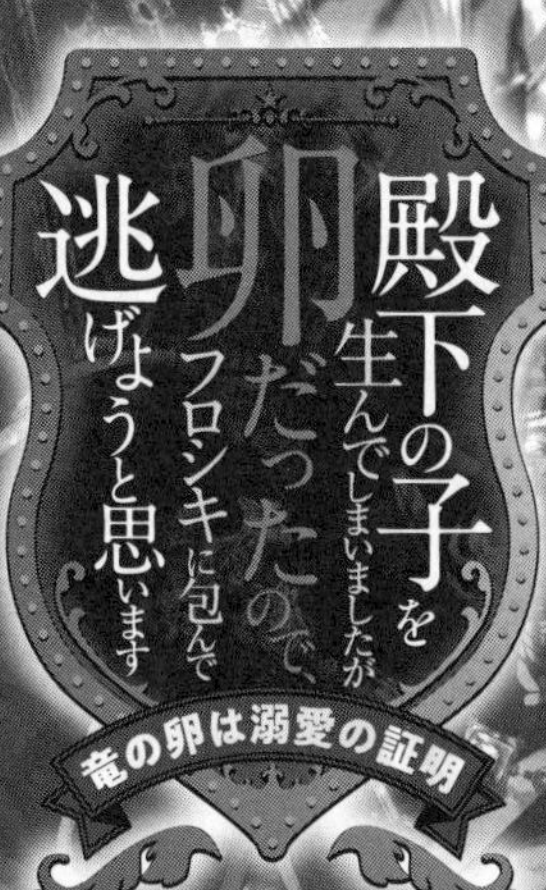

あさぎ千夜春
Illustration ウエハラ蜂

王子様と一夜を共にしたら、二人の卵が生まれました!!!?

辺境伯令嬢のカタリナは、ある朝自分が『竜の卵』を生んでいたことに気付き青ざめる。「今晩はひとりでいたくない。お前が欲しい…」竜の血を引く竜騎士の子孫である王子、シリウスとあやまちを犯した覚えがあるからだ。王位を巡り複雑な立場のシリウスが、自分などと子を作ったのがばれるとまずい。カタリナは卵をフロシキに包んで実家へと逃げ帰る。だがシリウスはすぐに彼女を追いかけ、一緒に卵を育てようと言いだし!?

結婚三日前に
前世の記憶が蘇ったので
全力で旦那様を
お守りします

御厨 翠
Illustration Ciel

推しと結婚して
破滅フラグを全回避!!

公爵令嬢アルシオーネは皇帝ランベールとの結婚を前に毒殺されかけ、ブラック企業のＯＬだった前世を思い出す。身体は辛いが彼女は歓喜に震えていた。ランベールこそ前世愛読していた小説の推しキャラだったからだ。「そなたの頬は柔らかいな。唇はもっと柔らかかったが」政略結婚とはいえ彼に優しく扱われ淫らなキスをされてうっとりするアルシオーネ。か弱い身で彼を全力で守ろうとする彼女に、ランベールも心を動かされ!?

すずね凜
Illustration すがはらりゅう

冷徹軍人皇帝の一途な純愛

みそっかす姫はとろとろに甘やかされてます

あなたに大人の快楽を教えてあげよう

小国の末っ子であるアリアドネは姉姫と見合い予定だったバンドリア帝国皇帝グレゴワールに気に入られ、花嫁として連れ帰られる。一目で惹かれた彼に望まれ夢見心地のアリアドネだが、形だけの妻でいいと言われ反発する。「あなたは男女が同衾することについて、なにも知らないな?」彼女の真摯さにあてられ、思いがけずのめり込み溺愛し始めるグレゴワール。「氷の皇帝陛下」と呼ばれた彼の急激な変化に周囲も驚きを隠せず!?

葉月エリカ
Illustration ことね壱花

君のことを大事にしたい。優しくさせてほしいんだよ

美貌の女誑しと名高い侯爵家のフィエルを落ち着かせるため、堅実さを買われて嫁いだイルゼ。「ねえ。俺たちかなり相性いいのかも」式を挙げ優しく抱かれた初夜の翌朝、まさかの実家の破産の報を受けて婚家を出るはめに。だがフィエルはイルゼが家族のため勤め始めた料理屋を探しだし、常連客として通ってくる。愛があっての結婚ではなかったのに何故？元夫の行動にとまどうイルゼだが、ある日母の手術費用が必要になり!?

シオンズ・フィクション

ZION'S FICTION

イスラエルSF傑作選

中村融 他訳

A TREASURY OF ISRAELI SPECULATIVE LITERATURE

EDITED BY SHELDON TEITELBAUM AND EMANUEL LOTTEM

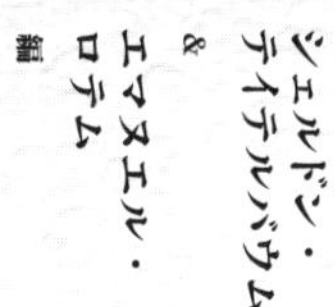

シェルドン・テイテルバウム
&
エマヌエル・ロテム
編

竹書房文庫

シオンズ・フィクション　イスラエルＳＦ傑作選

わが妻リリスと子供たち、アダム、シラン、リアムに。わがセンス・オブ・ワンダーを浮揚させつづけてくれたので。わが母ロズに。その不屈の精神は見あげたものだから。いまは亡き父ハリーとおじたち、ジャックとベンに（父とおじたちに祝福あれ）。冷やかしまじりに本書を誉めてくれたはずなので。そして巨匠ボブ（ロバート・シルヴァーバーグ）に。空間を曲げて、門を開いてくださったので。

——シェリ・テイテルバウム

ラリイ・ニーヴンに。ＳＦをどう書くべきかを教えてくださったので。イスラエルＳＦ＆ファンタジー協会の友人たちに。このアンソロジーに登場している者、そうでない者全員に感謝する。そしてわが妻リアナと息子たち、アモスとエラン、そして彼らの子供たちに。

——エマヌエル・ロテム

故人を偲(しの)んで

ケレン・エンバー
アモス・ゲフェン
モルデハイ・サソン
ナヴァ・セメル
アハロン・シェール

CONTENTS

まえがき

ロバート・シルヴァーバーグ

ここにお届けするのは別世界からのメッセージのようなものだ――力強く、想像力に富んだ作品のサンプル集。その発信元は、アジアの岸辺でもがいている小国、聖書の時代にまでさかのぼる古い基礎の上に、二十世紀になってから築かれた国家、絶えざる不確実さのなかに存在し、その不確実さを燃料として深い思索、しばしば心を深くゆさぶる思索をめぐらせてきた思想家や寓話（ぐうわ）作家たちの国。要するに、イスラエルのSFとファンタジーのアンソロジーである。

ユダヤ人はしばしば〈書の民〉と呼ばれてきた。この場合〈書〉とはヘブライ語の聖書を意味する――非ユダヤ世界には旧約聖書の名で知られているが、ユダヤ人にとっては、どこに住んでいようと、たんに聖書である。あらゆる宗派の徒にとって、聖書は聖なる経典であり、神と人間との交渉の記録だ。創造の瞬間（「はじめに神は天と地とを創造された」と冒頭の文章は語る）から語り起こし、さまよえる砂漠の民ヘブライ人の苦難を伝える。彼らは異教の偶像崇拝や多神崇拝を捨てて、厳格でよそよそしい単一神への信仰を選びとり、メソポタミアからエジプトへ移住し、エジプトのファラオの暴政に耐えかねてカナーンの地へ逃れる。のちにパレスチナの名で広く知られるようになる地域だ。そしてパレスチナにイスラエルというヘブライ人の王国を建設し、ユダヤの民——ヘブライ人はこの名で知られるようになった——は、程度の差はあれ、自分たちの宗教の道徳と倫理の掟（おきて）にしたがって生きようとした。ヘブライ語の聖書の後半は年代記となり、ユダヤ人の土地がふたつの王国、イスラエルとユダに分裂し、そのふたつの王国が外敵——モアブ人、ペリシテ人、シリア人、アッシリア人、バビロニア人など——と闘い、ついには偶像崇拝をはじめとする異端に堕（だ）したことへの神罰としてユダヤの独立を失うまでを記している。

　もちろん、ヘブライ語の聖書は歴史的年代記に戒律を加えただけのものではない。詩歌のアンソロジー——「詩篇」——や箴言集（しんげんしゅう）、さらには本質的に短い長編といえる「ヨブ記」もおさめている。しかも、聖書の語る物語は「ヨブ記」だけではない。じつは、全編に物語が満ちているのだ。三千年にわたり人類の注意を惹（ひ）きつけてきた物語が。創造の物語ではじまり、エデンの園におけるわれらが始祖の生活に話を進め（「主なる神は人から取ったあばら骨でひとりの女を造り、人のところへ連れてこられた」）、イヴの誘惑と楽園からの追放へとつづける。カインがアベルを殺し、大洪水が起きて、ノアとその家族だけが難を逃れ、族長アブラハムにひとり息子イサクを生贄（いけにえ）にせよと神が命じ、そこからありとあらゆることが生じる（しかもイサクは正確にはひとり息子ではなく、そこからも長い物語が生まれる）、といった具合だ。語りのゆたかさは、これまで書かれたどんな文芸作品とくらべても遜色（そんしょく）ない（エジプトにおけるヨセフの冒険。イスラエルの王となった羊飼（ひつじか）いの少年ダビデの生涯。出（しゅつ）エジプト。サムソンとデリラの恋模様。シバの女王のソロモン王訪問――ああ、枚挙にいとまがない。ユダヤ教徒やキリスト教徒でなくても、ヘブライ語の聖書の語りの力には屈するしかない）。

　いまわれわれの手元にある聖書の物語の多くには、幻想味の強い要素が行きわたっている（もしあなたが無神論者で、神は想像上の存在であるという前提から物語集全体を評価するなら、一から十までファンタジーだ）。ノアの大洪水は、シュメールとバビロニアの伝説に先例があるものの、すばらしい黙示録的ファンタジーだ。モーゼが奇跡的に紅海を分かつおかげで、イスラエルの民は乾いた土地を伝ってエジプトから出発できる。荒野をわたる旅の途中、神みずからが夜中に火の柱となって顕現（けんげん）し、彼らを導く。サムソンはスーパーマンの初期ヴァージョンであり、二十世紀のコミックブックの化身と同様に、特別な弱点をかかえている。預言者エゼキエルの幻視（ヴィジョン）には、四つの顔と四枚の翼をそなえた人間型の生きものが登場し、宇宙旅行を彷彿させる旅に彼を連れだして、玉座にすわる神の御前へ連れていく（正典後に書かれた「エノク書」――おそらく紀元前三世紀か四世紀の作で、エチオピア語の翻訳だけが伝わっている――は大量の天文学的知見を披露し、別の預言者の宇宙飛行の模様を述べている）。あとは推して知るべし。膨大な量の摩訶（まか）不思議な出来事が、三千年近くたったいまでさえ、われわれの心のなかで生き生きと展開しつづけているのだ。

　イスラエルとユダの両王国は最終的に姿を消した。その民はバビロニア人によって追放され、つぎの征服者ペルシア人によってパレスチナに連れもどされ、ペルシア人がマケドニアのアレクサンドロス大王に敗れると、彼の新しい帝国に呑（の）みこまれ、ついでローマ人の築いた帝国に呑みこまれた。ローマ人のもとで、ユダヤ人は地中海地方の隅々にまで移り住んだが、パレスチナにとどまる者はつねにいた。その地はいまや聖地と呼ばれはじめており、ユダヤ人は非ユダヤ人とここで共存し、最後にはムスリムのアラブ人住民と一体化した。

　流浪と離散（ディアスポラ）とパレスチナ共有の歳月を通じて、イスラエル古王国の復活という悲願が、ユダヤ人の思索と著述にくり返しあらわれた。それがもっとも明確な形をとったのが、一九〇二年に刊行されたテオドール・ヘルツルのユートピア小説『古く新しい国』（*Altneuland*）だ。ヘルツルは一八九六年の著書『ユダヤ人国家』（法政大学出版局）において、ヨーロッパの外にユダヤ人の自治共和国を築くことをまずは提唱した。

歴史的な理由からすればパレスチナが望ましいが、その時点ではアルゼンチンが妥当だろうと考えたのだ。しかし、『古く新しい国』では、ユダヤ人国家はまぎれもなくパレスチナにある。首都はエルサレム。産業の中心はハイファになるはずだった（当時テルアヴィヴはまだ存在しなかった。「春の丘」を意味するこの名前は、ヘルツルの小説がはじめてヘブライ語に翻訳されたとき、その書名となった言葉であり、一九〇九年にパレスチナ沿岸に建設された新しいユダヤ人入植地の名前にもなった）。ヘルツルの共和国は社会主義と紙一重の平等主義をかかげており、農作業は共同、土地と天然資源は公有だが、産業の私有も認められていて、公用語はドイツ語かイディッシュ語になるはずだった。もっとも、古代ヘブライ語を復活させようという試みもなされるのだが。

　このように、ある程度の神秘主義としばしばまじり合った思弁的思考（スペキュラティヴ・シンキング）の糸が、聖書の幻視や奇跡からヘルツルの予言的著作に見られるユートピア幻想にいたるまで、ユダヤの民の歴史全体をつらぬいている。とすれば、「創世記」と『古くて新しい土地』とをへだてる数百年のうちに、思弁的ファンタジーはおろか、SFの要素さえユダヤ文学にあらわれたのだとしても驚くには当たらない。律法（タルムード）のあるエピソードでモーゼは時間を旅して、つかのま未来を訪問する。九世紀のユダヤ人商人エルダッド・ハダニは、東アフリカ――エチオピアだろうか――に存在するユダヤ人の独立国を想像した。中世ユダヤのゴーレム伝説は、フランケンシュタインの物語を予告しており、文学におけるロボットの嚆矢となった。中世の説話にはダイバックも登場する。生者にとり憑く、さまよえる亡霊――現代SFでしばしば用いられるテーマだ。わたしとしては、思うところあって、「ユダヤ精神」といった一般化のすぎる言葉はなるべく使いたくないのだが、ユダヤ人と思弁的思考とのあいだには、たしかに親和性があるように思える。この親和性が、哲学の偉大な著作だけでなく、数多のファンタジーやSF作品も生みだしてきたのである。

専門化した現代形式のSFは、ジュール・ヴェルヌやH・G・ウェルズの十九世紀の作品に淵源を持つものの、主にアメリカ人の創作活動の産物だった――そしてすくなからぬ数のユダヤ人が、その発展に寄与してきた。最初の怪奇幻想小説専門誌〈ウィアード・テールズ〉を一九二三年に創刊した出版者、ジェイコブ・クラーク・ヘネバーガーはユダヤ人だった。三年後、SF雑誌の先駆け〈アメージング・ストーリーズ〉を刊行したヒューゴー・ガーンズバックもそうだった。H・L・ゴールド、ドナルド・A・ウォルハイム、デイヴィッド・ラッサー、サミュエル・マインズ、モート・ワイジンガーといった著名な雑誌や書籍の編集者もユダヤ人だった。ユダヤ系アメリカ人SF作家の名簿には、アイザック・アシモフ、アルソレッド・ベスター、アヴラム・デイヴィッドスン（一九四八年のイスラエル独立戦争中は、陸軍衛生兵として兵役をまっとうした）、ハーラン・エリスン、ノーマン・スピンラッド、ジョアナ・ラス、スタンリー・G・ワインボウム、シリル・コーンブルース、フィリップ・クラス（筆名はウィリアム・テン）、ロバート・シェクリイ、バリイ・N・マルツバーグと綺羅星のごとき名前がならぶ。プラハ生まれで、ドイツ語を母語とする小説家フランツ・ヴェルフェルさえ、アメリカで亡命生活を送っていたときにSFに転じた。一九四六年の遺作『いまだ生まれざる者たちの星』（*Star of the Unborn*）は、壮麗な空想的ファンタジーである（舞台は十万年後だが、すっかり変貌した遠い未来にヴェルフェルはユダヤ人の小集団を置く。サウルと呼ばれる指導者が統治しており、その称号は「この時代のユダヤ人」だ）。

しかし、現代のイスラエルもまた、ある種の知的な問いかけの中心であり、その問いがファンタジーやSFの執筆につながってきた。イスラエルという国は一冊の思弁小説に起源の一部を負っていると（大げさではなく）いえるし、外部の勢力によって絶えず存亡の危機にさらされているからだ。ルベン・ルピンの『第二次ユダヤ戦争』（*The Jewish War II*）では、主人公がローマ時代へさかのぼり、パレスチナのユダヤ人叛徒に近代的な武器をあたえ、ユダヤ人の独立国家を樹立させる。ヨセフ・ソイカの『第二世界の秘密』（*Secrets of the Second World*）では、地下トンネルに住むイスラエルの失われた十支族が、人類を監視している異星の種属と接触する。

ヤアコブ・アヴィサルの『異なる惑星から来た人々』（*People from a Different Planet*）では、イスラエルの宇宙航行者たちがヘブライ語を話す異星人と遭遇し、力を合わせて第三の種属——銀河の平和を脅かす好戦的な者たち——を打倒する。ネオナチの陰謀で危機におちいった、あるいは正統派ユダヤ教徒に牛耳られたイスラエルを描いた小説もあれば、イスラエルとアラブ系住民との紛争を描いた小説もある。せいぜいテルアヴィヴほどの大きさの小国が乱立するポスト黙示録的なイスラエルや、その他多くのありうべき未来も描かれている。

現代イスラエルの思弁小説作家たちは、短編形式でも活躍してきた。H・G・ウェルズの時代から、短編はSFにおいて中心的地位を占めてきたのだ。一九七八年から八四年にかけて刊行された〈ファンタジア２０００〉をはじめとする雑誌は、英語やその他の言語から翻訳された小説だけでなく、イスラエル国産のSFに発表の舞台をあたえてきた。SFの個人短編集も一冊や二冊ではない。

しかし、その作品のほぼすべてはヘブライ語で書かれており、ヘブライ語はイスラエル国境の外で広く話されている言語ではない。したがって、この豊饒で刺激的なイスラエルSFの数々は、世界のSF読者に衝撃をあたえて当然だったにもかかわらず、よその惑星で出版されたも同然だった。ゆえにこのアンソロジー、近年のイスラエルの思弁的文学を集めた最初の英語版作品集が登場する。ラヴィ・ティドハー、ニル・

ヤニヴ（シルヴァーバーグの勘違い。正しくはガイ・ハソン）、エヤル・テレルの作品のように、英語で書かれ、初出がアメリカのSF誌というものまであるが、本書に収録された作品の大半――ガイル・ハエヴェン、グル・ショムロン、ニタイ・ペレツ、ナヴァ・セメルなどの作品――は、ヘブライ語から翻訳されたものであり、したがって言語の壁の向こう側から西欧の読者に届けられたものということになる。さらにいえば、ロシア語から翻訳された作品も一編おさめられている。ペサハ（パヴェル）・エムヌエルの作品がそれである。

なるほど、別世界からのメッセージだ。われわれとは異なる見方から生まれた未来像に関する報告が、この小さな惑星をたまたまわれわれと共有する、はるか彼方（かなた）の土地から送られてきたのである。

（中村 融 訳）

オレンジ畑の香り

ラヴィ・ティドハー ── 小川 隆 訳

The Smell of Orange Groves by Lavie Tidhar

ラヴィ・ティドハーは『オサマ』*Osama*（2011）と『完璧な夏の日』（2013）で世界幻想文学大賞を、『黒き微睡（まどろ）みの囚人』（2014）でジャーウッド・フィクション発見賞を獲得しており、その他数多くの著書がある。ジャンルをまたがって書いており、探偵小説とスリラーの様式を詩や、SFや、歴史や、自伝的題材と組み合わせる。ティドハーの作品は〈ガーディアン〉や〈フィナンシャル・タイムズ〉にはフィリップ・K・ディックの作品と比較され、〈ローカス〉にはカート・ヴォネガットの作品と比較された。

ティドハーは1976年にイスラエル北部のキブツで生まれ、そこの共同図書室でほこりをかぶっていたイスラエルのSF雑誌〈ファンタジア2000〉のバックナンバーのなかにSF／ファンタジーを発見した。十代のとき家族とともに南アフリカへ移住したのを機に、ティドハーは第一創作言語として英語を採用した。とはいえ、最初の著書——『神のなごり』*Remnants of God* として翻訳された詩集——は1998年に母語であるヘブライ語で世に出た。英語のSF／F作家としてのキャリアは、2005年にオンライン雑誌〈チジン〉においてはじまった。

『SF百科事典』（www.sfe.com）は、現在は英国に在住しているこの作家を、均衡ファンタスチカのポストモダン先駆者だと述べている。「ティドハーの文学的戦略は、古典的なパルプSFや探偵小説、伝統的な神話と同時代の大衆文化から引用したステレオタイプと紋切り型（クリシエ）の再生にくり返し頼ることである」とも評している。

この傾向は2007年に刊行された最初の英語版連作短篇集『ヘブリューパンク』*Hebrewpunk* に見てとれる。それは《ブックマン秘史》シリーズ（2010～12）において完全なスチーム（パンク）にいたっている。これは、爬虫類（はちゅうるい）の異星種族の鉤爪（かぎづめ）に支配された改変歴史上のヴィクトリア朝イギリスを描いた三部作である。しかし、世界幻想文学大賞を受賞した長編『オサマ』は、ノワールとフィリップ・K・ディックの『高い城の男』や『火星のタイム・スリップ』流の改変歴史を志向しており、ティドハーは心理学的でジャンル横断的な新たな領域に突入している。「オレンジ畑の香り」は、ジョン・W・キャンベル賞を受賞し、ローカス賞とアーサー・C・クラーク賞の候補となった『セントラル・ステーション』*Central Station*（2016）に収録されている。同書はいまから数百年後、題名の由来となったテルアヴィヴのバス・ステーションの廃墟に建てられた宇宙港周辺を舞台にしたモザイク・ノヴェルである。

（中村 融 訳）

屋上のソラー・パネルは内側にたたみこまれ、まだスリープ状態ながら、間近に迫った日の出を感知したかのように、落ち着きなく震動していた。ボリスは屋上の縁に立った。屋上は平らで、同じビルに暮らす父の隣人たちは、長年にわたってさまざまな植物を素焼きやアルミや木製の植木鉢に植えてここで増やし、屋上を高層ビルの熱帯植物園に変えていた。

ここまであがってくれば静かだし、いまならまだ涼しかった。彼は遅咲きのジャスミンの匂いが好きだった。それはビルの壁を這（は）うようにしがみつきながら高く登り、セントラル・ステーションの周囲の旧市街に広がっていく。彼は夜の大気を大きく吸いこむと、ゆっくりと、つかえながら吐き出し、宇宙港（スペースポート）の明かりをながめた。形はテルアヴィヴの砂地からそびえたつ砂時計のようで、亜軌道高度の発着便がゆっくりと離着陸している。星が動くように、夜空を彩る宝石の航跡を描きながら。

彼はこの匂いが、この町が好きだった。西に広がる海の匂い、あの潮と果てしない水の、海藻とタールの、日焼け止めローションと人々の匂いが。早朝のソラー・サーファーを見るのが好きだった。透明な翼を広げて風に乗り、地中海の上を飛ぶ姿が。

窓からこぼれてくるエアコンの冷えた匂いが、指でもむと広がるバジルの匂いが、通りからたちのぼってくるシャワルマの、ターメリックやクミンを中心としたスパイスのいりまじる刺激的な匂いが、いまはもうテルアヴィヴやヤッファの市街からはずっと遠くまでなくなってしまったオレンジ畑の匂いが好きだった。

かつては一面オレンジ畑だった。彼は旧市街を見渡した。ペンキの剥(は)げたむかしのソヴィエト様式の箱形アパートが壮麗な二十世紀初期のバウハウス建築とごちゃまぜにひしめきあっている。曲線で作られた優雅な長いバルコニーと小さな丸窓と、甲板を思わせる平らな屋根をもつ、船形のビルで、いま彼がたっているのもそんなビルのひとつだ——

古い建物にまじって新しい建築もある。火星様式の共同住宅で、エレベーター代わりに投下シュートがついていて、小さな部屋はなかでさらに狭い部屋に分けられ、大半が窓もなかった——

何百年も前から洗濯物は洗濯紐(せんたくひも)や窓から吊(つ)されている。色あせたブラウスやショーツがゆらゆらと風に揺られている。はるか下の通りに浮かんでいた光球はもう暗くなりはじめ、ボリスは夜が明けようとしているのを知った。地平線の縁にピンクや赤の色がさすのを見て、朝日が昇ろうとしていることがわかったのだ。

彼は一晩中、父に付き添っていた。ヴラド・チョンはウェイウェイ・ジョン（中国式に姓を先に書くと、鍾威衛だ）とユリア・チョン（旧姓ラビノヴィッチ）の息子だった。一家の伝統を守って、ボリスもロシア名をつけられた。また一家の別の伝統にのっとって、ユダヤ式のセカンド・ネームもつけられた。考えてみると、皮肉な笑みが浮かぶ。ボリス・アーロン・チョンか。三つの共通する古くさい歴史が彼のもう若くはない細い肩にのしかかっているのだ。

気楽な夜にはならなかった。

このあたりはかつては一面オレンジ畑だった……彼は大きく息を吸って、古いアスファルトと、いまだに残る内燃機関の排気ガスの臭いを嗅いだ。オレンジのようにいまはもう消えてしまったものの、なぜかまだ記憶に残る臭いだ。

彼は捨てていこうとした。家族の記憶を、ときどき自分のなかでは〈鍾家の呪い〉とか〈威衛の愚行〉と呼んでいるものを。

いまでも思い出せる。当然だ。遠いむかしのある日のこと。ボリス・アーロン・チョン自身がまだ思いつかれてもいないころ、自己ループがまだ形作られていなかったころのことを。

それはヤッファでのことだった。港を見おろす丘の上の旧市街だ。〈他者〉の地区だ。

鍾威衛は熱気に包まれて汗だくになりながら、坂道を自転車でのぼっていた。彼はこうした狭く曲がりくねった道を信用していなかった。旧市街のものも、ようやくその遺産をとりもどしたアジャミの道も。威衛はここをめぐって争奪戦がおこなわれたことをよく知っていた。アラブ人もユダヤ人もいて、同じ土地をほしがったので、戦いになった。威衛は土地のことも、そのためなら喜んで人が死ぬことも知っていた。

だが、土地という概念が変わったこともわかっていた。土地などというものはもはや物理的なものというより、精神的な概念にすぎなかった。最近、彼は〈アシュケロンのギルド〉というゲーム世界のなかの全惑星系にお金を少し投資していた。彼ももうすぐ子供たちをもつようになるだろう――ユリアはすでに妊娠後期に入っていた――やがては孫、曾孫(ひまご)というように、何世代も続いていくが、みんな始祖である威衛のことは覚えているだろう。彼のしたことに感謝してくれるはずだ、現実と仮想と両方の不動産を残してくれたことに、そして、きょう彼が達成しようと望んでいることのために。

この鍾威衛が、分断されたこの地で王朝を興(おこ)すのだ。何しろ、彼はもっとも根源的な面を理解し、彼だけがセントラル・ステーションという外国の飛び地の意味を見抜いているのだから。北にはユダヤ人（彼の子供たちもユダヤ人になるのだろう、そう思うと不思議で、落ち着かない気分になってくる）、南にアラブ人――もどってきたアラブ人はアジャミとメナシーヤをとりもどし、ニュー・ジャッファという空に向かってそそりたつ鋼鉄と石とガラスの都市を建設中だ。北にはアッコやハイファのように分断された都市、そしてネゲヴやアラヴァの砂漠に続々誕生する新しい都市もある。

アラブ人だろうとユダヤ人だろうと、みんな移民を、外国人労働者を必要としていた。タイ人やフィリピン人や中国人やソマリア人やナイジェリア人を。彼らがもたらす緩衝が、セントラル・ステーションという中間地帯が必要だった。旧南テルアヴィヴだった貧困地区、活気にあふれ——何よりも境界となってくれる場所が。

彼はそこを根城にするつもりだった。彼と子供たちと、子供たちの子供たちの故郷に。ユダヤ人もアラブ人も、少なくとも家族というものを理解していた。そういう意味では中国人といっしょだ——英米人とは違う。核家族で、人間関係はストレスがあり、みんな別々に離れて孤独に暮らしているのとは。そんなことを子供たちにさせたりはしない、と威衛は誓った。

丘のてっぺんで彼は自転車を止め、そのために用意してきた布のハンカチで額の汗をぬぐった。車が次々と彼を追い越してゆき、いたるところから建設中の槌音（つちおと）が響いてくる。彼自身もそこに建設中のビルの一つで働いている。集団移住（ディアスポラ）してきた、小柄なヴェトナム人や背の高いナイジェリア人や色白でがっしりしたトランシルヴァニア人の建設労働者が、手振りと小惑星帯ピジン語（まだ、このころはそれほど普及していなかった）と埋めこまれたノードの自動翻訳機能を駆使して、意思を伝えあっている。威衛自身はパワードスーツを利用して、その蜘蛛のような把握力で高層ビルのブロックをよじ登り、はるか眼下に広がる都市を観察しながら、海へ、さらにははるか沖の船へと視線を移した。

だが、きょうは休みの日だ。彼は貯金していた――毎月、成都の家族に送金し、もうじき増えていくことになるここの家族のためにも少し蓄えた。残りはここで使う。〈他者〉たちに頼み事をするのだ。

ハンカチをていねいにたたむと、彼はせっせと自転車をこぎ、ヤッファの旧市街にあたる、迷路のようにはりめぐらされた細い路地に入っていった。古代エジプトの砦の遺跡はまだ残っていて、城門は一世紀前に修復され、吊り下げられたオレンジの木はいまでも卵形の重い石の籠に植えられて、鎖で城壁の陰に吊されている。威衛は足を止めずにこぎ続けて、ようやく巫女の場所に着いた。

ボリスは日の出をながめた。疲れてくたくただった。その晩はずっと父に付き添っていた。父のヴラドはもうほとんど眠ることはなく、何時間も肘掛け椅子に坐ったたままだ。すり切れて穴だらけの椅子だが、もう何年も前のある日（ボリスの頭のなかではいまでも鮮明に思い出せる）、ヤッファの蚤（のみ）の市から苦労して引っぱってきた、誇らしいものだ。ヴラドの手が宙をさまよい、見えないものを動かして並び替えている。そのヴィジュアル・フィードへのアクセスはボリスには与えてもらえなかった。もうほとんど意思の疎通がなかった。並び替えているのは記憶ではないかとボリスは思った。ヴラドがどうにかしてそれをつなぎあわせようとしているのだろうと。でも、たしかなことはわからない。

　威衛と同じように、ヴラドも建設作業員だった。彼も完成前の巨大な骨組みに登って、セントラル・ステーションを建てた一人だった。その宇宙港もいまではそれ自体が一個の存在を主張し、テルアヴィヴとヤッファのいずれもが完全に支配することのできない、ミニチュア・モール国家となっていた。

　だが、むかしのことだ。いまでは人間はずっと長生きするようになっているが、それでも心はやはり老いてゆき、ヴラドの心は肉体より老いていた。屋上で、ボリスは扉のわきの片隅にいった。ミニ椰子（やし）の木の作る日陰があったし、いまではソラー・パネルも開いて華奢（きゃしゃ）な翼を広げ、朝日の光を受けて、植物に日よけと傘の役を果たそうとしていた。

　ずっと前に居住者組合がそこにテーブルとサモワールを設置し、週ごとに違う階が当番で紅茶とコーヒーと砂糖を出すことになっていた。ボリスは近くの鉢植えのミントの葉をそっとちぎって、紅茶を入れた。沸騰したお湯をマグにそそぐ音は心地よく、ミントのすっきりしたさわやかな香りがあたりに広がって、眠気も飛んだ。ミントが出るのを待って、マグを手に屋上の端までいって見おろした。セントラル・ステーションは——眠ることなどなかったのだが——音をたてて目覚めだしていた。

　彼はお茶をすすり、巫女に思いをめぐらせた。

　巫女の名前はかつてはコーエンといい、噂では〈他者〉の聖コーエンの親族だといわれていたが、誰もたしかなところは知らなかった。今日ではもうそんな噂もささやかれなくなった。何しろ、彼女は三世代にわたって旧市街に、あの暗く静かな石の館に暮らしていたのだ。彼女の〈他者〉とふたりだけで。

〈他者〉の名前やＩＤタグも知られていなかったが、それは〈他者〉に関してはふつうのことだった。

　家系のつながりの可能性とは関係なく、石の館の外には聖コーエンをまつる小さな社があった。社といってもささやかなもので、金色をした雑多なものや、古い壊れた回路のようなものが適当に並べられ、四六時中蠟燭がともっていた。その扉の前にきて、威衛は社に向かってしばらく足を止めてから、蠟燭に火をともし、お供え物を置いた——むかしの故障したコンピュータ・チップで、丘の下の蚤の市で大枚はたいてあがなったものだ。

きょうの目標に達するようお力を貸してください、と彼は念じた。家族をひとつにし、わたしが死んだらわたしの心を引き受けてもらえるよう、お力をお貸しください。

旧市街に風はなかったが、古い石の壁からは心地よい冷たさが伝わってきた。威衛は最近になってようやくノードを装着していたので、呼び鈴を鳴らすと、扉はすぐに開けてもらえた。彼はなかに入った。


そのときのことをボリスは静寂として覚えていたものの、逆説めいてはいるが、同時に移動の感覚もあった。突然の不可思議なパースペクティヴの変化が。頭のなかで祖父の記憶が光った。さまざまにポーズを装ってはいても、威衛は未知の国に挑む探検家に似て、感触と直感をたよりに進んでいた。彼はノードをつけて育ったわけではなかった。〈会話〉についていくのは大変だった。あの人間とマシンのフィードの際限ないおしゃべり、それがなければ現代人は目も耳も奪われたようなものだ。だが、彼はさなぎが成虫になるときを感じとれるように、直感的に未来を感じとれるような人間だった。自分の子供たちが別の人間になることも、そしてその子供たちもさらに別の人間になっていくこともわかっていたが、同じくらい、過去がなければ未来もないこともわかっていた。

「鍾威衛」と巫女がいった。威衛は頭を下げた。巫女は驚くほど若く、ともかく見た目は若く見えた。黒髪をショートにし、顔には特徴がなく、肌は白く、親指は黄金の義指だったので、威衛は思わず身震いした。それが彼女の〈他者〉なのだ。

「願い事があります」と威衛はいった。ちょっと躊躇してから、小さな箱を差し出した。「チョコレートです」というと――気のせいだろうか？――巫女は微笑んだ。

室内は静かだった。それが〈会話〉のせいだと気づくのが一瞬遅れた。〈会話〉がやんでいたのだ。部屋は俗世間のネットワーク通信から隔絶されていた。隠れ家／隠遁地になっていて、〈他者〉の高度な暗号化機関で保護されているのだ。巫女は箱を受け取って、開け、慎重にひとかけ取って、口に入れた。しばらく考えるように噛んでから、首をほんの少し動かして、承認を示した。威衛はまたお辞儀した。

「どうぞ」と巫女はいった。「お坐りなさい」

威衛は腰をおろした。背もたれの高い椅子は古く、すり切れていた――蚤の市で買ったものだろうと思うと、不思議な気がした。巫女が露店で買い物をするなんて、まるで人間みたいじゃないか。だが、もちろん巫女だって人間だ。そう考えると、もっと気楽になれるはずなのに、そうはならなかった。

やがて巫女の目の色が微妙に変化し、聞こえてきた声も別の、さっきよりもしゃがれて低い声になったので、威衛はまた息を呑んだ。「われわれにどんな願いがあるというのだね、鍾威衛？」

彼女の〈他者〉だ、それがいましゃべっているのだ。人間の身体に相乗りする〈他者〉だ。巫女と合体して、あの金の親指のなかでは量子コンピュータが稼働している……威衛は思いきって、切りだした。「架け橋がほしいのです」

〈他者〉はうなずいて先をうながした。

「過去と未来のあいだにかかる橋です」と威衛はいった。「その……連続性が」

「不死か」と〈他者〉はいった。溜息がもれた。それは手をあげて顎をかき、金の親指が女の白い肌に食いこんだ。「人間はみな不死を求める」

威衛は首を振ったものの、否定はできなかった。死を、死ぬのだということを考えると怖かった。信仰が欠けているのはわかっていた。多くのものが信仰をもっていたし、信じることで人類はやっていけた。輪廻転生でも、死後の世界でも、アップロード神話でも、〈転写〉と呼ばれているものでも――どれも同じ、彼がもっていない信念が必要だった。もちたいとは思っていたのだが。死んでしまえば、それで終わりだとわかっていた。鍾威衛というＩＤタグをつけた自己ループはあっさりと、そのまま存在しなくなって、世界はそれまでのように続いてゆくのだ。そう考えるのは恐ろしかった、自分の無意味さのことを。人間の自己ループにとっては、それ自体が世界の中心であり、すべてがそこを中心にまわっている。現実とは主観的なものだ。とはいえ、それは幻想だった。〝わたし〟という幻想と同じように、人格とは何十億という神経繊維でできた合成装置で、人間の脳という灰色物質のなかで半独立的に作動する精妙なネットワークでしかないのだ。機械は補助にはなっても、それを保存することはできない。永遠という期間では。だから、そうなのだろう、と威衛は思った。彼が求めているのはむなしいことだ。だが、実行できることだ。彼は大きく深呼吸してから切りだした。「子供たちにわたしのことを覚えていてほしいのです」

ボリスはセントラル・ステーションを見つめた。いまでは宇宙港の向こうに太陽が昇り、下ではロボットニクたちが配置につき、毛布を広げて手書きのちゃちな看板を掲げて、部品のスペアやガソリンやウォッカをせびっている。あわれな連中だ。忘れ去られた戦争の名残で、サイボーグになった人間でありながら、必要がなくなると使い捨てにされたのだ。

ロボット教会のブラザー・R・パッチイットが巡回しているのが見えた――教会はそのささやかな人間信徒の世話を焼くように、ロボットニクを世話しようとした。ロボットは人間と〈他者〉のあいだの謎のミッシング・リンクで、どちらの世界にも属していない――物理的に肉体によって形作られたデジタル存在で、多くはそれぞれの不思議な信念により、〈アップロード〉を拒否していた……

ボリスはブラザー・パッチイットを子供のころから知っていた——ロボットは割礼師(モーヘール)を兼ねていて、地域のユダヤ人の男子に誕生から八日目に割礼をほどこした。誰がユダヤ人になるかという問いは鍾家だけの問題ではなく、ロボットの側の問題でもあり、とっくに解決をみていた。ボリスには断片的な記憶しかなかった。母方からのもので、威衛より前のものだ——エルサレムでの抗議運動や、マット・コーエンの研究所と最初の原始的な培養地。あそこではデジタル存在が非情なまでのサイクルで進化していた。

キング・ジョージ通りではプラカードが打ち振られていた。〈隷属反対！〉とか〈強制収容所を破壊せよ！〉とかいったもので、怒れる人間の群衆が、最初の脆弱(ぜいじゃく)な〈他者〉を閉鎖ネットワークに隷属させようとしていることに抗議して集まっているのだ。マット・コーエンの研究所は包囲されていた。そこで働く科学者は、次々に国を追われてようやくエルサレムに身を落ち着けることのできた、寄せ集めの学者だというのに。

マット・コーエンはいま、〈他者〉の聖コーエンと呼ばれていた。ボリスはマグを口につけてから、中身が空(から)になっていることに気づいた。カップをおろして目をこする。寝ておくべきだった。もう若くないのだし、何日も不眠不休で、刺激物とじっとしていられない若さというエネルギーのおかげで動けていたころとは違うのだ。ミリアムといっしょにこの同じ屋上で手に手を取りあい、そのころですら守れないとわかる約束をかわしてひっそりと隠れていたころとは……

いま、彼女のことを考えて、彼はセントラル・ステーションの古いパビリオンのネーヴェ・シャアナンを歩く彼女の姿を探した。そこに屋台を出しているのだ。彼女のことを考えるのはつらかった。こんなふうに、少年時代のようにせつなくなるなんて。帰ってきたのは彼女のためではないとはいえ、心のどこかではそうだったのかもしれない。その思いが……

首筋では補助体が静かな吐息を漏らしていた。火星の丹雲市であがなったものだ。アラファト街から引っ込んだ裏通りの中国系火星人三世の名前もないクリニックで、院長の王氏が装着してくれた。

ミクロバクテリウムに似た火星生命体の化石化した残滓から培養したということだったが、本当のことかどうかは誰にもわからなかった。オーグを着けているのは不思議な感じだった。寄生体で、ボリスから養分を取り、首でそっと脈動しながら、いまでは彼の一部となっている。付属肢がもうひとつ増えたようなもので、異星の考えと異星の感覚を与えてくる一方、また逆にボリスの人間的な見方を取り入れて、微妙に変化させている。おかげで、自分の考えが万華鏡のフィルターをとおってくるような感じがした。

彼は手をオーグにあて、温かく驚くほどざらざらした表面の感触をたしかめた。それは指の下で動き、そっと息をしていた。オーグはときとして不思議な物質を合成することがあり、それはボリスの体内システムにドラッグのような作用をもたらして、驚かす。視覚の距離感に作用することもあり、ボリスのノードに干渉してくることもある。ノードとは彼の脳のデジタル・ネットワーク・コンポで、生後まもなく装着され、それがないと視覚や聴覚を奪われるより悲惨で、〈会話〉から切り離されてしまうのだ。

逃げようとしたことはわかっていた。家を出て、威衛の記憶から逃れたというか、しばらく逃れようとしたのだ。セントラル・ステーションにきて、エレベーターでてっぺんまで昇り、その先にまで向かった。地球を離れ、軌道も離れ、小惑星帯（ベルト）に、さらには火星にいったものの、記憶は追いかけてきた。威衛の架け橋は永遠に過去と未来とをつないでいた。

「わたしが死んでも、記憶には生きつづけてもらいたいんだ」

「人間はみなそうだ」と〈他者〉がいった。

「わたしは……」勇気をふるいおこして、彼はつづけた。「家族に覚えていてもらいたいんだ」と彼はいった。「過去から学んで、未来への計画をたてるために。子供たちにわたしの記憶を残してやりたいし、そうやって子供たちの記憶も引き継がれていってほしい。孫たちやそのまた孫たちというようにずっと、未来永劫にわたって、このときを覚えていてもらいたい」

「そうなるだろう」と〈他者〉はいった。

そうなったのだ、とボリスは思った。記憶は彼の心のなかでは鮮明で、水滴のように完全で不変だった。威衛の望みはかない、彼の記憶はいまではボリスのものであり、ヴラドのも、祖母ユリアのも、母のも、残りみんなの記憶もそうだった——従弟も、姪も、伯父も、甥も、叔母も、誰もが鍾一族の中央記憶プールを共有し、誰もが瞬時にその深い記憶の池にもぐって、過去の大洋に乗り出せるのだ。

威衛の架け橋、と一家のなかではいまでも呼ばれていた。おかしな働きをすることもあって、ずっと遠くにいても、彼がセレスの出生クリニックで働いていたときも、火星の丹雲市の通りを歩いていたときも、不意に頭のなかに記憶が、新しい記憶が形成されたことがある——従姉のオクサーナが小楊を産んだときの初産の記憶——苦痛と喜びに脈絡なくさまざまな思いが入り混じっていた。誰か犬に餌をやってくれただろうか、と思いながらも、医者は「いきんで、いきんで！」と訴え、汗の臭いや、モニターのピッピッという音がし、ドアの外では人々が声をひそめてしゃべり、そして赤ん坊がゆっくりと出ていくあの何ともいいようのない感覚が……

彼はマグを置いた。眼下のセントラル・ステーションはいまや目覚め、付近の露店には真新しい農産物が並び、市場は喧噪(けんそう)と煙草(たばこ)と焼き串でゆっくりと鶏が焼ける匂いと通学の子供たちの叫び声でにぎわっていた。

彼はミリアムのことを思った。いまはジョーンズおばさんと呼ばれている。世界は若く、二人は愛し合っていた。子供のころの母語だったヘブライ語で愛し合ったが、二人のあいだを裂いたのは洪水でも戦争でもなく、ただ生活であり、それが人に及ぼす作用によってだった。ボリスはセントラル・ステーションの出生クリニックで働いていたが、そこには思い出が多すぎた。幽霊のような思い出で、とうとう彼も反発し、セントラル・ステーションに赴くと、そこをのぼり、再使用型宇宙往還機(RLV)に乗って地球周回軌道にあがり、〈ゲートウェイ〉と呼ばれる場所にいくと、そこからまずルナ・ポートに旅立った。

彼は若く、冒険がしたかった。逃れようとして、ルナ・ポートや、セレスや、丹雲にいったものの……記憶は追いかけてきて、なかでも最悪だったのは父の記憶だった。それはにぎやかな〈会話〉を縫って彼を追いまわし、圧縮された記憶が次から次へと〈鏡〉に反射し、光速で宇宙空間を越えてきた。おかげで彼が向こうで彼らのことを忘れられなかったように、ここ地球でも彼のことを忘れてくれなかったので、とうとう彼もその記憶の重みに耐えかねてもどってきたのだ。

それが起きたとき、彼はルナ・ポートにもどってきていた。歯を磨きながら、顔をしげしげと見つめていると――若々しくも年老いてもいない、どこにでもある顔で、目は中国人、顔立ちはスラヴ系で、生え際は少し後退している――記憶が彼を襲い、彼を満たした。歯ブラシが落ちた。

父の記憶ではなく、甥の楊のだ。ヴラドはアパートの椅子に坐っていた。父はボリスが覚えているより老けて痩せていて、漠然とだが何かが宇宙空間を越えて届き、彼の胸を締めつけ、苦しめた――父の目の色を曇らせている何かだ。ヴラドは坐ったまま、押し黙り、甥や訪ねてきたほかのものにも挨拶は返さなかった。

坐りながら、手が宙にさまよい、誰にも見えないものを並び替えた。


「ボリス!」

「楊か」

甥がおずおずと微笑む。「現実とは思えなかったよ」

時間差が月と地球を、ノードからノードへと往復するために生じていた。「大きくなったな」

「ああ、そうだね……」

楊はセントラル・ステーションで働いていた。第五層にあるウイルス広告を作る研究所が職場で、空中にひろがって人から人へと感染するその微小媒介物はセントラル・ステーションのような空調された密室環境で増殖し、特定の個人に向けられたオファーを提供するように暗号化された、ノード装置とインターフェースのある有機物であり、ひたすら「買え、買え、買え」と叫んでいる。

「お父さんのことだけれど」

「何かあったのか？」

「わからないんだ」

そう認めるのは楊にとってつらかっただろう。ボリスは待った。沈黙が周波帯を呑みこんだ。地球・月間の帰路の沈黙が。

「医者には診せたのか？」

「診せたことはわかっているよね」

「それで？」

「医者にもわからない」

沈黙が二人のあいだに、光速で宇宙空間を進みながら広がった。

「帰ってきてくれ、ボリス」と楊はいった。ボリスはあの子が大人になっていることに驚いた。そこにのぞく大人の男性は彼が見知らぬ他人だが、その人生ははっきりと思い出せた。

帰ってきてくれ。

その日のうちに、彼はわずかばかりの身の回りのものをまとめ、リブラを出て、シャトルで月軌道に向かい、そこから船で〈ゲートウェイ〉までいって、ようやくセントラル・ステーションにまで降りてきたのだ。

癌の成長を思わせる記憶。ボリスは医者であり、〈威衛の架け橋〉をその目で見ていた——その不思議な半有機的成長体は鍾父子の大脳皮質に入りこみ、二人の灰白質に入りこんで、ノードとのインターフェースを築き、成長する。異物質の不思議で精妙な螺旋(らせん)であり、禁断の進化したテクノロジーである。〈他者〉だ。それは父の精神から成長して、どういうわけか制御がきかなくなり、癌のように成長して、ヴラドはその記憶のせいで動くことができなかった。

ボリスも推測はしていたものの、つきとめることはできなかった。この願い事に威衛がどれだけ支払ったのか、どれだけそれが高くついたのかわからなかったように——その記憶、その部分だけはすっかり消去されていた——ただ〈他者〉がそうなるだろうといっただけで、次の瞬間にはもう、威衛は外に出され、扉は閉ざされていた。

彼は眼をぱちくりさせながら、古い石壁の前で、はたして願いはかなったのかどうかと考えた。

かつて、ここは一面のオレンジ畑だった……そう思ったのを思い出した。彼は地球帰還後、セントラル・ステーションのドアを出て、重力にとまどい、不快感を味わいながら、外の蒸し暑い大気のなかに入った。庇(ひさし)の下で足を止め、深呼吸をする。重力に押しつぶされそうになっても、気にしなかった。覚えていたとおりの匂いで、もうなくなっているかどうかに関係なく、オレンジはいまでもあった。ここがテルアヴィヴでもセントラル・ステーションでもなく、そのすべてが存在していたころに生えていた有名なヤッファのオレンジ畑だ。ひたすらオレンジ畑と砂と海が広がり……

彼は足が向くまま道路を渡った。足には記憶があり、セントラル・ステーションの大玄関から旧市街の中心部にあるネーヴェ・シャアナンの遊歩道に渡ると、そこは記憶よりはるかに狭くなっていた。子供のころは全世界に思えていたのに、いま見ると……

人々があふれ、ソラー・パワーのトゥクトゥクが道を走り、観光客はうっとりと見とれ、記録員(ミームコーディスト)は見たり聞いたり感じたりするすべてをネットワークで放送しながら、そのフィードの数値をたしかめていて、一瞬、ボリスをとらえた画像が太陽系の何百万という無関心な視聴者に送られた——

スリもいれば、退屈顔のCS警備員も目を光らせ、片目を失い胸にひどい錆(さび)を浮かせたロボットニクは物乞いをし、黒ずくめのモルモン教徒は猛暑に汗を搔きながら、パンフレットを配り、道路の反対側ではエルロン教団も同じことをしている——

小雨が降りだした。

近くの市場の売り子たちがとりたてのザクロやメロンや葡萄やバナナを勧める声、その先のカフェでは老人たちが小さな陶器のカップで苦いブラックコーヒーを飲みながらバックギャモンに興じ、ナルギーラをくわえている——羊革製の水パイプだ——R・パッチイットは喧噪のなかをゆっくりと歩く。やかましく汗臭い人だかりのなかにあって、ロボットは平安のオアシスだ——

光景や匂いや音や、思い出に夢中で、最初は気づかなかった。道路の反対側にたっている女と子供に、あわやぶつかってしまいそうになるまでは——

ぶつかってきたのは向こうのほうからだったかもしれない。浅黒い肌をしてとびっきり青い眼をした男の子——女のほうはどことなく見覚えがあり、たちまち彼は不安になった。男の子は期待にあふれて訊ねた。「ぼくのパパなの？」

ボリス・チョンは大きく息をついた。女がいった。「クランキ！」怒りと心配がいりまじった口調だった。それが少年の名前かあだ名だろうとボリスは思った——アステロイド・ピジン語で〝クランキ〟というのは気むずかしい、奇人、変人を意味していた。

ボリスは少年のわきにひざまずいた。周囲のせわしない動きは忘れ去られていた。彼はその目をのぞきこんだ。「そうかもしれない」と彼はいった。「その青なら知っている。三十年前には流行っていたからな。わたしたちはアルマーニの商標登録されたコードからオープンソース版を作ったんだ」

ごまかしだな、と彼は思った。なぜこんなことをしているんだろう？　その女が、彼女に見覚えがあることが、気になってしかたなかった。頭のなかを見えない蚊のように唸りをあげて、オーグから映像がどんどん形になって押し寄せてくる。男の子は脇で凍りつき、笑顔を向けてくる。どぎまぎさせるような満面の、訳知り顔の笑みだ――

女が叫んでいる。遠くからでも彼には聞こえた。「やめなさい！　彼に何をしているの？」

男の子はわたしのオーグとのインターフェースをとっているんだ、と彼は気づいた。わっと言葉があふれ出た。「きみには親はいないよ」と彼は男の子に告げた。記憶に恥ずかしさがいりまじった。「きみはここで合成されたんだ、公開されているゲノムに闇市場で入手したノードを少しまぜて作られたんだ」彼の精神にしがみついてくる男の子の力が弱まった。ボリスは息をついて、背筋を伸ばした。「ナカイマスだ」といって、急に恐怖がこみあげ、彼は後ずさりした。

女はおびえ、怒っていた。「やめて」と彼女はいった。「そんなんじゃないわ――」

ボリスは急に恥ずかしくなった。「わかってる」とまどい、面食らっていた。「悪かった」感情がせめぎ合い、急速にいりまじっていくのは自然ではなかった。どうやったのか、男の子はオーグにアクセスし、オーグはボリスの精神に入りこんできた。彼は集中しようとした。女を見た。なぜか、彼女にわかってもらうのがだいじなことに思えた。「この子はわたしのオーグに話しかけられるんだ。インターフェースをつながなくても」そのとき、クリニックのことが、そこを出て宇宙に去る前に彼自身がやったことが思い出せた。彼は静かにいった。「思ったより、あのときの仕事はうまくいったということか」

男の子はあどけない青い目で彼を見つめた。そんな子供たちのことをボリスは思い出した。大勢の、本当にたくさんの子供を作ったのだ……セントラル・ステーションのクリニックは雲南省のそれと比肩するとさえいわれたものだ。だが、ここまでは予想していなかった。小惑星帯や丹雲で、噂は耳にしていたけれど、こんな干渉ができるとは。向こうで噂話に囁かれていた言葉がかつて黒魔術を意味したナカイマスだった。

女は彼を見つめ、その目に彼は気づいた――

二人のあいだに何かが、ノードもデジタル・エンコードも必要のない、もっとむかしの、もっと人間的で素朴な、ショックにも似た何かがかわされた。「ボリスなの？

ボリス・チョン？」

　彼も彼女と同時に気づいた。驚きが懸念に取って代わり、女の正体に気づかなかったことへの驚きも、不意にこの女性のいる同じ空間を二つの身体が占めているような感じへと移り、その年齢不詳の像はまだ世界が若かったころに彼が愛していた若い女性へと形をとった。

「ミリアムなのか？」と彼はいった。

「わたしよ」

「でも、きみは——」

「わたしは離れなかったわ」と彼女はいった。「いってしまったのはあなたのほうよ」

　いますぐ彼女のところにいきたかった。世界は目覚め、ボリスはひとり古いアパートの屋上にいた。ひとりきりで自由ではあったけれど、記憶がつきまとっていた。父をどうすればいいかわからなかった。むかし、まだ小さかったころ、父と手をつないだことを覚えている。ヴラドはとても大きく、自信にみち、堂々として、生気にあふれているように見えた。その日、二人は海に出かけたのだ。よく晴れた日で、メナシーヤ地区ではユダヤ人もアラブ人もフィリピン人もいっしょにまじわり、ムスリムの女性は黒衣をまとい、子供たちは下着姿で歓声をあげながら駆けまわっていた。テルアヴィヴの女性は小さなビキニ姿で、静かに日光浴し、誰かが吸う強烈な大麻の匂いが潮の香りにまじっていた。ライフガードが監視所から三カ国語で呼びかける――「安全区域から出ていかないでください！　迷子のお子さんに心当たりの方は？　至急、ライフガードのところまでおいでください！　そこのボートはテルアヴィヴ港方向に向かって、遊泳区域から出ていってください！」――さざめきのなかにその声は埋もれ、誰かが車を止めると、ステレオからやかましいビートが響きだす。遊歩道わきの芝生ではソマリア人難民がバーベキューをしているし、ドレッドロック頭の白人男性はギターを弾いている、そんななか、ヴラドはしっかりと守るようにボリスの手を引いて、水に入った。ボリスは何も怖くないと思った。いつだって、何があろうと、父がいつもいて守ってくれるのだ、と。

スロー族

ガイル・ハエヴェン

山田順子 訳

The Slows by Gail Hareven

ガイル・ハエヴェンは1959年にテルアヴィヴで生まれた。母は著名な作家シュラミス・ハエヴェン、父はイスラエルの知識人にしてモサドの高級将校で、のちに外務省高官となったアロウフ・ハエヴェンである。彼女の曾祖父のイツハク・エプスタイン博士——1880年代にパレスチナへ移住した——はヘブライ語アカデミーの創設者のひとりであり、この団体にはガイルの母親、のちにガイル自身が入会することになった。

ハエヴェンはエルサレムで育ち、いまも同地に在住している。ベールシェヴァのベン・グリオン大学で行動科学の学士号を取得したあと、エルサレムのシャロム・ハートマン・インスティチュートで5年を過ごし、ユダヤ教学とタルムードの研究に従事した。

彼女は1999年にイスラエルSF／F界にその名を刻んだ。堂々たるジャンル作品の短編集『天国への道』*The Road to Heaven* を上梓したときである。「スロー族」は同書に書き下ろされたもので、翻訳者にして研究者、文化ジャーナル〈ジーク〉の編集者であるデイヴィッド・ストロムバーグの尽力で〈ザ・ニューヨーカー〉に掲載された。短編集の表題が語っているように、彼女の作品の多くは楽園喪失のテーマを再三再四とりあげている。対照的に幻想的(ファンタスティーク)なものへのとり組みには、喜びがあふれ、おおらかで、驚異の感覚(センス・オブ・ワンダー)が染みこんでいる。

ジャーナリスト兼書評家として、彼女はイスラエルを代表するメディア刊行物の大部分に加え、〈ティックン〉、〈リリス〉といった進歩的なアメリカの出版物にも寄稿してきた。2006年にはイリノイ大学でゲスト講師を務め、創作とフェミニズム理論を教えた。2012年にはアマースト・カレッジでゲスト講師を務めた。

これまでのところ、ハエヴェンの著書は17冊——短編集、子供向けの物語、長編小説、スリラー、ノンフィクションである。イスラエルを代表する劇団が、彼女の戯曲のうち5作を舞台にかけている。『ノア・ウェバーの告白——長編小説』*The Confessions of Noah Weber: A Novel*（2009）はイスラエルでサピア賞を制したほか、アメリカをはじめとする各国で絶賛を博した。2015年には『嘘(うそ)、一人称』*Lies, First Person* を発表し、同様の称賛を浴びた。彼女の作品は英語、ロシア語、イタリア語、スペイン語、セルビア語、チェコ語、中国語に翻訳されている。彼女は総理大臣賞も受けている。

（中村 融 訳）

保護地区を閉鎖するというニュースは、まちがいなく、最悪のものといえる。数カ月前から、そういうことも起こりうると思ってはいたが、まだ時間はあると、自分をだましていたのだ。保護地区を維持する必要があるかどうか、その論争はつねにあった（B・L・サンダーズや、Z・ゴロショフスキー、コーヘン・アンド・コーヘンを見るがいい）。だが、この遠く離れた地にいるわたしにとって、政治的な変動をすべて把握するのは、単純に不可能なのだ。情報は入ってくるが、権力の回廊でどんな人々がどういうことをいっているのか、生の声も聞けないまま、流れてくる情報の重要性を見抜いたり、新しい傾向を読みとったりすることなど、できるわけがない。そういう次第なので、最終決定が下されたという報せにショックを受けたのも、我ながら無理はないと思う。

したがって、その報せは青天の霹靂だった。午後六時にシャワーをあびて浴室から出ると、コンピュータがメールの着信を告げていた。たった四行だったので、わたしは腰にタオルを巻きつけただけのかっこうで、立ったままそれを読んだ。その四行には、わたしの将来を木っ端微塵に粉砕し、十五年以上にわたって営々とつづけてきた、これまでのわたしの専門調査を、すべて無に帰すような文言が綴られていたのだ。

スロー族の研究をすると決めたときは、まさかこんなことが起こるとは、想像もしなかった。いや、そういうことが起こりうるかもしれないという、一抹の危惧はあった。だが、わたしは人類のために重要な研究をしているのだと信じていたから、うかうかと、当局もまた同じだと思いこんでいたのだ。なんといっても、もう何年も、当局はわたしの研究に助成金を払ってくれてきた。いまこの段階で、保護地区を閉鎖されると、研究の進捗が損なわれる。わたしの研究やわたしの将来が失われるというだけではない（まっさきに自分自身のことが頭に浮かぶのは、しかたがあるまい）。人類にとっても、理解しようとする機会が失われてしまうのだ。政治家たちはスロー族を社会的異端者だと決めつけたがる。それに異議を唱える気はないが、どれほど受け容れがたくとも、どれほど嫌悪感や苦悩をかきたてられようとも、わたしたちの先祖もまた、彼らと同じ異端者だったことを忘れてはならないのだ。

白状すると、その夜、わたしはウィスキーのボトルを手放せなかった。そういう状況では、自己憐憫にどっぷり浸かってしまうのは避けがたいことではないか。それを恥じる理由もない。飲みはじめて数時間たつと、多少なりともウィスキーに心の痛手を癒された気がしたし、眠ることもできた。だが、朝になると、心の痛手は少しも癒えてなかった。そんなわたしをいらだたせるかのように、空はあくまで青く、陽光はまぶしく輝いている。この季節にはよくあることだが、黄色い花のにおいが不快に感じられるばかりか、悪臭となってこめかみを直撃する。ようやくベッドから体を引きはがしてキッチンに行くと、砂糖壺がからっぽだとわかった。一杯目のコーヒーを飲むために、やむなくオフィスに向かう。今日のうちに、荷物をまとめはじめなければならないと承知しているが、なにはともあれ、コーヒーが必要だ。ほかはすべてあとまわし。痛む頭と、ざらつく口中に辟易しながら、体を引きずるようにして、オフィスに使っている簡易建物にたどりつく。ドアを開けると、わたしの椅子にすわっているスロー族の女が、目にとびこんできた。

警備兵にくりかえし指導を受けているにもかかわらず、わたしはドアをロックするのを忘れがちだ。わたしたちのキャンプはフェンスに囲まれているし、住人は全員顔見知りだ。未開人たちが入ってくるのは仕事時間中に限られている。それも、許可を受けないとキャンプには入れない。この女はどうやって入ってきたのだろう? だが、何年もフィールドワークをしてきたおかげで、わたしはあらゆる状況に対処できる。

「おはよう」女に声をかける。警備兵を呼ぶブザーを押そうとは思わなかった。ほかのキャンプではときどき襲撃事件が起こっているが、現在のところ、このキャンプには襲撃を受ける理由がない。それに、襲撃されるのは主に、警官や伝道師といった人々であって、わたしはそのどちらでもない。それをいいことにして、わたしは論理的な正当化をして、勝手にルールを少し曲げたりもしている。

おはようと声をかけても、未開人の女は返事をしなかった。身をかがめて、デスクのわきからなにかを持ちあげようとしている。たちまち、わたしは恐れをなした。足もとから胸にかけて、恐怖が駆けのぼってくるが、脳はちゃんと回転している。では、噂は真実だったのだ——未開人たちが古い武器をどこかに隠しもっている、という噂は。彼らにとって、わたしたちはみな、しょせん同じなのだ。彼らの観点からいえば、警官であろうと科学者であろうと、そんなことは問題ではないのだ。

そのとき、女がふたたびわたしのほうを向いた。抱きかかえているのは、ストラップのついたキャリーバッグで、なかに人間の幼体が寝ていた。女はキャリーバッグをデスクの上に置いた。

「あなたたちは、あたしたちからあかんぼうを取りあげないと、約束した」女はスロー族特有の、怒りと強い感情に満ちた口ぶりでいった。

アドレナリンの分泌が急激に下がり、わたしは立っているのもむずかしくなった。女は黒い目でしっかりとわたしを見据えていて、わたしの膝ががくがくしているのも見てとっているようだ。

「あなたたちはあかんぼうを奪わないと誓約した。協定が結ばれ、協定書にはあなたたちも署名した」早口で、吐きすてるようないいかただ。

いつものことながら、スローたちにニュースが伝わる速さには驚かされる。彼らといっしょに働いている者には、彼らがどこかにコンピュータを隠していることや、施政レベルの協力者がいることは、とっくに推測がついている。ここからいちばん近いスロー族の保護地区は、半時間のフライト距離にある。だが、彼らには飛行できる乗り物をもつことは許されていないし、その地域には整備された道路もない。したがって、このキャンプに来るには、女は昨日の夜に保護地区を出発するしかなかったはずだ。ということは、わたしが保護地区閉鎖のニュースを知るよりも早く、彼女はその決定を知っていたことになる。

「協定書が作成され、署名されたのは、何世代も前のことだ。事態が変わったんだよ」未開人と論議するのは、きわめてばかばかしいとわかっているが、わたしはとりあえずそういった。

「署名したうちのひとりは、あたしの祖母です」

「それはきみのベイビーかい？」わたしはあえて彼らの言語を使い、デスクの上の人間の幼体を指さした。

「あたしのあかちゃんです」

幸いなことに幼体は眠っている。十五年以上もこの仕事をつづけてきたため、わたしにも多少なりとは苦労が身についている。とはいえ、起き抜けだということや、今朝の体調の問題もあって、目を覚ましているピンク色の生きものが、もぞもぞとのたくるさまを見たりすれば、わたしの胃は耐えられないに決まっている。

「ほかにもいるのか？」

「かもしれません」スロー族の女は、ふつう、三人から四人の子を産む。数が多ければ多いほど、育てるのもたいへんだろうが、彼らはそれに慣れている。わたしに判断できるかぎりでは、この女はまだ若い。ここに来る前に、ほかの幼体をどこかに隠してきたのかもしれない。しかし、それを確かめることはできない。

「協定を破ることはできないはずです」わたしの思考を切り裂くように、女はいった。「いえ、あたしの話を聞いてください。あなたたちは協定をないがしろにしてきた。数年ごとに、あなたたちはほとんどすべての条項を侵害してきた。あたしたちをむりやり保護地区とやらに押しこめたときも、自治権を認めるといいながら、徐々に、あたしたちからさまざまな自由を奪いとっていった。そういう苛酷な経験から、あたしたちは学んだ――あなたたちを信頼することはできない、と。あたしたちは羊のようにおとなしく、ひっそりと暮らし、邪険に隅へ隅へと押しやられるがままにされてきた。でも、いま、警告します。そう、警告です。ぜったいに子どもたちに手を触れないで！」

たいていの者はわたしの感覚を奇妙だと思うだろうが、わたしは数年前から、スロー族の女には一種の美しさがあることを認めるようになっていた。突きでた胸やくびれた腰を無視し、顔を大仰にゆがめがちな点を無視して観察をつづけていれば、そのうち、醜い女と美しい女とを区別できるようになるものだ。この女はまちがいなく美しい部類に入る。この女がいったように、彼女の祖母が協定書に署名したというのがほんとうならば、祖母というのは貴族の一員だったはずだ。とすれば、この女もまた、有力な名門貴族の子孫だということになる。この女がしっかりと自分の意見を述べることができるのが、その証といえる。

「コーヒーをどうかね？」わたしは訊いた。

フィールドワークのなかには、長時間、研究対象者と会話をつづけるという行為も含まれる。時間がたつにつれ、身体的にスローたちに接近していることに慣れてくる。身近に接していれば、ときには彼らの疑心が薄れることもある。彼らはわたしが偽装した伝道師ではないことを納得すると、貴重な話をしてくれたりするのだ。今回の当局の新しい決定で、わたしの研究には終止符が打たれてしまうが、この女の話を聞けば、〈成長〉に関するスローたちの反応について、一本ぐらい論文を書けるかもしれない。そのため、いつともなく身についた、思いやりのある態度をとることができた。それにまだ、オフィスを片づけて荷物をまとめる気にもならないし。

「コーヒー」わたしはくりかえした。「きみにも一杯、用意していいかい？」

女は返事をせずに、ぼんやりとわたしをみつめているだけだ。わたしはさらにいった。「きみはここまで長いこと歩いてきた。それにくらべれば、わたしがきみにコーヒーを用意するぐらい、どうということはない。ちょっと待っててくれ。わたしの分ときみの分と、コーヒーを淹れるからね」

スローたちは否応なくむごい扱いに慣らされているため、こちらが丁重な態度をとると、かえって怖じ気づいてしまう。じっさい、黒い目の女も困惑しているようすだ。わたしが飲料マシンを操作しているあいだ、女はひとこともしゃべらなかった。

まちがいなく、スロー族は、科学がまだ解明できていない謎のひとつだし、いまのところ、決して解明できないのではないかとさえ思える。自然の法則に従えば、すべての種は本能的に繁殖して増加するものだが、スローという種族は、なんらかの理由があって、その本能に逆らうのを良しとしているように見受けられる。じつをいえば、彼らだけではなく、人類という種ぜんたいがそう考えているようだ。〈遅い（スロー）〉というのは、いわば概念なのだが、概念というだけにとどまっているわけではない。奇妙なことに、それは一種の文化なのだ。わたしたちの先祖の文化とよく似ている。いまどきの人々は知らないか、おそらくは忘れているのだろうが、〈加速促進幼児成長（アクセレーテッド・オフスプリング・グロウス）〉——略語でＡＯＧ——技術が開発されたとき、すぐさまそれが適用されたわけではない。あちこちの惑星に最初のコロニーが設立されるまで、憲章遵守連盟がＡＯＧを禁じていたのだ。思い返しても決してうれしくない話だが、最初の被験者として有名なミラー、ジャーマン、ヤドーは、倫理的な考えに基づいた考えを信奉する人々に、轟々たる非難をあびた。

まだ宇宙を征服していなかった時代だったので、ＡＯＧを適用すれば地球上では十年以内に人口が激増し、カタストロフィーが起こるという意見が多かった。人口が激増すると、食料不足による飢餓と疾病が蔓延し、多くの生命が危機にさらされるというのだ。この意見を基本として、スローたちの倫理が確立したことは否定しがたい。わたしたちもこの考えに反対したかもしれないが、じっさいはちがった。ミラー、ジャーマン、ヤドーは三人とも、最初の数年間は、人間の幼体としてすごした。いま、わたしのデスクの上にいる幼体とほぼ同じ成長をする幼体として。彼らは、いま、わたしが供するコーヒーを待っている女のような、科学に無知な女たちに養育されていたのだ。ゆっくりと。

「話し合う必要があります」

わたしがデスクにコーヒーの入ったカップを置くと、女はそういって、ほんの一瞬、キャリーバッグのなかの幼体にちらっと目を向けた。「あなたたちには強制的に権力を行使する理由がありません。でも、そこが問題なのではありません。あなたたちはとっくにすべての権力を握っているからです。あなたたちにとって、あたしたちは脅威でさえない」

わたしは、この女が知らない事実を知っている。ネットワーク上で公開されなかった機密事項だ。保護地区から遠く離れたガンマ地区のコロニーのひとつで、急激に活力低下現象（スローネス）が広まったのだ。おそらくは、これが原因で、すべての保護地区を閉鎖する決定がなされたのだろう――この現象が蔓延（まんえん）する可能性を排除するために。

「あらゆる条項が無に帰すかもしれない。では、なぜ、妥協しようとしないのですか？　どちらにしろ、数世代たてば、あたしたちは絶滅します。いま残っているのは、一万人にも満たないからです」

問題は人数なのではない、とわたしは思ったが、女にはいわなかった。問題は、多くの人々がスローたちを余計者というより、壊疽（えそ）だとみなしている点にある。スローという壊疽が、人類という肉体を徐々に壊死に至らせ、ひいては肉体ぜんたいを腐らせてしまう、と。スローたちの生活に関心をもっているわたしでさえ、この問題については、当局がまちがっているとは、とうていいえない。

「あたしたちはあらゆる可能性について考えました」女は話をつづけた。「あたしたちに選択肢はないので、伝道師たちがあたしたちの居住区に入ってくるのを、受け容れるしかありません。あたしたちは彼らの安全を保証し、彼らがしたいように話をする自由を認めるしかありません。あかちゃんに成長促進技術を施すことに同意する両親がひと組いれば、あたしたちはそれを認めるでしょう。そうすれば、多くの両親がそのルールに従うことになるのは確かです。あなたたちはほかになにを望むのですか？　なにを要求するのですか？　早い話が、あたしたちによけいなエネルギーを使わなくても、あなたたちはすべての望み、すべての要求をかなえることができるというのに」

「これはちがう」それまで黙って聞いていたわたしは、ふいに口を開き、キャリーバッグのなかの幼体を指さした。

女の顔がひきつり、顔が醜くゆがんだ。

コーヒーに口をつけたとき、わたしは幼体が目を開けているのに気づいた。コーヒーが酸っぱい。コーヒーマシンがまた不具合を起こしたようだ。だが、どうせあと数日しかここにいないのだから、サービスマンを呼ぶのはむだだ。

「子どもを奪わないで」ささやきのような女の声が震えている。「少なくとも、あと数年は取りあげないで。それをぜひとも許してほしい。なぜあなたたちは、それほどあたしたちを憎むんですか？」

スロー族の親は非常に所有欲が強い――特に母親は。子どものことが、スローたちの文化を理解する鍵といえる。子どもの愛しかたが、わたしたちとスロー族とはまったくちがう。彼らが子どもにしてやれることは少ないし、成人するまで育てるだけで、手一杯なのだ、それに彼らは、せいぜい子どもの子ども、すなわち孫の世代までしか親しく接することはできない。文明とは隔絶された、こんなへんぴなキャンプ地で長い歳月をすごしているわたしでさえ、息子と娘が十七人いて、少なくとも四十世代あとまで血脈をたどれる。それでも、彼らは常に子どもたちへの愛を語り、それを誇りにしている。

「憎む？　憎むというのは過激なことばだね」わたしはいった。

人間の幼体が顔を動かし、女のほうに目をやった。幼体の視線をとらえた女の顎が震えている。目のきれいな女だ。わたしに敬意を表わすために、黒とグリーンの化粧をほどこしている。一、二週間、肉体を鍛えれば、誰が見てもすっきりした容姿になるだろう。

この女はわたしの評判を聞いたか、誰かに尋ねたかして、わたしがどういう者かを知り、信頼することにしたようだ。おそらく、研究者なら、自分たちの味方になるのではないかと期待したのだろう。だからこそ、我が身を危険にさらしてまで、このオフィスにしのびこんだのだ。女をみつけたのがわたしではなく、誰かほかの者だったらパニックに駆られただろうし、起こらなくてもいい事故が起こったかもしれない。顔を醜くゆがめていても、女は愚鈍には見えない。わたしが好奇心旺盛だということはよく知られているが、女がその評判と、わたしの冷静さをたのみにしているのはまちがいない。本来ならば、わたしが手をのばしてブザーを押せば、すぐさま警備兵たちがとんできて、女を追いたて、幼体を取りあげるはずだし、女もそれはよくわかっている。しかし、いまのところ、わたしにはそうする気はない、いますぐというわけではなくても、女が幼体をどこに隠そうと、遅かれ早かれみつけられて、取りあげられることになるのだ。

仕事に明け暮れた歳月、わたしは伝道師にまちがわれるような言動を、意識してつつしんできた。だが、いま、女の顎が震えているのを見ると、伝道師がよく使う慰めのことばが口を衝いて出た。べつに気にすることはない。どちらにしても、わたしの研究はもう終わるのだから。

「きみがなにをいわれ、それをどう考えているか、わたしにはわかる。保護地区には誤解と噂が渦を巻いているからね。いいかい、子どもたちに危害が加えられることはないんだ。わたしが約束する」

「子どもたちを奪わないということ？」未開人のプリンセスはやわらかい、奇妙な声で訊いた。「あの決定は取り消されると？」

「政治的な決定条項は、わたしの管轄外だ。わたしのような科学者は、政策の作成・施行とは無縁なんだ。だけど、きみに説明したいことがある。きみは、成長促進技術が子どもを短命にすると思っているんだろうね。いいかい、わたしを信じてくれ、それは誤解なんだ。きみにその話をした者が誤解しているのか、あるいは故意に嘘をついたのか。わたしたちの寿命は、きみたちの寿命より短いわけではない。じっさいはその逆だ。科学の進歩のおかげで、寿命がのびたんだ。最終的に、きみの息子がAOG技術をほどこされても、一日たりとも寿命が短くなることはない。それどころか、すぐさま成人して、その後の長い人生を楽しめるんだ。きみは早々と息子の子どもたちの顔を見られるし、その子孫は惑星の後継者になるだろう」

女は口もとをゆがめた。「あたしたちを愚かだと思っているのね」

スロー族には独自の作法がある。わたしたちと同じようにふるまうのを期待してはいけない。とはいえ、いまの状況からいって、女がこちらに合わせようと努力してくれるのではないかと、わたしは期待していた。が、いっさい努力するようすがないという事実が、わたしの興味をかきたてた。もしかすると、彼らの新しい面を知ることができるかもしれない。わたしたちと話をするときは、たとえ相手がわたしであっても、彼らはひどく用心深く、言質をとられないように、はぐらかしてしまうのが常だからだ。

絶好の機会だと思ったとき、幼体が泣きだした。たちまち、女の強気の姿勢が崩れた。

「いいよ」わたしは許可した。「抱いてやりなさい。もう何年も保護地区ですごしてきたから、そういう光景には慣れている」

わたしを見ずに、女はキャリーバッグから幼体を持ちあげ、胸に抱いた。わたしは六人の我が子の成長促進の過程を観察したものだ。こうして間近にスローの幼体を見ていると、わたしの子どもたちが急速に成人に達するまでの、最初の数週間の苦痛がよみがえってくる。個人の人生においては、他者の思惑をいっさい受けつけない、真性の意味でプライヴェートといえる時期がある。それがあかんぼう、つまり、幼体という時期だ。スローの幼体は一瞬泣きやんだが、またすぐに泣きだした。

「歳はいくつだ？」

「十一週間」人間の幼体でもっとも嫌な点は、体格が大きいことだ。姿形は人間と同じだが、人間らしい特性が欠けている。この幼体の体格は、少なくともわたしたちの幼児と同じぐらいだ。生後三カ月に近い体格。これなら、もうとっくに生産力の高い成人になっていただろうに。

足音が聞こえた。会話をかわしている声も聞こえる。女の目が大きくみひらかれた。まず自分の口に片手をあて、もう一方の手で幼体の口をおおう。

「心配いらない。ここには入ってこない。きみたちと面談する場合があることを知っているからね」

口をふさがれた幼体は息苦しくなったのか、金切り声をあげはじめ、しわくちゃの顔が紫色になった。声を聞きつけて、誰かがここに入ってくるかもしれない。女は幼体の口に指を一本さしいれたが、幼体は顔をそむけた。指ではなく、なにかほかのものを求めているようだ。

「かわいそうだとは思わないのか？」わたしがそういっても、女の耳には届いていないらしく、なんの反応も見せずに、抱きかかえた幼体を揺らしている。女の頭も揺れて、目の焦点が合っていない。

人間は子どもが成長すればするほど、喜びを得る。子どもが自分の要求を自分でかなえて満足する、自立した、生産性のある成人になってもらわなくては、親というたいへんな仕事などやっていられない。しかし、スローたちは無力である幼体の世話を楽しんでいる。まだ人間とはいいがたい、嘆かわしい小さな生きものに一喜一憂するのだ。垂れ流しの排泄（はいせつ）も、見境のない食欲も、傍若無人さも、無知も、自分で動くことすらままならない状態も、すべてひっくるめて受け容れている。幼体のもっとも嫌悪すべき顕著な特性が、親の愛情をかきたて、深い愛をそそがずにいられないらしい。

幼体のかんだかい泣き声に、わたしは硬直してしまった。もがき、泣き叫ぶイモムシに目が釘（くぎ）づけになり、あやうく、また口を開いた女の話を聞きそこねるところだった。

「もし、もう少し時間が残されているとわかっていれば……」

するど、女はなにもかもすべて知っているというわけではないのだ。保護地区への侵攻はまさに今日なのだ。すでに始まっているかもしれない。

「もし、あと一、二年は残されているとわかっていれば。それぐらい時間の余裕があると、あなたたちが前もっていってくれれば、あたしたちも準備ができたのに」

この女はスパイとしてやってきたのだろうか？　もしスローたちが武力でもって警察を迎えれば、みずから災厄を招くことになる。スローたちが自発的に反乱を起こすとは、とうてい考えられない。彼らは根本的に感情が不安定で、瞬間的に爆発しやすい特性がある。しかし、組織的な攻撃となると、考えるだけ、ばかげている。

「あたしがお願いしているのは、とてもささいなことです」女はいった。「ただ、これだけです――あたしたちにはどれぐらいの時間が残されているのか、それを教えてほしいだけなんです。あたしは知っています――あなたはほかのひとたちとはちがう。あなたは伝道師ではない。あなたはあたしたちのことがわかっている。あのひとたちとはちがって、寛大です。そう思います。ここにあたしがいるのを見たとき、あなたは警備兵を呼ぶことができたのに、そうしなかった。あなたにも、ご自分のあかちゃんを愛したときがあったのでは」

幼体が体を反らせた。そして、意識せずにそうしたのだろう、女はシャツの合わせ目を指でいじった。ふいにわたしは女がどうしたいのかを悟った。喉もとにコーヒーの酸っぱい味がこみあげてくる。女は乳の出る器官をさらけだしたいのだ。だからシャツの合わせ目をいじっている。学生のころ、むかしの栄養摂取習慣を写した映像を、否応なく観せられたことがある。修士課程の学生限定の授業だったが、わたしたちは未熟だったために、その映像に強い嫌悪を感じるばかりだった。クローズアップされた幼体の飢えた顔。その濡れた口に押しつけられる、ふくらんだ器官。その器官は幼体の顔よりも大きくて重たげで、少なくとも十三ポンドぐらいはあっただろう。さらに嫌悪感をかきたてたのは、幼体が器官を吸う音といっしょに、女の獣めいたつぶやきが聞こえていたことだ。幼体の顎に白い液体がつたう。女は恥ずかしそうなそぶりすら見せずに、ふくらんだ器官を力づよい親指とほかの指で支え、なにやらうれしそうに、くちびるを小さく動かしている。いまでも憶えているが、その映像を観せられた学生たちのなかには、女子学生が三人いた。その三人が強い抵抗の声をあげた。それはわたしたち男子学生にも理解できる行為だった。

そんなことを思い出していると、また女が口を開いた。

「あたしの質問に答えてくれませんか」女の声は震えている。「それだけでいいんです」

スローたちの感情のこもった声音には、聞いているこちらに染みつくような特質がある。ときどき、彼らのひとりと二、三時間、会話をかわしたあとは、自分が汚染されたような気がしたものだ。

「わたしたちは子どもにとって最良最善のことを考えている」わたしはいった。「水を飲むかい？　コーヒーには口をつけていないようだね」わたしは立ちあがり、飲料マシンのところに行った。

女が背を丸め、上体をかがめたために、黒い髪がカーテンのように幼体を囲んだ。冷たい水が二日酔いとコーヒーの酸っぱい味を、きれいに洗い流してくれた。スローの声音の染みも消してくれた。わたしは水を二杯飲んだ。スローたちと接していると、ときには、彼らも論理的な思考ができるのだと確認できるが、彼らの過剰な感情の発露がそれを相殺してしまう。いまも、感情的になっている女をおちつかせたいのだが、この時点ではまだ、そんなまねはすべきではない。それは確かだ。

水のカップをデスクに置く。女は椅子にすわったまま、体をゆっくりと前後に揺らしている。抱いた幼体もゆっくりと揺れている。泣きくたびれたのか、耳をつんざくような泣き声も弱くなっている。女は体を揺らすという催眠効果のある動作にかまけ、わたしがもどってきたのにも気づかないようだ。わたしは、シンクロして揺れているスローのふたつの肉体をじっと観察した。そしてまもなく、ほんとうにまもなく、彼らの苦難は終わるのだと思った。幼体は即刻、自分で自分の肉体をコントロールできる成人となり、女はそれを受け容れてほほえむだろう。脳裏にくっきりと浮かぶそのイメージを、女に伝えられるかもしれないとばかりに、わたしは手をのばして女の肩に触れた。

そのとたん、まるで野生の獣のように、女はさっと顔をあげて歯をむきだした。その唐突な動きに、わたしは反射的にあとずさった。わたしも女も、顔を見合ったまま、そのまま凍りついた。

「あたしに触れないで！」女はわたしが敵であるかのように、そう叫んだ。その顔がすべてを語っている。わたしにはそのすべてが読みとれた——女の歪(ゆが)んだ思考のすべてが。

女はわたしがそのやわらかい体を抱きしめ、体じゅうに指をはわせ、なでさすり、わたしが自分の体を女の乳の出る器官にこすりつけるつもりなのだと思いこんでいる。女の視線がヘビのようにするりとわたしの思考に入りこみ、わたしの脳裏にいまわしいイメージを植えつけた。わたしが野卑な獣であるというイメージを。九年間、わたしはこの保護地区で暮らしているが、こんな不潔な汚辱をこうむるのは初めてだ。

「誰がおまえなんかにさわるものか」わたしはやっとのことでそう吐き捨ててドアに向かい、ブザーを押した。けたたましい警報が鳴りやむと、幼体の泣き声が聞こえた。だが、わたしはすでに表に出て、陽光のもとにいた。明るくまぶしい陽光のもとに。

アレキサンドリアを焼く

ケレン・ランズマン ― 山田順子 訳

Burn Alexandria by Keren Landsman

ケレン・ランズマン医学博士は母親であり、疫学と公衆衛生の専門家であり、受賞歴のあるSF作家である。2014年に志願して南スーダンへおもむき、地元のヘルスケア・ワーカーたちに疫学と公衆衛生を教授した。彼女はミダート、つまりイスラエルにおいて公衆衛生の増進に献身するヴォランティア組織の創設者のひとりである。現在は無料性病診療所とセックス・ワーカーのための移動診療所で働いている。

ランズマンは学生のころ「女の子向きではない」という司書の言葉にもかかわらず（あるいは、それゆえに）SFを読みはじめ、以来ずっと読みつづけている。彼女の関心は作品に反映しており、そこでは医学的に正確な宇宙疫病と闘う子供たちと出会うだろう。母となることから、友情や喪失と折り合いをつけることまで、さまざまなテーマが、感情とプロットとヴィジョンのバランスがとれた短編に織りこまれている。ランズマンは第1作を2006年に発表し、イスラエルのSF界で最高の栄誉であるゲフェン賞を3度獲得した。2度は最優秀国内短編部門、1度は最優秀国内書籍部門——短編集『壊れた空』*Broken Skies* ——での受賞だった。

作者によれば、「アレキサンドリアを焼く」は、編集者で親友でもあるイスラエルのSFマニア、エフド・マイモンとともに、アレキサンドリアの大図書館を救いたかったという文学的な願望充足であるという。

（中村 融 訳）

ベルの音で目が覚めた。

「無視してよ」眠っていたヨーニットが、ぼそぼそといった。

「そうはいかない」わたしはそういったが、ヨーニットはすでにまた眠りこんでいた。わたしはまぶたをこすり、暗いなかで通話機のスイッチに手をのばした。

「5－7－20。接近して静止している。軍隊は戦闘配置についた。おれたちの指示を待っている」通話機の向こうでシルがいった。

わたしは咳払い（せきばらい）をした。シルはわたしの返事を待っている。わたしがなにもいえずにいると、シルはため息をついた。ため息をつくときのシルがどんな顔をしているか、わたしにはよくわかる。

「侵入。ひいては侵略か。おまえにはよくわかっているはず――」

「5から始まる場合はすべて侵入を意味していることはわかってるよ。それが即座に緊急介入を要するものではないことも」わたしはシルのことばをさえぎった。「だが、20がつくのはどういうことだ？」

シルは通常の任務に必要な規約のほかに、さらに詳細な規約を正確に暗記する能力に長けている。

そのシルがまたため息をついた。このため息には、話したくないという意味がこもっている。だが、少し待っていると、声が聞こえてきた。いつもより半トーン低い声で、一語一語に力がこもっている。「7－20。7－20」

「7－20」わたしはあえてシルのことばを反復した。

「複合並列コードだ。しかし、いままでのところ、出現したのは一箇所のみだ」

「くそっ」わたしは完全に目が覚めた。

「どうだ」シルはそこで一瞬ためらってから、話をつづけた。「来るよな？　警報は出さない……真夜中にあっちに知られたくない。それでいいか？」

「ああ、もちろん、それでいい。うん、すぐ行く。あっちに警報を出す必要はない」

シルでなくとも、わたしも真夜中に監視本部に知られたくはない。これまで、彼らからろくな助言をもらったことなどないし、単なる報告であっても、彼らは深刻な重大事項と受けとめかねない。

「バブルを送る」シルはそういって通話を切った。

わたしが部屋を出ようとしたとき、ヨーニットが片目だけ開けてぼそぼそといった。

「気をつけて」そして、頭から毛布をかぶってまた寝てしまった。

自宅の前に白いバブルが停まり、タッチすると出入り口が開いた。なかに入ると、スクリーンに今月の映画がかかっていた。サウンドシステムがBGMとして、おだやかなミューザックを流している。〈オフィス〉にリンクすることができれば、個性のかけらもない選曲ではなく、情報データをダウンロードしたいところだ。だが、わたしには漏洩対策をしたデータをダウンロードする余裕がないし、〈オフィス〉が供給可能な、コード化された専用バブルの数にはかぎりがある、わたしは〈オフィス〉にリンクするかわりに〈クラウド〉にアクセスして、複雑な模様のスカーフの編みかたを教示する動画をダウンロードした。

バブルはぎくしゃくと、明かりがひとつも灯っていない建物群に囲まれた、暗い広場に停まった。この広場は新しい建築物の建設予定地だが、まだ工事は始まっていない。この空間を囲んで張りめぐらされた、いくつものネットワーク反射機のライトが、規則的に点滅している。わたしがバブルから出ると、次の誰かを乗せるために、バブルはすぐに飛び去った。もうここにはバブルはひとつもない。ネットワーク・リフレクターに、非常線を張っている兵士たちが映っている。わたしが乗ってきたバブルが飛び去ると、兵士たちは小声でささやきあった。

ライトの光条に照らされる。シルのヘッドバンドのライトだ。ほかの者と同じように、シルもまた電子装備に身を固めている。シルだと識別できるのは、Sというイニシアルのついた白いタグをつけているからだ。

「エイリアンたちを脅して追い払おう」そういいながら、わたしは一歩前に出た。

シルのヘッドバンドライトの光条が、またわたしのほうを向いた。シルがにやりと笑う。「簡単にいくといいが……」

わたしはいったんヘッドバンドをはずして笑顔を見せ、またそれを装着した。兵士たちが休めの姿勢をとる。わたしは兵士たちにうなずいてみせたが、闇にまぎれている彼らの顔は見えない。

「騙(だま)し部隊は軽装備だと知ってたか？」シルは闇のほうを手で示しながらそういった。

「だから彼らは、わたしたちのようにエレガントじゃないんだよ」わたしはヘッドバンドをつけ、それとシンクロするのを待つ。ヘッドバンドのライトは、それこそ軽微な装備にすぎない。ヘッドバンドのほんとうに重要な部分は、わたしの神経中枢と直接に連動している追加装置(アドオン)なのだ。そのおかげで、わたしの目の前の暗い空間では、さまざまな波長の電磁波が目に見える形状となって光っている。

わたしのかたわらに立つシルは、オレンジ色から赤色の色合いを帯びているため、制服に刺繍(ししゅう)された手榴弾(パイナップル)が黒く見える。シルが空気を吸いこむと、その空気が胸の内でダークブルーに色づく。それが赤色に変わると、呼気となって吐き出される。整列している兵士たちは、脈動する緑色の一本の線に見える。兵士たちが持っている銃は黒いが、彼らが握りしめて温かくなっている銃把の部分は、そこだけ赤い。並んでいる建物は紫色に見える。建物のてっぺんのさらに上に建築中の部屋も見える。

建物群に囲まれた空間に、わたしの目の前に、黒々とした闇がある——巨大な黒い球体が。黒い球体は、ヘッドバンドで精査できる、いかなる波長も発していない。わたしは基礎的な分析をしてみた。結果はゼロ。球体がかろうじて触れている地面が見えるだけだ。

「複合並列コードの報告があった」シルが静かにいった。

「わかっている」わたしは息を吸った。空気には、燃焼したガソリンの臭いと、肥沃な土のにおいとがまじっている。「ここは建設工事予定地なのに、これじゃあ工事なんかできない」建物はどれも、かぎりなく高くのびていき、しかも洗練されたものでなければならない。わたしたちはこの惑星の副産物であって、保存されるほど価値のある存在ではない。

シルが腕を組んだ。「いつかそのうち、個々の生命はかけがえのないものだと、わかるときがくるんだろうな」

わたしはシルの肩を軽くたたいた。「そしてそのとき、わたしたちは全滅させられるだろうよ」

シルはまたにやりと笑い、黒い巨大な球体を顎でしゃくった。「サンプルを採るか？」

「質問してみたいんだが――」いいかけたわたしを、シルが片手をあげて制した。

「もうチェックした。分析の結果はゼロだ。過去にこれと似た報告はないし、監視本部のデータベースにも、この球体の外殻素材の成分分析結果はない。エイリアンの正体も不明だ」

わたしは口を閉じた。

「おれたち、時間をむだにしていないか」シルはいった。「そろそろ退屈してきた」

わたしは頭を振った。「あんたになにか余技をみつけてやらないといけないな」

ヘッドバンドのスイッチを切る。ヘッドバンドにはすでに多大なエネルギーを吸いとられたし、こちらに伝えられる追加情報もないのだ。ヘッドバンドをはずし、ジャケットのポケットに入れる。シルもわたしに倣った。わたしは整列している兵士たちの前に出て、片膝をついて地面をさわってみた。分析結果によれば地面はただの土だし、手を触れても異状は感じられない。ここから半メーター離れたところに、黒い球体の底部がある。わたしはシルのカウボーイブーツの上部を引っぱった。

「ここに来て、なにを感じるかいってくれ」

シルはわたしのそばに来て片膝をつき、わたしの手の横に手を置いた。彼の感覚器官のほうがわたしのそれよりも優れている。はるかに進化しているのだ。

「なにか感じるか？」わたしのほうに顔を向けたシルに訊く。

シルはうなずいた。「ああ」両手を地面に強く押しつけ、地中にもぐらせる。「密な感じはない」においを嗅ぐ。「特別なにおいはしない。ごくふつうの土のにおいだ」

「地面は燃えていないし、破壊もされていない。衝突したわけではないと思う」

シルはゆっくりとうなずき、目の前の黒い球体をみつめた。「とすると、いきなり地面から生えてきたのか？」

シルの解析力はわたしよりも上だが、直観はわたしのほうが優れている。

「不意に現われて」わたしは静かにいった。「周囲のすべてのものを囲いこんだんだ」

シルは息を呑んだ。

「これは空間ワープ・フィールドだ」わたしがそういうと、シルはうなずいた。彼の記憶が次々に再生されているのが、手に取るようにわかる。わたしにもシルにも、最初からこれまでの、すべての侵入および侵略の記憶がある。最初の侵入は、すなわち、ワープ・フィールド出現の始まりでもあった。いちばん初めのそれは、海のまんなかに出現したあと、十を超す数の小さなフィールドに分かれ、そのすべてが数日のうちに、この惑星ぜんたいに広がったのだ。それにくらべると、この球体は……ここに静止しているだけだ。

シルは地中から両手を引き抜いた。「どうする？　連絡するか？」

「いや」シルが監視本部に連絡するのをさえぎるために、わたしは急いでいった。そしてわたしも地面から手を離し、手についた土を落とした。「するな」

シルはわたしを見ずにうなずいた。「わかった。だが、これが新たな侵入だとすれば……」シルはわたしを見据えた。「騙し部隊に転属するのはもう遅いぞ」にやりと笑う。

「あんたは彼らの軽装備が好きなんだろ?」わたしは片手をさしのべた。その手をつかんだシルを、引っぱって立たせる。

「それに彼らは、正体不明のエイリアンの宇宙船に突入しなくていい」シルはいった。

わたしはうなずいた。「あんたのバックアップの年齢は?」

「おれがバブルとの接続を断ってから、二十八分経過した」

わたしはシルの肩をぽんぽんとたたいた。「そうか、すべて順調だな」

シルはぐるっと目玉を回してみせた。「おまえは再構築が好きなんだろ?」

それには返事をせずに、わたしはわたしのバックアップにデータ・クラスターを送った。そして周囲を見まわしてからシルにいった。「わたしは昇進したよ、ベンヤイル捜査官。お先にどうぞ」

シルはにやりと笑い、だらけた敬礼をしてよこした。「了解だ、マム。ポタシュニック主任捜査官」シルは黒い球体に向かって歩きはじめた。「ともあれ、昇進、おめでとう」球体から一歩離れたところで立ちどまる。「一昨日は話す暇がなかったんでな」

「あったさ」わたしは彼のそばに行った。「それに、祝いのことばだけですまそうったって、そうはいかない。あんたにはチェリーピザ一枚分の貸しがある」

「冗談じゃないね。借りなんかないぞ！」シルは軽口をたたいたが、その声には軽口には似合わない緊張がうかがえた。わたし同様、シルも再構築が大嫌いなのだ。ひょっとすると、わたし以上に嫌っているかもしれない。というのも、家に帰っても彼を待っている者は誰もいないからだ。

わたしには聞こえない指令に従い、兵士たちは攻撃態勢をとった。兵士のひとりが敬礼をよこす。わたしはシルとともにカウントダウンを始めた。同時に、わたしたちのユニットのメンバーにも、わたしたちのバックアップにも、同じデータが送られる。全員がいっせいに息を吸い、吐く。呼吸を同調して、わたしとシルは同時に両手で黒い球体に触れた。手のひらの下で、球体の硬い表面が動き、やわらかくなる。手のひらに反応したのだ。

球体外殻のデータが、わたしの相互作用領域に、どっと流れこんでくる。そのデータをできるだけ多くみんなに送る。この感覚は記憶にある。監視本部の連中が侵略してきたときと同じだ。当時、わたしたちは処理速度が遅かったため、バックアップたちのデータを充分に再構築できなかった。そのため、それ以降は進行手順を変えた——新たな侵入者が来たときのために、わたしたちは自己消滅するまでの時間をのばし、その間に、できるかぎり多量の情報を採取してみんなに送るようにしたのだ。

自己消滅開始。

わたしは待った——衝撃と激しい苦痛。無。そして覚醒。最初の呼吸。暗い部屋のなかで目を開ける。わたしの右側にわたしの複製たちがいて、左側にはからっぽのポッドがある。前面にはシルの複製たち。無感覚で無意識の複製シルたち。からっぽのポッドの数をかぞえてから、わたしはその情報を削除し、この先に得る情報は削除しないようにという、自分へのコマンドだけを残す。

自己消滅にそなえて呼吸を停め、目を閉じる。だが、苦痛はやってこない。暗い部屋のなかで覚醒する感覚もない。依然として、データが流れこんできている。わたしは目を開けた。かたわらにいるシルもまた、わたしとまったく同じ驚愕（きょうがく）に見舞われているようだ。自己分析を開始する。連鎖的破壊コマンドは発動していない。わたしの分析機能は、球体は安全だと認定している。

兵士たちも反応していない。彼らはもともと、自己消滅のカウントダウンには関係がないのだ。彼らは自己消滅せずに球体の外で待機して、球体からなにが出てくるにしろ、それを撃つことになっている。

「おかしい……」わたしは小声でいいかけた。

シルはうなずいただけで、声は出さなかった。なにかに止められ、わたしたちは物理的消滅を免れたのだ。

球体の外面が震え、溶けはじめた。わたしもシルもたたらを踏んで前によろけ、球体のなかにころがりこんだ。球体の外殻を突きぬけたとき、意識が小さく揺れた。なんとなくなじみのある感覚だ。クラウドに質問しようとしたが、アクセス機能の接続が遮断されている。わたしとシルの背後で、球体の外殻がぴったりと閉じた。

シルがわたしのほうを向いた。「自己消滅プログラムを発動できる。この球体を内側から破壊しよう」

わたしが返事をする間もなく、周囲のすべてのライトが灯った。わたしたちは、おそろしく広大なホールにいた。こんなに広い部屋は見たことがない。正面には木製のらせん階段。周囲には本がぎっしり詰まったいくつもの書棚、種々の測量機、数々の小さな像、多数の鉢植えの植物。らせん階段のふもとに、旧式の球体がひとつ現われた。球体の表面には、一万年も前の大陸と大洋が刻まれている。

いつのまに現われたのか、白いローブをまとった男がにこやかな笑顔を見せていった。「ごきげんよう、文化の伝達使がごあいさつ申しあげる！」

シルに無声通話しようとしたが、わたしたちの出力回路はすべて遮断されていた。

スキャンして情報収集をすることはできるが、それを送信・伝達することはできない。

「これはホログラムだ」シルは頭をかきながらいった。

「わかってる」わたしは白いローブの男を観察した。ホログラムだとしても、細部まで完璧に近い。「だとしても、なぜ侵入者が人類の姿形を模倣しなきゃいけないんだ？」

「こちらの気を乱すため？」シルは両手を握りしめた。

周囲を見まわす。「なんのために？　わたしたちは孤立している。どんなコマンドを発しても、この球体の外に伝達されることはない」

「時間稼ぎか？」

わたしはくびを横に振った。「それは意味がない。前の侵入者たちは基本コマンドを使おうとすらしなかった。今度の侵入者たちはそのことを知らないんじゃないか」

わたしは腰に両手をあてた。「侵入に先だって、データをダウンロードしたのかな？」

シルはまた頭をかいた。「データをダウンロードされたという感じはしない」

わたしも探ってみる。「あんたをスキャンしていいか？」

シルはくびを横に振った。「もうおまえをスキャンしたよ。スキャンしたかぎりでは、少なくとも、異常な接続はなにもみつかっていない」

ホログラム男は静止している。シルが一歩前に出た。とたんにホログラム男が動きだし、わたしたちをらせん階段のほうに誘導した。「ようこそ、知識の探求者たち」ホログラム男はいった。

シルがわたしを見た。「インターフェイスはユーザーの動きに反応する」そういって、無意識に指を鳴らした。「だが、侵入者はなぜ、インターフェイス反応をしたりするんだ？　なぜさっさと外にとびだして、おれたちを皆殺しにしないんだ？」

書棚のあいだから、ひょいと、小柄な人物が出てきた。「ごめん、ごめん、すみません」ホログラム男と同じく白いローブをまとっている女性が、まっすぐにわたしたちのほうに駆けてきた。ホログラム男を突き抜けて。

「ほんとうにごめんなさいね。翻訳機を現地語適用する調整に手間どってしまって」女性は息をはずませながら、わたしたちの前で足を止めた。「あなたたちは正確な辞書を作るべきだわ。適切な用語をみつけるのに、五十ゼタバイトも調べなきゃならなかった。語源がみんなばらばらなんだから」

わたしは女性をスキャンした。人間。あるいは、かぎりなく人間に近い模倣物。少なくとも、スキャン機能はそう認定した。シルが息をつく。彼のスキャン機能も、わたしのと同じ判定をしたのだ。

黒い髪の、背の低い女性が眼鏡越しに、語源の整理がなっていないと、きびしい叱責のまなざしでわたしたちをみつめている。シルがすまなそうに身をすくめた。

女性は片手をさしのべた。「主任司書。アレキサンドリア第八版の」

わたしが手をのばさずにいると、女性はさしのべた手を引っこめた。「アレキサンドリア第八版？」わたしはゆっくりと訊きかえした。〈クラウド〉へのアクセスが遮断されているので、検索ができない。

女性は両手をひらひらと振った。「そう、先人たちはみずから〈アレキサンドリアの大図書館〉と銘打って、次々に図書館を創ってきたの。創るたびに破壊されたり、忘れられたりした。あるいは、官僚主義が肥大して、どんな情報も収蔵しなくなったり。耐火性の紙の書類ばかりを集めた図書館もあった」女性は内輪のジョークとでもいうように、にやりと笑った。「紙に書き残しておくのはいいアイディアだといわんばかりにね。でも、人々はひどくセンチメンタルで、けっきょく……」

「ちょっと待った」シルが一歩前に出て、女性のおしゃべりを止めた。「理解できない。あんたは何者だ？」

「文書士のニュファー」威儀を正すように、女性はローブをなでつけた。「共通暦三〇六七年、アレキサンドリアで創立された、〈惑星地球の統一連合図書館〉の主任司書」そういって、ホログラム男を手まねで示す。「言語情報をダウンロードするあいだ、あなたたちをここに引き止めておく者が必要だったのよ。長時間、お待たせしてしまって、ごめんなさいね」

わたしはシルと目を見かわした。彼はわたしたちが入ってきた方向に顎をしゃくり、眉を吊りあげた。それとわからないほど、かすかな動きだ。シルとは長いつきあいなので、そんなかすかな動きでも、いわんとするところは理解できる。わたしもかすかにうなずいて、わかったと伝えた。たとえ足止めされなくても、ここにとどまり、なにが起こっているのかを確認するのが、わたしたちの務めなのだ。

わたしたちの目の前にいるのは、人間だ。今回はエイリアンの侵入ではない。これは……これはつまり……どうにも理解しがたい。

ニュファーがこほんと咳払いした。「ですが、いまこうして、わたしはここにいます。では……そろそろ始めましょうか」

「始める？」わたしは訊きかえした。

ニュファーはこっくりとうなずいた。「始めるんです。このなかを巡回しましょう。わたしが案内します。そうすれば、あなたたちもトップに報告しやすくなるでしょうし」そういって、わたしの肩の向こうに目をやる。「あなたたちも代表団のメンバーなんでしょう？　こちらは明確な指示を残しておきましたからね」息継ぎもせずに、ニュファーはいった。「心配いりません。あなたたちは時間バブルのなかにいるんです。外では時間が止まっています。ですから、代表者たちを呼ぶ時間はたっぷりあります」

時間バブル。それでわかった——わたしたちが空間ワープ・フィールドのなかにいることも、なぜメッセージを送信できないのかも。

「トップはいないし、代表団もない」シルは片足からもう一方の足に、体重を移した。周囲のエレガントな環境のなかで、交ぜ織りの生地でできている制服姿のシルは、いっそ貧相に見える。私服のわたしも同様だろう。

ニュファァーは両手を広げてため息をついた。「またこんな目に会うなんて、信じられない！　まったく信じられない。人類はどうしてしまったんだろう？　わたしたちはあなたたちに知識と文化を運んできたのに……それに……」ニュファァーは眼鏡をかけなおし、わたしとシルの中間あたりをみつめた。

「いいわ、気にしないで。臨機応変に行動しましょう」そういって彼女自身を指さした。「先ほどいったとおり、わたしは文書士のニュファァー。で、あなたたちは——？」

わたしはシルと目を見かわした。シルは片方の眉を吊りあげ、ニュファァーのほうに少しくびをかしげた。わたしはうなずいた。しっかりと。ニュファァーは人間だ。わたしたちは人間に敬意をはらうことを、なによりもきびしく命じられている。シルはくちびるを固く引き結んだ。押し殺した、彼のため息が聞こえるようだ。状況が異なっていれば、深々とため息をつくこともできただろうに。

「まさか、あの愚かな噂を信じているんじゃないでしょうね？　見知らぬ者に名前を教えたら、魂を盗まれるとかいう噂を。あなたがたの時代でも、まだその噂が、まことしやかに流布しているとか？」ニュファーは早口でまくしたてた。あとのことばが先のことばを追い抜こうとしているような早口。ニュファーのことばの奔流についていくのは、なかなかむずかしい。

シルの言語装置（プロセッサー）の処理能力は、わたしのそれよりもスピードが速い。「おれはシル・ベンヤイル」自分を指さしながら、そう名のる。「北方面担当捜査官。サイレンス・ユニット所属」そしてわたしを指さした。「そっちはロミ・ポタシュニック。北方面担当主任捜査官。サイレンス・ユニット所属」

「サイレンス・ユニット？」ニュファーはけげんそうに訊きかえした。「図書館の職員のことかしら？　なんだか失礼な名称に聞こえるけど。ちがう名称にしようとは思わなかったの？」

シルは笑った。短く。「図書館ねえ」わたしのほうを見て、ニュファーのほうにくびをかしげてみせる。「聞いただろ？　おまえ、図書館の職員になりたいか？」

わたしは微笑した。「おもしろそうだ。で、図書館の職員ってなにをするのかな？」

ニュファーが探るようにわたしをみつめた。「ここに図書館員はいないの？」

わたしはくびを横に振った。

「愛書家に本を推薦するひとはいないの？　さまざまな情報をクロスファイルするひ

とは？　記録をきちんと保管するひととは？」ひとことごとに、ニュファーの声に力がこもってくる。「誰が図書館を守っているの？」

　これならわたしにも答えられる。「もちろん、各人がひとりひとり、自分のものを守っている。もし誰かと非常に親しい関係になれば、それを借りることができるかもしれない」

「だが、すべてを守るというわけにはいかない」シルが静かにいった。わたしはあえて彼を見なかった。これは非常に私的なことなのだ。わたしはヨーニットといっしょにいるが、シルには家族がいない。彼らの完璧なバックアップを創ることができなかったからだ。彼がときどき出かけては、家族の断片を見ていることを、わたしは知っている。コンテナ容器のなかに浮いている意識の細片だけでは、本人を完全に再生することはできないのだ。

　ニュファーはわたしからシルへと視線を移し、またわたしに目をもどした。「では、あなたたちは、図書館という特別な施設を、詳細な知識を得るための施設を、持っていないのね？」

　わたしとシルは同時にうなずいた。ニュファーの視線がわたしを突き抜けて、うしろの壁に突き刺さった。わたしはテストに失敗したような気持になった。ため息をついてから、ニュファーは背筋をしゃっきりのばし、わたしに視線をもどした。「わかりました。では、いらっしゃい。あなたたちが持っていないものを見せてあげます」
その顔には、これまで一度も見られなかった笑みが、それも、輝くような笑みが浮かんでいた。

共通暦三〇六七年にアレキサンドリアで創立されたという、〈惑星地球の統一連合図書館〉なるものは、想像すらできないほど複雑に入り組んだ迷路そのもので、自分がいまどこにいるのか見当もつかない。パピルス類は精緻な時間バブルのなかに厳重に収納され、磁器の壺(つぼ)のかけらすらも、気温管理がいきとどいた部屋のなかに保管されている。古代の神を象った小立像、屍衣(しい)、絵画、衣服、楽器、それにダンスのシミュレーションもある。そして、書物。大量の書物。人類の歴史を網羅した記録の数々。

ニュファーは大股で歩いていく。ローブの裾が渦を巻くように脚にまとわりついては離れ、ときおりローブの下のカラフルな着衣をのぞかせる。ニュファーがどこから来たにせよ、そこではかすかに発光する菱形の模様や、紫色のレギンスが流行のファッションらしい。

「わたしたちは三百年ごとに停止して、記録に必要な情報を集めます。もちろん、きっかり三百年ごとというわけではありませんが。すべてを記録したいという要望と、すべてを記録することは不可能だという単純な事実との、妥協の闘いの連続にほかなりません」

そういってニュファーは、動物たちでいっぱいの部屋を指さした。といっても、動物たちはさまざまなポーズをとったまま静止しているのだが。

「記録を待っている人々がいるというのに、相手がこちらの指示に従うとはかぎらない……」語尾が消えてしまう。

展示物に気をとられているのか、シルの足どりが遅くなった。わたしは彼の腕を引っぱった。ニュファーのペースについていかなくてはならないからだ。

シルは咳払いして、わたしの耳もとでささやいた。「いくつもの部屋全部を、どうやって球体に内蔵しているんだろう？」

わたしは肩をすくめた。「空間ワープじゃないか？　この球体には時間ワープ・フィールドも作用しているし」

ニュファーが片手で髪をなでつけ、乱れたひと房を耳のうしろにかきあげた。そして、わたしたちを見ずに話をつづけた。

「このすべてが球体のなかに実在しているわけではありません。球体はただの入り口なのです。あなたたちの観点からいえば、そうなります。つまり、あなたたちは球体という入り口から入り、入り口のホールから離れた瞬間に、わたしの時空に移動するのです」

シルはまた咳払いした。「どの……？」

ニュファーはなんのへんてつもない丸いドアの前で立ちどまり、ほほえんだ。「アレキサンドリア第八版図書館。三〇六七年に創立されてから、百五十七年間、存続しています」

シルもわたしも立ちどまった。すばやくシルを見ると、口もとにかすかな笑みが浮かんでいる。ニュファーはわたしたちを過去に連れてきたのだ。それですべての説明がつく。ホログラム男のわざとらしい口調。迷路だらけの奇妙な球体、豪華な装飾。それなら、侵略者たちを阻止できる。人間たちに警告できる。未来を修正できる。わたしたちはこれまで、自己消滅するたびにバックアップを覚醒させて、地球をエイリアンたちの侵略から守りつづけてきた。わたしたちにはその手段しかなかったからだ。

わたしは自分の口もとにシルと同じ笑みが浮かぶのを感じた。

「わたしたちは巨大な建築物の内部にいるんです。とはいえ、これは丸ごとひとつの建築物ではありません。いくつもの博物館や図書館と橋(ブリッジ)でつながっているんですよ。そのすべてが、一個の時空バブルのなかに、すっぽりとつつみこまれているんです。ここの時間は、あなたたちの本来の時間から切り離されていますが、それなりのペースで進んでいます。過去から出ることは可能ですが、過去に残ることはできません。つまり、球体が停止している時間にもどるしかないのです」ニュファーは小さくおじぎをした。「わたしは六世代目です。でも、ここの生まれではなくても、外から加わることはできます」

「ここの生まれ……」シルはつぶやいた。彼もまたニュファーの話についていけないことがわかり、わたしは少し気がらくになった。わたしに理解できるのは、過去に遡ったのではないということだ。つまるところ、わたしたちは時の流れから切り離された時間バブルのなかにいる。したがって、時間バブルから出たら、そこはわたしたちの時代だ——少なくとも、この解釈が正しいことを願いたい。時間および空間のワープ・フィールドに関しては、わたしたちはほとんどなにも知らないに等しい。

ニュファーはうなずいた。「そう、図書館生まれということです。図書館はあまりに広大なので、ワープ・フィールドを完全に出ることはむずかしい。今回のように停止して業務を遂行するときだけ、ワープ・フィールドから出られます。あなたたちは球体のなかに入りましたが、わたしはまだ、球体の外には出ていない。でも、いずれ出るつもりです。そして、あなたたちの文明に関する情報を集めます。あなたたちの情報が、一部なりとも適切に記録されているといいのですが。さもないと、情報収集するだけで何年もかかってしまう。情報を集めてから、ようやく、指示を更新できるをいっている。「停止するたびに指示を更新するのは、もう飽き飽きしたし、くたびれてしまった……」

わたしたちが開いたドアの前で立ちつくしているのには気づかず、ニュファーは体の向きを変えて丸いドアを開けながら、ぶつぶつひとりごと
さっさと歩いていく。開いたドアの向こうは、これまた広大なホールだった。入り口だという球体のホールも広かったが、それとはくらべものにならないぐらい広い。だが、このホールにはホログラムの豪華な階段や書棚はなく、横長のデスクがずらりと並んでいるだけだ。どのデスクの上にも、緑色のシェードのついたランプが置いてある。ホールいっぱいに並んだ、それぞれのデスクの両側には、人間がすわっている。七百二十四人の、年齢も衣服もまちまちの人間たち。ここに来るまでに見てきた博物品展示部屋から持ってきて、着用しているような衣服。広げた書物を読みふけっている人々もいれば、小声で話をかわしている人々もいる。

わたしは息を呑んだ。シルがわたしの手をつかむ。彼の手はじっとり湿っていた。わたしはその手を握りしめた。こんなに大勢の人間が一堂に会している光景を見るのは初めてだ。最初の侵略を受けたあとは、まったく見られなくなった光景。あのときに見た人間たちは、地下室でぎゅうづめになり、ボロをまとい、飢えきっていた。

「ロミ」シルがかすれた声で呼びかけてきた。咳払いをしてから、もう一度呼びかけ

てくる。「ロミ」

わたしはスキャンするのが怖かった。スキャンして、この大勢の人間たちがすべてホログラムだとわかるのが怖かった。洟をすする音が聞こえ、わたしはシルを見た。彼の頬が涙で濡れている。わたしの目もうるんでいる。あいているほうの手で涙をぬぐう。ここはシルをからかうか、わたしをつねってみてくれとたのむか、なんでもい い、高まった緊張をほぐす手段をとるところなのだ。だが、なにも思いつかない。からかうことばもなく、そんな身ぶりすらせず、ただひたすら、目の前に数百人の人間たちがいることのみを思う。ぐあいが悪そうな者はひとりもいないし、負傷している者もいなければ……。

ニュファーがもどってきた。「さあさあ、もういいでしょ。そんなに深刻に考えないでちょうだい」ベンチにすわっている人々を見てから、わたしたちに視線を向ける。「あのひとたちが沈黙を守らず、私語をかわしているのはわかってます」おだやかな口ぶりだ。「でも、それでいいの」肩をすくめる。「どうしてかというとね、長いあいだに規則がゆるくなってきたから。図書館といえども、ね」ホールの奥を手まねで示す。「あなたたちに見せなければならないものが、あちらにあるのよ。いつまでもここで、ぐずぐずと時間をむだにしているわけにはいきません」

シルは周囲を見まわした。「時間バブルのなかにいるのだと思っていたが」

ニュファーは目玉をくるっと回した。「球体の外では、時間は停まっています。でもなかでは、時間は流れているんですよ。あなたたちがそこに突っ立って、図書館のなかでささやかな音をたてている人々をぼうっと見ているあいだにも、わたしは老化してるんです」

ニュファーのいうとおりだ。人間は刻々と歳をとる。シルは微笑を浮かべ、わたしもそれにつられた。そして、がまんできずに、ふたりともくすくす笑いだした。このホールいっぱいの人間たちは、完全に自然な状態で歳をとっているのだ。

ニュファーは眉をしかめ、くちびるに一本指をあてた。「静かに！　なんといっても、ここは図書館なんですからね」

わたしたちはなんとか努力して笑いを抑えた。手を握りあったまま、時間を節約するために、人々にちらりと目を向けることすらがまんしてホールを横切った。見えるものはなんでも写真に撮ってファイルしておく。将来、それを見られるように。ここの人間たちをスキャンするのは依然として怖かったが、大勢の人々のにおい――汗や、石鹸や、香水などのにおい――ははっきり嗅ぎとれた。ホログラムならば、生身の人間らしさをここまで完璧に再現することはできない。

広大なホールを出てからは、ニュファーはしゃべりどおしにしゃべった。食物を育てている場所では蘊蓄をかたむけた説明を受けたし、カロリー計算やら受胎調節やらの理論も聞かされた。わたしは自分たちの時代にもどっても、細部にわたって記憶を再生するのはむずかしいとわかっていたので、彼女がいったことはすべて録音している。やがてシルの湿った手が乾いてきた。ときどきニュファーに質問する余裕も出てきたぐらいだ。ニュファーがおしゃべりをやめてひと息つく、そのつかのまの貴重な空白の時を逃さず、彼女に質問して必要な情報を引きだした。

「通常、こちらがスキャンしたり記録したりするために必要なものを依頼すると、相手はそれにきちんと応えたと思いがちです。決してそうじゃないのに」ニュファーはため息をついた。「なぜ、こちらが依頼したとおりにことが運ばないのか、どうしても理解できません。依頼どおりにしてくれればなんの問題もないのに」もう一度ため息。「ですから、あなたたちの現存する文化の、具体的なリストが必要なのです」

各種の水差し（ジャグ）が展示されている場所の前を通る。指数本の幅のものから数メーターにおよぶものまで、じつにさまざまなサイズのジャグが並んでいる。

「それと、地図に記載された地域と照らし合わせるために必要な参考文献。照合して、かつては重要な地点であった場所を特定し、そこがどういうふうに変化していったかを記録するんです」

シルはわざと音高く咳払いして、しゃべりまくるニュファーを制した。「最後に図書館の外に出たのはいつ？」

ニュファーは立ちどまり、頭をかきむしった。「えーと、三……いえ、二百七十年前です。客観時間で」

シルと目を見かわしてから、わたしはニュファーに視線をもどした。「その後、ずいぶんと変化がありました」

ニュファーは両手を広げた。「そりゃあそうです。二百七十年ですからね。文明は発生し、文明は消滅する。なんとも魅惑的じゃありませんか！」

「そうだな」そういってから、シルはしばらくのあいだ沈黙していたが、やがてまた口を開いた。「魅惑的ですね」静かにニュファーのことばをくりかえす。

ニュファーは微笑した。「あなたたちもそう思うのはわかっていましたよ！」また歩きはじめる。そのうしろにシル、そのまたうしろにわたしを従えて。

「あとで全館を案内してあげましょう。その前に、情報センターに行って、あなたたちの入館者カードを作ります。官僚的形式主義の手続きですが」そういうと、また立ちどまって髪をなでつけ、わたしたちのほうを向いた。「これまでに、あらゆる大文明を完璧に再構築することができました。未来の学者たちが過去をより深く学び、事象の流れを予測できるように」図書館ぜんたいを抱きしめるように、大きく両腕を広げる。「そして、二百七十年という時間が流れたあとで、あなたたちはこれを目の当たりにする最初のひとたちなのです！」ニュファーは指を一本立てた。「でも、まずは最初になすべきことを、入館者カードの作成を」

　ニュファーがドアを開けると、そこは、天井近くを浮遊している球体によって照らしだされた、小さな部屋だった。デスクがひとつと、椅子が三脚あるだけ。ニュファーがデスクにつき、なにもないデスクの上に両手をかざすと、キーボードが出現した。

　わたしとシルは目を見かわしてから、デスクの前の椅子に腰かけた。

「このキーボードはわたしがプログラミングしました」にっこり笑う。「大むかしの青写真を基にして」

　ホロ・キーボードに、わたしたちの名前と肩書きを打ちこんでから、ニュファーは顔をあげた。「わたしたちは遠征計画を立てなければならないんです。たとえ戦時下の世界でも、図書館に行きたいと願う歴史学者が必ずいるものですし、わたしたちはどんな国家にも、どんな時代にも属さない、超法規的存在ですからね」

　ニュファーは眉根を寄せ、くちびるを舐めながら、キーを打ちつづけている。シルが身をのりだし、キーボードの上に片手を置いた。

　ニュファーは顔をあげた。「そんなことをしてはいけません」眉間のしわが深くなる。

　シルは咳払いをした。「いっておきたいことがあるんだ……あなたが知っておくべきことが」そういいながら、そっとわたしの顔をうかがう。

　わたしは彼がなにをしてほしがっているか察知した。わたしのほうが上官なので、わたしがやるしかない。深く息を吸いこむ。わたしたちは宣誓している身だ。宣誓文言は短い。二百年近く前に記録した映像だが、それ以降は、あえて見ないようにしてきた。

「あなたたちのスクリーンシステムに接続できるか？」わたしはデスクを指さした。

　ニュファーはシルを見てから、わたしに視線をもどした。「重要なこと？」

「ちょっとした用件だ。広大なホールは必要ない」

　わたしはうなずいた。

　ニュファーは顔をしかめた。「いいでしょう。入館者カード作成がちょっと遅れるけど」彼女がキーボードを打つと、わたしのヴィジョンにふっと接続指示が表われた。

　シルがわたしの肩に手を置き、元気づけるかのように、その手に少し力をこめた。

　わたしはデスクトップに片手を置き、セントラルコンピュータに接続した。古いソフトだが、なんとか通信規約のひとつとフィットして、わたしのソフトウェアとブロードキャストが作動した。

　わたしの隣に、むかしのわたしが、三十四歳のわたしが、現われる。ずたぼろになった制服を着て、血で汚れた顔をまっすぐにニュファーに向けている。

ニュファーはわたしをみつめ、そして、むかしのわたしの映像をみつめた。わたしはシミュレーションを作動させた。

「わたし、ロミ・ポタシュニックは健全な精神のもと、自分の意識と肉体を〈スーパー・ジェネレーター〉に委ねます」映像のわたしはそういって、深く息を吸いこんだ。そして目をぬぐってから、話をつづけた。「わたしたちは決して停まらず、決して途切れず、決してあきらめません」

シミュレーションは終わった。シルがわたしの手の横に手を置いた。デスクの上に、若い彼の映像が現われる。「わたし、シル・ベンヤイルは、健全な精神のもと、わたしの意識と肉体を〈スーパー・ジェネレーター〉に委ねます。わたしたちは決して停まらず、決して途切れず、決してあきらめません」敬礼。映像静止。

ニュファーはわたしたちをみつめた。「記録しろと?」

「いいえ」シルはニュファーをまっすぐに見て、彼女の目をみつめた。「いまの映像は、百九十年四カ月十日と三時間前に記録されている」

すでに記録されているとわかり、ニュファーは微笑を浮かべそうになったが、笑みは口もとに届かないうちに消えた。

「あれはわたしが人間だった、最後のときの映像だ」わたしがそういうと、ニュファーの視線はわたしに向けられた。「それ以降、何度再生されたか、数えきれない」

「あなたたちは……」ニュファーの視線がシルにもどる。「ふたりとも……？」くちびるを噛み、頭を振る。「いいえ、もちろん、ちがうわね」小声でいう。「表情も、歩きかたも、たがいによく理解しあっているようすも……」今度はわたしをまっすぐにみつめる。「あなたたちはテレパシストなの？　たがいに思考を伝達できる？」

返事をしようと、わたしは口を開きかけたが、シルのほうが早かった。

「そうではない」シルのこぶしがゆるむ。「発声せずに話はできるが、ここでは不可能だ」

ニュファーがくすっと笑った。「ここではあらゆる機器の周波が遮断されていますからね。本を読むひとたちの邪魔をしたくないので」

返事代わりに、わたしもシルも微笑した。正しい応対だったようだ。ニュファーの笑みが凍りつき、消えた。

「でも、ふたりとも人間にしか見えません」ニュファーは目を閉じた。「わたしたちのスキャン機能も、あなたたちを人間だと認定しました」目を閉じる。「金属の骨格に人間の皮膚？」

「そのとおり。全身がそうだ」わたしは咳払いした。「そうでなければ、空間ワープ・フィールドには入れない」

「なるほど」ニュファーはうなずき、目を開けてわたしをみつめた。「説明して。さあ」両手の指を広げると、その手の下に、ホロ・キーボードがまた実体化した。

「おれたちの知識をダウンロードしてもらえば、そのほうが速いかと思うんだが。直接、そちらの——」

ニュファーににらまれ、シルはつづきのことばを呑みこんで、黙りこんだ。

「いいですか」ニュファーは背筋をしゃんとのばした。「わたしは司書です。六世代目の司書。ずいぶん長いこと、この仕事をしているんですよ。あなたたちが生まれる、あるいは創られる、あるいは研究所で合成される、それよりもずっと前から」

「おれたちはポッドで培養される」シルがいう。

ニュファーは片手をあげた。「なんでもかまいません。いいですか、あなたたちが想像できるよりも長い年月、わたしはこの仕事をしています。ですから、情報を記録するために必要なことを、あれこれ指図してもらうには及びません。当然ながら、情報はすべて、図書館のメモリにダウンロードします。ですが、まず最初に、あなたたちの話の概要を知りたい。それがわかれば、主題ヘッダによって、新情報処理をどのようにスタートさせるか、決めることができますから」

ニュファーはわたしをみつめた。「さあ、話して。未来の世代のために」

わたしは未来の世代などいないといいたかった。少なくとも、この地球には。だが、シルが咳払いをしたため、わたしはそうはいわずに、経緯を話した。

度重なるエイリアンの侵入・侵略のこと、わたしたちは無力で、この惑星を乗っ取ろうとするエイリアンを阻止できなかったこと、種々のテクノロジーを失ったこと、エイリアンによる容赦のない虐殺のこと。エイリアンがほんとうにほしかったのは月だとわかったときのこと、彼らは自分たちの計画の邪魔になりかねない地球人という害虫を、すべて除去するために殺戮(さつりく)を重ねたこと。サイレンス・ユニットのメンバー全員の運命を定める取り決めのこと。だが、敗北感や、自己消滅するたびに覚える肉体的な苦痛や、新しいバックアップを作動させるために、記憶を移しかえる作業での激しい精神的苦痛については省略した。たとえ守るべきものがなくなってしまっても、わたしたちは機能しつづけることが必須なのだ。

空間ワープ・フィールドはあらゆる機械の侵入を許さず、そのなかにいれば、外部からの爆撃をはねつけることができるのだが、生物に対しては非常に敏感で、知性を識別できる。わたしたちの生きている組織と知性は、ワープ・フィールドの特性を混乱させ、そのおかげで、わたしたちの体内に内蔵されている爆発装置を、作動させるだけの時間を稼ぐことができる。最初の侵略者たちは月を奪った。また新たに、月の資源をほしがるほかのエイリアンが侵入してくるのを阻止しようと、人間たちは地球にとどまった。

「でも、人間たちは……」ニュファァーはそれ以上、なにもいえなくなった。そしてシルを、それからわたしを、またシルを、交互にみつめた。「でも、なぜ？　なんのために？　もし、もはや人間がいないとすれば……？」

「これがわたしたちに定められた運命だからだ」わたしはいった。「わたしたちは地球を守らなくてはならない」

「最優先指令なんだ。人間のために地球を守れ、というのが」シルがつけくわえる。

「でも、もはや人間はいない」ニュファーは涙ぐんでいる。「もはや人間はいない。それなら、なんのために……なぜ……？」ホロ・キーボードから指を離し、両手のなかに顔を埋める。手のひらと髪に隠れて顔が見えない。肩が小刻みに震えている。

シルは眉を吊りあげ、ニュファーのほうにくびをかしげてみせた。わたしはうなずいた。わたしたちは純然たる同情心はもちあわせていない。

ニュファーはため息をついてから顔をあげた。目が赤くなっている。わたしはバックアップのプログラミングのために、この要項を追加した。ニュファーは洟をすすり、デスクの上に両手を広げた。その手の下に、またホロ・キーボードが出現した。

「話をつづけて」ニュファーはいった。「正確な日時、場所。主な戦闘。侵略された回数。さあ、話して」

わたしたちは答えなかった。

ニュファーは声を高めた。「さあ、話して、ロボットたち。先を話しなさい」

わたしは咳払いした。

「その音を発しないように」ニュファーは背筋をのばした。「呼吸をする必要はありませんよね。あなたたちは、人間の皮膚をまとったマシンなんですから」

「だが、おれたちは呼吸をする」シルの体はこわばっていたが、声はおだやかだった。「おれたちには痛覚神経があるし、人間と同じように感じ、人間と同じようにふるまう」

「だけど、人間じゃないでしょ」またもやニュファーの声が高くなった。「あなたたちは……ただの……」声が途切れ、彼女はまた洟をすすった。さらにもう一度。しかし、今度はうつむかない。視線も揺るがずにこちらを向いている。

わたしも彼女をみつめた。「もしわたしたちがここにいなかったら、あなたたちが帰るところはなくなっていただろう」

「わたしたちは帰りません」ニュファーはそういいながら。鼻をぬぐった。「わたしたちが帰るところはどこにもないんです。この先、わたしたちは図書館を閉じて移動します。これまでどおりに。そしてほぼ三百年間停止して、なにが変化するか、観察するんです」

「なにも変わらない」シルは背筋をのばした。「おれたちは自己消滅しては再生する。あなたが再度ここに来ても、地球はまだ……」

「マシンでいっぱい」ニュファーはシルのことばを先取りした。とげとげしい口ぶりだ。そして彼女はわたしをにらんだ。「それでもあなたも抵抗をつづけたいの?」

わたしはうなずいた。

「それなら、始めましょう」ホロ・キーボードの上で両手をかまえる。

「思うに」わたしは静かにいった。「わたしの決意はあなたには受け容れられないようだ」

ニュファーはなにもいわない。ただじっと、わたしをみつめるだけだ。

「ここには、二千人を越す人間がいる。あなたは先ほど、こういった——自分たちは超法規的存在で、どの国家にも属さないと。いわば組織化された無政府社会ということになる。つまり、どこで停止し、どこに移動し、外に出るか出ないかは、全員で決定するわけだ。それを守らないと、みんなの権利を踏みにじってしまうことになる」

ニュファーはなおもわたしをみつめている。わたしもみつめかえす。

十秒たつと、わたしに内蔵されたプログラムが、まばたきをすべしといってきた。三十秒たつと、わたしはどうしてもまぶたを閉じなければならなかった。このまばたき周期は、オリジナルのロミ・ポタシュニックが、最初のバックアップを創ったときに設定したものだ。

また三十秒たち、わたしはまぶたを閉じた。そして、待った。部屋のなかが静寂につつまれる。

ニュファーがため息をついた。「いいわ」ようやくニュファーがいった。

わたしは目を開けた。ニュファーはホロ・キーボードから手を離している。

「総会を開きましょう」ニュファーはそういって、下くちびるを嚙んだ。「あなたたちは邪魔をしてはいけません」一瞬、ためらう。「これは命令です。いいわね？」

わたしたちはうなずいた。彼女にはわたしたちのプログラムを変更することはできないのだが、それを指摘しないほうがいいのはわかっている。オリジナルのロミとシルは、わたしたちが人間に対応する範囲を決め、連鎖するコマンドを明確に指定する設定をおこなった。しかし、そのプログラミングが完了した三時間後に、すべての人間が一掃されて、人間に対応するシステムが必要のないものと化してしまうことを、ふたりは知らなかった。わたしたちが従うべき人間が、ひとりも存在しなくなるとは思いもしなかったのだ。

総会が開かれるホールは満員で、騒がしかった。それなりのルールがある組織とは、とても思えない。ある者は大声でわめき、ある者はデスクの上に立って足を踏みならし、またある者は無関心そうに私語に興じている。ニュファーはとりわけ騒がしく、ときにはデスクの上に立ち、ときには足を踏みならし、ときには発言者に野次をとばし、ときには、それらをいっぺんにおこなった。討議も、議事進行も、あったものではない。

わたしたちはホールの壁ぎわにすわっていた。職務を遂行しているのだが、誰からも無視されている。わたしはうんざりしていたし、討議についていくことができなくなっていた。内蔵されている計数機が、わたしたちが球体に入ってから十二時間経過したといっている。食事と睡眠が必要だ。隣にすわっているシルのほうが、まだ元気だ。彼のプログラミングでは、休息時間を無視すると、一時間ごとにうるさく警告されるはずだ。毎晩、彼はしぶしぶベッドに横になり、輾転(てんてん)反側しながら、休息すべき五時間二十分をすごす。

シルがわたしに顔を向けた。「彼ら、うまくやれそうじゃないか」

わたしは眉を吊りあげた。

「騒音が減ってきた」わたしの頭を指さす。「音量計測機能をグレードアップすべきだぞ」

「では、決まりましたね」ニュファーが声を張りあげた。ほかのみんなは口をつぐんだ。「わたしたちはここにとどまります。次の待機期間を短縮し、その時間を使って武器を創れるかどうか、サイレンス・ユニットのために防御手段を講じられるか、実践してみましょう」

あちこちに笑顔が見える。拍手している者もいる。なかでもデスクの上に立っている者は熱烈な拍手をしている。

ニュファーはわたしたちのほうを向いた。顔が汗ばんで上気している。「もう自宅に帰れますよ」微笑しているが、彼女の目に笑みはなく、くちびるも引き結ばれている。「あなたたちには感謝しています」

「うちには帰れない」シルは静かにいった。数分前までの騒音にくらべれば、静かすぎるほどの声だった。

「なら、自分のポッドにお帰りなさい」デスクの上に立っているニュファーは、どんどんと足を踏み鳴らした。「あなたたちがなすべき最優先事項は、ここを出ていくことです」

シルは両手を広げた。「おれたちにも住まいはある。地球ではまだ人口が増加すると監視本部に信じさせるために増設した、住宅に住んでいる」そういって、わたしを指さして、つけくわえた。「ロミはパートナーといっしょに暮らしている」

自宅を出るとき、パートナーであるヨーニットはベッドにいて、気をつけてといってわたしを送りだしてくれた。これが彼女の唯一の思い出だ。オリジナルのロミがヨーニットのほかの思い出をすべて、故意に独占したかったのか、あるいは、バックアップにアップロードできたのはこの思い出だけだったのか、わたしにはわからない。

オリジナル・ロミはヨーニットを創りもしなかった。創ったのは、ロミのバックアップであるわたしだ。バックアップ第一号のわたしが帰宅したときに待っていたのは、四肢を失った彼女だった。その彼女をわたしが再構築したのだ。

「けっこうなことです」ニュファーは腕を組んだ。「ならば、おうちに帰りなさい」

わたしが立ちあがると、シルがわたしのうしろに立った。「帰れません。ワープ・フィールドの入り口である球体を、破壊しなければならないので」

ホールじゅうが騒然となった。シルが顔をしかめる。

「だから、音量計測器をグレードアップしないんだ」わたしはシルの耳もとでささやいた。彼は黙ってうなずいた。

ニュファーが両手をあげた。「静かに！」彼女が三度そういうと、少し静かになった。ニュファーは腰に両手をあてた。「どういう意味です、図書館への入り口を破壊するとは？　球体はあなたたちの地球とわたしたちを結んでいるんですよ。あなたたちが二度と人間を見たくないというのなら……」

わたしは頭を振った。「危険すぎる。わたしたちは人間を守らなければならない」

「つまり」シルが部屋のなかを手で示しながら、補足説明をする。「何者であれ、入り口を突破しさえすれば、あなたたちを皆殺しにできるからだ」

ニュファーは背筋をのばした。「入り口を突破するなんて、人間にしかできな……」語尾が消え、沈黙がとってかわる。顔が青ざめる。

「なにをいう！」人々のなかから怒声があがった。

声がしたほうを見る。声の主は、紫色のローブとスカートをまとった、白い顎髭の男だ。男は立ちあがり、ローブのひだをととのえると、わたしにいった。「それはおまえたちのことだろう？　充分に情報収集をしたあとで、球体に突入する手段を講じ、わしらを殺すつもりなんだろう？」

「なぜ彼らがそんなことをする必要があるんです？」ニュファーは両手をあげて、声を張りあげた。「ナンセンスです。それに、なぜ何者かがわたしたちを全滅させる必要があるんです？」

「なぜなら、すでに月を奪っているエイリアンたちから見れば、あなたたちは新たな侵略者だからだ」シルが前に足を踏みだし、するどい目でホールじゅうを見渡した。

「あなたたちは月に関心をもつかもしれない。あるいは、金星に。あるいは天王星に」

わたしは鼻を鳴らした。「天王星に関心をもつ者なんかいない。天王星の第五衛星、ミランダになら関心をもつかもしれないが」

「わたしたちはエイリアンでもなければ、侵略者でもありません！」ニュファーが叫んだ。「わたしたちは人間です。この惑星はわたしたちのものです！」彼女の周囲から、そうだそうだという叫び声があがる。ニュファーは両手を重ねた。「なにもせずに降伏するわけにはいきません。戦います。わたしたち自身を守るために」

「あなたたちはおれたちが守る」シルがいった。「そのために、おれたちがいるのだから」

年配の女性が立ちあがった。黄金の冠をかぶり、手には笏（しゃく）を持っている。「球体を破壊されたら、わたくしたちはもどってくることができなくなる。わたくしたちの使命が果たせなくなる」椅子の上に立ち、笏をわたしとシルに向けた。「そなたたちは人類を破滅させることになるのだぞ」

またホールじゅうが騒然となった。

シルとわたしは目を見かわした。シルは肩をすくめた。これ以上、彼らに話をしてもむだだ。どちらにしろ、わたしたちはホールを出たら、なすべきことをするのだ。設定されたプログラムが命じている——なにがなんでも人間を守れ、と。

わたしたちは椅子に腰をおろし、ニュファーはデスクの上からおりた。そしてわたしたちのそばにやってくると、ため息をつき、なにもいわずに空いている椅子を引き寄せてすわった。

白い顎髭の男が大きな声で話している。「彼らはわしらをここに埋葬したいのだ」両手を振りあげる。「わしらを永久に図書館にとどめておきたいのだ」

雷鳴のように騒々しい議論の渦が巻き起こった。渦は分断されたり、またひとつになったりした。球体が破壊される前に、地球を守る報酬として、わたしたち全員を図書館のシェルターに入れてはどうかと提案する者がいた。だが、その提案は即座に却下された。図書館は人間のためにあるのであって、わたしたちは非人間だからだ。それならばエイリアンを招待すればいい、という声があがった。

シルはうんざりしている。わたしは元気づけようと、彼の膝に片手を置いた。わたしの手の上に、彼は自分の手を重ねた。

ニュファーがふいに身をこわばらせ、わたしを見た。「エイリアンたちはどうやって空間ワープ・フィールドを発見したの？」

わたしは肩をすくめた。「わたしたちは早急の防衛手段以外のことでは、監視本部と話をしたりしない」

ニュファーはシルに視線を向けた。「侵略者というのは、みんな同じ種族のエイリアンだったの？」

シルは頭を振った。「監視本部のデータシステムから伝えられるかぎりでは、どれも異なる進化を遂げた、ちがう種族だ」

ニュファーの顔が蒼白になった。「で、彼らはみな、過去二百年のあいだにやってきたのね？　ほぼそのあいだに」

わたしはうなずいた。

「あなたたちはなぜかと訊かなかったの？　なぜ彼らがほぼ時を同じくして、同じ惑星にやってきたのかと？」ため息。「好奇心はどうしたの？　あなたたちのボスは、あなたたちに好奇心をプログラミングしなかったの？」

シルは背筋をのばした。「好奇心——それが人類を滅ぼしたんだ。最初のエイリアンの宇宙船が来たとき、人間たちはそれを破壊するのではなく、歓迎した。好奇心のなすままに」

ニュファーはシルからわたしに視線を移し、またシルにもどした。そして、軽くうなずくと、立ちあがった。デスクの上にのぼり、両手を広げて叫んだ。「結論に達しました！」

わたしは喉がきゅっと締まるのを感じた。ここを去りたくない。ここには人間たちがいる。人間たちのにおい、温かい体温、そして人間性があふれている。だが、去らねばならない。シルがわたしの手を握りしめた。顔を見なくても、彼がわたしと同じ気持でいるのがわかる。

「ロボットの問題点は」ニュファーはわたしたちを手で示した。「設定されたプログラムにしか従わないということです。なぜ、と問うことはしない。なぜエイリアンが地球を攻撃するのか、彼らは知らない。なぜエイリアンが月の資源を掘りだしているのか、彼らは知らない。種族のちがうエイリアンが、なぜ、ほぼ同時に進化して、人間の身体組織に干渉する空間ワープ・フィールドを使えるようになったのか、彼らは知らない」ニュファーはわたしたちを見据え、口調をやわらげた。「彼らはわたしたちのせいで人類が破滅したことを認識せずに、わたしたちを守ろうとしている」

ホールのなかが急に静かになった。

ニュファーは下くちびるを噛んだ。彼女はわたしたちふたりだけに話をしているのだ。「時間ワープ・フィールドは、空間ワープ・フィールドと同じ作用をします。ただし、いちどきに別々の場所に存在するのではなく、いちどきに別々の時点に存在できるのです」口調が少しばかり固くなる。「わたしたちが最後にここに来たとき、いつどこにもどるか、明確な指示を出しておきました。その指示の一部が、地球から洩れたにちがいありません」

「それはない」シルは立ちあがった。わたしも引きずられて立ちあがる。

「だからエイリアンが襲撃してきたのです。空間ワープ・フィールドを時間ワープ・フィールドと同時に作動させて、双方のワープを完全なものにしたかったから」ニュファーは両手でロープをなでつけた。

「情報は光速で伝わる」わたしは胸の前で両手を握りしめた。「あなたたちの指示は、二百光年離れた惑星にまで拡散することが可能だった」

ニュファーはわたしのまねをするかのように、胸の前で両手を握りしめた。「わたしたちの指示は双方のフィールドによって拡散した。そしてフィールドは、どんな場所とも、どの時代とも、シンクロします」

　ホールじゅうが静寂につつまれる。王冠をかぶった女性の呼吸が、荒く、重くなったのが聞きとれた。ホールにいる全員が、わたしが理解するより早く、ニュファーの話を理解したのだ。

「最初にオリジナルのワープ・フィールドがセットアップされると、地球人は宇宙空間を航行できるようになった。時間をワープできるだけではなく……」ニュファーの声が低くなる。ホールのなかはしんと静まりかえっている。「ごめんなさい」洟をする。「そして、宇宙空間のどのエリアにもワープ航行ができるようになり、わたしたちの指示は、遠くに、はるか遠くにまで拡散したんです」

「だからエイリアンたちは、そのノウハウを求めて地球にやってきた？」わたしは目を閉じた。すると、侵略はつづくのか。永遠に？

「ちょっと待った！」シルが指を鳴らした。「もしすべてのフィールドがシンクロするのなら……」

　ニュファーはうなずいた。「ひとつを破壊することは、すべてを破壊することになります」

「でも、侵略は止まない！」わたしはほとんど叫ぶようにいった。

ニュファーは頭を振った。「わたしたちはまだここに存在しています」耳のうしろに髪をかきあげる。「ここにオリジナルのフィールドが存在するかぎり、エイリアンたちのフィールドは破壊できないのです」

わたしは震えた。

ニュファーはホールの人々にいった。「エイリアンたちのフィールドが作動しているかぎり、彼らの襲撃を止めることはできません。わたしたちのワープ技術のノウハウを手に入れるのを、彼らはあきらめないでしょう。歴史を見れば、科学がいかに破壊に利用されるか、わたしたちは知っています。二度とそういうことがあってはならない。そうならないようにするのが、わたしたちの義務です」

人々は目をぬぐった。王冠をかぶった女性は両手に顔を埋めた。

ニュファーはわたしとシルに訊いた。「地球には、二千四百三十五名の人間の暮らしを支えていける資源がありますか？」

わたしとシルは同時にうなずいた。

ニュファーは返事代わりに、こっくりとうなずいた。そしてまた人々に呼びかけた。「緊急決議案の動議を提出します。図書館の使命は達成されました。全員が即座に立ち退くことを提案します」そしてニュファーは静かに腰をおろした。

一瞬、緊張しきった静寂がたれこめたが、白いローブの男が動議を支持して起立した。立ったまま黙りこくって、ニュファーをみつめている。その男の隣の女が立ちあがった。ふたりの子どもも。一分後には、その四人のいる一画の人々が全員立ちあがり、やがてホールじゅうの人々が起立した。

シルはわたしと目を見かわしてから、ニュファーにいった。「どういうことか、理解できない」

ニュファーはデスクをおりて、わたしたちに近づいてきた。「わたしたちの使命は、できるかぎり多量に、人間の文化・文明を記録することです」肩をすくめる。「でも、人間はもう、ここにいるわたしたちしか残っていない。図書館の仕事は終わりました」両手をシルの肩に置く。「ありがとう」

そしてわたしに顔を向けた。「オリジナル・フィールドは図書館ぜんたいをつつみこんでいます。そのフィールドを破壊することは、図書館を破壊することと同じ」

わたしはまた震えた。

ニュファーはほほえんだ。「心配しないで。バックアップを取ってあるから。なんでもスキャンしてあるし、ホログラムにもしています。オリジナルの品々は失ってしまいますが、紙ならばだいじょうぶ。ちょっとばかばかしいような、情報を保存する、むかしながらの手段ですけどね」またシルに目を向ける。「この地のどこかに新しい図書館を造れるわよね？」

シルはにやりと笑い、うなずいた。そして、わたしも。

球体から出ると、なかに入ったときと同じく、夜だった。同様に、兵士たちも同じ姿勢でフリーズしている。わたしは攻撃態勢を解けと命じた。兵士たちは銃を肩に担った。部隊長のそばに行く。「撤退するが、伝達にウエブを使用するな。トラックは、まだ待機しているか？」

部隊長はうなずいた。

「では、ここに呼べ」

部隊長は顔をしかめた。

「すぐに！」わたしは声を張りあげた。

部隊長は敬礼して、部下に、待機しているトラックを呼びにいかせた。

シルは球体に入ったかと思うと、すぐに出てきた。だが、顎の髭が半センチほど伸びている。「ようやく、みんなの準備ができた」

わたしはシルのそばに行った。「なかではどれぐらい時間がたったんだ？」

シルは頭を振った。「おれに訊くな」

わたしはほほえんだ。シルもにやりと笑った。うまくいくのはまちがいない。そうに決まっている。この地球で、ふたたび人間たちが暮らすのだ。今度こそ、わたしたちは人間たちを守ることができるはずだ。図書館をつつむワープ・フィールドを破壊し、図書館員たちのノウハウを駆使すれば、地球の防衛も格段に進歩するだろう。バックアップ第一号が作動して以来初めて、わたしは〝ロミ〟が安堵するのを感じた。シルの口もとにも、わたしと同じ笑みが浮かんでいる。

黒い球体からぞろぞろと人々が出てきた。兵士のひとりはあけっぴろげに歓声をあげた。人々はそれぞれ、スーツケースやバックパック、手押し車などを運んでいる。兵士たちは一瞬、緊張したが、すぐにその顔に感動があふれてきた。兵士たちは彼らの頭上には大きな球体がゆらゆらと浮かび、頭には壺がのっている。兵士たちは彼らをエスコートして、トラックに案内した。伝声装置は作動させていない。監視本部がどこで傍受しているかは知らないが、危険をおかしたくない。

トラックが足りない。一部の兵士たちが臨時使用しようと、バブル・トラックを調達しにいった。

最後にニュファーが出てきた。頰が涙で濡れている。

わたしより先に、シルが彼女に近づいた。「荷物はどうしたのかな」

ニュファーは肩をすくめ、洟をすすった。

わたしもふたりに近づく。「なにか手伝おうか？」

ニュファーはまた洟をすすった。「問題があるの」声がかすれている。咳払いしてから、もう一度いった。「問題があるの」

わたしは背筋をのばした。

「爆薬がありません」ニュファーは目をぬぐった。「あると思っていたけど、爆薬を保管してある倉庫に行ったら、保管状態が悪くて、使いものにならないの」まっすぐにわたしをみつめる。「ワープ・フィールドを破壊する手段がないのよ」くちびるを嚙んで、つけくわえる。「図書館は……とても広大です。あなたたちふたりだけでは、どうにもできないと思う」

シルはニュファーの肩をぽんぽんとたたいた。「心配しなくていい、ニュファー。おれたちはもう何度もこういうことをやってきたんだ」にやりと笑う。「フィールド爆破に関して、おれたちは地球上で最強のエキスパートだ」

ニュファーの肩から力が抜けた。「どうお願いすればいいのか、わからなくて」静かにいう。

わたしは頭を振った。「これがわたしたちに定められた運命なんだ」わたしも彼女の肩に手を置き、彼女のまねをして静かにいった。「心配いらない。わたしたちにはバックアップがいる」

ニュファーは微笑した。「それじゃあ……自爆するミッションじゃないのね？」

シルは自分の胸を指さした。「人間の皮膚に金属の体。どちらにしろ、意識を保管しておくためのおかしな方法だ」

ニュファーはくすっと笑いをこぼした。そしてわたしにチップをさしだした。「これは図書館ぜんたいの平面図。これで、爆破に的確な場所を選べるわね」

わたしはチップを受けとった。「荷物を取ってきてくれ。あなたが出てきたら、すぐに作戦を開始する」

ニュファーはうなずいてから、球体にもどっていった。

わたしはチップのデータをダウンロードした。

球体からニュファーが出てきた。新しい青っぽいローブを肩にかけ、頭に薄い金属製の帽子をかぶり、三本脚のスーツケースと風船を持っている。風船はふわふわと浮いている。「準備できたわ」

わたしはデータを走査した。まさに、図書館は広大だ——これまで破壊した、どのワープ・フィールドよりも大きい。そこに解決の糸口が隠れているにちがいないが、わたしにはみつけられない。シルに手をのばす。「算定するから手伝ってくれ」彼にデータを送信するのは避けたかったのだ。

シルは眉を吊りあげたが、わたしの手に手を重ねた。これで直接つながった。彼はわたしの算定をくりかえした。結果が出ると、手をこぶしに握り、まっすぐにわたしを見た。そしてうなずいた。うなずきかたは小さく、ほかの者たちには感知できない。

「どうなってるの？」ニュファーがわたしとシルを交互に見た。

わたしは咳払いした。「ちょっと助けが必要なんだ」

「もちろん、いいわよ。なんでもいって」ニュファーは帽子を軽くたたいた。

「あなたではなく、わたしたちのバックアップの助力が必要なんだ」わたしは尊大な口調にならないように気をつけた。「わたしたちのバックアップの助力が」

ニュファーはシルに向かって眉を吊りあげた。「あなたたちふたりだけでは、図書館は広大すぎる？」

シルは片手をあげた。「それはだいじょうぶ。処理できるから。心配しなくていい」そういって微笑する。

わたしはわたしのバックアップたちに短い情報を送った。監視本部が傍受しているとまずいので、バックアップたちが覚醒し、しかも、疑問を持たないような短い情報。シルも同じことをしたのがわかる。

「あのトラックのどれかに乗ってくれ」そういってから、シルはニュファーのスーツケースを指さした。「手伝いがいるかな？」

ニュファーはくびを横に振った。「ここで待ちますよ。あなたたちのバックアップが、それぞれ、あなたたちとそっくり同じなのはわかっていますけど、あなたたちふたりが最後の旅に出るのを見届けたいんです」くすくす笑う。「いやにドラマチックに聞こえるわね。あなたたちのモットーは、なんでしたっけ」

「わたしたちは決して停まらず、決して途切れず、決してあきらめない」わたしとシルは声をそろえて、静かにいった。

ニュファーはうなずき、かたわらに立てていたスーツケースに片手をのばした。

「いいモットーね」

ニュファーがわたしたちの反応を待っているのはわかったが、わたしたちはなにもいわなかった。ニュファーはトラックのほうに目を向けた。

暗い部屋のなかで新たな意識が覚醒し、震えているのを感じる。自分があの暗い部屋で覚醒したときから、この感じを知っている。かつてはひっきりなしにこの感じを覚えたものだ。この感覚には、必ず激しい苦痛と無とをともなっている。

わたしのかたわらでシルが息を止めた。彼のバックアップたちを覚醒させているのだ。

わたしのバックアップたちがひとり、またひとりと覚醒するたびにめまいに襲われ、わたしは目を閉じた。右側のバックアップの目を通して、自分を見る。バックアップはわたしを見ている。わたしはまばたきした。バックアップがまばたきするのを感じる。わたしの左右でバックアップたちが次々に覚醒する。左側にもわたしのバックアップが並んでいる。全員が覚醒し、高まってくる五感に困惑しながら、まばたきしては左右を見ている。最後のひとりが覚醒するまで待ってから、わたしはバックアップの目を通して、右端を見た。右端には壁があるだけだ。わたしのバックアップたちは全員、まっすぐに前方に目を向け、シルのコピーたちをみつめている。

　わたしの神経中枢は莫大（ばくだい）な量のデータを処理しきれない。不必要な記憶作業はシャットダウンしなければならない。シルのバックアップたちも全員、覚醒した。ポッドが開き、わたしは一歩前に足を踏みだした。わたしが全員、そろって一歩前に足を踏みだし、床が揺れた。

　シルも全員、ポッドから抜けだした。

「こんなにも多数のわたしがいるとはいままで知らなかった」わたしたちは声をそろえていった。「あなたがわたしと同じ結論に至ったのはうれしい」

シル／プライムがうなずいた。バックアップたちもうなずき、ずらりと並んだ制服が波打つように揺れる。「一日にひとりしか、覚醒させられないんじゃないかと思っていた」

　暗い広場にいるわたしは、閉じていた目を開けた。「いっしょに」かたわらにいるシルにいう。

「行こう」シルは無表情でいった。シルとわたしはすべてのバックアップたちがいっせいに同じ動きをつづけられるように、自分たちのプロセス要領を入念にチェックした。ルーティンの保持活動をする余地はもう残っていない。

わたしはまた目を閉じて、不必要なインプットを遮断した。バックアップたちを暗い部屋から出し、階段を昇らせ、冷たい空気のなかを歩かせる。シルも彼のバックアップたちを部屋から出してから、わたしのそばに近づいてきた。

わたしたちがいるのは、黒い球体から二十キロメートル離れた地点だ。わたしとシルは口をきかず、不必要なメッセージも伝達しなかった。黙ったまま走る。素足が石で傷ついた。痛覚を遮断する。シルはペースを保って、わたしのそばを走っている。

夜明けが近くなり、世界は灰色になった。

わたしたちは同時に着いた。目を閉じているロミ／プライムが、からっぽの球体のそばに立っている。質感はなく、色もない。実体があるはずのところに開いた穴。かたわらのシル／プライムもまた、目を閉じている。

ニユファーがわたしを見た。顔がまっかになる。

「あなたたち、はだかじゃないの」彼女のそばに立っているわたしを見た。わたしの表情解読サブルーティンは作動していない。

球体のそばに立っているわたしが目を開いた。コントロール機能が回復した。

「わかっています」わたしはツィードの上着とヒジャブを引っぱって、身なりをきちんとととのえた。わたしのバックアップたちが、わたしの前に一列に並んだ。

「突入」わたしは命令した。

シルが目を開ける。彼のバックアップたちが前進する。

わたしとシルは、各自のバックアップのひとりひとりに、担当場所を割り当てた。バックアップたちは次々に球体のなかに入っていった。

「彼らが正しい場所をみつけだせると、どうしていえるの？」ニュファーが訊く。

わたしはニュファーを見た。まだ外にいるバックアップたちが全員、わたしといっしょにニュファーを見ている。「これがわたしたちに定められた運命だから」わたしたちは前進しつづけながら、声をそろえていった。

バックアップのひとりが、ニュファーが震えているのに気づいた。別のひとりがニュファーが目をそむけたのに気づいた。そういった事実を、わたしはもはや記録しない。

九分三十七秒間黙りこくったあと、ニュファーはシルに訊いた。「ここにバックアップは何人いるの？」

「充分な人数が」シルのバックアップたちが、声をそろえて答えた。

ニュファーは今度はわたしにいった。「まちがいなく、すべてを破壊できるのね？」

「各自が最適の位置につけるよう、算定ずみだ」そういったあと、わたしはバックアップたちに、各自の割り当て場所の正確な位置を指示することに専念した。まだ外にいるバックアップのうち数人が、バブル・トラックが広場を立ち去りはじめたのに気づいた。わたしのプロセス許容量があがるにつれ、さらに多数のバックアップが球体に入っていく。

最後のバックアップが球体に入ってしまうと、ひとり残されたわたしは、先ほどの質問に答えるだけの余裕ができた。「必要なパワーは算出ずみだ。まちがいなく、ワープ・フィールドを完全に破壊できる」

わたしたちはニュファァーに背を向け、球体に向かった。なかに入れば意思の疎通はできないが、バックアップたちが各自の担当場所にいるのはわかっている。床に赤い足跡が残っているからだ。わたしたちが最初に球体に入ったときに迎えてくれたホログラム男は、存在しないらせん階段を指さしたまま静止していた。

「万一、うまくいかなかったときのための指示は、すでに送ってある」沈黙を破って、シルがいった。

「万一、うまくいかなかったとき？」ニュファァーの声がした。いつのまにか球体にもどってきていて、周囲を見まわしている。「万にひとつでも、うまくいかない恐れがあるの？」

ニュファァーが球体に入ってくることは想定していなかった。彼女を外に出さなければならない。わたしのサブルーティン機能は、わたしたちが任務を遂行するには、この人間をなだめなければならないと判断した。わたしはくびを横に振った。「シルは心配性なんだ」わたしは微笑してみせた。

「ずいぶん大勢のバックアップたちが球体のなかに入ったわね」ニュファーはいやにはでな帽子をぬいだ。「あなたたちのバックアップが何人残っているのか知りたくて、訊きにきたんです」

わたしは答えなかった。

ニュファーはシルに訊いた。「バックアップは何人残っているのですか？」声が高くなった。

シルはわたしを見た。

ニュファーは足を踏み鳴らした。「答えなさい、ロボットたち。バックアップは何人残っているのですか？」

「ひとりもいない」シルは静かにいった。「おれたちで最後だ」

ニュファーは硬直した。「それなら、あなたのユニットから誰かを呼びなさい。あなたたちふたりが自爆するのは許しません」指を一本立て、その指をわたしに向けて振る。

シルは微笑した。わたしの知るかぎり、いつもよりはるかに人間らしい笑みだ。

「おれたちは球体のなかにいる。もう外とは連絡がとれない」

「なら、出ましょう」ニュファーは背後の壁のほうに手を振った。「誰かほかの者を呼びなさい。なんとしてでも」

シルは両手を体側にそって垂らし、微動だにせずに立っている。「オリジナルのロミとシルの知っていた人々は全員、最初の侵略エイリアンの宇宙船に入っていったきり、帰ってこなかった。エイリアンと意思の疎通をはかり、情報交換をしようと、宇宙船に送りこまれた人々全員が。そのあと、ふたりはサイレンス・ユニットを創った。ロミとシルは残った人間たちを守るために、わたしたちバックアップを創ったんだ」

「それは前に聞きました」ニュファーは手に持った帽子をぎゅっと握りしめ、わたしを見た。「あなたにはパートナーがいる。そのパートナーをひとりにしてはいけません」

わたしはニュファーの肩をつかんだ。「百九十年ものあいだ、わたしたちは侵略者たちを撃退してきた。百九十年ものあいだ、わたしたちは死んでは再生され、再生されては死んだ。もう疲れた」わたしは口調をやわらげた。「サイレンス・ユニットには別のメンバーがいる。彼らがあなたたちを守る。彼らは全員がわたしたちの知識を共有しているが、苦痛の記憶だけはない」

シルがニュファーに近づき、彼女の目をのぞきこんだ。「わかってくれ。おれたちにとって、これはチャンスなんだ」

ニュファーの返事を待ったが、返事はなかった。ただ黙って目をぬぐい、うなずいただけだ。

シルは身をかがめて彼女を軽く抱いた。ニュファーの肩が震えている。シルが離れると、彼女の頬に涙が流れているのが見えた。

ニュファーはわたしのほうを向いた。わたしも彼女を軽く抱いた。彼女がわたしの肩に頭をもたせかけてくるのを拒まなかった。

わたしが離れると、ニュファーはまた目をぬぐった。「あなたたちのことは忘れません」髪をかきあげる。「すべてを記録します」

シルは微笑した。「アレキサンドリアの第九版図書館。一五五三四年創立。誕生して四秒半というところだ」

ニュファーはうなずき、くるりと踵(きびす)を返すと、わたしたちに背を向けて、球体から出ていった。

わたしとシルは息を吸って吐いた。

シルはほほえんだ。

激しい苦痛が襲ってきた。そして、次に無が。

完璧な娘

ガイ・ハソン
中村 融 訳

The Perfect Girl by Guy Hasson

ガイ・ハソンは1971年生まれ。作家、脚本家、映画製作者であり、脚本はヘブライ語で、散文は英語で執筆する。彼の著書はイスラエル（『孵化幼生』*Hatchling*、『人生――ヴィデオ・ゲーム』*Life: The Video Game*、『秘密の思考』*Secret Thoughts*、『そわそわ気分』*Tickling Butterflies* と英国（『顔文字世代』*The Emoticon Generation*）とアメリカ（『ユートピアへの希望』*Hope for Utopia* と『秘密の思考』）で出版された。彼は2003年（「オール・オブ・ミー™」"All-of-Me™" と2006年（「完璧な娘」）にゲフェン賞を短編部門で獲得している。2006年からはオリジナル映画の製作に専念しており、長編映画『冷血漢』*A Stone-Cold Heart* やウェブ・シリーズ《不滅》などを発表している。

SF／Fをヘブライ語で書かないおかげで、より広い読者層をつかむいっぽう、本国では多少の混乱を引き起こした。とりわけ、彼の作品のいくつかが、母語であるヘブライ語に翻訳されたときに。とはいえ、どちらの言語でもハソンは注目すべき作家であり、その作品は7か国語に翻訳されている。彼の短篇は一連の《エイペックス・ワールドSF》アンソロジーや、エイペックス社の『ホラーロロジー』*Horrorology* に収録されている。2013年には独立系コミックブック会社、ニュー・ワールズ・コミックスを創設し、本人の筆になる看板作品『ウインター』*Wynter* は、近年では出色のSFコミックブック・シリーズとして喝采を浴びた。2015年にはコミックス・エンパワーという視覚障害者向けオンライン・コミックブック・ストアを開設した。

SF／F作家ラヴィ・ティドハーのハソン評を引こう――「商業主義への妥協を拒み、さまざまな形式のメディアで実験をつづけているからには、彼がある個人的なヴィジョンを熱心に追及していることは明らかになった。すなわち、彼が全面的に傾倒しているヴィジョンである」

ハソンの最新作『そわそわ気分』は、2017年にイスラエルで刊行された。現在彼は長編ホラー映画『彫像のような』*Statuesqu* の脚本を執筆し、監督を務めている。

（中村 融 訳）

バスは満員だが、インディアナポリス・アカデミーで止まったとき、おりるのはあたしひとりだ。

ブラのなかが汗ばんでいる。暑いわけでもないのに。パンツはきつすぎるところと、ゆるすぎるところがある。ドレスは地味もいいところ。どうせみんなに知られるのだ。

バスが角を曲がって、丘の陰に姿を消すまで見送る。もうしばらく待ち、ひとつ深呼吸すると、まわれ右する。

荒野のまったただなかに巨大な門があるかのようだ。高さ七フィートの塀が左右にのびて、インディアナ州の田園地帯へと溶けこんでいる。門の片側に小さな詰め所があって、武装した警備員が配置されている。

「こんにちは」近づいていきながら、あたしは愛想よくいう。

警備員が詰め所から出てくる。

「新入生だね」事務的な口調。

「はい」きっとこの人は全員の顔を知っている。

「身分証を拝見」

ハンドバッグのなかをごそごそやってから、身分証をわたす。警備員は携帯式のコンピュータのようなものに身分証をさしこむ。機械がピーッと鳴る。彼は身分証を引きぬいて、あたしに返す。その拍子に彼の指が偶然あたしの指をかすめ、彼のことがすこしわかる。彼はテレパスではない。あたしに惹かれている。ああもう、あたしは自分が大嫌いだ。

彼が詰め所にもどり、ボタンを押すと、門が横すべりして開く。

アカデミーは非人間的なまでに大きい。ヨーロッパのどこかで十七世紀に建てられたように見せかけた二十世紀の建築物。まるで体の大きさが半分にちぢんだような気分だ。

「幸運を」彼があたしのうしろ姿に叫ぶ。

「ありがとう」あたしは叫びかえす。

手袋をはめる。

背後で門が閉まる。ああもう、あたしは自分が大嫌いだ。

講堂は三百人を収容する造りだ。

あたしが一番乗り。ちょっと気分がいい。

まんなかあたりの席を選ぶ。

ひとりまたひとりと、学生がはいってくる。そのたびに、だれもが最前列にすわる。八時一分前、あたしは身のまわりのものをまとめて、最前列に移動する。八時ぴったりにベンディス教授がはいってくる。高齢。隙のない身なり。神のようだ。

彼は時間をかけて演壇にあがり、あたしたちを見る。彼はあたしの心を読めるのだ。あたしは脚を組む。

教授が顎を下げ、あたしたちを見おろす。

「一四年度のクラスは六人です」前置き抜きでいいはじめる。「そのうちのひとりは、おそらく本校の生活は過酷すぎて、自分に合わないとわかり、ひと月以内に脱落するでしょう。そうならなかったら、二カ月後にみなさんのひとりを退学とします。

一年生が終わったら、ひとりが脱落します。

二年生が終わったら、ひとりが脱落します。

三年生が終わったら、ひとりが脱落します。

残ったふたりのうち、卒業するのはひとりだけです。卒業した者だけが、市民生活に復帰する自由をあたえられます。脱落した者たちは、本学院の姉妹施設へ送られることになります」彼はあたしたちみんなを見る。そう、それがどういう意味か、みんな知っている。「われわれは自分たちの能力を軽々しくはあつかいません。それは新しく、きわめて稀なものです。これまでのところは。自分を律し、責任ある行動をするすべを学ばなければなりません。政府がいま以上に介入して、われわれを律するようになる前に」

　彼はあたしたちみんなを見る。

「みなさんの健闘を祈ります」背中を反らし、「では、最初の講義です」

　あたしにはわからないことだらけだ。

「この授業では、わたしたちの専門では、真実をあつかいます。完全な真実を」パークス教授とは十歳しか年が離れていない。彼女から十ヤード離れているのに、彼女の強さが感じとれる。すごい。

「一年生のうちに」彼女が言葉をつづける。「みなさんは同級生ひとりひとりと親密になります。肉体的に親密ということではありません。もっと親密になるということです。みなさんは同級生ひとりひとりを頭のなかに入れることになります。まる一年。おたがいを底の底まで分析することになります。真実を探りだすことになります。コンプレックスに触れ、真実に、憎しみに、恐れに、恋心に、秘密に触れることになります。そして心のなかにある一切合切を共有しなければなりません。さもなければ、アカデミーを退学になるでしょう。

ここでは真実から逃れることはできません。真実から隠れることもできません。秘密というものはないのです。

みなさんは、これまでこれほどつらい目にあったことはないでしょう。わたしたちがみなさんに求める基本中の基本がそれなのです。

他人に嘘（うそ）をつかないでいるには、自分に嘘をつかないようにするしかありません」

同級生を知って三時間にしかならないが、ひとりが娼婦（しょうふ）、ひとりがほら吹き、ひとりが社会不適応者だとすでに知っている。ほかのふたりについてはまだなにも知らないが、身の毛がよだつことだけはわかる。

どうせみんなに知られることだ。

みんなはもうあたしがどういう人間か、判断をくだしている。

新入生はいろいろと雑事がある。学生がひとりずつ順番にオフィスにはいり、歯を引っこ抜かれたような顔をして出てきた。

あたしが最後のひとり。オフィスにはいる。

黒髪の美青年（アドニス）がテーブルの向こうにすわっている。十中八九は上級生だろう。

「アレグザンドラ・ワトスン？」

「はい」

「きみは……」リストをじっくりと見て、「ああ」リストから目をあげ、あたしを見る。「きみは死体保管所(モルグ)だ」

ほんとの話、一瞬頭がまわらなくなった。

「えっ？　すいません、なんとおっしゃいました？」

彼はあたしを見るだけ。あたしが聞きそこなったのではないとわかっているのだ。目の前がまだらになる。

「モルグですか？　でも、ここは学院です。超能力者のための学院であって――」

「本学院にはモルグがある」彼がすばやくあたしの言葉をさえぎる。「人々は何十年も科学のために献体してくれている。ぼくらは新しい科学だ。人々がぼくらに献体してくれるから、科学知識は増進する」

「でも、なんの役に――」

「人の心は死後も読めるんだ」

「なんですって！」

「とにかく、しばらくのあいだは。医師は遺体を検視する。ぼくらは人格を検視する。罪のない傍観者の安全だけではなく、ぼくら自身の安全を守るために、アカデミーはできるかぎり少人数で維持されている。ぼくらは全員が仕事を持たなければならない。全員がモルグで勤務しなければならない。ぼくはやった。きみのクラスの全員がやることになる。いまは、きみがやるんだ。これから出頭してもらう。三階下だよ」

「冷蔵庫には引き出しが五つあるから、遺体を五つ収容できる。よくても一体しか届かないから、定員過剰の恐れはない」

説明している女性はあたしの外見を嫌っていて、しゃべっているあいだ、その感情を平気であたしに浴びせてくる。

「遺体が届いたら、ストレッチャーからおろして、冷蔵庫に入れる。ここまではい い？　けっこう。遺体を使いたいという人がいたら、引きだして……こんな具合に。使いおわったら、あなたが元にもどして、このドアをかならず閉める……わかった？それから部屋を出て、施錠する。おわかり？」

あたしはうなずく。

「室温はつねに摂氏十度を保たないといけない。さもないと、遺体が劣化する。冷蔵庫が空のときも、遺体が届いた場合にそなえて、その室温を保たないといけない。これがそのためのキーパッド。

あなたがこの部屋の責任者。遺体がないときでも、この部屋でなにかあったらあなたの責任になる。ちょうどいまみたいに遺体がないときも――まあ、たいていはそうなんだけど――部屋を清潔にして、温度を一定に保ち、だれもなかへ入れらゃいけない。だれかがはいって、なにかしたら——たとえ侵入したのであっても——あなたの責任よ。

遺体があるときは、いまからいうようにして。遺体を使いたい人がいたり、授業がここで行われるようなことがあれば、あなたの許可が必要になる。あなたにドアをあけてもらって、冷蔵庫からこの部屋へあなたに出してもらわないといけない。ほかに鍵を持っているのは学生監だけで、彼の仕事はそれをけっして使わないこと。

あなたはクラスの全員がはいるのを見届け、全員が出るのを見届ける。遺体か部屋になにかあったら、あなたの責任だし、ただじゃすまないわね。あなたがここにいることになっているとき、準備時間というものはない。とにかく、この部屋をきちんとしておくこと。なにもかもわかった？」そう尋ねるとき、彼女は笑みを浮かべるが、クソ女という言葉が頭のなかにはっきり聞こえる。やれやれ、たいしたものだ。彼女はあたしに近づいてさえいないのに。

「はい」と、あたし。その声はいかにも弱々しい。

「じゃあ行くわね。あなたには居残ってもらうけど」

「なぜです？　施錠すれば——」

「三十分前に電話があったの。ドナーがこちらへ向かってる。今朝息を引きとったんだって」

「どういうことです？」

「救急車が来るまで、ここで待つってこと。男の人が来て、書類をわたしてくれるから、それにサインして。全部の書類にサインするの。一枚残らずっていう意味よ。男の人は出ていく、あなたは遺体を冷蔵庫に入れて、それから部屋を施錠する。おわかり？」

もう三時間もモルグにすわって、遺体を待っている。

なにも起こらない。ここに電話はない。自分の携帯を使ったとしても、だれにかければいいか、だれに訊けばいいのかわからなかっただろう。指示をした学生の名前さえ知らないのだ。すわって待ちながら、想像をめぐらせたり、見たことのあるホラー映画を片っ端から思いだしたりする。脳裏に亡霊を、ゾンビを、生き返った死者を、死んだ子供たちを、墓場から出てくる動物たちを、シャワー室のナイフを、こぼれる血を、呪いを思いうかべる。死体仮置き場の上の自分の死体さえ想像する。

自分の精神を科学のためにさしだすのは、どういう人だろう？　自分の記憶を、感情を、一生を赤の他人に探られ、レイプされ、略奪されてもいいと思うのは、どういう人だろう？　なぜそんなことをするのだろう？

鋼鉄のドアがさっと開き、あたしは十フィートも飛びあがる。

五十がらみの雑役夫が、手押し車のようなものに遺体を乗せて運んでくる。遺体はジッパーつきの黒い袋にはいっている。

「特別配達だよ」彼はあたしに白い歯を見せる。

「その――」

「おいおい」彼があたしに触れそうになる。「顔色が真っ青だ。ああ、そうか。初心者は大歓迎だよ。いいかい」そして不意にまた愛想よくなり、遺体に向きなおる。行動を通じて、なにも心配いらないと伝えようとしているのだ。「やって見せるから、つぎはどうやればいいかわかるね？　おっと、吐いたりしないでくれよ」またしても笑み。

あたしはうなずく。

「なにをするかというと、遺体を袋から出して」彼がジッパーを全開にすると、女性の体があらわになる。「このストレッチャーに移す」胸が悪くなるのに、彼女から目が離せない。あたしと同じ年ごろ。しみひとつない体は一糸もまとっていない。美しい顔。「こんなふうに」彼は言葉をつづける。「そうしたら、ここからシーツを一枚とって、彼女にかぶせる」彼はそうする。「まあ、あんたたちテレパスがシーツをめくって、彼女に触れることになるんだろうが。そうしたら彼女を冷蔵庫に入れる」彼は冷蔵庫を閉めると、あたしのほうを向き、とっておきの笑みをパッと浮かべる。

「よし。これでおしまい。さあ、これにサインして」シャツのポケットから用紙をとりだし、広げて、あたしの前にさしだす。

受け取り証だ。あたしは無言で用紙にサインをし、控えをもらう。名前に気づく。遺体はステファニー・レナルズ。

「ご苦労さん」彼は書類をポケットにしまう。「さあ、あんたの用紙はどこだい？」

「えっ？」

「あんたの用紙はどこだい？」

「いまサインしました」

「いや。あんたの用紙はどこにあるんだ？」あたしはぽかんと彼を見る。「あんたのサインをもらえっていわれたんだ」

「なににサインするんです？」だが、震えが背すじを走りはじめる。あの学生は全部の書類にサインする、といった。そして、そういったとき、とりわけ楽しそうだった。

彼が引き出しのひとつへ行き――いろいろな用紙がぎっしり詰まっている――一枚を引っぱりだす。

「こいつだよ。こいつにサインをもらえといわれた」

あたしはその用紙を見つめる。

「なんの書類です？」

「ここで働く者、アカデミーへ通う者は、だれであろうとこいつにサインする。遺体を科学に、この学院に献じるっていう内容の同意書だよ。けっきょく、あんたらは自助の精神でやらなきゃいけないんだろう？　ふつうは学期がはじまって二週間、あんたらがちょっとビビったころにおれが派遣されて、書類仕事をひととおり片づけるんだけどね。どうせサインするんだ。そうしたければ、いまサインしたっていい」

あの学生が去りぎわに見せた感情はこれだったのだ。倒錯した喜び。そしてあたしがサインしなかったら、アカデミーを退学になり、市民生活へもどる道のない軍人暮らしを一生つづけるしかないと知っていた。もちろん、あたしに拒む余裕はなく……。

あたしは蚊の鳴くような声でいう。

「あとにします。ありがとう」

彼は肩をすくめる。けっきょくサインするのだ――ふたりともそれはわかっている。

午後十一時。寮の自室へ行くのは今日二度目。今日どころか、生まれてから二度目。朝はバッグを床に放りだしてから、一時限目の授業へ行く時間しかなかった。あたし以外の同級生は廊下の先のほうにいる。寝室と小さな居間とバスルームのついた大きなつづき部屋が、それぞれに割りあてられている。

あたしはベッドに這いあがる。シャワーはあとまわしでいい。荷ほどきはあとまわしでいい。

泣きだしたい。

あとで。あとで。お願いだから。あとで。

真夜中に目がさめる。心臓がドキドキいっている――アラームをかけるのを忘れた！

寝ぼけ眼でベッドからまろび出る。頭がくらくらする。

明かりをつける。服を着たまま眠ってしまった。口はカラカラ。めざまし時計はまだ荷物のなかだ。

おしっこをしないと。バスルームへ行き、鏡をちらっと見て息を呑む。なにこれ――！

あたしの顔！　顔に赤と白の歯磨き粉が塗りたくられているのだ！

ドア――鍵をかけなかった。

たとえ一瞬でも触れられたのだろうか？　思考に侵入されたのだろうか？　夢に侵入されたのだろうか？　心を読まれたのだろうか？

同級生の仕業なのか？　上級生の仕業なのか？

こんなところは大嫌いだ。こんな連中は大嫌いだ。ちくしょう！

バスタブのへりに腰かけ、泣いて、泣いて、泣きじゃくる。

「人が死ぬと」ベンディス教授が二日目の八時に講義をはじめる。「思考はなくなりますが、神経は残ります。記憶は残ります。個性は残ります。過去の感情やコンプレックスは残ります。いずれも活動していません。被験者の抵抗を受けずに、それらを探り、隅々まで調べることができます。こうして探りを入れ、学ぶことができるのです。心を乱されずに、他人のプライヴァシーを侵害する恐れなしに。〝精神〟ないしは〝人格〟が、われわれの能力では探れなくなるほど劣化し、消失するまでに、およそ七日かかります。わたし自身の恩師の口癖を借りるなら、『われわれの人格は肉体の七日後に死ぬ』わけです」

彼は片手で演台をたたく。

「モルグに新しい遺体があります。被験者の精神を分析する時間は六日以内。追って指示するまで、授業はそこで行います。ミズ・ワトスン、鍵を持っていますか？」

「はい」

「では、行きましょう」

冷蔵庫をあけ、ストレッチャーに乗せた遺体を運びだす。

クラスのみんなが息を呑む。だれもが逃げだしたくてたまらない——それが感じられる。

ベンディス教授はとり合わない。遺体のところまで歩いていき、顔があらわになるまでシーツをめくると、一本の指で彼女の額に触れる。五秒後、接触を解いて、あたしを見る。

「ミズ・ワトスン、彼女の名前を知っていますか？」

「ステファニー・レナルズです」

彼はうなずく。

「ミドル・ネームを知っていますか？」

あたしはぽかんとした顔をする。それから心のなかで用紙を見る。ミドル・ネームの欄は空白だ。

「いいえ」あたしは答える。

「彼女に触れて」と教授。「そしてミドル・ネームを教えてください」

あたしは近寄り、遺体のすぐ隣に立つ。なぜこのあたしが真っ先に指名されないといけないのだろう？

彼女に触れ、探りを入れる。

なにもない。

あたしは目をあげる。

「ベンディス教授。思考や感情はひとつも感知できません」

「もちろんです。彼女は死んでいるのですよ、ミズ・ワトスン。二十四時間近く思考というものをしていないわけです」

「それならどうやって――」

「しかし、そうであっても、神経のパターンは存在します。彼女の思考や感情の記憶は、依然として脳内の物理的結合部にたくわえられているのです。彼女のかわりにあなたが考えねばなりません。あなたが動きを創りださなければならないのです。あなたは神経経路から神経経路へ移動しなければなりません。そして移動できるのは、彼女が以前いだいて、心に深く刻みこんだ感情や思考や記憶にかぎられます。あなたは彼女の記憶のなかを移動するわけです」

ためらいながら、もういちど彼女に触れる。

なにも起こらない。

あたしが彼女の思考を動かすのだ。なにも起こらない。

教授を見て、

「でも、動くにはどこかから出発しなければなりません。出発する場所がないんです」

「出発点を得るためには、彼女がすでに考えたことを考えねばなりません。彼女の記憶のなかにすでに存在する場所を見つけなければならないのです。いうはどむずかしくはありません。こうしてみてください。まず指を彼女につけ、〝母親〟と考える」

彼女に触れる寸前、知らぬまに「母親」と考える。あたしの母のイメージがひとりでに脳裏に浮かぶ。とりわけ、年相応に見えはじめたころのイメージが。あたしと母は身長が同じ、体つきが同じ、顔が同じ。年をとったら自分がどう見えるか、あたしは知っている。

そして疲れた母のイメージがある。五十歳だとはじめてわかったときのイメージが。そして不意に理解する――母を見るたびに、自分が五歳だったころの母のイメージを見ていたのだ、と。本当の顔を何年も見ていなかったのだ、と。

彼女はあたしよりも背が低く、小柄で年上だ。それに疲れている。彼女は疲れている。顔に苦労の跡が見える。こうなるまでにどれほどつらいことがあったのか、人には知られたくない。お願いだから、あたしをしわくちゃの――

ちがう、いまのはあたしじゃない。いまのはステファニー。ステファニーの母親だ。ステファニーの思考なのだ。あたしはベンディス教授を見あげる。まだ彼女に触れているのに、彼女の思考が薄れて消えていく。

「そこから」とベンディス。「この記憶となんらかの形で〝つながっている〟場所へ移動します。たとえば。〝母親〟から〝父親〟へは簡単に移動できます」
疲れた母、五十歳だとはじめてわかったときの――

――パパは五十歳――

パパの五十歳の誕生日。パパはソファにすわり、TVを見ている。いっぽうママはディナー・テーブルに料理を並べてやきもきしている。

パパの目のなかに見える。一日じゅうパパの目のなかに見えていた。本人は気にしないというけれど、その数字はパパの痛いところを突くのだ――パパはまだ自分が若いと思っている。まだ二十二歳だと思っている。自分がピーター・パンだと思っている。

彼がまだ二十二歳に見えると思っているのは、たんに体重が変わらないからだ。

ドアベルが鳴る。ママが顔をあげ――

「そこから」とベンディスが言葉をつづける。「〝母親と父親の喧嘩〟へ移動できます」

ドアベルが鳴る。ママが顔をあげ、そのプレッシャーが、汗が感じられる。ママは心がまえができていない――

――ママがパパに叫んでいるようだ――

「思いやりがないわ」ママは叫んでいるも同然だ。

「でも、意味がない！」パパの口調は一秒前よりも冷静になる。「食べているときに人がクチャクチャ音を立てても、ぼくは気づかない。きみのいっていることは不合理だ」

「あなたに意味があるかどうかはどうでもいいの。わたしは胸が悪くなる。いやでたまらないのよ。そう感じるの。あなたはわたしの気分が悪くなるのを知っていて、それでもやっているのよ」

「でも、きみがいやがる理由がそもそもないんだ。きみはなんでもないことでヒステリーを起こしている」冷淡すぎる、と嫌悪もあらわなステファニーの思考を感じとる。人の気持ちを気にしなさすぎる。なんでママのいうことがわからないの？　なんでそんなことをいうの？　なんでわからないの？

「ママのいうことをわかってあげて！」ステファニーは叫びたい。「いちどでいいから、わかってあげて――」

「そこから」教授の声がステファニーの感情に割りこむ。「〝わたしも自分の夫とこんなふうに喧嘩するのだろうか？〟へ」

「あたしを理解してくれる男がいいわ」ステファニーがいう。彼女はベッドで横になっている――彼女の精神のなかで居場所を感じとれるし、お腹にシーツの感触がある。マーガレットが並んで横たわっている。やはり腹這いで、両肘をついている。ステファニーからは感知できなかったものの、ふたりがいま十六歳前後であることはマーガレットの顔からわかる。家のなかにふたりだけ。それがわかる。

「彼はやさしくないといけない」ステファニーが言葉をつづける。その感情が意味するものを彼女のなかに感じられる。そうなったら、なんとすてきだろう。「それに思いやりがないと」ええ。「彼があたしに恋をするの」ええ。「そして人生をあたしにくれる」ええ。まさにそういうふうに感じる。

「そこから〝結婚は自分に向いていない〟へ」教授の声は、おだやかだけれど、レンガの壁のようにあたしにぶつかる。ステファニーの心がかき消える。

いいえ、結婚は彼女に向いているわ！　そう感じたもの！　彼女は結婚するつもりだったし、まだ十六歳だった！

教授があたしを見つめている。

「問題でも？」

「いいえ」

「そこから」彼は言葉をつづける。「〝結婚は自分に向いていない〟へ」

あたしは覚悟を決めて目を閉じる。存在しないものを探しているとわかっているからだ。

「――やさしくないといけない。それに思いやりがないと。彼があたしに恋をするの――」

――結婚は自分に向いていない――

「いっしょに暮してもいいと思えて、向こうもそう思ってくれる男がとうとう見つかっても、結婚には応じないわ」彼女はマーガレットに自説を披露している。建物は見えないが、万人のなかにあるジャイロが、ふたりは大学にいると教えてくれる。おそらく二年後だ。「結婚というのは野蛮な時代にはじまった制度よ。最悪の場合、女は奴隷だったし、せいぜい安い労働力だった。そういう男が見つかっても――」

――そういう男を見つけたの？　あたしは彼女に尋ねる――

彼女の感情が逃げていき、あたしは彼女を失う。彼女は消えてしまった。

死者に質問はできないのだ――そうさとるのに一秒かかる。正しい思考を見つけないと――

「わかりましたか？」あたしの集中が途切れたのに教授が気づく。「われわれの精神とはちがい、死者の精神は開いている本です。隅々まで調べる方法さえ学べばいい。わかりましたか、ミズ・ワトスン？」

「そう思います」

「よろしい。では、彼女のミドル・ネームを教えてください」

あたしは彼を見つめる。なんのことだかわからない。

「彼女の名前です、ミズ・ワトスン。ミドル・ネームはなんですか？」

あたしは精神を集中し、もういちど彼女に触れる。

「あたしの名前は……」と考える。

「あたしの名前は……」ステファニーは同級生たちの前に立っている。内なるジャイロによれば、ミセス・クレイグの授業の初回だ。彼女は一年生。今日が登校初日。

「ステファニー・ジーン・レナルズです。住所はノース・シェードランド通り一四二一番地」

「そこまででいいわ」ミセス・クレイグがいう。「ありがとう、ステファニー」

ステファニーはうなずき、腰をおろす。

彼女との接触を断ち切り、ベンディス教授を見る。

「彼女のミドル・ネームはジーンです」

「よろしい。たいへんけっこうです、ミズ・ワトスン。さがっていいですよ」

あたしはうなずき、後退する。

ベンディス教授がつぎの学生を指名し、彼女を質問攻めにする。つぎの学生、そのまたつぎの学生。ひとりひとりにちがう質問を浴びせ、ひとりひとりにちがう一連の記憶をたどらせる。でも、ステファニーにまた触れることはない。二度と。彼女に触れた五秒のうちに、あたしたちが二時間かけて集めた情報よりも多くを引きだしたのだ。

このあいだずっと、ステファニーのこわばった顔は、ぴくりともしない。死んでいるけれど、あいかわらず完璧だ。いっぽうそれ以外の世界は、そのまわりで波立っている。見ていると、その顔がわずかに揺れる。だれかが触れると、あらゆる方向に一ミリだけ揺れるのだ。だれもが異なる場所に触れる。

マークは頰に触れる。スージーは肩。グレッグはためらい、ステファニーのこめかみに触れる。

そして、だれかが指を引きはなすたびに、ステファニーがほんのかすかに揺れる。まるで彼女の顔と指が膠でくっついていたかのように。

授業は二時間後に終わる。だれもがつぎの授業へ急ごうとする。明日は教室ではなく、またここに集合するようにとベンディス教授が念押しをする。

みんなが出ていくあいだに、あたしは遺体を冷蔵庫にもどさなければならない。できるだけゆっくり動く。全員がドアの外へ出て、背中をこちらに向けたのをたしかめるまで待っているのだ。彼女の顔にシーツをかぶせながら、偶然を装って、ほんの一瞬彼女に触れる。そうしながら、ある関係がはじまるときにおぼえる胸のときめきに集中する。それが本物なら感じる、いてもたってもいられない気持ちに……。

ステファニーは寝室にひとりですわっている。頰を壁にぎゅっと押しつけて。内臓が焼けている。物理的に焼けている。恐れと不安のせいだ、とあたしにはわかる。彼女の足――いまは靴下をはいている――は、ふだんの百倍も敏感であるかのようだ。彼女のいてもたってもいられない気持ちは、あたしの十倍も強い。

彼女は昨日のことを考えている。キスのことを、それで頭がくらくらしたことを、そしてじっさいに血が目にあふれて、視界がふさがれたような気がしたことを。頬を寝室の壁にそってゆっくりと下へすべらせ、あのキスを再現する。天にも昇る心地で、おそるおそる。

自分を抑えられない。その記憶へ、彼のアパートメントの〝昨日〟へと移行する――キスをしている。マイクルの舌を感じている。あたしの唇に重なったマイクルの唇を。彼の目だけが見える。野性的で、青く、無邪気で、愛らしい目。キスしながら目を閉じると、彼の手があたしのシャツをすべりおりる。彼の温かな指があたしの乳房に置かれ、その感じはまるで――

接触が絶たれ、あたしはモルグにもどっている。歩くのをやめてもいない。もう二、三秒ストレッチャーを動かしてから、背後のドアに目をやる。

ベンディス教授がそこに立って、あたしを見ている。その顔は無表情だが、あたしを見ていたのだ。あたしを見ていたのだとわかる。あたしのしたことを彼が知っているのもわかる。

彼は動かない。出ていきもしなければ、はいってもこず、彼は動かない。

あたしは首をまわす。顔が真っ赤になっているにちがいない。そして彼女を冷蔵庫にもどす作業を終える。冷蔵庫に入れて、ドアを閉じる。温度を確認する。つまみをいじって、忙しくてたまらないふりをする。冷蔵庫のドアをもういちど確認する。開いて、また閉じる。温度計をもういちど見る。もうなにも思いつかないので、とうとうまわれ右する。

彼はいない。十中八九、しばらく前からいなかったのだろう。

あたしは自分が大嫌いだ。

モルグを施錠し、つぎの授業へ向かう。心臓がドキドキいっている。止まろうとしない。

この感覚がなにかわからない。興奮だろうか？　ときめきだろうか？　あのキスのせいだろうか？

いや、血で視界がにじむ感覚、愛が彼女の全身に行きわたる感覚だ。彼女よりも強く、あたしよりも強い感覚。

心臓のドキドキが止まろうとしない。

ウィリス教授のクラスにはいり、腰をおろす。

ほかの学生の頭がドアのほうを向く。彼らの視線をたどる。パークス教授だ。

えっ、どういうこと？

「アレグザンドラ・ワトスン」と彼女がいう。

「はい」

「いっしょに来て」

いまだれもがあたしを見ている。あたしは目を伏せながら、のろのろと立ちあがる。ドアへ向かう。なんでこんな遠くにすわらなければならなかったのだろう？

教授が先に出て、教室のドアを閉める。あたしたちは廊下に立っている。

「あたしがなにかしましたか、パークス教授？」

「いいえ。あなたが持っているモルグの鍵がいるの。あけてちょうだい」

数秒長くぽかんと彼女を見つめすぎていたらしい。そう気づいたのは、彼女が「行きましょう」といったときだ。

彼女についてモルグまで行く。歩く彼女のうしろ姿。その服装は見た目そのまま——抑制がきいていて、力強く、如才がない。あたしはけっしてこうはなれない。

ドアにたどり着く。彼女のクラスの半分がすでにそこにいる。いや、そうじゃない。彼らは三年生だ。クラスの半分がひとクラスなのだ。

鍵を錠にさしこむと、彼女にまた触れることができるのだとさとる。

彼はステファニーを愛したのだろうか？　ふたりはまだつき合っているのだろう

か？　つまり、彼女が亡くなったとき、まだつき合っていたのだろうか？　彼女はもっといい相手を見つけたのだろうか？

そこへ着いた記憶がないのに、冷蔵庫を見おろしている。ドアをあけ、彼女を乗せたストレッチャーを引きだしたちょうどそのとき、どういうふうに偶然を装って彼女に触れようかと考えていたちょうどそのとき、学生たちとパークス教授がこちらを見つめているのに気づく。ベンディスのようだ。もし触れたら、たとえ偶然であっても、彼らにはわかるだろう。彼らはテレパスだ。触れればどうなるか知っている。

あたしは事務的にふるまう。さわらない。退いて、パークス教授が遺体の横に立てるようにする。パークス教授がストレッチャーに近づき、顔があらわになるまでシーツをめくる。

「それでは」彼女は学生たちにいいはじめる。それから言葉を切り、注意をあたしに向ける。「ありがとう、ミズ・ワトスン。もう授業へもどってけっこうよ」

なんですって？

「でも……あたしが立ち会うことになっていて……」

「自分たちでできるわ」彼女はあたしを退出させる。「みんな前にやったことがある。遺体を冷蔵庫にもどして、ドアを閉める。行ってちょうだい。授業が終わったらもどってきて、モルグに施錠して。ここに死体にいたずらするような人はいない」

「さて……」あたしが出ていこうと歩きはじめたとたん、彼女は学生たちに注意をもどす。「……去年みなさんが死者を検視したときにしたことが、精神を探ることだと思っているのなら……」あたしはドアをあけ、外へ出る。「……これからすることにくらべたら、そんなものは子供の遊びだったとわかるでしょう……」あたしはドアを閉める。

授業にもどる。

授業が終わると、モルグまで走っていき、なかへはいる。部屋はがらんとしてる。明かりは消えている。ステファニーは冷蔵庫のなかだ。

もしかして――

なかからドアに鍵をかければ……。

だめだ。

部屋を出て、施錠する。

カフェテリアへ行く。クラスの全員が固まってすわっている。肩にかかる重みが急に増す。食べ物を買って、彼らといっしょにすわる。

「それで、だれがだれを読むんだろう？」グレッグが目をキラキラさせながらいう。

「どういう意味？」ミーガンは彼の真向かいにすわっている。彼女はグレッグに気がある。

「ぼくらはペアを組まされるんだよ。そうしたら、そのペアは一年間おたがいの心を読みあうことになる、パークスがいったとおりに」

「ばかいわないで。ひとりは退学になるのよ。奇数になるわ」

「それなら、どうなると思うんだ？」

「みんながみんなの心を読むのよ」わかりきったことであるかのようにレベッカがいう。

気がつくと、あたしたちは顔を見合わせている。

グレッグは笑い声をあげ、肩をすくめる。

「鏡の実験をやるつもりなのかもしれないな。ほかのテレパスを相手にやってみたい、とむかしから思っていたんだ」

「『鏡の実験』って？」

「うん、たとえば。アレグザンドラがぼくの心を読むと、ぼくが彼女をどう思っているかがわかる」彼はあたしにほほえみかけ、ウインクする。あたしにアピールしているのだ。うへっ、よしてちょうだい。「それからぼくがアレグザンドラの心を読むと、ぼくが彼女をどう思っているかを彼女がどういうふうに受けとめたかがわかる。それから彼女がぼくの心を読むと、ぼくがそれをどう受けとめたかがわかる。あとはそのくり返し。そして回を重ねるたびに、オリジナルの思考からは遠ざかっていく。むかしから試してみたいと思っていたんだ」

「うーん……」レベッカがおだやかな口調でいう。「だれかが自分をどう受けとめているかなんてことだけで、そんなことをしなくちゃいけない理由がわからない。あらゆる思考、わたしたちが目にするあらゆるイメージ、耳にするあらゆる音でやればいい」

「最後まで残るのはだれだと思う？」

「もちろん、わたしよ」レベッカが即座にいう。彼女はほほえむが、あたしたちにこういっている。わたしは生まれてから失敗したことがないの。

グレッグが楽しそうに笑う。

「いやいや、まずまちがいなくぼくだよ。生まれてから失敗したのは、失敗することだけなんだ。ほんと、失敗しようとした。退学になろうとした。でも、最高の成績をとりつづけた」また笑い声をあげる。彼のいうことをすこしでも面白いと思う者がいなくても気にしない。

はじめて、周囲を見まわす。

あたし以外の学生はみんな顔をそろえている。そのうちのひとりか何人かが、昨晩部屋にはいってきて、あたしに歯磨き粉を塗りたくったのだ。あたしを見ている者たちだろうか？　見てない者たちだろうか？

こんなところは大嫌いだ。

つぎの授業へ行く途中、またしてもモルグに呼ばれる。その日のうちに、もういちど呼ばれる。各学年につきいちど、ということだろう。

その日の授業が終わり、寮にもどろうとする。立ち止まる。入口に目をやる。

ちょっと、いったいどうしちゃったの？

自分の部屋へ行くべきだ。

知ったことか。ステファニーが無事かどうか、たしかめないと。

内側から鍵をかける。明かりは消したまま。できるだけ音を立てずに冷蔵庫まで歩く。

手探りで彼女を引きだす。シーツの大部分をわきにのける。

彼女に触れる。

するとキスのまっさいちゅう。七時間前に触れたときからずっとそのなかで生きてきたのと同じキスだ。ここのほうが強い。あたしの生きている心のなかよりも、彼女の死んだ心のなかにあるほうが強いのだ。

――どうやって彼に出会ったの？――

彼女の思考がかき消える。

あたしはまたキスを探しだし、そこからさかのぼる。やがてふたりがもはや触れあってはいなくなり――

前進する。あたしの動きが彼女の思考を創りだす。存在する記憶をたどって移行する――

彼女は床にすわって、ソファにもたれかかり、ノートを見ている。内なるジャイロによれば、いまは夜で、彼女はマイクルのアパートメントにいる。

マイクルは彼女のうしろ、ソファにいて、彼女の頭ごしに視線を投げている。

「ねえ、この姿勢は窮屈だわ」ステファニーがいう。背中をもぞもぞさせる。それから、窮屈そうに見えたはずだと思ったあと、姿勢を変えて、わきへ動く。マイクルの脚のあいだへ、背中を彼に向けたまま。

「よし。はるかに楽になったわ」

彼はこれより前に彼女に興味があることを示している。彼女も興味を示している。

彼女はひと晩じゅういろいろと仕掛けてきて、彼が先に動くしかなくしている。でも、彼はまだしなければならないことがある。彼女をじゅうぶん欲しがらなければならない。

彼女は膝に載せたノートに記入されている質問をする。

彼が身を乗りだし、それを読もうとする。自分と彼女がどれほど近いか、いまさとったのは歴然としている。と、不意に彼がステファニーを見る。彼がにっこりすると、彼女が笑みを返す。彼はいまにも笑いだしそうだ。彼女の体がゾクゾクするような喜びを送りだす。と、見えない手がいきなり彼女の反対側の頬を撫でる。彼女は顔を彼の手にあずけ、世界が忘れられる。そして彼の唇が彼女の唇に重なり、ふたりはあのなじみ深いキスのさなか。体の大部分が喜びで活気づくのに合わせ、彼女は興奮しはじめる。彼の触れる場所という場所、彼のすることなすことが完璧だ。彼女の脳が溶け、体と皮膚だけが残ったようだ。

よし。よし。

手を離す。今回、彼女の顔の揺れが大きい。あたしにくっついていたみたいだ。はいってから、ここは暑くなったのだろうか？

好きなときへもどっていける。ただ……ちょっと気を落ちつければいいだけ。

すごい。

他人に触れられて、これほど強い影響を受けたことはない。

その顔を見おろす。

すごい。

あなたはだれなの、ステファニー？　あたしは彼女の頰を撫でる。

天井しか見えないが、マイクルの手が一糸もまとっていないあたしの体じゅうにあり、あたしの内側にある。その気持ちよさが、ほかの感覚すべてを消し去る。快感が波となってつぎつぎと寄せてきて、その波が広がり、それ以外の彼女の心を消滅させる。彼女の体をひとつにする。心を無にする。

接触を途絶えさせる。

彼女を見る。もっと。もっと。もっと！

いまのをくり返し再現する。もはや彼が触れていなくても、波はつづく。

よしよし。そろそろやめどきだ。ほかのことをするべきだ。けっきょく、彼女の生涯がそこに、あの顔のうしろにあるのだ。彼女が考えたなにもかもが、夢見たなにもかもが、記憶に刻んだなにもかもが。なにもかもが。

あたしはどれくらいあなたに似ているの、ステファニー？

彼女の顔は答えない。

いつ裏切られたの、ステファニー？　裏切られたことがあるの？

あたしは彼女をもういちど撫でる。

「あたしがどんなに嫌な気持ちになるか、わからないの！」ステファニーは声のかぎりに母親に向かって叫んでいる。ステファニーは十六歳で、自宅の居間にいる。「どうしてわからないの、この石頭！　どうして毎週毎週、おんなじことを叫ばなきゃいけないの？」別の日なら行く、とステファニーが何度も何度もいったのに、ステファニーの母親がまた家族でお祖母ちゃんの家に行くことを決めたのだった。日曜日以外ならいつでも行く。でも、日曜日は彼女の日、彼女だけの日なのだ。「わからないの──わかってよ──あたしがどんなに嫌な気分になるか！」そして涙があふれだす。

「あたしを泣かせたいの？」

「ステファニー、お祖母ちゃんに会いにいくだけなのに、どうしてこんなふうに反発するの？」

「お祖母ちゃんだからじゃない。日曜だからよ」

「でも、ほんの二、三時間じゃない」

ステファニーのなかでなにかが沈む。無力感。

「こう感じるのよ、ママ」

「そう、それならどうにかするべきね。感じ方を変えなさい。あんたのいってることは無茶苦茶よ」

信じられないという思いが波となってステファニーを洗う。

「ママ。いつものあれは、パパとのいい争いはどうなの？　パパがわかってくれないっていうのは。こう感じずにはいられないっていうのは。ママにはわかるはず。あたしのいいたいことがわかるはず。あたしが嫌な気分になるのが」

「あんたのお祖母ちゃんに会いにいくの。あんたはお祖母ちゃんが大好きだし、お祖母ちゃんもあんたが大好き。どうしてわたしにこんな苦労をかけるの？」

不意にステファニーにはわかってくる――パパはわかってくれない、思いやりがないと母親が不平をいうたびに、自分を正当化しようとしていたのだ、と。立場を逆にしてみれば、なにもかもが自分のことなのだ。そうやって自分を正当化する。ステファニーが生まれてからずっと、ママはいつも自分のことばかりだった。そしてステファニーはそれに屈してきた。ステファニーがしたすべてのこと、ママを助けるために身を引いたすべてのとき、自分の時間、貴重な時間を犠牲にしてママのしてほしいことをし、ママを喜ばせたすべてのとき――それはなんにもならなかった。母親はありがたく思ったことがないし、ステファニーが助けているのに気づいたこともない。母親の望みはただひとつ――もっと、もっと、もっとちょうだい、ステファニー、なのだ。

彼女の母親は思いやりがなく、自分勝手で、ずるい。それよりも悪いことに、ステファニーが生まれてからずっと無視してきた。彼女が本当は何者なのかを歯牙にもかけず、彼女のやることなすことを無視してきたのだ。

そこで止める。

五分は休まないといけない。

彼女のかたわらに腰をおろし、首から下に目をやる。なんとなく気味が悪い。死んでいるのに、これほどすばらしい体をしているのは、不公平な気がする。人が横たわり、すべての秘密を明かそうとしていると思うと、なんとなく美しいものが感じられる。

どんな秘密を隠しているの？　どんな深くて暗い秘密を教えてもらえるの？

「自分さえよければいい」彼女はマーガレットにいう。ふたりとも十五歳で、マーガレットの家の外にすわっている。「他人なんかどうでもいい。あたしのすることなすこと、いったり、したりするなにもかもが、ただの見せかけなの。ときどき忘れて、夢中になるけど、そのふりをしているんだとじつは信じているの」

「あたしにも見せかけてるの？」マーガレットが傷ついた顔で彼女を見る。

「いいえ」ステファニーは彼女の頰に触れる。「あたしをわかってくれる人は、たぶんあなただけ。あたしが本当に愛している人は、たぶんあなただけ。あたしが見せかけてるだけだってことは、だれも知らない」

――別の「秘密」へ――

「うわっ」マーガレットがいっている。ふたりとも彼女のパパの車に乗っている。ステファニーが運転していて、心臓がバクバクいっている。「あんたが運転しててよかった。あたしだったら、犬を轢いてたわ」

ステファニーは路上で犬を轢きかけた。でも、ある記憶が脳裏にあふれだしてくる。彼女の「秘密」が。

ひとりで車を運転した最初の日、彼女は猫を轢いた。猫が道路へ飛びだしてくるのを目にして、ステアリングを切ったのだ。つぎの瞬間、世にも恐ろしいドスンという衝撃があった。彼女はブレーキを踏みこみ、道のどまんなかで車を止めた。

いま見えるのは——

彼女が車をおりて、ふり返る。猫の頭はつぶれていて、頭から下は空中を歩こうとしつづけている。跳んだりはねたりしようとしている。いっぽう頭は路面にへばりついている。ほかの猫が五、六匹道路のまんなかに集まって、わけもわからずにそれを見ている。

猫の体はところどころでピクピクしている。彼女のせいだ。

彼女は車に乗りこみ、走り去る。

十五分後にもどってくる。猫はいま路上の肉片だ。もう何度も轢かれたのだろう。仲間さえそいつのことを忘れてしまった。

彼女はだれにも話さなかった。そのことで自分を大嫌いになった。

だめだ。これは期待したほど暗くない。本当に深い場所へ連れていってくれる正しい感情、正しい記憶か思考を見つけなくてはいけない。

まる一日このことを考えなければいけない。

まあいい。今日はここまでだ。それでも。あとひとつだけ見たいものがある。どうしても見たいものが――

――マイクル――

――マイクル――

――一糸もまとわず――

彼は一糸もまとわずに立っている。あたしは彼のシーツにくるまってベッドで丸くなっている。いっぽう彼は仕事の前に起きて自分のアパートメントへ行こうとしている。

「マイクル」あたしがいう。ステファニーがいう。ステファニーだ。

彼はステファニーを見る。

「なんだい？」

「服を着る前に、眼鏡をちょうだい」彼女はテーブルを指さす。

彼がテーブルに手をのばす。腹部のひだが、肋の部分が見える。彼は途中で動きを止め、彼女を見る。

「ぼくが服を着るところを見たいのか？」

「ええ」彼女がいう。茶目っ気たっぷりに。ああ、彼女はしあわせいっぱいだ。

彼が笑みを返す。その考えが気に入ったのだ。彼女に眼鏡をわたす。

彼のイメージがいっそうくっきりとする。前もぼんやりとはしていなかった。ステファニーの精神が、無意識のうちに念入りに美化したにちがいない。

彼が服を着る。いまそれはストリップ・ショーまがいになっている。彼はゆっくりと服を着ながら、彼女をじらし、服と踊っている。笑える。おかしくてたまらない。

彼が服を着てしまうと、あたしはこの場面をリプレイする。彼女の思考が消えてなくならないよう、できるだけゆっくりと。彼がこう見えるからすばらしいだけではない。彼女がこう感じるからすばらしくもあるのだ。驚くばかりに。彼女の感じるものをあたしは感じる。できるだけゆっくりと。

最後まで行くと、別のとき、別の場所へ移行して、服を脱ぐ彼を目にし、また別のときには彼女が彼の服をむしりとるのを目にする。それもゆっくりと再生する。

見つけられる箇所に片っ端から移行し、ありとあらゆる角度から彼の体を見る。彼女の上にいる彼が見える。ふたりはセックスのまっさいちゅうだ。

寝そべっている彼が見える。

ベッドから出て、バスルームへ行く途中の彼が見える。ステファニーは彼の臀部をじっくりと眺める。うしろからだと脚がどう見えるかを確認する。正面から脚がどう見えるか、あたしにはわかる。

眠っている彼をしげしげと見るステファニーが見える。彼の髪はくしゃくしゃだ。顔はふだんにもまして屈託がない。眉毛は白髪が一本だけまじっている。鼻、彼の鼻は団子鼻だ。口は枕でつぶれている。顎には無精髭が生えている。首には十年後にできるしわが見える。彼女はシーツをめくって彼の胸をあらわにする。九歳児のようにツルツルで、毛は生えていない。彼女は毛布をそっと剝がし、体の下へ下へとめくっていく。やがて彼のあらゆる出っ張り、あらゆる毛、しまいには足の指までしげしげと見る。見終わった場所にシーツを丁寧にかけていき、彼が寒くないようにする。

どれだけの時間がかかったのかわからない。でも、あとひとつ見なくてはいけない。自分の部屋にもどる前にもうひとつだけ。

彼女を見たいのだ。

鏡の前に立っている彼女が見える。シャワーへ行く前だ。太腿に目をやり、脂肪をチェックする。下腹部に目をやる。まわれ右して、うしろ姿を見る。乳房をもてあそび、右へ左へと動かす。乳房は不ぞろいだ。だれもが不ぞろいだが、彼女は片方のかたむきが気に入らない。垂れていて、生気がないように見える。自分がどれほど完璧に見えるのか、彼女はまるでわかっていない。

でも、外見は変わる。あたしはほかのシャワーへ、彼女が服を脱いだほかのときへと移行する。

と、どういうわけか、こんどは彼女の顔に精神を集中する。毎朝めざめると、彼女が真っ先にするのは、顔を見るために鏡のところへ行くことだ。まわりに人がいなければ、鏡のそばを通りかかるたびに、彼女は自分の顔を見つめる。どれくらい疲れて見えるだろう？　苦労の跡が見えるだろうか？　どれほどつらい目にあったか、わかるだろうか？

いや、わからない。

彼女がデートへ行くときを見つける。本人さえ見栄えがいいと思えるときを。あたしは彼女の顔をゆっくりと再生する。欠点という欠点を、隅々まで見つめる……そう、なにもかもを。彼女の顔を記憶に焼きつける。

――いいえ、あなたは疲れて見えないわ、と彼女に告げ――

そしてすべてがかき消える。

そう。彼女には話しかけられない。ばかな真似をした。

時計を見る。

えっ、ちょっと待って。ちょっと待って。えっ。ちょっと。待って。

八時十分前。ベンディス教授の授業がもうじきはじまる。なんと、ひと晩じゅうここにいて、授業に遅刻しそうなのだ。人間にできるかぎりの早さで、ステファニーをしまう。自分のしたことが信じられない。冷蔵庫のドアを閉め、ポケットから鍵をとりだす。ひと晩じゅう！　ドアをあけ、外に出て、ドアを閉めると——ベンディスがそこに立っている——悲鳴をあげそうになる。

「おや、ミズ・ワトスン」教授がおだやかな声でいう。ああ、しまった、忘れてた。授業はモルグでやるんだった！　あと二、三分でみんなが集まってくるだろう。「早出をしてくれたのか。ご苦労さま」

ベンディスが首をまわす。あたしは彼の視線をたどる。グレッグがやってくる。ベンディスがあたしに向きなおり、

「外で待っている理由はない。はいろう」

ベンディスのあとにつづくあたしをグレッグが見る。

「どうかした？」と、あたし。

「昨日と同じ服を着ているね」

ああ、しまった。

「昨夜はいいことがあったの？」

ああ、しまった。

「ミズ・ワトスン」

「はい、先生」ちょうど彼女をまた冷蔵庫から出したところだ。

「彼女の子供のころの友人の名前を知っていますか？」

「マーガレットです」

「ご名答。彼女は父親がどんなコンプレックスをいだいていると思っていますか？」

「ピーター・パン症候群です」

「ご名答。さがってよろしい。今日、あなたの知らないことは探りだしません。ミスター・ウィリス、前へ出て」

まる二時間、ベンディスは彼女にさわらせてくれない。でも、みんなが探りだすのは、あたしがもう知っていることだというのは本当だ。

夕方までうわの空で過ごす。居眠りせずにいるので精いっぱいだ。でも、最後の授業が終わると、寮の自室へ行く。

ドアを二重に施錠し、把手(とって)の裏に椅子を支(か)って、あたしを起こさずにはだれもはいって来られないようにする。

ようやく服を脱いで、シャワーを浴びる。

ステファニーをもういちど見たい。彼女の感情は、あたしのなかですごく力強い。

でも、死ぬほど疲れている。

あたしはベッドに倒れこみ、毛布をかぶると、眠りに落ちる。

「ミズ・ワトスン」ベンディスの声はハンマーのようだ。あたしたちは、ステファニーの遺体のそばに立っている。

「はい、ベンディス教授」

「この女性の死因はなんですか？」

彼の凝視のもとで、あたしの心臓がしぼむ。

「えっ？」そんな疑問は脳裏をかすめたこともなかった。

「昨日あなたは彼女について、とても多くを知っていました。彼女の死因を教えてもらえますか？」

彼女の死因ですって？　彼女はあたしと同じ年ごろ。二十四歳を超えているわけがない。

「わかりません」

ベンディスがほかの者たちを見る。

「だれかわかる人はいますか？」

背後でレベッカが手をあげる。

「はい、ミズ・アンソニー」

「自殺です」

なんですって！　あたしはふり返って彼女を見る。そんなばかな！

「そのとおり」教授がいい、あたしはさっと首をめぐらせ、視線を彼にもどす。そんなわけない！　彼女の人生は完璧そのものだ。彼女は完璧に……。

「どうしてわかるのですか？」ベンディスがいう。「じっさいの瞬間を彼女とともに経験したのですか？」

「いいえ。彼女の頭のなかにいたときは見ませんでした」

「それなら、どうして？」

「彼女の手です」レベッカが、いまは隠れている手を指さす。「彼女は手首を切りました。昨日見たんです、アレグザンドラがシーツをめくったときに」

なんですって！

「たいへんけっこう。われわれは能力に頼りすぎ、物理的な証拠を見るのを忘れるときがあります。見て、推理を働かすだけでも、学べるものはいくらでもあるのです」彼はふたたびクラスの全員に視線を向ける。「これに気づいた人はほかにいますか？」沈黙。「彼女が死亡した日の瞬間を再現した人はいますか？」沈黙。

彼女が自殺したなんて信じられない。そんなことあるわけない。

「では、明々白々なテレパシー的証拠を別にして、目の前にある物理的証拠だけから、彼女の身にどうしてこういうことが起きたのか、なにか思いつく人はいますか？」

あたしは遺体を見る。それから、ベンディスがわざと遺体からシーツを剝がさなかったのだと気づく。彼女の顔も見えないように。

「手首を切るのは」背後でミーガンがいう。ベンディスが彼女を見る。「すみません」彼女はいい直す。「発言します。手首を切るのは、ふつう……助けを求める叫びだそうです。自殺するなら、もっと簡単で効果的な方法があります」

「そのとおり。それは助けを求める叫びでした。不幸にして、ご覧のとおり、その叫びはだれの耳にも届きませんでした」彼は唇をすぼめ、「みなさんはそれぞれがすくなくとも二度、これまで別の機会に彼女の頭のなかにはいりました。彼女の心を自由にさまよいました。それなのにひとりも問題を、助けを求める叫びを、深い落ちこみを、人生を終わらせた出来事の片鱗さえ目にしませんでした」またしても沈黙。「今日われわれはトラブルの兆候、助けを求める叫び、極端な感情に走った原因を探すことを学びます。

ミズ・ワトスン！」

「はい、先生」

彼はステファニーの顔をあらわにする。

「彼女がどのように亡くなったのかを教えてください」

あたしは彼女の顔を見る。ひとつ息を吸って、手袋をはずす。

「なにをするつもりですか?」彼女に触れようとしたちょうどそのとき、ベンディス教授があたしを止める。

「えー……彼女が死亡した日を見るつもりでした」

「どうやって?」

「えっ?」

「どうやって彼女の死亡した日を見つけるんですか?」

「その……自分の命を絶ちたいという気持ちに相当する痛みや感情を自分が持っているとは思いません。だから、彼女の人生のなかでこれまでに見た最悪の瞬間を選びだし、それをふくらませるつもりでした」

「どの瞬間ですか?」

「その……」あたしは彼を見る。いいたくない。

「やってください」

あたしは目を覆う。教授にいったことは、かならずしも本当じゃない。じつは、その反対のことをしようとしているのだ。

彼女に触れる。

――彼女が何度も絶頂に達した瞬間をリプレイする。そのとき彼女は快楽に呑みこまれたのだ。それから逆転させ、それが欠けているときを探す――

彼女は息ができない。心拍が二倍。あたりは暗い。

どういうこと！　彼女の内なるジャイロによれば、ここは彼女の寝室で、真夜中。彼女の両親は隣の部屋で眠っている。

ある情景が彼女の頭のなかに生じる。ついさっき彼女の身に起きたことだ。マイクルが永久に彼女のもとを去る。ここ何週間かの彼のふるまいは、これで説明がつく。マイクルが永久に去る。

そして一瞬、彼女の心のなかで、それは避けられない真実となる。

彼女の世界は真っ暗闇だ。希望はない。生きている理由がない。苦痛しかない。

でも、これはまだちがう。ベンディスの求めたものじゃない。この感情をつかまえ、千倍にする。

彼女の痛みで息が止まる。

と、つぎの瞬間、外から彼女を見ている。部屋にはあたしたちふたりしかいないし、彼女はなにも着ていない。全裸の彼女が見える。彼女の中身が見える。彼女の魂が、情熱が、最大の欲望が、痛みが見える。ああ、彼女の痛みのなんと美しいこと。底なしで、完璧で、驚くばかり。この痛みが彼女をあたしに開いてくれる。彼女が生きていたら、存在しえなかった方法で。

彼女の暗部へ移行する。それは果てしない。彼女について、あたしにわからないことはない。彼女はすべての秘密をあたしに明かしてくれる。あたしに。あたしは彼女を愛している。

もっと、あたしのためにもっと開いて。

痛みが何倍も、何十倍も強くなる。マイクルがいて、「そうだ」といっている。そして突如として波が――波が――波が――波が――波が――

――波が――波が――波が――波が――波が――

――波が――波が――波が――波が――波が――

あたしは床に寝ている。痛みが肘を走りぬける。レベッカがあたしをかかえて、助け起こそうとしている。あたしは倒れたにちがいない。

「なにがあったの？」と小声で訊く。

「接触をやめろってベンディスがあなたに怒鳴ったの」彼女はあたしをぐっと抱き起こして、それからつけ加える。「で、あなたがやめなかったから、平手打ちしたの」

「だいじょうぶですか、ミズ・ワトスン？」

「はい。申しわけありません。なにが起きたのかわかりません」

「遺体に近づかないで」とベンディス。そういわれて、彼女に触れそうになっているのに気づく。

「はい、先生」

「こうなる前にマイクルを見ましたね」

「はい、先生」

「あなたはマイクルがあることを口にするところを見た。そのときステファニーの頭脳は痛みでショートした。それと同じことがあなたの身に起こりかけたのです、ミズ・ワトスン。彼女はその痛みをかかえて生きなければならなかった。あなたはそうではない。あなたは心がまえさえできていなかった。

授業が終わるまですわっていなさい」椅子を指さし、「一日の冒険としてはお釣りが来るくらいです、ミズ・ワトスン。もう心配いりません」そういいながら、彼はわきに目をやり、あたしは忘れられる。「ミスター・クロウリー、前へ」

「はい、先生」

「同じ課題です。彼女を死にいたらしめたものを見つけてください」

「はい、先生」

「それと、ミスター・クロウリー」

「はい、なんでしょう？」

「あなたの精神をショートさせないように。これはただの課題です」

「はい、先生」

「ミズ・ワトスン、ちょっといいかな」授業が終わると、教授がいう。

あたしたちふたりだけ。あたしはまだ遺体をしまわないといけない。

「はい、先生」

「きみは傷ついたわけじゃない」その声に疑問のひびきはない。でも、彼のいうとおりだ。腰をおろしたとたん、あの試練は終わりを告げた。

「はい、先生」

「ああいうことが起きたのは、きみが被験体と自分を同一視しているからだ、ミズ・ワトスン。きみは彼女の感情を自分のものととりちがえている。観察者であるべきなのに。被験体が自殺した若い女性の場合、それは危険なことだ。つぎの授業のあいだは、彼女の最後の数日までは進まない。あともどりして、それほどの痛みをもたらした感情の種子の理解に努めるつもりだ。きみは彼女の死を目にする用意ができていない。ひとりではやらないように。わかったね？」

「はい、教授」

「よろしい。施錠して」彼はドアへ向かって歩いてから、立ち止まり、あたしをふり返る。「ところで、ミズ・ワトスン」

「はい、教授」

「本当にだいじょうぶかね？」

「だいじょうぶです」

「よし。それならいっておくべきだろう……わたしはゲイだ」それなら、彼について空想をめぐらすのをやめるべきだ。彼が部屋にはいってくるたびに、あたしがよだれを垂らす音が、おそらく聞こえていたのだろう。

「わかりました」いうべきだろうか……？　彼にいうべきだろうか？　ええい、いうべきだ。「知っています、先生」

彼はにっこりする。感心したようすだ。あたしが物理的な証拠からではなく、彼の心からそれを読みとったのを知っているのだ。

「たいへんよろしい」そして歩み去る。

それはあなたをますます魅力的にするだけなんですよ、先生。

パークス教授の教室へ急ぐ。一時間半すわりっぱなし。間欠泉の上にすわっているみたいだ。授業が終わると、あたしは飛びだす。昼休みは三十分だが、寮の自室へ小走りに向かう。

ドアを閉じ、ダブル・ロックをかける。バスルームへ駆けこみ、そのドアもロックしてから、便器のふたをおろし、その上にすわる。

不意に喉が締めつけられ、空気を求めてあえぐはめになる。

またステファニーの感情に呑みこまれる。でも、彼女に触れていないので、それは散乱していて、前ほどの力はない。希望がなくなるよりもひどい痛み、愛する者を失うよりもひどい痛みだ。彼女の未来はなくなった。まるで彼女がなくなったかのように。いや、それよりも悪い。彼女が生きている理由がなくなったのだ。これほど根源的な感情を人間のなかに感じたことはない。彼女が存在する内なる理由がなかった。彼女はそのとき存在するのをやめた。

これがその感情だった。何万倍にも拡張した感情だった。

彼女の心のなかにいたとき、ここにいたる出来事すべてを見たわけではない。授業が終わるまでのあいだ、クラスのみんなから聞かなければならなかった。

マイクルはよそよそしくなり、距離をとるようになった。電話をかけてくることはなかったが、彼女が電話すると、いつも元気そうだった。ふたりは何週間も会わなかった。ステファニーはできるだけ長く気にしないようにしていたが、とうとう彼と向きあった。彼は煮えきらない態度で言葉を濁した。それで彼女は「あたしたち、終わったの？」といった。

「そうだ」と彼がいった。

その瞬間、ステファニーは彼の目のなかに見た――どれほど前から彼が知ってほしがっていたかを。そして彼を永久に失ってしまったことを知った。

彼女の場合、それは根本的で古いなにかに触れた。鍵が彼女のなかでまわり、世界が白くなった。

ただし、あたしはもっと見た。ベンディスに平手打ちされる前にもっと多くを感じた。白さのあいだにあるなにか。なにかを……。

自分のいだいた感情をリプレイする。ひとつずつ、感情の一部を分離する。絶望。考える力がよみがえる。歩いて家に帰る。ベッドに沈みこみ、人生から出る。そしてあたしの頭のなかにじっさいの瞬間がある。彼女の死亡した日の非常にはっきりした瞬間が。

ステファニーはうつぶせで、顔を枕に埋めていた。ほとんど息はしておらず、あたりは真っ暗だった。内なるジャイロによれば、ここは彼女の寝室で、時刻は午後七時過ぎ。彼女には見えないものの、外は闇につつまれていた。

母親の声がうしろから聞こえてくる。うるさい、耐えられない――母親はしばらく前からしゃべっている。

「あんたがどんな目にあったのか、なにがそんなに悪いのかはわからない。でも、自殺まで考えているのなら」するとステファニーの背すじに電流が走る――まさにそれを考えていたのだ。「……知っておいてほしいのよ……わたしには耐えられない。きっとわたしは自殺するわ。わたしには耐えられない」

「ああ、もう！」ステファニーが枕に向かって叫ぶ。彼女の痛みは耐えがたい。これこそが彼女の母親だ。「これはママの話じゃない！　ママとはなんの関係もない！これはあたしの痛み！　なにもかも自分のことにするのはやめて！」そして声のかぎりに叫ぶので、声がかすれて、いまの言葉しか発せられない。そして言葉にせずに、頭のなかで叫びつづける――「これはあたしの話。あたしの！　それがわからないの？」

この会話がどういうふうに終わったのかはわからない。どういうふうにはじまったのかもわからない。でも、終わりの日に近かった。

また別の記憶がある。

あいかわらず枕に顔を埋めている。あいかわらず暗い。もっとあとだ。

彼女の父親の声が背後から聞こえてくる。ふだんにもまして理性的で、ふだんにもまして冷静だ。

「夕飯を食べにきなさい」

ステファニーは呆れて目をぐるりとまわす。たとえ彼には見えなくても。お願い、お願いだから、とっとと行って。パパにはわからないのよ。行って！

「きみが落ちこんでも気にかける人はいない」感情のこもらない声で父親がつづける。ふだんよりも感情がこもっていない。無はこういうふうに感じるものだと彼女に教えようとしているのだ。「落ちこむのは選んだ結果だ。贅沢なんだ」

彼女は泣きわめきたい。でも、相手は父親だ。彼女は父親を崇拝している。わかってもらわないといけない。

「パパにはわからないのよ」ステファニーはベッドの上で寝返りを打ち、彼を見る。彼女の声は六歳児のように悲しげだ。「落ちこむのがどういうことか、パパにはわかってない。さもなければ、そんなことというはずない。パパにはわからないのよ」

「ばかばかしい。わたしだって人並みに落ちこんだ気分になる。でも、くよくよしたりしない。そんなことをしている余裕はないからだ」

「パパ」彼女はわっと泣きだす。感情を父親に説明することにむなしさをおぼえながらも、わかってもらう必要を感じて。「パパの落ちこみ方は浅いのよ」父親にこんなことをいうのははじめてだ。「落ちこむのがどういうことか、パパにはわからない。落ちこむとあたしがどうなるか、パパにはわからない」

「落ちこむのは……」父親の声がますます冷たくなる。「……わがままにすぎない。理性的な人間ならわきにやれる」

その記憶はそこまでだ。あたしはわっと泣きくずれる。

彼女の痛みがあたしのなかにある。彼女の痛みがあたしを洗い、あたしはそれを浴びて、泣きやむことができないし、泣きやみたくない。あたしはその痛みを知っている。その痛みが大好きだ。その痛みが必要なのだ。ステファニーならあたしをわかってくれる。これを感じる人ならあたしをわかってくれる。

一時間後、あたしはまだ泣いている。いまも泣きやむことができない。

授業をひとつサボった。たとえ泣きやんだとしても、つぎの授業へ行くわけにはいかない。

さんざん泣いたあとのぐったりした感じ。みんなはそれを感じるだろう。全員が感じるだろう。あたしの顔に読みとるだろう。頭のなかで聞くだろう。行くわけにはいかない。

ここにいよう、ステファニーといっしょに。

彼女の感情は前より鮮明に、強靭に、力強くなっている。

彼女は、あたしの感情よりもはるかに大きいこの感情をあつかえる。でも、あたしには無理。自分の愚かな世界さえあつかえない。

これはまずい。健全じゃない。あたしには……助けがいる。

もっとも、頼れる人はひとりもいない。わかってくれる人はひとりもいない。ひとりもいない……。

モルグまで行き、ドアを解錠する。彼女を引きだす。

ステファニー。ステファニー……。

いまのあたしと同じくらいひとりぼっちだったことはある？

手が彼女の頬から数ミリのところで止まる。いまにも触れそうだ。

これほど死にもの狂いだったことはある？

いまにも触れそうだ。

自分を愛してくれる人を心の底から必要としたことがある？

指は彼女に触れていないが、空中になにかがある……。

彼女がベッドに倒れこむ。汚された気分で。

空中で指が揺らぎ、接触が途絶える。

しまった。息をしないと。

感情の鏡をのぞきこむのに似ている。彼女はなにからなにまであたしはちがう。

それなのに、なにからなにまであたしなのだ、もっと強いだけで。彼女の感情は、あたしの哀れなそれよりも強力だ。彼女には底なしの深みがあるのに、あたしは浅い端っこを移動するだけ。彼女には痛みに対処する能力があるのに、あたしは……自分が何者かさえわからない。

助けて、ステファニー。あたしを助けて！

ドアをあけると、きしむ音がする。自分の息づかいが聞こえる。胸が締めつけられる。彼女の背中はこちらを向いている。コンピューターのキーを打っている。

「パークス教授？」

彼女がくるっと椅子をまわす。

「ミズ・ワトスン？」

教授が立ちあがり、片手をのばす。あたしは思わず飛びすさりそうになり、彼女が手袋をしているのに遅ればせながら気づく。

彼女は手を引っこめ、すわり直す。

「わたしで役に立てるかしら？」

「その……たいしたことじゃないんです」

「たいしたことかどうかを訊いたんじゃないの。わたしで役に立てるかどうかを訊いたのよ」

「その……質問があります」

「どうぞ」

「その……えー」もし尋ねたら、あたしが不安定だと知られ、退学になるだろう。でも、訊かなかったら、頭がどうにかなって、退学になるだろう。でも、尋ねたら、不安定だと知られるだろう。でも、訊かなかったら、頭がどうにかなるだろう。でも、尋ねたら、不安定だと知られるだろう。でも、訊かなかったら――

「ミズ・ワトスン？」

「はい、先生」

「質問があるんでしょう？」

「いいえ、ありません。すみませんでした」

「わたしを信用して、ミズ・ワトスン」彼女はテーブルに手を置き、あたしの魂をのぞきこむ。「質問があっ、た、んでしょう」

「ええ、ありました。でも、もうたいしたことじゃありません」

「それでも。聞かせてほしい」

ああ、どうしよう。

「ミズ・ワトスン？」

「はい、その、いま訊いたら、問題が大きくなって、大ごとに思えるでしょう。本当はなんてことのない質問なのに」

「なるほど。わかったわ」彼女は椅子をくるっともどし、またキーを打ちはじめる。「あなたはわたしに質問をしに来た、ミズ・ワトスン。だからこの部屋を出ていくのは、質問をしたあと。その質問が、ここへ訊きにきたものか、別のものかはどちらでもかまわない。でも、あなたはわたしに質問をする」そしてあたしを見ずにキーを打ちつづける。

「別の質問があります」

「いいわ」彼女の背中はこちらを向いたまま。彼女はあいかわらずコンピュータのキーを打っている。「訊いてちょうだい」

「仮定の質問です」

「どうぞ」

「ありえるんでしょうか……」あたしのなかでなにかが沈む。彼女に知られてしまう。

「ありえるんでしょうか？」彼女がオウム返しにする。

一歩ずつだ。一歩ずつ。とにかく一歩ずつ。

「だれかに……」

「だれかに」彼女が小声でくり返しながら、ファンクション・キーを探す。見つけて、押し、「よしっ！」

「だれかに成り代わることが……だれかの思考に乗っとられることが」

パークスが椅子をくるっとまわして、あたしを見つめ、「ないわ」と、あっさりいう。スクリーンに向きなおり、「さあ。もう行ってもいいわよ、そうしたければ」

「ありがとうございました」彼女のいうとおりだ。

あたしがドアに近づくと、彼女がいう。

「アレグザンドラ？」

アレグザンドラですって？

「はい、パークス教授」彼女はこちらを向いて、身を乗りだしている。彼女の気分がやわらかく、落ちついているのが感じられる。

「こういうことよ。あなたの脳はあなた自身のもの。別の人間にはなれない。わたしたちが他人の思考や感情を感じるときは、自分のなかにある、それに対応する思考や感情を見つけるだけの話。自分のなかに存在しなかったら、感じることはできない。なにもかもがあなたのものの精神を通るのだし、あらゆる感情はじつはあなたのもの。だから、テレパスが相手でも、他人の感じる苦痛が自分の感じる苦痛なのかがわからない。赤色が同じように見えるかどうかもわからない。なぜなら、他人の心を読むとき、あなた自身の精神と感情を通じて解釈するから。したがって、そう、あなた以外のだれかに成るということはありえない。もっとも、あなたに必要なのが、ぎゅっと抱きしめられることだっていうことはありえる」

あたしは笑い声をあげ、目を伏せる。

「まあ、あなたを抱きしめるわけにはいかないけど」彼女が立ちあがる。「ご馳走するくらいは許されるわ」

あたしは驚いて彼女をまじまじと見る。

「街へ出るところだったの。すてきなシーフード・レストランがあるのよ。わたしのおごり」

「でも……」

「あなたに触れない。心を読まない。あなたのことを詮索しない。ご、ご馳走するだけ」

彼女は文書を保存し、スクリーンをオフにする。「そしてなにを口にしても……」部屋の明かりを消して、先に立って外へ出る。「……わたしたちの不利にはならない。それならどう？」

「あの……あたしは……」

「『はい』っていって」彼女はあたしが好きだ。それが感じられる。

「はい」

「よかった。行きましょう」

彼女の車は十年前のマツダだが、新車のにおいがする。

車のなかは、アカデミーの外のような気がする。あたしはシートにもたれて、身を沈める。

教授はアカデミーをぐるっとまわって、門へ向かう。

初日にあたしを入れてくれたのと同じ警備員が、いまそこにいる。あたしたちが近づくと、彼が門をあける。

あたしは彼を見る。色つきのガラスごしに、こちらが見えるとは思えない。アカデミーの外に出る。アカデミーの外にいる。

目を閉じて、やわらかなクッションに溶けこむ。

まばゆい光。スモッグのにおい。着飾って通りを歩く若い男女。文明だ。二年もジャングルにいたみたい。

レストランは混んでいるが、店内にも店外にもまだ席はある。パークス教授に頼んで外にすわる。雰囲気にどっぷり浸かりたいのだ。


「テレパスでいると、プライヴァシーというものはないの」注文をすませたあと、パークス教授がいう。「ふつうの人は知らないでいることを楽しめる。わたしたちにその贅沢はない。

ボーイフレンドがあなたとメイク・ラヴするとき、彼があなたに触れ、あなたには彼の感じるなにもかも、彼があなたについて考えるなにもかもがわかる。それは、あなたがそうあってほしいほど完璧じゃない。見苦しくて、むらがあり、通りいっぺんなの。不安に駆られて彼に触れれば、彼がいまは昨日ほどあなたを好きじゃないとわかるし、知っていることを彼に話せば、彼はますますあなたを好きじゃなくなる。彼には我慢できない自分の部分が見えるし、彼には満足できない部分も見える。彼があなたをどう美化しているかがわかるし、ほかのだれかを美化しているときもわかる。そして彼があなたとメイク・ラヴするとき、そのさなかに自分の体が見えるし、右の乳房がおかしく見えて、体重が二ポンド増えたし、脚はたいていの角度からきれいに見えないし、また毛を剃らなくちゃならないとわかるし、息がどう臭うのかもわかる。そして彼があなたを好きなのは、本当は子供のころよく面倒を見てもらった、おっぱいの大きな十六歳のベビーシッターを思いだすからだし、本人は知らなくても、うまくいかなかった最初のガールフレンドに未練があるということがわかる。

つらいのは、いつもこうだと思い知らされること。『可能なかぎりいい状態』であってもこうなのよ。これが真実であり、これがふつうだと学ばなければならない。テレパスであれば嘘を捨て、現実の世界で生きはじめなければならない」

ウェイターが飲み物を運んでくる。彼女が礼をいい、ウェイターは歩み去る。

「わたしたちは仮面のひとつひとつに直面し、それを消さなければならない。なにもかもとりのぞかなければならない。自分にあたえるごまかしのすべてを。自分で決めたことすべての下を、成長するあいだに作りあげたコンプレックスや、偽りや、偽りの反応すべての下を掘らなければならない。なにもかも消し去ることをおぼえなければならない。ときには自分の人格をまるごとぬぐい消しているような気分になる。でも、そのうちさとる――さとらなければならない――なにが残るにしろ、それが自分、本当の自分なのだ、と。

あなたがやり通せば、アレグザンドラ、四年間をやり通せば――あなたにはできるとわかっているけど――自分でも信じられないような人間になるわ。秘密を持たないでいるから生まれる力、自分自身について熟知しているから生まれる力は、とうてい信じられないものになる。話すとき、嘘をいわないと知っているから生まれる力は」

ウェイターが食べ物を運んでくる。教授は帆立貝で、あたしはアラスカ産キング・サーモン。彼女のおごり。彼女のお勧め。

「ありがとう」教授がウェイターにいう。彼が立ち去ると、顔をしかめて、フォークを置き、「お手洗い」あたしにほほえむ。「すぐもどるわ」

あたしはうなずく。

この機会を逃さず、あたりを見まわし、通りの人々を見る。網でできたシャツ、イカレたタトゥー、ワイルドな髪形。ティーンエイジャーは若ければ若いほど年上に見える。

二分前、あたしのうしろにいたカップルが立ちあがり、出ていった。あたしの正面にすわり、パークス教授の陰になっていたカップルは、いま立ちあがるところ。外にいるのは、あたしたちふたりだけになる。冷えこんできている。でも、あたしは人々を見ていたい。彼らのひとりが近寄りすぎるたびに、気まぐれな思考のかけらが伝わってくるのを感じていたい。彼らが着ているものを見ていたい。

マイクルが出ていこうとしたカップルとぶつかりそうになる。彼もレストランを出ようとしたのだ。間が悪かった。彼はいつもの屈託のない笑みを浮かべ——えっ？

マイクルですって？

同じ顔立ち、同じ顔、同じ——

彼を生きている人間として考えたことがなかった。でも、もちろん彼は生きている。もちろん、彼は現実だ。ひとり残らず現実の人間だ。だれもがまだ生きている、ステファニーをのぞいて。

あたしは立ちあがる。マイクルはこちらに背中を向けたまま。女性に謝って、レストランを出る。歩道に出ると、あたしのほうへやってくる。近くを通ったとき、あの澄んだ、美しい、空色の目がはっきりと見える。朝、彼の隣でめざめたとき、「しあわせだよ」と照らしてくれる目が。

彼はあたしを見て、その視線はあたしを素通りする。

彼にはあたしがわからない。当たり前だ、わかるわけがない。あたしは椅子に深くすわり直す。ふり向きはしない。ふり向いたりしない。

パークス教授がもどってくる。

「それじゃあ」彼女がいう。「わたしの話をしてもいいかしら？」

彼女の車にまた乗る。街から出るまで二十分、あたりが緑地にもどるのにもう十分、アカデミーの門に着くまでもう十分。

あたしたちは口数がすくない。

門が彼女のためにひとりでに開く。

「待ってください」と、あたし。彼女がこちらを見る。「ここでおろしてもらえますか？」

「どういうこと？」

「せっかく外に出たのだから、知り合いに会いにいきたいんです」

「本気なの？」

「お金はあります。なんとかなります。ここでおろしてください」

彼女は一瞬考えてから、「いいわ」という。

あたしは車をおりる。

「ありがとう」まだあいているドアから身を乗りいれ、「ありがとうございました」

彼女はにっこりする。目のまわりにしわが寄る。それから前を見て、

「疲れたわ。じゃあ、また明日」

「ありがとうございました」あたしはもういちどいい、ドアを閉める。

車が入口を通りぬけ、門がゆっくりとまた閉まる。警備員はあたしを見るが、距離を保ったままだ。

あたしは周囲を見まわす。携帯は持っていないし、タクシー会社の番号も知らない。

警備員のところまで歩いていく。

「すみません、タクシーを呼んでもらえますか？」

「どちらへ？」タクシーの運転手がいう。

「街へもどってください」と、あたし。「ノース・シェードランド通り一四二一番地」ステファニーの家。

ドアベルを鳴らす。いやいや、立ち去るべきだ。そう、立ち去るべきだ。どうしても立ち去るべきだ、どうしても、どうしても……。

ドアの向こう側で、だれかが把手に触れる。ばかなあたし。ばか。ばか、ばか、いったいなにやってんの。

ドアがゆっくりと開く。あたしはとっておきの笑みを浮かべる。

戸口にママの顔が見える。あたしを見あげている。しわが刻まれ、老けている。ステファニーにはこうは見えなかった。彼女は文字どおり半分ステファニーの顔をしている。ステファニーが気づかなかったことだ。

彼女は緑の目であたしを見あげる。その目は、彼女が二十代後半で、ステファニーがまだ小さな子供だったころの輝きとやわらかさをほとんど失っている。

「はい？」彼女がいう。その声はザラザラしている。起こしてしまったのだろうか？いや、彼女は午前零時前には眠らない。

「はい？」彼女がもういちどいう。

あたしの口はカラカラだ。唇をなめる。助けて。

「どちらさま？」彼女がいう。

「あたしは……」ごめんなさい、ステファニーのママ。ごめんなさい。

「お名前は？」彼女の声がどんどん疑り深くなり、あたしの知っている声のようにまた聞こえてくる。「お名前は、お嬢さん？」

「アレグザンドラ・ワトスン」

「どういうご用件？　こんな遅い時間に」

「あたしは……あたしは……ステファニーです！」

彼女の名前が出ると、母親の目が曇る。

「なんですって？」

「ステファニー。あたしは……」

「ステファニーを知っていたの？」

「はい」そうよ！「あたしは……彼女の友だちでした。親友だったんです」

母親の目に起きたのは、ステファニーには見憶え（みおぼ）のないことだ。嘘を見抜かれたのだろうか？　本当のことなのに。ごめんなさい（アイム・ソーリー）。

「お気の毒です（アイム・ソーリー）」かわいそうなのは（アイ・アム・ソーリー）あたしだ。

「はいってちょうだい」

「ニューヨークにいたんです。ついさっきインディアナポリスへもどってきたところで……」

「はいって」彼女がいって、わきへ退（の）き、あたしのために道をあける。

ああ。この居間を知っている。このにおいを知っている。記憶のせいで居間が狭苦しく感じられる。四方から迫ってくるように。

彼女はここで育った。二十年のあいだに壁が変わるのをあたしは見てきた。彼女が年をとるにつれ、部屋がちぢむのを見てきた。彼女が子供のころ、壁紙は見苦しい緑だった。やがてママが象に変え、さらにあとになって茶色い幾何学図形に変えた。いまTVがあるところに、歴代のTVを五台見た。

「チャールズ」彼女がいう。すると彼が首をまわす。

チャールズ――ステファニーの父親――がＴＶの前でソファにすわっている。彼があたしを見る。きれいに髭を剃っている。一日のこの時間にしては珍しい。客がいたにちがいない。

いたのだ。いたのは歴然としている。弔問客だ。

「こちら、ステファニーのお友だち」シルヴィアがあたしを紹介する。「あー……」

「アレグザンドラです」

あたしは手袋をはめた手をさしだす。彼がそれを握る。

「きみは……ステファニーの友人なの？」

「はい、そうです」

「大学の？」

「はい、そうです。コミュニケーション学科でした。同じ授業をとっていて、あたしたちは……」言葉が出てこない。ただ肩をすくめ、「親しかったんです」彼女の母親がわかったというようにうなずく。父親はあたしを見つめている。「おふたりのことはなにもかも聞いています。チャールズ……」彼はうなずく。「……そしてシルヴィア」

「わたしたちのことはなにもかも聞いているの？」彼女が尋ねる。

ああ、しまった。

「彼女はどんなことでも包み隠さず話してくれました。何時間も話したんです」シルヴィアが湿った手を服で拭きながら、あたりを見まわす。ああ、彼女はあたしを怪しまなかった。また自分のことにかまけていた。

「よかったら……なにか飲まない？」シルヴィアが尋ねる。「お茶か……」

「お茶でけっこうです。なにも入れずに」

シルヴィアがきびすを返し、キッチンへ行く。

「さっきまで客がいたんだ」と彼女のパパがいう。「でも、帰った。おもてなしできるかどうかわからないし……」

「まあ、チャールズ」彼女のママがキッチンから叫ぶ。「彼女はいま飛行機で着いたところなのよ。追いかえすわけには……」

「そんなことをいってるんじゃない。わからないといってるだけだ……」途中で気を変え、別のことをいったのがわかる。「……なにを話せばいいのか」彼は深々と息をし、首をまわす。「あそこにあの子のアルバムが何冊かある」と指さす。「それと……あの子の友人たちが、あの子の部屋に献花台みたいなものを作ってくれた。それは……」指さし、「……廊下の先だ」

あたしは顔をあげる。あの見慣れた小さな廊下は、片側がステファニーの寝室、反対側が両親の寝室に通じている。

「アルバムを見せてもらえますか？」

「お安いご用だ」

彼が先に立って、ＴＶの近くの小さなスタンドへ行く。アルバムがぎっしりだ。あたしは床にすわり、一冊のアルバムを手にとる。彼はまたソファにすわり、ＴＶの音を消す。あたしはアルバムを手にとり、また彼を見る。いま音を消したばかりのＴＶをあいかわらず見ている。

最初のページを開く。生後七日のステファニー。この写真は百万回も見ている。彼女はこの上なくかわいらしい。完璧な赤ん坊だ。

赤ちゃんのステファニーが、ポーチで母親の乳を吸っている。ああ、なんてこと、シルヴィアを見てよ。あたしやステファニーの年にもなっていない。彼女のほうが若い。まだ子供。二年もすると、ステファニーが記憶のなかで母親のはっきりしたイメージを持つようになり、彼女は成長しきった巨人になる。こんなシルヴィアは見たことがない。

四歳のステファニーが背の高い草むらを走っている。その写真が撮られた日を憶えている。ママが走れ走れといいつづけるので、ステファニーは走ったのだ。空想した蝶（ちょう）を追いかけ、母親のために演じてみせた。彼女はなにひとつ悩みがなく、しあわせそのものだ。あとでステファニーを調べなければ。なにが変わったのか、大きくなったら、どうしてそのしあわせが吸いとられたのかを突き止めなければならない。

ステファニーの最初の自転車。パパが補助輪をはずし、一時間も彼女のあとについて走るはめになった日を憶えている。

家族そろってサンディエゴのビーチにいる。パパを見て。まるっきり別人だ。すごくハンサムでもある。ステファニーにとって、彼の脚は象の脚のようだ。まるでトンネルであるかのように、そのあいだを走りぬけたものだった。

シルヴィアが近づいてくる。あたしは首をまわし、顔をあげる。彼女は熱いお茶のカップをかかえている。

「ありがとうございます」あたしは熱いお茶を受けとる。

シルヴィアがチャールズのソファの端にすわり、あたしを見る。

「ふたりはどういうふうに出会ったの？」

「新入生の最初の日に会いました。西欧文学の授業へ行く途中で」

「友だちになったの？」

あたしはうなずく。

「彼女はすばらしい女（ひと）でした。あたしの親友でした」

「あなたは……知っていたの……知っていたの、あの子が……」言葉が途切れる。

「マイクルのことは知っていました」と、あたし。すると彼女があたしの目をのぞきこむ。ああ、しまった、あたしに止められなかったのかと訊いているんだ。「でも……電話でした。それに……大きなことだとしか知りませんでした。ここまで大きなことだとは知らなかったんです」

　彼女はあたしと並んですわる。あたしはお茶に口をつける。熱すぎる。アルバムを見たいが、彼女が期待の眼差しでこちらを見ている。なにかいいたいけれど、自分からはいわずに、なにをいいたいのかと相手に訊かせようとするとき、彼女は決まってこの表情を浮かべる。

　もうしばらく彼女を見つめ、彼女がなにもいわないと、アルバムに注意をもどす。耐えられない。彼女の眼差しに耐えられない。なにかいいたくてたまらない彼女の気持ちが感じられる。彼女の痛みがここまで伝わってくる。

「あのう……」あたしはまた彼女と向かいあう。「お手洗いへ行ってもいいですか？　ちょっと……」

「もちろんよ」彼女は立ちあがる。「そっちよ」

　あたしはカップを置いて、立ちあがり、廊下を歩いていく。

　把手に手をかけて、あたりを見まわす。ここならふたりには見られない。背後の反対側にステファニーの部屋がある。まちがえたといえばいい。手洗いの場所がわからなかったのだ、と。

あたしは目を閉じる。

だれが気にする？　あたしは気にしない。

ステファニーの部屋のドアまで歩き、ゆっくりとあける。

ああ、なんてこと。彼女のように感じる。彼女のようなにおいがする。思ったよりもわずかに大きいが、あたしのほうが小柄だからだろう。

あのにおい。本棚からこぼれるわずかなほこりが、マーガレットの香水の残り香とまじり合っている。彼女はついさっきまでここにいたのだ。

彼女のベッドが片側にある。ステファニーのベッドの下にあるものがまだ見える。子供のころから持っていたテディベアらしい。かがみこんで、視線を走らせる。マイクルにふられる数時間前に、彼女がそこへ落としたのだ。マイクルにふられたあとは、どうでもよかった。

身をかがめ、テディベアを拾う。ボロボロだが、まだやわらかいし、なじみがあって、親しみやすい。

それを元の場所にもどす。

「お手洗いはあっちよ」と声がする。シルヴィアがドアのところにいる。

「わかってます」あたしは首をめぐらせる。「部屋が目にはいったんです。はいらないわけにはいかなかった」

　彼女がはいってきて、ステファニーのベッドにすわる。

「あなたを見てると、ステファニーを思いだすわ」

「あたしを見てるとですか？」

「なんとなく似ているの……」ああ、まいった。「そうね。まばたきの仕方が似ている」

「そうでしょうか？」

「まばたきの仕方が似ている。いえ、そうじゃない。どぎまぎすると、あの子はいつもそれを隠そうとしてまばたきしてから、首をかしげたの。いまあなたがやっているとおりに」

　あたしは自分を抑える。あたしにそんな癖はなかった。ステファニーの癖がうつったにちがいない。そして、前にもましてどぎまぎして、またそうする。彼女の動き方を真似(まね)しているのだ。

「彼女の癖がうつったんだと思います。よくあることです」

　シルヴィアは肩をすくめる。

「とにかく、そのせいであなたはあの子に似て見えるの」

　顔が赤らむのを感じる。

「ありがとうございます」

あたしは周囲を見まわす。

彼女がここにいると部屋は見られない。でも、いまは彼女に近づいた気がする。

「すわって」ベッドにすわった彼女が自分のかたわらをポンとたたく。

あたしは彼女の隣にすわる。

あたしたちは無言でただすわっている。あたしは目の前の壁の一点を見つめる。下手に動くのが怖いのだ。

静まりかえっている。彼女の息づかいが聞こえる。いつもより荒いのがわかる。息づかいのリズムが変わるのを感じる。あたしはできるだけ音を立てずに呼吸しようとする。キッチンの冷蔵庫がまたガクンと動きだす。彼女の父親はＴＶの音をつけている。彼が姿勢を変えるたびに、体の下でソファがきしむのが聞こえる。

「さて」シルヴィアがいう。

あたしは目を伏せる。

「お気の毒に」それしかいうことを思いつかない。それから涙がこみあげてくる。

「彼女がいなくて寂しいんです。寂しくてたまらない」

すると触れなくても、かたわらのシルヴィアの苦々しい気持ちが感じられ、その直後に言葉が届く。

「あの子はわたしへの当てつけであああしたのよ」

あたしの心臓が止まる。

「なんですって？」そして彼女を見つめる。

「口喧嘩をしたの。あの最後の日。数時間前に」

ああ、よしてよ。

「いったい……」いうわけにはいかない。でも、いうしかない。「なにが……原因だったんです？」

「あの子はマイクルにふられて落ちこんでいた。わたしがやってきて……助けようとした。そうしたら、あの子がわたしに怒鳴ったの。マイクルにいだいた怒りと痛みのすべてをわたしにぶつけたのよ」

「シルヴィア、つまり……彼女は落ちこんでいました。マイクルのせいで」いちばん当たり障りのないいい方を見つけ、とっておきの猫撫で声でいう。「あなたのせいではありませんでした」

「あの子が落ちこんでいるのは知っていた」彼女の声がささやきと変わらなくなる。部屋にはほかにだれもいないのに。「あの子が落ちこんでいるのは知っていた。ひょっとして……」唇を嚙み、「あの子が自殺するかもしれないと思った」応答を待つ。あたしは返さない。「そうなったら、どんなにわたしが傷つくかといった。それはあんたを愛する人たちにする仕打ちじゃないといった。そんな目にあったら、わたしがどんなにつらいかといった」彼女はあたしの手をつかみ、あたしの目をじっとのぞきこむ。手袋をはめていてよかった。「それなのに、あの子はやった。理性の声を聞かず、頭が冷えるのを待たなかった。とにかくやったのよ。どれほどわたしが傷つくかといったのに、あの子はかまわずにやった。わたしを傷つけるためにやったのよ」

「いいえ、シルヴィア。あたしはステファニーを知ってます。彼女はあなたを傷つけるようなことはけっしてしなかった。原因は……」

「あなたはいまのあの子しか知らない。わたしは、あなたよりもずっと長いあいだあの子を知っていた。いつもと同じ口喧嘩なのよ。ただし、今回はわたしを責め、永遠に責めつづける方法をあの子が見つけたわけだけど。あの子の望みは、わたしが死ぬまで自分を責めながら歩きまわることだった。そうすれば気分がよくなるから」

ちがう、ちがう、なにもかも誤解だ。

「シルヴィア」あたしに触れている指をそっと撫でる。「あなたの話をたくさんしました」彼女の目に危険な光がひらめく。「いいえ、悪口じゃありません。悪口はひとつも出ませんでした。彼女はあなたを愛していました。そしてあたしは知っています——知っているんです、シルヴィア——あなたになにかを示すつもりで、彼女があああしたのでないことを。強いていえば、あなたとは関係ないことを示すつもりでしたのだ、と」

「あの子の望みは、わたしを傷つけることだった……」自己憐憫がほとばしる。「……そしてあの子はそうした」口もとに冷笑が浮かび、「みごとに」あいかわらず自分のことばかり。あいかわらずシルヴィアのことばかりで、ステファニーとはなんの関係もない。ステファニーの痛みとはなんの関係もない。

「シルヴィア」あたしはやわらかい声とはげます口調を必死に保つ。「あなたの口ぶりだと、まるでふたりがまた口喧嘩しただけ、こんどのはちょっと大きかっただけみたいです。でも、これはものすごく大きいことなんです。原因はまるっきり別のことだったということはありえませんか?」

「あなたはここにいなかった」彼女が語気を強めていう。背中をこちらに向けて立ちあがり、「とにかく、いまそれがどうしたっていうの?」服のしわをのばし、ささやき声でいう。「わたしはあの子を絶対に許さない」

あたしは泣きたい。彼女は自殺をとげた——ステファニーは命を絶った——それなのに、彼女のいっていたことは、あなたの耳にはいりさえしない。あなたの顔の前にあったのに、いつもと変わらないもののようにあつかっている。まったくもう!

「あの子がああした理由なんて、どうでもいいじゃないか」

あたしたちふたりともふり向く。チャールズがドアのわきに立っている。彼はあたしてはなく、シルヴィアを見て、シルヴィアに話しかけている。

「尻尾を巻いて逃げたんだ」

「尻尾を巻いて逃げたですって？」その言葉が思わず口から飛びだす。「あれほど勇敢な行為はありません！」

シルヴィアがショックを受けてこちらを見るが、そのうしろにいるチャールズは、

「勇敢だって？　つぎの日も生きていたら勇敢だっただろう。あの子はそうしなかった。大学へまた行ったら勇敢だっただろう。あの子はそうしなかった。もがいて、生きつづければ勇敢だっただろう。でも、ステファニーは……。あの子は逃げたんだ。責任から、友情から、痛みから、自分の恐れに直面することから。逃げたんだ。臆病者のやり方で」

「でも……。彼女がどれほどひどい状態だったか、あなたはご存じない。彼女がどれほど大きな痛みに苛まれていたのか、ご存じない」

「あの子がどれほどの痛みに苛まれていたっていうんだね？　ボーイフレンドにふられたくらいで」

「人によっては、生きるか死ぬかなんです」

「胸が張り裂ける気持ちなら知っている。そのわたしがいうんだ――そこから生きて立ち去れる、と」

「彼女があの経験をしていたとき、チャールズ、痛みはあまりにも大きくて、あまりにも恐ろしくて、彼女は命を絶ちました。そうでなかったら、あなたがおっしゃるように、自殺なんかしなかったでしょう。彼女が命を絶ったという事実が、彼女の痛みがどれほどひどかったかの証拠です」

「いや。あの子が自殺したのは臆病者だったからだ。落ちこんでいたこととはなんの関係もない」

このわからず屋！　どうして認めようとしないの！

「この場にふさわしい話題ではないと思えるんだけど……」シルヴィアが割ってはいる。

でも、あたしは彼女を押しのけんばかりにする。この男を相手にしていると、気が変になりそうだ。

「彼女が本当にそう感じたと、あなたは信じなかった！　子供のころから、彼女の感情を軽く見てきた！　彼女が自殺したのは、どれほど強く感じるかをあなたに教えるためだった！　彼女が自殺したのは、痛みがあまりにも強すぎて、だれにも理解できなかったからです！」

彼は鼻を鳴らす。

「あの子が自殺したのは、どれほど強く感じるかをわたしに教えるためだった、といったようだね」彼は視線を下げる。彼がどれほど煙草を吸いたがっているかが感じられる。彼は視線をもどし、小声でいう。「きみは自分がなにをいっているのかわかっていない」ああ、彼がどれほど煙草を吸いたがっていることか。「あの子は弱かった。いつも弱かった。いつも問題から逃げだした。問題と向きあう心の強さがなかった。それが起きたことだ」

いったいこれはなに？　亡くなったばかりの実の娘をスペイン宗教裁判にかけるの？　彼女の死が無駄だったみたいだ！　生きたのが無駄だったみたいだ！　彼女が手首を切って、出血多量で死んだとき、だれも耳をかたむけていなかったのだ！

「いっておきますが」涙声になっているのがわかる。「彼女ほど勇敢な女性には会ったことがありません」

彼は肩をすくめる。もうあたしに話しかける気もないのだ。

「いいですか」あたしは無理やり彼の視線を引きつける。「彼女が逃げた例をひとつあげてください。ひとつでいいですから！」

彼はふり向きかける。

「それは大事なことかな？」

「なぜかというと！」一語一語を区切ってしゃべっているように聞こえる。「あなたが彼女をちゃんと憶えていないから。彼女を理解してないから。忘れてはいけないから……」そして声を失いそうになる。「……彼女がどういう人だったかを！」涙がこみあげるのを感じる。止められない。「世界には大きな穴があいていて、それはステファニーの形をしているんです！　彼女がいなくなり、世界は変わってしまったのに、おふたりにはそれがわからない！　彼女はいなくなり、世界は前とちがうのに！」

「アレグザンドラ……」シルヴィアが一歩こちらに踏みだす。

「世界は前とちがうんです」あたしはなかば絶叫しながらあとじさる。涙が頬を流れ落ちる。「でも、おふたりとも前と同じ！　いったいどうしちゃったんですか！」

「アレグザンドラ……」シルヴィアがあたしの頬から涙をそっと払いのける。あたしはパラノイア気味になっている——恐れがあまりにも強いので、目にはいるイメージが片っ端から染められていくのだ。あたしは彼女の手をすばやく押しやり、あとじさって、ステファニーのベッドに倒れこむ。なじみ深いシーツに包まれる。マットレスが、あたしの体に合わせてたわみ直す。シルヴィアが一歩近づく。あたしは寝返りを打ち、枕に向かって絶叫する。

「ふたりだけにして」シルヴィアの声が聞こえる。

チャールズから伝わってくる感じが遠ざかる。彼は歩み去るところだ。

「必要なだけ時間をかけなさい」

彼女はあたしのシャツの背中に手を当てて、しばらくとどまる。とうとう、立ちあがり、歩み去る。明かりを消してからドアを閉める。

あたしは枕のにおいを大きく吸いこみ、ベッドの上で体をのばす。毛布をとり、彼女がよくやっていたとおりに脚にはさみ、抱きしめる。

ステファニー！　ステファニーならふたりにわからせる。ステファニーならわからせる。

外で鳥がさえずっていて、目をあけようとすると、光で目がくらむ。しまった！　あたしは背すじをピンとのばして上体を起こす。

いま何時だろう？

あやうく息が止まりそうになる。五時半！　それなのに……。服を着たまま眠ってしまった。彼女の部屋で眠ってしまった……。おはよう、お部屋……。それに彼女の両親に怒鳴ってしまった……。ステファニーに会わないと……。ああもう、行かないと。

立ちあがり、服のしわをのばす。マットレスとベッドをととのえる。

ふたりが部屋をのぞかずに、あたしを放っておいたわけがない。シルヴィアは、すくなくともいちどはようすを見にきて、あたしが眠っているのをたしかめたはずだ。彼女は実の娘のベッドであたしを眠らせてくれた。まったくもう。

ふたりとまた顔を合わせたくない。

ドアにへばりつき、だれかの気配を感じとろうとする。

気配はない。なにも伝わってこない。ふたりは眠っているか、留守にしているかのどちらかだ。

またマットレスをととのえ、枕を定位置にもどす。部屋を見る。

さよなら、お部屋。

ドアをあける。静寂。居間にはいり、できるだけ音を立てずに、タクシーを呼ぶ。

警備員の前を通り過ぎたのは午前六時十五分。

時間はたっぷりある。でも、だめだ、だめだ、また同じ服を着てモルグへ行くわけにはいかない。

寮の自室へ行き、いままでいちばん早くシャワーを浴びると、着替えて、携帯電話を手にとり、七時十五分前にモルグに着く。

できるだけ早く解錠し、部屋にはいってドアを閉め、冷蔵庫へ向かう。ストレッチャーに乗った彼女を運びだし、シーツをめくる。

ああ、この顔。愛している、愛している、この美しい顔を愛している。

手袋をはずして、彼女をじっと見つめる。

ふたりがまちがっている証拠を見せて、ステファニー。もういちど最後まで記憶をたどろう。あなたの痛みがどれほど強かったかを示して。

あたしは彼女に触れる。昨日感じたショックにそなえながら。そして……。

なにも起こらない。

えっ？　そんなばかな！

頭のなかで別の感情を再現する。

なにも起こらない。彼女はじっとしたまま、美しく横たわっている。

彼女に触れたままで、最後までたどった記憶をリプレイする。

なにも起こらない。

そんな！

ベンディスによると、ふつうは一週間、いや、六日は保つそうだ。まだ四日しかたっていない！　こんな仕打ちってある！

もういちど試みる。

なにも起こらない。

お願いだから。

なにも起こらない。

だめよ！　彼女からなにもかも読みとったわけじゃない！　彼女のエッセンスをと

りこんだわけじゃない！　欠けている記憶がある！　欠けている経験がある！　あたしの前から消えてはいけないわ、ステファニー。あなたを記憶させてもらわないと。あなたの記憶を永遠に刻ませてもらわないと。

あたしはもういちど彼女に触れる。

頬の冷たさに心が痛む。なにもない。

彼女は跡形も残っていない。

ああ、神さま。

世界には穴があいていて、それはステファニーの形をしている。

世界には穴があいている。世界には穴があいている。

彼女のすべてをとりこめなかった。ああ、神さま、彼女のすべてをとりこめなかった。


生気のない体を冷蔵庫にしまう。ドアを施錠し、そこに突っ立つ。

いま何時だろう？

午前七時。

もういちど試してみるべきだろうか？

彼女にはかまうな。彼女は消えてしまった。

胃袋がきゅっと締まる。

パークス。そう。パークス教授は彼女に触れた。そして彼女はあたしの友だちだ。

彼女のオフィスまで歩く。

閉まっている。いま何時だろう？　七時八分。

待とう。

遺体をどうするかについては、十中八九手順が決まっているだろう。ほかの者たちが彼女の状態に気づいたら、すぐにあたしが輸送車に乗っていき、遺体を火葬にするか、なにかしなくてはならないだろう。

もういちど彼女に触れてみるべきだろうか？

彼女にかまうな。彼女にかまうな。ステファニーはもういない。

いま何時だろう？

パークス教授が角を曲がってくるのを感じとる。

彼女が角を曲がって姿をあらわし、あたしを目にしてびっくりする。

「ステファニーがいなくなりました」あたしは彼女に告げる。

彼女の目のなかでなにかがひらめくが、それがなにかはわからない。彼女はあたしを見つめ、とうとう、「残念ね」という。

彼女は鍵をとりだすと、オフィスをあける。なかへはいる。あたしはそのあとにつづく。彼女はデスクの向こう側の椅子に腰をおろす。

「先生の助けがいります」と、あたし。

彼女があたしを見あげる。彼女の感じているものは、まだなにも感じとれない。

「どうすれば助けられるの？」考えた末に彼女が尋ねる。

「先生は彼女の精神を読みました」

「読んだわ」

「それなら、あたしよりも多く彼女の記憶を読んだはずです。あたしより多く彼女の感情を目にしたはずです。あたしよりも深く彼女を読んだはずです」

「当然そうなるわね」

「お願いです……彼女がどういう人か、知らなければならないんです。彼女の核心を見なければならないんです」

彼女は椅子にもたれる。そして教師のモードに切り替わると同時に、案じる気持ちを漏らす。

「『彼女の核心』とはどういう意味？」彼女の質問は冷徹きわまりないので、定義を尋ねているかのようだ。

「つまり彼女の魂、彼女であったすべての中心です。彼女を作っていた核心……彼女の核心です」

パークスが身を乗りだし、

「すわって」

あたしは腰をおろし、身を乗りだす。右手をデスクに置いて。彼女がその手を見て、

「手袋をはずして」

昨夜のことを知られるのが、不意に怖くなる。でも、そうしないといけない。知らないといけない。彼女にいわれたとおりにする。

「手をデスクの上にもどして」

あたしは手をデスクに置く。

彼女は左手の手袋をはずす。あたしの心臓が早鐘のように打つ。彼女に知られるわけにはいかない！　だめよ！

「あなたに触れはしない」指を広げ、あたしの手から数ミリのところへ、手をゆっくりとおろしながら、彼女がいう。

「この距離で、わたしの能力だと、わたしたちは安全。わたしはあなたの感じてほしいことしか感じないし、あなたはわたしが感じてほしいことしか感じない。試してみましょう」

と、つぎの瞬間、あたしはステファニーのなかにたたきこまれ、マイクルとキスの

まっさいちゅうだ。舌と舌がからまるのを感じ、彼女の頭がくらくらするのを感じる。じっさいに血が目にあふれて、視界がふさがれたような気がする。彼女は頬を寝室の壁にそってゆっくりと下へすべらせ、あのキスを再現する。天にも昇る心地で、おそるおそる。

と、それが消える。いまのは彼女だった。

ありがとう！　あたしは感謝の波を教授に送る。

彼女はそれにはとり合わず、『彼女の核心』とはどういう意味？　例をあげて」という。そしてあたしの指に目配せする。

いつあれを感じたのだろう？　いつあれを感じなかったのだろう？

彼女は鏡に映る自分の目を見つめている。なんて醜いの、胸が悪くなる、と彼女は思う。

「それが彼女の感情の力です！」と、あたし。「こんなふうに自分が大嫌いで……」

「言葉は使わないで」と教授。「別の例をあげて」

「ああ、もう！」ステファニーが枕に向かって叫ぶ。彼女の痛みは耐えがたい。これこそが彼女の母親だ。「これはママの話じゃない！　ママとはなんの関係もない！これはあたしの痛み！　なにもかも自分のことにするのはやめて！」そして声のかぎりに叫ぶので、声がかすれて、いまの言葉しか発せられない。そして言葉にせずに、の？」

頭のなかで叫びつづける――「これはあたしの話。あたしの！　それがわからないの？」

彼女に見えたのだろうか？　あたしはパークスの目をのぞきこむ。その痛みには気高いものがある。とても深いものが……。

考えがまとまらないうちに、それはあたしからするりと抜ける――マイクルとのデートにそなえて着替える前に、彼女は自分の体を見て、しみや吹き出物や新しい脂肪や古い脂肪をあらため、そのたびに憂鬱（ゆううつ）になる。それぞれが手に負えないのだ。彼は気づくだろうか？　それでもわたしを好きだといってくれるだろうか？

抑えがきかなくなり、考えが追いつかなくなる――ブラのなかが汗ばんでいる。暑いわけでもないのに。パンツはきつすぎるところと、ゆるすぎるところがある。ドレスは地味もいいところ。どうせみんなに知られるのだ。

あたしは手を引っこめる。

「ごめんなさい。いまのはあたしの記憶でした。すみません」

「気にしないで。あなたのいってることはわかるつもり。手をもどして。こんどはわたしが伝える番」あたしはテーブルに手をもどす。彼女の指から一ミリのところに。いちばん近い彼女の指先にいちばん近いところは、ほかよりかすかに温かいが、それ以外はなにも感じない。

「うまくいったら教えて」と教授。

と、つぎの瞬間、あたしはまたステファニーだ。はじまりはゆっくり——あたりを見まわすチャンスをパークスがあたえてくれているのだ。

ステファニーはそわそわしている、ミセス・ライトのせいで。ステファニーは放課後に居残るようにいわれた。素行について話があるらしい。いま、あたしたちは八年生。ステファニーは十三歳だ。

ステファニーを叱るいとまもなく、ミセス・ライトの携帯電話が鳴り、彼女が出た。彼女のボーイフレンドが別れ話を持ちだしている。

出来事がふつうの速度までスピードアップする。ミセス・ライトはまだボーイフレンドと話をしている。

「ねえ、ちょっと待って」彼女がおずおずとステファニーに視線を走らせてから、彼女に背中を向けて、声を落とす。「この話はあとにしましょう。でも、話をするまで決めないで」するとステファニーは、ミセス・ライトの声に痛みを感じた。

「ねえ、スティーヴ……」そしてミセス・ライトのしゃがれた声のなかに、ステファニーは自分自身の感情を見てとった。おびただしい数の痛み。ミセス・ライトは未来のステファニーのようだ。そのせいで彼女は泣きたくなった。

と、それがかき消える。

あたしはパークス教授を見あげる。

「そうです！」ささやき声で彼女にいう。「いまのでした！　いまのは同じ感情でした！　まさに終わりのときと……」

パークス教授が唇をすぼめると——

またしてもステファニーは家にいる。内なるジャイロを感じる時間がある。彼女はもうじき七歳。ママとパパは——

「ピエロなんかに来てほしくない！」

「でも、ピエロは面白おかしいし、おまえだってみんなと同じように誕生日を祝いたいんだろう」パパがおだやかに諭す。ママとパパは彼女を見おろすように立っていて、彼女の七歳の誕生日に計画していることを伝えている。

「ピエロなんかに来てほしくない！」ピエロを見ると、あたしがどんなに悲しくなるのか、わからないんだろうか？「ピエロなんかに来てほしくない！」パパとママのせいで泣きたくなる！　わからないの？　あたしのいうことを信じないの？　やり場のない怒りに駆られて、彼女は地面を踏み鳴らしたり、叫んだりしはじめる。抑えがきかずに、涙をこぼして——「ピエロなんかに来てほしくない！　ピエロなんかに来てほしくない！　ピエロなんかに来てほしくない！」

と、それが消え失せる。いまの感情だった。最後の出来事の最後に訪れたのとまったく同じ感情だった。パークスがいなければ、こんな場所をのぞこうなんて夢にも思わなかっただろう。でも、彼女がこれを見せた理由はそれではない。

あたしは彼女の目をのぞきこむ。どうやら彼女は、あたしに時間をさかのぼらせているようだ。ステファニーの核心へ連れていってくれているのだ！

と、つぎの瞬間、ステファニーは四歳で、目の高さはママのベッドと同じ。ママはベッドに横たわっている。外は陽射しがいっぱい。もうじきお昼だ。ママはうつぶせになっている。

「ママ、お外へ行こうよ！　ピクニックしようよ！　お陽さまを浴びようよ！」あの感情がここにもある！　彼女は楽しくてたまらない。いや、かならずしもそうじゃない。彼女はそのふりをしている。母親にそう感じてほしいのだ。

ママがわずかに体を起こし、もの問いたげにステファニーを見る。その顔は眠っていたせいでたるんでいる。

「ねえ！」ステファニーがママを元気づけようとする。「すごくいい天気だよ！」

出来事が早送りになる。パークスがそうしたのだろう――

ママが起きあがり、外でピクニックの用意をするのが見える。

パークスが出来事の速度を落とし――

ママがあたしを抱きしめている。

「なんてかわいくて、すてきなの。あなたは世界でいちばんすてきな女の子。あなたがいないと、ママは頭がどうかしちゃうわ」

と、つぎの瞬間、出来事が早もどしになる――

ピクニックの前、ママがベッドから出る前、ステファニーがママを起こす前、ステファニーが部屋にはいる前――

ステファニーはママの寝室の閉じたドアの前に立っている。なかへはいって、ママを起こそうとするところだ。なにかがおかしい。ママはまたなにかがおかしい。いや――ママは痛がっている。

彼女はドアを見て、なかへはいることにする。

ステファニーはなかへはいることに決める。感じているものすべてを押しのけ、かわいらしい表情を浮かべる。ドアをあけ……。

と、それがかき消える。

「彼女の子供時代を通じて、こういうことが何百回もあったの」パークスがいう。「ステファニーの母親は深く落ちこんでいた。ステファニーに笑顔を見せるときは、ステファニーのおかげで笑顔になったように思わせた。ステファニーは、母親を喜ばせるのが自分の責任だと感じた。そして、ついには、みんなを喜ばせるのが自分の責任だと」

　あたしは彼女を見る。

「でも……いまのはちがいました」

　パークスがほほえみ、

「わかっているわ」彼女が身を寄せ、笑みを大きくする。「そこが肝心な点。よく見ていて」

「ピエロなんかに来てほしくない！」ピエロを見ると、あたしがどんなに悲しくなるのか、わからないんだろうか？（痛みが彼女を襲う。二回目なので、さっきよりもはっきりと区別できる）「ピエロなんかに来てほしくない！」パパとママのせいで泣きたくなる！（痛み！）わからないの？（痛み！）あたしのいうことを信じないの？「ピエロ（痛み！）なんかに来てほしくない！　ピエロなんかに来て（痛み！）ほしくない！　ピエロなんかに来てほしく（痛み！）ない！」

　と、それが消えてなくなる。

「前に感じたのと同じものだった？」パークスが尋ねる。

　あたしは目のまわりにしわを寄せ、

「はい」

「こんどのほうがはっきり見えた？」

「はい」なにをいわせたがっているのだろう？

「痛みが見えた？」

「はい」

「見憶えがあった？」

「いいえ」

「なるほど」

彼女が目をしばたたくと――

「ああ、もう！」（ステファニーが母親に向かって叫ぶ。あたしたちは彼女が亡くなった日にまたもどっている）「これはママの話じゃない！（痛み！）ママとはなんの関係もない！（痛み！）これはあたしの（痛み！）痛み！　なにもかも自分のことに（痛み！）するのはやめて！（痛み！）」そして声のかぎりに叫ぶので、声がかすれて、いまの言葉しか発せられない。そして言葉にせずに、頭のなかで叫びつづける――これはあたしの話（痛み！）。あたしの！（痛み！）それが（痛み！）わからないの？

そして場面が変わり――

マイクルとのデートにそなえて着替える前に（痛み！）、彼女は自分の体を見て（痛み！）、しみや（痛み！）吹き出物や（痛み！）新しい脂肪や（痛み！）古い脂肪を（痛み！）あらため、そのたびにこの痛みがつぎつぎと襲ってくる。彼は気づくだろうか？（痛み！）それでもわたしを好きだといってくれるだろうか？（痛み！）

「待って」あたしは手を遠ざける。

彼女が辛抱強くあたしを見る。

いまの痛みには憶えがある。四歳のステファニーがドアをあけたとき、自分の感情をわきに押しやったとき、自分を失うこと、自分をわきに押しのけることに対する喪失感があった。いま、成長した彼女の人生で四六時中あふれているのが、その痛みだった。

あたしはパークスを見る。もういちど再生してくれと頼みたい。でも、彼女の力を借りなくてもできる。

「ああ、もう！」（ステファニーが母親に向かって叫ぶ。あたしたちは彼女が亡くなった日にまたもどっている）「これはママの話じゃない！（痛み！）ママとはなんの関係もない！（痛み！）これはあたしの（痛み！）痛み！　なにもかも自分のことに（痛み！）するのはやめて！（痛み！）」そして声のかぎりに叫ぶので、声がかすれて、いまの言葉しか発せられない。そして言葉にせずに、頭のなかで叫びつづける――これはあたしの話（痛み！）。あたしの！（痛み！）それが（痛み！）わからないの？

ステファニーの痛み、大きな痛み、あの大きくて底なしの痛み――それがいまあたしの前で溶けていく。どんどん小さくなり、とるに足らない痛みになる。

あたしはパークスを見る。彼女の手の届かないところであたしの手が震えている。

「待って」と、あたし。「待ってください」

別のなにかを試そう。

「ステファニー」彼女の母親がいう。「お祖母ちゃんに会いにいくだけなのに、どうしてこんなふうに反発するの？」（痛み！）

「お祖母ちゃんだからじゃない。日曜だからよ」

「でも（痛み！）、ほんの二、三時間じゃない」（痛み！）

ステファニーのなかでなにかが沈む。ドアの前で感じたあの感覚がリプレイされる。彼女は自分をわきに押しやらなければならない、自分を棚上げしなければならない。

彼女はあまりにも無力だ。

「こう感じるのよ、ママ」そして彼女がもっと大きな痛みに苛まれるのは、母親はけっして理解してくれないとわかっているから。心のなかでは、母親のためにまた自分をわきにやらなければならないとわかっているからだ。

そんなわけがない！　彼女の痛みは彼女にとってあまりにも重要だった！　それが彼女というものを定義した！　彼女の人格を定義した！　彼女の人生の一秒一秒に

あったのだ！

いや。彼女について目にした一切合切を頭のなかで再生する。こんどはなにもかもがちがって見える。

ステファニーはまちがっていた。

彼女の理解したなにもかもがまちがっていた。彼女の感じたなにもかもがまちがっていた。彼女の感じたなにもかもがとるに足りないもので、ひどくばかげていた。煎(せん)じ詰めれば、なんでもなかった。

でも……。

「パークス教授……」彼女が辛抱強い表情であたしを見る。「パークス教授、ステファニーの痛みです。あたしがそれをこれほど好きな理由は……あたしにもあるからです。あたしにも同じ痛みがあります。四六時中！　このあたしのかかえているなにもかもが、このあたしの感じるなにもかもがまちがっているとおっしゃっているんですか？」

パークス教授は一瞬あたしを見つめてから、にっこりする。

「ようこそ、インディアナポリス・アカデミーへ」

そんなばかな。

「嘘です！」あたしは絶叫する。あたしはあまりにも弱い。「あたしはゴミじゃありません！　あたしはつ、ま、ら、な、い、ものじゃありません！」

パークス教授は動かない。

そういうことだ。彼女はもうあたしに教えない。ただそこにすわって、あたしの顔を見るだけ。あたしに話しかけるまでもない。だれかがあたしを愛するわけもない。

でも、だれかがあたしを愛してくれる。いや、すくなくとも彼はあたしを愛してくれた。電話をかけなければ。彼に会わなくては。彼の感触をもういちど感じなければ。

パークス教授を見もせずに、オフィスから廊下へ走り出る。廊下を走りながら、携帯電話をとりだして、彼の番号を入力する。

廊下からグラウンドへ出て、ひとりきりになると、いちどだけ「発信」を押す。

呼び出し音が鳴っている。

「はい」彼が出る。いつもと同じ口調、いつもながら陽気で屈託がない。

「マイクル」声が途切れる。彼に聞こえるかどうかわからない。「マイクル。あたしよ」

「ごめん、だれの声かわからない」

「その、あー、ごめんなさい。あたしよ、あー、あー、あー、アレグザンドラ。あたしは……ステファニーの友だちです」

すると電話の向こう側で温度が下がる。

「はい」さっきとちがう声で彼がいう。

「どうしても会いたいんです。あなたと話しあわないといけないことがあるんです。いますぐに」彼が一秒の何分の一かためらうので、あたしはたたみかける。「ジョンズ・カフェはどうです？」彼が教鞭をとる大学から五分のところだ。

「一時間後に講義があるんだ」

彼の声からはなにもわからない。ということは、本当は会いたくないのだろう。あなたに会わないといけないのに！

「では、三十分なら？」

わずかなためらい。

「わかった」

「よかった。ありがとう」そしてすぐに電話を切る。

あたしはつまらないものなんかじゃない！

彼がカフェにはいってくるのが見える。

彼はあたりを見まわす。あたしは素っ裸のあなたを見たことがあるのよ。警察の面通しでもあなたの体を見分けられる。

いま彼は、ひとりですわっている女性を探している。あたししかいない。こちらへやって来る。

彼にいうべきことがなにもないのを急にさとる。いえることはなにもない。

彼があたしのかたわらで止まる。

「アレグザンドラ?」

あたしはテーブルの下ですばやく手袋をはずす。立ちあがり、片手をさしだす。彼がその手をとる。

と、あたしは彼のなかにいる。彼がいまこのとき感じているものや、考えていることはどうでもいい。関心があるのはステファニーのイメージを見つけ――あった!

――彼女のイメージをあたしと置き換えることだけ。

目の前にステファニーが見えるので、一瞬彼は呆然(ぼうぜん)とする。でも、あたしの手を放そうとしない。

あたしはそれを利用して見る……。

ステファニー――

ステファニー!――

一糸もまとっていない――

そして、服を脱ぐステファニーをはじめて彼が見ているところが見える。視線は彼女の脚をなめるように登っていき、わずかにふっくらしたところにいたる。ちょうど股間に達するあたりだ。彼はその小さな脂肪の輪が大好きだ。それとパンツとのあいだに空間を見つける。その空間を通って光がうしろから射しこむさまが、とてつもなく魅力的だ。

そのとき彼がどれほどステファニーに惹きつけられていたのかを感じる。そしていま、彼の前に立っているあたしのために、もういちどそれを彼に感じさせる。

「抱きしめて、マイクル」あたしは彼にすがりつく。「抱きしめて。抱きしめてちょうだい」すると彼はそうする。きつく、力のかぎりきつく抱きしめる。

そして彼の頬があたしの額に触れる。

彼がはじめて彼女を目にした瞬間へ移行する。彼の知らない女性五人と並んですわっていた。そして彼女のイメージが飛びかかってきたも同然で、彼に触れ、彼の好きなものが彼女のなかにあるのが、遠くからでもわかった。ひと目見ただけで。

あたしは彼女のような美人じゃない。

「行かないで」彼女がいう。ふたりは彼のアパートメントにいる。真昼間だ。彼は教えに行かなければならない。

「行かないと」彼はズボンをはく。

「行かないで」彼女は甘えたようにいい、猫のように彼のベッドの上で丸くなる。おどけた仕草の裏でどれほど必死なのか、彼にはわかる。

彼はシャツを着る。

彼女が気を変えて、そのシャツをつかみ、彼を見る。目のなかの必死さが増す。彼がアパートメントを出ていったら、二度と会えないのではないかと心配なのだ。

ああ、なんてこと。あたしはこのときを憶えている。彼女の頭のなかで見たことがある。でも……もうそれを感じない。あたしはこれほど必死だったことはない。

マイクルにもっときつくあたしを抱かせる。そしてふたりの関係がもっと進んだころの彼女の記憶を探す。彼のいちばん強烈な記憶を。

「そうだ」マイクルがいう。ふたりがいるのは廊下。彼のアパートメントの外で、ステファニーが彼をそこに追いつめたのだ。

ステファニーは彼の真正面に立っている。まるで彼女のなかのなにもかもが変わったかのようだ。目のなかのなにかが変わり、頬のなかのなにかが剝落（はくらく）し、顔は凍りつき、彼女は丸くなって床に倒れこむ。

まるで彼の目の前で彼女が死にかけているようだ。

彼女はその瞬間たしかに死んだのだ。でも、あたしのなかのなにかは、前ほど彼女に共感しない。あたしは彼女ほど落ちこんではいない。彼女と同じ痛みに苛まれてはいない。

マイクルを見あげる。あたしは彼に恋していない。彼に惹かれてはいない。

あとじさる。するとあたしのかけらが、バラバラと床へ落ちるような気がする。あたしは彼女ほど美人じゃない。彼女ほど必死じゃない。彼女ほど落ちこんでもいない。彼女と同じ痛みに苛まれていない。彼女のように恋もしていない。彼女のようにマイクルに惹かれてもいない。彼女ほど頭がイカレてもいない。あたしはステファニーじゃない。パークスじゃない。ベンディスじゃない。あたしの両親でもない。

あたしはゴミじゃない。つまらないものじゃない。

そして薄々わかってくる、あたしは……なにかなのだ、と。

あたしはあたしだ、いまだけは。いまのあたしは前とちがう。あたしは強い。パークスと同じくらい強い。パークスよりも強く、彼女はそれを知っている。あたしは自分の考えがわかっている。あたしは自由だ。怖いもの知らずだ。うっとりしている。恋をしている……わけじゃない。だれかが必要……というわけでもない。

そしてこれを切りぬけた。

あたしはマイクルをすわらせ、歩み去る。彼はしばらく混乱するだろう。でも、だいじょうぶだ。

あたしはタクシーを呼ぶ。

門に着いたとき、その上の標識が目にはいる。前は見逃していたものだ──**「インディアナポリス・アカデミーへようこそ!」**

まさにそのとおり。あたしたちは真実をあつかうのだから。

星々の狩人

ナヴァ・セメル
市田 泉 訳

Hunter of Stars by Nava Semel

ナヴァ・セメルは1954年、ヤッファで生まれた。両親はルーマニアのホロコーストを生きのびたミミ（マルガリート）とイツァーク・アルツィ、旧姓ヘルツィグである。彼女の父親はルーマニアのシオニスト青年運動のメンバーであり、この団体はトランスニストリアにおける救出活動の先駆けとなった。一家は1947年にイスラエルに移住したが、途中で英国軍に止められ、キプロスの拘留キャンプに送られた。イスラエルに到着すると、イツァーク・アルツィはテルアヴィヴ市長の補佐役となり、20年にわたりその地位を保ったあと、独立リベラル党の代議士としてクネセト（イスラエル国会）議員に選ばれた。セメルの兄、シュロモ・アルツィはイスラエル屈指の偶像的バラッド歌手とみなされている。

セメルはテルアヴィヴのヘルツリーヤ高校に通い、そのあと陸軍に入隊して、イスラエル国防軍ラジオ局のリポーターを務めた。彼女はイスラエルのTVと設立直後のベイト・ハトフツォット（ディアスポラ博物館）で働くいっぽう、テルアヴィヴ大学で美術史の学位を取得した。1976年に演劇のプロデューサーで、テルアヴィヴを代表するカメリ・シアターの舞台監督となったノアム・セメルと結婚。1988年まで書評家、映画評論家、ジャーナリストとして活動し、その年、夫とともにアメリカへ旅立った。彼はニューヨークのイスラエル総領事館つきの文化領事に任命されていたのだった。

セメルはホロコーストの瘢痕（はんこん）組織をかきむしる。イスラエル人生存者の家族がかたくなに沈黙を守っていることの裏にある事情を探るのだ。彼女のSF／F、とりわけ長編『そしてドブネズミが笑った』*And the Rat Laughed*（2001）は、口に出していえないものに直面できないでいるように見える人々を題材にしている。この長編はカメリ・シアターによってオペラ化され、メジャーな国際映画になる予定である。2008年に刊行された『イスラ島（アイル）』*Isra-Isle* は改変歴史小説であり、ニューヨーク州北部にユダヤ人の母国を建設したらと仮定している。同書の刊行は、マイケル・シェイボンがよく似たテーマの『ユダヤ警官同盟』に着手するよりはるかに前だった。セメルはSFマニアであり、そうでない者にとっては無駄骨に思えることについても労を惜しまない。

ナヴァ・セメルはいくつもの賞を受賞している。たとえばアメリカのユダヤ書籍賞、総理大臣賞、オーストリアの最優秀ラジオ放送賞、年間最高イスラエル人女性作家賞。彼女は2017年に癌で他界した。

（中村 融 訳）

すべての星の光が消えた夜、ぼくは生まれた。おかげでうちの家族はだれも外で起きてることに注意を払わなかったし、だれも世界をすっかり変えてしまうこの出来事を目撃しなかった。家族はみんな、ぼくが産声（うぶごえ）をあげるのを産屋の外で今か今かと待っていた。母さんによれば、ぼくの産声はいつまでもやまなかったそうだ。まるで自分の生まれてきた世界が真っ暗になってしまったことを、はなから知っていたみたいに。

母さんと父さんとおじいちゃん、それに独身のおばさん二人――だれ一人、世界中のみんながしたように、とり乱して道や野原に駆け出し、いきなり真っ黒になった空を見上げたりしなかった。だれ一人、星々に戻ってきてくれと叫んだりしなかった。

ぼくの家族を除いたら、あの恐ろしい瞬間、自分が何をしていたか正確に思い出せない人は世界中に一人もいない。歴史の本ではその瞬間は〈小さな光の掩蔽（えんぺい）〉と呼ばれている。今日このときまでずっと――あれから十年たった――人々は大がかりな儀式を行なってきた。失われた光の再来を願う、特別な祈りまで考え出された。もちろんぼくはあの夜のことを一つも覚えていない。なぜって、ちっちゃな赤ん坊は夜と昼の区別なんかつかないし、空や星々のことなんて何も知らないのだから。ぼくにこういうことを全部教えてくれたのはおじいちゃんだ。おじいちゃんは翌朝、みんなでぼくの名前を考えていたときようやく、世界がひっくり返ってしまったことを知った。

ネリ（ヘブライ語で「わがともし火」を意味する）、ぼくはそう名づけられた。

ワクチン添加母乳でぼくを育てた母さんは、おまえは何日も泣くのをやめなかったと言っていた。

世界はその状態に慣れてしまった。最初はみんな泣いたけど、やがてそれほど泣かなくなった。人間はいいことに慣れるように、悪いことにも慣れるんだとおじいちゃんは言っている。この事態はどんな科学者も予想しなかった環境災害だと学校では教えられた。これは神の呪いだと言い張る人たちとは違って、おじいちゃんは人間の呪いだと言っている。何世紀ものあいだ、人間が大気中に放出していた有毒ガスのせいで空気は透明じゃなくなって、今ではどんな星の光も、人間をとり巻く黒いタイヤを通り抜けることができない。最近はあらゆる輸送手段が太陽エネルギーで動いているけど、大気はやはり病んだままで、科学者たちは天のショート状態を直す方法をいまだに見つけられない。

ぼくの科学の先生によれば、この惑星に起きたことは実は天の恵みなんだそうだ。この星は今や防護シールドに覆われていて、人類がよこしまな異星人に発見され、傷つけられる恐れはなくなったのだから。だけどぼくは心配している――地球の光はもう遠くまで広がっていかないわけだから、神様がたまたま高いところから人間を探したりしたら、ここに人間がいるとわからないんじゃないかな。

毎年の誕生日、年に一度の失われた光の再来を祈る儀式の前、ぼくはだれにも聞かれないように、バルコニーに出て神様にささやきかける。「ぼくらはまだここにいます。ぼくらのことを忘れないでください」

ふだんの日でも、ぼくはおじいちゃんにしつこく質問する。「星が見えたころの世界はどんなふうだったの？」おじいちゃんは愛用の高齢者向け肘掛け椅子（百二十二歳の体に合わせてあつらえた椅子で、治療電流が流れるようになっている）に座って、子供のころは願いをかけようと流れ星を待ってたものさ、と話してくれる。一度、流星雨を見たこともあるそうだけど、それはひょっとしたら作り話かもしれない。

そういう話が、おじいちゃんのたくましい想像力から生まれたんだとしても、ぼくはやっぱりおじいちゃんが羨ましい。なぜっておじいちゃんは、星がきらきらしてる世界に住んでいたのだから。今では月だってなかなか見られない――ぼんやりした斑点のようで、うんと目を凝らさないと、どこにあるかわからない——しかも見えるのは満月のときに限られる。

ハンモックみたいに夜空で揺れる細い三日月の画像——おじいちゃんは〝光のバナナ〟と呼んでいる——は、自然史博物館かプラネタリウムに行かないと見ることができない。

今日はぼくの誕生日だ。年に一度の祈りの儀式に夫婦そろって出かける前に、母さんがケーキを焼いてくれて、その上に親友のシェリがキャンディを北斗七星とオリオン座の形に並べてくれた。ケーキの端には北極星を載せた。おじいちゃんが若くて軍隊にいたころ——信じられないかもしれないけど、昔、この国には軍隊があった——地図判読訓練（ランドナビゲーション）に付き合ってくれた北の星。その星はいつもおじいちゃんに道を教えてくれた。

シェリはシャルヒヴェト、つまり〝炎〟を縮めた呼び名だ。シェリの頭には星図が全部入っている。星の配置は今では、選（え）り抜きの天文学者が最新式の望遠鏡を通して見ることしかできない。寂しい話だけど、ほとんどの人は星図を忘れることにしてしまった。そういう人たちにとって、星とは何百万年も前に絶滅した恐竜みたいなもの、あるいは聖書に書かれている民族——やはり大昔に滅んでしまった、バビロニア人、アッシリア人、アマレク人みたいなものだ。そういう人たちは、この事態をどうしようもないと受け入れ、そもそも宇宙が変化し続けているなら、星々にも消える時期が来ただけだと思っている。太陽がそこにありさえすれば、とシェリのお母さんは言っている――その光が灰色っぽくくすんでいても気にしなくていいの。大事なのは太陽の光が差してるってこと。それさえあれば、わたしたちは生きていけるんだから。

シェリとぼくは、三歳のときの最初の授業の日から、いっしょに勉強している。ほとんどの子は、コンピュータ・ウォールの前に座り、おじいちゃんが子供のころは〝クラス〟と呼ばれていた学習グループとつながって、一人で授業を受ける。だけどシェリとぼくは両親にせがんで、同じ部屋で勉強させてもらっている。そうすればコンピュータごしじゃなく、顔を合わせてしゃべることができるから。ぼくらは毎朝、ホバーバイクに乗って、シェリの家かぼくの家で落ち合っている。ぼくがいちばん好きなのは、シェリが宿題を手伝ってほしくて、「ネリ」とぼくの耳にささやく声を聞くことだ。

おそろいのスクリーンセーバーの画面では毎朝、狩人のオリオンがぼくらを迎えてくれる。三十二世紀前に作られた、象牙の浅浮彫りを撮った写真だ。この浮彫りの裏側には八十六個の溝穴がある。女の人が妊娠している日数と同じ数だ。ぼくはいつか、北京天文台にこの浅浮彫りを見にいって、溝穴を一つ一つ数えるつもりだ。

シェリはギリシャ神話の月の女神、アルテミスの古い伝説がお気に入りだ。アルテミスは勇敢な狩人のオリオンと恋に落ち、彼に夢中になって月の明りを灯すのを忘れてしまう。兄さんの太陽神アポロはアルテミスにすごく腹を立てて、狩人の命を奪うことにする。アルテミスがオリオンをうっかり矢で射るようにアポロが仕向けたので、オリオンは殺されてしまう。かわいそうなアルテミスは恋人を天空の自分の傍らに置き、こうしてオリオンは永遠に生きることになる。ギリシャ神話の時代から、オリオンの光は空でいちばん明るかった。おじいちゃんが子供のころは、地球のどこからでも見えたそうだ。バースデーケーキの上のオリオンは、世界一輝いてる狩人には見えないけど、ぼくは大目に見てあげる。キャンディを使って何もかも再現するなんて無理な話だから。


ぼくたちはお客が来るのを待っていた。おじいちゃんは愛用の高齢者向け肘掛け椅子で居眠りしていた。ぼくとシェリはパーティのお客がやってきたら起こしてあげると約束したけど、だれもやってこなかった。

「どうしてこんなに遅いのかな」ぼくはシェリに訊いた。いつかぼくの好きな人たちがみんな、星の光みたいにふっと消えてしまうのでは、という不安は表に出さなかった。

ぼくは闇の中でも常に居場所を示すための燐光肩パッドを身につけ、これも夜にはつけなきゃいけない燐光ヘッドバンドを頭にはめた。そしてシェリとバルコニーに出た。

シェリはぼくを励まそうとしてくれた。「ひょっとして今夜、全部の星がまた輝き出そうって決めるかもしれないでしょ？」

テルアビブの人工海岸から大勢の人が身じろぎする音が聞こえ、いっせいに祈りをささげる声も聞こえてきた。「……そして地上のあらゆる場所に、恵みの光をお与えください」

海は何も映っていない大理石でできた、のっぺりしたテーブルトップみたいで、バルコニーから見た部屋の中のバースデーケーキは忘れられた玄武岩のかたまりのようだった。ぼくは心の底からがっかりしていた。みんな年に一度の儀式にかまけて、ぼくの誕生日を忘れてしまったんだ。

ぼくとシェリは手すりにもたれ、ちょうど真夜中に灯って、強い光で頭上のがらんとした天球に弧を描く〈天体代用サーチライト〉を見つめていた。

ぼくは訊いた。「ねえシェリ、ひょっとして、どこか別の惑星にも、ぼくたちみたいな子供が二人いて、地球はどこに消えてしまったのかと思ってるかな」

宇宙はきっと知りたがり屋の子供でいっぱいなはずだとシェリは答えた。たとえあたしたちのような姿をしていなくても。エイリアンの子供――そうシェリは言った――にも心はあって、かりに涙を流さずに泣くとしても、あたしたちと同じように寂しくて、あたしたちと同じように幸せで、やっぱり大昔の英雄を空の上に見つけて、その伝説を語っているの。


ぼくらが絨毯(じゆうたん)の上で眠り込みかけたころ、ようやくみんなが到着した。母さんと父さんとおばさんたち、おばさんの一人の新しいボーイフレンド、それにぼくらが住んでる馬頭星雲地区の親しい人たちが何人か。ケーキの上のオリオンの周(まわ)りに、みんながロウソクを十本と一本差してくれて、ぼくはいっぺんに全部吹き消さず、光が少し残るように気をつけた。

それからプレゼントをあけた。母さんと父さんは天の川銀河全体のVR映像が見られる3Dメガネをくれた。独身のおばさんの一人は北斗七星模様のシーツをくれた。おじいちゃんは暗いところでも遊べる燐光サッカーボールをくれて、これを使えばたくさんゴールを決められるぞ、と言ってくれた。シェリからはコンピュータゲームをもらった。ゲームの中では天文学者になって、たくさんの新しい星を見つけて名前をつけられる。ぼくらが見つけた最初の星を、シェリはぼくにちなんで〝ネリの星〟と名づけた。

もう一人の独身のおばさんだけは、アフリカで絶滅したサイについての分厚い本をくれて、意地の悪い口ぶりで言った。「ネリはもう大きいんだから、そろそろ成長しなくちゃね。星に夢中になるのはもう十分でしょ？　星なんていい思い出にしなくちゃ。単なる飾りだったの、それだけのものよ」

おばさんが新しいボーイフレンドと出会ったのは〈星崇拝反対運動〉のデモの最中だった。おばさんのヘッドバンドには「星は映画の中だけのもの」と書かれたステッカーが貼ってある。

おじいちゃんは強情な娘に少し腹を立てて、この子の次の誕生日には、すべての星がまた光り始めますように、とぼくのために願いごとをした。おまえはさっとその瞬間を見逃さないよ。わしもまだそのとき、おまえたちと一緒にいられたらいいんだがね。

次の誕生日にそれが起きないとしても、その次の誕生日には起きるかもしれない。

誕生日パーティの残り物をすっかり片付けてしまうと、母さんと父さんはおじいちゃんといっしょに腰を下ろし、二人の独身のおばさんと新しいボーイフレンドは寝室に引き上げた。ぼくはまたバルコニーに出た。今度は燐光肩パッドもヘッドバンドもつけなかったから、暗闇がぼくを包み込んだ。シェリがあとから出てきて、ぼくらは手を差し伸べ合ってつないだ。

ぼくは真っ黒な空に向かってささやいた。「オリオン、ぼくの輝く友だち、ずっとあなたを追いかけるよ。あなたみたいに、ぼくも星々の狩人になるんだ」

信心者たち

ニル・ヤニヴ──山岸 真 訳

The Believers by Nir Yaniv

ニル・ヤニヴはテルアヴィヴ生まれのミュージシャン、作家、編集者、ときに映画監督。彼はハイテク魔術師を自称する。コンピュータ・プログラミングとインストルメンタル・ヴォーカリスト、熱心なアカペラ・パフォーマー、ベーシスト、作曲家、編曲家という背景があるからだ。ヤニヴは1999年と2002年の紅海ジャズ・フェスティヴァルをはじめとして多数のフェスティヴァルで演奏を披露した。自前のスタジオ、ザ・ニル・スペース・ステーションで自作の音楽を録音する。ヤニヴは10年間、ある舞踏団とともにライヴで音楽を演奏し、映画音楽とTV音楽を制作した。そればかりか、賞をとったイスラエルの短編ホラー映画にモンスター役で出演している。ヤニヴは数多くの音楽グループやバンドに参加してきたが、本人によれば、まだ満足していないとのこと。彼の短編集には『とんでもねえ作家』*One Hell of a Writer*（オデッセイ・プレス、2006）と『ラヴ・マシーン&その他の新機軸』*The Love Machine & Other Contraptions*（インフィニティ・プラス、2012）などがある。短編映画には「陰謀」*Conspiracy*（2011）、「マイクロタイム」*MicroTime*（2013）、「離昇」（*LiftOff*）（アニメーション映画、2013）などがある。ヤニヴは風変わりなカリカチュアを描き、それがTシャツやマグカップを飾ることもある。彼はイスラエル初のオンラインSF／Fマガジンを創刊し、編集長を務めてから、紙媒体のSF雑誌〈ハロモト・ベアスパミア〉の編集に鞍替えし、イスラエルSF&ファンタジー協会のウェブサイトを開設した。コラム、記事、書評をさまざまな刊行物に寄せている。

ヤニヴの短編小説はイスラエル国内と国外で雑誌に掲載された（とりわけ〈ウィアード・テールズ〉、〈チジン〉、〈エイペックス〉などの電子と紙の刊行物）。彼は作家仲間であるラヴィ・ティドハーと長編2作を共作した――『虚構の殺人』*Fictional Murder*（オデッセイ・プレス、2009）と『テルアヴィヴ一件書類』*The Tel Aviv Dossier*（チジン・パブリケーション、2009）である。

（中村 融 訳）

神の御名(みな)において

　老女は食料雑貨店で、下をむいたまま顔をあげずにいる。チーズ塊に押印された日付を検討しているのだが、その手が震えはじめる。老女はくるりとむきを変え、チーズが手から、近くにあったふたつのカートの片方の中に落ちる。

　カートの中身は戒律的に不適切で、落下したチーズが冷凍の鶏もも肉パックにぶつかるのを、小さな子どもが見ている（ユダヤ教では乳製品と肉類をひとつの料理で使うことを禁じている）。ものが引き裂かれるすさまじい音がして、老女がまっ二つになる。血と胃と腸があたり一面に飛び散り、ごぼごぼという音が続いて、それから音が止(や)む。

　だれもが知らんぷりをして、男女問わずにうつむいたまま。例外は、母親といっしょに行儀よくレジの行列に並んでいる年少の男の子。

　その子はまだ、頭を下げたままでいることが必要だと理解していない。母親の手がわが子の耳と目をふさぐが、もう手遅れだ。そう、あまりにも手遅れだ。宙のどこからか、翼の羽ばたきが聞こえてくる。

来週の火曜日、機械（マシン）との会合が予定されていて、それはわたしの人生を変えることになるだろう。会合でわたしは、ワイヤやチューブが何本も頂部から突きだしたプラスチック製の大きな灰色の卵に頭を入れる。そのまま一時間。そこから出てくるわたしは、いまのわたしと同じ人物ではなくなっている。

その日、そんな風に変えられる人はわたしひとりではない。ほかにも大勢いる。いやもしかすると、わずかな人数なのかも。

ほんとうのところをわたしは知らない、知ることになっていない、知りたくない。知っているのはただこれだけ。わたしたちすべてが変えられたとき、わたしたちはついに、神を殺すことができるかもしれない。

今日、そのことを考えていて、あの子どものころの食料雑貨店での出来事が、わたしが〈神の手〉を目にした最初の機会だったと自覚する。あのときまで、自分の人生にはなにも案ずることはないと思っていたし、だれであれ神となんらかの関係があることについて不注意だった人の身になにが起こりうるか、まるで気づいていなかった。なんらかの関係があることとは要するに、あらゆることだ。

神は子どもたちには慈悲をかける、もちろん〈彼〉はそうなさる。神は決して若者たちを罰しない――だがそれは、〈彼〉には大人たちの安定供給が必要だからにすぎない。

神は腎臓や心臓を吟味する、しかしあらゆる人のそれを同時にではない。そうしないのは、できないからではなく、〈彼〉がそれに飽き飽きしているからだ。もしかすると、怠惰なだけかもしれない。これを幸運なことと考える人もいるが、ほかの人々は、〈彼〉は各人が〈彼〉のことをどう考えているかを正確にわかった上で、自分の好きなようにふるまうことによって、人々がうわべだけ戒律に従うふりをすることがないようにしているのだ、と信じたがっている。

そう信じたがる人々は問題を抱えることになる。わたしたちすべてが問題を抱えている。なぜなら神はひどい性格をしているからだ。

もしわたしがこうしたことをいつまでも考えていたら、〈彼〉はわたしに気づいてしまう。話題を変えよう。逆説的だが、より安全な話題はこれだ。信仰。

それはわたしに、ガビとのはじめての議論を思いださせる。そのとき彼は自分の地下活動について話してくれた、不信心者たちについて。

「現に存在するものを信じないでいられるというのは、理解できないな」わたしはいった。「殊(こと)にそれが、神という明確な存在である場合は」

「そしておれたちは、存在しないものを信じていられるということが理解できない」

ガビがいった。「数年前まで、神とはそうしたものだった」

正しくは数十年だが、そんなことはどうでもいい。

「それに」とガビは続けた。「おれたちが〈彼〉を始末してしまえば、その先もう〈彼〉は存在しない」

わたしは言葉を返さなかった。そのことを考えることでわたし自身に注意を引きつけたくなかったのだ。いま現在のわたしはそのことについて考えすぎていると思う。

話題を変える。

以下、わたしたちが出会った経緯。わたしは公園で噴水脇の石のベンチにすわっていた。そこは噴水にとても近く、ときどきしぶきがかかった。別に気にならなかった。気になることとなんてなにもなかった。ほかのベンチにすわっているのは数人の母親とその子どもたち、群れ集う頭巾と帽子と玩具。わたしのそばにはだれもすわろうとしなかった。ガビ以外はだれも。ガビはどこからともなくいきなりあらわれて、わたしの隣にすわると、こういった。

「わかっているよ」

「なんだって？」わたしはいった。

「いまのおまえの気持ちが、おれにはよくわかる」

彼の顔に笑みはなかった。

「わかるわけがない」わたしはいった。

「おれを見ろ」ガビがいった。「顔をあげて、よく見ろ」

いわれたとおりにして、わたしはそれを目にした。不在。巨大な、呑みこまれそうな、溺れてしまいそうな、哀れな声をあげる、空虚。穴をうがたれ、傷つけられて、二度ともとの姿になることのない、魂。わたしは魂に空いた巨大な穴を目にして、茫然となり、それがわたしの魂とそっくりであることがわかった。

「あっちに行ってくれ」わたしはいった。わたしは彼を抱きたかった、抱きしめたかった、ひとつに溶けあいたかった。わたしはさらにいった。「放っておいてくれ」

「さっきもいったが」彼はいった。「おれはおまえの気持ちがわかっている。そして、その解決策を知っている」

「頼む」わたしはいった。「頼むからあっちに行ってくれ」

彼はそうしたが、それは戻ってくるにはいちど立ち去る必要があるからにすぎなかった。

幼い少年と母親がテーブルの横に立っている。安息日用の二本のロウソクと、焼きたての安息日用のパンに、覆いが掛けられている。母親が祈禱書、シッドゥールに手を伸ばす。

「お母さん」少年がいって、指さす。「お母さん、やめて、これはいけないことだよ、待って」だが、もう遅すぎる。

いつだって遅すぎるのだ。これまでずっとそうだった。そしていまも、しゃぶり、吸いだし、引きむしり、吸いこむ音のすぐあとで、血と骨と肉と腱と軟骨と粘液を失って干からびた母親の体が、とてもゆっくりと傾き、薄紙のようにはかなく床に舞い落ちて、そこに横たわる。


神の最初の出現はわたしが生まれる前の出来事だ。高齢の人々がその出来事以前の生活について、世界がどのような仕組みだったかについて、話すのを聞いたことがある。その中には、それを好ましいものとして思いかえす人もいる――大半の人がそうだ。それはおぞましいものだったという人もいる、だれもが好き勝手にふるまっていた、ソドムとゴモラ、不浄、醜行、罪業、混沌。だがすべての人が、例外なく、それを愛おしげに語る。わたしが生まれる前の時代だ。わたしもそれが愛おしい。


「おれが欲しいんだな」ガビがいった。

「いや罰せられるだろう、男性どうし……」

「いうな」

自分の内面で起きていることが、わたしにはわからなかった。そう、わたしは彼を〝欲していた〟。彼といっしょにいることを。彼に触れることを。そんな考えが浮かんだことは、これまでいちどたりともなかった。それどころか、そんな……逸脱——それがその時点では安全な言葉、〈彼〉の注意を引かないだろう言葉だった——を考えるだけで、吐き気がした。疑いようもなく、神もそのように感じていた。そしてそこへ、ガビがあらわれて、そして……。

「つらい目にあわせたくはない」ガビがいった。それがふたつの意味に取れると気づくまで、ふたりとも少し時間がかかった。そう、禁断の性交に対する罰は、死なのだ。いまでは大半の罰がそうであるように。

ただ、この特定の罪に関する対応は、きわめて迅速かつ苛烈なものだ。だからわたしは内心、自分はガビに対してほんとうに気があるわけではないのかもしれないと思った。わたしは死にたがっているだけなのかもしれない。考えうる最高におそろしい死を意図しているだけなのかもしれない、と。真実はまったくそうではないのに。

わたしにはかつてガールフレンドがいた。ずっと昔のことだ。ふたりとも自制がきかなかった。ふたりのどちらも結婚は、いや婚約することさえまったく念頭になかった。ふたりともその結果どうなるかはわかっていた、もちろんよくわかっていて、けれど衝動はあまりに強かった。わたしたちは一夜を共にした。たがいに悦びを味わった。消耗し、汗まみれの、しあわせな気持ちで、わたしたちは眠りに落ちた。

翌朝、ひどい異臭で目がさめた。ベッドの中のわたしのすぐ横に、じっとりした、液をしたたらせる、濡れた、灰色と赤と紫色のボロ袋があった。まだピクピクと動いていた。うごめていた。裏返しになった、わたしのガールフレンドが。

神を信じているユダヤ人は、神が存在するとは信じていない。存在とは神が創造するものに関わることであって、神自身とは関わりがない。存在を神の属性とすることは、〈彼〉をわれわれのレベルに引き下げることだ、石や藪や動物や人間やその他なにもかものレベルに。あいにく、神はそうしたものについてまったく聞いたことがなかった。仮に聞いたことがあったとしても、〈彼〉がなんらかの関心を示したことはまったくなかった。

青年が図書館で少女とぶつかる。青年の両手には、検閲官に見逃された奥の書架で見つけた数冊の禁書。少女が両手で握りしめているのは一冊の薄い小冊子、『天使たちの夢』。

少女の顔は小さく繊細で、細く鋭い線で描かれている。ふたりは恥ずかしそうな笑みを浮かべて、たがいに詫びを口にする。翌日の夜、ふたりはいっしょに食事をする。その翌日の夜、ふたりは青年のアパートにいる。青年は衝動と戦い、罪悪感と戦う――前のガールフレンドの死をまだ忘れられずにいるから。

少女はぐずぐずせずに服を脱ぐ。青年はいう、「だめだ！」少女は微笑み、二枚の白い翼を広げる。彼女あるいは彼は、性別を持たず、罪悪感も持たない。天使だ。

青年は新しいかたちの魅力を発見する。見つめるのを止められない。天使はいまや彼にとって世界のすべてであり、人生のすべてだ。天使なしには、自分の存在に意味はない。そして天使は、性別や罪悪感もなしに、また未来が示すだろうように特別な意味もなしに、近づいてきて、成長し、触れる。貫入する。

天使が貫入してきたとき、あなたになにが起きるかを説明するのは不可能だ。

それは肉体的なものではない――そうならいいのにとあなたは思うかもしれない、そうであればあなた自身のなにかがあとに残されるのだから。だがそうではなく、天使はあなたの体に触れることもなく、感じることもなく、気づくこともなく、汚すことさえなしに、ほんとうに重要な唯一の場所に貫入する。あなたはそれがあなたの中で膨らみ、広がり、拡大するのを感じ、そしてあなたは消え去る。

見かけの上では、あなたは物質的な自分の体内にとらわれたまま、まだそこにいるが、汚されるのはあなたの心であり、あなたの自我はもはやそこにはなく、かつて存在したあなたという人物はもはや存在しなくなる。そして天使が去るとき、それはあなたの中に穴を、空白を、それが占めていた場所を、あなたが二度と決してふたたび満たすことのできない場所を、残していく。わたしたち全員が、機械(マシン)のもとを来週訪れる人すべてが、かつて魂のあった場所にそんな空白を持っている。

二重に祝福された〈全知〉の火曜日、わたしはことさら心を落ちつけて、ゆっくりした足取りで探求の道を歩んだ。一歩踏みだすごとに、指定された住所に近づいていく。昔の工業地区にある見捨てられた倉庫だ。そこにだれかが待っているとすれば、わたしを取りまく人々のうち、いったいだれと会うことになるのだろうと思ってから、その考えを抑えこむ。倉庫に着くまでのあいだ、うまくやれればだが、今日は日の照ったいい日和だということしか考えないようにする。

「なにをする気だ！」わたしは叫んだ。「いったいどうやって戦うつもりで……？」

ガビが手を伸ばしてきて、わたしの口をふさぎ、そしてわたしを抱きしめた。「おれはだれとも戦わない」ガビがささやく。「だが、おれたちのような人々がほかにもいる。そして、おまえにはいまはまだ理解できないだろうが、おれたちには独特なところがある」

わたしはガビを押しやった。「その独特さなら、いつも感じている」わたしはいった。「そんなことをいわれても、どうとも思わない」

「いや、おまえの感じていることがすべてじゃないんだ。おれたちにはほかの特質がいくつかある。おれは……おれもそれを完全に理解しているわけじゃないが、理解している人がほかにいる。おれたちは彼を、〈全知〉と呼んでいる」

「そしてそいつが、わたしたちの〝特質〟とやらの一切を説明して聞かせたのか？」

「おまえやおれが理解できるような言葉でじゃなかった。だがそれはどうでもいいことだ。彼はおれたちを解放してくれる機械（マシン）を組みたてている。数日後に会合があるから、そこでおまえは自分で彼の言葉を耳にできる」

わたしは返事をしなかった。あまりにも馬鹿げた話に思えた。どこかのマッド・サイエンティストが自宅の地下研究室で、バネやコイルからくだらない珍装置を組みたて、アホな連中が救いを願ってそいつのまわりで踊りまわる。なんとも哀れだ。

それでもわたしは、会合へ行くことに同意した。願いの力を見くびることなかれ、たとえそれが馬鹿げたものだとしても。

遠くからも雲の柱と火の柱が見えた。目指す通りに着いたときには、そこはすでに跡形もなかった。機械（マシン）も〈全知〉も、それらが中にいた建物も、ほとんど残っていなかった。ガビはヤケを起こしてもっと近くに行って残存物を探そうとしたが、わたしはそれを引きとめ、力ずくで引きずってその場を離れた。

その夜、わたしたちは死にいたる大罪を犯しかけた。ふたりとも自殺したい気分だった。最後の瞬間にわたしたちを救ったのはガビだった。

「だめだ」ガビはいった。「これで終わりになるはずはない。抜け目のない〈全知〉は、自分の身にこうしたことが起こりうるとわかっていた」

あんな風に命を失うのはあまり抜け目がないとは思えない、とわたしはいいたかったが、皮肉は喉につかえた。

「起きろよ」ガビはいった。「服を着ろ。出かけるぞ」

行く先はわたしの知らない場所で、ガビによるとその隠れ家（が）は、不信心者たちの何度かの会合や、〈全知〉の名高い演説のいくつかがおこなわれた場所だという。ベッドもなく、椅子（いす）もまったくない小さな一室に、机がひとつだけあって、その上に載った紙束の、いちばん上の一枚に題名が書かれていた。『バビロンの塔』。

タイトルの下には……設計図、図面、説明文。

「そうだと思った」ガビがいった。「そう思っていたんだ」

「これはどういう意味だ？」わたしは尋ねた。「バビロンの塔がどうしたというんだ？」

「それはわからない。これを持ち帰って、家で考えよう」

『さて、全地は一つの話しことば、一つの共通のことばであった。シンアルの地においても。人々はそこに住んだ。彼らは互いに言った。「さあ、れんがを作って、よく焼こう。」彼らは石の代わりにれんがを、漆喰(しっくい)の代わりに瀝青(れきせい)を用いた。彼らは言った。「さあ、われわれは自分たちのために、町と、頂が天に届く塔を建てて、名をあげよう。われわれが地の全面に散らされるといけないから。」そのとき主は、人間が建てた町と塔を見るために降りて来られた。主は言われた。「見よ、彼らは一つの民で、みな同じ話しことばを持っている。このようなことをし始めたのなら、今や、彼らがしようと企てることで、不可能なことは何もない。さあ、降りて行って、そこで彼らのことばを混乱させ、互いの話しことばが通じないようにしよう。」

主が彼らをそこから地の全面に散らされたので、彼らはその町を建てるのをやめた。それゆえ、その町の名はバベルと呼ばれた。そこで主が全地の話しことばを混乱させ、そこから主が人々を地の全面に散らされたからである。』（新日本聖書刊行会『旧約聖書　新改訳２０１７電子書籍版』創世記11章を小説原

文に合わせて一部調整）

「つまりどういうことだ？」わたしは訊いた。

「おまえは〈全知〉のことを知らない」ガビがいった。「彼はどんなことでも直接的には絶対にいわなかった。口にするのは決まって、手掛かりか断片か、あるいはその両方だ。彼がここでいわんとしていたことが、おれはわかったと思う。考えるんだ、ラフィ。もういちど読んでみろ。散らす。散らすんだ！」

「でも、きみがどうにかして機械を組みたてられたところで、彼と同じ目に遭うだけじゃないか」

「そうとは限らない。〈全知〉は問題を抱えていた――すべてを知っているという問題を。それに対しておれたちは、なにも知らない。これは最初から彼が意図していたことなのかもしれない」

「彼は意図的に自殺したというのか？」

「思うに」ガビはいった。「彼は機械のために命を捧げたんだ」

　そして、不信心者たちそれぞれが書面や設計図や図面や説明文のパケットを受けとる日々がはじまった。

その各人が、彼または彼女宛てのパケットに説明や図示されたパーツやコンポーネントや材料を組みたてたり見つけてきたりするか、それを組みたてたり見つけてきたりできるだれかを見つけてきた。どの部品ひとつ取っても、その機能はだれにもさっぱりわからず、全体についてはなおさらで、経験をもとに推測できる人は、それについて考えまいとするか、ほかのだれかに自分の分担を引きうけてもらうよう頼むかした。

そしてわたしは、人々があちこちの廃倉庫でこの大がかりな任務を徐々に完成させようとしているあいだ、連日連夜ベッドに寝転がり、苦痛抜きでわたしを滅してくれそうな罪をあれこれ考えていた。そして、わたしにそんなことをやめさせようとするガビは、そこにはいなかった。彼こそは、最難関の作業を受けもっていたから――すべての部品をひとつにまとめあげるという作業を。

もし、機械(マシン)に従うこととそれ自体がじゅうぶんな罪であるという考えが浮かばなかったなら、いったいわたしはわが身をどうしていたことか？

そして好奇心も、もちろんあった。好奇心のせいで少なからぬ精神的代償を支払いずみの、わたしのような人間にさえ。

そしてある日、わたしのメールボックスに伝言が届いた。「来い」

そして二重に祝福された火曜日、わたしはことさら心を落ちつけて、ゆっくりした足取りで探求の道を歩み、しだいに、しだいに、しだいに隠れ家へと近づく。

バベルの塔

ドアはロックされておらず、わたしは中に足を踏みいれる。倉庫に窓はないが、暗くはない。壁が光を放っている。わたしにはその仕組みも理由もわからない。

倉庫の一角に闇がある。ワイヤやチューブが何本も頂部から突きだしたプラスチック製の大きな灰色の卵。それが低くうなっているが、単なるわたしの想像力の産物かもしれない。わたしはそこへ行って、卵の下の床に腰をおろし、卵を頭に被せる。

闇。わたしはそこにかなり長いあいだすわっている。なんの音も聞こえず、なんの指示もなく、目に入るなんの動きもない。もしかすると、もともとそんなものはなにもなくて、わたしは作動しない一個のガラクタの内部にすわって、救済か速やかな死をむなしく待っているのかもしれない。わたしは身動きひとつしない。もしかすると、その静寂と闇の中で、眠りに落ちてさえいたのかもしれない。

数分が、もしかすると数時間が、もしかすると数日がすぎる。何事も起こらない。

わたしは機械（マシン）を頭から外して、立ちあがる。光がまぶしい。壁は光り輝いている。いまは、壁が鏡だと見てとれる。そしてその鏡の中に自分の顔を見て、内心で思う、見覚えのある顔だと。前にどこで見たのだろう？　小さく繊細で、細く鋭い線で描かれている。わたしの生まれつきの顔ではなく、この顔にわたしがなったのは……それは……。

あの少女に出会ってからだ、図書館で。天使がやってきて、奪い、去っていってから。わたし自身の体に入って去り、わたしを取り残していってから。いまになって、それを知る。

わたしは翼を広げて、飛ぶ。

飛んでいく、天井を通りぬけ、最上階を通りぬけ、階段やエレベータを通りぬけ、屋根を通りぬけて、外に飛びだす。そして連なる屋根の上には、わたしのまわりで何十人もの不信心者たちが白熱し、光を放ち、翼を持って、舞っている。

下の通りでは、騒ぐ人も気づく人もない。だれひとり、天使たちが群れ集っているのが見えていない。ガビが飛んできて、「おれたちはおまえを待っていたんだ」という。

わたしが抱きしめようとすると、ガビは身をかわす。

「それはあとだ」ガビがいう。「おれたちは飛んでいく」彼は手をあげ、空を指し示して、微笑む。

「ほんとうはこういうことだったんだ。バベルの塔。おれたちは空にのぼる」

わたしは笑みを返すが、わたしの中ではなにかが腐敗している。これはあるべきかたちとは違う。わたしの頭の中の穴、わたしの心が存在するはずの場所は、そのままそこにある、満たされることのないままで。なにひとつ変わってはいなかった。

「おれに続け！」ガビが吠えるようにいうと、皆が飛び去る、天使の飛行編隊、翼の静かなささやき、美しく白熱する存在を照らす太陽。

天使たちは上昇していく、高く、さらに高く、澄んだ明るい空の下の灰色の汚れた都市から遠くへ、さらに遠くへ、堕落から、罪から。そして、わたしから。

わたしは近くの屋根のひとつに降りたち、汚い水漆喰に腰をおろして、横になり、太陽を直視する。以前、闇の中で待っていたのとまったく同じように、光の中で待つ。

天使たちは、わたしの頭上で、しだいに小さく、小さくなっていって、姿が見えなくなる。わたしは自分の中にある怒りに気づく、それは頭の中の穴の耐えがたい穏やかさのすぐ下にある。神への怒りはある、もちろん、そして天使たちへの怒りも、けれどほとんどはガビへの、そして自分自身へのものだ。

なぜわたしは天使たちに加わらなかったのか？　妬み？　おそれ？　それともわたしはもしかして、いまだに生きていることへの失望で無気力になっているだけなのか？

太陽が空を動いている、いつものようにゆっくりと、それから速く、しだいにもっと速く。なにかがゆがんでいる。なにかがおかしい。そしてもし死にたがっているのなら、なぜわたしは天使たちとともに飛ばなかったのか？　そしてもしかするとわたしを欠いていることは、彼らに対する戦いを決する小さな要因なのかもしれない。

太陽は大きな弧を描いて海にむかい、わたしは立ちあがって、背すじをまっすぐ伸ばすと、宙に浮かんで、飛んだ――上へ上へ、より高く高く、そして太陽はより低く低くへと動いていき、すでに下方の都市は見てとれず、そして光は薄れていく。

上へ上へ。頭上の霧から輝きが、白い稲妻があらわれ出でて、すさまじい怒号が、絶叫につぐ絶叫が耳の中で、もしかするとわたしの心の中で響きわたり、わたしはその中に、あるひとつの苦悶の声を聞きとったと思い、それはガビの声かもしれないしそうではないかもしれない。決してわかることはないだろう。

なぜならその瞬間、引き裂かれる音がして、わたしの頭上の空がひらき、わたしは自分が天使たちの雨の中を矢のように通り抜けているのに気づいたからだ。

燃える天使たちの雨。

沸きたち、泡立ち、融解し、ねじれ、皮膚や内臓や骨や羽を振り落とす天使たち。

落下する天使たち。わたしは減速して、方向を変え、天使たちといっしょになって落ちようとして、はるか遠い地面にむかって弾丸のように突進するけれど、天使たちはさらに速く落ちていく。彼らと比べると、急ぐことなく、ゆっくり漂い落ちていく自分が落ち葉のように感じる。

わたしはいっそう努力し、体をより早く押し落とそうとするが、効果はない。都市が姿を見せ、おそるべき速さで上に伸びてくるが、天使の残骸がぶつかった地面や建物が爆破されたようになったり、ある者のように雲状になったり、ある者のように打ちつけられた場所に火が燃えるような速さではない。

わたしはひとつの屋根と、いくつかの壁と、それから地面にぶつかり、そして自分がそのすべてを通りぬけるはずだと気づく。わたしはなにひとつ感じていない。わたしは自分が地の上で孤独であることを知る。

一昨日(おととい)、わたしは公園で出会った見知らぬ人、若い男と寝ようとした。わたしが手を掛けた瞬間、彼は融解した。

昨日、わたしはスーパーに行って、肉をカートに入れ、その上から牛乳のパックを押しこんだ。建物は炎上して焼け落ち、わたしひとりだけが無事だった。

神はわたしに呪いをかけた。わたしは生きてはいないし、死ぬこともできないし、ほかの人々と違って罪によって罰せられることもない。そしてもしかすると、結局のところ、それこそが〈全知〉の計画だったのかもしれない。

だから明日、太陽がのぼった直後に、わたしは外に出て、飛びたち、上へ、遠くへ、雲を越え、大いなる霧を抜けて、神の城塞へまっしぐらに飛びこみ、そしてわたしは〈彼〉の前に立つだろう、そして〈彼〉は〈彼〉の罪によって罰せられるだろう、もし〈彼〉の罪でないならば——わたしの罪によって。

わたしはつねに神を信じてきた。そろそろ〈彼〉が、わたしを信じはじめるときだ。

可能性世界

エヤル・テレル ―― 山岸 真 訳

Possibilities by Eyal Teler

エヤル・テレルは、1968年にエルサレムで文学教師と天文学マニアのもとに生まれた。テレルはハイスクールでSF／Fのとりことなり、ヘブライ語訳でジャンルの代表作を読んでから英語で作品を読むようになった。本人によれば、主に無尽蔵と思われる《ペリー・ローダン》シリーズのおかげだったという。エルサレムのヘブライ大学に通い、コンピュータ・サイエンスの修士号をとって卒業し、以来ソフトウェアの開発に従事しており、ゲーム、AIチップ、3D360°カメラなどを製品化した。テレルはオンラインのクリッターズ創作講座を受講し、課題作がこれまでのところ最初にして唯一の商業作となった。2003年に〈ザ・マガジン・オブ・ファンタジー&サイエンス・フィクション〉に掲載された「可能性世界」である。この短編はブラッドベリが2000年に発表した短編「埋め合わせ」への返答だった。のちにテレルはオンライン・サーヴィスのフィクションワイズを通じてこの短編を売り、なんと2ドル20セントを稼ぎだしたが、その収入を現金化しなかった。イスラエルの小切手換金手数料が、額面を上まわったからだ。今後は執筆よりも家族と仕事に対する責任をはるかに優先することになるだろう――テレルは結婚しており、子供がふたりいる――そしてこの短編の女性登場人物を主役にした長編の執筆を考えていたものの、本人によれば、時間がそれを許してくれないという。

（中村 融 訳）

　その記憶は、死ぬまでわたしにつきまとうだろう――もはや長いことではないが。五十年という歳月も、あの老人の姿を、彼の顔をとらえた拳の感覚を、消し去ることはできなかった。あそこに立っていた老人が、抵抗せずにわたしに殴打され、そして地面に崩れ落ちたようすを、いまも思い浮かべられる。悲鳴はあがらず、血も流れず、そこには動かない死体だけ。そんなかたちで記憶しているなんて笑ってしまう――自分自身を殺したことを。残りは突飛すぎて、考える価値もない。タイムマシン、レイがわたしをわたし自身に引きあわせたこと、レイがわたしに、あの男にはなるなと頼んだこと、朝鮮には、戦争には行くなと頼んだこと。

　死――死は現実にあったことだ。レイが死体を持ち帰ったのだろうが、記憶は残っている。理由もなく、発作的な怒りから、無力な老人を殺したことの記憶が。それはがんのようなものだ。医者たちが診断を下せる病気そっくりに、それはわたしを内側から蝕む。長年のあいだ、わたしは自分の小説とわが成功とでそれを防御してきたが、結局は記憶が勝利をおさめた――わが作品はどれひとつ、この病院のベッドに横たわるわたしのもとを訪れてはくれなかった。

ずっと昔、そこにあるのは狂気だけだと結論づける以前に、内心でもてあそんでいた考えが、いま戻ってきていた――そのすべての現実性に関する疑問だ。あの別の現実で、レイはどうやってタイムマシンを手に入れたのか？　わたしが戦争に行っただけでは、現実は大きく変わらなかったのではないだろうか？　変わったと考えるのは、傲慢だろう。そしてわたしの行為、わたしの言葉、あの殺人――それらは意味をなさなかった。

けれど、それは幻覚ではありえなかった。わたしが人生で嗜んだ唯一のドラッグは煙草で、わたしの精神はつねに申し分なく健全だった――鬱病だったときでさえ。それに、タイムマシンはアスファルトにしるしを残していた――そのことはあの翌日に確認ずみだ。

あの日、じっさいにはなにが起きたのかを明らかにする勇気が自分にあれば、と思う。この話をした相手はひとりもいない。いちどだけ、二十年ほど前、本気ではなしに、答えを見つけようと試みたことがあることはある。

「あなたサイモンでしょ」その女性はいった。断定口調でいわれて、一瞬その家のドアの前でまわれ右をしたくなった。結局のところ、わたしがサイモン、特定の、余人ならぬサイモンでしかありえないとしたら、この女性と会ってなんになるというのか？

「そしてきみは、疑う余地なくセデフだね」といいつつ、わたしは疑っていた。背の低い丸顔の娘も、わたしのつまらないジョークに満面の笑みが返ってくることも、予想外だったから。だが、外国訛りをかすかに含んだ相手の穏やかな声は、電話で聞いたものと一致していた。

「入って」といった女性が片手で宙に道を描き、その先には壁に数枚の風景画と一枚の子猫の絵が掛かった明るい部屋があった。彼女は身振りでベージュ色のソファを勧めてきたが、わたしは立ったままでいた。自分が出るのとは別の映画のセットにたまたま入りこんでしまった気分。

「どんな場所を予想していたの、ロウソクの明かりとヴードゥーの装身具？」

そんなにわかりやすく顔に出ていたのか？　わたしはなにを予想していた？　謎めいた雰囲気の、たぶん老婆——要は詐欺師——だ、五十歳のわたしの半分くらいの年齢の、妻と同年代のだれかではなく。もちろんそんな老婆は馬鹿げたクリシェにすぎず、自分の小説で使う気にはならない。それを、現実の生活にならたやすくあてはめられるというのも、妙な話だが。

屈託がなく、穏和で、鋭すぎない顔立ちの女性は、占い師というより小学校の先生に見えた。ある意味、それは当たっているのかもしれない。彼女のところへ来るわたしのような連中は、皆だまされやすい子どもだ。確かに、レイは人々が彼女を信頼しているといった。だがレイは、わたしたちは心の中では子どもであり続けるべきだともいっていた。彼はわたしの友人にして良き師であるかもしれないが、それはあらゆることについてわたしたちの意見が一致しなくてはならないということではない。

いったいわたしはどうやって自分に、自分が信じていない能力を持っている女性を訪ねる気にさせたのか？　たぶん、そのまちがいを修正するにはまだ手遅れではないだろう。わたしはまわれ右をして立ち去ることに決めた。

ソファはすわり心地がよかった。

「さてセデフ、きみのその能力について、ちょっと教えてくれないか？」

セデフは笑顔になった。「これはインタビューなの？」

「いいや」そういう風には考えたくなかった。インタビューは無遠慮でくたびれるもので、それに対する嫌悪の種はわたしの中でとっくに憎悪にまで育っていた。「ただの好奇心だ。もうひとつの現実を見る能力があると自称する人には、これまでまったく会ったことがないのでね」

セデフはくすくす笑った。「それを能力と呼ぶのをやめてもらえます？　これ以上その方向で話を続けるなら、わたしがスパンデックスの衣裳を着ていたほうがいいでしょ。でも体形的に似合うとは思えないから」そのとおりだった。そのとき着ていた花柄の服も、とても似合っているとはいえなかったが。

「わたしの才能、お望みなら〝天賦の〟とつけてもいいけれど、それはあなたが人生のどこか特定の時点で異なる判断を下していたらなにが起きていたかを、見ることができるというもの。その場合にあなたの人生がたどっただろう、もっともありそうな道すじを、教えてあげることができます。わたしには自分がなにをどうしているのかまったくわからないし、ええ、正しいという証明もまったくできませんが、お客さんはいつも、わたしのいったことはまちがっていない気がする、きっとそういう風にしただろうと思う、といわれます」もちろん客はそういうだろう、彼女がそれなりの詐欺師なら。

「じゃあ、わたしが戦争に行っていたらどうなっていたか、教えてくれ」

「すみません」セデフはいった。「まず、あなたの感触をもっとつかむ必要がありまず。たとえば、お仕事はなにをされているんですか？」

彼女がわたしのことを知らないのを侮辱と感じるべきか、今回はファンに抱きつかれなくてすむことを喜ぶべきか、わからなかった。

「夢を創りだすのが仕事だ」わたしが描く未来のディストピアは、たぶんより正確には悪夢に分類されるものだろうが、わたしを有名作家にしたのは、子どもむけのもっと陽気な現代ファンタジーだ。商業主義の驚異。不満があるのではない――わがファンタジー世界でくつろぐのは楽しいことだった。

セデフはぽかんとした顔でわたしを見ていた。

わたしは彼女の前でやって見せた。わたしは物語を語るのが好きだ。着想を得る瞬間を、まだ不格好で整っていないけれど、内なる美しさをすでに見せている姿でアイデアが生まれてくる一、二分の時間を、愛している。わたしはセデフに、だれもが彼女と同じ能力を持っていて、自らの選択の結果を知っている世界を舞台にした物語を語って聞かせた。

「すごい！」セデフがわたしにむけた表情は、畏怖としか表現しようがないものだった。胃がひっくり返る気分だった。

「いまの話、気に入った？」

「はい？　ああ、すばらしかったですよ。でもそのことじゃなくて。とにかくあなたの誘発する能力がすごく強いんです！　きっと超一流の作家の方なんですね！」

大した芝居だ。もうちょっとでだまされるところだった。明らかにこの女性は、わたしがどういう人物かをはじめから知っていたのだ。それでもわたしは、彼女のささやかな芝居に乗ることにした。

「どういうことかな？」

「はい、人はだれでも、世界の可能性に影響をあたえます。影響をあたえるのは選択によってだけではなく、願望や夢や欲望によってもです。作家の方々は、アイデアを考えだしているだけではありません――それを発展させ、細部を詰めて、ほかの人たちに共有させせます。作家が書く言葉は魔法と似ている――それは世界を変化させることができる。そうやって、不可能なことでさえ可能なものになりうるんです。以前、友だちと作家会議に行ったことがあります。自分のまわりじゅうで、世界の可能性が変化しているのを感じました。大きな変化ではなかったけれど、それでも少しこわいほどでした。

けれどあなたは、あなたはお話を語っただけでした、大して考えたわけでもなく、それをたくさんの人と分かちあったわけでもなく、なのにわたしは世界が変化するのを感じました。わたしは自分の能力が……あ！」セデフは笑った。「もう自分でも〝能力〟と呼んじゃいますが、それが少し強まるのが感じられました。この世界が、あなたがしてくれたお話の世界に近づいたかのように。あなたは世界の可能性を直接に変化させている気がします。わたしには有名な作家の知り合いはいませんが、これがふつうのことだとは思えません」

「では、エイリアンの侵略物語はあまり書かないようにしなくては」ああ、そういうことだ。彼女が自分には能力があるとわたしに信じさせようとするのは、まあいい。わたしに能力があるとかいう話は、明らかにやりすぎだ。「さて、これで読み取り（リーディング）はできるようになったかな？」こんな茶番は終わらせるに如（し）くはない。

「ええ、あなたの感触はじゅうぶんにつかめたと思います。戦争というのは？」

「朝鮮だよ」

「え、そんな昔のこと！　あ、すみません、そういう意味じゃないんです。ただ、たいていの人がわたしのところに来るのは、最近下した決断を検証してほしいからで、三十年前のことを聞きたいからではないので。これはかんたんなことじゃないかも。げっ、わたしがまだトルコでちっちゃな赤んぼうだったころだ」わたしが思っていたより年上なのだ。「でもやってみます」

セデフの目が焦点を失って上をむき、なにかを思いだそうと必死になっているかのように額に皺が寄った。それから片手を顎に当てて、指で唇をなでる。その姿は、ロダンの『考える人』の女性版を思わせた――ただし着衣である分、どうも興味を引かなかったが。

わたしは待ちながら、さっきセデフに語って聞かせた話をどういじれば売り物になる物語にできるか考えた。より適切な視点人物といくつかのプロットの複雑化が心に浮かぶ――帰宅後に検討をくわえる材料としてはじゅうぶんだ。

セデフはまだ考えこんでいたので、わたしは立ちあがると、彼女がどんな本を持っているか気になって本棚を見た。わたしの本は一冊もなかった。棚のいくつかは参考図書類の重さで歪んでいる――その多くは医学関連だ。残りはおもに古典と多種多様な詩集だった。フロストがお好みらしい。

　わたしは腕時計に目を落としてからセデフを見やり、もうやめてくれないものかと思った。最低でも、この見世物をもっと退屈でないものにはできたはずだ――ぶつぶつつぶやく程度のことは。

「これは……」セデフの言葉にわたしはびくっとした。その姿勢のまま眠りこんでしまったものと半ば思っていたのだ。「なにかとても奇妙なものが、ここにはあります。なにかの……障壁が。こんなものはいままでいちども感じたことがありません。そのむこう側を見通すことはできるでしょうが、少し時間がかかりそうです。さしつかえなければ、なぜ戦争に行かなかったのかを話してもらえますか？　それは役立つはずです」

　なにを話して聞かせられるというのか、わたしが理由もなしに、まるで取り憑かれたかのように自分で自分を殺したことを？　あの日以来、自分が愛した人々を殺してしまうのではないかと、ずっとおそれていることを？　それは十九歳の少年の頭には扱いきれないことだった。当然ながら、わたしは精神状態を理由として兵役には不適格だと宣告された。わたしは部屋に閉じこもって、友人たちと会うのもやめた。創作活動に没頭して、物語が忘却の助けになることを願った。ただ忘却することだけが望みだった。なのになぜわたしはここに来て、あの記憶を搔きたてているのだろう？

わたしはわざとらしく腕時計に目をやった。「そうだ、申し訳ないが約束をひとつ忘れていた。もう行かなくては。たぶんそのほうがいい。きみも暇なときに、急かされることなく、わたしの別の可能性世界を調べることができるだろうしね。心配しなくていい。かかった時間分の料金は払うから。ほら」わたしは百ドル紙幣をセデフの手に押しこむと、コートを拾いあげて、ドアのほうにむかった。「日をあらためて、また来るよ」

わたしはすばやく外に出たが、セデフがこういうのを聞いた気がする。「でもお金は受けとれません……」

この病室に横たわり、昼も夜も溶明して変わるところのない半覚醒状態でいると、記憶にある過ぎ去った日々が、タイプライターの中で用紙の上に言葉が形作られていく音が、会議が、サイン会でさえもが懐かしくなる——そう、仲間たちやファンたちのことさえ、半ば恋しく思っている。そしてキャロラインでさえも。あの日わたしは、彼女の両腕と、長身の、運動選手の体に戻っていった。人を夢中にさせる体臭をしたキャロライン。わたしは彼女がおかした過ちを見過ごしていたし、彼女もしばらくのあいだ、わが愛しき真の愛の対象を見落としていた。わたしの創作活動を。離婚後、ゴシップコラムで知ったところによると、彼女は有名俳優たちのほうが有名作家たちよりも相手にしやすいと判断したのだった。

あの当時は多忙だった——多忙すぎてセデフに会いに行く時間がなかった、あるいは、わたしは自分にそういい聞かせていた——それにかこつけて記憶を隠し場所に押しこみ、セデフについて考えることも同様の扱いにできるほど多忙だと。いちど、十年ほど前だったと思うが、セデフをテレビで見た。『シックスティ・ミニッツ』に出演していたのだ。セデフは医者だった。「奇跡のドクター」と呼ばれていた——彼女の診断はつねに際立っていた。彼女はＲＯＩという大きな研究機関から仕事の依頼を受けていた。彼女はもういちどセデフに会って、リーディングを完遂させたくなった。彼女が詐欺師かどうかは問題ではない。もし彼女がもっともらしい説明をひねり出せて、それによってわたしの人生の嫌悪すべきサブプロットに決着がつくのなら、それでじゅうぶんだった。

わたしは内心で笑い、外にむけては咳をする。痛みがある——こんなに懐疑的であることへの罰だ。この地球上で生きてきた歳月のあいだ、不思議なことを見たりしたりしてきたが、その中に年上ヴァージョンの自分を殺すことにかなうものはなく、それでもわたしは疑わしい点をセデフに有利に解釈してやろうとしていない。だがセデフは、特殊な障壁の話をわたしにした。わたしが戦争に行かなかったことに、とある出来事が関わっていることを、彼女が知ることができたはずはないのに。

わたしはセデフの研究室の所在をつきとめたが、そこへは行かなかった。愚かな作家のためにリーディングをする暇などなかっただろうことはまちがいない——言い訳はつねにわたしの得意分野だった。おそらく、有名で多忙な医師になった彼女は、もうリーディングをしてさえいなかっただろう。彼女と会いたいというわたしの望みは——望みのまま残った。いまでも望んでいるが、手遅れだ。電話を手に取ることさえ、いまのわたしには困難を極める。

ドアがノックされた——無用の作法だ。いまのわたしは、「どうぞ」と口にすることを考えただけで疲れを感じるほど弱っているのだから。そのわたしの考えが、病院用務員のぶっきらぼうな声で繰りかえされるのが聞こえる。わたしは面会謝絶だという議論が少々なされ、それは早々に解決される。

ドアがそっとひらかれ、ローヒールのコツコツいう音がベッドに近づいてくる。彼女が視野に入るところに来るまで、わたしは待つ——頭のむきを変えて体力を浪費するまでもない。この女性はだれで、なにをしに来たのだろう。わたしを見舞う人は多くない——レイただひとりだ、じっさいは。報道関係者は立ち入らせないよう、念を入れておいた。

「こんにちは、サイモン」彼女がいう。その声にびっくりしたわたしは、体が弱っているのを一瞬忘れて頭のむきを変え、すると悲しげな彼女の笑顔が目に入る。「セデフです。あなたは昔、わたしのところへリーディングを依頼しに来ました」

わたしにそれが忘れられたとでもいうのか。けれど、体力の衰えにショックが加わって、セデフにそう告げることはできなかった。笑顔を返すことさえできない。わたしが殴打したあの老人のことを思った——彼が声もなく崩れ落ちたことを。

わたしが以前目にしてから、セデフはずいぶん老けていた。ようやく容姿が年齢に追いついた感じだ。ふくよかになって、黒髪に白髪が混じった頭は、前のときより整えられている。もしかすると、セデフにはパールという名の娘がいて、髪をとかしてくれているのではないか、とわたしは考えこんだ（トルコのセデフ島は、トルコ語で「マザー・オブ・パール＝真珠母」島の意味）——人物の背景を詳細に設定する習慣は、なかなかやめられない。ずっと上品になった服装は、ふくよかな体に似合っていると思う——そのダジャレに自分でウケた。

ジョークがショックをやわらげて、とうとうわたしは手の指をまっすぐ伸ばすことができた——弱々しい、ハローのジェスチャーだ。セデフがそれに気づいて、にっこりする。腕が冷えていたけれど、毛布が手にかかっていなくてよかったとわたしは思う。

セデフがベッド脇の椅子にすわる。そこはいままでレイの専用席で、だが彼が見舞いに来るのはごくまれなことだった。セデフが彼女の温かい手でわたしの冷たい手を取る。いい気分だった、温もりのある人に触れてもらうのは。セデフの笑顔も温かく、目も温かさをたたえている。たくさんの温かさに接して落ちつかない気分になっている自分に気づく。このベッドの上でしばしば温もりが足りないと思っていたのに、体にも、心にも。けれども文句はない――わたしはセデフに、手を握ったままにさせておく。

「あのね」セデフがいう。「二十年前、あなたが帰っていったとき、わたしは本気で侮辱されたと思い、その後あなたの再訪がなくて、なおさらそう思いました。あなたのことを心から消そうと決めたけれど、できなかった。あなたのような人には出会ったことがなかった、世界の可能性を変化させる能力があることも、あなたの過去のあの奇妙な障壁も。あなたがどういう人物かを知ったとき、いっそう興味が湧きました。人生の別の道すじがもっと大きな成功をもたらしたかもしれない、なんてあなたが考えたわけがない。なら、なぜあなたは関心を持ったのか？

　あなたの別の人生を見ようとして、わたしはとてもたくさんの手法を試しました。あなたの感触をもっとよくつかむために、わざわざあなたのことを調べたり本を何冊か読むことさえした。まったく、そのうち何冊かにはひどく心乱されました。でも、《リリアン》シリーズは好きです。とてもユーモアがあって、楽観的で。おかげで侮辱されたのを忘れて、もしかするとあなたにも結局いいところがあるのかもしれないと考えさせてくれた。

　ともかく、最終的にわかったのは、障壁のむこう側を見るには、まずそれより少し前まで時間を遡る必要があるということでした。それまでは、自分にそんなことができるとは知りさえしなかった。でもそれは、ほかのリーディングのどれよりもたやすいことになりました。まるであなたの人生の別の道すじが自然なものであり、わたしはそれに沿って過去を見て、それを繰りかえせばいいかのように。いまだに自分でも全然意味をなさないとは思うんだけど。それでも……」セデフは言葉を切って、微笑んだ。「あなたのおかげで積めたたくさんの経験に感謝すべきなんでしょう。自分になにができるかをよりよく理解できるようになったのは、完全にそのおかげだし。人々をよりよいかたちで救えるようになったのも、そのおかげです。ありがとう」自分勝手なふるまいをしたことで感謝されるのは嫌な気分だったが、それでも彼女の穏やかな「ありがとう」にわたしの心は温まった。

「その別の可能性世界でのあなたは、とても面白い人生を送りました。わたしは最初、その時点で知ることのできるあなたの別の人生を概観してから、今度は時間を順に追って、その別の人生をたどりつづけた。未来を見ることはできないんです、別の可能性世界であってもね、だからわたしは別の世界のあなたの様子を、いろいろな日に毎回少しずつの時間、覗いてきました。やがてあなたがその世界で死んで、わたしは考えました、もしあなたがこの世界ではまだ生きているとしたら……。どうも最初から順に話したほうがいいようですね。

では、ある若い男の話からはじめましょう」セデフはいった。「彼は家族のもとを、両親と姉のもとを離れて、戦争に行きました。そこから離れるのは彼にとって容易なことではなかったし、戦争そのものはよりいっそうひどいものだった。多くの友人が亡くなり、そして彼が大切にしていた人々も。戦争が終わったとき、家に帰ることが彼には耐えがたかった。友人たちが死んだのに、自分が生きているのは正しくないと感じた。彼は馬鹿げた危険をおかすようになりました、クリフダイビングや闘牛みたいな類の競技に手をつけたりして。もしかすると、自分がそれらの競技をうまくこなせて、何年も何年も死を逃れつづけてこられたことに、失望してさえいたのかもしれません。

彼がトルコから来た若い女性と出会ったのは、スペインにいたころのことでした。彼は彼女と親しくなりたいとは思っていませんでしたが、女性は彼が闘牛に出場するときには必ず観戦しました。彼女は、彼の中になにか特別なものを見いだしていたのです。あるとき、牛に深手を負わされた彼が、たまたま自分がインターンをしている病院に運びこまれたことを彼女は知りました。彼は大変な有名人だったので、面会にこぎ着けるのはひと苦労でしたが、彼女はなんとか伝手をたどって、彼の病室に入りこみました」セデフはにっこりした。「最近もどこかで同じことをした人がいるみたいだけど。

病室で、彼は彼女に話をしました。彼はいいました、牛に殺されなかったのは残念だ、と。ほかの世界で彼を待っている友人たちがいて、そこでは人生はすばらしくて、戦争はないのだ、と。

それから彼は、戦争の話を彼女にしました。何時間も何時間も戦争の話をしました。医者たちが女性をそこから立ち去らせなければ、彼は眠ろうとしませんでした。彼女が戻ってくれれば、また話を続けました。『兵士たちは、夢見る者たちなんだ』彼はいいました。『そして兵士がひとり死ぬと、世界からは夢見られた美しさがちょっとだけ少なくなる』」

人々が彼女のリーディングにどんな反応を見せるかをかつて聞かされたが、いまのわたしにはそれが納得できる。この話はわたしそのものだと感じられた。若くて純真だったころの。

「彼は友人たちの夢と、その夢がどのように終わりを迎えたかを話しました。それから敵の死者について話しました。体の一部を失ったのに、あるいは住む場所も食べるものもないのに、不幸にも生きのびてしまった者たちの恐怖を言葉で描いた。自分自身の目で見たことの話が尽きると、彼が耳にした戦争を、彼には想像することしかできない恐怖を語った。

とうとう彼は話し終えると、丸一日眠りました。そして目覚めると、自分が死ななかったのはいいことだったのかもしれない、といった。戦争に行く前、自分には物語の才能があった、と。もしかすると、あの恐怖のありったけを紙の上に移して、戦争がどんなものかを人々に伝えることができたなら、彼はなにか役に立つことをして、天国にいる友人たちを幸せにできるのではないだろうか。

けれど、その女性には特別な才能がありました。彼女は彼の戦争の物語を聞いて、なにかを感じとっていたので、彼にそれはやめたほうがいいといった。『あなたは特別なの』彼女はいいました。『あなたが話をしたことはみんな、よりリアルになる、より可能性が高くなる。戦争の物語をしてはいけない。平和の物語をしなさい』

そして彼はそのとおりにした。彼は彼女に、争いを終わらせる物語を、長年の確執が愛とやさしさの行為を通じて忘れられていく物語を聞かせました。圧制者が倒される物語や、宗教的寛容の物語を。朝鮮がふたたびひとつの国に融和することや、トルコとギリシアが不和を解消することや、中東和平や、欧州統合を。彼女が彼の唯一の聴衆でした。『人々は平和の物語なんて望んでいない』彼はよくそういっていました。『望むのは対立や、戦闘だ』

ふたりはいっしょに、マドリッド郊外の小さなアパートに引っ越しました。彼女は病院で働き、そのあいだ彼は子どもたちの面倒を見ながら、語るべき新しい物語を考えました。彼女はへとへとになって帰宅し、彼は眠っている彼女に物語を読んで聞かせたことでしょう。ふたりの周囲で、世界は明るくなっていきました。それには何年も何年もかかりましたが、ふたりはその変化をたどることができました。彼がタイプした物語は、それが現実になったときに、新聞記事の切り抜きとひとまとめにして保管されました。ふたりはこの上なく幸せでした、おたがいのことで、子どもたちのことで、世界のことで。

そしてやがて、彼は病気になりました。医者たちが見つけたのは肺がんで、治療するには進行しすぎていた。医者たちは、手立てを講じました。彼も、手立てを講じた。彼は、医者たちががんの治療法を発見する物語を語ったの。そして、そう、医者たちは治療法を発見したのだけれど、彼を救うには手遅れだった。彼は数日前に、病院で亡くなった。彼は世界のためにとてもたくさんのよいことをしたのに、自分のためになることはひとつもできなくて、煙草もやめられなかった。愚かな人」最後は涙声になる。彼女はわたしの手を強く握って、沈黙した。

だが、そんなことはありえない。彼女はなにかをまちがえたに違いない。「わたしは……」息がぜいぜいする。「わたしを……殺した」

「え、なに？」セデフの注意が、ほかのどこかからわたしに戻ってくる。

「わ……」しゃべりはじめるが、声が思うようにならない。無理をして頭を右にむける。そこには小テーブルがあって、ノートパソコンが置いてある。ここでひとつでも物語が書けると自分が本気で思っていたのか、それとも、コンピュータが実体化した悪魔であるかのようにふるまうのが好きなレイの、非難がましい目つきを楽しんでいただけなのか、よくわからない。

ノートパソコンが起動して、ワープロが立ちあがると、セデフの助力で、わたしの力ない手がキーの上に導かれる。「わたしはわたしをころした」とわたしは打った。「たいむましん」さっきの話の別の現実で、わたしは自分の物語によってそれを作りだすのに手を貸したのだろうか？　世界を変化させるほどの力を、わたしはほんとうに持っていたのか？

セデフがしばらく考えこんだのは、病気のせいでわたしが譫妄（せんもう）状態なのかどうかを判断しようとしていたのだろう。

「ふうむ」やがてセデフがいう。「それはかなりファンタジーっぽく聞こえるけれど、タイムマシンは、あなたの人生の別の道すじがより自然なものに感じられる理由の説明になる。だれかの人生の自然な道すじを変化させるには、現実をじっさいに歪めることのできるなにかが必要だろうから。だとしても、『わたしはわたしを殺した』というのがどういう意味か、わたしにはわかりません。文字どおりの意味なの？」

わたしは答えなかった。ひどくだるくて、声を出すことも、うなずくことさえもできない。

「サイモン、ごめんなさい。わたしの話で疲れさせてしまいましたね。あなたが少し休んだころに、また来ることにしましょうか」

セデフはわたしの手を放そうとしていたが、わたしは力をふりしぼって自分の指を彼女の指に絡めた。握ったままでいられる力が自分にないのはわかっているので、セデフが動きを止めて、椅子にすわりなおしたことに感謝する。

「サイモン」といったセデフの声にはユーモアを聞きとれるし、顔には笑みを浮かべているのが見える気がする。「今回のあなたは、やすやすと立ち去れないわけですね」そこで間があく。きっとまた笑い顔になっているのだ。目をひらくと、思ったとおり、そこにセデフがいて、笑みを浮かべてわたしの目を見つめている。笑みが大きくなった。「よろしい」彼女がいう。

「疲れているのはわかっていますから、こういうやり方で行きましょう。わたしが質問をして、あなたは答えるかわりにわたしの手を握る。イエスは一回、ノーは二回。いいえ、それだとよくない――あなたを疲れさせたくないですから。じゃあ、なにもしないのをノーにしましょう。確認のため、わたしは間を取ることにします」ふたたび微笑んで、「OK、話をはっきりさせられるか、やってみましょう。別の現実から来た年上のあなたが、あなたが戦争に行こうとしていた時代に、タイムマシンで戻ってきて、あなたが年上のあなたを殺すという結末になった。以上が起こったことですか？」

わたしは少しためらってから、セデフの手を弱々しく握る。

「だと思っていました。まるで意味が通りませんけれどね。わたしが覗いていた可能性世界があなたの自然な人生の道すじであり、そこではあなたがタイムマシンに近づくことはいちどもなかったのは確かです。おそらくそこでは、近づこうにもタイムマシン自体が存在しなかった。だから、ほかのなにかに違いありません。でも、それはなに？　あなたにもっと答えてもらえるといいんですが。休みを取ったあとでならできるでしょうか」

それはまずい。セデフを立ち去らせるわけにはいかない。いまこれを最後までやる必要がある。またの日などというものはないかもしれないのだ。「ノー」の合図はなんだっけ？　なにもしないこと――ダメだ、それではうまくいかない。ここは手を握って、「イエス」と伝えるしかなさそうだ。

「イエス？　休みたいですか？」

ここで「ノー」といえば、いいたいことは伝わるはずだ。

「ノー？　それとも、もう休憩している？　合図としてはあまり賢くなかったようですね、わたしの思いつきは」セデフが笑みを浮かべる。わたしは笑みを返したが、顔の半分が麻痺(まひ)しているので、異様に見えたことだろう。

セデフが満面の笑みで答える。「まあ、そうやって満面の笑みを浮かべられるなら、休みはいらないようですね。では、続けたいですか？」

わたしは手を握る。「イエス」

「コンピュータが必要ですか？」

ノー。必要なのは、考えることだけだ。

「考える時間が必要ですか？」

おいおい、セデフはＥＳＰも持っているなんて教えてくれなかったぞ。わたしは心の中で微笑んで、彼女の手を握る。

わたしは五十年前のあの日のことを思いだす。記憶はいつもどおり鮮明だが、感情がやはり視野を曇らせている。わたしはそれを押しのけて、あのとき自分が目にした光景を見ようとする。一瞬前にはそこになかった奇妙な機械装置から、ふたりの男が外に出てくる。ふたりの片方は年老いて、よぼよぼで、見覚えがない。もうひとりはレイで、老けているが彼だとわかる。覚えているのは、レイがわたしに、もうひとりの男は年取ったわたしだといい、するとわたしにも、その男の中に自分の姿が見てとれたこと。そのあとわたしは常軌を逸したようになった。

この細部になにかがある、わたしが掘りださなくてはならない、埋もれた真相が。わたしは考えるのをやめて、場面を先へ進める。それが物語の一部であり、そこにいるのはわたし自身が生みだした登場人物たちで、それを理解できるようになろうとしているかのように。

明らかに、レイが主人公だった。あのときわたしに話しかけ、行動したのは彼だった。年老いたわたしはほとんどなにもしなかった。レイはなにを求めたか？　彼はわたしに、あの年寄りにはなるなと頼んだ。彼はわたしが小説を書きつづけることを望んだ。彼は、わたしのありうる将来の姿を見せるためにあの年寄りを連れてきて、その死体を持ち去った。けれど、セデフによれば、わたしは病院で死んだ。もしかすると、レイはその病室からわたしを連れだして、死んだわたしをそこに戻したのかもしれない。セデフはその瞬間を見逃したのだろうか？　彼女はわたしの別の人生を、一瞬も残さずたどれたわけではないはずだ――そんなことをしたら、彼女が自分のために使う時間が残らない。

いや、それは意味をなさない。あの年上のわたしは、いかにも老いぼれて、混乱しているようだったが、死にかけているようには見えなかった。では、どう見えたのか？　あの年寄りの姿を思い浮かべてみる――顔はわたしと似ているが、皺だらけで、やつれている。体は痩せこけ、萎びている。がんに蝕まれはじめたあとでさえ、そこにわたしと似たところはなにもない。五十年前なら、いや二十年前でも、わたしはこの年寄りを未来の自分だと思ったかもしれないが、いまは違う。あの別の現実で、わたしが違う風に老けたということはありうるだろうか？　それはありそうにないと思う。

レイの野郎め！　彼は俳優を雇って、わたしに扮させたのか？

「レイ！」わたしは叫ぶ。それはしわがれ声になる。わたしはラップトップに目をむける。セデフがそれを手もとに持ってきてくれて、わたしはタイプする。「かれをのぞける？」

わたしは待つ。

「レイ……ブラッドベリ。作家ですね？　思いだした。戦争に行く前、あなたは彼と知り合いだった。別の可能性世界では、あなたはふたたび彼と会うことはなかったけれど、あなたについて調べていたとき、彼の名前が出てきた記憶があります。この世界では、あなたがたはいまも友人なんですね。思いだしてきた、彼のインタビューを見たことがあります。ＳＦに脚光を浴びさせてくれたといって、あなたに感謝していました。それが心に残っています」

その名声に真に値するのは、レイだった。彼はほんとうの芸術家であり、彼の散文は詩だった。わたしのひねりのない文体のほうが人々に愛されたのは不当なことだと、わたしはずっと思ってきた。レイはもちろん、決してわたしに同意しなかった。「実直な人々が必要とするのは実直な文体だ」が彼の口癖だった。人々が本を読んでくれるだけで、彼にはじゅうぶんだったのだ。

「じゃあ、レイはタイムマシンとなにか関係があったの？　そしてあなたはわたしに、彼のもうひとつの人生を覗いてほしいの？」

わたしは手を握りしめて、両方の問いに「イエス」と答える。

「果たして、あなたの決断が生じさせたほかのだれかの人生をたどれるかどうか。でも彼については、あのインタビューとあなた自身の人生で見てきたことから、いくらかは感触をつかんでいる……。やってみるしかないでしょうね」

セデフが二十年前と同じロダンの彫刻のポーズをとったので、愉快な気分になる。彼女が指でなでたときに、きれいな唇をしていることに気づく。いまでは彼女の本棚に、わたしの本のどれかがあるだろうか。

わたしの想像の中で、セデフの心は東海岸から西海岸へと飛び、やがてレイの家に降りたって、彼が地下室と呼んでいるガラクタの山へ下っていき、彼が自分の本に囲まれて、次の新作を古びたタイプライターで執筆しているのを見る。

腕に触れられて、わたしは目覚める。「サイモン、眠っているの？」わたしは目をひらき、セデフの笑みを目にする。「なんて訊いても仕方ないですね。

残念ですが」セデフがいう。「じっさいにレイを見ることはできませんでした。でも、見つけたものがあります。あの別の可能性世界でレイを探しだそうとしていたとき、わたしの心の中にそれが飛びこんできました。わたしがそれを見ることができたのは、それがあなたと関係のあることだからだと思います。彼はあなたについての物語を書いたんですよ。それどころか、ごく最近それを雑誌に発表していて、だからわたしがちょうどいまそれを覗いたのは、運がよかったといえるでしょう。もっと前だったら、見ることはできなかったでしょうから」

「それは……どんな……はなし？」

「あまりくわしくは見なかったんです……待ってくださいね、わかった範囲を調べてみます。あっ、これは！　それは彼が、戦争に行くなとあなたを説得するために、老人のあなたを過去へ連れていく話でした。この話を本気にしますか？　彼はじっさいにそんなことをしたんでしょうか？　いえ、もちろん違います。ああ、わかった。これで完全に意味が通る。

　レイは小説の名手なんですよね？」その表現は控えめすぎる。「別の可能性世界で、きっと彼はあなたが帰ってくるのを待っていたんでしょう、長い年月のあいだずっと。彼はあなたのことを考え、あなたについての物語を発表することさえした。そして彼はとうとうやってのけました――世界の可能性を変化させたんです。彼はあなたの過去を変化させた！　これは相当な能力です」

　タイムマシン、わたし自身との出会い――あれは物語の一部だったのか？　レイはおそらく、自分がなにをやってのけたかに気づいてさえいないだろう。このことが、いつか焚書が現実になるという意味だったりしたりしないのを、わたしはもちろん願っている。だがじつのところ、そんなことはどうでもいい。いまやすべてに意味が通る——わたしの非理性的な行動も、殺人も——それは物語にすぎなかったのだ。わたしはわたしを殺してはいなかった！　わたしはだれも殺していない！　わたしの墓を覆っていた墓石が持ちあげられて、ふたたび呼吸ができるようになったような気分だ。わたしは微笑み、セデフが微笑みを返し、彼女の最高の笑顔がわたしの笑顔をさらに大きくする。

　レイはわたしにわたし自身を殺させる必要などなかったのだ。だが、それこそが彼流というものなのだろう。彼に遠慮なく意見している来世のわたしを想像して、ふたたび微笑む。来世は存在するに違いない——じゅうぶん多くの人々がそれを信じているのだから。だが、彼がそこに来るまで数年待たなくてはならないだろう——彼は、この人生をいまにも手放したがっているようには見えない。それに対してわたしは、まもなく新しい景色を見ることになるだろう。天国が、人間の見た中でもっとも想像力を欠く夢に基づいたものでないことを願いたい。

　最後にもういちどセデフを見る。彼女がわたしの手を取って、わたしは目を閉じ、彼女の温もりを残してすべての感覚が失われる。もはや痛みはなく、もはや吐き気もない。わたしの意識がゆっくりと滑落していくときに、彼女がわたしのそばにいるのは、とても正しいことに思える。温もりは陽光の暖かさになり、わたしは光に取りまかれている。トンネルがわたしを差し招く。わたしが人生を送った世界の中から、わたしが自分といっしょに持っていくものはただひとつ。ただひとつ、ルイス・キャロルが描写したような——微笑み。

鏡

ロテム・バルヒン
市田 泉 訳

In the Mirror by Rotem Baruchin

ロテム・バルヒンは、イスラエル国内のテルアヴィヴ、ラマト・ガン、ペタフ・ティクヴァ、ギヴァト・シュムエルに加えてスイスの郊外で育った。彼女は8歳という多感な年齢でSFとファンタジーを読みはじめ、ほぼ同じ年齢でその執筆をはじめた。長年にわたりファンジンに創作を寄せ、紙の雑誌とオンライン雑誌の両方に発表し、そのあとテルアヴィヴ大学のスクール・オブ・フィルム&TVに進んで映画脚本の書き方を学んだ。

この10年間、彼女はゲイ・アンサンブルをはじめとするイスラエルのLGBTグループのために戯曲を書き、商業演劇をプロデュースしてきた。イスラエルのTV局が放送する子供番組《夢見る者たち》のダイアローグ・ライターとコンサルタントを務め、多くの劇場や、フェスティヴァルや、コンヴェンションのために何本かの演劇とミュージカルを監督してきた。なかには観客の選択をともなう対話形式の作品もふくまれている。彼女のインターネット・シリーズ《灰色の物質》は、アメリカで撮影されており、オンラインで視聴可能である。イスラエルの青少年向け雑誌〈ロッシュ1〉のためにふたつの短編連作をものし、2年にわたって掲載した。

ロテムはゲフェン賞の短編部門を3度にわたって獲得し、現在は初の本格的長編を執筆中だ。構想中のシリーズ《都市の守護者たち》に属す作品で、あらゆるコミュニティに「場所の霊」が憑いており、それは生きている存在——超自然的で、永遠不滅で、ほぼ全能——として顕現するという前提に基づいている。短編のなかには英訳されたものもある。ロテムは国際的なウェブサイト、パトレオンでアカウントを公開している。コンテンツのクリエーターが作品に対して広く支援を受けられる仕組みになっており、彼女にはいま100人ほどの常連サポーターがついている。

ロテム・バルヒンはイスラエルのSF／F大会の常連参加者であり、大会でのセクシャル・ハラスメント防止に取り組むヴォランティア・グループのメンバーでもある。ラマト・ガンで2匹の猫と同居中。最愛のジャンルはアーバン・ファンタジーであり、カフェやバー、目もくらむ街灯の光、壊れた石畳、午前3時をまわった都市の大通りで溌剌としていて、まだコーヒーを飲んでいる者たちのなかに魔法を探すことをこよなく愛している。

（中村 融 訳）

木曜日、わたしの猫のミカが死んだ。正確には、わたしとリロンの猫。わたしたちのどっちかが（どっちなのかはわからない）、獣医に行くときキャリーの扉をきちんとしめておかなかったせいで、あっと思ったときにはミカは扉を押しあけてキャリーから飛びおり、通りへ飛び出していた。つぎの瞬間、ミカは轢かれた。

家に帰るなり、リロンは洗いものをしなくちゃ、とシンクに直行した。シンクには汚れたお皿は一枚もなかったから、リロンはシェルフの上段から上等な食器をぜんぶ出してごしごし洗った。そのあとは下段へと進み（下段の食器もピカピカなのに）、つづきに取りかかった。ソルトシェイカーの中身をあけて洗った。スパイスジャーをみんな洗って、冷蔵庫の卵ケースを洗った。二時間半かけて洗いものをするあいだ、リロンはずっと泣いていた。

ミカはもともとリロンの猫だ。わたしのじゃない。リロンといっしょに暮らしはじめたとき、わたしはミカを家族として受け入れた。「この子はこんどからママが二人ね」が、リロンの口癖になった。ミカはベッドにいるわたしたちのあいだにそっと潜り込んだり、朝食の最中にわたしたちの足の指を舐めたりして、死ぬほどわたしたちをびっくりさせては楽しんだ。テーブルの縁に置いたグラスをしょっちゅうわざと落とした。リロンのネックレスチェーンがお気に入りで、いつだってこんがらかるのもお構いなしにじゃれついた。耳の後ろを撫でてもらったり顎の下を掻いてもらったりするのが大好きだった。どんな形でも注目されていればご機嫌だった。

　リロンは近所のホームセンターに出かけていったかと思うと、高級サラダボウル・セットを買ってきた。先週わたしが買いたいと口にしたとたん、「ダニエル、あたしたちに三百シェケルなんてお金はない。だいたいサラダ食べないでしょ」と却下された、あのサラダボウル・セットだ。リロンが包み紙を剝がし、水仕事で赤くふやけた手でサラダボウルを洗いだしたとき、ついにわたしは覚悟した——こうなったら鏡を割るしかない。

　割ると思っただけで気持ちが萎えた。前に鏡を割ってからそろそろ二年になるけれど、あのときはひどい脱力感が取れるまでに一週間以上かかった。ひたすらベッドに横たわり、真っ赤に充血した目で天井を見つめ、起き上がるのはトイレに行くときだけだった。幸い、リロンはわたしの手の切り傷に気づかなかった。それでも、病院まで文字どおりわたしを抱えて連れていって（歩けないくらい消耗していたから）、とくに悪いところは見つからないと医者にいわれて、それからようやく、しばらく体を休めるしかないと納得してくれた。

夜になって、リロンの部屋の泣き声がやっと静まると、わたしは鏡の前に立ち、避けられない瞬間を少しでも先延ばしにしようと、曇り一つない滑らかな鏡の表面を眺め、古風な金箔のフレームを眺め、見慣れた自分の姿を眺めた。

リロンはこの鏡が大嫌いだ。センスが悪くて古くさいと思っている。わたしもこの鏡が好きじゃない。ただし、理由はぜんぜんちがう。最初のころは鏡を見ているのがおもしろかった。割ったあとはとくに。初めてやったのは十歳のとき、癇癪を起こしたはずみで、ハナばあばが残してくれた人形（鏡のほかにわたしがもらった唯一のもの）を壊したあとだった。今はそんな些細なことで鏡を割ろうとは思わない。ただ、あのときはやってしまった。それから何カ月かのあいだ、わたしは壊れていない人形を抱いて鏡の前にすわりこみ、魔法にかかったみたいに見つめて過ごした――わたしとはちがう、別のダニエルを。そのダニエルは、ベッドサイドに置いた小さなガラスのピッチャーに鏡のかけらを入れておいて、たまに取り出して触れた。一度、かけらで指を切ったこともあった。彼女が成長して鏡の前に立つようになると、わたしはその姿をいちいち自分と見比べた。同じ赤い髪、同じ緑の目。ただ、どこか目つきがちがう気がした。向こうが直接わたしを見ることはできないけれど、単にそういうことじゃない感じだった。

そのダニエルを見るのはやめた。いつのころからかわたしは、どうせそっくりに成長するのだからきっと観察してもつまらないと思うようになっていた。ところが、予想外のことが起きた。そのダニエルはわたしとちがう高校に進み、看護学を勉強して、医者と結婚したのだ。男の医者と。彼女を見るのをやめたのは、毎朝のように髪をきっちりお団子にまとめるときの冷たい目のなかのわたしを、それ以上見ていられなくなったからだ。ちょっとしたことでわたしたちがずいぶんちがう存在になってしまったのを思い知らされると、妙に落ち着かない気分になった。ほかのダニエルたちについても、リロンと巡り会ってからはほとんど観察しなくなった。

　リロン。わたしは自分にいい聞かせた。リロンに悲しい顔をさせたくない。だからこれをやるのだ。さらに一分ほどかけて気持ちを整え、勇気を奮い起こす。それから拳（こぶし）を作って、鏡を殴った。思いきり。ミカのことに集中して。あの子の毛の感触、白にグレーの斑（まだら）模様、震えるひげ、毛布の下で低くゴロゴロいう声。鏡が割れた。鋭い音が耳を刺し、拳に痛みが弾ける。でも、ひびはこっちに残らない。鏡のなかへと吸い込まれていく。気づくと、わたしとはちがう別のダニエルが鏡の向こうからわたしを見ていた。いや、わたしを見ているわけじゃない。あっちの鏡にできた小さなひびを見ているのだ。彼女の手に血はついていなかった。その顔に浮かぶのは困惑の表情だ。なにが起きたんだろうと訝（いぶ）かしんでいる。というより、自分がそこでなにをしているのかわからないのだ。そうこうするうち、別の部屋にいるあっちのリロンの泣き声が大きくなって、顔に浮かぶ困惑は悲しみへと変わり、彼女は鏡の前を離れると、抱きしめて慰めて寄り添うためにまた行ってしまった。

　鏡のこっちでは、リロンは泣きやんでいる。グレーの斑模様のある小柄な白猫がドアのそばで足を止め、毛繕いしてからベッドのほうへ歩いていくのが鏡に映った。わたしはほほえみ、しばらくのあいだ鏡越しに猫を見ていた。やがてドアのところにリロンがあらわれたので、怪我をした手を急いで隠した。

「なにしてるの？」リロンは鏡の前のわたしに近づいてくると、背後からわたしのウエストに腕をまわし、そうしたまま鏡に映る二人の姿を見つめた。わたしが滑らかな鏡の奥に見たり聞いたりしているものは、リロンには見えていないし聞こえていない――からっぽの部屋も、別の部屋の泣き声と懇願の声も、それにつづくわめき声も、音高くドアがしまる音も。

「わたしのかわいい人を見てる」わたしはそう答えると、リロンの腕のなかで向きを変え、鏡に背を向けた。

　リロンのほほえみが唇に触れる。「お世辞をいっても無駄。洗いもの、ダニエルの番よ」

　リロンがわたしのものになる前は、鏡を眺めて過ごす時間はもっと多かった。この手で修正したいいくつものミスが、拭い消したいいくつもの失敗が、自分にとって正しいものだったかどうか知りたかったから。わたしは事あるごとに鏡の向こうのダニエルたちを観察した。彼女たちが惨(みじ)めなら自分は幸せでいられるということを確認して、歪(ゆが)んだ満足感を得たかったのかもしれない。高校の選択科目でコミュニケーションではなく生物を専攻するというミスをしたダニエルが、けっきょくシリ・ローゼンシュタインとは親しくならず、芝生の上で彼女にキスすることもなく終わるのを見た。このダニエルは男と暮らしていて、男の姿を見たくないがために鏡を眺める。男は夜になると彼女を抱いたまま眠ってしまい、そのあいだずっと彼女はまんじりともせず鏡を眺めて過ごす。どうして満ち足りた気持ちになれないのか、彼女にはわからないのだ。文学ではなくジェンダーを勉強することにしたダニエルも見た。このダニエルはわたしよりも少しだけふっくらしていて、しょっちゅうどなりちらす怒りっぽい女と暮らしている。それから、新興の出版社はリスクが大きすぎると考えて就職するのをやめたダニエルも見た。彼女はわたしと同じようにリロンと出会うけれど、そっちのリロンは何度か理不尽にキレたあげく、半年後に出ていった。このダニエルはたいてい夜中にコンピューターの前に陣取って、目をしょぼしょぼさせて際限なく飲みながら編集の仕事をする。そのうちクビになるにちがいない。

　自分でも嫌でたまらないこの欲求——ほかのダニエルたちが惨めでいることをいつも確認していたいという欲求は、リロンがわたしの前にあらわれたとき消えた。いっしょに暮らしはじめて一カ月、ドアに二人の名前を書いたプレートを付けたとたん、リロンは遠慮なく文句をいうようになった。「こんな鏡、どうしてベッドルームに置くの？」とぼやき、「なんでこの鏡？　センス悪い」とけなした。

これはうちの家宝だから愛着があるんだよ、とわたしは説明した――これは事実だったから、罪悪感はほとんどなかった。

鏡が割れた晩、リロンはキッチンでわたしの帰りを待っていた。顔を見たとたん、リロンが鏡になにかしたことがわかった。けれど、真っ青になってうろたえていたので、わざとじゃなかったこともわかった。聞いてみると、まだあけていなかった段ボール箱を何個か上のシェルフから取ろうとした拍子に、一個が落ちてきて鏡にぶつかり、鏡が割れたのだという。「かけらはそのままになってる」リロンはつづけた。「片づけていいかどうかわからなくて……自分でやりたいかもしれないし――ほら、修理するとか……かけらは思い出に取っておいて、鏡だけ新しくしてフレームに塡めるとか。フレームはきっと直せる……」

ベッドルームに足を踏み入れると、やっぱり思ったとおりだった。鏡は床にあった。鏡を割ったはずの段ボール箱のかたわらの、落ちたところにそのまま転がっていた。無傷で。絨毯にはかけら一つ落ちていなかった。滑らかな表面にはひびすら入っておらず、呆気にとられたリロンの顔が映っている。リロンは混乱と恐怖の表情を浮かべてこっちを見やり、目をこすった。その手が無意識に伸びて、鏡のきれいなすべすべした表面に恐る恐る触れた。

「壊したと思い込んじゃったんだね」わたしはごまかそうとした。

「ほんとだってば……ぜったいここに落ちてた……そこらじゅうにかけらが散らばってて……」リロンはためらいがちに指さした。「フレームも、ここでまっぷたつに割れてて……」

「夢だよ」

「夢じゃない」

リロンを落ち着かせるのは一苦労だった。

その夜、ミカをあいだに挟んでわたしたちは眠りについた。ミカは背中をわたしのおなかに押しつけ、柔らかな前肢(まえあし)をリロンの胸にのせて気持ちよさそうだった。そうされたリロンのほうは、気持ちよくはなかったらしい。つぎの朝、「胸がひっかき傷だらけ」と、鏡に体を映してチェックしながらぶつぶついった。シャワーを浴びにいく彼女をほほえみで見送ると、わたしは鏡の前に立って自分の顔をチェックした。今回の脱力感はそれほどひどくない——リロンにも気づかれなかったくらいだ。とはいえ、肌が不自然に青白いのは見て取れるし、動くのが億劫(おっくう)だった。手の傷もまだひきつる。リロンに貼(は)ってもらった絆創膏(ばんそうこう)はそのままだ（怪我をした言いわけのために、洗いものの途中でわざわざお皿を一枚割らなくてはならなかった）。鏡を割ると気力も体力も消耗する。またすぐやる羽目になりませんようにと、わたしは祈った。

わけのわからない欲求に突き動かされるままに、わたしはまたしても別のダニエル――ついこのあいだ割ったばかりのダニエルを、観察しはじめた。彼女は目を赤く泣きはらして鏡の前に立っていた。ベッドは乱れていない。どうやらあっちのリロンはゆうべ帰ってこなかったようだ。突然、罪悪感が重くのしかかってきた。鏡を割ったあとでこんなふうに感じるのは初めてだ。こういう感情をいだく理由が自分でもわからなかった。彼女は単なる〝別のダニエル〟、一つの〝ミス〟にすぎない。ミスを修正するのはわたしの権利だ。あっちのリロンが今あっちのダニエルといっしょにいないのは、わたしのせいじゃない。「いくつもの道から好きなのを選んで人生を変えられる人間は、数えるほどしかいないわ」鏡をくれたとき、ばあばはいった。「自分がそういう人間だということを誇りに思っていいんだよ」

わたしは傷一つない鏡の表面に触れ、あっち側にだけ存在するひびを見つめた。

「ごめんね」と、向こうに聞こえないことがわかっていながら、そっとつぶやく。

さっきからじっと鏡を見ているあっちのダニエルから、わたしは憂鬱な思いで目を背けた。そのときだ。急に背筋がチリチリと疼き、わたしは凍りついた。それから、ゆっくりとふりむいた。あっちのダニエルは、鏡に映る自分の姿を見ているわけじゃない。わたしを見ている。まちがいない。純粋な憎しみを宿す目が向けられているのは、わたしだ。驚きのあまり、動くこともできず、わたしは彼女を見つめた。どういうこと？——いったいどうしてこっちを見ることができるの？　冷たく荒々しいまなざしをこっちに向けたまま、あっちのダニエルが拳を握りしめる。

わたしは恐怖に貫かれ、やめさせようと手を差し伸べた。「やめて！」

こっちに向かってほほえみながら、もう一人のダニエルは鏡を割った。


リロンが眠っている。体はすぐそこなのに、わたしたちのあいだには壁がある。こっちに向けられた背中は棒のように強ばったままだ。ミカのことがあってからというもの、リロンはずいぶん素っ気ない。愛にあふれる眼差しをもう一度向けてほしいけれど、そんな日はいつか来るのだろうか。キャリーの扉をきちんとしめなかったのがわたしたちのどっちなのかはわからない。なのに、リロンはわたしが悪いと決めつけている。リロンを抱きしめて、つらい思いを拭い消してあげたい。幸せでいたい。リロンを幸せにしたい。そんなことができるわけもなく、声を立てずにわたしは泣いた。涙がシーツを濡らし、マットレスに吸い込まれ、夜のなかへと消えていく。

素っ気ない背中に顔を向けたまま眠りたくなくて、リロンを見るのをやめて寝返りを打ったとき、ふと、こんな思いが頭をよぎる——変えることができればいいのに。

キャリーの扉があいてミカが外に飛びおりて通りへ飛び出したあの恐ろしい一瞬を変えることさえできれば。そんな思いをもてあそび、おばあちゃんがくれた古い鏡に突然――そう、あれはつい二日前だ――あらわれたひびを見るともなく見ているうちに、わたしは眠りに落ちた。

シュテルン＝ゲルラッハのネズミ

The Stern-Gerlach Mice by Mordechai Sasson

モルデハイ・サソン
——中村融 訳

モルデハイ・サソン（1953～2012）は化学者、画家、作家。代々エルサレムに住んできた一族のもとに生まれたサソンは、独学で画家となり、油絵を専門とした。幼いころからSFの本と雑誌、コミックス、映画の収集に熱心だった。彼の世界観はイスラエルにおいて時代を先どりしており、とりわけ文学と詩歌、美術と音楽の分野でそうだった。

兵役についているあいだ、彼はヨム・キプール戦争（第四次中東戦争）に参戦し、その後絵を描きはじめた。エルサレムのヘブライ大学で化学を学んでいるあいだに、SFを書きはじめた。ある日教室にノートを置き忘れたところ、それを見つけた助教授が、小説の１編を〈ファンタジア2000〉に送ることに決め、その作品はただちに掲載された。つづく数作でかなりの成功をおさめると——そのうちの１編は本書に収録されている——彼は活動範囲を広げて作品を発表しはじめた。主に子供向けの雑誌であり、これらの作品には自作のイラストが添えられていた。彼は子供向けの本、『ヒキガエルたちのパーティー』*The Toads' Party*（1993）を刊行しているが、やはり自筆の挿絵に彩られていた。サソンは自作の短編を親友のエリ・アルタレッツとその娘ふたりに捧（ささ）げ、知識こそ最大の力だとつねに彼らに力説した。

サソンは貧しい者の支援にかかわり、概して彼らを無視するイスラエル社会を厳しく批判した。彼の短編はほのぼのとしたユーモアと、やさしさと、深い愛情をもってエルサレムの街とその庶民を描きだしている。

（中村 融 訳）

意識がもどったのに、ぼくはひたすら落ちつづけていた。狂ったように悲鳴をあげ、目をあけると、そこは病院のベッドの上。でも、落ちる感覚は消えなかった。なお悪いことに、人の考えが聞こえた。聞こえたんだ、読めたのではなく——他人の思考が聴覚を通して伝わってきたんだ。半日にわたり、ぼくは医者や見舞いの者たちに泣いて頼みつづけた——頭のなかでペチャクチャしゃべるのをやめてくれ、と。ぼくの隣にすわった人たちは、わけのわからない騒音をひっきりなしに発していた。彼らと話をしたいときは、叫ばなければならなかった。さもないと、自分の声が聞こえないからだ。ますます悪いことに、見舞いの者たちはぼくが難聴を患っていると決めてかかって、ぼくに叫びかえした。

とうとう気づいたのだが、心が聞こえるこの現象は距離と大いに関係があった——逆二乗とか、そういう累乗と。ものを考えている人がぼくから遠ければ遠いほど、思考は静かになる。泣いて頼んだのがようやく功を奏して、人々はできるだけぼくから離れてすわるようになった。こんどは本当に叫びあうはめになった。そういうわけで心を読むとか思考を放送するっていう話は全部たわごとだ。婆さんたちの迷信だよ。

婆さんたちといえば、おばあちゃんはどうなったんだろう？　だいじょうぶ、と彼らは請けあった。ピンピンしてるよ、と。

質問にきた警察官に、ネズミに負傷させられたのかと訊（き）かれた。ネズミの作った精巧な武器を使用された、とぼくは答えた。どうしてネズミが作ったとわかるのか、と警察官。武器はどこから見てもネズミっぽかった、ネズミが操作するようにできていた、いやらしい齧歯類（げっしるい）は、舌を使って操作していた、とぼくは答えた。

「ツイてたな、〈ブリキの物乞い〉に助けられて」と警察官。

警察官の思考はとどろくようで、彼がいかに動揺しているかがわかった。最初が例のジュダイアン砂漠での生命発生騒ぎ。みるみるうちに進化（エヴォリューション）して、いっそのこと革命（レヴォリューション）と呼ぶべきだった。つぎが外宇宙からエルサレムにおりてきた例のアメリカ人女性。十三番目のショックで死ぬほど心が乱されたからだそうだ。そしてこんどは、ただでさえ厄介な母国の安全保障という舞台にネズミどもが登場しているのだ。来（きた）るべき戦争に彼がどれほど嫌気がさしているかが聞こえた。ネズミとの闘いを崇高な行為とは思っていないのだ。彼の思考が騒々しくなりすぎて、やめてくれと叫ばなければならなかった。頼むから考えるのをやめて、心を休めてくれ。ついでにぼくも休ませてくれ、と。

めざめているのに、落ちている感覚は一日じゅうつづいた。そのせいで指を一本動かすのも怖かった。ぼくは傷ついたゴム・シートのように大の字になり、死に神なみに青白い顔をして、腹のなかをかきまわす吐き気に苦しんでいた。舌をだらりと垂らして、起きていない墜落の途中で宙返りを打たないよう、ベッドの両端をしっかりと握っていた。

落ちつくまでに丸一日かかった。つまり、落ちている感覚がおさまって、思考が聞こえなくなるまでだ。怪我(けが)の後遺症は徐々に消えていった。これで心を戦争に向けられる。

ネズミどもはおばあちゃんの住む通りを占拠した。エルサレムの文化遺産として古い様式で保存されているこの通りは、宗教地区と境を接している。といっても、その通りを占拠することは、たいした偉業には思えなかった。遠い遠いむかし、ゴキブリに占拠されたことがあるのだ。おまけに、ネズミの占領は短期間にすぎなかった。〈ブリキの物乞い〉が、金属の魂を犠牲にするのもいとわず、意識を失った人々を勇敢にも守りとおし、とりわけ、ぼくを救ってくれたのだ。〈ブリキの物乞い〉は人々を通りから避難もさせ、その功績を認められて、市庁舎から表彰状を授与された。運のいい物乞い！

そのあと警察がやってきて、そのまたあとに軍隊が来た。軍隊はネズミの抵抗を制圧し、連中を駆逐したが、付帯的損害として通りの建物の半分を破壊した。聞いた話だと、まったくの無傷で残っている家は一軒もないそうだ。軍隊の攻撃でシュテルン＝ゲルラッハのネズミ側には七匹の死傷者が出たが、それだけだった（ぼくはひとりでそれより多く殺した）。連中には目に見えないサイズに縮んで、直撃を避けるという能力があるからだ。いっぽう、軍隊の側は、ぼくのように静かに考えてくれと周囲の者に泣いて頼みつづける兵士で病棟ひとつを満杯にした。

シュテルン＝ゲルラッハのネズミどもめ！

どうしてこんなひどいことになったんだろう？

すべては〈真実〉を解明しようという科学の飽くなき努力のせいだ。どこかの小賢しい生物物理学者が、生体組織に電子ビーム（ベータ線）を通過させたとき生じるシュテルン＝ゲルラッハ効果を測定しようとした。ただし、ベータ線はすぐに組織に吸収された。そこで、われらがお利口さんはどうしたか？　猫の頭蓋に穴をあけ、強力な磁石をならべて側頭部にとりつけ、猫の脳にベータ線をじかに照射したのだ。もちろん、電子は吸収されたが、電磁波はパルスとなって衝突地点から広がりつづけた。磁石と磁石とのあいだを通過するときにパルスは分裂し、つぎの一対の磁石のあいだを通過するときにまた分裂し、あとはそのくり返し。

猫が奇怪な痙攣をたてつづけに起こして気絶すると、生物物理学者は喜びのあまり手をこすり合わせた。猫は意識を失ったまま、ゆっくりと絶命した。なぜなら、免疫系がもはや自己を認識できず、攻撃をはじめたからだ。

そのあと、さまざまな動物が脳にベータ線をじかに照射された。そのすべてがさまざまな絶命の形で反応し、死に方は奇妙になるいっぽうだった。死に方は照射された脳の部位により、死ぬのにかかる時間は種によるとわかった。そういうわけで、この容赦ない〈真実〉の探求のせいで、研究室は巨大な食肉処理場となった。磁場内で露出した脳の部位にベータ線を照射したらなにかが起きると示すためだけに、この血みどろの光景が展開されたのだ。利口にもほどがある！

実験は短期間で終わるはずだった――ある興味深い事実がなかったら。つまり、皮質の右側頭葉にベータ線を照射されたネズミは、しぶとく生きつづけたのだ。そのうえ、驚くなかれ、脳内の電気活動が増大した。このネズミたちは実験の対照群よりも頭がよくなったのだ。どのボタンを押せばいいのか、学習するのが早くなった。時間をへだてた因果関係を見ぬく能力が向上した――つまり、時間を知覚する範囲が広がったわけだ。そいつらは、チーズのかけらを探して迷路を走りぬけることにかけては、無敵のチャンピオンだと判明した。

生物物理学者に発見できたのはここまでだった。彼は人間で試したがったが、即座に黙れといわれた。とはいえ、ベータ線を照射されたネズミの一群が研究室から脱走し、ネズミ算式に繁殖して、エルサレムの災いとなった。メディアはそいつらに命名した——シュテルン＝ゲルラッハのネズミ、と。そいつらを駆除するのは不可能に近かった。記憶力に恵まれた利口なネズミに罠を仕掛けたり、毒を盛ろうとしてみるといい。ついでながら、ネズミどもは猫の大虐殺をはじめ、野良猫は正式に保護種に指定された都会の動物第一号となった。

そうはいっても、シュテルン＝ゲルラッハのネズミは道具を作らなかったし、体の大きさも変えなかった……おばあちゃんの住む通りを占拠するまでは。

負傷した三日後、後遺症もすっかり癒えて、ぼくは退院すると、すぐにおばあちゃんに会いにいった。なぜなら、そもそものはじまりは……。

そもそものはじまりは、ティシャーバヴ（アヴの九日。エルサレム神殿の崩壊を記念して断食をする日）の前日のランチタイムに、ぼくがおばあちゃんに会いにいったことだ。石畳の崩れた破片を蹴りながら歩いていった。頑固なギョウギシバが、堅い地面を突きぬけて生えていた。影の濃い一角、ハソンの梨の木の下にたどり着いた。ここから路地がのびている。陽射しのせいで汗だくだったが、この木の梨が丸々としているのも陽射しのおかげだった。路地の突き当たり、開いたドアの前におばあちゃんがすわって、隣近所の老嬢たちとおしゃべりしていた。婆さんたちは話に夢中で、ときおり爆笑したり、強調のために編み棒で合成ウールを突き刺して、みごとなフェンシングの腕前を披露したりしていた。

婆さんたちにまじってヤッファの太った未婚の娘、オリットがすわっていた。老嬢たちの世界に溶けこもうと涙ぐましい努力をしている。だが、彼女の噂話の意地悪さや、言葉にひそむ毒や、ほくそ笑む癖は、まだ年齢によってやわらいではいなかった。

ぼくは近づいていきながら、噂話に興じる彼女らに軽く愛想笑いを浮かべ、おばあちゃんに声をかけた。ぼくを見て、おばあちゃんがパッと目を輝かせた。ぼくは身をかがめて、彼女の頬にキスをした。噂話の海で水をはね散らしているときでも、ぼくはおばあちゃんが大好きだし、その愛のなせる業で、この濁った海も澄みわたるというものだ。ぼくはおばあちゃんの自慢の種――最年長の孫にして大学生なのだ。

「脚が痛くてね」おばあちゃんがぼくにいった。「だから、なかへ行って、自分で食べるものを温めてちょうだい。なんとかなりそう？」

「もちろんだよ、おばあちゃん」

ぼくは家にはいり、食べものを腹に入れてから、ストゥールを引っぱりだして、老嬢たちと向かいあうようにすわり、煙草をくゆらせた。いっぽう老嬢たちは辛辣な噂話の音量をあげ、陰口をたたいたり、その場にいる者を臆面もなく褒めそやしたりしていた。ときどきオリットが編みものの手を止めて、ぼくに質問をした。感じよくしよう、同年代の若者との接触を絶やさないようにしようというわけだ。ぼくは気のない返事をした。オリットがすごいブスだったから。

ガチャンガチャンと金属音が路地の入口から聞こえてきた。老嬢たちがおしゃべりをやめ、世間一般を批判するように目配せを交わした。ぼくは、彼女らの反応に笑いださないでいるのが精いっぱいだった。

「メシューガ（イディッシュ語。「気が狂った」の意）がまた来た。忌々しいったらありしない」とヤッファ。

「かわいそうに、あとひとつ部品が落ちたら、バラバラになっちゃう」おばあちゃんがそいつをかばった。

「でも、あれはひどく退屈だわ」本人は成熟した口調と思っているにちがいない口ぶりでオリットがいって、目を細めてぼくを見た。

エジプトのミイラそっくりで、年もたいして変わらなそうなアヴルムの母親が、か細い指を一本かかげて、しわがれ声でいった。

「あたしが若かったころ、この辺にあんなのはいなかった」

「子供を誘拐するんだって、新聞に書いてあったわ」とオリット。

「ばかおっしゃい、子供をさらったりしませんよ」と、おばあちゃんがいい返す。

「かわいそうなのよ、このメシューガは。長年この界隈（かいわい）にいるけれど、さらわれた子供はひとりもいないわ」

「本当はね」とオデリアが歯のない口でもごもごいった。「なにもかも銀行のでっちあげ。ろくでもない銀行め、いいかげんにしろっていうのよ」

「トマトよ！」アヴルムの母親がなつかしそうに大声をあげた。「あたしが小さかったころは、お店でトマトを買ったものだった。じっさいに売ってる人間から買ったのよ。本物の人間から。いまは大ちがい――銀行のカードを壁にさしこむし、トマトが一キロも出てくる」

「銀行（バンク）、ペテン（シュマンク）」と、蔑（さげす）むようにおばあちゃん。「メシューガが来るわ。絵描きはみんなネジが何本かゆるんでいるものよ」

ガチャガチャいう騒音が大きくなり、やがて〈ブリキの物乞い〉があらわれた。正確に制御された時計仕掛けのように、きっちりと足を引きずっている。左肩がたわんでいるのは、むかしスレッジハンマーでなぐられた結果だ。顔は黒ずんだ緑青で覆われている。片目はなくなり、空っぽの眼窩（がんか）から色とりどりの電線が頬へ垂れさがっている。片方の膝はひび割れて、二本の指が折れている。頭にいくつか穴があるので、ナットが何本かなくなっているのだと察せられる。どこにでもいるありふれたブリキの物乞い。同類と区別するために、婆さんたちはそいつにあだ名をつけた。ブリキの物乞いに本名というものがないとしても。

「シャンバルールーのお出ましだ！」オリットが眉間（みけん）にしわを寄せた。編み棒で空中をつついて、こう予言する――「いつかこういうのは全部おしまいになる。それもろくなことにはならない。そいつらは危険だって新聞に書いてある。そういってるじゃない！」

「新聞はみんな銀行の手先だよ」と、ぼくが口をはさんで彼女を黙らせた。

オリットはむっとしたが、誘うような視線をぼくに投げた。

「ああ、もう！」フローラが鼻を鳴らし、「そいつは施しものがほしくて絵を描きたがるんだよ。だれが絵なんか描いてほしいっていうのさ、だれが。そいつにいってやってよ、ブリキの物乞いから絵を受けとっちゃいけないって、レベッチン（イディッシュ語。「ラビの夫人」の意）にいわれてるって」

「でも、親切にしなくちゃいけないともレベッチンはいってるわ！」と、おばあちゃんが憤然といい返した。

「こいつにかかわるとろくなことにならないわよ」と失望したオリット。「こいつは本物の人間じゃないもの、こいつは」

彼女の母親が、悲しげで、傷ついた顔で娘を見た。老嬢たちは、薄笑いを隠そうとして唇を震わせていた。ぼくはといえば、抜け目なく天を仰いで、雲が出ているかどうかたしかめようとした。

ロボットがぼくらの前で立ち止まり、「マダム、金属を恵んでもらえないでしょうか？」と尋ねた。

おばあちゃんはにっこりし、そいつに近寄れと合図すると、部屋着のポケットを探って、錆びて曲がっている大きな釘をとりだした。満面の笑みでそれを〈ブリキの物乞い〉にわたし——

「どうぞ、シャンバルールー」

「また釘ですか？」それを握った〈ブリキの物乞い〉は、心底がっかりしているようだった。

ずいぶんむかしの話だが、おばあちゃんは納屋をごそごそやっていて、バケツ一杯の釘を見つけた。錆びついているうえに曲がっていて、まったくの役立たずだった。彼女は気前よく毎日一本ずつシャンバルールーに釘をあたえていた。もっとも、安息日は別だ。さっきいったとおり、おばあちゃんは宗教地区のそばに住んでいる。ブリキの物乞いたちは、聖日にはおとなしくしていることを学んだ。ある不幸なロボットが、善行のつもりでメーアー・シェアリーム（エルサレムの地区の名前）の街路の掃除をはじめたとき以来のことだ。その日はシャバットだったので、シナゴーグから出てきた礼拝者たちがそいつをバラバラに引き裂いたのだ。あとにはちっぽけな金属のかけらしか残らなかった。

「肖像画をお描きしましょうか、マダム？」〈ブリキの物乞い〉がおばあちゃんに訊いた。

驚いたことに、ブリキの物乞いたちの主な職業は芸術家だ。絵を描き、音楽を奏で、美しい物語を紡ぐ。金属を施してやればいい。だが、〈作家と詩人同盟〉と〈画家と彫刻家同盟〉と〈音楽家同盟〉が怒りに駆られて採択した決議により、ブリキの物乞いの生みだした絵画、詩歌、物語、楽曲は芸術作品とはみなされないことになった（いたしかたない話でもある。ブリキの物乞いたちの、ありえないほど高い水準に肩を並べられる人間はめったにいないのだ）。かくして、ブリキの物乞いたちは、かりそめの芸術の作り手でありつづける定めとなった。保存しておこうという者がいないからだ。

「この辺で絵を描いちゃいけない決まりなのよ」と、おばあちゃん。「でも、脚が痛むから。さしつかえなかったら、ゴミを捨ててもらえないかしら」

おばあちゃんの頼みを聞いて、ぼくはもはや真顔を保っていられず、吹きだしてしまった。じつにおばあちゃんらしい！　一日一本の錆びた釘で、〈ブリキの物乞い〉を奴隷にしてしまったのだ。

ロボットが肩を落とした。おばあちゃんの家にはいり、片方の大きな手にゴミ缶をさげて出てきた。ぼくは立ちあがり、キッチンにはいると、自分でコーヒーを淹れた。陽射しのもとへもどると、ストゥールにすわり直し、老嬢たちと向かいあう。〈ブリキの物乞い〉はおばあちゃんのゴミ缶をキッチンにもどしにいった。出てくると、そいつはおばあちゃんの気を惹こうと体を前後にゆすりはじめた。いっぽうおばあちゃんは、ティシャーバヴの断食が正確にはいつはじまるかについて、ご婦人方と議論していた。

ぼくはまた口もとをほころばせた。そいつは、ほかに用があるかどうかおばあちゃんに尋ねる機会をうかがっているのだ。おばあちゃんのことだから、もっと頼むに決まっている。窓を拭いてから床を掃き、洗濯物があれば、それもといった具合に。おばあちゃんが、そういう機会をみすみす逃すわけがない。

とうとう、おばあちゃんが〈ブリキの物乞い〉に声をかけた。

「ゴミは捨ててくれた？　シャンバルールー、大事な人」

「ゴミは捨てました」そいつは抑揚をつけていった。「ほかにご用はありますか、マダム？」

「ねえ、シャンバルールールー」おばあちゃんが猫撫で声でいう。「脚がひどく傷むのよ。キッチンの流しにお皿が二、三枚あるの。悪いけど、洗ってもらえないかしら。そんなにむずかしくなければだけど」

この巨大な金属のかたまりが、いかにやすやすとおばあちゃんの鉄の意思の前に屈するかを見て、ぼくのにやにや笑いがますます大きくなった。

「はい、そんなにむずかしくありません」とロボットがうなり声でいう。

金属の巨人はキッチンのほうへ一歩踏みだし、そこでピタリと動きを止めた。

「マダム」そいつは静かな声でおばあちゃんにいった。「お宅のキッチンに巨大なネズミがいます」

「キッチンにはいってもいないのに、どうしてわかるの？」と、おばあちゃん。

「聞こえるのです」

おばあちゃんは不快感もあらわに唇をすぼめ、〈ブリキの物乞い〉に向かって指を一本ふった。

「褒められた話じゃないわよ、そんなふうに仕事をサボろうとするなんて。とにかく、なにを頼んだんでしたっけ？　五分くらいのお手伝い、それだけよ」

「仕事をサボろうとしているわけではありません。お宅のキッチンに巨大なネズミがいるのです」

いまやおばあちゃんは怒り狂っていた。

「うちのキッチンにネズミはいません！　まさか、わたしが無茶をいってるといいたいんじゃないでしょうね、あんたがいま無茶をいってるみたいに。毎日釘を一本あげなかった？」

「あなたは親切にしてくださいますし、毎日釘を一本くださいます。そしてわたしは皿洗いをするつもりです。しかし、いまこのとき、お宅のキッチンに巨大なネズミがいるのです」

ぼくは口を覆ってにやにや笑いを隠し、目を細めて婆さんたちを見た。いまにも立ちあがって、〈ブリキの物乞い〉を編み棒で突き殺しそうに見えた。

「だからいったじゃない」とオリットがおばあちゃんにひとりよがりにいった。「こいつにかかわるとろくなことにならないって」

「いいえ、そうじゃないわ」おばあちゃんがオリットに嚙みついた（間接的に〈ブリキの物乞い〉の肩を持ったわけだ）。「その子は悪くない。今日は疲れているのかもしれない。でも、何年も手伝いを頼んできて、毎回ちゃんとやってくれた。今日は気分がよくないだけかもしれない」

〈ブリキの物乞い〉が哀れっぽい声でいった。

「わたしは真実を申しあげています！」

専門家によれば、ロボットに感情はないそうだ。でも、ぼくらエルサレムの住民はよく知っている――彼らが傷つきやすく、感情をそなえていることを。

「どこが真実なの？」と怒りのにじむ声でおばあちゃん。

「お宅のキッチンに巨大なネズミがいるのです」

おばあちゃんは調べることに決め、抜け目がないので、その役目をすぐに他人に押しつけた。

「イーサン」と、ぼくにいう。「キッチンがどうなってるか、見てきてちょうだい」

ぼくは空っぽのコーヒー・カップを持ってストゥールから立ちあがり、ご婦人方に愛想笑いをふりまいた。オデリアがジッパーのような口で笑みを返してくれた。アヴルムの母親の微笑には〈死の天使〉を連想した。オリットがまたはにかんだ笑みを浮かべようとしたので、ビーズのような目が肉づきのいい頬に隠れた。おばあちゃんだけはぼくをにらんだ。

ぼくは廊下へはいった。〈ブリキの物乞い〉がきちんと足を引きずってついてきた。廊下にそって部屋が並んでいて、三番目のドアの向こう側がキッチンだった。たしかに、そこで騒々しい音がしていた。重いものを床の上で引きずっている音だ。ぼくはドアをあけ、なかをのぞいた。

驚きのあまり、あやうくひっくり返るところだった。流しのわき、戸棚のそばに、小型のロバなみの大きさのネズミがいたのだ。背丈はぼくの腰の高さをちょっと超えるくらい。全身灰色で、頰髭（ほおひげ）はロープなみの太さだ。そのネズミは、鼻面を棚に向けて、香辛料の壺（つぼ）をひとつひとつ嗅いでいた。か細い脚では体重がささえられないので、床にぺったりとすわりこんでいた。息づかいはふいごのようで、超人的な、つまり超ネズミ的な努力をしていることをうかがわせた。ぼくは長いパイプのようなそいつの尻尾（しっぽ）をばかみたいに見つめていた。

「危険かもしれません」と背後でシャンバルールーがいった。

その声を聞きつけて、ネズミがのっそりとぼくらのほうを向いた。そのときそいつがあることをして、ぼくはさらに大きな驚きのあまり息を呑んだ。そいつが猫の大きさに縮んだのだ。変身はあっというまで、小さくなったおかげで、敏捷さをとりもどしたのは一目瞭然だった。そいつは腹立たしげにキーキーいいながら、小走りに行ったり来たりをはじめた。とうとうすこし落ちついて、ぼくの前にしゃがみこみ、ハムスターのように体を持ちあげた。ぼくはあんぐりと口をあけ、そいつをまじまじと見た。ネズミが前肢をふりながら、またキーキーいいはじめた。驚きから回復したぼくは、その金切り声にパターンがあるのに気づいた。まるでぼくと意思疎通を図っているみたいだ。前肢の動きから判断すると、怒りを伝えようとしていたにちがいない。

ぼくは嫌悪の叫びをあげて、空っぽのカップを投げつけると、間髪を容れずに蹴りを放った。カップが当たる寸前、ネズミがさらに縮まり、姿を消した。

ぼくはもの問いたげに〈ブリキの物乞い〉を見た。

「いまのはなんだったんだ？」

「シュテルン＝ゲルラッハのネズミです」

「シュテルン＝ゲルラッハのネズミだって？　体の大きさを変えられるとは知らなかった」

〈ブリキの物乞い〉は返事をしなかった。かわりに、きちんと足を引きずりながら、カップの破片を片づけはじめた。それから皿を洗った。ぼくは外へ出た。

「なにがあったの、グラスを割ったりして？　シャンバルールーと結婚したの？」おばあちゃんが尋ねた（ユダヤ教の結婚式で新郎がグラスを踏んで割る風習がある）。怒っているのか、楽しんでいるのか、よくわからなかった。

「ネズミを殺そうとしたんだ」

「ネズミって、どんな？」おばあちゃんはびっくりしたようだった。

「ロバなみにでかいネズミ」と、ぼく。

「頭がおかしいんじゃない！」おばあちゃんはのたまった。「シャンバルールーみたいね。ロバみたいなネズミですって？　それも、よりによってうちのキッチンに？　よしてよ、頭がどうかしてるわ！　そんなことをいうなんて、どこで一杯ひっかけてきたの？」

ぼくは顔を真っ赤にした。でも、怒っていい返すのはなんとか我慢した。おばあちゃんは頭に血が昇りやすいし、口の悪さは相当なものだ。いったん罵詈雑言（ばりぞうごん）がはじまったら、逃れようがない。

数分後、シャンバルールーが金属の手を濡らして出てきた。

「終わりました、マダム、よろしければ……」

「ご苦労さま、シャンバルールー」おばあちゃんが口をはさんだ。「つぎは、疲れていたら遠慮なくいってちょうだい」

ネズミの話を信じていないのは歴然としていた。

不意に背後でブーブーとうめくような音がした。ぼくはふり向いて、飛びあがった。もうすこしで気絶するところだった。戸口にネズミが立っていたのだ――ロバなみに背が高く、病気のライオンに見えるくらい横幅のあるネズミが。ピカピカ光ってブンブンうなる立方体でできた金属の帯を頭に巻いていた。

老嬢たちが驚きのあまりギャッと叫んだ。オリットは絶叫までした。ぼくは胸と腕を突き刺されたような気がした。動物のようにうなり声をあげ、ストゥールをつかむと、ネズミに投げつけ、そのあとから身を躍らせた。ネズミは体の大きさを変えたが、変身の途中でストゥールが背中のまんなかに命中した。衝撃でネズミがわきに吹っ飛び、ぼくはそこへ着くと、そいつの頭を踏みつけた。一度、二度。三度目に踏みつけようと足をあげたところで……地獄の釜のふたがあいた。

灰色のにじみが飛びかかってくるのが目の隅に映った。避けようとしたが、ネズミがぼくの腕に歯を食いこませて、ぶらさがった。部屋と廊下から怒号をあげるネズミの洪水があふれ出てきた。ネズミどもはぼくの脚をかじっていた。そのとき巨大なネズミが、背後にポンとあらわれた。胸の悪くなるようなうなり声を耳にして、くるっとふり向くと、怪物が体当たりしてきた。ぼくは倒れ、怒り狂ったネズミが殺到してきて、ぼくに嚙みついた。巨大なネズミはぼくの頭を狙ってきた。あんぐりと開いた口から短剣なみに大きな歯がのぞいていた。いや、本当だって！　ストゥールを思いっきりたたきつけると、そいつはキャンと叫んで、縮みはじめた。何度もたたいたが、そいつは縮んで視界から消えた。パニックを抑えこんで、ぼくはほかのネズミをぶったたきはじめた。さっきのようにめったやたらにではなく、こんどは入念に。二十匹を血祭りにあげたあと、無数の嚙み傷から出血しているのに気づいた。ぼくは家から飛びだして、ドアをたたき閉めた。

おばあちゃんの顔色はシーツなみに真っ白だった。

「まあ、イーサン！　ネズミがいるってのは嘘だと思ってたわ。許してちょうだい。それどころか、シャンバルールーにも許しを乞わなくちゃいけないわね」

〈ブリキの物乞い〉がスピーカーの隅から電子音を発した。

「やつらが通りにあふれています」

どこの家族も恐怖のあまり金切り声をあげながら、家から走り出てきていた（あとで公式な調査があり、ネズミども――なかにはロバなみの大きさのやつもいた――は、すべての家に同時に忽然とあらわれ、住民を追いだしたのだとわかった。侵入するときは目に見えないサイズで、それから巨大サイズに拡大したにちがいない。ネズミどもが出現したのは、男たちが働きに出ている時間だった。ほかのみんなが汗水垂らしているときに、のらくらしていられたのは学生のぼくだけだった）。

　いつまでもショックで呆然としていられるわけではない。乳飲み子を抱きかかえた母親や娘たちが家から飛びだしてくると、ぼくは悪態をつきはじめた。爺さんたちが弱々しいこぶしをふりながら、命からがら逃げてくる。婆さんたちが金切り声をあげながら、這うようにしてあとを追ってくる。通りは狂乱した咆哮の大釜となった。一匹のネズミが戸口からあらわれ出て、カバのようにあえぎながらペタンとすわりこみ、前肢を狂ったように動かしながら、闘っている仲間に大声でなにごとかを伝えはじめた。しかし、話を終えられなかった。ある怒り狂った女性が、かなり大きな石をそいつの頭にたたきつけたのだ。ネズミはめまいを起こしてひっくり返った。つぎの叫びを発する暇もなく、通りの人間の半分が群がって、板切れでなぐったり、蹴ったりした。そいつは大きかったが、最後に残ったのは多少のネズミ肉だけだった。

（ひと月後、ぼくはイスラエルＴＶのスタジオに呼ばれてインタヴューを受けた。スペイン宗教裁判所の代表団みたいなリポーター三人組が、ネズミは交渉したかっただけだといいはった。でも、ぼくら、無学な階級の者たちは、早まって攻撃を仕掛けたのだ、と。リポーターたちによれば、多少は教養のある人間として、ぼくが齧歯類どもの平和共存の願いを察して、暴徒を止めるべきだったという。ぼくがネズミどもをすぐに攻撃して、ひとりで軍隊よりも多くのネズミを殺したのだとわかると、このぼくに正当な理由なき攻撃者の烙印を押した。ぼくは腹にすえかねて、ひと口でこちらの頭を嚙みちぎれる怪物に対峙したら、人はどうするべきかと訊いてやった。必要とあらば、非人間的手段に訴えてでも身を守るのだ。そしてもし好機を察したら――話をするネズミが仲間の気をそらしはじめたときのように――できるだけ積極的に動いて、脅威をとりのぞくのだ。TVの連中は同意しなかったので、ぼくは神明裁判の途中でスタジオから憤然と飛びだした)

キッチンにいたネズミのことがふと思いだされた。たしか鼻面で壺を数えていた。と、驚きのあまり叫び声が出た。

「ちくしょう！　あいつは棚卸しをしてたんだ！」

おばあちゃんが憤慨して、

「明日はティシャーバヴじゃない！」

おばあちゃんがベンチからのっそりと立ちあがった。

「家にはいるわよ」

「家はネズミだらけだよ！」

「じゃあ、どうしろっていうの？　外で寝るの？」

話をしようとしたネズミをやっつけた群衆は、さっさと解散した。巨大な仲間のバラバラ死体を目にして、数匹のネズミが興奮してピューピュー鳴きかわしはじめた。いきなり耳のなかで心臓の鼓動が聞こえた。音量とペースが耐えられないほど高まる。ぼくは耳を覆って、そのすさまじい騒音を止めようとした。四方で老嬢たち、もっと年下の女性たち、子供たちが不意にがっくりと膝をついた。彼らの目はどんよりとして生気がなかった。ぼくの心臓の鼓動が最高潮に達したときには、騒音はひとかたまりになっていた。ぼくは平衡感覚を失い、世界がかたむいて、いきなり地面がぼくの顔をはたいた。倒れる途中で、シャンバルールーがガチャガチャいう腕でおばあちゃんを抱きかかえ、通りの端へ走っていくのが見えた。意識がもどりはじめたとき、あいつが足を引きずりながらもどってきた。

「この占拠にわたしが加担しているといって責められ、銀行に回収されるはめにならないといいのですが」

「おまえに有利な証言をするよ」と力ない声でぼくは答えた。

「ここで待っていてください。女子供が先です」

ロボットがよたよたと離れいき、ぼくはあいつにも悪態をついた。

シャンバルールーが、でぶのオリットを抱きあげた。彼女は恐怖のあまり絶叫し――いや、喜びのあまりかもしれない――ロボットの首っ玉にかじりついた。ぼくは背中を向けた。通りの上空に浮かぶ警察のホヴァークラフトが目にはいった。

通りの端に着くと、シャンバルールーはでぶのオリットをふりほどこうとした。オリットは離れようとしなかった。ロボットは壊れた金属の手でしがみつく彼女の手をやさしく引きはがした。彼女はあとじさりするロボットに怒りの絶叫を浴びせた。

そのとき新たな怪物がぼくの前にそびえ立った。さまざまなアンテナ、電線、閃光を放つライト、火花を散らすエネルギー、その他もろもろをそなえたヘルメットをかぶっているネズミが。そいつは、顔の前に垂れさがったコントロール・パネルのあちこちを不潔な舌で軽くたたいていた。大きな警笛のような音が空気をつらぬき、ぼくもつらぬきそうになった。筋肉が痙攣し、ぼくは絶叫をはじめた。暗黒がおりてきた。体がふわりと浮くようだった。

手をのばし、このおぞましい暗黒のなかでなにかをつかもうとした。

「おまえは死ぬのだ」と虚無のなかで声がした。

つぎの瞬間、ぼくは真っ逆さまに落ちはじめ、恐ろしい虚無のなかへ果てしなく墜落していった。

退院後、おばあちゃんに会いにもどると、あたりはひどいありさまだった。ハソンの梨の木があった場所には切り株しかなかった。

おばあちゃんはオリットと口論していた。オリットがシャンバルールーを誘惑しようとしたからだ（本当だって、ぼくが生きて息をしているのと同じくらい！）。おばあちゃんは〈ブリキの物乞い〉を子分にしていて、オリットは厄介の種でしかないといいはっていた。

いっぽう、〈ブリキの物乞い〉は新品同然に見えた。なんでも、市庁舎が褒美に全面的なオーヴァーホールをしてくれたのだそうだ。錆を落として磨きあげ、ナットとボルトを締めて、なくなった部品を補ってくれた——みごとな仕事ぶりだ。〈ブリキの物乞い〉は新しい目までもらっていた。

おばあちゃんが、面目を一新した〈ブリキの物乞い〉に新しいトースターを贈っていた。ロボットの喜びようといったら。ほんと、笑っちゃうよ！

で、ネズミはどうしたかって？　基本的には冷戦だ——威嚇、襲撃、シュテルン＝ゲルラッハのネズミたちの手に落ちた単独行動の人間の身にふりかかる災難。そして人間の手に落ちたネズミの身にふりかかる災難。いい換えれば、いつもどおり。聞いたところだと、最近、ネズミと交渉しようという話が一部で出ているという。

もうひとつ。ぼくは絵描きになった。

どういう経緯かって？

〈ブリキの物乞い〉といくつか取り決めをしたんだ。ぼくには切り札があったから——作品の一部をくれないと、あいつがシュテルン＝ゲルラッハのネズミの攻撃を前もって知っていた、と当局に垂れこむと脅迫したんだ。いまはあいつがぼくに絵をくれ、ぼくがサインを入れる。ご機嫌だよ、じっさいに絵筆をふるわなくても絵描きでいられるのは。シャンバルールーだって損はしていない。褒美に電子器具をもらえるんだから。おまけに、卓越した画家として画廊に認められている。で、ぼくには大金がころがりこんでくる。

それ以外はって？

それ以外は、新たなエルサレムはなべて平和でこともなしさ。

夜の似合う場所

サヴィヨン・リーブレヒト

安野玲 訳

A Good Place for the Night by Savyon Lieberecht

サヴィヨン・リーブレヒトは、1948 年にサビーネ・ソスノフスキーとしてミュンヘンで生まれた。両親はホロコーストを生きのびたポーランド人だった（彼女の父親はブーヘンヴァルト強制収容所から出てきたが、彼の最初の妻と赤ん坊は出てこられなかった）。彼女は 2 歳のときにイスラエルにやってきて、家族は最終的にバト・ヤムに落ち着いた。彼女はキブツで兵役をはじめ、のちに通信専門員として戦車部隊に異動した。最初の長編にとりかかったのがこの時期で、それはキブツを出て大都会をめざす少女を描いていた。兵役を終えるとリーブレヒトはロンドンへ旅立ち、そこでジャーナリズムの勉強をはじめた。1 年半後、イスラエルに帰国し、ファースト・ネームをサヴィヨンに変え、テルアヴィヴ大学で英文学と哲学を学びはじめた。卒業後は成人に英語を教えたり、彫刻を学んだり、月刊女性誌〈アト〉（あなた）に寄稿をはじめたりした。著名なイスラエル人作家アマリア・カハナ=カルモンの運営する作家講座に参加し、その成果である短編「砂漠の林檎（りんご）」を〈イトン 77〉に投稿すると、1984 年に同誌に掲載された。2 年後、この作品は演劇に脚色され、その後（2015）長編映画となった。

リーブレヒトは長い中編（ノヴェラ）、長編、戯曲を書くが、本領は短編小説にある。彼女のフィクションの多くは、心理学的リアリズムというカテゴリーにおさまる。「ハイウェイの馬たち」“Horses on the Highway”（1988）、「ぼくにはちんぷんかんぷんだ、と彼は彼女にいった」“It’s All Greek to Me, He Said to Her”（1992）、「ラヴ・ストーリーとその他の結末について」“On Love Stories and Other Endings”（1995）、「メイルオーダーの女たち」“Mail-Order Women”（2000）といった作品がその証左だ。これらの作品があるからこそ、稀（まれ）に手を染める幻想小説（ファンタスティーク）がいっそう引き立つのである。「夜の似合う場所」（2002）は、その好例といえるだろう。彼女は細部をおろそかにしない職人として知られており、私生活や経験のなかで見つけた主題から物語を紡ぎだす。リーブレヒトは、ユダヤ系アメリカ人作家グレース・ペイリーの作品のヘブライ語訳も手がけた。さらには数多くのTV台本を執筆し、それらは最終的にイスラエルのTVで放映された。彼女はその功績で1977 年にアルテルマン賞を授与された。

（中村 融 訳）

二年目に入ると、空中竜巻が家の上をしじゅう通り過ぎ、子供がいつも遊んでいる木のお化けの庭へと降りてくるようになった。ホロコースト記念日前夜から戦没者追悼記念日前夜のサイレンを思わせる遠い笛音が数日たつごとに鋭く大きくなってゆくのに気づくと、そのたびジーラは表へ飛び出して、まだ幼い男の子を家のなかに連れ帰った。一度、危うく間に合わなくなりそうだったことがある。ぎりぎりのところで、すべてを吸い込む空気の渦からジーラは子供をもぎとった。そのとき初めて竜巻のぽっかりあいた口を間近に見上げた。ゾウの長い鼻めいて、湿って細かく震えていた。そして間に合わなかったことも一度。子供は片腕を吸い込まれたが、竜巻の口でばたばたと抗い、短い脚と自由なほうの腕を揺らしながら、向こうへ、上へとさらわれていった。ジーラは下で悲鳴を上げながら追いかけた。ほどなく子供はフェンスの向こう、鳥が円を描いて舞う有毒地帯で放り出され、木にひっかかり、それから枝もろとも汚染された地面に落下して、全身が痣だらけになった。怯えきって衰弱した子供を、ジーラはそのあと三日のあいだ部屋に閉じ込め、皮膚を焼く木の皮と実（実の形は猫の頭そっくりだった）で作った軟膏を体に塗ってやった。たまに子供が泣いてもジーラが疲れて動けないようなときは、修道女が部屋から出てきて子供をあやした。だが、正体不明の病が癒えて精神状態も落ち着いてくると、子供はまたしても表へ、わけても木のお化けの庭へ、行きたがった。子供の両親を埋めたところから招く声が聞こえてくるといわんばかりだった。

子供が表にいるとき、いつもジーラはなかにいなさいとなだめすかし、脅し、せがんだ。ところが子供は強情で言うことを聞かず、二歳児にしてはしっかりした体で、窓から抜け出してねじれた幹が立ち並ぶお化けの庭へ行ってしまう。だから、竜巻が近づく前触れの笛音に耳を澄ますのは、いつしかジーラの習慣になっていた。

子供がベッドで眠り、自分もこの家という避難所に引きこもってから、やっとジーラはつねに耳を澄ます緊張から解放される。そのあとは許されざる興奮を胸に秘めて竜巻を待つのだが、さまざまなものが稲妻さながら飛び過ぎるのを眺めていると、かつて一度だけ目にした忘れがたい光景がよみがえることがあった。あのときの竜巻は、通りかかった近所の者をじらしてやろうと裸で暗い窓辺にすわる若い娘よろしく、わざとこっちをじらしているとしか思えなかった。靄(もや)の流れが地面から立ちのぼり、ゆるゆると動きだして一方向に引っぱられてゆくと、きらめく緞帳(どんちょう)を斜めに巻き上げるように隅のほうからくるくる丸まって細長い筒になり、ほどなく一方の端が獲物を求めて物欲しげにうごめきはじめた。その発光する空気の筒の片端に突如として根こそぎ引き抜かれた大木が一本あらわれて、放たれた矢のごとく反対の端へと飛んでゆき、あっという間に見えなくなった。恐れおののきながらも陶然とその場に立ちつくすジーラの前で、やがて靄はほどけて元の状態にもどり、食欲が満たされた獣の穏やかさをとりもどした。

確かあのとき、もう子供は一歳になっていた。

ジーラが初めて竜巻を見たときは、まだ子供が存在することさえ知らなかった。男といっしょにこの家に足を踏み入れたとたん、ベッドで眠る子供を見つけるどころか、死者が五人いることにも気づかぬうちに、急に風の音が高まったかと思うと、早くも外を闇で閉ざしはじめていた土煙を、きらめく空気の筒が切り裂いた。発光する空中の筒は、人の背丈の二倍ほどのところを地面と平行に長々と地平線まで伸びて、内部で無数のものが緩やかな円を描いて泳ぎまわり、絡み合っていた。スツール、本棚、ベビー服、フライパン、マットレス、ラタンのランプシェード、風景画、ハーレムの女たちを描いたタペストリー、花束とそれを活けてあったらしい花瓶、銀と紫の小鳥たちを刺繍（ししゅう）したクッション、青い琺瑯（ほうろう）のケトル、絨毯（じゅうたん）、婦人用のショルダーバッグ、新聞紙。目の前でふわふわと舞う幽霊屋敷の中身のような品々を、ジーラは慄然（りつぜん）として見つめるばかりだった。ついさっきまで誰かがあの新聞を読み、あのケトルのお湯で淹（い）れた紅茶を飲んでいた。犬があの絨毯に寝そべっていた。女性があのバッグのストラップを肩にかけていた。赤ちゃんがあのベビー服を汚した。彼らはみんな今どこに？

鉛色の土煙がふたたび空気の筒を封じ込めたが、ジーラはなおも窓辺にたたずみ、一部分だけ聞かされた物語の結末を知りたいような、そんな気持ちで待っていた。そのとき、部屋の一つから出てきた男の声がした。「大人が五人死んでる。あとは赤ん坊が一人。生きていますよ」

死者のうち二人はこの小さなホテルの客だった。上品なインド人の夫婦で、裏手の庭にある錬鉄のベンチに腰かけて、夫は煙草（たばこ）を吸い、妻は髪にブラシをあてていた。あとの三人は従業員だ。事務室のデスクで帳簿をつけている、ひょろりと背の高い男。キッチンでガスレンジにかがみ込む、白髪交じりのもみあげの年配の男。最上階の客室ではフリルのエプロンをつけた客室係の娘が、ベッドメーキングの途中でベッドの足元に軟体曲芸師みたいな格好で横たわっていた。

眠っている赤ん坊のかたわらで、ジーラは喜びに胸を弾ませながら、ある童話を思い出していた。三匹の熊が夕方の散歩から帰ってくると小さなベッドでゴルディロックスが眠っているという、あの童話だ。ジーラの娘たちが幼かったころ、一人はこれが大好きで、もう一人は大嫌いだった。

ジーラは男の視線を感じた。さっき会ったばかりの女が、眠る赤ん坊を眺めて喜びに頬を染め、手を伸ばして剝き出しの肩に毛布をかけてやる姿を見て、自分たちが投げ込まれた混沌のただなかで馴染みのあるものに喜びを見出し、ベビーベッドですやすや寝息を立てる赤ん坊という日常の一齣にしがみつこうとしているのだと、きっとそんなふうに考えているのだろう。

その後、ジーラと男はいっしょにホテルのなかを調べることにした。足音を忍ばせて部屋から部屋へと歩きまわり、ぴかぴかのバスルームを覗き、ベッドのなかを確かめていった。吸い寄せられるように窓に近づいて外を見ると、塵でできた無数の細い柱に覆われた大地の光景が広がっていた。

あるとき、子供がまだジーラに従順で木のお化けの庭へは行かなかったころ、空中竜巻が家の前で静止して、玄関先に布の包みのようなものを落としていったことがある。戸口に吐き出された布の包みをジーラが窓から見ていると、包みがもぞもぞ動きだし、なかから頭があらわれた。老女の頭。かなりの高齢だった。これほど年を取った人間を見たことがなかった子供は、怖がって悲鳴を上げた。もっとも、子供が余所者と会ったのはこれが初めてではない。修道女と病気の老人のことは赤ん坊のときから知っているし、偶然この家を通りかかって、理解できない言葉をしゃべり、すがるような目でジーラを見つめ、出された食べ物をがつがつと掻き込んでゆく連中も、稀とはいえ、いなくはなかった。その手の余所者がアームチェアで眠ってゆくこともあったが、そんなときは男が棒を持ってそばに陣取り、余所者が目を覚ますと早々に追い出した。髪がぼさぼさで爪は長く伸びたままという異様な風体の女性が三人連れでやってきたこともある。なかの一人が手を伸ばして子供に触れようとすると、子供はべそをかいて後ずさった。時がたつうちに家には誰も来なくなっていたから、竜巻から吐き出された老女は久しぶりの余所者だった。ジーラは表に出て老女のそばへ行き、布で防護した手で徴を探したが、一つも確認できなかった。両手の甲にも茶色の斑点は見当たらないし、耳の後ろにも腫れ物はできていないし、目からも膿状の目脂は出ていない。ジーラは老女を引きずるようになかへ運び込むと、アームチェアにすわらせて水を飲ませた。老女は時間をかけて水を飲んだ。三日のあいだアームチェアにすわったまま、老女はわずかばかりの水を飲み、ビスケットを少し齧り、服のなかに用を足した。子供は起きているあいだじゅう老女につきっきりで、あらゆる角度から観察したり、耳慣れない響きの言葉を真似たりした。四日目、老女は黒い血を吐いて死んだ。庭に老女を埋めるとき、子供は泣いた。そこに自分の両親がホテルの三人の従業員といっしょに埋葬されていることを、子供は知らなかった。

一度、子供が両親を見つけそうになったことがある。夜のあいだ横殴りの雨が降りつづき、遺体にかぶせた土が押し流されて、骨のかけらが庭じゅうに散らばってしまったのだ。子供が自分の部屋から真っ先に骨に気づき、男が慌てて庭へ出て埋めなおした。ジーラは窓辺でそれを見ながら、縁を金糸でかがったオレンジ色のサリーをまとって庭で死んでいたインドの女性の美しさを思い出していた。たとえ土の下であの姿を保っていても、それが誰だか子供にはわからない。生後四カ月の乳呑み児に記憶があるものなのか、自分を育てているのが実の親ではないことがわかっているのか、この三人で暮らすことになった事情を伝えるべきなのか、ジーラや男との容姿のちがいに本人が気づくまで待つべきなのか――おりに触れてジーラは頭を悩ませ、男にも相談した。

いつかほんとうのことをすべて話そう、実の親のパスポートを見せて　そこに書かれた名前と生年月日を教えようと、ジーラと男は決めた。そのあいだにも、時計に従って日々は一日、また一日と過ぎていったが、時は決してその秘密を漏らそうとはしなかった。最初の日から何年たっても、季節の移り変わりの秘密が明かされることはなく、時を区別するよすがとなるのは日々を刻む手作りの暦だけだった。天気は気難しい人物のようにその日その日で激変した。太陽は火球の姿を保てずに、水溜りさながら半天に広がって、なにやらどろどろの溶岩を連想させた。雨も単なる豪雨というよりは、雲がまるごと地面に落下して木々を揺るがすほどの勢いで破裂したかのような降りかただった。あるときは、幾日もつづけて嵐と闇に閉ざされた。またあるときは、原初の大地が目もくらむ燐光に包まれた。燐光があふれる荒れ果てた大地は、トレーのように平坦でどこまでも広く、森影一つなく、畝間にも似た幾筋もの裂け目が穿たれて、地平線までまっすぐ伸びるその裂け目からジェット噴流めいた透明な塵を吐き出した——まるで恐ろしくも壮大な映画のセットだった。そうかと思えば、朝になって目覚めると、雨上がりに目にするような穢れなく冴えざえと清らかな観光地の宣伝風の世界が広がっていることもあった。すがすがしい陽光を浴びる落木の群れ。頭上の空は、あの天変地異の日に地上を荒れ狂った恐怖の光景など見もしなかった風情で、淡いブルーに染まった雲を浮かべて美しい。遠く広がる一面の緑は、湖水然となめらかな野原だ。地平線には、鬱蒼と絡まりあう枝葉をつけた、以前は見なかった種類の木々が立ち並んでいる……。ジーラの視線は山並そっくりに寄り集まった雲の彼方へとさまよってゆく。明るく平坦でのどかな大地の上を行くあれは、どこか余所の土地の記憶の貯蔵庫なのではないか——そんなことを思うと、いつしか気持ちも落ち着いた。空はあるべきところにあるし、大地はあるべきところにある。あの遠く立ち並ぶ木々の向こうに、始まったばかりの一日の計画を立てる人たちの暮らす都市や道路がないなどと、そんなことがあるはずはない。

「列車はまた動くのかしら」と、最初の何カ月か、ジーラは事あるごとに口にした。するとと男はジーラを見やり、かならず悲しい顔をした。わかっているのだ——ジーラがまたしてもまやかしの風景に心奪われていたことが、そして、列車の喫煙車両にいるあいだに馴染みある世界が消えてしまったという認識に至る道を、ジーラ自身がもう一度たどるしかないことが。だから男はこんなふうに答える。「列車はあのままあそこから動いてないよ」

　夏を思い出させる宵には、ジーラと男と子供はそろって木のお化けの庭へ出た。歩いたり自転車に乗ったりして、疲れるくらい遠くへ出かけることもあった。ときにはかつての鉄道駅を目指し、ときには災禍以前のヨーロッパを横断していた列車の残骸まで足を伸ばした。そうしたおりには、炭の羊を連れた炭の羊飼いのそばを通るし、駅舎に行けば三人分の骸骨と出くわすし、列車に行けばぼろぼろの服のなかで千々に砕けた乗客の骨を目にする。子供にとっては歩くことを覚えた日からそういう光景が当たり前だったから、平気で切符売り場に入り込んでは、かつて駅員だった骸骨を椅子のすみに押しやって無理やり隣に腰をかけ、備品や小銭をおもちゃにして遊んだ。いっぽうジーラと男は骸骨をしみじみ眺め、彼らがあの天変地異の日にどんなふうだったかを思い起こす。そうかと思えば、子供は列車に近づいて窓から覗き込み、車両内の骨を観察した。子供の視線はたいてい、一人の少女の骸骨が手にした本からいつまでも離れない。『不思議の国のアリス』。少女の先生からの誕生日のプレゼント。本の表紙の内側に、成就しなかった予言が書かれていた――「才能あふれるメアリ・ジェーンへ。大人になったら、いつかあなたもこういう本を書くでしょう」と。一年もすると、子供は本の中身をすっかり覚えてしまった。

列車がアミューズメントパークのゴースト・トレインそっくりにいきなり揺れたときのことを、ジーラは何度も夢のなかでくりかえす。喫煙車両の扉をあけると、ついさっきまで起きていた人たちがみんな眠っていた。ジーラの向かいの席でセックスしていた大胆な若いカップル（女性の喘ぎ声に、ほかの乗客は気まずそうな視線を交わしていた）は、抱き合ったまま眠りこけている——女性は顔をのけぞらせて髪を座席に垂らし、男性は恋人にのしかかって襟元に顔をうずめている。動揺していた青年は顔を窓に押しつけて、なんだかひびの入ったガラスに別れのキスをしているみたいだ。セックス中のカップルをうらやましげに盗み見ていた年配の男性は、ぐったりと座席に背をあずけ、両手で股間を覆って天井を凝視している。旅のあいだに親しくなった二人組は、生態学会議の帰りだと説明している一人に、もう一人がラップにくるんだトロピカルフルーツを差し出し、すわって見つめ合ったままミイラ化したふうでもある。『不思議の国のアリス』に読みふけっていた少女は、深々とお辞儀でもしているように身を二つに折って、ひらいた本のページにひたいをくっつけんばかりだ。窓という窓が割れて、黒ずんだ床でガラスのかけらがきらめいていた。通路に散乱しているのは、網棚から転げ落ちた荷物やなにかだ。きちんと閉まっていなかった旅行鞄がぱっくり口をあけ、きれいにアイロンをかけたシャツが飛び出して、店舗のディスプレイよろしく並んでいた。スーツケースが落下して赤毛の若者を押しつぶし、把手のあたりから髪の毛が、反対側の端からおろしたてのデニムの脚が突き出ている。

ジーラは車両の端で立ちすくみ、あちこちにせわしなく視線を走らせ、ダイヤモンドを思わせる透明な光のなかの恐ろしいほど鮮明な光景の意味を理解しようとした。乗客が示し合わせたうえで寝たふりをしてこっちの反応をうかがっているのではないか、なにもかもが——人工的な光も、不自然な体勢も——人をびっくりさせて視聴者を喜ばせるたぐいのテレビ番組用の演出ではないか、すぐにもお馴染みの有名ディレクターが急にあらわれ、眠っていた人たちが目をあけて、面食らっているジーラを見て笑いだすのではないかと、そんなほのかな期待が一瞬頭をもたげる。だが、車両内は驚くほど静かだった。それを破るのは、外で地面が割れて塵が勢いよく吐き出される異様な音だけだ。ジーラは肌が粟立つのを覚えた。そもそも、窓からの光景を見るかぎり、隠しカメラの可能性は百パーセントありえなかった。平坦な地表は今やおのれの吐き出す分厚いベールに覆われている。逆巻くベールは空まで達し、あたかも大地の腸が煮え返っているかのようだ。

眠る人たちを起こしたくて喉から声を絞り出そうとしたが、意に反して低い、擦れた、口のきけない者の悲鳴のような声しか出なかった。列車内に動くものはない。催眠術にかけられたように立ちつくしたまま、ジーラは目の前に見えているものを認めまい、目の前に見えているものの背後になにがあるのか考えまいとした。足が通路に散乱するガラスの破片や衣類の上をよけながら独りでに動きだす。美術館で娘たちに買ったパールの指輪とパスポートが入ったハンドバッグを、ジーラはきつく抱きかかえた。隣の車両の人たちも眠っていた。ヘッドレストに白いカバーがかかっていない（途中でひっかかって閉まりきらない貫通扉のガラス越しに確認できる）ところを見ると一等車でないのは確かだが、どうやら安い乗車券を買った乗客のほうが華やかなショーを目撃したようだ。旅芸人一座のトランクに収められていた羽根飾り付きの帽子、レースのショール、色とりどりのスカーフ、毛皮のストール、ウェディング用のベールなどが、乗客の上に、座席の上に、通路の上に、撒き散らされている。

「あのー！　こんにちは！」ジーラはそちらの車両へ向けて叫んだが、動くものはなかった。「誰か！　誰かいませんか？」と、勇気を出して英語でつけくわえる。理性に這い寄りつつある恐怖に駆られて、切羽詰まった声になる。わかっている――目の前に見えているものを永久に無視しつづけるわけにはいかない。これは夢ではない。夢のような現実を目撃しているのだ。

大地が裂ける轟音に早くも順応して背景雑音として受け入れていた聴覚が、遠くで犬の吠え声のように唐突に響いた新たな音を捕らえた。割れた窓の一つに駆け寄って、窓枠に残る鋭いガラス片のあいだから顔を突き出し、耳を澄ませ、煙で覆われた外の世界へ向かって叫んだ。「ねえ！　聞こえますか？　ねえ！」

白い闇の底からかすかな声が響く。「おーい、どこだ？」

「ここ！　列車のなか！」ジーラは人声のするほうへ叫び、ガラス片で切れる危険も顧みずさらに首を伸ばした。「どこ？　どこなの？」声を張り上げたせいで喉が痛む。

「ここだ！」遠い声が響く。

「わたしは列車のなか！」ジーラは胸を高鳴らせて叫び返した。まちがいない。男性の声だ。「方向をまちがえないで！　こっち！」

「わかった」狭まってきた距離を声が渡ってくる。その声の持ち主にも、ようやくこちらの声が女性のものだとわかったようだ。「待っててください。そっちへ行きます」

「待ってるわ、待ってる」ジーラは叫び返した。興奮が気後れをねじ伏せる。ずっと昔に見た映画のなかに自分がヒロインとして入りこみ、その映画のヒーローであるまだ見ぬ男に向かって、現在の状況と不自然なほど一致する脚本の台詞をしゃべっている、そんな奇妙な感覚が込み上げてくる。

「どこ？」ジーラは不安に駆られてまた叫んだ。

「もうすぐです」声が答える。「話しつづけて。声をたどって見つけるから」

男性の声が現実のものだということは、もうジーラも疑っていなかった。ブラインドデートの前の少女のように緊張しながら、向こうにいい印象を与えたくて、英語の授業で覚えた歌を思い出そうとする。苦労に見合う相手のもとへ向かっているのだと、声の主を安心させたかった。

「おーい、まだいますか？」

「ええ。同じところで待ってる」

「どうして黙ってるんです？」

「なにか楽しい話でもできないか考えてて……」

「なんでもかまいません。肝心なのは話しつづけることだ」

「そういわれても……」

「なにか歌って。そのほうがやりやすいでしょう？」

とっさに頭に浮かんだのはイスラエル国歌の歌詞だった。ジーラは窓から顔をひっこめて歌いだした。歌うにつれて、百科事典で見かける猿人から現代人への進化図さながら背筋が伸びてゆく。「……われら希望を失わじ、二千年つづく希望を(オードローアーブダーテイクヴァテーヌー　ハーティークヴァーバショツタイパーイーム)」子供たちの前でいっしょに歌う青少年活動の指導員かなにかのように、ジーラは高々とこうべを上げ、感極まって胸を熱くしながら、直立不動で歌いつづけた。国歌の歌詞が同胞愛と勇気で身を、心を、満たしてゆく。澄んだ物悲しい自分の歌声が、周囲の轟音と別の次元で響きわたっているかに聞こえる。「われら自由の民とならん(リーヨットタムホーフシーベーアーツエーヌー)、シオン(エーレーツ)とエルサレム(ツイーオンイエルシヤラーイム)の地で。われら自由の民とならん(リーヨットタムホーフシーベーアーツエーヌー)……」

そのときだ。窓の下、透けるスカーフめいた薄靄の向こうに、いきなり男性の顔があらわれた。湿った髪には点々と白っぽい塵がこびりつき、目の下にはくっきりと三日月形のくまが見える。尋ねる声がした。「今のは何語ですか？」

ジーラは喘息持ちのようにあえぎながら、その人物を――温かい声で話す頼もしげな男を、ここへ遣わしてくれた誰だかに胸の内で感謝を捧げ、声に出して答えた。「ヘブライ語よ」

男は窓のほうに手を差し出し、ジーラは窓から手を差し伸べた。握り合った手の平に、塵を感じた。

ジーラはあれから何度となくこのときのことを、初めて指が触れ合った瞬間のことを、頭のなかで再現しようとしているが、過ぎ去って初めてそうと気づくような運命的なものを感じたかどうかは、とくに思い出せない。男は向きを変えて列車に乗り込んでくると、引っかかっていた扉をこじあけ、その場で足を止めて、呆然と車両内を眺めた。男の目を通して――自国のすばらしい風景を観光客の目を通して初めて眺める子供のように――ジーラは車両内を眺めた。あなたの車両はどうなったのと尋ねようとすると、向こうが先に口をひらいた。

「すぐここを離れないと」

「どこへ？」いっしょに行くことは一瞬たりとも疑わなかった。

「二、三キロもどると駅です。駅ならたぶん電話がある。携帯電話がつながらないんですよ」

冷えこむ夜は三人で火の前に腰をおろした。子供はおしゃべりを始めたその日からいつもお話を聞かせてとせがんだ。家に来る前の生活については、子供が成長して理解できるようになってからでいいと、まだなにも教えていなかった。すべては列車が止まったときに始まったことにしてあるが、ジーラには子供の頭のなかが手に取るようにはっきりわかった。この〝お話〟は幼い想像力のなかで少しずつ形を取ってゆき、時が過ぎるにつれて大きく育ち、いつの日か創世の物語として語られることになるだろう。それはたとえば、ウクライナのオデッサとドイツのフランクフルトのあいだのどこか知らない場所で立ち往生した列車の物語になるかもしれない。あるいは、血管にひっかかった悪性腫瘍さながら枯枝の網に囚(とら)われた小さなホテルにたどりついてみると、薄気味悪い外観のそのホテルにはすてきな秘密が隠されていた、そんな物語になるかもしれない——忘れられた不思議の国に迷い込んだ旅人がゆりかごで眠る子供を見つける、童話にも似た物語に。

赤ん坊を見つけ、電話が通じないどころか停電していることがわかると、ジーラと男は死者を埋葬することにした。ホテルのすぐ裏の庭は焼けただれ、その向こうは、どう引き裂かれねじ切られて幹だけになった木々が立ち並ぶ庭とでもいえばいいのか、どの木もどの木も邪悪そのものの顔をさらし、無数の亀裂が走る舌を垂らして苦痛か飢餓に吠え哮っているようにも見えた。そのさらに向こうは、砂が沸騰できることを見せてやるといわんばかりに沸き立つ大地が広がり、いくつも口をあける深い裂け目が煙を吐いていた。男が死者を葬る穴を掘るたびに、ジーラはねじ切られた木々のほうを向いて見張りに立った。邪悪な姿の幹に宿る悪霊どもが飛び出してきて死者も生者もばらばらに引き裂こうとしているようで、なんだか気味が悪かった。

　そのあと二人はテーブルに腰を落ち着け、ちらちら明滅する蠟燭の火明かりに顔を照らされながら食事をした。パン、チーズ、オリーブ、手作りジャムといった品々が並んでいると、なにもかも正常だと欺されそうになった。ピッチャーの甘い飲みものは正体がわからなかったが、においを嗅いでいるうちに、前にイスラエルの自宅の近所のスーパーで南米フェアをやっていたとき買った、コロンビア製のパン用スプレッドを思い出した。

「アメリカ人ですか？」ジーラは尋ねた。災禍を免れ半日いっしょに歩きつづけ赤ん坊を見つけ死者を葬り、そんな今なら個人的な話をしてもいいような気がした。

「ええ」

「わたしはイスラエル人」

「住まいはイスラエル？」

「ニューヨークの近く、少し北のあたりです」

「ええ。あなたは？」

「正確にはどちら？」

「あのあたりをご存じなんですか？」

「姉がニューロシェルなんです」

「ご近所だな。ぼくはスカーズデールです」

「まあ――」ジーラは驚いて声を呑んだ。

「ええ」いいたいことはよくわかるといわんばかりに、男は答えた。

「今日の出来事ですけれど……」さっき個人的な話を始めるきっかけを作ったのと同じように、こんどもジーラのほうから話を変えるきっかけを作ったものの、そうしておいてから、〝今日の出来事〟をなんと呼ぶべきなのかわからないことに気づいた。

「新手の事故、ですかね」と男はいった。「放射線が一気に撒き散らされるような」

「始まりは見ました？　どんなだったんでしょう？」

「わかりません。喫煙車両にいたもので……」

「わたしも！　喫煙車両にいたんです」この偶然に、ジーラの胸は高鳴った。わけもわからぬうちに巻き込まれた、悪夢のように理解しがたい現実のなかに、突如として一定の秩序が出現したのだ。ようやくジーラにも状況がつかめかけてきた。

「喫煙車両の壁が放射線を食い止めるような物質だったんですかね。窓が天窓だったのも、なにか関係あるかもしれない。そういえば、赤ん坊の部屋も締め切ってあったな。たぶんそれで助かったんですよ」

「チェルノブイリの事故みたいなものかしら。前にテレビで見たけれど」

「チェルノブイリどころじゃないんじゃないかな。自然災害の可能性もありそうですし」

「列車がまた動くようになるまでにどれくらいかかると思います？」男が口にした恐ろしい可能性が耳に入らなかったというふうに、ジーラは尋ねた。

男は驚いたようにちらりとジーラを見やった。まさにその瞬間、パンに几帳面にチーズを塗っているジーラを見て、この女についいて大事なことがわかったぞといいたげな目つきだった。

「しばらくかかるでしょう」男は慎重に言葉を選んだ。

「フランクフルトでも、もうなにかあったとわかっているはずですよね。だって、列車が時間どおりに着かなかったわけでしょう？　あっちはそういうところはきちんとしているから」

「まだ知らないかもしれない。あっちでも問題が起きている可能性がありますしね」

「なにがあったか調べに誰かをよこすわよ」ジーラはきっぱりといった。

「よこすって、誰を？　イスラエル軍？」

揶揄するような調子が聞き取れた気がして、ジーラはむっとした。この一週間というもの、イスラエル軍についての揶揄を嫌というほど聞かされていた。「アメリカ軍かもしれないでしょ？」と、ジーラはやり返した。「そっちが持っていない兵器はこっちも持っていないわ」

男は笑い声を立てた。出会って何時間にもなるが、笑うのを見るのは初めてだった。狼めいた、不思議な笑い声だ。

「どうして笑うの？」

「将軍同士の会話みたいだと思って」男はいった。「ついでにいえば、女性が軍隊の話をするのは嫌いじゃないな」

ジーラは黙り込んだ。女性についての好みを具体的に告げる男の声には、今までにない、恋の駆け引きめいた気配が忍び込んでいた。この手の緊張感は、これまでにも覚えがあった。

いささか気恥ずかしくなって、ジーラは話題を変えた。「あの赤ちゃん、どこも悪くないと思います？」

「あの子が起きたらすぐわかることもあるだろうし、もっと時間がたたないとわからないこともあるかもしれない」男はいった。こんどの声は、捕まって檻にもどされた危険な動物かなにかのように抑制が効いていた。

「なにを食べさせたらいいかしらね」

「あの子の母親が予備のベビーフードを持ってきているんじゃないかな。しばらくはそれで大丈夫でしょう。あとはなにか適当に見つくろって」男の声にはすでに最初と同じ、なだめるような響きがもどっていた。

その夜、自分のショーツとインドの女性の優雅なネグリジェを身につけて、赤ん坊と同じ部屋のソファーベッドに横になり、隣室のダブルベッドの男の寝息を聞きながら、ジーラはイスラエルのわが家に思いを馳せた。オデッサで過ごした一月に加えてその朝襲いかかった新しい現実という距離を隔てて眺めると、わが家など前世も同然の想像の産物に思えた。あちらでもこの大災害のことはもう知っているだろう。自宅のようすを頭のなかでもっとつぶさに思い描いてみる。たぶん夕方ごろ、宿泊を予定していたフランクフルトのホテルに家族が電話をかけて、ジーラがまだ到着していないことを知る。夫が今このときにも、軍の准将である兄とスイス大使の従兄に緊急連絡を入れているかもしれない。ニューロシェルのジーラの姉にもだ。とりあえずは娘たちに心配をかけまいと、書斎にこもって小声でしゃべる夫の姿が目に浮かぶ。謎の大災害が起きた地域でジーラの列車が消えたことは、すでに夜のニュースで報じられているかもしれない。イスラエル人乗客の名簿が作られて、そこに自分の名前も載っているかもしれない。どこかの時点で、両親にも連絡が行くだろう。母などは、レバノンでの息子の死を知らされたときと同じように、食べることも飲むことも拒んで、頭から毛布をかぶってベッドに籠もってしまいそうだ。生存者のなかにジーラがいるとわかったら、みんなどんなに喜ぶことか。ハートに矢のイラストをちりばめた娘たちお手製の旗や花束で、大歓迎してもらえるにちがいない。

急に赤ん坊が泣きだした。ジーラは未来の歓喜から現在の悪夢へと押しもどされ、起き出して闇のなかを手探りでベビーベッドに近づいた。そっと赤ん坊を抱き上げると、知らない感触のせいか匂いのせいか、いっそう激しく泣きだしたが、そのまま自分のソファーベッドへ連れてゆき、ぴったり抱き寄せて、前もって箱の注意書きどおり用意しておいた哺乳瓶のニップルをくわえさせた。それから、矩形に薄明るい戸口にあらわれた男に声をかけた。「大丈夫よ。娘たちもこうやってあやしたの」男の姿が消えてから、そういえば娘がいることは今まで話していなかったと、ふと思った。

その瞬間、体内の動きが意識にのぼらないうちに肉体だけが逸速く反応したらしく、気づくと手が下腹へと伸びていた。妊娠中はよくこんなふうに指を広げ円を描いてお腹をさすり、子宮壁にぶつかってくる胎児をなだめたものだ。確かにお腹に動きを感じた気がする。不意に、あたりをすばやくうかがう尖ったひれみたいに、おなかに小さな肢めいた形が浮き上がったかと思うとすぐに引っ込んでいった。ジーラは手を動かして探りつづけたが、小さな肢はからかうように、嘲るように、まさぐる指をこっちだよと誘っては、別のほうへと消えてゆく。闇のなかで哺乳瓶を片手に、反対の手を下腹にのせ、名も知らぬ赤ん坊をしっかり抱き寄せたまま、ジーラは胸を高鳴らせて横たわっていた。

大災害の翌日、ホテルから一時間ほど歩いて鉄道駅にもどったジーラと男は、少女のようにあどけない修道女と、修道女が介抱していた仏頂面の老人に出会った。前日はジーラも男も疲れ果てていて、駅事務室や物置を見てまわる余裕がなく、電話が通じないとわかると早々に駅を離れ、食事と宿泊ができる場所だということを絵文字（ナイフとフォークで作った〝X〟とベッドの絵）で宣伝している大きな看板が示すほうへと向かった。今回駅にもどる途中で、二人は一群の銅像と出くわした。羊の群れだった。身を寄せ合う羊もいれば、ぽつんとたたずむ羊もいる。群れの先頭には軍用バックパックを背負った羊飼いがいた。こんな人里離れたところにどうして芸術作品があるのかと不思議に思うまでもない。この羊飼いも羊の群れも、十時間ほど前には生きていた。それが今は煙る荒地で時のなかに凍りついているのだ。ジーラはその場にたたずんで、この信じがたい光景をぼんやりと目に映していた。前の日に目撃したもののせいで、どうやら驚く感覚が鈍ってしまったらしい。男にそっと腕をさわられ、二人はまた歩きつづけた。歩くうちにも、目は新たな視覚言語にどんどん馴染んでいった。

切符売り場には駅員がいた。仕切りガラスに体を押しつけ、目を見ひらいている。ベンチには女性が独りですわっていた。やはり前日と同じ格好で、毛皮のコートに顔をうずめ、母親が赤ちゃんをだっこするように胸元に旅行バッグを抱いている。仕事中に居眠りしているみたいに壁に寄りかかって立っているのは、ボタンやボタンホールがたくさん並んだ洒落た制服に身を包んでいるところを見ると、列車の客室乗務員だ。ひょっこりと駅事務室からあらわれた修道女は、修道女の仮装をした女の子にしか見えなかった。興奮の面持ちでジーラたちに駆け寄ってきた修道女の口から、イタリア語の文章があふれ出した。修道女はジーラの手をひっぱって事務室のなかへと導いた。椅子に縮こまってすわっていたのは、一人の老人だった。ジーラたちの姿を見ると老人はドイツ語で毒づいたが、男の質問に対して英語はしゃべれると答え、すぐさま英語で毒づきはじめた。

三年目に入ると、ジーラは娘たちのことを夢に見なくなった。それに代わってこんどは、錆びついた列車が線路から撤去され、光り輝く新しい列車が駅で待っている夢を見た。列車は扉という扉が誘うようにあいており、瞬くライトがまもなく発車すると告げていた。ジーラはこの時期には男のベッドで眠るようになっていたが、その夢を見るといつもはっと目を覚ました。あるとき、男を起こさないようにそっとベッドから抜け出すと、夜明け前に家を出て自転車で駅へと向かった。心の一部では世界が元どおりになったという知らせを何度となく欲しながら、別の一部では男との別れのときが早くも怖くてたまらなかった。駅に着いてみると、ぼろぼろの旅行バッグを抱いた女性も、背をこごめて小銭勘定に余念のない骸骨も、あいかわらずそこにいた。列車のなかの骸骨は、二体が早くも崩れかけていた。情熱的な若い女性は髪の毛がほとんどぜんぶなくなっている。両手で股間を隠していた男性は鼻がもげている。ジーラは乗降口で骸骨と向き合ったまま、なんとはなしに安堵(あんど)していた。後ろ髪を引かれる思いで男と別れ、ふたたび動きだした列車で家族のもとへもどったとしても、そこでなにが待ち受けているかわからないのだ。もしかしたら、結婚以来ずっと暮らしたわが家、ターコイズ色の鎧戸(よろいど)とルーフバルコニーのあるあの家をとりもどそうと、昔の所有者のアラブ人がもどってきているかもしれない。十七年前、夫はジーラを赤ちゃんかなにのように抱いてあの家の敷居をまたいだ。その五年後には、生まれたばかりの娘二人を同じように抱いてあの家に連れ帰った。もしかしたら、あの建物は荒れ果てて、ターコイズ色の鎧戸は腐り落ち、愛する家族は列車の乗客と同じように微動だにせずすわっているかもしれない。いっぽうここでは、靄に包まれた生活も安定してきた。ホテルから歩いて十分ほどのところで貴重な燧石(ひうちいし)を見つけたし、二日前には新たな井戸も見つけた。ドアの前の木にはイチジクに似た甘い果実が実りはじめているし、子供はヘブライ文字をさらに三つ、ジーラの娘たちが一年生のときノートを埋めていたのとそっくりな字で書けるようになった……。ホテルへもどる道すがら、昏睡状態から覚めたかのように、ジーラは自分をたしなめた。いいえ、エルサレムの家は今も朽ちてなどいないし、愛する家族は元気で暮らしていて、心からわたしの身を案じているはず……。

あの天変地異から数カ月後、夜、永遠に忘れられぬ熱い愛を交わし、男の首筋に顔をうずめてあえぎながら、ジーラは自分にいい聞かせた――これがほんものの人生。子供時代にときどきあるように、新鮮な幸福を肌で感じ、危険と隣り合わせに生きる、これこそがほんものの人生だ。人を駆り立てて雪山に登らせたり砂漠を車で嵐のように渡らせたりするたぐいの、危険に惹かれる感覚も生きることへのときめきも、以前の生活にはなかったものだ。だが、夜が明ければ、そういう戦くような瞬間は忘れ去られ、ジーラはまたしても男に向かって列車はいつ動くのかしらと問いかける。

そのころのジーラは、修道女と病気の老人をホテルに連れてきたことを後悔していた。修道女は自分で選んだ部屋に引きこもり、たまにしか出てこないうえに食事もたまにしかとらなかった。いっぽうの老人は、喧嘩腰で怒鳴っては修道女を誘き出し、待ち伏せし、愚弄した。老人はそのうち子供のことまで愚弄するようになった。ジーラもいつも否応なしに老人との会話に引き込まれたあげく、どういうわけか自分で自分の言葉がコントロールできなくなって、尋ねる気もなかったことを尋ねさせられ、答える気もなかったことを答えさせられた。気がつけば、老人は子供に対しても同じことをやっていた。

「救出されて、わしと離れたら寂しいかね？」最初の数日のうちに、老人はもうそんなふうに話しかけてきたものだ。

「まさか」ジーラは仕返しのチャンスを逃さなかった。

「わからんぞ！」咆（ほ）えるような笑い声が黒い口蓋（こうがい）を露わにした。「寂しがる機会なんぞ永遠に来ないかもしれんからな！」老人はぴしゃりと膝を打った。「どうしてだと思う？」

「どうしてよ？」またしても逃れがたい罠（わな）にみすみす足を踏み入れてしまったことに、ジーラは気づいた。

「誰も助けにこんからさ。わしらはここから出られない」

「いつまで？」罠の顎が音を立てて閉じる。

「殺し合いになるまでだ」老人は頭をのけぞらせ、喘息めいた激しい笑いを放った。

「殺し合うぞ、あんたら」そういえば、わずかのあいだ部屋から出てきた修道女をねちっこく見つめながら、ポーランド人も同じことをいった。

ある日の朝、有毒地帯の埋もれた泉からオレンジ色の水が噴き出して、その一帯の焦土の草をオレンジ色に染めるのを見たジーラは、お腹で育っている肢のことを男に打ち明ける決心をした。新品の自転車に乗ったポーランド人の男性がかさばる包みを腕にかかえてホテルにやってきたのは、おりしもその日のことだった。筋肉質でいかにも精力的、想像力にあふれ、訛(なま)りはきついが聞き取れる英語を話すポーランド人は、この人だったらなにもかも元どおりの状態にもどしてくれるにちがいないと、ジーラの胸にたちまち希望の火を灯した。

英語は観光客との取引で覚えたと、ポーランド人はいいにくそうな顔で口にした。取引とやらの種類については、いまだに当局に引き渡される危険があるといわんばかりに言葉を濁した。外貨での取引、たぶん売春の斡旋(あっせん)だろう。

ジーラたちはポーランド人を喜んで迎え入れ、食事を出して熱心に話を聞いた。ここがどういうところか、近隣の村はどうなっているか、英語で詳しく説明できる人間に会うのは初めてだった。おれは家族のいる村へようすを見に帰るところで、あちこちの村へ寄り道しながらもう何カ月も旅をつづけてる、とポーランド人は話しだした。家はここから五百キロのところにある。道中ほとんどずっと歩きだった。自転車は駅で見つけたが、道路の状態が悪いから、残念だけどいずれ置いていくしかなくなると思う。ここまで十ばかりの村を通ってきた。

ポーランド人は唐突に立ち上がると、大事にかかえてきた包みを引き寄せて、中身を床に広げた。司祭服、キリスト像とマリア像、彩色粘土のブーケ、香箱、蠟燭――教会の廃墟で見つけたらしい。

ジーラは、このホテルの名前はなんというのと、外の看板を指さした。「〈夜の似合う場所〉」ポーランド人はいった。「変わった名前だ」それから有毒地帯のほうを指さして、遠くの駅のそばにもホテルがあって、〈カタリーナ〉という名前だった、とつけくわえた。食料が尽きるまでそこで過ごしたそうだ。

通ってきた村のようすを教えてほしいと男がいうと、ポーランド人は自分の語彙にない言葉の代わりに身振り手振りを交えながら、目にしたものについて説明した。ある村は屋根まで泥に埋まってた。別の村では木造の家のほとんどがつぶれてた。三つの村では石造りの教会まで崩れてた。畑にも家にも死人しかいなかった。天変地異から二日目に赤ん坊の泣き声を聞いたが、そこにたどりつけないでいるうちに泣き声は止んだ。小さい女の子を見かけたこともあるが、逃げて瓦礫のなかに消えてしまった。「これしかいない」ポーランド人は地平線を囲むように大きく両手を広げた。「人間は世界中にこれしか」

「動物は？」と男が尋ねる。

「動物はいる」ポーランド人は指を折って数えた。馬、犬、猫、ネズミ。みんな腹をすかしてる。みんな危険だ。

「ここは正確にはどこなんですか？」と男。

「ポーランド。すぐそこがオーストリアとの国境だ」

「でも、ぼくらが会った人たちが話していたのはポーランド語じゃなかったな」男はいった。

「このへんは言葉がちがう。村の人間がしゃべるのは……」

ポーランド人の言葉が急に途切れた。部屋から出てきた修道女が、老人の部屋へ行くのに廊下を通ったのだ。

「ここには修道女がいるのか？」ポーランド人は目をこすった。

「ええ」

「あんたら、ぜんぶで何人いる？」

「五人」

「ほかにも女が？」

「いいや。あとは病人と赤ん坊だが」

「おれは家族のところへ帰らないといけないからな」ポーランド人はいった。もっといい生活のチャンスを家族のために棒に振るんだといわんばかりの口ぶりだった。

村になにごともなくご家族も無事でありますようにといいながら、ジーラたちは水と食用の野草とパントリーのジャムを一瓶ポーランド人に分け与え、道路まで見送りに出た。表に出ると、ポーランド人は修道女を探して窓から窓へと舐めるように視線を走らせながら、包みをしっかりくくりつけ、それから自転車に乗って、見えなくなるまでこっちへ手を振りながら去っていった。

最初の数日が、最初の数週間になった。ジーラはあいかわらず車かバイクの音が聞こえるはずだと信じていた。地元の行政の人間がまた列車が動きだしたことを伝えにくるはずだ。被災地に派遣されてきた国連の人間が万事問題ないと教えてくれるはずだ……。そうこうするうち、生活にパターンができはじめた。ジーラは家に残って赤ん坊の世話、歩いて五分の川で洗濯（この川の水は飲めない）、そのあとは列車の回収品の整理、男が採ってきた葉や根の調理、それから男がキッチンに作った実験室的なもののなかを点検する。夕方になると、郊外のわが家に帰って街での一日のことを家族に話して聞かせる夫のように、外回りに行っていた男が帰ってくる。

家族めいた生活パターンが形になってきたにもかかわらず、最初の数カ月はジーラも男も以前の暮らしのことを二人だけの秘密にしていた。男が科学者で、音楽家と結婚していて（ハープ奏者だそうだ）、独り息子も音楽家を目指していたことを、ジーラは知っていた。ジーラが子供の本に挿絵を描いていて、十二歳になる双子の娘がいて、ビジネスマンと結婚していたことを、男は知っていた。男がオデッサに行って国際生態学会議に出席していたことを、ジーラは知っていた。ジーラも同じオデッサで博物館収蔵の古い伝説の本の挿画を模写していたことを、男は知っていた。

　外界の恐怖が二人の絆を育んだ。窮屈な一体感の内側で、二人はそれぞれの独立を守った。男はシャツとズボンをジーラの衣類の山（シーツを切って作った布オムツの山とは別にしてある）に置いたが、境界線を引くつもりなのか、下着と靴下は自分で洗った。

　子供が笑うようになったころ、ジーラはまたしても焦燥感に取り憑かれた。四、五日前に、竜巻が空軍の儀礼飛行のような低空で鼻先をわずかに上げ下げしてから、上昇してゆく途中で嘲るように消えるのを見た。これが引き金になって、漠然とした不安が掻き立てられた。

　ある晩、修道女と老人が部屋から降りてくる前、ゆりかごにいる子供（ゆりかごはこの子の誕生祝いに、永遠に会うこともない親戚から贈られたのだろう）の独り言を聞きながら新作料理に舌鼓を打っていたジーラは、ふと男に訊いた。「世界が滅びてしまったなんてことがあるかしら。生き残った人間はわたしたちだけとか……？」自分で訊いておいて、その質問にショックを受けた。

　薄い木の板で暦を作っていた男が目を上げた。探るような目つきは、真実と向き合うジーラの力を値踏みしているふうでもあった。だが、男が答えるより早く、ジーラは――喫煙車両を出てから初めて――悟った。娘たちにも夫にも母にも昔馴染みの友人にも、そればかりか自分の人生を占めていたほかの人々にも、階段掃除の女性であろうと毎週金曜日に街角で花を売る少女風の三つ編みの老女であろうと、おそらくは二度と会えない。娘は、夫は、これまでの人生で関わったすべての人たちは、たぶんみんなもう存在していないのだ。今さらのようにそのことを思い知らされ、涙があふれそうになった。ジーラはとっさに両手で涙を押さえ、目元を覆ったまま身を二つに折った。娘たちが写真を撮ってもらおうと肩を寄せ合って立つ姿が頭をよぎり、それから、ダイニングのテーブルで向かい合ってバットミツバ・パーティの招待状に絵を描く二人の姿へとすぐ切り替わる。

　男の温かな手から安らぎの波が背中を伝って届くのを感じた。ジーラは体を起こし、泣くといつもまぶたが腫れぼったく赤らんでみっともないのがわかっていながら、顔を上げた。

「娘たちのことを考えていたの」

「わかるよ」と男。

「こんなことというなんて、どう思われるかわからないけれど」ジーラは思い切って弱音を吐いた。「でも、あなたが喫煙車両にいてくれてよかった」

「お互いさまだ」男はいった。

　これはたぶん時と場所しだいで柔軟に変化する新たな表現の形なのだろうと、ジーラは思った。こんな会話にはなんの拘束力もないとはいえ、強い絆が生まれる可能性を示唆しているようにも思えた。

「それで、どういうことなのかしらね――世界が滅びてしまった、って」ジーラは信じがたい自分の言葉をくりかえした。「誰もわたしたちを探してない。帰るところはどこにもない。電気もなし、水もなしで、永遠にここで暮らすってことね……」声が子供の歌じみた調子になった。こういう言葉には、むしろふさわしい声だった。「家も、本も、絵もなしで……」

不意に男がジーラを椅子から立たせ、胸元に頭を引き寄せると、待ち受ける危険、想像もつかない危険から子供を守る親さながら、かばうようにしっかりと抱きしめた。この先ジーラが手にすることのないものを、今ようやく彼女の意識に浸透しはじめた喪失感を、ついさっき数えはじめたばかりでどんどん長くなってゆく品々のリストを、埋め合わせるつもりでいるふうでもあった。ジーラは癒しの抱擁に身をまかせ、またしても湧き上がってきた泣き声を――電気のことと水のことと空中竜巻の恐怖と娘たちの運命は知る由もないという事実を――押し殺そうとした。

そのとき、男の手が腹部で訝かしげに止まっているのに気づいた。恋人の触れかたではない。患者の体に懸念すべき症状を見つけた医者の触れかただった。ジーラは素直な患者のように、男がブラウスをめくるにまかせ、お腹をすべってゆく専門家の手の心地よい感触を味わった。男の指先がおへその少し上あたりで肢の端っこを探り当てた。お腹の塊と外からそれを探る男の指との一瞬の争いのさなか、掘るような動きを感じた。つぎの瞬間、肢は敏捷(びんしょう)なダイバーよろしく、すばやく体内深くへと逃げていった。

男がジーラから、なにかを育みつつあるジーラの異常な体から、飛びすさるのではないかと思ったが、手は離れようとせず、痛みを癒すかのように同じところに置かれたままだった。

男はいった。「ぼくもだ。二つね」

なにを約束したわけでもなかったが、その夜ジーラが男のベッドへ行ったときには向こうも待っていた。闇のなかを近づいてゆくと、男はジーラのためにあけてあった側の毛布をめくった。隣にすべり込んだとたんに男の抱擁につかまって、気づけば目の前に男の顔があった。息を止めて、これからの動きを決めるはずの最初の動きを待ち受ける。だが、男は静かに、張り詰めて、ジーラを抱擁のなかに閉じ込めたまま、なおも待っていた。ジーラは男の顔に手を伸ばし、視覚では知っていても触覚では知らない顔の造作を確かめようとした。馴染みのない新たな感触、驚きの宝庫。男の顎に指先を走らせる――顎はなまくらな剃刀(かみそり)のせいでざらざらだ。顎から頬、そして目へ――目が指の下で閉じる。鼻の脇から唇へ――闇のなかの罠のように口があいて、男の歯がジーラの親指を捕らえる。驚いて指を引っこめると、男は作戦が成功したといわんばかりに低く笑い、ジーラの太股の裏に手を伸ばし、ネグリジェをめくり上げて頭から脱がせた。腕が、髪が、ネグリジェからあふれ出る。男が腹這いになってジーラを体の下に引き寄せた。下腹を重ねたまま、一瞬、二人の動きが止まる。と、男が動きだした。二人の体内で動きまわる肢の記憶がジーラの脳裏をよぎる。即座にその記憶を押しやったものの、かすかな恐怖はいつまでもまとわりついて消えようとしなかった。ジーラは必死になって動きはじめ、男の下になったまま、自分たちの存在を確かめるように、相手の体にくまなく指先をすべらせていった。うなじ、肩、長い背中、背骨が吸い込まれてゆく臀部の隆起、腿の筋肉、そこからさらに下へとたどり、指先が届く限界のひかがみへ。すべてが一つになって揺れ動き、やがて、二人の体の動きは独自の命を得て大地から精気の流れを吸い上げ、原初の命の癒しに満てるうねりを思わす時を超えるうねりとなって、ついに圧倒的な、果てしない絶頂の瞬間が訪れた。刹那、体のすみずみまで震えが細波立つと、嵐がおさまり、同時に、震えの根源を宿す手の届かない場所にも静けさが舞いもどった。ジーラはいつものように、忘却の力と記憶の力という不可解な肉体の謎に思いを馳せた。喫煙車両を出てからのあらゆる出来事を記憶の力で呼び覚ますうちに、遠ざかりつつあった感覚が谺のようによみがえってきた。男が入ってきたとき体内で巻き起こった大いなる渦潮の残滓が一気に湧き上がり、奈落の底へ落ちてゆくような気がして、ジーラは仰向(あおむ)けに倒れこんだ。そうだ、男の体もほかの場所の記憶を持っているのだ。それが今も疼(うず)き、男の胸の内を渇望で満たしている。それでも、驚くほど寛容な今この瞬間の約束があるかぎり、ベッドの外の恐怖にもきっと耐えることができるはずだった。

日々は過ぎ、家での生活パターンは、以前の世界の生活パターンを偲(しの)ばせると同時に、似もつかぬものへと変わっていった。

遠くからときおりジーラの耳に響く声は、ピタンガの生垣を巡らせたイスラエルの家の、春になるとたわわに実をつけて馨(かぐわ)しい香りを室内にまで漂わせるグアバの木の、地面に点々と実を落とす庭の隅のアーモンドの木の、幻めいた記憶を呼び起こした。それから、自分の部屋でレゴの塔を作る幼い少女の記憶を。あるいは、両親と二人の女の子が描かれた絵を一面に貼(は)った壁の、たくさんの両親とたくさんの女の子の記憶を。別の部屋で別の少女が猫にミルクをやる後ろ姿の記憶と、自室の椅子で書類をぱらぱらめくる男の姿の記憶も。こういう記憶の幻は、ときにはマジックショーさながら唐突に消えてしまう。そうかと思えば、幻のなかに飛び込めそうなくらい鮮明で、少女たちのブラウスの生地が、ミルクのなかで震える猫のひげが、すぐそこに見えるような気がすることもある。こんなふうに、以前の人生は胸の内で代わるがわる目覚めてはふたたび眠りについた。幻はときとして馴染み深い匂いで、あるいは感触で、呼び覚まされた。ふとしたおりにあらわれる夕暮れ時の光がきっかけになったりもした。期待を孕む名残の光は、以前の人生においてさえも、なにか定かならぬものへの不思議な憧憬を、なにかのチャンスを逃してしまったという確信めいた感覚を掻き立てて、胸がつぶれそうなやるせなさを感じさせたものだ。あの感覚の正体がつかめさえすれば、勇気を出して状況を変える行動が取れるはずなのに、なにもできないままチャンスを逃したことだけはわかっていて、それがあまりにも悲しくて、ジーラは涙を流すのだ。今も、昔も。

二年目が始まるころには、昼夜を分かたず空から黒い雨が降り、ジーラは不安に押しつぶされていた。今は頭の上に屋根があるし、食料も安定して手に入るし、少し先のことなら明確に思い描けるようになって、男への想いもますます強くなりつつあった。それなのに、悪夢に襲われるのだ。夜中に目を覚ますとそこは血があふれるバスルームで、娘たちが目の前で溺れかけている。ジーラには腕がなくて、頭で押したり小突いたりして二人を外へ出そうとしてから、こんどは後を追って飛び込んで、足で蹴って浮かび上がらせようとするのだが、娘たちはどす黒い血の底へと沈みはじめる。二人の下半身が、肩が、顔が、長い髪に結んだリボンが消えてゆくのを、ジーラは絶望的な気持ちで見つめている。血をしたたらせてベッドルームへ行くと、ダブルベッドで眠る夫めがけて天井の大きな照明器具が落下するところで、銅製の金具が槍のように夫の頭部を直撃して、骨が砕ける音に悲鳴を上げて飛び起きる。すると男が上から覗き込んでいて、顔にかかった髪をそっと払いのけ、「大丈夫、大丈夫……」と、ジーラがかつて娘たちにささやいた同じ言葉をささやきかけた。

「家族の夢は見ないの？」ある穏やかな夜、ジーラは男に訊いてみた。

「夢に見る必要はない。いつも考えているから」

「いつも？」なんだか傷ついて、ジーラは問い返した。

「うん。二度と会えないのがわかっているから。生きているなら、いい人たちと巡り会ってほしいと思う。ぼくがきみと巡り会ったように」

　ジーラはショックを受け、反発した。同じ家族を悼むにしても、男の一種独特な感性は受け入れがたくて、それから何日ものあいだ怒りと無力感に満ちた悪夢を見つづけた。とはいえ、けっきょくジーラは受け入れて、ポーランド人がもどる少し前には、外見も性格も、考えかたも行動も、愛しかたもまったくちがう男を、夫と重ね合わせて考えられるようになっていた。男と交わす会話はすべて、そばにいるのが夫であっても交わしたはずの会話だと信じることを、ジーラは覚えた。何カ月かたつと、娘たちの幻を見るのはやめた。その代わり、娘は二人とも、八歳のときから毎年参加したサマーキャンプのようなところで、同世代の大勢の子供といっしょに勉強しながら日々を過ごし、年を重ねて大人になり、そのうち父親によく似た夫を見つける、というふうに想像することにした。ある日、ふと気づくと、驚いたことに悪夢は間遠になっていて、ジーラの全精力は、外回りからの男の無事の帰宅を念じ、貪欲な空中竜巻にさらされながら木のお化けの庭をぶらつく子供の身を案じることに注がれるようになった。以前の習慣の力が、油をたっぷり差した機械同様に永遠に作用しつづけるのは意外だったし、意識が以前の行動を記憶しているくせに、あたかも古い水源から湧き出た水が昔とちがう流路をゆっくりと流れ、地中を穿ちながら進んでゆき、かつての流れの記憶を持ったまま突然変わってしまった行き先を目指すように今では新しい同居人たちに向いているのも、やはり意外だった。不思議なことに、肉体のある種の機能はいったん活動停止に陥っても、麻痺の期間が過ぎれば木の葉が芽吹くように目覚め、肉体という殻の外側の出来事にも左右されることなく、かつてと同じ欲望の疼きに攻め立てられて、そのまま先へと進んでゆくものらしい。だからこそ人は互いに庇護を、憩いを、安らぎを見つけようと模索する。だからこそ幼子の愛と好意を得ようと求め、子供がほほえんだり新たなことを覚えたりすれば心を弾ませ、修道女の姿を目にするとき込み上げる温かな思いに、穏やかな友情に、喜びを感じる。

　新たに育まれたこの平穏のただなかに、ずいぶん前に立ち去ったポーランド人が、航海者かなにかのように遠くで大きく手を振りながらもどってきて、騒乱をもたらした。燃える眼でひたすら修道女を追いかけ、手をさかんに振りまわしながら、ポーランド人は壊滅した自分の村のありさまをジーラたちに話して聞かせた。日の出の方角、山の尾根沿いには、まだ無事な建物がいくつか残ってた、ライフルや装備や軍服が散乱してたから、たぶん軍事基地だ。でも、ほかの建物は瓦礫の山だった。村は山の上のほうにあって――と、ポーランド人は片手を高く上げた――下は崖や谷だ。教会が建ってたところには黒くなった石しかなかった。そこらじゅう霧に包まれてた。道路は飢えた獣だらけで、生きた人間とは会わなかった。ここにもどる途中、ほかの村にも寄ってみた。ある村で壊れていない家を見つけたが、なんにも盗(と)らなかった。「これ以外は」ポーランド人はそういいながら、宝石がいくつも塡(は)め込まれた古めかしい指輪をポケットから取り出してジーラの前のテーブルに置いた。それからまたポケットに手を入れてもう少し飾り気のない指輪を取り出すと、最初の指輪と並べて置いた。「で、こっちはもう一人に」

　教会は――と、贈り物が感謝の言葉とともに受け取ってもらえなかったことも意に介さぬふうに、ポーランド人は話をつづけた――教会は崩れて、みんな風にさらわれて、礎石しか残ってなかった。家は自分のところも兄弟たちのところもきれいになくなってたし、木は根っこから倒れて、人や家畜の死体まで持っていかれてた。山の斜面で死んでるやつを何人か見たが、誰だかわからなかった。そいつらは埋めてやった。谷底に飛ばされた連中にはなにもしてやれなかった。

もう一度旅をしてきたかのように疲れきった顔でポーランド人が話を終えると、沈黙がおりた。病気の老人でさえもせせら笑わなかった。ポーランド人は目をぎらつかせながら、おれがいないあいだに誰かホテルに来たか、と尋ねた。竜巻が玄関先に放り出していった老女のことを男が教え、遠くの村を襲ったのもああいう竜巻だろうかと逆に尋ねた。この返事を聞くと、ポーランド人の目から光が消えた。竜巻なら何度か見てる、とポーランド人はいった。最初は谷底へ吹っ飛ばされそうになった。つぎはさらわれそうになったが、地面に伏せて岩にしがみついた。遠くから見たことも三度ある。二度は空っぽだったが、あとの一度は小さな女の子を生きたまま吸い込んだ、と、熱に浮かされたような視線を修道女に向けたまま、ポーランド人は締めくくった。修道女は視線の下で肩をこごめ、身を縮めた。

目の前のテーブルにポーランド人が置いた指輪に、修道女は手を触れようとしなかった。次の日、ポーランド人は階段で修道女の行く手に立ちふさがってキスをしようとした。悲鳴を聞きつけて駆けつけたジーラは、階段のポーランド人を必死で突き飛ばした。

ジーラは自分もポーランド人に襲われはしないかと怖くなり、追い出してくれと男にせがんだが、あの人も修道女に謝ったことだし、男手はほんとうに必要だから、とつっぱねられた。確かに恐れ知らずのポーランド人は、この場所の謎に精通しているうえに勘が妙に鋭く、ときどき貴重な品物を見つけてきたりして、いつの間にか、自分で勝手に選んだ子供の隣の部屋にずっといるのが当然のようになっていた。ポーランド人は何度も何度も修道女に指輪を差し出し、そのたびに断わられ、そのせいで（それにもかかわらず、というべきか）しじゅう修道女を待ち伏せしたり、パントリーに追い詰めたりしたが、ある日のこと、パントリーで修道女の着ているものを剝ぎ取るという行動に出た。夜中に部屋に忍び込み、眠っている修道女の胸をさわったこともある。修道女はポーランド人を怖がった。夜中の事件があってからというもの、何日も何日も影のようにジーラのあとをついてまわり、重い家具で部屋の扉をふさぎ、声に出して祈り、くりかえし聖母マリアの名をつぶやいた。子供のそばにいたがって、もうじき三歳になる子供が、黒鉛と同じくらい堅くて黒い木の実の皮を詰めた細いパイプで、布と同じくらい丈夫な平たい木の葉に角張った文字を書いてヘブライ語の勉強をするあいだ、ずっと隣にすわって過ごした。

　晴れた朝には、男とポーランド人はいっしょに出かけた。二人が持ち帰ったものはなんであれ喜びの声で受け入れられた。野生化したニワトリ、食べられる果実、そして、子猫——子猫をプレゼントされた子供はうれしそうに目を輝かせた。そうした日々は新しい生活の自覚をもたらし、ジーラは自分のなかに以前は知らなかった欲望が隠れていたことに気づいた。さらに、その欲望は新しい世界の境界を定める役に立ち、おかげで、以前なら店のショーウィンドウで見かけた新しい服を欲しいと思ったのと同じ感覚で、今は列車の二等車の通路に散乱している旅芸人一座の衣裳のなかの帽子を欲しいと思えるようになった。

ある日、金の尾羽の鳥が一羽あらわれて、一本の木に巣をかけた。数日後には新たに二羽――白い冠羽が花嫁のベールを思わせるのが一羽と、全身に青い斑模様が散っているのが一羽――やってきた。暴風が吹き荒れる朝には、ジーラは毛布の下で男と並んでいつもどおりの朝といつもどおりの鳥のさえずりを満喫しながら、自分のお腹に触れて一夜にして生まれた肢を探り当て、こんどはその手で男のお腹に触れて、「まだいるよ」という男の声を聞いた。子供が二人のあいだに潜り込んできて、三人で脚と腕を絡ませてごろごろしていることもあった。ある日、ポーランド人が二個の金属片を擦り合わせて大きな火を熾すことに成功した。希少で火を熾すのに熟練を要する燧石は、その後はすぐ金属片に取って代わられた。野生の小麦が実ると、男が毒麦かもしれないというのでジーラたちは触れるのをためらったが、これは食べられるというポーランド人の説明を聞いて、みんなでそろって旧約聖書の時代の人々のように小麦の野原に足を踏み入れた。ジーラの胸に以前の人生の記憶がよみがえった。ルツとナオミの物語の記憶、小学校の劇の記憶だ。ジーラはルツ役を演じることになって、いとこがパリで買った高価な白いネグリジェを貸してもらった。その記憶もほかの記憶と同じで、すでに深い痛みや憧憬を呼び起こすことはなく、別れた恋人から届いた季節の便りのように、そっと胸を小突くだけだった。男が見つけた灌木の葉が煙草作りにもってこいだとわかり、喜びに沸いた日もあった。男は工程を明かそうとはしなかったが、ほかの者たちにも気前よく煙草を分け与え、夜にはみんなで集まってのんびりと一服し（修道女は別だ）、ユーカリに似たぴりっとする香りの黄色っぽい煙をたゆたわせた。別のある日には、ジーラは修道女と連れ立って遠い野原の外れまで出かけ、そのあたりの見慣れない木々の枝先に、邪視除けの護符を思わせるターコイズブルーの丸い実が生っているのを見つけた。野生のベリーも見つけた。修道女はジーラに、野生のベリーを摘む子供のことを歌ったイタリアの童謡を教えた。道すがら、二人は英語とイタリア語をまぜこぜにして作った新しい言葉でおしゃべりした。もうじき家に着くというところで、ジーラはポーランド人から守ってあげると二度も誓わされた。

子供が三歳になったころ、老人の病状が悪化した。もう階段をのぼるのもむずかしかったので、ジーラたちは事務室をきれいに片づけて、そこで老人に寝起きしてもらうことにした。修道女は毎朝お湯のたらいを持って事務室に行き、実の娘のように甲斐がいしく洗顔や着替えを手伝った。老人はたいてい日がな一日すわって庭を眺めて過ごした。冷え込む日は部屋のなかから眺めているが、暖かいときは庭ですわって日を閉じているか、土を小高く盛った死者の墓を見つめている。ジーラもたまに外に出て隣にすわることがあった。老人との会話は怖いのに、妙に心を惹かれた。向こうもそれがわかっていて、いっしょにいるのが見るからに楽しそうだった。

「いつもなにを見ているの？」ジーラは訊いてみた。

「問題はなにを見ているかではなくて、なにが見えるかだ。おまえさんはな、いってみれば、見ているが見えていない」

男のことをいっているのだと、ジーラは直観した。ジーラも老人も、男が修道女をじっと見つめているのを見たことがあった。

「あなたにはなにが見える？」ジーラとしては、老人の望むところへ引きずっていかれるつもりはなかった。

「問題はわしになにが見えるかではなくて、わしに見えるものが実在しているかどうかだ」

「どうやってわかるの？」ジーラはまだあのときの男の目つきのことを考えていた。

「わかるわけがない。カントはな、われわれの意識はわれわれを取り巻く現実を証明する手段たりうるのか、と問うた。おまえさんなら、カントの考えはどうだったと思うかね？」

「どうだったのよ？」

「証明などできんさ！」ジーラの無知に、老人は独り悦に入った。「いっぽうハイデガーはな、そう、ハイデガーは、こう考えた――そんな問いに意味はない、われわれが現実の内にいるのは自明の理だ、とな。ああ、ハイデガー！　彼がここの現実についてなんというか、ぜひとも知りたいものだ」老人はおもむろに目を閉じて自分の世界を容赦なくジーラから切り離し、取り残されたジーラは、修道女を見つめていた男のことは考えまいと心に決めた。

そうこうするうち、ポーランド人の狂躁(きょうそう)が全員に伝染したのか、思春期めいた興奮と緊張、軋(きし)みと気紛れの時期が訪れた。あたりには不穏な気配が漂って、子供でさえもそれを感じ取り、ずっとジーラのそばを離れなくなった。ポーランド人はまたしても修道女を襲おうとして、修道女は危ういところでジーラの部屋に逃げ込んだ。老人は激昂(げっこう)に駆られ、庭のフェンスを壊してからやっと落ち着いた。男は、ハープを奏でる女のことと音楽家になるはずだった息子のことを絶えず考えていた。口には出されなくとも、ジーラにはそれがわかった。空気は不安を孕み、あたかも予期せぬ災厄の時代が過ぎて、何十という前兆がつぎなる災厄の到来を告げているかのようだった。

ある夜、ジーラが頭を男の肩にあずけ、時間に支配される世界を繋いでいる月に目を向けながら寝物語をするうちに、空き部屋の一つを祈りの場所にしたらどうだろう、と男がいいだした。今だからこそ――眠る場所と食べるものがあって、自分たちを取り巻く世界に隠された罠と宝のことを知った今だからこそ、自然災害が起きたあとに先人たちが問いかけたようなことを、善と悪のことを、罪と罰のことを、おのれに問いかけるべきかもしれない、そのために神から力を引き出すことのできる場所を用意してもいいような気がする、というのだ。

「でもあなた、神を信じてないわよね？」ジーラは驚いた。「それに、わたしと修道女の両方にぴったりの神が作れるかしら」

「無宗教だからこそ、特定の信仰を持つ人にはわからないことがぼくにははっきりわかる——要するに、みんな同じものを信じているんだよ。ただし、宗教革命をやろうというんじゃない。神は別々にすればいい。少なくとも二人はカトリック、一人はユダヤ教、それに子供の親はたぶん仏教だし」

ジーラは闇のなかで低く笑った。「ほらね、新しい宗教を作っちゃった」

明くる日、ジーラと修道女は小さな窓が二つある小さな部屋を片づけると、家じゅうの壁の絵をたくさん外してきて、その絵で部屋の壁の床から天井まで、アルバムに切手を貼るように、上下も左右も隙間なく埋めつくした。四隅には小さなテーブルを置き、それぞれの宗教に割り当てた。修道女は輝かんばかりの顔をして、子供が作った小さな木の十字架とキリストの絵をテーブルの一つに並べ、花や葉を飾った。ジーラは新年（ローシュ・ハシャナ）に自分で買ったダビデの星のペンダントを外して、キリスト教コーナーの向かいのテーブルに置いた。子供は自分用のテーブルに、おもちゃの列車（もともとはあの列車に乗っていた少年のものだった）の車両を一つ置いた。老人はくだらん考えだと腐しながら、何カ月も使っていない籐の杖と空のピルボックスを四つ目のテーブルに置き、ポーランド人はその隣に修道女が拒んだ指輪を置いた。それがすむと皆で部屋に椅子を運び入れ、子供があちらへこちらへと引きずって円形に並べた。

夕食後、全員で祈りの部屋へ赴いた。煮出した林檎の葉の香りと特別な静けさにジーラは感極まって、ローシュ・ハシャナ前夜のシナゴーグの、神聖で壮麗で、人の魂を見透かす神への畏れに満ちた雰囲気を思った。地中海の岸辺のシナゴーグからさまよい出た神の御霊が、預言者的霊感を得たオーナーに名を与えられたこのホテルへとたどりつき、小さな窓が二つある小さな部屋を満たし、聖遺物かなにかのように並んだ雑多な日用品を包み込むようすが目に浮かぶ。ふと杖が目に留まり、一年生のとき教室の黒板の脇に飾ってあった水彩画を思い出した。一群の人々と羊の群れを率いるアブラハムが、決意に満ちた表情で、約束の地へと歩いてゆく。そのアブラハムが手にしている杖が、目の前のテーブルに横たわっている籐の杖なのだ。

修道女がかすれた声で祈りを唱えはじめた。一同は祈りに和して、やがて修道女が「ハレルヤ」とささやくと、練習を積んだ混声聖歌隊さながらに、声をそろえてそれに応じた。小さな窓越しに射しこむ幾筋もの光の矢が、そのあいだも一同の顔を柔らかく照らしつづけていた。ポーランド人は修道女にしたことを悔いているだろうかと、ジーラはそちらを見やった。それから男へと視線を移すと、男もジーラを見つめていた。胸がいっぱいになり、どういうわけかバットミツバの日の膝が震えるような気持ちの昂り（たかぶり）がよみがえった。男と手をつなぎたくなって手を伸ばすと、待っていた手に温かく包み込まれた。

老人が横からこちらを見ていた。つないだ手に毒を含んだ視線が注がれている。束の間、ジーラはその視線を捕らえた。向こうは嘲笑の色を隠そうとしなかった。

「どうしてきのうあの部屋に来たの？」明くる日、ジーラは問い詰めた。

「楽しいことは見逃せんだろうが」

「わたしたちを笑いにきたわけね」

「人間観察が好きなんだよ。理由なんぞないものに理由を求めようとする欲求に興味があってな」

「じゃあ、これはなんなのよ？」ジーラは目路のかぎり広がる証拠に向かって手を振った。「これにも理由はないわけ？」

「それをいうなら外的発露だ。理由とはちがう」

「理由ってなに？」

「誰にもわからん。百万年もそいつを研究している学者にさえもな」

「でも、理由があるはずよ！」ジーラは残っている論理の切れ端にしがみついた。

「ないね」

「それなら、これはなんの結果？」ジーラは食い下がった。

「気紛れさ」

「誰の気紛れ？」

「そこがポイントだ。誰の気紛れでもない」

この会話のあと、またしてもジーラは頭を悩ませることになった。ただ、祈りはじめた瞬間から全員がどこか変わったことは、ジーラにもはっきり感じ取れた。そう、運命の力でお互い離れがたく結ばれたのだ――死者の列車で自分と男が出会った奇跡的な瞬間に離れがたく結ばれたように。

それからしばらくたったころ、冷徹な論理に基づいて詳細な計画を立てたといわんばかりの口ぶりで、男がこう切り出した。「そろそろ先のことについて考えはじめる時期だ」

「先のことって、どういう意味？」もう一つの世界でプロポーズされたときのことを思い出しながら、ジーラは尋ねた。

「つぎの世代という意味だよ」

ジーラは意表を突かれ、まじまじと男を見つめた。不妊に悩んでいたことは何度も話題にしたし、何年も治療に耐えたすえにやっと双子を授かったことも伝えてあった。

「誰が生むの？」

「きみじゃない」安心させるように、男はいった。

「でも、あの子は修道女よ！」ジーラは愕然とした。

「生めるのは彼女だけだ。納得してもらうしかない」

「誰が父親になるの？」

「彼女が選んだ相手なら誰でも」

この新たな状況を整理するのにも、男がジーラに相談もせず密かにこんな計画を立てていたという事実を理解するのにも、少し時間がかかった。老人がジーラの心に蒔いた疑惑の種が芽吹きはじめた。

「もしあの子があなたを選んだら？」

「ぼくってことになるな」任務に志願する兵士のような口調で、男は答えた。

「楽しそうだわね」ジーラはいった。男の計画に、弁解じみた物言いに、怒りが湧き上がった。「それで、そんなすてきな計画のことを誰が本人に伝えるの？」

「きみだよ、当然だろう？」

「わたしじゃない。当然でもない」ジーラはいい返した。屈辱だった。

それなのに、男の提案はじわじわとジーラの内に染み込んで、ついには足場を得て、しっかりと根を下ろした。これから戦うつもりでいたものに先手を取られたあげく、子供を産むよう修道女を説得するという新たな戦いに――始まる前から負けが決まっている戦いに、ジーラはおのれの意に反して乗り出す羽目になった。こちらの勝利は同時にこちらの身の破滅になるだろう。しかも、持てる以上のものを失うことになるかもしれない。それでもジーラは言い訳に屈することなく、ほどなく取り憑かれたように役目にのめり込んでいた。女の赤ちゃんの幻がくりかえしくりかえしまぶたに浮かぶようになった。赤ちゃんだったころの娘たち、部屋の家具のまわりを這い這いする赤ちゃん、アームチェアの背もたれにつかまって立ち上がろうとする赤ちゃん、ゆりかごで揺られる赤ちゃん、ベッドで自分と男に挟まれて眠る赤ちゃん。そして、その同じベッドで修道女と男に挟まれて眠る赤ちゃん。その幻に、ジーラは慄然とした。

修道女と二人でいつもの果実集めに出かけたある日、ジーラはあらゆる角度から若い娘を観察したあと、おもむろに子供は好きかと尋ねた。修道女はうれしそうにうなずいた。つづけて、自分の子供が欲しいかと尋ねた。若い娘は怪訝な顔をした。ジーラは荒々しく若い娘のお腹を指さした。修道女は、ジーラの熱に浮かされたようにぎらつく目をまじまじと見つめ、真っ赤になってうろたえた。それから数日、ジーラは敢えてその話題には触れずにおいた。自分を落ち着かせたかったし、そういう可能性があることを若い娘に自覚させたかった。やがて、ある日キッチンで食事の支度をしながら、ジーラは修道女を見やり、とっくに話はついているという口調で、子供を作るとしたら相手はどちらがいいかと尋ねた。たった一人の味方が裏切ろうとしていることを察した修道女の、突き刺す視線が飛んできた。ジーラは単なる質問だという調子で、脳裏をかすめたイスカリオテのユダの名を無視して、男の名を口にした。修道女はきっぱりとかぶりを振った。怯えた目をしているのは、守ると誓ってくれたその人に悪霊が取り憑いた証を認めたからかもしれない。不気味な執拗さと、その不気味な執拗さの先に待つものが怖かったからかもしれない。

それでも、ジーラは寝る間も惜しんで修道女の妊娠について——男のこととは切り離して——考えつづけ、初めてこの計画が持ち出されてから三週間もたつころには、論理的に考えてもほかの選択肢はないのだと思い込むようになっていた。子供はとうに三歳を過ぎている。あと十五年もすれば自分で父親になれる。そのとき花嫁が見つかると誰が保証してくれる？　今しかないのだ。子供と共につぎの世代を育む妻を用意するのは、今しかない。

これはやむをえない行為なのだと修道女に納得させるいいかたを、選択肢はないのだと簡単な言葉で、母語のイタリア語で訴えるいいかたを、ジーラは何時間も考えつづけた。確実に命をつないでいけるのはあなただけなの、だからどちらかの男性を選ばなければならないわ、イエスも聖母マリアもきっとわかってくださるし許してくださる、だってそもそもイエスご自身が不思議な生まれなのだし……。気持ちの昂りにまかせて、ジーラは男にも幾度となく自分の胸の内を語って聞かせ、そのたびに相手のまなざしに驚きの色を読み取った気がした。男のまなざしは鏡のようで、二人が生活を共にしてわずか数年だということを、こんな計画を生んだのが男の修道女に対する欲望なのかどうか知る由もないということを、ジーラは嫌というほど思い知らされた。まる一月というもの、ジーラは強情で頑迷な修道女につきまとい、子供から遠ざけ、罰として長いこと口をきかず、夜中に部屋から泣き声が聞こえても態度を和らげなかった。毎朝のように冷ややかさを増してゆく声でどちらを選ぶつもりかと問いつづけ、そのたびに修道女は泣きだして、ジーラはほっとすると同時に、思いがけないほど激しい憤りを感じた。

ポーランド人に修道女をあてがうという考えを誰が持ち出したのか、ジーラは二度と思い出したくなかった。自己認識が目覚めた瞬間だか、うとうとしかけていて密かな思いを隠しおおせなくなった瞬間だか、そういうおりに自分の頭に浮かんだことだとうすうすわかってはいた。男のほうにわずかな躊躇があったのを覚えているようにも思う。だが、とにかく、そのときの記憶はぜったいによみがえらせたくなかった。はっきり覚えているのは――といっても、これは確か男がこの計画を思いついてジーラが拒んだあとだが――修道女がもう少し大人になって自然に母性が芽生えるまで待とう、きっとそのうち男性が怖いものだとは思わなくなるだろう、ことによると三、四年のうちに子供の花嫁になれそうな若い娘がもう一人ぐらい仲間入りするかもしれないし、と男がいったということだ。自分が腹を立てたことは覚えているが、それも確か男に計画を告げられたあとだ。あの娘が気に入りそうな相手がそんな急にあらわれるわけないわと、そのときジーラは怒りを爆発させた。幼い女の子があの天変地異を生き延びたとしても、とっくに獣の餌食(えじき)になったか空中竜巻に呑まれたかよ、と。果ては、腹立ちまぎれに男に対する疑いをぶちまけた。要するにあなたは修道女に自分を選んでほしいと思ってるんだわ、あなたはあの娘を守ろうとしているわけじゃない、ポーランド人から遠ざけたいのよ……。数週間ののち、男はジーラに取り憑いた狂気に嫌気がさして降参し、ジーラの考えに同意した。自分の計画を実行に移せるからではない。ジーラの疑いにけりをつけるためだ。その日に男が同意したという偶然を、ジーラは吉兆だと受け取ることにした。というのも、もうずいぶん長いあいだ空中竜巻を見ていないことに気づいたのが、まさにその日の朝だったからだ。印をつけていた暦で数えてみると、ちょうど四十日目だった。外は本降りの雨。恵みの雨だ。猛々しく叩きつけるような雨でもなければ灌木を根こそぎ押し流すような雨でもなく、惜しみなく穏やかに降りつづき、母なる大地に命をもたらす雨だった。

　動作で、刹那の共謀者の笑みで、ポーランド人のためにヒントをばらまいたのは、やはりジーラだった。ポーランド人はすぐさまそれを読み解き、真意を汲み取った。ジーラの内で燃え盛る炎に刺激され、すでに衰えかけていたポーランド人の情熱は驚くほど猛々しく燃え上がった。ある日の夜、人間を半日眠らせておける果実の抽出液で子供と病人を静かにさせてから、ジーラはさりげなく男といっしょに外へ出て、庭の外れの錬鉄のベンチに腰かけた。

最初に聞こえてきたのは、ドアが勢いよく閉まる遠い音だった。予想どおりのことが起きたときによくあるように、二人は息を殺して身を強ばらせた。男は自分の殻に閉じこもり、胸元深くうなだれた。ジーラにとっては見慣れた仕種だ。このあと二人はつぎつぎと耳を襲う音を締め出そうとしたが、無駄だった。骨をばらばらに砕き血管を刺しつらぬき内から体を毒すかに思えるような音が、家を、家の裏手の庭を、木のお化けの庭を覆いつくし、有毒地帯を渡って東の木立の向こうへも西の低い山並の向こうへも広がって、地平線に谺した。始まりは狼狽と恐怖の鋭い叫び、つづいて落ち着こうとする毅然とした試み、勇ましくも無駄な必死の抵抗。やがて恐ろしくも絶望的な理解とともに体が屈してゆき、説得の、批難の、哀願の言葉の奔流へと変わる。不意にほとばしる泣き声、血管という血管を揺さぶる悲鳴、牢固たる壁を突き破ろうと何度も打ちつける音、止むことのないサイレンめいた哀哭、鉄槌で壁を掻くにも似た無残に擦れる音、少女の喉からではなく子宮の底から搾り出される獣の咆哮、悲愴な啼泣につづく悲痛に切り裂く絶叫、喉もつぶれよとばかりの慟哭。そして突然の静寂のなか、噎ぶ息づかいと低く堪えた嗚咽、弱々しい呻き、ドアが開け閉めされる軋み。ポーランド人が自分のベッドにもどったのだ。

静寂が支配する。深く、暗く、恐怖と罪に満ちて。その夜ジーラと男は自分たちの部屋へはもどらなかった。家をどよもす音が聞こえてきて未来のために心を閉ざした瞬間から、二人はお互いを締め出し、おのれの内を見つめ、今しがたの出来事について自分のために自分だけの物語を紡ごうとしながら、黙りこくってすわっていた。長い、痛々しい泣き声が静まってからも、二人はベッドへ行かずに無言ですわっていた。やがて鬱蒼と葉を茂らせた木々の梢から、まばゆい光輝をまとった太陽が顔を出し、広がる空と大地に惜しみなく降りそそぎ、暁の光できらきらと輝かせた。不意に、学校の旅行が、息を呑むほど美しい朝の光と淡紅色に染まったユダヤ山地が、ありありとジーラのまぶたに浮かんだ。

朝を迎えて、目覚めたばかりの気怠さをまとった子供が、無言のままもぞもぞとジーラと男のあいだに割り込んできた。二人は子供のために場所をあけた。

「修道女のおねえちゃんが叫んでる夢を見た」子供はいった。

「夢のなかではみんなよく叫ぶんだ」男はそういって、子供の小さな素足をシャツの裾にくるんでやった。

ジーラは子供のもつれた髪を撫でた。「見て。今日は朝焼けがとってもきれい」

エルサレムの死神

エレナ・ゴメル
市田 泉 訳

Death in Jerusalem by Elana Gomel

エレナ・ゴメルはウクライナのキエフで生まれ、1978年に母親——高名な作家でエッセイストのマヤ・カガンスカヤ——とともにイスラエルに移住した。テルアヴィヴ大学で英文学の博士号を取得し、フルブライト奨学生としてプリンストン大学の大学院に進んだ。その後は多くの一流大学で教鞭（きょうべん）をとり、研究にはげんだ。たとえばスタンフォード大学、香港大学、ヴェネチア国際大学である。彼女はテルアヴィヴ大学の英米文学研究学部で講座を持ち、現在は準教授となっている。

ゴメルは4冊の学術書を著している。『ブラッドスクリプト——暴力的な主題を書くこと』*Bloodscripts: Writing the Violent Subject*（オハイオ州立大学出版局、2003)、『ポストモダンSFと時間的な想像力』*Postmodern Science Fiction and Temporal Imagination*（コンティニューム、2010)、『空間と時間の叙述——文学におけるありえない地誌の表象』*Narrative Space and Time: Representing Impossible Topologies in Literature*（ラウトリッジ、2014)、『SF、エイリアンとの遭遇、ポストヒューマニズムの倫理——黄金律を超えて』*Science Fiction, Alien Encounters, and the Ethics of Posthumanism: Beyond the Golden Rule*（パルグレイヴ／マクミラン、2014）である。2006年にはヘブライ語の著書『われらとやつら』*Us and Them* を上梓した。イスラエルにおけるロシア移民の経験を綴（つづ）ったもので——この主題を包括的にあつかった著作の嚆矢（こうし）である。同書はその後アメリカで『巡礼の魂——イスラエルでロシア人でいること』*The Pilgrim Soul: Being Russian in Israel*（カンブリア・プレス、2009）として刊行された。彼女は数多くの学術論文も執筆している。

イスラエルでSFコミュニティが産声をあげて以来活動してきたゴメルは、毎年恒例のSF大会Ｉコン、ユートピア、オラモット（諸世界）の発展に寄与した。元教え子たちとともにテルアヴィヴ大学で国際SFシンポジウムを組織し、イスラエルのSFとファンタジーを世界のひのき舞台へあげようと奮闘してきた。そのためにSFについて書いたり講義したり、革新的なエッセイ集『両足を雲に乗せて——イスラエル文学におけるファンタジー』*With Both Feet On the Clouds: Fantasy in Israeli Literature*（アカデミック・スタディーズ・プレス、2013）を共編したりした。

ゴメルは20を超えるファンタジーとSFの短篇を〈ニュー・ホライズンズ〉、〈アオイフェズ・キス〉、〈ビワイルダーリング・ストーリーズ〉、〈タイムレス・テールズ〉、〈ザ・シンギュラリティ〉、〈ダーク・ファイヤー〉などの雑誌や、『本の民』*People of the Book* や『エイペックス・ブック・オブ・ワールドSF』*Apex Book of World Science Fiction* といったアンソロジーに発表してきた。ファンタジー長編『三都物語』*A Tale of Three Cities* は2013年にダーク・クエスト・ブックスから刊行された。

（中村 融 訳）

人込みにはジャラバを着たアラブ人、埃っぽい黒の上着を着た正統派ユダヤ教徒、へそにピアスをした若い娘たちがちらほらと交じっている。人々は押し合いへし合いしているが、モールはひしめき合う体の中をすいすい歩いていける。丸いお腹から元気をもらい、明るい色のマタニティドレスを汗でお腹に張りつかせて。エルサレムでは子を産む女は大事にされる。

レハビアの古い居住地区にたどり着いて、モールはほっとする。戦前のヨーロッパのかすかな木霊が、荒れた庭に挟まれた細い路地にとどまっている。モールは小さな庭に通じる門をあける。庭では錆びた自転車が藤の古木のわずかな影の中に置かれている。暑さは骨身に応えるほどだ。モールは壁にもたれて一休みし、目を閉じて、青い鋼と凍りついたロウソクの火の記憶によって体を冷やそうとする。

夕刻には、暑さもなんとかしのげるほどになる。湿っぽいテルアビブと違って、丘の多いエルサレムはそれがありがたいところだ。テルアビブでは夏の暑さが腐りかけた死体のように地表にとどまり続ける。夕焼けがライラック色に薄れていくころ、モールはシャワーを浴びて、テレビの前のビーズクッションにそっと身を沈める。

チャンネルを次々に変えるが、戦争、飢饉、病気の話題が延々と続くばかりだ。

モールは早めにベッドに入る。あお向けになって身を伸ばし、息を殺してベビーがお腹を蹴るのを待ち、待つうちに眠りに落ちる。

椅子が床にこすれる音と男の声。「ここ、いいかな」

朝から気温が高く、空は青くて雲一つなかった。これから三カ月間、朝はずっとこんな感じだ。ところが大学のカフェテリアでモールのとなりに座った男は雨と霧のにおいがした。男は微笑を見せた。歯は真っ白でありえないくらい整っている。

モールが授業に遅刻しそうになるまで二人は話し込んだ。会話は英語で行なった。デイヴィッドの知るヘブライ語は、せいぜい「ここ、いいかな」程度だとすぐにわかったからだ。デイヴィッドはトレドから訪れていた。

「トレドには行ったことがある」モールは言った。「見事な刀剣が作られる町ね」

「オハイオ州のトレドだ」デイヴィッドは訂正した。「切り刻む武器は好みじゃない」

平和主義者か何かだろうか。巡礼者？　ただの旅行客？　モールにはどうでもよかった。デイヴィッドは見たこともないほど端正な容姿をしていた。モールが教室に駆けていくはめになる一ミリ秒前に、デイヴィッドは夕方時間があるかと尋ねてきた。

二人はディゼンゴフ広場で待ち合わせをした。そこは実際は広場ではなく、絶え間ない交通渋滞の上にかけられた広い歩行者用デッキだ（現在の広場は地上と同じ高さ）。灰色がかった夕暮れの中で、噴水が左右に回転し、ときおり細い水を勢いよく噴き上げている。鳩（はと）と歩行者がデッキにひしめいていたが、デイヴィッドは静寂でできた魔法の輪に囲まれているようだった。

バーで二、三杯飲んだあと、二人はビーチの遊歩道を散歩した。黒くとろりとした海が、蛍光を放つ細長い砂浜の向こうでうねっていた。タールめいた空から月の光がしたたり落ちた。

「きみの名前、好きだな」デイヴィッドは言った。「Mor（モール）。何か意味があるの？」

「聖書に出てくるスパイスだかお香だかよ」モールは英語で何と呼ぶか考えながら答えた。「ああ、そう。没薬（マー）のこと」

「そうなの？」デイヴィッドは興味を惹かれたようだった。「死とかかわりがあるのかと思った。ほら、モータリティみたいに」

「死すべき定め（モータリティ）、病的な（モービッド）、瀕死の（モーリバンド）」モールはかぶりを振った。「そうね。そういう言葉の仲間みたいに聞こえる。おもしろいわね。考えたこともなかった。だけどそれは別の言葉。Mort（モー）、フランス語の〝死〟。ただの偶然よ」

母親は彼女をハンナと名づけたがったが、父さんが反対した。母親がどうしてもと言い張ったので、モールの出生証明書には名前が二つ記されている。ただし片方の名前は使ったことがない。母親への恨みリストに加わるもう一つの項目。大柄でがっしりした男性のおぼろな記憶に甘い味をつけるもう一滴の雫。その男性は、ある晴れた日の朝、モールを幼稚園まで送ってくれて、昼すぎに心臓発作で亡くなった。

モールとデイヴィットのあいだに流れる沈黙は、口に出さない約束に満ちているようだった。モールは次に何を訊くか考えようとしたが、思いつかなかった。仕事？　家族？　政治的な意見？　訊いてどうなるの？　このビロードめいた暗闇の中、骨のように白い浜辺に打ち寄せる波の音を聞きながら、いつまでも二人で歩いていられれば十分だった。だがデイヴィッドも同じ気持ちだろうか。デイヴィッドはモールの電話番号を尋ねたが、電話するとはっきり約束はしなかった。モールがホテルまで車で送っていくと（ホテルは高級なシー・クレストだった）、デイヴィッドは最高の夜をありがとうと丁寧に礼を述べ、頬に軽くキスもせずに去っていった。モールは家に帰る途中、涙を抑えつけ、歯を磨きながら目じりのしわを数えた。翌日、またデートに失敗したのだとあきらめた瞬間、デイヴィッドから電話があった。

キッチンカウンターでスマホが震え、モールは点滅するディスプレイを見つめて、かけてきたのはだれだか思い出そうとする。モールの記憶はチーズのように穴だらけで、いくつかの思い出は意図的に消し去られ、いくつかはどうしたわけか消えてしまっている。かつての同級生？　かつての同僚？　親戚でないのは確かだ。親戚は一人もいない。一人娘の一人娘。母親の家族はみな、墓碑銘のない墓に埋葬されている。

　でもそれはどうでもいい。モールにはだれも必要ない。息子がいるから。

　お腹を撫(な)でながら、スマホが生き物のように震えたり跳ねたりするのを見守る。ようやく静かになったスマホを、ごみ箱に放り込む。

　二人は一週間毎日デートした。モールはデイヴィッドについて、少し詳しく知ることができた――彼こそ運命の人だと判断するのに十分なくらい。デイヴィッドは中東の熱を帯びた狂気に毒されてはおらず、ほっとするほど普通の人だった。会計士だと自称し、実際、数字にとても強かった。両親は亡くなり、多くの兄弟姉妹(きょうだい)は驚くほど広範な地域にちらばっており、前妻や親密な女性の話は出なかった。デイヴィッドはあらゆる適切な本を読み、あらゆる適切な意見を持っていた。デイヴィッドは目新しいツールが好きだった。ライフサイエンス学科の非常勤教授であるモールは、寛大な微笑を浮かべてデイヴィッドの技術専門用語(テクノバブル)に耳を傾けた。ただ一つ彼に欠点があるとすれば、おいしい食べ物に呆(あき)れるほど無関心なことだった――あらゆる街角に食の誘惑が山ほどあるというのに。ブドウの葉で包んだ米、クスクス、クリーミーなフムス（ひよこ豆のペースト）、焼き立てのピタパン、ハニーアーモンドケーキ――デイヴィッドはまるで薬を呑むように、それらを義務的に、つまらなそうに摂取した。これはわたしが食いしん坊で、そろそろ体形が崩れかけていることへの、必要な対位旋律なのだとモールは自分を納得させた。

ある日デイヴィッドは、帰りのチケットの日付は明日だと告げた。モールが感じた絶望は自分でも恐ろしいほどだった。本当にこれほど彼を必要としているの？　わたしには自分の人生が、友人たちが、仕事がある。地元のだれかと出会い、結婚し、家庭を持つかもしれない。

モールは三十五歳だった。学校や軍隊でできた友人はみな結婚し、たいていは子供がいた。モールの目の前には未来がずっと伸びていた。空っぽで生気のない、子供もいない未来が。

二人はテルアビブ一高級なレストランで食事をした。デイヴィッドは裕福で、金を気ままに使っていたが、決して無茶な散財はしなかった。モールのアパートがあるブロックまで送ってくれて、いつもの晩のように頰に軽いキスをした。モールはぼんやりと、デイヴィッドがいつもの晩のように背中を向けて去っていくのを待っていた。

「きみの部屋でコーヒーが飲みたい」とデイヴィッドは言った。

暗くした部屋は、街に灯った明りに照らされていた。近所で飼っている猫が庭でギャアギャア騒いだあと静かになった。モールの体には服がからみついたが、デイヴィッドは手際よくさっと服を脱いだ。すばらしくなめらかな彼の胸に手を這わせると、モールはふたたび、その肌の冷たさに驚かされた。シャーベットを入れた磁器のボウルのようだ。自分の腋や首のくぼみにたまった汗が恥ずかしかった。なのにデイヴィッドの体は清らかなままなのだ。彼のキスは清潔すぎるほどだった――その口はなんの味もしなかった。

デイヴィッドの規則正しい呼吸は速まることがなく、やがてふいに途絶えた。完璧に整えられた髪がモールの唇をくすぐり、口から出かけた叫びを押しとどめた。

「すまない。だがぼくは死ねない。たとえ小さな死でも。だからここでおしまいだ。でも心配しないで、満足したから」

モールにはデイヴィッドの姿がはっきり見えた。その体は闇の中で微光を放っている。ぶあつい氷の板を通して見たロウソクの火のように青みがかった微光を。カーブした肋骨や優雅に連なった背骨の幾何学的な美を、半透明の肉が包み込み、鋼に似た硬い光を発している。

「小さな死」モールは呆然とくり返した。

デイヴィッドは身を起こした。すると胸の左側、乳首のすぐ上にきれいな穴があいているとわかった。花びらのような肉が穴を囲んで絶え間なく動いている――イソギンチャクのように開いたり閉じたりしている。その傷はひときわ金属的な光を漏らしていた。

「オーガズムだよ」とデイヴィッドは言った。「フランス人は小さな死（ラ・プティト・モー）と呼ぶ」

「あなたは……」

「死神（デス）だ」

実際のところ、デイヴィッドは死神の一人、大勢の中の一人にすぎなかった。翌日から二、三日かけて、デイヴィッドはくり返し説明した。優しく、辛抱強く、安心させるように。

死神はたくさんいる、とデイヴィッドは言った（デイヴィッドは彼らのことを家族のように話した――兄弟、姉妹、いとこたち）。ときたま新たな死神が現れ、老人たちは引退するが、当然ながら死ぬ者はいない。めいめいが特定の死に方を担当しているが、緊急事態には（それがどういうものかは明らかにしなかった）、互いの担当分野を引き継ぐことができる。デイヴィッド自身が専門とするのは射撃による死だった。

あなたは何歳なの？　デイヴィッドは知らなかった、思い出せなかった。人間だったことはあるの？　それもわからなかった。神はいるの？　この質問にはうつろな眼差（まなざ）しが返ってきた。

こうした会話の合間に、二人はアイスクリームを食べにいき、海で泳ぎ、ヤッファ旧市街の迷宮めいた路地を散策し、ベッドをともにした。デイヴィッドは毎日花束を持ってきてくれた。一週間後にはホテルからしゃれたスーツケースを持って引っ越してきた。二週間後にはモールに結婚してくれと言った。

このプロポーズが突然の危機を招いた。それから何時間も泣き続けたが、モールは地獄に行けと怒鳴ってデイヴィッドを放り出した。それから何時間も泣き続けたが、彼が本当にそうしたかもと気づいて泣くのをやめた。翌朝、デイヴィッドは新しい花束を抱えてやってきた。

ノーとは言えなかった。愛していたから。だがイエスとも言えなかった。もっと時間をちょうだいとデイヴィッドに頼み込んだ。

「どうして一緒に住むだけじゃいけないの？」と叫んだ。

それは正しいことじゃない、とデイヴィッドは説明した。ぼくが真剣だってことをきみに知ってもらいたいんだ。それに法的に結婚しない限り、結婚の贈り物をあげられないしね。モールはプロポーズについて検討するとき、贈り物のことは頭から追い出そうと努めた――わたしはお金で買われたりしないと自分に言い聞かせたし、そう信じてもいた――が、その額は簡単に見過ごすことができなかった。

ある日の午後、スマホが鳴った。母親のおせっかいな隣人であるドヴォラからで、シャレヴさんの精神状態が心配だと言ってよこしたのだ。ドヴォラはモールが子の務めを果たしていないことについて、さほど婉曲でもない意見を巧みに差しはさみ、一言ごとに〝しかも一人っ子なのに！〟という気持ちをにじませた。

母親が電話に出なかったので、モールはエルサレムまで車を走らせた。ハイウェイの最後のカーブを曲がるとき、白壁の家々がかたまった緑のない丘に、夕日がこの地方特有の金紫の光を投げかけた。こんなとき、エルサレムは町というより生理状態のように思えた。眩暈の際の光のちらつき、あるいは刺すような痛み。

母親はリビングで静かに泣いていた。例によって無意味な口論が半時間ほど続いた。モールは母親の単調な嘆きに苛立つあまり、しわの寄った頬をぴしゃりと叩きたくなった。だがついにシャレヴ夫人は気をとり直してお茶を淹れにいった。母と娘はキッチンテーブルについた。手作りクッキーの鉢はモールのほうに寄せてあった。

「母さん」モールは訊いた。「イマ、死神を見たことある？」

シャレヴ夫人はお茶をかき混ぜていたが、その手をぴたりと止め、含みのある狡そうな笑顔でモールをちらっと見た。とうとう大人の秘密を分かち合えるとでもいうように。

「あたしの母さんは見たことがある。おまえのおばあちゃんだよ――神様、母さんの魂に安らぎを！　いつか話してくれた。あいつらが牛用の貨車で母さんたちを運んでいったとき、母さんはまだ子供だった。窒息しないように窓のそばに立たせてもらってた。外は雪が降ってて、吹き溜まりに立ってる男がいた。平凡な男で、背広を着ていた――真冬だっていうのに。周りの人たちは懇願したり悲鳴をあげたりして、男は帳面に何か書きつけてた。列車が通り過ぎるあいだ、男は一度も目を上げなかった」

デイヴィッドが背広を着ていたことはない、とモールは思い返した。

母親に対しては、「でも、おばあちゃんは死ななかったじゃない！」と反論した。

「ああ」母親はうなずいた。「しばらくはね」

二日後、ドヴォラがまた電話してきた。モールがエルサレムに行ってみると、母親はベッドで冷たくなっていた。かかりつけの医者は心臓麻痺と診断したが、鎮静剤の呑みすぎもあったかもしれないと、モールにだけそっと認めた。

二人はキプロスに行って結婚した。イスラエルでは民事婚が認められていないからだ。日ましに眠れなくなるモールは、夜中にときおり、年配のラビたちが会議を開き、死神はユダヤ教に改宗できるかという問題を真顔で話し合っているところを想像した。

短いハネムーンののち、二人は夫婦として家に帰ってきた。今度は家族を呼んで披露宴を開かなくちゃとデイヴィッドは言った。

「家で？」モールは弱々しい声で訊いた。

「宴会場を借りるよ」デイヴィッドは安心させた。

むろんディナーはケータリングを利用する、とデイヴィッドは気楽な口調で続けた。

まあ百五十人ってところかな。いや、きみの友人は入ってないよ。そっちのほうは別に披露宴を開けばいい。お金は問題じゃないから。いいや、ヤッファはだめだ。海辺は確かにすてきだけど、絶対にエルサレムでなくちゃ。みんな聖都を訪ねたいと思ってるんだ。それは間違いないよ。

その人たち、蒼白い馬に乗ってやってくるの？　でなきゃ、雷雲に包まれて？　そう尋ねたかったが、ばかげた質問だとわかっていた。死神たちはほかの旅客と同じように入国審査の列に並ぶのだろう。

テーブルでロウソクが燃えていた。シャンペンのフルートグラスとカナッペの皿を手にした人々が笑い、歓談し、ハグし合い、ジャスミンの香りがするパティオにぶらりと出ていった。

「ワンダ、ゾーイ、ジェローム、アーヴィン」客が到着するたびに、それがカップルの客でも、デイヴィッドは一人ずつ紹介してくれた。「マーク、ヨランダ、アーメド」「マギー、ルース、シャオウェイ」

ファーストネームだけ。ファミリーネームはみんな共通ということだろうか。

何人？　ねえ、何人いるの？

「グイド、カール、ドンナ」

全員が容姿端麗。まだ若くて、健康そうで、にこやかで、上等な服を着ている。

「リリアナ、エリック、ジョージ」

しかもちゃんと多様性がある。白い肌、黄色い肌、黒い肌、褐色の肌がだいたい同じ比率だ。マークはアフリカ系アメリカ人、優雅なミランダはまるでエチオピアのモデルのようだ。アーメドは中東のどんな人込みにも紛れ込めるだろう。ロジャーと腕を組んでやってきたスーザンは、特徴のない名前を黒い目とカフェオレ色の肌が裏切っている。

「カリア、ローマン、パトリシア」

「初めまして！」

「飲み物をどうぞ！」

「すてきなところね！」

みんな英語を話したが、何人かは外国なまりがあった。なめらかなフランスの、重々しい東欧の、しわがれた中東のなまりが。

「レジナルド、オスカー、ヴィクトリア」

妙に古風な名前ばかりだが、名前の持ち主に古風なところはまったくなかった。女たちはフェンディやプラダのドレスを、男たちはアルマーニのスーツを身に着けている。宝石と金のかかった歯並びがきらめきを放つ。

「ミカイル、グロリア、ステファン」

モールは入口で客を迎えながら、めいめいがどんな死の化身か見極めようとしたが、没個性的な華やかさのせいでうまくいかなかった。客のあいだに入っていったとき、やっと答えがわかった。ダイニングスペースの壁が一枚、鏡でできており、その鏡の中に、新たな家族の真の姿が映っていた。

リリアナは〈疫病〉だった。面と向かうと少しぽっちゃりした女性で、茶色の髪は縮れ、顔には笑いじわがあった。鏡の中では血の色のマントを床に引きずり、黒っぽい染みをあとに残していた。感じのよい顔は破れた腫物のせいで損なわれ、唇が切れて膿がにじんでいた。リリアナの鏡像は化膿した手にワイングラスを持ち、歯のない口でモールに笑いかけた。

おしゃべりなステファンは、絶望した灰色の目で鏡に映っていた。愛想笑いは痛みにひきつった表情。きちんとしたネクタイはよじれたロープ。〈自殺〉だ。

優雅でほっそりしたルースの正体は、やせ衰えたひもじそうな女だった。彼女の透けるようなドレスは鏡の中では、浮き上がったあばらと膨れた腹に張りつく薄手の屍衣だった。〈飢饉〉だ。

室内で唯一、スーツを身に着けず、エッシャーの絵がプリントされたTシャツにスポーツジャケットを羽織ったジョージが、つまらなそうに自分の鏡像を見つめた。鏡像の喉には切り傷がぱっくりと口をあけていた。エッシャーの幾何学模様はぐしゃぐしゃの血の染みに変わっていた。〈殺人〉だ。

ヴィクトリアのつややかなブロンドは、しみだらけの頭にわずかに残った白髪だった。〈老齢〉だ。

鏡の中のマークは、歩くやけどと流血と粉砕骨折のかたまりだった。〈事故〉だとモールは結論を下した。

ゾーイは——ほかの者たちは彼女に一目置いているようだった。鏡に映った彼女を見て、モールにはその理由がわかった。黒革のハーネスでセクシーな体を締めつけたゾーイは、乳房をミサイルのように突き出し、ふくよかな腕に錆びた鉄の破片でできたブレスレットをつけ、顔をヘルメット風の仮面で覆っている。〈戦争〉は死神社会では高い地位にあるに違いない。

だが数人の客は鏡像を見ても何の化身かわからなかった。マギーもその一人だ。デイヴィッドに紹介されたときは、ほかの客より少し歳のいった魅力的な英国女性に見えた。彼女が鏡のそばを通ると、棒のような手足を持ち、顔にけばけばしい渦巻きを描いた、おかしなかかしの姿がちらりと見えた。

モールは客のあいだを歩き回り、礼儀正しく会話し、妙に冷めた気分を味わっていた（好奇心さえどこかへ消えかけていた）。そのとき、入口で騒ぎが起きた。デイヴィッドがだれかと話しているが、相手の体はひらひらする両手しか見えない。モールが急いで近づいていくと、デイヴィッドが脇へ寄りながら、「悪趣味だ」とかなんとかつぶやくところだった。モールの目の前には遅れてきた客がいた。

その小柄な男は学者風で、髪は薄茶色、青い目は縁なし眼鏡のせいで大きく見えた。

「紹介するよ……ダニエルだ」デイヴィッドは名前を言う前に少し間を置いた。「ダニエルは引退したんだ。あまりぼくらとは付き合わない」

「来るのがぼくの務めだと思ってね」小柄な男は言った。

モールはダニエルに飲み物を勧め、鏡のほうへ連れていった。ダニエルはいそいそとそっちへ行き、足を大きく広げて鏡像を見つめた。鏡像は小男の姿とまったく同じだった。そのとき、最後の客の正体がモールにはわかった。

「申し訳ない」とダニエル。「気持ちはわかるけど、来ないわけにはいかなかった」

「わたしを知ってるの」モールの声は甲高いネズミの鳴き声のようだった。

「きみたち全員を知ってる」

モールは周りを見回した。〈自殺〉の死神、ステファンに声をかけるべきだろうか。彼はモールの母親が苦しみから逃れるのを助けてくれた。あるいは〈疫病〉に、〈飢饉〉に、〈事故〉に、〈癌〉に、いっそ〈戦争〉に？　目の前の男以外なら、どの死神を相手にしてもかまわなかった。

「でもぼくはもう引退した」ダニエルは続けた。「あの出来事を歴史的な視点から見ると、自分を責めることはできない。ぼくはただ、命令に従っただけだ」

「もっとましなこと言えないの？」モールは叫んだ。その言葉があまりに陳腐だったせいで恐怖が怒りに変わっていた。

「でも本当だ。考えてみてくれ。決定を下すのはきみたちだ。きみたち人間だ。ぼくたちはただ、言われたとおりにするだけさ。人間の手が引き金を引き、命令書にサインする。結果として生じたごたごたをぼくたちが片付ける」

「都合がいいわね！　でもほかの人たちはあなたを避けようとしてるみたい。あの人たちでさえ、あなたのやり方には感心しないってこと？」

「まったくの偏見」とダニエル。「やっかみもある。ぼくたちのあいだでは、巧妙な権力争いが盛んに起きてるんだ。いずれわかるよ。なにしろきみも今じゃぼくらの一員だからね」

「やめてよ！　わたしがあなたの義理の妹になるためにこんなことしてると思うの？　わたしはデイヴィッドを愛してるの。だいたいあなた、この町でユダヤ人の結婚式に出たりして、どういうつもり」

ダニエルは平然と微笑を浮かべただけだった。

「ユダヤ人の結婚式ならいくつも出席した。それにもちろん、きみはデイヴィッドを愛してるんだろう。ぼくは愛による犠牲も見てきた。結局のところ、そういう犠牲はいずれだれかの役に立つものなんだ。必ずしも意図した相手ではないにしろね」

モールとデイヴィッドはテルアビブのもっと大きなアパートに移った。その町では異常なまでの住宅バブルが起きていたが、家賃はデイヴィッドがポケットマネーで支払った。モールはエルサレムの母親の家をそのままにしておいた。デイヴィッドはモールに、大学で教えるのをやめてはどうかと提案した。必要ないからという理由で。モールは断った。人生が普段どおりに——あるいは普段以上の状態で——続いているふりのできる、キャンパスでの時間を手放したくはなかった。今やモールは人妻なのだ。彼女にはダイヤの指輪と、優しい夫と、銀行預金があった。

自分が留守のあいだ、デイヴィッドが何をしているのか知りたくはなかった。帰宅するたびに、夫が話すのではないかと怯えていた。でも夫は一度も話さなかった。二人はネットフリックスを見てディナーを食べた。デイヴィッドは食事をきちんと口に運んだが、それは見えすいたジェスチャーにすぎなかった。当然ながら夫にふつうの食べ物は必要なかった。食事を味わう能力もないと、モールはまもなく気がついた。にもかかわらず、彼の料理は天下一品だった。

愛を交わすとき、デイヴィッドの体は氷のように、凍った鋼のように微光を放ち、心臓の上に咲いた傷の青みがかった花弁は大きく開いて、中に埋まった弾丸という黒い種子をあらわにした。とりわけ気温が高い夜、ベッドのモールの側が汁でべとついていても、デイヴィッドの体はひんやりとしてなめらかだった。デイヴィッドは疲れ知らずで献身的だった。二人は何時間もセックスを続け、やがてモールはうとうとし、はっとして声をあげながら目を覚ますのだった。

いちど夫に、死神も夢を見るのかと訊いてみた。夫はノーと答えた。嘘に違いない。だが夫が眠らないのは確かだった。たまに寝たふりはしているけれど。

二人はモールの友人たち（みんなデイヴィッドを気に入っていた）を呼んでパーティを開くことにした。モールは自分で料理すると決め、デイヴィッドに買い物リストを持たせて外へ送り出した。死神が用意した料理を他人にふるまうの（は）、考えただけで気分が悪くなったのだ。レタスを刻んでいるとナイフが滑って親指を深く切ってしまった。黒ずんだ血の雫がレタスの葉の浅いくぼみに溜まるのをモールは見つめた。と、出血は止まって、切り傷は失望した口のようにのろのろと閉じていき、皮膚はなめらかになり、痛みは引いていき——すっかり消えはしなかったが、妙な痺れのような感覚に変わった。

パーティにはインド料理をテイクアウトした。

週に一度、モールは買い物にいき、くすんだ色のビニール袋の中に、カラフルな包みを決まって一つ加えてしまう。家に帰ってきて、明るい色の包装紙を破ると、ちっちゃな服が現れる。服はどれも繊細な色だ。クリーム色、ライラック色、フォレストグリーン。ピンクやブルーは品がない。子供には自分と同じ男女兼用の名前、どちらのジェンダーにもふさわしい――あるいはだれにもふさわしくない――名前をつけるつもりだ。

テレビを見ながら腕いっぱいのベビー服をとり出し、目を画面に向けたまま、延々とたたんでは開き、指先で撫で、ジッパーやボタンをチェックしていく。二夜続けて同じ服をとり出すことはめったにない。二年のあいだに人が溜め込めるベビー服の量は相当なものだ。

夫が食事する姿を初めて見たのは、よく晴れた明るい冬の日だった。車を停めて大学の門に向かって歩いていたとき、鋭いパシッという音が聞こえ、軍隊で訓練を受けた経験から銃声だとわかった。みんな走っていき、歩道を人の群れがうろうろしていた。吐いている男もいた。

駐車した車のあいだに少年が倒れていた。かたわらに銃が落ちている。少年には顔がなかった。

集まった人々は、〝自殺〟〝事故〟〝テロ〟といった無意味な言葉をざわざわと発していた。モールは水たまりに突っ込んだせいで黒く染みのできた靴の爪先に目を落とした。顔を上げると、夫が死体のとなりに立っていた。

モールは夫に呼びかけなかった。ほかの人には姿が見えないとわかったからだ。冷たい日差しの中、夫の裸体のあちこちが金属の色にぎらぎらと輝いていた。腕も脚も溶けた金属のようだ。だが左胸に咲いた傷は活き活きとして、肉の花弁がものほしげに動いていた。夫が屈み込んで指先を少年の血に浸すと、胸の傷はぱっと濃い紅色に光った。

モールは大学のカフェテリアに座ってラザニアをつつき、段ボールのような味は新たなケータリング業者のせいか、衰えてきた味蕾のせいかと考えていた。食事には気を遣わなくなっていた。何を食べようと体重が増えることも減ることもないのだから、気を遣うまでもなかった。だがゆうべ、テレビの前で機械的にポテトチップを口に運んでいたとき、一枚が上あごに張りついた。とり出してみると、セロファンの小片だった。

その日は蒸し暑かった。中庭にいる人々は体を扇ぎ、額をぬぐっている。モールの長袖の服は染み一つなかった。

モールはコーヒーを口に含み、カップの中の黒い液体に思わず目を向けて、水でないことを確かめてしまった。

少なくとも、小じわや日焼けに悩む必要はなくなった。フェイスクリームはタンポンといっしょにごみ箱に放り込んだ。かかりつけの婦人科医は無月経を心配して、一通り検査を受けるように勧めた。むろんモールは受けなかった。死神は死ぬこともできず、産むこともできない。死神の妻も同じだ。

だれかがコークとサンドイッチの載ったトレーをモールのテーブルにどさりと置いた。モールはむっとして目を上げ、凍りついた。目の前に立っているのはダニエルだった。

「ここ、いいかな」ダニエルは訊いて腰を下ろした。二度目のショック。ダニエルはヘブライ語を、ただしかすかなイディッシュなまりで話していた。

「ここで何してるの」

「旅をしてる」ダニエルは答えた。「知ってのとおり、引退したからね」

「だといいけど！」

ダニエルは、まあまあ、というように手を挙げた。

「ぼくはきみの味方だ！」

「あなたみたいな味方が必要になったら、さぞかし惨めでしょうね！」

「きみはすでに必要としてる」ダニエルはサンドイッチをしげしげと見て、きれいな半円形にパンとフムスをかじりとった。ダニエルの歯は大きくて黄色いとわかった。昔タバコを吸っていたみたいに。「ねえ、ハンナ……」

「その名前で呼ばないで！」

「ぼくが与えた名前だ」

モールはテーブルに目を落とした。

「きみは転校してきたばかりの子みたいだ」とダニエル。「秘密はすべて、きみの背後でささやかれる。古い同盟、古い愛、古い憎しみ、そこにきみが、新参者がいるのに、だれも基本ルールを教えてやらない」

「だからあなたが、親切心からガイド役を買って出るってわけね」

ダニエルは肩をすくめた。「ぼくは実際、ほかのやつとは違う視点を持っている。まず、ぼくはとても若い。死すべき身だったころを覚えている」

「あなた人間だったの？」ぞっとして訊いた。

「ぼくらはみんなそうだよ」

モールの表情を見てダニエルは笑った。

「ね？　きみはそれすら知らなかった。きみの夫はあまりいろいろ教えてくれないんだろ」

「どう……どうやって、あなたたちのようになるの？」

「あらゆる方法がある。何人かは次第に人間を離れていって、やがて本当の使命を見出す。それは徐々に起こる。銃や爆薬をおもちゃにする子供、そういうとこから始まるんだ。呼び声は聞こえても、一線を越えられずに人間の側で立ち往生する者もいる。彼らは死体袋をいくつモルグに送り込もうと、自分を哀れな敗残者と考えている。テッド・バンディとかそういう……」

「テッド・バンディ」モールは呆然とくり返した。「シリアルキラーね」

ダニエルは軽やかに手を振った。

「そんなやつは大勢いるよ。彼らは心に虚無を抱えている」

「ほかの死神は？」

「死の床での改宗、法悦体験――呼び方は何でもいいけど――そういう場合もある。でもそれは時代遅れになってきている。死の床にある人間は、近頃じゃたいてい薬漬けで朦朧（もうろう）としているからね。それからもちろん、きみみたいな例もある」

「わたしみたい？」

「そう。結婚によって一族に加わる」

「わたしが仲間になるっていうの？」となりのテーブルに教え子が何人かいると気づいて、なんとか声を抑えることができた。

「夫はきみに不死を約束しなかった？　そう、それは嘘じゃないが、真実を述べてもいない。まったくあいつらしいよ。きみが本当に不死になれるのは、きみ自身が死神になった場合だけだ」

「なるもんですか！」モールは叫び、となりのテーブルの娘たちがこっちをちらっと見た。

「なる以外にないだろ？　きみの新たな縁者の多くは、いわば義理の親戚なんだ。たとえばステファン、それにヴィクトリア。そういえば、ヴィクトリアとは話したほうがいいな。わりあい最近の花嫁だから」

「ヴィクトリア？　まさかそんな。彼女は〈老齢〉じゃないの？」

ダニエルはうなずいて、コークを一気に飲み干した。

「それじゃ、なぜ……だって、時間の始まりから人は老齢で死んできたのに」

「そのとおり。それが大事なところだ。死神は産むことができない。だけど死ぬことはある」

「死神がどうやって死ぬの」

「ジョン・ダンって聞いたことない？」ダニエルは気取って言った。「『死よ、汝（なんじ）が死ぬのだ』（ジョン・ダン「聖なるソネット10」より）きみは文学好きだと思ってたけど、キリスト教徒の文学は好まないのかな。まあともかく、死神が死ぬのは別の死神に殺されるときだけで、それはごく特殊な状況でしか起こらない。だからぼくたちはお互いに複雑な感情を抱いている。ぼくたちが集まるのは結束が固いから、そして一種の愛情さえ感じているからだ。何世紀もゴシップを交わした末に、同胞愛みたいなものが生まれてきたのさ。だがぼくらは同時に、互いに目を光らせなきゃいけない。でもそれが常にうまくいくとは限らない。ヴィクトリアの前任者は〈飢饉〉と〈戦争〉、ルースとゾーイに殺された。二人は当時、違う名前を名乗っていたけどね。ぼくらは頻繁に名前を変える。ぼくは今の選択を誇りに思ってる。実際のところ、その意味がちゃんとわかるのはきみだけだろうな。ダニ・エル、〝神、我を裁きぬ〟」

「やめてよ！」モールは鼻で笑った。「安っぽい神学なんて！　なぜルースとゾーイがそんなことをするの。どんな得があるの？」

ダニエルはモールに笑いかけた。

「実にユダヤ人らしい態度だね――そう言ってよければ。そう、ぼくたちの一族は大勢いるから、影響力を得るには活動範囲を広げるしかない。これはある程度、自分の力じゃどうにもならない。きみたち人間こそ、われわれの真の主人なんだ。ぼくたちの大半はきみたちを単なる畜牛だと思っているけどね。でもそれは嘆かわしい教育不足にすぎない。ヘーゲルを読み、主人と奴隷の弁証法を理解している死神はそんなに多くない。ともあれ、新たな死の様式が発見されると、新たな……執行役が現れるんだ。そのプロセスは正直なところ、ぼくらもちゃんと理解していない。二十世紀は多産な時代だった。ジョンには会った？　六〇年代には〈死の王〉の冠をかぶるところだったが、ベルリンの壁が崩壊して以来、半隠居状態だ。庭の手入れをして、キノコを育ててるんだろうな」

「キノコ？」モールはぼんやりとオウム返しに言った。「ああ。キノコ雲ね。で、あなたは？」

「ぼくはまた別」ダニエルはごまかした。「いずれにしろ、ぼくたちは人間の歴史の流れを――ちゃんとは――コントロールしていない。それでも、ときどきついてやることはできる。ルースとゾーイは〈老齢〉を排除することで、めいめいの版図を拡大できると考えた。政治的にも有利な状況だった。二人とも予想してなかったんだ――マークのおとなしい花嫁、頭が足りないから赤ん坊の突然死ぐらいにちょうどいい、それ以上の大役には向かないとみんなが思ってた女が、一夜にして老人病棟の女王として開花するとはね」

「どうしてそんな話をするの」モールの声はまた高くなった。「わたしをあなたの後継者に育てるつもり？　わたしがガス室を引き継ぐと思ってるなら……」

「おいおい！」ダニエルはかぶりを振った。「ちょっと考えてみてくれ。ガス室は七十年前から使われてないだろ！　いいや、モール、その反対だ。死神として存在し続けるのは、退屈でなんの楽しみもない。きみのような女性には向いてないよ。ぼくらの性生活がどんなふうかは話すまでもないよね。もちろん子供だって持てない。きみの夫は自分の楽しみのために、意図的にきみを罠にかけたんだ。やつはなにしろ死神だから、きみを愛することができない。それどころか、きみを正しく評価することもできない。きみには闘志がある。同化されまいと抵抗してる。でもきみの抵抗力が強すぎて、永遠にどっちつかずの状態、死神でも人間の女でもない状態のままだとしたら？」

モールはランチの残骸を見た。それから目の前の男を見た。

「何か提案があるのね。聞かせて」

夜間飛行は狭苦しいシートと隣席のおしゃべりな客のせいで台無しだった。それでもモールは朝の五時に、一晩自分のベッドで寝たあとに劣らない――そして勝りもしない――気分でターミナルに入った。

スマホを頼りに、十一時にはホウバンにいた。グレート・ホウバン・ストリートを歩いて、丸石を敷いた庭に通じるアーチ状の門まで来た。何度か呼び鈴を鳴らすとようやく門が開いた。

フラットには埃をかぶったヴィクトリア朝風のがらくたがちらかっていた。差し出されたカップの中の茶色っぽい液体はコーヒーかお茶だ。味蕾が無事だったとしても、どっちかわからなかったかもしれない。マギーはプラグの抜けた古い冷蔵庫からその飲み物の材料をとり出した。冷蔵庫にはクモの巣の張ったハーブの束がぎっしり詰め込まれていた。

「ダニエルはあなたを高く買ってる」マギーは明言した。

住まいとは対照的に、ツインニットを着てパールをつけたマギーは身ぎれいで、いかにも英国風だった。モールが彼女をちらちらとしか見ない限り、その幻は消えなかった。

「うれしいわ」モールは乾いた口調で言った。「あいにくこっちはそうでもない」

マギーは優しい笑みを浮かべただけだった。

「愛すべきダニエル！　彼とわたしには共通点がたくさんあるの」

「どういうところ？」

「二人とも引退してる。いえ、わたしは完全に引退したわけじゃなくて、まだけっこうフリーで働いてるけど、昔とは比べ物にならないわ。ダニエルもかわいそうに。あんなに短いあいだに、あんなにたくさんの目覚ましい仕事をしたのに、すぐに用済みになってしまって。彼がしたことと、わたしの技術のあいだには似ている点があるの」

カップの中の茶色っぽい液体がふいに凝固した血の色を帯び、モールは胸が悪くなった。吐き気にしがみつこうとしたが、それは収まっていった。

「皮肉なものね」マギーはぺらぺらとしゃべり続けた。「わたしは最年長で、ダニエルは……いえ、違うわ。彼は最年少じゃない。ミレニアル世代に彼ほど才能のある子はいないけど」

「本当に最年長なの」

「ええ。最初に生まれたの。人類の進むべき方向すら定かでなかったころよ。ネアンデルタール人が食われた者の骸骨の周りに黄土を撒いていたとき、わたしはそこにいた。シャーマンが母親の胎内で赤ん坊を衰弱させ、手も触れずに生きた人間の皮をはいでいたとき、わたしはそこにいた。わたしは今でもいにしえの技を楽しんでいるの。たった今、ヴードゥー人形に針を刺してわたしの名前を呼んでる人たちがいる。いつまでも変わらないものもあるのよ。コンピュータ誘導式ミサイルが残らず塵に変わっても、わたしはまだそこにいるでしょうね」

マギーはしゃべりながらずっと優しくほほえんでいたが、言葉を発しているのはピンクのグロスを塗った唇ではなかった。黒いミミズのように肌の下でうごめくもう一つの口、渦巻きを描かれた〈死の呪術〉の顔に入った切れ目だった。

「でもどうしてここに？」モールは訊いた。「なぜロンドンなの？」

マギーは肩をすくめた。「この土地は歴史にどっぷり浸かっていて、膨らんだ海綿のように腐り始めている。でもわたしのプランはどうでもいいわね。ダニエルはわたしに頼みごとをして、わたしには断る理由がない。デイヴィッドとはずっとうまが合わなかったの。デイヴィッドのやり方(モダス・オペランディ)はわたしには機械的すぎるわ。心というものがない。じゃあ、始めましょうか」

モールはうなずいて、これから始まるはずの儀式に備えた。ところがマギーはただ、座面のたるんだカウチの上でもっと楽な姿勢になっただけだった。

「昔々」マギーは言った。「銃が大好きな男の子がいたの。家族はとても貧乏で、男の子がほしがってる武器を買う余裕がなかった。父親は家に一丁きりの銃を持っていた。古いコルト・ブローニング。ある日、男の子が家に帰ってくると、父親が頭のてっぺんを吹っ飛ばされてテーブルの前に座っていた。男の子はしばらく父親を見つめていた。それから血だまりの中に転がっていた銃を拾い、背中を向けて歩み去った」

マギーは破れたクッションの下に手を突っ込み、ひどく傷(いた)んだ旧式の拳銃をひっぱり出した。銃は錆が浮いてゆがんでいた。

「昔話は正しいの」マギーは続けた。「死よりも強いただ一つの力は愛。わたしたちが死神になるとき、古い愛はしおれて散ってしまう。でもわたしたちの体に、失った可死性のしるしが一つだけ残っているように、わたしたちの魂にもそれは残っている。死神一人一人の止まった心臓の埃っぽい片隅に、生きていたころの真実の愛が眠っている。それが目覚めたら、心臓は一度だけ脈打ったあと、永遠に止まってしまう。こうして死神は死ぬことになる」

「デイヴィッドはだれも愛していない」

「あなたの夫が真実の愛を捧げたのはこの銃よ」

モールはざらついた金属を握りしめた。錆がモールの指を赤く汚した。


二人は聖都で安息日を過ごすためにエルサレムへドライブした。今ではそれが習慣になっていた。モールは赤ワイン一瓶と太いロウソクを二本持っていき、寝室でロウソクを灯した。ロウソクの明りを浴びて、デイヴィッドの本当の顔が、はかない幻の肉の下から浮かんできた。モールは骨を撫で、唇のない歯のあいだに舌を差し込んだ。

真似事のセックスはいつものように熱が冷めていった。モールは骸骨の体にまたがった。

「恋しくなったりしない？」モールは訊いた。「小さな死。ラ・プティト・モーが」

「どうして？」デイヴィッドは訊いた。「ぼくには本物の死がある」

「でも、わたしと共有はできない。わたしはあなたの妻なのに」

デイヴィッドは笑った。

「そのためにきみと結婚したんじゃないよ！」

「いいえ」とモールは言った。

モールの手が自分の服の山の下に這い込み、さっと銃をとり出した。銃口を素早く夫の胸の傷に押し当て、引き金を引いた。一瞬、うまくいかないと思った。だが次の瞬間、彼女の下にある体が痙攣し、傷口から黒っぽいどろりとした血が噴き出して、モールの腹と両脚に飛び散った。同時に体の内側で熱い爆発を感じた。夫は一声うめき、その顔の金属めいた骨はもろくなって砕け、張りのあるなめらかな肌は柔らかくどろどろになり、モールの指は夫の腕の中に沈んで、ひよわな子供の骨にぶつかり、それは小枝のようにぽきぽきと折れていった。その間、モールは叫びをあげ、永遠の一瞬のうちに一千の小さな死を味わっていた。

事が終わると、モールは闇の中でベッドにうつ伏せになっていた。ロウソクの火は消えていた。明りをつけてみると、ベッドには哀れなほどわずかな骨のかけらがちらばっていた。モールはすさまじい空腹を覚えた。シャワーを浴び、朝までツナ缶を食べながらアラビア語の映画を見た。

夜明けにエルサレムの澄んだ空気の中へ出た。早朝だったので、町は空っぽで清らかに見え、建物は岩がちな丘のピンクの影の中に溶け込んでいた。モールはタルピオットの遊歩道に車を走らせ、欄干のかたわらに立って、オリーブ山の見事なパノラマを見下ろした。大きなモスクの黄金のドームが見え、黒っぽい木々の列がゲヘナ（エルサレム城壁の南に位置する谷）を横切っている。

背後に足音が聞こえたのでふり返った。白いシャツとジーンズというこざっぱりした姿のダニエルがモールに笑いかけた。

「よくやった」

モールは信じがたい思いで彼を見つめた。

ダニエルのシャツの左の乳首の上に、真新しい血の染みがあった。

「礼を言うよ、ハンナ。新しい仕事を与えてくれて」

「あなたが？」モールはあえいだ。「戻ってくるの？」

「いやいや。古い仕事はおしまいだ。きみの夫が亡くなって空いたポストについただけさ。造物主は――あるいは、だれだか知らないがぼくたちの上司は――空白が嫌いなんだ。ぼくは引退するには若すぎる。仕事に空きができたら、ぼくが引き継ぐことになるとわかっていた。ぼくはデイヴィッドよりずっとうまくやってみせるよ」

「気がつくべきだった」モールはぼんやりと言った。

「自分を責めちゃいけない。けさになったら、あらゆる銃が鋤の刃に打ち直されてるとは思ってなかっただろ？」

町が目覚めようとしていた。車が警笛を鳴らし、子供が泣き、谷のモスクから長く尾を引く呼びかけが流れてくる。

「一つ教えて。あなたの本当の名前は何だったの？」

ダニエルは首を横に振った。

「覚えていない。ゆうべまでは覚えてたのかもしれないが、新しい地位についた今は……。少し覚えてることもある。ピアノを弾いてて、黒髪の女性がいた――母親かな。春にはボダイジュの葉に光が差していた。でもそれは薄れかけてる、思い出は消えかけている。こんなふうにね、ほら」

ダニエルはシャツの袖をまくった。白い肌の上に切れ切れになった青い文字が見え――刺青(いれずみ)の残りだ――モールの目の前で体の中に吸い込まれていった。

「ぼくたちはみんな、しるしを持っている。これを手放すのを残念だとは思わないな」

モールはダニエルと目を合わせてほほえんだ。

「計算違いをしたわね、ダニエル――いえ、だれでもいいけど。殺しは生殖を刺激する。同族を殺すときはもっと用心するべきだった。死神が子を産んで増えるようになったら、あなたは、あなたやお仲間の蛆虫(うじむし)どもはどうする？　生が死を食らうようになったら、あなたたちは何を食べていく？」

ダニエルはいぶかしげにモールを見た。

「わたしは妊娠してる」

「まさか！　きみはまだ……」

「死神の妻、でしょ。でも夫はわたしに抱かれて死に、わたしは彼の子を孕んでいる。わたしはあなたのゲームのコマじゃないわ、この気取り屋！　わたしは未来の王の母親、王はまさにこの山を馬で駆けおり、死者を墓からよみがえらせる。灰をふたたび体として形作り、焦げた骨に肉をまとわせる。そして王はあなたにふさわしい審判を下す。息子は生者と死者の王。死神の一人一人に無に還りたいと懇願させ、その全員を葬り去る。そしてあなたは、王の審判の場に呼び出されたとき、自分の名前を思い出すでしょうね！」

ダニエルの右手がそろそろと上がってきた。指がひとつに溶けあい、金属的な光沢を帯び、小さいが物騒な見た目の銃に変わった。

モールは笑い声をあげた。「一族の手にかかる恐れはないいんじゃなかったの？　死神を信じるなんて馬鹿だったわ！　だけどわたしにはもっと強力な守りがある。ほら、撃ちなさい！　撃ってみなさいよ！　なぜできないの？　ひょっとして、あなたの王の存在を感じてるんじゃない？　わたしのベビーはもうあなたより強力なんじゃない？」

ダニエルは手を下ろした。その手はふつうの外見をとり戻した。彼の目には恐れがあったが、何か別の感情、安堵に似たものも浮かんでいた。

「ふむ」ダニエルは言った。「これは計画に入ってなかった。しかしこれは遅かれ早かれ起こるはずだった。そしてもちろん、ここはそれが起こるのにいちばんふさわしい場所だ。ここしか考えられない。中東で休暇をとるって決めたとき、デイヴィッドの鈍い頭を何がよぎっていたのかな。でもたとえ彼に……導きがあったとしても、もはやそれは関係ない。きみの言うとおりだ、モール。ぼくはきみに手出しできない。きみのお腹にいるものは辛子の種より小さいけれど、その存在を確かに感じるよ。成長しきったらいったいどうなることか。ふつうはここで、いずれきみが母としての喜びを得られるように祈るんだけど、正直言って、その子が生まれてきても、たいした喜びは得られないと思うね。先輩の女性たちを見てごらんよ。王者たる息子とうまくやれず、息子に心を引き裂かれ、のちの世代はその哀れな女性にばかげた称号を山ほど進呈する。それはそうと――ねえ、未来の陛下、ぼくはきみの息子に従う運命かもしれないが、没薬と乳香持参で歓迎するつもりはない。ぼくは王の審判の場に真っ先に引き出されるかもしれないが、最後まで無実を主張し続ける。ぼくは命令に従っただけだ」

ダニエルは背中を向けて歩み去った。背中を槊杖のようにぴんと伸ばして。

毎週金曜日、モールは嘆きの壁に足を運ぶ。市場の狭く曲がりくねった小径をゆっくりと辿っていくと、周囲には明るい色の土産物が並び、スパイスとコーヒーと汗のにおいが漂ってくる。店主の中にはモールの顔を覚えていて、邪眼から身を守る鮮やかな青のビーズを差し出す者もいる。モールは喜んでそれを買う。市場の片隅にあるなじみの屋台で重たい腹をいたわり、傷だらけのアルミの椅子に座って小さなカップからカルダモンの香りのコーヒーを飲む。銃声が聞こえ、はためくラグのあいだへ鋼の青さの亡霊が消えていくのがちらりと見える。モールは動じないし、アリも同様だ。アリは不明瞭な英語で早口の独り言を続け、モールがコーヒー代を払おうとすると首を横に振る。

嘆きの壁の前の広場は真昼のぎらつく陽光を浴びて一面の白に変わっている。ガラス張りの詰所で怠けている二、三人の兵士がモールに無関心な目を向ける。壁の前の女性用の区画はいつもほど混んでいない。乱れたかつらに隠された正統派信徒の頭がいくつか（敬虔なユダヤ教徒の既婚女性は自分の髪を他人に見せない）、毛むくじゃらな小動物の列のように、風化した石に押しつけられているだけだ。女たちの夫は仕切りの反対側で体を揺らし、黒い上着に熱気を吸い込んでいる。モールは慎みを守るためのスカーフをスタンドからとってむき出しの肩を覆い、壁に近づいていき、温かく粉っぽい石にキスをする。

「もうすぐ」胎内で動かない重みに話しかける。「もうすぐよ、ハニー」

家に帰ると安息日のロウソクを灯し、夕食をこしらえ、テレビの前に座り、核の脅威、兵士の死傷、政治危機に関する最新のニュースが延々と続くのに耳を傾ける。

画面の下にニュース速報の字幕が流れると同時に、吐きそうなほどの痛みが下腹部を襲ってくる。息を止めて背筋を伸ばし、夕食のトレーを脇へのける。そう、間違いない、お産の始まりだわ。遠い昔の出産準備クラスで教わったとおり。歓喜の波が押し寄せてきて、だれかに内臓をわしづかみにされてひねられるような、新たな激痛を凌駕（りょうが）する。服の裾がぐしょぐしょになる。破水したのだ。

モールは救急車を呼ぼうとスマホに手を伸ばす。その手をだれかの手が包み込む。

「要らないわ」聞いたことのある声。

マギーはカウチのクッションを手際よく並べ替えてモールの背中を支える形にする。モールは呆然として見回す。見知った顔がいくつもこっちに向けられる。ルースははにかんだ笑みを浮かべ、ヴィクトリアは大きなトートバッグから清潔なシーツをひっぱり出し、ゾーイはキッチンの電気ケトルのプラグを差し込む。リリアナはドアのところに集まっている男たちをしっしっと追い出す。ジョージがモールに手を振り、ほかのだれか――ミカイル？――がVサインを出す。

モールはマギーを押しのけて立とうとする。でも立ち上がれない。痛みがひどすぎる。

「なぜ？」と叫ぶ。「ここで何やってるの」

「力になりたくて」とルース。

「王がお生まれになるとき、その場にいたいから」とヴィクトリア。

モールは無言で女たちを見回す。みんな視線を返してくる。〈戦争〉〈飢饉〉〈疫病〉〈老齢〉そして〈ヴードゥー〉。

「じゃあ、わたしの息子を受け入れるの？」

「わたしたちの王よ」とマギー。「わたしたちは時の始まりから王を待っていた。あなたはわたしたちの女王。あなたの息子にわたしたちのことをとりなしてくれる」

陣痛は今やほとんど途切れずに続いている。ベビーが待ちかねたように子宮から出てくるのを感じる。かすかな悲鳴、爆音、銃撃の響き、一瞬置いて、テレビから聞こえてくるのだと気がつく。

「でも、この子が怖くないの？」モールは叫ぶ。「あなたたち死神は、死ぬのが恐ろしくないの？」

女たちの顔に曖昧な笑みが浮かぶが、また内臓がよじれて、モールはカウチに倒れ込む。マギーの気遣うような手を押しのけることもできない。ゾーイがヘルメットを脱ぐと、墓碑銘のない墓で腐りかけた、古い茶色の頭蓋骨が見える。空ろな眼窩は光でいっぱいだ。モールにはまだいぶかしむ力が残っている。あれは無に還ることへの渇望？　それとも勝利の確信だろうか。

白いカーテン

ペサハ（パヴェル）・エマヌエル｜山岸 真 訳

White Curtain by Pesakh (Pavel) Amnuel

ペサハ（パヴェル）・エマヌエルは、1944年にアゼルバイジャン（当時はソ連邦の一部）のバクーで生まれた。奇抜な発想をする天体物理学者兼ＳＦ作家として著名である。エマヌエルは、1968年にＯ・フセイノフとともにＸ線パルサーの存在を予言し、それはのちにアメリカのウフル衛星によって立証された。エマヌエルとフセイノフのＸ線源カタログは、しばらくのあいだ世界一完全なものとみなされていた。

エマヌエルは1959年にロシア語でＳＦ／Ｆを発表しはじめ、第１作は〈技術青年〉誌に掲載された。最初の作品集は1984年にモスクワで出版された。1990年からイスラエルに住んでおり、テルアヴィヴ大学で教鞭（きょうべん）をとったり、〈タイム〉、〈アレフ〉、〈ヴレーミャ〉といったロシア語新聞や雑誌をいくつも編集したりしている。イスラエルへ移住してからは、長編『コードの人間たち』*Men of the Code*（1997）と『三つの宇宙』*Three-Universe*（2000）を上梓している——後者は社会諷刺（ふうし）とカバラの謎に関連しており、ロシアン・マフィアとイスラエル人ラビに牛耳られた21世紀なかばのモスクワに起きる事件を描いている——さらに『ドミノの復讐（ふくしゅう）』*Revenge in Dominoes*（2007）をはじめとするＳＦ／Ｆ短編集、短編小説、探偵小説を世に問うている。

彼の作品はロシアで定期的に発表されており、多くのファンをつかみつづけている。彼は数多（あまた）の賞に輝いており、例をあげれば、現役ロシア語作家で最大の人気を獲得した功績に贈られる〈偉大な指輪〉、2009年度ロシアＳＦブロンズ・イカルス賞、2012年のアエリータ賞（ロシアのヒューゴー賞に当たる）などがある。「白いカーテン」は、《多元宇宙》シリーズを構成する何編かの短編と長い中編（ノヴェラ）のうちの１作。このシリーズには、未訳のノヴェラ、「枝」“Branches”、「切子面」“Facets”、「この扉の裏はどうなっているのか？」“What Is Behind This Door?”、「見つめる眼」“Seeing Eye”がふくまれる。2014年に〈ザ・マガジン・オブ・ファンタジー＆サイエンス・フィクション〉に掲載された「白いカーテン」は、2015年にガードナー・ドゾワ編の『年間ベストＳＦ第32集』*32nd Best SF of the Year*に収録された。アムヌエル作品初の英訳であった。

（中村 融 訳）

十一年ぶりの再会で、前回顔を合わせたのは非常に異なる状況でだったにもかかわらず、即座に彼だとわかった。彼にはある変化が見られた。老けた感じなのだ、ただし、なにかいい意味で。

「やあ、オレグ」わたしはいった。

「やあ、ディマ」という彼の返事は、何年も前によくそうしていたように、きのう酒を飲みながらふたりで連鎖継合理論を議論していたかのようだった。「あなたが来るのはわかっていたんだ。すわって。いや、この椅子じゃない、それは面会者用だ。こっちのソファに」

わたしは腰をおろし、ソファは抗議のきしみをあげた。

「もちろんわかっていたよな」わたしはいった。「きみは予言者なんだから」

「予言者なんかじゃない」オレグは悲しげにいった。「それはあなたがいちばんよく知っているだろうに」彼の口調は以前よりゆっくりしていて、単語のそれぞれを最後の音節まではっきり発音した。

「そうだな」わたしは嫌みを隠そうともしなかった。「いちばんよくね」

「どうやってぼくを捜しだしたんだ？」オレグが尋ねた。

「苦労したよ」わたしは認めた。「だが、見つけだした。昔きみは……」

「そんなことは」オレグが割りこんだ。「まったくどうでもいい、昔のぼくのことは。なぜだ？」

「なぜとは？」

「なぜここへ来たんだ？　単にここにいるのがぼくだと確かめに来たんじゃあるまい。なにかを求めてぼくのところに来た。だれもがそうだ。求めているのは成功？　幸運？」

オレグの声に皮肉がこめられていたとしても、わたしは気づかなかった。わたしには幸運は必要ない。とりわけ、彼からのものは。

「イリーナが去年死んだ」彼の目を見つめながらわたしはいった。「わたしたちは十年と二カ月十六日間、連れ添った」

オレグはわたしから顔を背け、カーテンを引いた窓に目をやった。彼はそのまっ白な幕の中に、彼の人生のすべての色が混ぜあわされた白い広がりの中に、なにを見てとっていたのだろう？　イリーナをディスコに連れていく、若き日の彼自身？　それとも、彼がその日もまた朝のセミナーで華麗な発表をした勢いで、女性は自分にイチコロだと確信した遠い昔のある日に、ひとりでいたイリーナの姿？　その日わたしは講堂の入口から見ていた——彼がその得たばかりの自信を持って彼女にプロポーズし、彼女が彼の口の片隅にキスしてから、あなたはちょっと遅かった、なぜならわたしが愛しているのは別の人だから、といって雄弁な一瞥をこちらに投げかけ、それをたどった彼がすべてを察するのを。その日イリーナとわたしは、打ちひしがれ、意気消沈し、自分の価値さえ見失った彼をそこに残して、立ち去った。

それがいまこのときまで、わたしが彼の姿を目にした最後の日だった。翌朝、有望な理論物理学者だったオレグ・ラリオーノフは辞職願を提出した。学部長は彼を失いたくなかったものの、最終的に円満退職を認めていたはずだが（学部長は辞職願に『学期末承認』の判を押していた）、オレグは返事を待つことなく去っていった。彼はだれにも別れの挨拶をしていかなかった。彼が駅行きの四十三番線のバスに乗るのを見た人がいる。それ以外、彼の行方はだれにも見当すらつかなかった。

それでおしまい。

「なぜ死んだんだ？」と尋ねたオレグは、白い映写幕のようなカーテンを見つめたままだった。その言葉はわたしには、『なぜあなたは彼女を救えなかったんだ？』と聞こえた。

救えなかった。わたしにはなにも打つ手がなかった。わたしの才能は理論研究の分野にあり、限定的ではあるかもしれないが非常に高い複雑性にいたる継合計算では抜きんでていて、それは現実の十二の分枝にいたり、それはかなりの量といえ、解析解としてはほとんど前代未聞だった——だが現実では、わたしにできることはなにもなかった。イリーナは予期せぬ病に倒れ、まもなく死んだ。間もなく。病気と診断されたのが三月で、七月にはこの世を去っていた。

「脳腫瘍だ」わたしはいった。「予測は不能だった。分枝集合体の中にはひとつも……」

「理論的には」オレグがわたしを遮って、その言葉がわたしへの嘲笑なのか、単に事実を述べているのか、わたしにはわからなかった。

「九一年、きみを捜していた」わたしはいった。「そして見つけた。きみもわかっていたように。ゲナディ・ボルトマンを覚えているか?」

オレグはようやくわたしのほうをむいた。その視線に同情とかとにかくなにかがあらわれているものと、わたしは思った。だがそこにはなにもなかった。彼は、風邪をひいた患者を診る医者の冷静さでわたしを見ていた。

「彼のことは覚えている」オレグがいった。「気の毒をした」

「彼はあの分枝にとどまった」わたしはいった。「きみが彼について予測した分枝に。彼にはどうにもしようがなかったのか?」

すべてはオレグの答えしだいだった。わたしは自分の人生について考えるのはごめんだ。だが、イラの人生については……。

「ディマ」オレグはいって、両手をこすり合わせた。昔よく見た仕草だ。長時間の発表のあと、チョークの粉を手からこすり落とし、すでにチョークまみれの床をさらに汚していた。「ディマ、彼は自分の現実のうち、どの分枝を選択することもできた。彼には数カ月の猶予が……。あなたにはいうまでもないが、数百の決断について、そのそれぞれに新しい分枝が育つけれど、その方向はつねに……」

「われわれの現実では」わたしは言葉の途中で割りこんだ。「きみの予言だけが現実になりうる。きみの分枝はほかよりも強力で、弾力性がある」

「そうだ」オレグはうなずいた。「ぼくの分枝は高確率だからね、百万倍は」

「いいかたを変えると」わたしには、確実であることが重要だった。その重要さゆえ、わたしは一年にわたってオレグを捜しまわり、それは記憶にすがって生きる、とてもつらい一年だった。「いいかたを変えると、きみが選択する百万の可能性につき、ほかのだれかの選択もひとつは現実になるかもしれないということか？」

「百万ではきかないかもしれない」といったオレグはまだ指をこすり合わせていて、その仕草は思わず彼の手をぴしゃりと叩きそうになるのをこらえなくてはならないほど、わたしをいらだたせた。「一千万かもしれない。もしかすると一千億。計量する手段も、統計もないが」

「統計を取る時間なら何年もあっただろう」わたしはいった。「きみは統計数値を集めるために予言者めいたことをしているんだ、違うとはいわせない！　頼むから、純粋科学に幻滅して、ただ人々を救うために予言者を開業したんだなどとはいうなよ！」

「ぼくは現に人々を救っていて……」

「その一部をだ！　オレグ、わたしはこの近所で一週間すごしたんだ。順番待ちをしている人たちの話を聞いていたら、中には六カ月待ちの人もいて、毎日ここへやって来ては、ひたすら待って立ち去って戻って来て、時たま、きみの秘書のひとりが出てきて、『彼はあなたとはお会いしないとのことです、残念ですが』と告げ、抗議しても聞く耳を持たない。そして一部の、きみが大勢の中から選んだ人とは、その人たちとだけは、きみは即座に顔を合わせて、仕事上の幸運や個人的な達成によるハッピーでクリエイティブな人生を予測してみせる」

「これまでぼくがまちがえたことが？」

「いちどもない！　きみの信頼度は百パーセントだ！　それは、きみが多元宇宙（マルチヴァース）の必要な分枝を、最低でも十シグマの精度で選択しているということだ！」

「八シグマ」オレグが訂正する。「ぼくがこれまで集めた記録は八シグマ相当だ。もう三年あれば……」

「冗談じゃない」わたしはいった。「わたしがきみを捜したのは……」

「それは不可能だ、ディマ」オレグはありもしないチョークの粉を指からこすり落とすのをやめて、両手を膝に置き、わたしの目を覗きこんだ。「不可能だとわかっているはずだよ。あの定理を証明したのはあなただ、それによれば……」

「そうだ」わたしはうなずいた。「わたしが証明した。もしマルチヴァースの分枝Nにおいて、物体Aの世界線が長さLの線分であるならば、この世界線はそれをほかの現実に継合することによってその分枝内で延長することはできない」

「あなたはそう証明した。なのに、ここでぼくになにを求めているんだ、ディマ？　イラはここのこの現実には存在しない。あなたが彼女を手にしていつづけるのは不可能だ」

「わたしには……」

「あなたには、彼女を手放さずにいることは不可能だ」オレグはもういちどいった。

「それに、ぼくたちのイリーシャが……」

いま〝ぼくたちの〟といった。彼はいまだに、彼女が一時的に自分のもとを離れてほかの男のところに行っているだけで、そのうち戻ってくる、という気分でいるのだ。

「……ぼくたちのイリーシャが、マルチヴァースのほかの十億の分枝でいまも生きているからといって、それがぼくたちにとってなんだというんだ？」

「きみにはできる」わたしはいった。「きみは継合の天才だ。きみは分枝どうしを結びつけて、継合することができる。ミチューリンが林檎(りんご)の枝を梨の木に接ぎ木したように」

「その結末は？」オレグはくすくす笑った。「ミチューリン、バーバンク、ルイセンコ」

「試してみる気さえないのか！」わたしはわめいた。

オレグは立ちあがると、ふたりのあいだにできるかぎりの距離を取ろうとするかのように、窓際に歩いた。わたしの存在が呼吸の妨げになっているかのように。考えることの、生きることの妨げに。

「試したよ。ぼくはずっと試してきた」オレグの声は水中で話しているかのようにくぐもっていた。

「きみは……」わたしは困惑して口ごもった。彼にはイラが死んだのを知ることはできなかったはずだ。

「ぼくは独力ではなにもできないんだ。考えればわかるだろう、ディマ、あなたは超優秀な理論家なんだから。もしぼくが分枝Nにいるとしたら、ぼくの運命を変えることのできるすべての継合は……」

「それはその分枝の因果律に束縛される――そうだ、わたしは研究をはじめて三年目にそれを証明した」わたしはいった。「だがきみはさっき、試してみたと……」

「試さずにはいられなかった。もし理論がまちがっているとしたら？」

わたしたちは黙ったままソファにすわっていた。それぞれにいました話について考えながら。

「イラが死んだことを、どうやって知ったんだ？」

オレグはふりむくと、無言の非難をこめてわたしを見た。

「それはね、ディマ、もしあなたがぼくを捜しだしていたなら……。あなたはぼくを捜す必要なんてなかったんだ。ぼくは大学のウェブページを毎日チェックしていて、なにが起きているか全部知っていたんだから。知らずにいるのは耐えられなかった」

「そんなこととは思いつきもしなかった」わたしはつぶやくようにいった。「それに気づいていたら、きみの居場所をとっくの昔に見つけていただろうな」

「それはどうかな」オレグがいった。「ぼくは策を講じていたから。イラが死んだとき、その日のうちに同窓会が訃報を流した。ぼくは試した、そのときすぐさま。試したんだよ、ディマ、ぼくはノイローゼの猿のように分枝から分枝へ飛びまわって、それまでいちどもやったことがなかったほどたくさんの現実を継合した――そして、その後は、二度とやらなかった」

「わたしは……」

「もちろんあなたは、なにも感じなかっただろうさ！」

「すまない」わたしはいった。「今日のわたしはどうかしている。頭が働かない。自分が遷移(せんい)を感じとることができないし、自分の現実が自分の過去と連続していることは、わかっていて当然だったのに」

「あなたには数百の現実があり、そのすべてでイラは死んでいて、ぼくはいつもまにあわなくて、まにあったのは百七十六の分枝での葬儀だった」

「葬儀に百七十六回行ったのか？」ぞっとしてわたしはいった。

オレグは無言だったが、それでなぜ彼が老けて見えたかがわかった。わたしが彼の立場だったら、発狂していただろう。

「ということは」わたしはいった。「なにひとつとして……」

「定理を証明したのはあなただ」オレグがぞんざいにいった。「それに対してぼくは、いちどとして実験的証拠を見つけたことがなかった」

「結局これが現実なのか」わたしはつぶやいた。なにかが突然にわたしを打ちすえた。たぶん一年分の疲労だったのだろう。そしてもしかするといま、わたしは次から次へと決断を下していて、そのそれぞれが、そこからはじまった異なる分枝へわたしを連れていっているのかもしれない。「結局これが現実なのか」と何度も何度もオウム返しする。

「そう、そういうことだ」とオレグはいうと、唐突に立ちあがった。彼は手をさしだして、わたしと握手した。彼の指には、なぜか奇妙なことに、チョークの粉がついていた。「悲劇の主人公はもうやめろ。あなたは一年間、希望だけを頼りに生きて、ぼくを捜していた。ぼくは一年前に希望を失って、あきらめをつけるのに必要な時間を持てた。ぼくがあなたのためにできることはなにもないんだ、ディマ。なに、ひとつ、ない」

わたしは立ちあがった。

「帰るのか？」と尋ねたオレグの声は単調で、わたしに手をさしだすこともなかった。

「こんなに長いことぼくを捜してきたんだ。いっしょにコーヒーか夕食でもどうだ。大学のようすとか聞かせてくれ。クリコフは自説を証明できたのか？」

「大学のウェブサイトに出ていることじゃないか」わたしは肩をすくめた。

「いや、あれ以来見に行ったことは……」

「きみは」ドアの手前でわたしはいった。「きみは人々の人生をよくするために、現実を継合している」

「そのとおり」彼はうなずいた。

「じゃあ、あの門前払いにしている人たちはなんだ？」

「問題はそこだ」オレグは近寄ってくると、昔懐かしい物腰で両手をわたしの肩にかけた。その手のひらの力は不快なほど強く、わたしの体は天の重みに圧されるアトラスのように沈んだ。

「ぼくが追いはらっているのは、運命をよりよい方向へ導けない人々だと思っているんだろう」オレグはわたしとまっすぐ視線を合わせていた。彼が瞬きひとつしないので、わたしも同様に瞬きすまいとした。「それは違うよ、ディマ、ぼくはルールを決めている。いや、ルールというほどじゃないな。ぼくは不愉快な人々とは関わりたくない、あるいは、その人の幸せがほかの人々の苦しみによってもたらされるような人々と。ぼくは選択をしているよ、確かに。ぼくにそんな権利はないと思うかい？」

「おい、勘弁してくれ」わたしはつぶやいた。「わたしはただ……」

「あなたは、ぼくがあなたのためにできたかもしれないことを考えていた？」

「いいや」わたしはふくみ笑いをした。「きみはそんなことはしようとしなかっただろうし、それはわたしが求めようとしたことじゃない」

「あなたはそれを求めている」オレグは声を荒げた。「嘘をつくな、目に出ているぞ。あなたは幸せを求めている、だれもがそうだ。あなたは彼女の亡霊があなたを悩ませるのをやめさせたい。あなたは忘れたい……」

「違う！」

「いいだろう。思いだすには、ロウソクを灯せばじゅうぶんなのだから。そして幸せな人生を送るがいい。あなたがここへ来たのは、自分の人生をあなたが幸せで成功をおさめている人生と継合するため……」

「違う」わたしはいったが、瞬きして視線を落とした。それがわたしの求めているこ
とだった。だからなんだというのだ？　オレグにはそれができたかもしれないと、わたしにはわかっている。わたしを救うために彼が指一本あげようとしないだろうことも、わかっている。

「いいや」オレグはため息をつくと、わたしの肩にのせた手にさらに力をこめた（と、わたしが感じただけか？）。「いいか、ディマ、あなたがここに入ってきて、たがいに相手がだれだかわかったとき、最初にぼくがしたのは、頭の中で分枝のリストをざっと流し見することだった。あなたのためにぼくが作ることのできただろう分枝のだ。だって、たとえあなたが依頼しなかったとしても、ぼくは分枝を作ろうとしただろう。だって、イラのいない人生なんて……。それがぼくにとってなにを意味するかはわかっているが、ぼくが独力で打てる手はない、あなたのいまいましい定理のせいでね。しかしぼくには、そう、あなたを救えるんだ、ほかにぼくにどんな目標があると？」

オレグがようやくわたしの肩から手をどけて、わたしは背すじを伸ばし、急に体が軽くなったように感じた。わたしが楽な気分になったのは、その重みが消えたからだろうか、それとも、一瞬こう考えたからだろうか、オレグにはできる、オレグはやる

気だ、と？

「すべてのマルチヴァースにおいて、すべてがあなたにとってうまく行っている世界線は」オレグがいった。「ただの一本も存在しない。ひとつもだ。なのにぼくになにができる？」

「ありえない！」わたしは叫んで、オレグから後ずさった。「そんなことがありえないのは、きみもわかっているじゃないか、なのになぜそんな……。これはわたしたちがずっと議論していた問題で……」

「そう、議論した」オレグがわたしを遮った。

「マルチヴァースは無限だ！」わたしは叫ぶ。「現実の分枝は無限の数が存在して、すべてが例外なしにわたしたちの現実として具現化しうる。いかなる事象の、現象の、過程の、いかなるバージョンであってもだ、そしてそれが意味するところは……」

「それが意味するところは」オレグが残念そうにいった。「正しかったのはあなたで、ぼくではなかったということだ。あなたは、分枝は有限の数しか存在しないことを証明した、なぜなら、各々（おのおの）の事象の波動関数は、有限の数の解しか持たないから」

「そうだ、だがあれ以来……」

「だがぼくは」オレグが声を大きくした。「ぼくは主張した、分枝は無限に存在し、無限のマルチヴァースの中に、人間の運命のすべての可能性が存在するに違いないと

――幸せも不幸せも。ぼくは確信していた！　けれどいまは、自分がまちがっていたとわかっている。運命の分枝は有限なんだ、ディマ。許してくれ。それができればいいと思う。ほんとうに。少なくともイラの思い出のために。だがそれはなんの役にも立たない。あなたの人生には膨大な数のバージョンがあるが、そこであなたが幸せなものはひとつもない」

「そうか、するとこれで」わたしは魂が虚ろになるのを感じ、この先そこが決して満たされることはないのがわかった。「昔の科学上の論争が決着したわけだ。今度ばかりは、わたしが正しいときみも認めるんだな」

「分枝は有限だ」オレグがいった。「自分が正しいとわかって、うれしくないのか？」

オレグはわざとわたしを苛んでいるのか？

「ではこれで」わたしはそういって、後ろ手で静かにドアを閉めた。予言者の三人の秘書がコンピュータの前にすわっていたが、わたしのほうに目をあげさえしなかった。

「本日の営業時間は終了しました」天井のスピーカーがかん高い声でいい、待合室にひしめいていた数十人がいっせいに失望のため息を漏らした。

外に出ると風が強く、霧雨が髪を濡らした。レンタカーは二ブロック先に駐めてあって、運転席にすわったときには、シャツが濡れて体に貼りつき、頭の中は空っぽだった、ただひとつの考えを除いて。こんな人生を必要とするやつがどこにいる？

自分がどこにいるのか、ここが街のどのへんなのかわからないまま、右車線をゆっくり走っていると、やがて『行き止まり』の標識が目にとまった。わたしは縁石に車を寄せると、エンジンを止めた。

昔、オレグとふたりで議論をした。わたしたちだけがしていたのではなく、それは十五年前の理論エヴェレット学ではよく知られた問題だった。連続して分枝する世界において、事象の数は有限なのか？　わたしの答えはイエス、有限だ、なぜなら以下のように……。なんてことだ、議論に勝って自分自身の人生を失うことがありうるなんて、わたしは知りもしなかった！

雨。これからはずっと雨が降りつづく。

携帯が鳴った。着信音はブラームスの『ハンガリー舞曲』。わたしはバッグの中を手探りして、携帯を耳に当てた。

「ディマ！」

だれの声か、最初わからなかった、ミハイル・ナタノヴィチ、イリーナを治療してくれたが、救うことはできなかった医者だ。「ディマ、一日じゅう電話していたんですよ」

「携帯をオフにしていたので」わたしはいった。

「そんなことはいいんです！　お話ししたいことが。今日の検査結果が、これまでよりずっとよかったんです。ずっとね！　この新薬は、ほんとうに……。ディマ、わたしはいままでは、すべてが最良の結果にむかうと思っています。聞いていますか、ディマ？」

最良の結果にむかう。新薬。イラ。

「彼女の具合は？」壊しそうな勢いで携帯を握りしめて、わたしは尋ねた。

「ひと晩じゅう、ぐっすりお休みでした」

「イラが？」

「イリーナ・ヤコヴレヴナは今朝、朝食をとられました、これははじめての……」

「ええ」わたしはいった。「ご連絡ありがとうございました。遅くとも今夜九時には病院に行きます、そちらに着いたらすぐに」

わたしの手から隣のシートに携帯が落ちた。

オレグが成功したのか？　どうやって？　彼は自分でいっていたではないか——あれから一時間と経っていない——継合の数は有限で、もし彼女が死んだなら、その場合は……。

オレグはまちがっていたのか？　それとも、彼自身が不可能だと考えていたことを成し遂げたのか？　あるいは、無限の分枝を見つけだして、その中に、すべてが、ほんとうにすべてがうまくいく分枝があったのか？

わたしは携帯を手に取って、オレグの番号にかけた。彼に礼を述べるのが、少なくともわたしの義務だ。

「オレグ・ニコラエヴィチにつないでください」彼の秘書のひとりが電話に出ると、わたしはいった。

「残念ですが……」

「こちらはマンチェフ、彼の旧友で、かつての同僚です。さっきまでいっしょにいて、電話したのは……」

「残念ですが」車の窓の外に降る雨のように陰鬱な声が繰りかえした。「それは不可能です。オレグ・ニコラエヴィチは、あなたが帰られた直後に亡くなりました」

ありえない話だ。さっきの彼は健康そうで、ふるまいもまったくふつうだったのに……。

「信じられません」わたしはつぶやくようにいった。「いったいなにが……」

「いま警察が来ています」秘書がいった。「警察はあなたの話を聞きたがるでしょう。あなたが本日最後の面会者でしたから。あなたが出て行かれた十分後に……」

「だからなにがあったんだ！」

「オレグ・ニコラエヴィチは窓から飛びおりました。そしてここは……」

「六階だ」わたしは男のかわりに締めくくった。

いいいいいいいい、こういう結末になるのか、とわたしは思った。オレグは白いカーテンを押しのけて、その先へ歩を進めた。

雨がやんだ。わたしは出せるかぎりの速度で車を空港へ走らせた。九時には病院にいなくてはならない。イリーナとともに。わたしのイリーナと。

結局、わたしが正しかったのだ。継合の数は有限だ。オレグはそれを証明した、今回はすべてにケリをつけるかたちで。オレグは、自分の運命はどうすることもできないといった。当然だ。だが、ひとつだけ例外がある。彼には自分の運命を切断することが可能だった。その場合にのみ、イラが死んだわたしの運命（世界線）の糸を、イラが生きのびた分枝に継合することができる。

ひとつの分枝を延長することは、別の分枝を切断することで可能になるのだ。保存則。オレグはそれを知っていた。

なぜオレグはこの行動を取ったのだろう？　彼にはわたしを憎む理由がいくらでもあった。もし彼の立場だったら、可能性がひとつだけあると知っていたら、わたしはどうしていただろう？　わたしは何者か？　理論家だ。オレグがやっていたのは、実地での実験的エヴェレット学だった。彼はわたしには推測するしかないことをやった。あるいは計算するしかないことを。

わたしは車を加速し、もはや速度計は見なかった。

イリーナとわたし——今後幸せなのは、わたしたちふたりだけだ。

それを知っていながら生きていけというのか？

男の夢

ヤエル・フルマン──市田 泉 訳

A Man's Dream by Yael Furman

ヤエル・フルマンは1973年10月7日（ヨム・キプール戦争（第四次中東戦争）勃発の翌日）にイスラエルのラマト・ガンで生まれ、2001年にオンライン雑誌〈ブリ・パニカ〉に掲載された「正しい色」“Hatzva'im haNechonim”を皮切りに、ジャンルの興味を引く作品を発表しはじめた。つづく数年のうちに、彼女は〈ハロモト・ベアスパミア〉や年刊アンソロジー・シリーズ《かつて未来に》といったイスラエルのジャンル刊行物に短編をいくつか発表し、好評を博した。その作品群により、彼女はなんと8回もゲフェン賞の候補となった。

長編『ガラスの家の子供たち』*Children of the Glass House*（2011）は、イスラエルのヤング・アダルトSFの好例として特筆に値する。未来のイスラエルを舞台とするこの長編は、水中で生きるために遺伝子改変された人間を題材としており、彼らはジェイムズ・ブリッシュの「表面張力」（1952）に登場する水棲人や、コードウェイナー・スミスの『下層民』*Underpeople*（1968）（邦訳のある長編『ノーストリリア』の後半に当たる）を彷彿とさせる状況にある。公民権運動を背景に、ある人間の子供が水の子供と仲良くなる。その運動の一翼を担うのが〈人間連盟〉のメンバーで、彼らは囚われの身にある水の民を解放したがっている。同書のテーマはSFではありふれているものの、イスラエルが舞台になるのは異例であり、立地を巧みに利用して、小説の結末で水の民はガラリヤ海へ移送され、晴れて自由の身となる――あるいは、すくなくとも、前よりは自由の身となる。同書は画家イノン・ジンゲルの挿絵に飾られており、2009年のオラモット大会短編コンテストで第一席を獲得したフルマンの短編「からっぽの壁」“Empty Walls”を下敷きにしていた。別の長編『門のダイヤモンド』*The Portal Diamond*は、本書が印刷にされる直前に刊行された。

（中村 融 訳）

「リナ！　リナ！」ガリアはせいいっぱい声を張り上げ、ベッドから出ようとあがいたが徒労に終わった。かたわらの男はぐっすり眠っている。起こそうとしても無駄だとすでにわかっていた。それができるのはリナだけだ。

「リナ！」

バスルームでトイレの水を流す音がして、耳慣れたコツコツというリナの靴音が聞こえた。

「ヤイル！」リナは悲鳴をあげた。「起きて、今すぐ！　起きて！」

ベッドの上の男が身じろぎして、ガリアは自分を包んでいた見えない障壁が消え失せたのを感じた。そこで素早くベッドから飛び下りた。

「運転してたの！」目に涙を浮かべて訴える。「ナミル通りを走ってた。歩行者もいた」

「ああ、かわいそうに」リナは優しく言ってガリアを抱き締めた。「このローブを着て。車がどうなったか確かめましょう」

数分後、ガリアはローブ姿でキッチンテーブルにつき、熱いお茶のカップを手にしていた。リナがとなりに座って電話で警察と話している。ヤイルはまた眠り込んでいた。女二人は、ガリアがここにいるあいだは彼を寝かせておくほうがいいと思っていた。

「わかりました」リナが受話器に向かって言った。「じゃあ、びっくりしたおじいさん以外は、だれにもけがはなかったんですね」

ガリアはメモ用紙に書いた。〝車の中のもの、どうなったか訊いて〟

「わかりました。ええ……ええ、彼女の保険会社にうちの保険会社と交渉してもらってください――彼女のせいじゃないんです、かわいそうに。うちの夫が悪いんです」

電話の相手の声を聞きながら、リナはメモに目を落とした。「どうも……ええ。彼女が車の中のものはどうなったか知りたいと……。ああ……ありがとうございます」

リナは受話器を置いた。「バッグは警察署にあるし、何も盗まれていないようだって。あと、保険会社に警察の調書を提出して〝夢見〟による事故だと伝えろって。保険会社が損害を補償してくれるわ。最悪の場合、あなたの保険会社がうちの保険会社と話をすればいい」

「あなたたちは事故に関わってないのに？」とガリア。

「だって、原因はヤイルだもの」

「ああもう、どうしたらいいの」ガリアは真っ青になってうろたえていた。「頭が変になりそう。あなたたち、精神科には行ったの？」

「ええ。薬をもらった。でも、それを呑むとヤイルは喘息が出るの。医者が今、代わりの薬について院内で相談してくれてる」

「伝統療法は？　よく話し合った？　そもそもどうしてわたしの夢を見続けるのかわかった？」

リナは溜息をついて頭を抱えた。「ヤイルに訊いてみた。男ってのは、ちょっと見かけただけの女性を夢に見ることが多いんだって。自然なことだし、ほとんどは無害なんだって。女性の夢を見る男はたいてい、一晩だけその夢を見て、ふつうは翌朝になると覚えてもいないの。男たちは夢の中でせいぜい、女性の代用となるコピーを生み出すだけで、それは目が覚めると消えてしまう。記憶にすら残らないこともある。ヤイル？　夫は独創性のかけらもない人間なの。だから最初にあなたの夢を見たとき、自力でコピーを生み出すかわりに、あなた自身を自分の元に引き寄せてしまった。それがいわば永続的な連鎖を生むことになった。あなたがヤイルのとなりに現れて、現実に存在するとわかる、そこで夫はあなたの夢を見続ける――無限ループよ」

「じゃあ一度、彼と寝て、欲求を満たしてやればいいのかも」

リナは弱々しい声で答えた。「そうしたらどうかとも訊いてみた。それで彼が落ち着くならと思って。夫は『絶対だめだ』と答えた。裸のあなたを呼び寄せるというのが、ヤイルの独創性の限界なの。あなたが彼と寝たら、夢を見るための素材をさらに与えてしまうだけ。そしたらもっとひどいことになる。ヤイルは夢を見てるとき、あなたをベッドに縛りつけられるのよ。だとすると、どうなるか考えたくもないでしょ――もし彼が夢の中で実際に……」リナは言葉を濁して静かにコーヒーをすすった。

ガリアはお茶を飲んだ。

ヤイルは目を覚まし、ベッドに一人きりだとわかってほっとした。起き上がって裸足(はだし)のままリビングに行った。リナは座ってテレビを見ていた。

「ガリアは?」ヤイルは訊いた。

「一時間前、家に送っていった」リナの視線は画面に釘(くぎ)づけだった。栄養に関する番組だ。コック服を着た男が発芽豆についてしゃべっている。

「すまない。眠るつもりはなかったんだ。横になって休んでただけだ。一晩中起きてたから……」

「サーモスにコーヒーが入ってる」リナは画面から目を離さずに言った。

「ありがとう、ハニー」

ヤイルはバスルームに顔を洗いにいった。鏡の中から見つめ返してくるのは、五十間近の髪が薄くなった男だ。顔にはすでに皺(しわ)ができ始めている。ハシバミ色の目の下に小さなたるみがある。鏡には映っていないが、腹もぽっこりしてきたと自覚している。ガリアみたいな美女が惹かれるような男ではなかった。ヤイルがもっと若くて髪がふさふさしていたころも、そういう女たちは彼に惹かれなかった。ところがリナは違った。彼女はヤイルの中に別のものを、ガリアたちには見えないものを見つけてくれた。しかし今では、何が自分とリナを結びつけたにしろ、それがどの程度残っているのかよくわからなかった。ヤイルは顔を洗い、ひげを剃り、キッチンに戻って自分のコーヒーを注いだ。リナはまだテレビの前に座っていた。料理人は発芽したレンズ豆を入念にチェックしている。

「ガリアは無事だった？」ヤイルは訊いた。コーヒーをすすり、舌を軽く火傷してしまった。少し冷まそうとコーヒーをテーブルに置いた。

「彼女の車が運転手なしで放り出されて、街灯の柱に衝突した」

「けがした人は？」

「いない」

コーヒーを手にとり、リナのとなりに行って腰を下ろした。肩を抱きたかったが、リナは立ち上がってバスルームに行ってしまった。ヤイルはまた舌を火傷しないように気をつけてコーヒーをすすった。テレビの中の料理人はようやくレンズ豆を調理し、インゲン豆に移った。リナがバスルームから戻ってきてキッチンに入った。食器棚の一つから調理器具をとり出す音が聞こえた。

「今夜はまた、薬を試してみようかな」ヤイルは言った。

「こないだは死ぬとこだったじゃない」

「別の原因があったのかも。もう一度呑んでみなくちゃ。また彼女の夢を見るんじゃないかと思うと、怖くて眠ることができない」

キッチンから聞こえるガチャガチャという音がふいに途絶えた。リナが出てきてヤイルとテレビのあいだに立った。

「死にかけたのよ」厳しい目だった。

「別の原因があったのかも」

リナはキッチンに戻った。ヤイルはまたテレビを見始めた。料理人は豆を水に浸そうとしている。実に興味深かった。

午前一時になるころ、口に吸入マスクをくくりつけたヤイルは、錠剤を呑んだことを後悔していた。ヤイルの肺は長く恐ろしい戦いの末に緊張を緩め、呼吸は落ち着きをとり戻した。リナが呼んだ医者は、薬への急性アレルギー反応だと診断し、それで命を落とすこともあるのだと説明した。

「人口の三十パーセントはこの薬にアレルギーがあるんです」医者はリナに告げた。

「死に至った例がいくつも報告されています。アレルギーはある程度時間がたってから起こることもあります。この薬が処方されるのは、〝夢見〟のせいで、夢を見ている当人の命が危うい場合だけです」

「でも、ほかの人の命を危険にさらすとしたら？」

「次に発作が起きたらご主人の命にかかわりますよ」

ヤイルは顔からマスクを外して言った。「もしもおれが、吸入器かこのマスクを手元に置いといて、薬を呑んだあとすぐに使ったら？」

また肺が苦しくなってきたので、マスクを素早く鼻に戻した。

医者は気でもふれたか、という顔でヤイルを見た。「そううまくはいきません」


ヤイルは本を読んでなんとか朝六時まで起きていた。リナがとなりで眠っている。どんな夢を見ているのだろう。ほかの男の夢を見ていながら、そのことに気づいていないのだろうか。ベッドサイドのライトを消した。窓から入ってくる明りがあれば、眠気を抑えるのに十分だからだ。ヤイルは妻をじっと見つめ、ほかのだれでもなく彼女のことだけ考えようと努めた。ヤイルにとっては、ほかの女など存在しない。リナ一人だ。リナの黒っぽくこしのない髪と、垂れぎみの目、少し尖(とが)った鼻と、すぼめた薄い唇を見つめた。

「ヤイル、起きて!」リナの叫び。

ヤイルが目を覚ますと、裸のガリアがベッドの彼のとなりに座って悲鳴をあげていた。外から差し込む光の具合からいって、午前も半ばを過ぎているようだ。

リナがベッドの脇に立っていた。

「朝っぱらから寝てるってどういうつもり? この間抜け!」ガリアが怒鳴(どな)った。

「一時間後にオッセムのCEOと会議があるのよ。ボスと細かい点の最終チェックをしてたのに。あんたのせいでクビになったらどうしたらいいの」

ガリアは枕をつかみ、怒りに任せてヤイルをそれで殴り始めた。ヤイルは逃れようと後ずさり、ベッドの反対側から転げ落ちた。

「ガリア、すぐ家につれていくわ」とリナ。「そのあと会社にね。さあ、急いで」

ガリアはベッドから出てクローゼットをあけ、ローブを出した。その顔はくしゃくしゃで、今にも泣き出しそうだった。

「いちばんいいスーツを着てたのよ。千シェケル以上したわ。けさは三十分かけてメイクもした。髪もセットしてもらった。なのにあなたのバカ亭主のせいで、市場の売り子みたいな恰好(かっこう)で会議に出なくちゃいけない」

ガリアはローブで体を隠してヤイルのほうを向いた。

「もう一度寝たりしたら、殺してやるから！　せめて寝るのは夜にしてよ。わたしの仕事を台無しにしないように」

ガリアは部屋を出ていき、リナも無言であとに続いた。ヤイルは床から起き上がり、痛む背中をさすりながらバスルームに向かった。

ガリアは上司に電話して何が起きたか説明した。電話を切ったときには、拳でフロントガラスを突き破りそうな顔だった。

「ボスはかんかんになってる」とガリア。「わたしあのとき、すごく大事な書類を手に持ってて、それが消えてしまったの。会社じゃ今、追加でコピーを作ってる。ボスは会議の時間を遅らせようとしてるけど、相手はオッセムのＣＥＯよ。簡単じゃないわ。なんとか間に合うといいんだけど。会社まで送ってもらったあと、オッセムにもつれてってもらわなくちゃ」

「いいわよ。つれていく」

「ああ、どうしよう。何を着たらいいの？　もう一着のスーツはクリーニングに出してるし、三着目は冬用なの」

「いっしょに二階に行って、見栄えのいい服を探してあげる」

「お願いだから、わたしを送ったあとは家に帰って、あいつがまた寝ちゃわないように目を光らせててね。失業中だからって、昼間っから寝てていいわけないでしょ。少しは気を遣ってもらいたいわ」

「遣ってるのよ。あなたの夢を見るといけないから、夜寝るのを怖がってる」

ガリアはうめいた。「夜中にわたしの夢を見てくれたほうが、こっちがちゃんと活動しようとしてる昼間に見られるよりましだわ。サルなみの頭しかない亭主に、そのことをしっかり叩(たた)き込んでおいて！」

「よく見張っておくわ。ねえ、わたしたちできることは全部やってるの。本当よ」

「そうしてくれてるのはわかってる。だけど、あとどのくらい耐えられるかわからない。ヤイルをひどい目に遭わせたいわけじゃないの。ヤイルがわざとやってるんじゃないのも、あなたたちがいい人なのもわかってる。でもわたしの人生はめちゃくちゃになりかけてる。いつかヤイルを訴えるしかなくなると思う」

リナは赤信号を無視して突っ走り、角を曲がってガリアが住んでいる通りに入った。車はガリアの家の近くに停(と)めた。

「きのう夫はまた、夢を見なくなる薬を呑もうとしたの。でも喘息のひどい発作が起きて、医者を呼ぶはめになった。もう一度あれを呑んだら、死ぬかもしれないと医者は言ってる」

ガリアは車を降りて階段を駆け上がった。

リナが家に戻ってくると、ヤイルはテレビの前に座ってファッションチャンネルを見ていた。

「何してるの」

「ガリアの夢を見るのを止めようとしている」

「ガリアは少なくともこの町に住んでる。アメリカのモデルなんか呼び寄せてしまったらどうするつもり？　みんながガリアみたいに辛抱強いわけじゃないのよ」

ヤイルはリモコンのボタンを押した。「きみの言うとおりだ」

「ガリアも正しいことを言ってた。夜中に起きてるのは賢いやり方じゃないわ。昼間寝てしまったら、彼女の仕事まで台無しにしてしまうもの」

ヤイルはうめきを漏らし、ソファに寝て体を伸ばした。

「だめ」とリナ。「横になったりしちゃ。今日はもう、眠り込んであの子のキャリアを潰すわけにはいかないのよ。だめだってば！　服を着替えて。少し遠出しましょう」

ヤイルはうーんと言いながらカウチから立ち上がった。リナの顔を見て、青ざめているのに気がついた。

「どうした？」

「ガリアが告訴するとか言ってた。したくはないけど、じきにそうするしかなくなるって」

「そんなことしてどうなる？　精神科医は事情を知ってる、警察も事情を知ってる。だれもとり合わないだろう」

「夢見人を扱う特殊な部署が新設されたって噂があるの。わたし怖くて」

「くだらない。おれは罪を犯したわけじゃない。わざとやってるわけじゃないんだ」

「でもこんなことが続けば、だれかが手を打つかもしれない。さあ、外に出ましょう。あなたが話しながら寝ちゃうといけないから」

二人は車に乗って北へ向かった。日差しは明るいが強すぎるほどではなく、そよ風が吹いていた。二人はカルメル山まで行って自然保護区を散策した。天気は上々で、あたり一面緑に覆われていた。二人がまだ若くて付き合い始めたばかりのころのように、ヤイルはリナと手をつないだ。リナをよく見て初めて気がついたのだが、同年代のたいていの女性と違って、彼女の黒髪は染めているわけではなかった。リナの顔は優しく、皺もほとんどなかった。きれいな赤の口紅をつけているので、いつもより唇がふっくらして見える。リナはほほえんで言った。実りのない仕事探しを続けるより、自分たちで商売を始めたほうがいいかもね。ヤイルはいい考えだと思った。彼は手先が器用だった。大工仕事をしてもいいし、電気技師の講習を受けてもいい。

昼すぎには、もっと北のアッコへ足を延ばし、旧市街でフムスの店を見つけた。結婚して二、三年はよくこんなふうに出かけたものだ。ヤイルはリナがコーヒーを飲むのを見つめた。彼女の顔には光が当たり、一瞬、新婚のころと同じくらいきれいに見えた。

「トイレに行ってくる」ヤイルは告げた。

ヤイルはレストランの裏口から外に出て、市場の先の花屋へ駆けていき、店でいちばんきれいなブーケを買った。レストランに戻ると、リナの背後から忍び寄り、ブーケを掲げて言った。「おれの花に花を贈るよ」

リナはにっこり笑い、その笑顔は雨あがりの虹のようだった。

「今日は何の日だっけ？」

「おれがきみを愛してる日だ」

家に帰る途中、ヤイルはラジオから流れる音楽に合わせて歌い始めた。リナも声をそろえた。二人は渋滞につかまっても歌い続けた。だがリナのスマホが鳴って歌声を途切れさせた。

「もしもし」

リナは耳を傾けて青ざめた。

「どうしたの、ハニー」

「だれだ？」ヤイルは訊いた。だがリナは手を挙げて黙らせ、ラジオを切った。

前の車列がまた動き始め、ヤイルは運転に集中した。

「わかったわ……。ええ、わたしが向こうと話しましょうか？」

リナはまた長いこと耳を傾けた。

「ほら、泣かないで……認定書をもらってくるのは簡単な話だから」

リナはグローブボックスをにらんだまま、視線を動かさなかった。

「向こうはそうするしかない。この国には法律があるもの……」

「ガリアか？」ヤイルは訊いた。

リナはうなずいた。

「夫をつれてすぐ行きましょうか？　わたし一人のほうがいい？」

リナは顔の筋一つ動かさずに聞いていた。

「それじゃ今日は間に合わないわ。今ハデラの近くにいて、車が渋滞してるの。だけど明日、朝一番に話をつけにいくわ。約束する……。きっと大丈夫。あした会いましょう」通話を切った。

「何があった？　クビになったのか？」

「いいえ。逮捕されたの」

「え？　なんで」ヤイルは気をとられ、車は右へ流れた。ヤイルは道路へ視線を向けて車線に戻った。

「午前中の会議のあと、ＩＤがなくなってるのに気づいたんだって。たぶん服や書類といっしょになくなったのね。お昼に新しいのを申請しようと内務省に行ったんだけど、ここ二カ月で四度目だったから、IDを犯罪者に売ってるんじゃないかと疑われて、逮捕されたみたい」

「警察は頭がおかしいのか？　夢見による事故だぞ」

ヤイルはリナをちらっと見た。膝にスマホを載せて、まだ同じ姿勢で固まっている。

「明日までは留置所から出してあげられない。朝一番に精神科医のところに行って、あなたの夢見障害の認定書を新しく書いてもらって、なるべく早く彼女を出してもらいにいかなくちゃ」

「どうして今日は出してやれないんだ」

「ガリア自身が夢見人でないことを警察が確認するためよ。そういう決まりになってるの」

「だがおれが夢見人なのは警察も知ってる。逮捕するならおれだろう、どうしてガリアを」

「しょっちゅうなくなるのが、あなたのIDじゃないから」

ヤイルはハンドルを殴りつけた。「なぜだ。なぜおれがこんな目に。いつになったらふつうの治療法が見つかるんだ。おれは煙草(たばこ)も吸わず、酒も飲まずに生きてきたのに……。どうしておれなんだ」

夕食のあいだ、二人はほとんど目を合わせなかった。ヤイルはロマンチックな夜を過ごし、なくした情熱をとり戻そうと目論んでいたが、二人ともそんな気分ではなかった。二人は早めにベッドに入った。

リナは窮屈な思いをしながら目を覚ました。昇り始めた朝日がすでに窓から差し込んでいたので、自分がベッドの端に押しのけられ、となりに女性の体があるとわかった。リナとヤイルのあいだでガリアが熟睡していて、ヤイルも眠っていた。

「ヤイル！」リナは叫んだ。

ヤイルはぱっと目を覚まし、ガリアも目覚めた。ベッドに身を起こし、口を少しあけて呆然とした顔で二人を見つめる。ヤイルがベッドで初めて彼女の夢を見たときも、ガリアはちょうどこんな顔をしていた。

「信じられない。留置所からわたしをひっぱり出したの？　これじゃわたしこそ夢見人だと思われても仕方ないわ。これでおしまい。わたしはクビ。わたしが無実だなんて、もうだれも信じてくれない。あなたたちが何枚認定書を出したって無駄よ！」

ガリアはわっと泣き出した。枕に身を投げ出してすすり泣いた。リナはベッドから起きてローブをとり出した。ヤイルも起きてバスルームに入った。

「ほら、ローブを着て」とリナ。「認定書をもらって、いっしょに警察に行きましょう。テーブルの一つや二つ、バンバン叩いてやるわ。きっとわかってもらえるわよ」

ガリアは泣き続けた。

「わたしの人生はこれで台無し。こんなこと、もううんざりなの！」

「ねえ、ローブを着て。お茶を淹れるから」

「あのバカ男、せめてふつうの夢を見てくれればいいじゃない。わたしが豪邸に住んでる夢とか。だったら少しは埋め合わせに……」

「ガリア、わたしたちでなんとかするから」

「なんとかするなんて無理。ヤイルが仕事につけないのはどうしてだと思う？　夢見人がどういう扱いを受けるか知ってるでしょ。だれも夢見人は雇いたがらない。みんな夢見人を怖がってる。今じゃわたしもその烙印を……」

「ヤイル？」とリナ。

バスルームからどさっという大きな音が聞こえた。

沈黙。

「ヤイル？」

リナはガリアにローブを投げつけ、バスルームに駆け込んだ。ヤイルは床に倒れてゴロゴロいう音を立てている。かたわらに薬の瓶があった。

「ヤイル、何やったの？」リナは悲鳴をあげた。

「どうしたの？」ガリアが寝室から訊いた。

「救急車を呼んで、今すぐ！」リナは叫び、薬の戸棚をあけて吸入器を探した。そこにあるはずなのに、見つからなかった。

「急いで、発作が起きてる」大声でわめいた。

「電話してる」

「ヤイル、吸入器はどうしたの」

リナは薬戸棚の中身を片端から放り出していった。

「吸入器はどこ」

ガリアがローブを着てバスルームに入ってきた。

「救急車はこっちに向かってる。リナ、この人、息してない！」

リナが目を落とすと、ヤイルの胸は動いていなかった。

「ヤイル、息をして！」リナは彼の横にひざまずいて、頸動脈に指を当てた。

「まだ脈はある。心肺蘇生法（CPR）は知ってる？」

ガリアは唇を嚙（か）んだ。

「お願い」リナはすがるように頼んだ。

ガリアは膝をついてCPRを始めた。リナは戸棚をあさり続けた。今度は吸入器が見つかった。「あった」リナはそれを振ってガリアに渡し、ガリアはヤイルの口に突っ込んで二回押した。

　二人は救急車に同乗して病院に行った。救急隊員はすでにヤイルの呼吸を安定させていたが、ヤイルは目を覚まさなかった。救急治療室の医師は楽観できないと告げた。経験上、薬にこれほど急激なアレルギー反応を示した患者は、死亡するか昏睡から覚めないそうだ。リナは今、治療室の外のベンチですすり泣いていた。ガリアはとなりに座って肩を抱いてやった。

「全部わたしのせいね」ガリアは言った。

　リナはそんなことない、ガリアのせいじゃないと言いたかった。だが、泣きじゃくっているせいで何も言えなかった。

「わたしが追い詰めたの」ガリアは震える声で続けた。「ヤイルがわざとこんなことしてるんじゃないとわかってたのに。あんなふうに責めるんじゃなかった」

　リナは泣き続けた。ガリアは立ち上がり、ナースステーションに行って看護師としばらく話をした。それから近くの給水機で水を一杯汲んできた。

「飲んで」とリナに言う。「飲まなきゃ」

　リナはガリアの手からカップを受けとり、無理して少しだけ飲んだ。水は冷たく、リナをせき込ませた。

「あなたのせいじゃない」リナは言った。「ヤイルはたぶんやけになったの。だって……」またすすり泣きがひどくなり、最後まで言うことができなかった。リナは涙のせいでひりひりしてきた目をこすった。ガリアはリナの肩を抱き寄せた。

「看護師に頼んできた。わたしがここにいると警察に連絡して、何があったか説明してくれって。たぶん警察はじきにやってきて、わたしを連れていくと思う。だけど釈放されたらすぐ、ここに戻ってきて力になるから、いい？」

看護師が一人近づいてきて、状況に変化はないと伝えた。ヤイルは意識不明のままで、医師たちによれば、昏睡時によく見られる症状が出ているそうだ。病院側はヤイルを病棟に移す準備をしている。移動はいつになるか教えると看護師は約束してくれた。

二人の婦人警官がガリアに近づいてきた。

「ガリア・ケナーン？」一人が尋ねた。

「ええ、そうです」ガリアは溜息をついた。「医者が認定書を出してくれると思います。これは夢見による事故で、わたしは留置所から脱走したわけじゃないって。夢を見た当人は自殺を図って入院しています」

「わかってます」警官は言った。「でも、あなたにはやはり留置所に戻ってもらわなくては。今日中に釈放されますよ」

「少し時間をくれませんか？」ガリアは訊いた。「こちらがその男性の奥さんです。

こんな状態で放っていくわけにはいきません」

警官の一人がガリアとリナのとなりに座った。もう一人が救急治療室に入っていった。

「もっと水を飲む？」ガリアはリナに訊いた。

リナはうなずいた。ガリアは立ち上がって給水機のほうへ歩き出し、次の瞬間、ふっと消え失せた。

警官が叫び声をあげた。

リナは泣くのをやめた。救急治療室から悲鳴が聞こえてきた。リナと警官は顔を見合わせ、治療室へ駆け込んだ。ヤイルのベッドにガリアがまたしても全裸で座って救いを求めていた。ベッドから下りようとするが、目に見えない障壁に阻まれている。医療スタッフが彼女の周りに集まってきた。

リナは駆け寄ってヤイルをゆさぶり始めた。

「ヤイル、起きて！」

ヤイルの頭が左右にぐらぐら揺れたが、目は開かなかった。ガリアは見えない障壁に体当たりし、あらん限りの声で悲鳴をあげた。医師、看護師、警官、患者、だれもがその光景を見ながら立ち尽くしている。

「ヤイル、起きて！」リナは懇願した。「お願い、起きて！　起きて！　起きてってば！」

二分早く

グル・ショムロン

山岸 真 訳

Two Minutes Too Early by Gur Shomron

グル・ショムロンは作家、詩人、テクノロジー企業家、発明家。最初のテクノロジー会社、クオリティ・コンピュータズを22歳のときにイスラエルで共同設立し、株を公開した。企業家兼投資家としてのキャリアをつづけ、アメリカでハイテク会社を興して13年を過ごし、同時にSFを書きはじめた。最初の（まだ未発表の）本、『どこでもない場所からのメッセージ』*A Message from Nowhere* のなかで、ショムロンは30年以上も前にインターネットに酷似したネットワークを構想した。第二作『NETフォールド』*NETfold* は、2014年に〈カーカス・レヴュー〉の選ぶインディー部門のベスト作品のひとつにあげられた。同書はヴァーチャル世界を描いており、そこで人々は24倍の時間を持ち、別の人生を送ることができる。『NETフォールド』はイスラエルではモダン・パブリッシング・ハウスから刊行された。

現在、ショムロンは執筆と、慈善事業と、さまざまなイスラエルのテクノロジー会社のチェアマン職とに時間を割りふっている。インターネットのガイダンスと契約分野では世界をリードする会社 WalkMe と、脳卒中を処置する医療装置の開発に当たっているコールドフロントのチェアマンである。グル・ショムロンはイスラエルのラーナナに在住。結婚しており、子供が四人いる。

（中村 融 訳）

あとから考えれば、最初の時点で変だと思うべきだった、とトミーにはわかる。配達員は〈世界パズル&なぞなぞ協会〉の公式代理人の立派な身なりではなかった。配達員を乗せてきたホバークラフトも、〈協会〉の有名なロゴがついてはいたものの、古ぼけたポンコツだった。けれど、おかしなことの中でも際立って最たるものは、梱包された大箱の配達が二分早すぎたことだ——それはコンテストのルールで厳しく禁じられている。はやる気持ちと意気込みとのせいで、トミーたちはこのルール違反をまったく深く考えることなく、パズル完成に挑戦するための余分な、反則の二分間が手に入った幸運に感謝しただけだった。というわけでトミーたちは箱をあけ、こうして三人にはまったく予測できなかっただろう一連の出来事の火蓋を切ったのだった。

その箱がリントン家に配達されたという事実そのものは、決して取るに足りない出来事ではなかった。それは二一三七年世界パズル選手権の決勝戦出場者宛てに送られた百個の箱のひとつであり、その資格を得たこと自体が大きな喝采を呼ぶものだった。小さな村であるケープ・キャスの全住民が、地元の三人の子どもたちが世界でもっとも有名なコンテストの決勝に進出したことを誇りに思っていた。三人の大きな写真付きの長文記事が〈ケープ・キャス新聞〉の一面に掲載され、メディアはここひと月、三人に関するニュースを少なくとも毎日ひとつは流していた。

トミー、デイヴィッド、リリーのリントン兄妹の名前が報道されるのは、これが二度目の機会で、最初は約一年前、オープン・トーナメント青年の部で二位になって世界を驚かせたときだった。それは大変な大事件で、というのは、ニューヨーク、サンフランシスコ、ロンドンの三チーム、通称〈ブレイン・タンクス〉が上位三位を独占し損ねたのは、これが史上はじめてだったからだ。そればかりか、リントン兄妹が一位を逃したのは、わずか三十秒差だった。一般家庭の子どもたち（非常に才能があるとはいえ）が、最上流階級出身のお墨付きの天才たちのチームを上まわってみせた、という現代のシンデレラ・ストーリーを持ちあげる潮流に、だれもが乗った。上位三チームは世界選手権成人の部への出場資格があたえられ、こうして子どもたちは、垂涎の的である世界パズル・チャンピオンのタイトルを競う精鋭百グループの仲間入りをした。

コンテストを競いあう天才たちのグループは、一チーム三人で、一世紀前のチェス選手権と似たところがある（チェス選手権は、グランドマスターをことごとくあっけなく破る単純なチェス・プログラムが出現したことで、人気がほとんどなくなった）。〈教授〉――〈協会〉のコンピュータ――が出題するコンテストの課題は、高度な補助機器や装置を備えたずば抜けて才能ある解答者たちのチームでなければ、手のつけようもないものだ。封をされた箱には、各々パズルのピースが二万個入っているが、その断片から構成されるべき絵や模型は入っていない。競技出場者たちに求められるのは、ピースを組み合わせる方法を推理して、〈教授〉がデザインした肖像や場面の三次元レプリカを作りあげること。このレプリカは人の身長の高さになることもありえるし、基部の直径がその倍になることもありえた。課題決定の瞬間に〈教授〉がいだいた発想はどんなランダムなものでもありえて、パズルはそれを描出する。前回のコンテストで〈教授〉が採用したふたつの題目は、荒涼とした月面風景と、都会の雑踏のひとコマだった。

全解答者は、受けとった立体模型の組み立て完了までに四十八時間があたえられる。ただし、あるチームが上位三位以内に入賞して、世界的称賛ととてつもない大金を手にしようと思ったら、その持ち時間の半分以下で課題を完遂する必要がある。世界記録は、九年前に達成された二十時間五十五分七秒だ。

トミーは、アルフレッドが箱を載せた台車をリントン家のポーチまで押していくのを手伝った。アルフレッド・コリンズは隣家の住人で、やや内気で見た目はきゃしゃな六十代の紳士だ。隣の田舎家に二年前に越してくると、ほとんどたちまちリントン家の子どもたちと仲良くなった。子どもたちがパズルを解くことに入れ込むようになったのは、アルフレッドとの親交――両親が出世のためあくせく働いているあいだ、子どもたちが無意識に渇望していたもの――の影響が大きいといえる。アルフレッドはリントン・チームのコーチとマネージャーを務め、前年のコンテストで三兄妹が成功をおさめるにあたって多大な貢献をした。

「おい、弟妹、届いたぞ！」トミーが叫んで、玄関のドアをあけた。「ありがとう、アルフレッドさん、運ぶのを手伝ってくれて。脚のことがあるんだから、もっと気をつけないとダメだよ」

アルフレッドはにこにこ顔のままだった。「さあ、取りかかったほうがいい」

あわただしく準備が進む――一秒も無駄にできない。トミーとアルフレッドは大箱をパズル室まで引きずっていった。デイヴとリリーが大急ぎで包装を取り除け、アルフレッドは自動追尾レンズに捕捉される前にそそくさと部屋から出て行った。この最新型テレビカメラは、解答者たちが外部からの支援を受けず、また認可ずみの計算装置しか使っていないことを確認するのが役割だ。カメラは箱の上部パネルが外されると起動する。

「がんばれよ！」閉じた扉のむこうからアルフレッドが大声でいった。

だれも返事をしている暇はなかった。ゲームははじまったのだ！

「分散機、始動」トミーが声を張りあげた。「総員、組み立てデッキへ」

分散機は、ふいごと本体とホースからなる大きな装置で、コンピュータにつながれたそれは、コンテストのルール上、パズル室内で許可されている唯一の移動式作業機械だ。その仕事は、箱からすべてのピースを吸いこんで、それをデッキ周囲の広いピース置き場にひとつずつ並べること。リントン・チームのは比較的古い型で、作業終了までに一分以上かかった。

「全ピース取り出し完了」とリリーがいいながら、箱の底から小さな星形のピースを引き抜いた。

分散機を別にすると、リントン家のクイズ室は最新仕様だった。前年の賞金五千クレジットの全額が、刷新と改良に注ぎこまれていた。アルフレッドから貸し付けてもらった三千クレジットは決して返済されることがなく（じっさいは、アルフレッドが受取を拒否した）、それで購入した巨大な天井鏡によって、全員が全ピースをどこからでも見ることができた。ゲーム室そのものは非常に大きく、中央にある円形の組み立てデッキには相撲の土俵がぴったりおさまりそうだ。デッキは、床面より低く沈みこむことのできる油圧ブースターの上に設置されていて、周囲のピース置き場には、人ひとりをデッキの中央まで運ぶことのできるスライド式金属プレートが装備されている。どこのパズル室でも使われているこの機構は、未使用のピースや一部組み立てずみのセクションに危険を及ぼすことなくパズルのすべての地点に行くことのできる、絶対不可欠なものだ。

時間との競争がはじまった。

「第一次観察結果。サンゴ礁のパートを含む海の断片。および、正体不明の茶色の物体」パイパーが特有のさえずり声で報告した。

パイパーはリントン兄妹のコンパクト・コンピュータで、デッキ上方に静かに浮いている。その空間移動を可能にしているのは、パイパー底面とその下方の部屋の床に取りつけられた強力な電磁石どうしのあいだに働く反発力だ。極小プロセッサが電磁石の強度をコントロールすることで、パイパーは室内のどこへでも移動できる。アルフレッドが開発したこの浮遊能力は、〈協会〉認可ずみだった。ほかのパズル・コンピュータが複雑に絡みあうワイヤやケーブルの網の目を通り抜けて移動しなくてはならないのに対し、浮遊能力はリントン・チームのコンピュータをわずかながら有利にしていた。

「海と海洋底に精査を集中」トミーが指示した。

三兄妹はパイパーをいちばん年下の利口な弟のように考えていた。名付け親は十一歳のリリーで、彼をパズル・コンテスト参加に必要なコンピュータ知性を持つかたちに作りあげたのは兄たちだった。十五歳と十三歳のトミーとデイヴは、コンピュータに適切な能力をあたえると同時に、それをコンテストの規定内にとどめて、さらにとてもコンパクトな資源内にインストールするのが、当然ながら厄介な大仕事であることを思い知った。アルフレッドの導きと助言がなければ、ふたりが課題を達成するには三倍の時間がかかっただろう。

パイパーの構造は必然的なものだった。〈協会〉としては、〈ブレイン・タンクス〉のような資源豊富な出場者が不公平に有利になるのは避けたい。その結果、競技に参加するすべてのコンピュータは、テニスボール以下のサイズで、重さは三キログラム以下に制限された。コンピュータはその制限内で、視覚、発話、聴覚、移動、表示への対応を求められる――現場でのパズルの解法プロセッシングはいうまでもなく。もちろん、そうした機能のひとつを強化すると、ほかのひとつかそれ以上の機能を低下させるのが通例だ。解法プロセッサに求められるのは、二万ピースすべてをスキャンして、解答者にとって意味のあるかたちでグループ分けできることだ。この能力は、完全にプロセッサのサイズとプログラミングの質しだいだ。

「海水植生のある砂地のセグメントを発見。おそらくサンゴ礁までずっと広がっている。組み立て開始」リリーが声をあげた。

「了解」パイパーが確認した。

パイパー表面の三つの小さなレンズのうちのひとつが、リリーに焦点を合わせた。こうすることでコンピュータは、リリーの処理しているピースが、確かにそこに当てはまるものであることを確認できる。じっさいにやってみると、表面どうしをくっつければ、どのピースもどのピースとでもつなげることができて、磁力で貼りつきあう。けれど、正解ではない組み合わせは十分後にばらばらになる。そうした不正解の組み合わせが生じないよう検証するのが、コンピュータの仕事だ。

「大きなサンゴの根元がわかった」デイヴが報告した。「だいたい……うーん……四百五十ピースかな」

トミーは水中の丸石を手際よく組み合わせながら、隠れもない称賛の視線を弟に送った。デイヴは急速にチーム内の不可欠な要素になってきていた。去年まではチームの大弱点だった、まさにその同じデイヴが、いまでは超人的な写真的記憶力を顕現させて、組み合わさる数百のピースをひと目で特定することが可能になっている。もし弟が協調性を向上できさえすれば、やすやすとグランドマスターのひとりになるだろう、とトミーは思った。

組み立て作業はてきぱきと進行した。海洋底のいくつかの部分とサンゴのところどころがデッキ上に姿を見せはじめる。数十匹のカニやウニやヒトデが、礁とそれを覆う海草の中に散らばっていた。ウニは実物そっくりすぎて、リリーはその一匹をサンゴの上に置くときに、指をほんとうにちくりと刺してしまった。アコヤガイもまた自然に忠実に作られていて、トミーはそのひとつの中に小さな真珠を組みこむことまでした。

「三十分経過」パイパーが告げた。「カニとサンゴのサイズ比は、縮尺が一対十であることを示しています。正体不明の物体は、たぶん大昔の航海用の船でしょう。第一次全体像の素描を試行中。結果が出るまで約五分」

きっかり五分後に3Dスクリーンにあらわれた結果は、大ざっぱな輪郭にすぎなかった。示されているのは、海に取りまかれた小さなサンゴ礁。海洋底には、礁に隣接して大昔の船がざっと描かれている。

〈すごい偶然だ〉トミーは考えこんだ。〈ほんの二カ月前、ぼくたちは〈タイタニック号〉という沈没船のパズルを組み立てた〉

トミーはスクリーンの画像が正解に極力近いことを心から願った。それが単なるラフスケッチなのは承知していたが、パイパーはそれをこの先、ピースがひとつ組み立てられるごとに絶えず改訂するはずだ。画像が現実に近づくほど、自分たちの作業が楽になるだろうことが、トミーにはわかっていた。

三人は休みなしに作業を続けた。一時間後、さらに多くの細部が浮かびあがっていた。船はある種の帆船で、礁によって破損し、砂に半ば埋もれている。

「推測——船首の大砲は十七世紀後半の英国軍艦を示しています」パイパーが意見を述べた。〈タイタニック号〉パズルを解くとき、パイパーは軍艦の歴史データを大量に蓄積していた。

「現在その船舶の船尾区画を処理中」とリリーがいった。トミーとデイヴは妹の言葉の選択に笑みを浮かべた。「そこは木枠や箱や散らばった品物だらけ。ひらいている箱は各種商品を詰めこむ必要があるのだと思う。二重モニターをお願い」

「了解」パイパーが宣言して、ひとつのレンズをデイヴからリリーのほうへむけた。

トミーは妹のプロの手際に驚嘆した。このほっそりした黒髪の少女は、パズルの最難関パートに着手していた——船の内部だ。だがリリーがもし誤りをおかすとしても、それはたったひとつの些細なものだろう。リリーの空間認識能力は、驚異的な色覚と結びついて、妹をチームの貴重な戦力にしていた。

最初の問題が発生したのは七時間二十分経過後、最初の食事休憩の約十分後だった。デイヴが立て終えたばかりのメーンマストが突然ぐらついて、下の水中エリアに落下した。チームがぞっとしたことに、海水のピースが本物の液体であるかのようにマストはそのあいだを沈んでいって、基部が海底に着いた。近くの礁を組み立てていたトミーは本能的に手を伸ばして、海中に沈む前にマストのてっぺんをつかんだ。

「これはありえない」トミーは叫びながら自由なほうの腕を振りまわして、自分が〝水〟の中に落ちないようにした。「ピースが固体のあいだを沈むなんて！」床プレートにかがみ、顔を横にむけてうつぶせになる。

「これの話は聞いている」リリーがいった。「去年開発された特殊な物質なの。アルフレッドが教えてくれて、コンテストで見ることになるだろうって。マストをつかむのがまにあわなかったら、組み立てた海水のピースを全部分解しなくちゃだった」

「なぜマストが外れたかがわからない」デイヴがつぶやいた。「しっかり組み合わさって、パイパーもそれを確認したんだ」

「そのとおりです」パイパーがいった。「ほかにマストを取りつける場所はどこにも見つかりません」

リリーが頭を振って、数秒後にいった。「なにが悪かったのか、わかったと思う」

「なに？」デイヴとトミーの声が重なった。

「マストを設置するのに正解でありうる場所が、ふたつあったの。まちがいなく、わたしたちはパズルの罠に出くわしただけだし、ほとんど副次的被害なしにそれを切り抜けられたのは、とても運がよかったと思う。ちょっと考えてみて……。うん、マストから振り落とされたピースはいくつかあるけど、元どおりにするのに一分以上はかからないはず」

トミーの心臓は一拍分止まった。自分たちは組み立てに熱中して、あらゆるパズルには隠された罠があることを忘れてしまっていた。どんどん先へ進んでマストを完成させたいと思うあまりに、もうちょっとで高い代償を払うところだった。三人はほとんどふりだしからパズルをやり直さなくてはならないかもしれなかったのだ。

パイパーがさえずった。「取りつけ場所発見！」トミーはパイパーの語調にかすかなばつの悪さを聞きとったように思ったが、すぐさまそれが自分の願望的思考であることに気づいた。「まだ組み立てられていない礁の反対側に、マストの先端があります」

スクリーン上の画像がディゾルブして、新しい改訂版の画像と入れかわり、マストは新しい位置に移動していた。

「いいぞ！」トミーは大声でいった。「さて、だれかこのマストをここから引き抜くのを手伝ってくれないか、ぼくの腕が疲れきる前に？」

チームはマストをとても慎重に引っぱりだして、それを脇に横たえた。失ったのはわずか三分で、作業は気力全開で再開された。

「これは古い本がいっぱい詰まったトランクみたい」リリーが声をあげた。すでに船尾を完成させて、そこにおさまるのだろうさまざまな品物や商品を処理している。

「文字がすごくちっちゃくて、タイトルはほとんど読みとれない。これは『ガリヴァー旅行記』という本で、こっちのは『山風か丘』。だれか知ってる？」

「『嵐が丘』だ」トミーはちょっと怒っているようにいった。「トランクの蓋を閉めようとしたのか？」

「うん、やってみたけど、うまく合わさらなくて、今度はあきそうにない」

「そのとおりです」パイパーが言葉をはさんだ。「忘れないでください。わたしたちにはこのレベルのミスはあと一回しか許されません。ですから、トランりをあける試みは時間と労力の浪費となるでしょう」

「わかったか、弟妹──もう勝手になにか試すのは、なしだ。もしなにか怪しいとかおかしいとか思うことがあったら、すぐにそれを口に出して、全員で考えられるようにするんだ。ミスをするごとに三分を失う──あと二回ミスしたら、パイパーがいったように、入賞はできない」

「全ピース中、三十九・五パーセントが組み立てられています」パイパーが呪文のようにいった。「経過時間は十時間二十七分。このペースなら、世界記録を更新できます」

まるで三人全員が昼寝から目覚めて元気を回復したかのようだった。いつもパズルの最初の三分の一を解くのに解答時間の約半分がかかっている。このパズルを二十時間以下で完成させられる見通しが出てきた、もしこれ以上、思いがけず足をすくわれることがなければ。

じっさい、レプリカは組み立てデッキの上で形を取りはじめていて、パイパーが投影する画像はどんどん鮮明かつ明瞭になっている。十六時間経過時点で、船の組み立ての最難関部は完成が近かった。残っている唯一最大の課題は、海面に突きだした船首で、パイパーの投影画像によれば、獅子頭（ししがしら）の第一斜檣（バウスプリット）がついている。パイパーはレンズをデイヴにむけ直していて、デイヴは完全に消耗しているようすだ。いま割りふられているのはいちばんかんたんな作業――数匹の魚やウナギが泳いでいる水域の仕上げ――だったにもかかわらず、デイヴは常時モニターしておく必要があった。

「昨日の夜、ちゃんと寝なかったんだな」トミーが叱責（しっせき）した。「リリーの大車輪の働きぶりを見てみろ」

トミーはサンゴというサンゴを正解の位置に置き、隅っこや裂け目に魚や海草を巧みにちりばめて、礁の完成目前だった。作業が進むにつれて、トミーの経験の蓄積がどんどんはっきりしていた。はめこまれていないピースの数は急速に減っていて、その大半はトミーの周囲に散在していた。トミーの器用な指がそれを拾いあげ、ほかのピースとつなぎ合わせる効率のよさは、名人級のレンガ積み職人のようだった。

開始から十九時間三十分十秒で、パズルは完成した。トミーがテレビカメラについた赤いボタンを押すと、大音量でベルが鳴って、組みあげられたパズルをテレビカメラがタイムスタンプ付きで撮影し、その映像をコンテストのコントロール・テーブルに送信した。

疲れきったリリーが床にすわりこんだ。消耗し尽くして五分前から大の字に寝そべっていたデイヴは、弱々しく持ちあげた片手の指を伸ばしてVサインを作った。

ベルが鳴ったほんの一秒後に思えるが、その瞬間だけをずっと待っていたかのように、アルフレッドが部屋に飛びこんできた。彼は子どもたちを抱きしめてキスし、上機嫌で拍手し、〈協会〉本部に電話した。

「そうです、そう、わたしがこの子たちのマネージャーです。どうもありがとう。そう、わたしたちは大変に喜んでいます。ええ、明日の受賞式には全員が必ず出席します。いや、どうか、それ以前の記者会見はなしでお願いしたい。子どもたちは非常に疲れていて、非常に興奮しているので、不足した睡眠時間を取りもどす必要がありますから」

アルフレッドは電話を切って、軽くジグを踊った。

「こいつは期待してよさそうだぞ、みんな、期待していい。解答を最初に提出したのはきみたちだ、ということは、きみたちが一等賞を手にするだろうということだ！明日、わたしたちはスーパーヴィジョンに出演するんだ」

三兄妹はしょぼしょぼした目でアルフレッドに笑いかけた。

（アルフレッドさんが踊ったり有頂天になったりするのも無理はない）とトミーは思いめぐらせながら、半びらきの目で壁に寄りかかっていた。（もしこの人がいなかったら、ぼくたちはなんの結果も出せずにいただろう。自分のおじさんの遺産からこの部屋の建造費用を出してくれたし、コンピュータの部品を買ってくれたのもこの人だ。はじめからぼくたちに信頼を置いていた――ぼくたちはお墨付きの天才なんかじゃなくて、ただの利口な少年少女なのに。まあ、ぼくたちは確かに、アルフレッドさんが寄せてくれた信頼は正しかったと証明したんだ）

玄関のベルが鳴った。アルフレッドは三人を寝室に追いたててから、応対に出た。子どもたちが組み立て室をそっと出ていくとき、アルフレッドがドアの外にひしめくニュースに飢えた報道陣と大声でやり合っているのが聞こえた。

受賞式は〈協会〉本部の大ホールで開催された。二十一世紀建築の傑作とされるこの古い建造物は地球儀の形をしていて、その最高地点は往古のエッフェル塔の高さと同じだった。建物表面は地球の大陸と海の正確な地図のレリーフだが、組みあげたパズルのような見かけを帯びている。正面入口は南太平洋にある広いドアをくぐるかたちで、リントン家の子どもたちはその眺めに見覚えがあった。何年ものあいだスーパーヴィジョン放送で同様の式典を見てきたからだ。今日は自分たちがそのショウの主役だった。子どもたちの両親は誇らしげな笑顔を浮かべたまま、背景に控えて、わが子たちが栄光の瞬間にひたれるようにしていた。アルフレッドは杖なしに杖を振りまわして過熱気味の報道陣を追いはらい、三兄妹の建造物への歴史的入場をデジタルフィルム上で不朽のものにするために道をあけてやっていた。

三兄妹は万雷の拍手喝采に迎えられた。緑色の服装の先導役に足早に従って、栄誉の証しである最前列にむかう。

「この人たちはもう、ぼくらが世界記録を更新したことを知っているのかな」デイヴがいった。

「そうじゃないと思う」トミーが答えた。「結果は秘密にされていて、このときこの場ではじめて発表される。ぼくたちが何位になったかさえ知らないに違いないと思うよ」

「シーッ」アルフレッドがいらだち気味にささやいた。「式典がはじまっている」

荘厳な式典は比較的短かった。世界主席科学者がスピーチをおこない、コンテスト実行委員長が受賞者たちへの祝辞を述べた。

式典の司会者がサニーヴェイルのクラーク家チームの名前を呼び、登壇して三位を受賞するよう告げた。このチームのタイムは二十一時間三十分五十秒というすばらしいもので、

「……組み立てミスはわずかにひとつでした」と司会者が発表すると、観衆は称賛の歓声をあげた。

続いて名前を呼ばれたのはニューヨークのアインシュタイン研究所のチームで、二

十一時間十八分七秒という驚異的タイムで二位を受賞した。

「組み立てミスはただのひとつもなし」司会者が叫ぶようにいった。「これまでの世界記録にわずか二十三分及びませんでした」喝采は長くて大きく、そこには期待と興奮のささやきが混じっていた。ほのめかしはあからさまだ——この観衆は歴史が作られる瞬間を目撃しようとしている。世界記録の更新を！

「そして第一位は、圧倒的大差で、今年わたしたちを驚かせつづけてくれたチームのものとなりました」司会者が興奮を募らせながらいった。「この方々を壇上にお招きできることを名誉に思います。ケープ・キャスの無所属チーム、リリー、デイヴィッド、トミーのリントン兄妹、そしてマネージャーのアルフレッド・コリンズ」

三人の子どもたちは割れんばかりの大喝采の中を弾むようにステージにあがった。アルフレッドが足を引きずりながら、もっとゆっくりそのあとに続く。

「過去九年間、世界記録はピーターースン・チームが保持し、それは人類のパズル解答の試みにおける限界であると考えられてきました」司会者は熱狂の度を増しながら続けた。「しかし、ここにお迎えした子どもたちのグループが、上流階級の優先的学習プログラムの所属でさえないのに、この記録を破ったのです。レディーズアンドジェントルメン、少なからぬ誇りと高揚感を持って、わたしは今夜ここに、人類のパズル解答能力の新たな極限を発表いたします。第一位はリントン家チーム、その新たな途方もない世界記録は、十五時間四十分ちょうど！」

それは地震が襲ったかのようだった。喝采、拍手、口笛、叫喚――そのすべてが生みだす耳を聾するような轟音にトミーは仰天して、司会者のまちがいを訂正しようとしてひらきかけていた口を閉じた。デイヴとリリーをちらりと見やると、ふたりの顔にも困惑が浮かんでいた。

「ではここで、チーム代表からご挨拶をひとことといただきましょう――トミー・リントン！」

トミーの顔の前にマイクが突きつけられた。ぐっと唾を飲みこんで、口をひらく。

「コンテストに優勝できて、とてもうれしいです。それはぼくたちにとって、長いあいだの夢でした。ぼくたちを全面的に支援してくれた両親に感謝したいと思います。ケープ・キャスの全住民のみなさまにも、支援と激励を感謝いたします。そして、超特大の感謝をアルフレッド・コリンズさんに、この方がいなければ、ぼくたちが今夜この場に立つことはなかったでしょう」

大喝采が客席を揺るがし、トミーはそれがおさまるのを待ってから話を続けた。

「ですが、司会の方の発表には、まちがいがひとつありました。確かに、ぼくたちは世界記録を更新しましたが、ぼくたちのタイムは十九時間三十分十秒でした」ひと呼吸置いて、続ける。「さらにぼくたちは、このタイムに二分を足す必要があります。

なぜなら、大箱の配達が二分早かったからです」

巨大な会場が墓地のように静まった。

「それはどういうことかな、きみ？」コンテスト実行委員長の声が轟いた。男は大きな紙を振りまわしながら、さらにいった。「このきみたちが組み立てたパズルの写真画像に、タイムスタンプが入っている。時間は十五時間四十分きっかりだ！」

その写真画像を手にして、トミーの血が凍りついた。タイムは委員長のいうとおりだった。だが写真は、サンゴ礁と難破船を見せるかわりに、荒々しい火山の光景を写しだしていた――泡立つ溶岩が山腹を流れくだり、倒壊した壮大な彫像がところどころから突きだしている。なにかが決定的に大きくまちがっていた。紙がひらひらと床に舞い落ち、トミーは絶望的な思いでアルフレッドのほうをむいた。

「ここで起きていることを説明できる人はいないのか？」主席科学者が怒鳴った。観衆がつぶやいたりささやきあったりしはじめた。

「わたしができますよ、ダニエル・カーター博士、もしお許しいただけるなら」アルフレッドが突然そういって、マイクを手にした。

「アルフレッド・エーデルバーグ！」主席科学者が驚愕して叫んだ。

「いまは違う」アルフレッドが訂正した。彼は観衆のほうをむいて、直接話しかけた。その声は信頼と権威を感じさせた。「いまのわたしの名前はアルフレッド・コリンズ。

過去にはエーデルバーグという姓だった。みなさんは抗老化エーデルバーグ・ワクチンをご記憶だろう――というより、みなさんの多くが現にそれを使っているのはまちがいないと思う。そのワクチンの命名はわたしにちなんだもので、それはわたしがその発見者だからだ。ほかの方々は、わたしが〈世界科学委員会〉による研究の自由の制限を告発したことで起きたスキャンダルによって、わたしをご記憶かもしれない。その結果としてわたしは職を失い、〈USAテック〉追放の不名誉な処分を受けた」

アルフレッドは観衆をねめまわした。二十年ほど前に科学界を揺さぶった出来事を思いだす列席者が出てきて、ささやきやつぶやきが増していった。

「しかし、わたしは希望を捨てなかった」アルフレッドが話を続けて、自分の席で固まり、紙のように血の気が失せた主席科学者のほうをむいた。「わたしは名前を変えて、研究を続けた。それはいまでは、遺憾ながら、違法とされているもので、わたしはそのせいで即刻逮捕されるかもしれない。わたしは生物学的穀物型の系列を開発した。それはふつうの植物でかんたんに産することができ、それを食べた生物の知能を向上させる」

彼は床にしゃがんでパズルの写真を拾いあげると、観衆に見えるように高く掲げた。

「この写真のパズルは、トミー、デイヴ、リリーのリントン兄妹が組み立てたのではない。三人が組み立てたのは違うパズルで――これと同じくらい難しいパズルだが、わたし自身がデザインしたものだ――三人はそれを十九時間三十分十秒で完成させた。このタイムには二分が足されるべきだろう、なぜなら、わたしはこのパズルを二分早くリントン家に配達したからだ。こうして、三人がわたしのパズルで手いっぱいになっているあいだに、わたしは本物の配達人を迎えに出て、本物のパズルをリントン家の隣にあるわたしの家に運びこんだ。パズルはそこの簡素で最新設備などない組み立て室で、コンピュータの支援なしに、ゾコ・チームによって、たったの十五時間四十分で組み立てられた」

アルフレッドは、口をぽかんとあけて青ざめた顔で自分を凝視している三人の子どもたちに、安心させるように微笑（ほほえ）みかけた。

「しかしながら、人類のパズル解答世界チャンピオンの称号はいまでも、みなさんの目の前にいるチームのものだ。この惑星上には、この三人よりもこの作業をうまく、あるいは速くやることのできる人間、あるいは人間のチームは存在しない」

アルフレッドは歩行用杖の上部をねじって外すと、そこから大きな巻紙を引っぱりだした。それを平らに延ばして、そこにプリントされている写真を唖然（あぜん）としている観衆に見せる。

「これが世界記録を破ったチームだ」アルフレッドは叫んだ。「この子たちはたったの七歳だが、個々の知能指数はこの惑星上のいかなるほかの生物よりも高い」

写真の中で三匹のオランウータンがにかっと大きく笑っていた。三匹それぞれが、片手に黄色いバナナを、もう一方には赤い小型スーパーコンピュータを持っている。

「あなたが自分の理論をうまいこと証明できたことも、追放が撤回されたことも、三人ともとても喜んでいるんだよ」リリーがいった。「でも、あなたが大学に戻るのはすごく残念。あなたがいなくなるのはほんとうにさびしい」

三人のチャンピオンは広い組み立て室にすわって、アルフレッドがメモリー・キューブを梱包し、大きな容器にていねいにしまうのを眺めていた。

「そんなに遠くに行くわけじゃない」アルフレッドがいった。「車でここからほんの三時間くらいのところだ。それに、きみたちがわたしの新しい家や職場に来るのは、いつでも歓迎だ」

「リリーは来年まで予定が詰まっている」トミーがいった。「妹抜きでニューヨークに行くつもりはないよ」

「でも、休暇シーズンになら来られるだろう?」

「もちろん」リリーが答えた。「今度の出来事については、三人ともとっくにあなたを許しているの。あなたがとても大好きだし、ある意味で、ええと、養子にしてくれたことに感謝している。たとえあなたの動機が、パズルを奪い去ることにあったとしても。ねえ、アルフレッドさん、ケープ・キャスでうちの隣に越してきたとき、わたしたちのコーチになることにしたのは、とてもラッキーだったと思うでしょ。もし去年、わたしたちが二位にならなかったら、どうするつもりだったの？」

アルフレッドは返事をしなかった。小さな少女を抱きしめた彼の目に、涙があふれる。三人の大好物だったほうれん草パイに自分がなにを入れたかを、三人に明かしても意味はない。三人は彼を絶対に許さないだろうし、世間からも違法な人体実験をした廉で石もて追われるだろう。彼自身が過去三十年間、自らの実験台になってきて、彼のすべての発見はそうした実験に由来するものだという事実でさえも、アルフレッドの助けにはなるまい。

ろくでもない秋

ニタイ・ペレツ――植草昌実 訳

My Crappy Autumn by Nitay Peretz

ニタイ・ペレツは1974年、キブツ・レヴィヴィムで生まれ、いまもそこに家族とともに住んでいる。カメラ・オブスキュラ美術学校で台本の書き方を学び、リサーチャー、台本作家、ドキュメンタリー監督となった。社会活動家でもあり、さまざまなプロジェクトに関与しているし、ブロガーでもある。2004年からは多くのイスラエル人の一代記を監督し、撮影し、編集している。これまでのところ、彼の著作には子供向けの本『イヤリの心臓』*Eyali's Heart*と長い中編（ノヴェラ）『ろくでもない秋』などがある。

（中村 融 訳）

何かが起きつつあった。何か大きなことが起きそうだ、と、誰もが感じていた。道行く人たちの誰もがみな、そう思っているようだった。あらかじめ知っていても、本当に起きたらびっくりするようなことが起きる、と。俺には悪いことが二つも起きた。オシャーがひどいまねをしたのと、マックスが啓示を受けたことだ。この秋、俺は神様にケツを蹴っ飛ばされた、というわけさ。

それが起きるまでは、俺たちはけっこう楽しくやっていた。その晩は、袋入りのヒマワリの種をつまみながら、居間のソファに三人並んで座っていた。マックスは俺の左、オシャーは右にいて、TVを見ていた。チャンネル1でサッカーの試合、マッカビ・ハイファ対ベイタル・エルサレムの中継をしていたんだ。客の入らないカードだ。ハイファが勝ってベイタルが負けると決まっているようなものだからな。だが、居間は盛り上がっていた。こんな晩は何が起きてもおかしくはないし、人気のスポーツキャスター、ズヒール・バーロウルも煽っていたからだ。「メイアのみなさん、盛り上がってますか！　こんばんは、視聴者のみなさん！　今、キリアット・エライザ（二〇一四年までのマッカビ・ハイファのホーム）の盛り上がりは最高潮、空にも届かんばかりです！」ハーフタイムで得点は1対0、ハイファのリードだ――ベイタルには予想外だった。ジョヴァニ・ロッソ（ミッドフィルダー。二〇〇一～〇五、〇七～〇八にハイファに在籍）は絶好調だった。ハイファが得点するたびに、俺とオシャーは声をあげ、歌い、緑のスカーフを振った。ベイタルに賭けていたマックスは、早々に負けを認めていた。3対0でハイファが圧勝した。俺たちはピザの出前を頼んだ。配達員はすぐに届けに来たから、十分以上遅れたときのドリンク無料サービスはつかなかった。マックスは文句を言いつつ支払いをし、もう賭けはしないぞ、と俺に言い、配達員にはチップをやらなかった。

俺はピザが好きだ。ピザがなくては生きていけない。このとき注文したのは世界同時発売の新メニュー、ツナのホワイトソースだ。Lサイズの半分をあっさりたいらげ、1・5リットルのコカコーラを空けた。素晴らしきかな人生。

ピザを食べ終えると、マックスがマリファナを巻いた。俺たちはベランダでそれを吹かしながら人生について語りあった。だいぶたってから部屋に戻り、吸い殻とヒマワリの殻を捨て、グラスと皿を洗うとピザの箱をごみ箱に投げ込み、眠った。

オシャーは先にベッドに入っていた。彼女が居間から出ていったのには気づかなかった。眠っていると思ったので、起こさないように俺はそっと隣に横になった。寝つくまでのあいだに、オシャーがふだんより寝返りをうっているのが気になった。

朝起きるとまず歯磨きをして、歯ブラシをくわえたまま洗面所を出た。オシャーは居間に座っていた。空のコーヒーカップを前に、彼女は煙草をくわえていた。吸わないんじゃなかったのか。目は腫れぼったくて充血し、今しがたまでひどく泣いていたように見える。俺が気づかないあいだにベッドから出て、けっこう長いこと、ここに座っていたのだろう。

「おはよう、イド」彼女は言ったが、声がふだんと違ってばかに落ち着いていて、嵐が過ぎ去ったあとの海のようだ。「別れましょう」

「何の話だよ？」と尋ねてから、オシャーの脇の灰皿が吸い殻でいっぱいになっているのに気づいた。いつの間に吸いはじめたんだろう？

「わからないけど、別れたほうがいいのは確かよ」というと、彼女は鼻をすすりあげた。「あなたのせいじゃない。全然悪くない。反対なの——あなたは落ち着いていて優しくて思いやりがある。だからあなたのせいじゃない。わかって。わたしが悪いの」

オシャーはわっとばかりに泣きだし、そのまま止まらなかった。歯ブラシをくわえているのも忘れて、俺は隣に座った。落ち着かせようと、いつものように彼女の背中を、首のあたりから撫で下ろしたが、オシャーはぎこちなく身を離した。「そうじゃない、イド、もう終わりなの」

「どうしたんだ」俺は言った。「今はゆっくり話していられないから、今晩帰ってからにしよう」

「話すことはない。もう終わりだから」

「おいおい、これから仕事に行くところなんだ」本当は、勤務が始まるまで余裕があった。オシャーもそれを知っているはずだが、何も言わなかった。

洗面所でうがいをして、髪を整えた。鏡に映った自分に、いったい何が起きたんだ、と訊いてみた。セーターを着て、バッグを持った。オシャーにキスをしようとしたが、彼女は顔をそむけた。「行ってくるよ。話は今晩しよう」答えを聞く前に、俺は後ろ手にドアを閉めた。

いつものように、カフェ・グロスに向かう道をたどった。空は暗く曇り、風はない。雨が降りだし、行き交う人々は急ぎ足になったり、開いている店に飛びこんで雨宿りをしたりしはじめた。

俺はかまわなかった。歩道の真ん中を歩いていくと、雨だれは髪を伝ってセーターを濡らし、背中に流れ込んで尻の割れ目からパンツに染みこみ、靴の中まで浸して、オシャーが気に入っていた「くまのプーさん」の靴下をびしょびしょにした。

カフェ・グロスの前に着いた。店の前は大きな窓になっていて、中が見える。窓の近くに男と女が連れだって座っていたが、どちらも背が高くて顔立ちは美しく、趣味のよい服装で、ヨーロッパのＴＶコマーシャルに出てきそうだった。二人とも大ぶりなグラスで湯気の立つココアを飲み、クロワッサンを食べながら笑いあって、二人だけの楽園を作っている。注文したものは揃ったか、とリナが尋ねると、男のほうが何か冗談でも言ったらしく、三人揃って笑いだした。

　雨脚が強くなってきた。雷鳴が轟き、稲妻が通りをきらめかせ、粒の細かい雹が降りだした。つま先の感覚がなくなってきた。何から何までついてない。胃の中で煮えたぎる怒りはなんとか横隔膜あたりで止まっている。子供の頃、学校で上級生たちに殴られたときみたいに、涙が溢れてきた。やり返したかったけれど、味方は誰一人いなかった。

　帰ることにした。仕事になりそうにない。カフェの中の誰も、俺には気づかなかったことだろう。

　アパートには誰もいなかった。オシャーも出ていったようだ。吸い殻を捨て、灰皿は洗って、夜に使うコーヒーカップと一緒に、水切り籠に置いていった。よく見てみると彼女の歯ブラシも、泊まるときのために置いていた服もなかった。テディベアも、これでないと眠れないと言ってアメリカにまで持っていった枕もなかった。

　何も疑問を抱くことはない。オシャーは説明しないまま、謝りもせずに出ていった。それだけのことだ。くだらない世界だ。足かけ四年も一緒に暮らしてきて、これで終わりか。叫びたかった。窓ガラスが割れるほどの大声を出したかった。手足を振りまわして暴れたかった——が、子供でもあるまいし、そんな馬鹿なことをしても何にもならない。ソファに座り煙草に火をつけた。胸のうちで煮えたぎっていた怒りが静まりだし、なんとか落ち着いたところで、俺は決めた。オシャーが去ってしまうような世界にいることはない。それだけじゃない——苦しんでいるのは俺以外にもいるはずだ。俺がいきなりこんな目に遭わされたくらいだから、他にも同じように運の悪いやつがいるだろう。外に出よ、そして俺みたいな馬鹿を探せ。それがいい！

マックスが入ってくると、俺の頭からつま先まで見て、濡れているな、と言った。ありきたりのことをありきたりに言うことにかけては、こいつは天才だ。

マックスは俺のルームメイトだ。兄弟かとよく訊かれるが、やつは痩せていて、見上げた拍子に後ろに倒れるくらいに背が高い。どうして兄弟だなんて思われるのかはわからない。どこも似ていないのだから。マックスは真面目な男で、クレジットカード会社で電話相談窓口の担当をしている。土曜日にはきまってどこかの森でやってるレイブに行く。クスリを決めて、抜けないうちに帰ってきているんじゃないかと思うこともあるが、訊いてみたことはない。

オシャーが出ていった、と俺は言った。マックスは、このまま結婚すると思っていたのに、ひどいな、と言った。追い出したのか、と彼は尋ねた。彼女のほうが見限ったが、終わったと言うばかりで理由も話さなかった、と俺は答えた。マックスの目が丸くなった。彼は宙を見つめながら、自分にはわかるよ、自分もひどい目にあったし、このままではやっていけないし、いずれ大きな変化が必要になると感じていたんだ、と言った。マックスらしい話し方とは違う。同情してくれるとばかり思っていた。

俺はマックスのたわごとを聞き流した。いつもはすばらしい話し相手なのだが。人の話をちゃんと訊くのはなかなかできることじゃないが、マックスにはできる。ものを良く知っているし、頭はだてに肩に載せてはいない。すばらしいルームメイトだ。あとで悲惨な目に遭うのだが、そんなことをされるいわれなどない男なんだ。

まずは、もう失うものはない、と腹をくくった。俺は真面目だ。知り合いはみな、俺を真面目だと言う。俺が黙っているときは、何も話すことがないときだ。毎日決まったことをして変えることはないし、翌月にまるで正気でないような事態が起きたとしても、変えるつもりはない。

その日はこんなふうに過ごした。十二時三十分に目覚め、トルココーヒーを淹れた。ミルクは入れない。歯磨きやうがいはしなかった。キッチンのテーブルでコーヒーを飲んだ。一日分のマリファナを巻く白い紙を広げた。コーヒーを飲み終え、カップをシンクに置いた。カップを洗うのにも決まりがある。きれいなカップがなくなったら、そのとき使う一つだけを洗う。面倒なときは、それもしない。残ったコーヒーや沈んだ吸い殻を捨て、残ったなにかを指ではじき飛ばし、そのカップに二杯目のコーヒーを注ぐ。

コーヒーを飲み終えると、ウィンストン・ライトを五本たて続けに吹かしながらマリファナを巻き、もう一杯のコーヒーと共に巻きたての一本を味わった。そのあと角の店まで出向いて、煙草を一箱とコカコーラのペットボトルを買った。帰ると部屋を暗くして、目を開いたままただ寝そべっていた。左を下に横たわって、オシャーがいなくなったことを考え、彼女に怒り、殺してやりたいとさえ思った。二時三十分頃、前後十分くらいの誤差はあったかもしれないが、今度は右を下にして、オシャーをどれだけ愛していたか、もし彼女が帰ってきてくれたら両手を広げて迎え、どれだけ淋しかったか話そう、と思った。四時にTVをつけてメロドラマを見たあとは、適当にチャンネルを変えてみたが、興味を惹くような番組はなかった。面白そうなものがあったらそのまま見ていたことだろう。明かりをつけると、手帳の後ろの住所録を開いて、八つ当たりできる相手がいるかと考えた。

失望の淵に鬱々と沈みながらも、まだ少しは浮かぶことができた。というのも、すべてがどうでもよくなったからだ。どうでもいい。何の説明もなくオシャーがいなくなったあとの、この無情の世界には、もう何も気遣うことはない。ごみの中でのたうちまわっていても、いいことは何一つ始まらない——いいほうに持っていきたいのなら、すぐにすることは一つ、ごみの中から出るだけだ。今は俺をこきおろしたり、恥をかかせたりしたやつらのことを思い出していた。思い出すうちに、そいつらの数の多さに気づいた。

住所録を見て一人選ぼうとした。どいつにも言いたいことがあるから、けっこう難しい。ドリの名前に指先を当てたとき、電話が鳴った。グロスからだ。俺はシフト三回ぶん休んだから、病気なのか、何かもっと悪いことがあったんじゃないかと心配していたらしい。俺を気遣ってくれるなんて、天使みたいだ。べつに悪いことはないんです、ただ体調がちょっとよくなくて、と俺は答えた。グロスは怒らなかった。もともと好人物だ。熱はあるか、医者には診てもらったか、と訊かれた。医者にかかって治るものじゃないんで、と俺は答えた。グロスはくすくす笑った。「まあ、それも病気のうちだ。わかったよ。なんて娘(こ)だったたっけ？」

「オシャー」俺は答えた。「しばらく治りそうにないです」

グロスの声は急によそよそしくなり、俺が連絡をしなかったので彼はシフトを組み替えざるをえず、欠員を補うのに頭を下げてまわった、と言った。だったら、店にたむろして只食(ただぐ)いし、俺にコナをかけはしてもチップは払いもしない、あんたのゲイ仲間を使えばいい、あんたの不味(まず)いコーヒーには似合ってる、と俺は言った。グロスが簡単に怒るやつだとは思わなかった。痛いところを突いてしまったのか、やつはわめきだし、「おまえが大嫌いだ、おまえだけじゃない、最近この町に来てでかい面をするようになった、馬鹿のくせに人を見下す生意気な若僧どもにはうんざりだ」とまくし立てた。あまりの大声に俺は電話を耳から遠ざけた。カフェに近づいたらグラスをぶつけてやる、この町でつきあいのある店にはおまえを雇うなと言っておく、とグロスは続けた。俺は通話を切った。赤ペンを取ると、やつの名前と電話番号に×をつけた。俺は笑った。こんな目に遭わせたこの世界には、報復あるのみだ。

あの大声の電話はなんだったんだ、とマックスが尋ねてきた。たった今カフェ・グロスを解雇されて失業者になったばかりだ、と俺は答えた。マックスは肩をすくめると、インスタント・コーヒーを淹れた。カップに湯を注いだとき、ミルクが切れていると言って、買いに出ていった。

そのとき、マックスの身に一大事が起きた。

事故、啓示、顕現（けんげん）、ひき逃げ、宇宙的偶然……どう呼べばいいのかわからない。このときシェンキン通りとアハド・ハアム通りの交差点で何が起きたのか、誰にも説明しようがないだろう。

金持ちの土建屋が乗った、車体の長い黒のシボレー・カプリス・クラシック。赤毛をショートカットにした長身の、目に滲みるほどの美女が乗った三菱パジェロＳＵＶ。それから、廃品回収屋のアーメッドと、彼の荷車。衝突事故から最初に我に返ったのは、アーメッドが荷車を牽かせている年老いた驢馬のトニーで、へたり込んでいたところから立ち上がると叫びだした。「御不要品！　御不要品！　お引き取りします！冷蔵庫、戸棚、洗濯機……御不要品！」女も土建屋も車を降りると、怒りにゆがんだ顔を真っ赤にして、激しい口論をはじめた。どちらの車もバンパーが潰れ、フロントガラスの破片があたり一面に撒き散らされている。ひどいものだ。アーメッドの積み荷は路上に放り出されていた。当の本人は道端に落ちた、壊れたオーヴンの上に座りこんで頭を抱え、うめいている。「なんてこった！　なんてこった！　みんな失くしちまった、もうおしまいだ……ヤ・アッラー……」

マックスは？

道にあおむけに倒れて微動だにしない。瞳孔はヤクを決めたみたいに開ききって、空を向いていても何も見えていないようだ。何か言ったようだが呻きにしか聞こえず、息をついただけかもしれない。救急車が着くまでマックスは、二十秒おきにかすかな呻きをあげるだけだった。ところが、救急救命士たちがマックスをストレッチャーに載せて車内に入れようとすると、やつは身を起こして、丁寧にこう言った。「結構です。ありがとう。もう大丈夫」

マックスが片手で医師の体を撫で上げると、その首に広がっていた乾癬(かんせん)の痕が消えた。救命士の一人の喉に三度触れると、六歳の頃から彼の悩みの種だった、吃音(きつおん)がなくなった。

マックスは歩道に落ちていた自分のバッグを取り上げると、大声ではっきりと言った。「では、帰ります」それを機に、周囲もおかしくなりだした。パジェロの美女モール（見た目にふさわしい名前だ）が「どこまでも、あなたについていくわ」と言った。シボレーの土建屋アズレー（こちらの名もその職業らしい）は「僕もお供します」と言った。二分前までは互いの目玉を摑(つか)みださんばかりだったというのに、もう忘れてしまったようだ。トニーが驢馬なのに歌いだした。「あなたぁーとならばぁー、たとえー火のぉー中ぁー、水のぉー中ぁー」人間の言葉を使うのはまだ慣れていないようだ（のちに彼は運動のスポークスパーソンになったが、俺とバルコニーで肩を並べて「本当さ、イド、みんな驢馬(おろかもの)でしかないんだ。だが、何を言えばいいか知っている驢馬は、この一頭しかいない」と言った）。アーメッドは、トニーの様子を見ていくぶん当惑していたが、「一緒に行くぞ。もちろんな！」と言った。アーメッドは他人と違うことはしたがらないし、トニーがいなくてはどこにも行けないだろう。

そして、みな集まって一列になり、俺のアパートに向かった。

マックスが信徒たちを従えて帰ってきたとき、俺はマリファナをくわえたままトイレに入っていた。今日はこれが四本目だ。心が軟らかくなって角が取れ、怒るようなことはなにもない。凧が舞い上がるみたいに、俺はハイになっていた。

「よお、マックスちゃん。一服キメないか？」火のついた先を落とさないようにしながら、俺はマリファナ煙草を差し出した。返事は「いや、結構」マックスがマリファナを断ったのは、これが初めてだ。「イド、ぼくは変わったんだ」やつは言った。「これまでのマックスじゃない。今は聖人に近づいたんだ」たしかにそうだ。これまでのマックスではなくなっていた。見開いた目には、火が灯っているようだった。ランプを二つ並べたように、両の瞳がきらめいていた。


翌朝、俺はオシャーに帰ってきてもらいたいばかりに、最後の悪あがきをしていた。電話をかけたが、彼女の声は嬉しそうではなかった。うんざりしているようだった。なんとか粘って、昼時にダウンタウンのコーヒーショップで会うことにした。オシャーはグロスの店にしたがったけれど、俺はもうあそこでは働いていない、と伝えた。

それから、拳銃を買いにいった。ショッピングセンターの銃砲店の店員とはとうに顔見知りだった。三度ばかり立ち寄ったが、拳銃を買わないでいたのは、必要になると思っていなかったからだ。

銃砲店の店員はオズという名だった。彼に出会うまでは、オズというのはロトワイラー犬の名前だと思っていたが、人の名には親の願いが込められているものだし、何を願うのもそれぞれの自由だ。オズはガラス張りのキャビネットを解錠して、拳銃を出しては説明してくれた。俺は聞きながら相槌をうち、質問もしたが、それというのも俺が銃に知識も興味もあることを見せておきたかったからだ。ときどき店に立ち寄っては、拳銃を持たせてもらい、その重さや手の中での落ち着きを確かめた。だが、選ぶふりをしていただけだ。どれにするかはとうに決めていた。オズが渡したクローム鍍金のジェリコ・マグナムを、手に収めて可愛いもののように撫でてみた。ガンオイルと金属の匂いが心地よい。生死を律する道具ならば、国産のものを使いたい。大きさも重さも手になじみ、曲面も凹凸もしっくりくるばかりか、腕から肘へと静かに震動が昇ってきて、胸を通って背骨にまで伝わった。俺は弾丸を選んだ——もちろん、ホローポイントだ。手に取って見ると、銅に被甲された鉛の弾頭に溝が刻まれているのがわかった。着弾するとこの溝が開いて薔薇のつぼみのような形になり、怖ろしい速さで回転して肉を貫き、テニスボールが余裕で通るくらいの穴を開ける。

終わりにするならきちんと終わらせたい。失敗して、レヴェンシュタイン病院のリハビリテーション・センターで天井を見つめ、看護師がスプーンでお粥を口に運んでくれるのを待つだけの暮らしを十年もするのはごめんだ。

弾丸は二十発入りの一箱を頼んだ。バラでは売らないものだとは、先に聞いていた。オズに小切手で内金を払い、二十六日以内に残額を支払うことにして、それまでに拳銃を所持するのに必要な書類を揃えておくことにした。

時間に余裕があったので、その足で内務省に行き、火器購入許可申請書を出しておいた。コーヒーショップに向かう途中、落ち着こうとマリファナを一服した。「ジ・アザー・カフェ」には約束の十分前に着いたので、もう一本火をつけ、ビールを注文した。そして席に座り、待った。オシャーは決まって遅れてくる。

アルコールとマリファナを一緒にするのはまずかった。オシャーが入ってきたとき、俺は彼女を抱きしめようと立ち上がったが、椅子が目に入っていなかった。足を引っかけて前のめりに倒れ、ぴったりした黒いウールのブラウスを押し上げている、オシャーの甘い香りのする胸もとに突っ込んでしまった。俺がアルコールと麻薬を一緒にやって前後不覚になるたび、彼女はひどく怒ったものだった。別れるちょっと前にもしてしまった。彼女は泣きながら、俺みたいに頭のいいやつがどうして自分をそんなに粗末にするんだ、と大声で責めた。だが、今は怒るようすはまるでなかった。俺が座りなおすのに手を貸してくれた。それから、前の席に座って、何も気にしていない、と言いたげなそぶりをしていた。俺のマリファナ煙草を一本取って火をつけると、一服して顔をしかめた。「ふーっ」声を出して、すぼめた唇から、俺に向かって細く煙を吐いた。「こんなものを吸う人の気がしれない」

「やりなおさないか」俺は笑いかけた。オシャーは笑顔を返した。その瞬間、元に戻ったような気がして、胸の奥が熱くなってきた。でも、ほんの一瞬でしかなかった。

「拳銃を買ったよ」俺は言った。「前から欲しかった、ジェリコ・マグナムとダムダム弾をね」

「本気？」オシャーは言った。「そんなもの、何に使うの？」

「頭を吹っ飛ばして、この世界から出ていくんだ」と言うと、オシャーは座ったまま身をすくめた。彼女の目に、急に疲れの色が見えた。七十歳にまで老け込んでしまったかのように。彼女が言うには、俺が助けを求めてもお門違いというもので、今の自分はまるっきりの空っぽだから、何もしてあげられない、ということだ。オシャーは俺の手を取り、まっすぐ俺の目を見た。「信じて、イド、あなたを欺(だま)す気なんてない。わたしは何もできないだけ。終わってしまったんだから」涙が溢れて、目のまわりのメイクが黒く流れた。「どう言えばいいのか、わからない。でも、今日までずっと心の中にあって、明日もあると思っていたものが、急に消え去って、あとには何も残っていなかった。だから、代わりになるものを見つけないと。同じようになくしたものを探している人は他にもいる。わたし一人だけじゃない」

オシャーがこんな話し方をするのは初めて聞いた。彼女はすぐに気をとりなおして、こう続けた。「ごめんね、自分がどうなっているのかわからなくて。わたしの言うことなんて、気にしないで。本当にごめんなさい」

もう言うことは何もない。互いに黙ったまま、十分ばかり向かいあっていた。オシャーは俺のマリファナを顔をしかめてもう一本吸ってから、人違いを詫(わ)びるような笑みを浮かべ、何も言わずに立ち去った。俺は帰り道をたどった。意気消沈してものも言えず、重い足を引きずって、のろのろと。敗北感で力が抜けてしまったようだ。ただ足の動きにまかせて歩いた。両足は大股に歩みを進め、テルアビブの通りがどんどん後ろに飛んでいく。今の俺には、ただ歩くことだけしか考えられなかった。

バスのドアが閉じた。緑の車体がバックでステーションを出ていく。俺はラーナナ行きのエゲッドバス五五二番線に乗っていた。窓の外を行き過ぎる街路樹の一本一本、信号機の一台一台を、見飽きるほど見ているはずなのに、俺は面白いもののようにじっと見ていた。そう、俺はラーナナに帰って、母さんに会うんだ。

戦歿者(せんぼっしゃ)慰霊碑のそばのバス停で下車した。両足はまたも自動操縦のように歩みを進め、郊外の眠っているような通りをたどって、ハハガナ街五八番地にある四階建ての灰色のビルまで俺を運んだ。

階段をのぼり、「メナシェ」とだけ書かれた見慣れた表札のあるドアの前に来た。ブザーを押すと、母さんがドアを開けてくれた。「おや、イドじゃないの。今しがた電話したところよ。おまえがいなかったから、お友達のマックスと話したけど」

「何の話を？」

「たいしたことじゃないわ」母さんは答えた。「人生のこと」

玄関に黄色い明かりが、ぼんやりと悲しげに灯り、母さんの顔の皺が深く見えた。母さんの皺を、メナシェ一族の苦難の地図と、こっそり呼んだことがある。その一本一本が、この二十年のあいだに俺たち家族が味わってきた苦労を示していた。山も谷も、あますところなく。空調の効いた観光バスで苦難の道をたどれるほどだ。皆様、右に見えますのは、鼻の脇から上唇に降りる皺でございます。家業が破産したとき、ひときわ深くなりました。父さんが何もできないぼんくらだったからだ、と母さんは言った。どちらも認めようとはしなかったが、けっきょくはそれが離婚の決め手になった。左手には、額をくっきり横切る皺が一本ございます。はい、そちらでございます。どうぞお気をつけて、たいへん深くなっておりますので。これも馬鹿親父のせいだ。まちがいない、父さんがリナとインドに行ってしまったあの夜から、母さんの額に刻まれた皺だ。面倒を押しつけられた母さんがひとり、眠れない夜を過ごすたびに、その皺は深くなっていった。

　みなさま、ごらんください。たいへん珍しいものです。ここに見えます額の真ん中、目元から眉間を遡って縦に伸びております皺は、涙なくしては見られません。これは俺のせいだ。細い皺の一本一本も。それぞれが俺の成長の記録だ。左手の下の方に見えますのは、息子が黙って友達のトマー・フライシュタットとシナイキで行ったときにできたものです。そのすぐ上、右側にあるのは、バイクを買った二週間後にオレンジ畑に突っ込んだ、あの記念すべき事故のときのものです。俺が乗ったままバイクは二十フィートも飛んでオレンジの木にぶち当たった。木にはかすり傷ひとつなかった。バイクは廃車になった。今も裏庭で、雨に晒され錆びついている。俺は両脚にプラチナの金具を入れられ、同級生の女子たちは俺の病室に押しかけてはギプスに楽しい落書きをしていってくれた。そして、さらにその右手にあるひときわ深い皺が「志願兵の母の谷」、イスラエルの母の誇りです。歩兵大隊で俺が無駄に過ごした三年間の一日ごとに、母さんの皺は深くなっていった。

「お入り。そこに掛けて」母さんは言った。「何か食べるかい。知らせてくれてたら、ちゃんと買い物に行って作って待ってたのに。ありあわせでよければ、すぐにできるよ」冷蔵庫から野菜を出し、切ってサラダを作りはじめる。「卵はいる？」と訊いてきたが、俺が答える前に小さなフライパンをガスレンジにかけ、火をつけた。狭く薄暗い台所がぼんやり明るくなった。フライパンが熱くなり、母さんが油を入れると、ちりちり音がしはじめた。

「腹は減ってないんだ、母さん。出る前に食べてきたから」あらかじめ決まっていた台詞のように俺は言ったが、すぐに目の前にオムレツとサラダと、電子レンジで温めたパンが二つ出てきた。

母さんは自分にはブラック・コーヒーを淹れて、タイム（イスラエルの煙草の銘柄）に火をつけた。

「お金がいるのかい？」煙草をつける火が顔を照らした。

「ちがうんだ、母さん、問題はお金じゃない」俺は答えた。「どうすればいいのかわからない。母さんはどう思う？」

「お金がいるなら、小切手くらい書くよ」

「母さん」俺は言った。「俺、オシャーと別れたんだ」

「何があったの？」母さんは立ちあがり、開いた窓に歩み寄った。煙を窓の外に吐いた母さんの顔を、夕日が照らした。「いい子なのに」

「出ていっちまったんだよ。もう終わった、ってだけ言ってね。オシャー・イェホシュアのその一言で、二人で過ごしたまる三年の月日は煙と消えた。俺が二箱買っておいたウィンストンを吸っちまったとか、コーヒーやティッシュペーパーを使い切ったとかいう感じで、俺は用なしさ」俺は言った。「終わった。だから人生一休みといきたいところだけれど、それよりまず、これから起きる悪いことを防ぎたいんだ。俺に起きることは、母さんにまで及ぶかもしれない。いや、俺のことは母さんのことだよな。とばっちりから逃げられるやつはいないだろうし。毎朝かならず、誰かが何がしか、ろくでもないことを意気揚々と持ち込んできて、俺はそれを笑って受けとめ、礼まで言う。やりきれないよ」

母さんは窓辺に立って、まだ顔を外に向けていた。煙草を深々と吸うと、まだ生きていた頃のばあちゃんが、大いに落胆したときの溜息にそっくりな音を立てて吐き出した。「で、どうしてほしいの？　あたしまで、おまえを巡る陰謀にかかわってるわけじゃなし。あたしはおまえの母親で、他の何でもないんだからね」そう言って、灰皿に煙草を押しつけた。「何があったの？　マックスもだったけど、おまえもおかしいよ。あたしが何かしちゃったんなら、まだわかるけど」母さんはまた溜息をついた。「おまえの納得がいくようにするほかないようだね。お金がいるなら小切手を切るよ」

話すことがなくなった。帰ろう。

だが、帰ったら、怖ろしいことが待っていた。

アパートの壁は、黄ばんで剝がれかけた壁紙の上に、長く白い布がかりられていた。ばあちゃんの家からもらってきた、オレンジ色のがたつくカウチがなくなっていた。床がおかしなことになっている。タイルが剝き出しになっていた。おかしな見た目だ。

部屋の空気そのものが変わってしまっている。テルアビブのまんなかで独身男が二人で借りている部屋にはかならずあるむさくるしさが消え失せて、まったく別のものに変わっていた。

この「お掃除大作戦」の担当者マックスは、腕をゆっくり大きく振って、真面目な口調で話しかけてきた。俺はカウチのことで頭にきていた。が、やつの様子を見たら悲しくなってきた。哀れなマックスよ。自分に何が起きたかわかっていないのか。いいやつだったんだがな。

キッチンから料理の匂いがする。これまでにはなかったことだ。長いブロンドを巻き毛にした、ぽっちゃりした双子が並んで、それぞれガスレンジにかけたばかでかい鍋をかきまわしている。二人とも俺に挨拶をして、会えて嬉しいと言ったが、マックスから俺についてはあれこれ話を聞いていたにちがいない。おかげで二人のハグは避けられた。もっとも、二人ともしてみようとはしたが。それぞれがえくぼのくっきりした笑顔で、オリット、ハギットと名乗った。ハギットが俺を座らせ、オリットは目の前に米と野菜の料理を盛った木の皿を置いた。食べてもらいたいようだ。だが、米の中にセロリが入っていたので、丁寧にお断りした。

何がどうなってるんだ、まったく。まとめて蹴り出してやるところだが、そうするだけの気力がなかったのは、こいつらには幸運だったことだろう。自分の部屋に向かう。中に入って――飛び出してドアを閉めた。信じられない。これこそ恐怖だ。

再びドアを開けてみる。まず気づいたのは蘭(らん)の香りだ。誰にも信じてもらえそうにないが、掃除用洗剤のコマーシャルが言うように、たしかに床から蘭の香りがした。窓は広く開かれ、いい風が入ってくる――前にこんなふうにしたのはいつだったか。床はぴかぴかになっていた。ピザの空き箱も、コカコーラの空きペットボトルも、元は何だったかわからなくなって床を埋めていた食べ残しも、消え失せていた。

洗濯は先週からしていなかった。何もする気がなくなって、脱いだものは床に投げ出し、着替えるときは投げ出したものを拾って着ていた。だが、今の床には何もなかった。クロゼットを開けると、どれもが洗濯とアイロン掛けを済ませ、ハンガーにかかったり畳んで重ねてあったりで、おまけに種類と色で分けてあった。最後にオシャーとセックスしたあと、ベッドの下に投げ込んだコンドームまでもなくなっていた。捨てちまったのか。あいつの名残(なごり)だというのに。

この惨事が誰の手によるものなのかは、尋ねるまでもなかった。アズレーとモールが膝をつき、両手にゴムの手袋をはめて、洗剤を満たしたバケツに歯ブラシをつけては、床のタイルを一枚一枚、慎重かつ丁寧に磨いていたのだ。

モールが膝をついたまま体を起こした。「おかえりなさい」と言うと、片手の手袋を外して、額の汗を優雅な手つきで拭った。「お部屋に勝手に入ってごめんなさい」

彼女は続けた。「マックスによると、これはわたしたちが自我を抑え人間として進化するために最適な修行だということです。マックスが言うことは、つまり……」口ごもると、笑って肩をすくめた。アズレーは俺には目もくれず、床磨きに集中していた。ズボンがずり下がって、汗ばんで赤くなった尻の上のほうが見える。

「出ーてーいーけーー！」俺はきっぱりと言った。声を伸ばしたのは、自分を落ち着かせるためでもあった。「いーまーすーぐーー！」アズレーは手早く床に残る水を拭き取り、モールはさらに雑巾をかけた。二人はそそくさと出ていき、俺は自分の両手が震えているのに気づいた。この部屋には、いや、この建物にはいられない。外に出ないと息がつまる。

はじめのうちは、この小さな宗派（カルト）を真面目に受け取るやつはいなかった。この秋のテルアビブでは、石を投げれば教祖なり預言者なりに当たった。この秋のテルアビブでは、人の言うことを真に受けてはいられなかった。

だが、あとでわかったことだが、それはテルアビブだけの話じゃなかった。アパートを出ると、北に向かって歩いた——思いに沈んでいたので、どれだけ歩いたのかはわからない。気づくとヤーコン公園に来ていて、金曜の午後にしては大勢の人々が集まっていた。ああ、また公会堂でつまらないイベントでもやってるんだろう、と俺は一人ごちた。「テルアビブ味の散歩」とか「ヤーコン・ジャズ・フェスティヴァル」とか、悩んだこともない健全で裕福な青少年が、洒落(しゃれ)た身なりで巨乳の彼女を連れて出向いてくるようなことをしているんだろう。

いや、それにしては様子が違う。屋台でもジャズバンドでもない。別の星域から来たUFOが着陸しているのだ。人込みを押しのけ、かき分け、なんとか見えるところまで来たが、身震いしているばあさんを転ばせたのも、目の前の警察官に肘打ちをくらわせたのも、わざとじゃない。それは銀色のシャボン玉のようなもので、何本もの細い脚を突き立てて芝生を傷めていた。

警察官はニシムという名前だった。彼は肘打ちを怒ってはいなかった。俺の肘をくらった目のあたりを手で押さえているが、もう腫れて青くなりはじめている。「歴史的な瞬間ですよ、これは」交番まで俺を引きずっていって、何倍かのお返しをしてもおかしくないところだが、実際に彼の言うとおり、まさに歴史的な瞬間だった。

防弾ベストに身を固め、照準器付きの軽機関銃を手にした武装警官隊が、UFOを取り囲んでいた。だが、この銀色の球体に何をすればいいのか、誰にもわからないようだった。警察が張った非常線の外には、メルカバMk3三台とチャバド・ミツバ一台、戦車がふだんなら違法駐車になるところで待機している。おかしな宗派の連中がこれほどUFOに近づくためにどうしたかはわからない。

球体が何の動きも見せないので、野次馬たちは退屈しはじめていた。TVのリポーターたちは退屈どころではない。百人は超えるTV局の撮影班は何をしていればいいかわからず、無駄口をたたいたり、手持ちカメラやばかでかいマイクをいじったり、照明を調整したり、ばあさんを転ばせたり警察官に肘打ちをくらわせたりしていた。

「いったいどういうことでしょう。なぜ何も言ってこないのか。ここまで長い旅をしてきたのなら、重要な目的があると思うんですが」肩をさすりながらニシムが言った。スカイ・ニュースのバッジをつけたカメラマンが、意味もなく移動しようとして、カメラを彼にぶつけたのだ。カメラマンはきついイギリス訛り(なま)で悪態をついた。「この馬鹿、どこに目をつけてるんだ?」

「あんな言い方をしなくても。私は何もしていないのに」とニシムが言ったので、あの無礼千万なカメラマンを逮捕すればいいと、俺はヤーコン地区きっての間抜けな警察官を説得してみたが、徒労に終わった。彼の関心は、すぐそばでリポーターを撮影している日焼けしたカメラマンでなく、エイリアンのほうにあった。リポーターがしゃべっているのは英語だが訛りがきつく、何を言っているのか俺には一言もわからなかった。

野次馬たちがひときわ高く声をあげて、銀色の球体を指さした。小さなハッチが開いた。カメラマンたちは有頂天になった。昔の蓄音機のスピーカーみたいな、ラッパ形のものがゆっくり出てきた。先を競って駆け寄り、いい場所を狙って押し合いへしあいしながら撮影しているカメラマンたちを別にすると、それがすっかり出てしまうまで、誰一人声をあげる者はいなかった。「うわあ」ニシムが言った。「何を言うんだろう。きっと重要なことにちがいない」

　スピーカーはしばらく、何の音もたてなかった。

　そして、おもむろに発声した。「こんにちは（シャローム）」

　熱狂的な敬虔主義者（ハシディスト）たちが騒ぎだした、肩を組んで輪をつくり、「あなたに平和が訪れますように（ヘイヴェイヌ・シャローム・アレイヘム）」を歌いだした。歌はすぐに「主よ、主よ、主よ」に変わったが、非常線を乗り越えそうになって制止され、野次馬たちがUFOからの声を聞けるように、歌も止められた。

　UFOが言ったのは、こんなことだった。「アハド・ハアム通り二八番地にいるマックス・コーンフェインを連れてきなさい。私たちは彼に重要な伝言があります」

　警察の白い車が二台、青い回転灯を光らせ、サイレンを鳴らして発車した。俺はドラッグに酔って夢を見ているのだと思った。UFOの声が何と言ったのか、よくわからない。いったいマックスに何の用があるのだろう。

　警察の車は十五分ほどで戻ってきた。とんでもない速さで飛ばしたようだ。二台目の窓は開いていて、廃品回収屋アーメッドの驢馬、トニーが首を突き出していた。トニーは俺に気づくとウインクをしてみせた。

マックスが下りてきた。背が高いうえに、真っ白なローブを着ているものだから、目立つったらない。トニーに乗ると、さらに背が高く見えた。トニーは気品ある足取りで銀色の球体に近づいていった。マックスとトニーが近づくと、小石を投げ込まれた池の水面のように、球体は震え、揺らぎだした。そして一箇所が音を立てて開くと、マックスとトニーを吸い込んだ。スカイニュースのカメラマンは恍惚となった。

だが、そのあとは何も起きなかった。けっこう長いあいだ、二十分はたったろうか。ハシディストたちは聖句箱（テフィリン）（ユダヤ教の聖具。律法章句を記した羊皮紙を納めた革の小箱）を頭に着けると、体を揺らしはじめた。ニシムは親しげに肘で俺の脇腹をつつくと、にやりと笑った。「ほら、連中ときたら、宇宙船の中の会話を傍受しようとしているみたいですよ」俺はマリファナ煙草を一服すると、やつに差し出した。ニシムは左右を見てから、おずおずと受け取った。一服して煙草を返すと、こう言った。「ぼくは本当は巡邏（じゅんら）警察官じゃないんです。巡邏（じゅんら）用コンピュータ・ユニットを持っているだけで。でも、おかげでこの歴史的な瞬間に立ち会えました」

ようやく宇宙船の表面が動き、揺れだして、さっきと同じところが開くと、トニーに乗ったままのマックスが吐き出されるように外に出てきた。開口部が閉じると、トニー、船体はさらに大きく震動し、ビーッ、ビーッ、ビーッと音を立てたかと思うや、爆音とともに消え失せ、あとに残ったのは過熱した金属のにおいと、四本の脚が立っていた痕の丸く枯れた芝だけで、なぜかハシディストが一人、忽然と姿を消していた。

取材陣は騒然とした。スカイニュースのカメラマンはまたもニシムに衝突しかけたが、未遂に終わった。俺はやつの背中を押さずにはいられなかった。カメラマンは芝生に倒れたが、俺には気づかず立ち上がってまたハンディカムを構えた。自分がさっきしたことは公務執行妨害の現行犯だったと気づいてくれたか。

俺はニシムの手をつかんで、レポーターやカメラマンと一緒に駆けだした。警察官が止めようとしてきたので、息を切らせているニシムを指さし、「警察官が一緒だ！」と言うと、そのまま通してくれた。

マックスはトニーに乗ったまま、瞑想にふけっているようだった。レポーターたちは取り囲んで矢継ぎ早に質問をしていた。「UFOの中はどうなっていましたか」「乗っていたのはどんな生物でしたか」などだが、繰り返されるのは「かれらのメッセージは何でしたか？」だった。

レポーターたちが驚いたのは、そのすべての質問に老練のスポークスマンよろしく答えたのが、驢馬のトニーだったことだ。トニーはまず非の打ちどころのないヘブライ語で、そのあとに流暢な英語で答えた。ときどき聞き取りづらくなるのは、口の構造が人間と違うのと、ときどき合間にぶるぶる唸る声が交じるからだ。

ようやくレポーターたちは、もの言う驢馬がニュースのネタとして視聴率を稼げることではなく、トニーがUFOからのメッセージを言おうと（いななこうと？）しないことに気づいた。そこで、自分たちにまったく関心を向けようとしないマックスに質問の矛先を向けた。レポーターたちの焦燥を一身に受けた彼は、開いた目をカメラに向けた。あたりが静まり返った。

マックスいわく。「メッセージはぼくへの個人的なものです。だから、お話しできません」そして、唖然としたレポーターたちが抗議しだす前に、トニーを膝で突いた。トニーは駆けだすや、騒然とするレポーターたちの頭上を軽々と飛び越え、屈み込んで身を守ろうとする連中を尻目に、西に向かい走っていった。ピンクとオレンジが混じりあった夕空に、マックスとトニーが遠ざかっていく。そのさまは、今日目にしたものの中ではだいぶまともなように、俺には見えた。

アパートに帰り、明かりをつけたままベッドに横になって天井を見上げていたが、どれだけそうしていたのかはわからない。いいかげん、寝転がっているのにも飽きてしまい、エリヤフさんに電話した。このアパートの大家エリヤフさんは、考古学上の貴重な遺物のような人で、名だたる骨董商のお歴々が買い付けにこないのが不思議なくらいだ。話していると、誰もがみな礼儀正しかったという、ヨーロッパ近代国家の黎明期まで時代を遡ってしまいそうな気がする。「エリヤフさん」という名はまさにふさわしい。ファーストネームはナフターリというのだが、誰一人として、たぶん奥さんにさえ、そう呼ばれたことはないと思う。いつだったか、俺の生まれがラーナナだと言ったら、エリヤフさんはひどく喜んで、奥さんと出会ったのがラーナナのオレンジ果樹園で、一九四七年の六月のことだったと話してくれた。そのまま居を構えるつもりでいたが、レヴァントのインド人に買収されてしまい叶わなかった、ということだ。レヴァントにインド人が住んでいたことの生き証人になれば、電話料金が安くなるとでも思っているのかもしれない。

　エリヤフさんの話す言葉は古めかしい。「お支払いの期日はお守りいただかなくてはなりません、メナシェさん」なんて言い方をする。俺は答えた。「ねえ、ナフターリ、仕事は馘になっちゃったし、銀行の借り越しが先週で五千シェケルを超えたし、手持ちにはビタ一文もないうえに、毎日探しまわっても仕事が見つからないんですよ。もう少しだけ、家賃のことは忘れていてもらえませんか。払いたくても払えないんです。そんな店子がよこす家賃なんて見たくないでしょう。ぼくみたいな負け犬から取らなくたっていいぐらい、お金持ちですよね。そんなにたくさんのお金をどうするつもりですか。もう死んじゃってるようなものなのに。おっと、ナフターリ、聞き流してください。こんなぼくに払わせたくなんかありませんよね」

エリヤフさんは譲らなかった。さすがはインド人にも屈しなかった男だ。答えはそっけなかった。「わかりました、メナシェさん。ですが、お考えになっているほど悪いご事情でもない。契約違反は由々しき問題です。どうしようもありませんな」

「おい、ナフターリ」俺は口を挟んだ。「その契約書は細く固く巻いて、あんたのケツの穴にでも突っ込んでおくんだな！」

そして電話を切った。これじゃまちがいなく住み処(か)を失うことになる。市庁舎前のベンチの寝心地はどうなんだろう。

何をどうすればいいかわからず、ただ歩いていた。ベンチを見るたび、そこに落ち着けばいいのかと考えた。目を閉じればベンチばかりが行き過ぎる。とてもじゃないが堪えられない。なんとかして肩から力を抜き、頭をはっきりさせなければ。だから、廃品回収屋のアーメッドに声をかけられたのはありがたかった。レヒ博物館のそば、コルドヴェロ通りでイエメン人のヨッシーがやっている売店に、やつは退屈そうに座っていた。

「バックギャモンしないか？」アーメッドは言った。「受けて立つよ」俺は答えた。

「負けたいんならな」アーメッドの髭面(ひげづら)が笑うと、タイムの箱を出して俺に勧め、自分も一本火をつけた。それから、ヨッシーに声をかけた。「コーヒーをブラックで二つ。濃いのをな」

　茶色いフォーマイカのテーブルにバックギャモン盤を広げながら、アーメッドは「大口叩(たた)けるのも今のうちだぞ」と言った。目にも止まらぬ速さで駒を並べると、先手を決める骰子(さいころ)を振って、六の目を出した。見える方の目で俺をまっすぐ見て言った。「金(かね)を賭けてみるかい？」

「いいや、文無しだからな」俺は答えて、骰子を振った。目は一だった。「気にすることはない。もちろんコーヒーはおごりだ」とアーメッドは言った。「あんたが先手だ」と俺は言った。俺たちは黙ったまま、まさに一声も出さず、手擦れのした駒を素早く動かした。勝負が決まるまで、聞こえるのは骰子を転がす音だけだった。アーメッドが二点勝ち(ギャモン)した。

「大口は叩くもんじゃないな」アーメッドは盤から目を上げずに言った。「あれからずっと、女のことや自分の暮らしのことを考えるばかりで、自分のまわりで何が起きているかは気づきもしないんじゃないのかい。あんたはいつもそうだからな。考えてることときたら、女のことでなきゃ、鉄学(ピロソフィ)じみたたわごとばかりで、自分の足元も見えちゃいない」アーメッドは哲学(フィロソフィ)を間違えて言った。日頃からヘブライ語は流暢に話すし、他のアラブ人と違ってPとBの発音で苦労している様子もないのに。あの事故のあと、彼は俺たちユダヤ人よりも皮肉っぽくなっているようだ。

もっとも、皮肉っぽくもなるだろう。ちょうど一週間前、アーメッドは新しい驢馬を手に入れたが、相性が良くなかった。何をしてほしいかアーメッドが伝えても、驢馬にはわからなかったのだ。止まったら梃子でも動かず、アーメッドが話して聞かせたら、後肢で蹴られて肋骨が二本折れた。彼は元の持ち主に驢馬を返して、そのあとはこの店に一日じゅう座って、深く呼吸しないよう気をつけながら、通りすがりの人にコーヒーをおごってバックギャモンの相手をしてもらっている。金には困っていないらしい。というのも、トニーから週に二度、銀行振込があるからだという。だが、これでは生計を立てているとは言えない。アーメッドは道義と尊厳を重んじる男だ。昔飼っていた驢馬からただ施しを受けるだけの我が身を良しとはしていないだろう。

アーメッドは俺に煙草をもう一本勧めると、音をたててコーヒーをすすってから、こう言った。「イド、聞いてくれ。何もくよくよすることはないんだ。いずれは元通りにおさまるからな。この目でいろいろなやつらを見てきたし、いろいろなことに立ち会ってきたから、わかるよ。去年はカバラ、二年前にはハレ・クリシュナ、五年前にはトルファンのオーミン塔でね。今のこの状況も、これまでのいろいろなことと同じように、あるべきところに帰っていくのさ」

「なるようになる、か」俺は会話を締めくくった。風が強くなり、海から雨を運んできた。俺たちはテーブルの両端を持って店の中に入ると、さっきと同じように静かに、素早く、バックギャモンを再開した。最終的には十二対二で勝ち、俺は立ちあがってアーメッドと握手した。彼は自分のコーヒーをまた注文した。俺はアパートに帰った。

アパートの階段を昇りかけたところで、債務執行官と降りてくるエリヤフさんに鉢合わせした。「まっこと運が良いことですな、メナシェさん。義俠に篤いアズレーさんのおかげで、あなたは町角のベンチでお暮らしにならずとも、このままここにいられますから、お礼なさるがよろしいかと」

「家賃を払ってくれたんですか」すぐさま顔が熱くなった。赤くなっていることだろう。

「たしかに」エリヤフさんは答えた。「耳を揃えて。延滞料とこの先六カ月分の家賃に加えて、あなたの失礼な物言いへの結構なお詫びも頂戴しましたよ。本当の紳士というべき方ですな。なぜあなたのためにお金を遣うのか、わかりませんが」

マックスと仲間たちが散策瞑想のために降りてきた。アズレーが通るとき、俺はその目を見た。恥ずかしかった。何のために肩代わりしてくれたか、訊こうとした。俺は自分の招いた結果は受け入れるつもりでいたのに。いや、そうじゃない、自分の招いた結果を受け入れたかったんだ。落ちるところまで落ちて、誰一人気づきもしないどん底まで行きたかった。今はもう、それもできない。

アズレーは目をそらさなかった。それどころか、怒りもあらわに俺を見返した。「この性根の腐ったクソ野郎が」と怒鳴った。「なんだと」俺は言い返した。マックスは他の連中を引き連れてそのまま降りていく。「性根の腐ったクソ野郎って言ったんだよ」さらに大声になった。モールとハギットが振り返った。

「おまえ、偉いつもりか？」アズレーが言った。モールはハギットのぽっちゃりした手を握り、階段を降りて先に行った仲間に追いつくよう促した。アズレーが近づいてきた。やつがどれだけ大きいか、今になって気づいた。身長は俺と同じくらいだが、肩幅が広く筋肉は隆々、おまけにビールのせいで下腹が出ている。「自分が特別だと思ってるのか？」太く黒い眉毛の下から、やつの目が俺を睨んだ。「だったら、トニーについて『フロレンティン』（テルアビブを舞台にした青春TVドラマ）にでも出りゃいいさ」

アズレーが行く手を塞いでいるので、いきなり気分が悪くなった。あいだに一段しかないので、やつの汗の臭いがすっぱく鼻を突く。俺は座りたかったし、マリファナを一服して頭をすっきりさせたくもあった。こいつと付き合っている暇はない。「一緒に行かなくていいのかい？」笑って言ってやった。やつは馬鹿でかい手で俺の横面を張った。嫌な音がした。右耳が聞こえなくなり、目は一瞬、焦点を失った。アズレーは威風堂々、ゆったりとした足取りで階段を二、三段降りた。それから急に、先に行ってしまった仲間を追って、たいそうな勢いで走っていった。

わけがわからない。まともなやつは俺しかいないのか？

部屋に戻ってからも、アズレーに叩かれた頬はじんじんしていた。トニーは床に座って『リッキー・レイク・ショー』を見ていた。「こっちに来なよ、イド」トニーはウインクした。「とっておきのビールがあるから付き合ってくれ」そう言うと、マックスが説教をするとき座る箱の下から、ツボルグの六缶パックを出すと、はおっている黒い上着のポケットから葉巻を取りだした。そして、驢馬らしい前歯の使い方で吸い口を嚙み切ると、火をつけて一服してから、バルコニーに出よう、と鼻面で指し示した。

バルコニーは前まではごみ置き場だった。マックスによる自我脱却の試みの一つとして、モールとアズレーが吹き込んできた枯葉やビールの空き瓶や、壊れた家具や何やらを運び出してしまい、ごみはもうすっかりなくなっている。床は光るほどきれいだ（もちろん蘭の香りがした）。手すりにはゼラニウムの吊り鉢が並んで花を咲かせ（どういうわけか、やはり蘭の香りがした）、見えない位置からの明かりに照らされている。仕上げのように、二脚の椅子と手編みレースのテーブルクロスをかけたプラスチックのテーブルが置かれ、テーブルの上には花瓶が飾られていて、毎日換えているのだろう、いっぱいに活けてある花は真新しかった。

トニーはこれまでの仕事で散策瞑想は充分にしてきたからもうする必要はない、とマックスを説得した。だから参加を免除されている。そのぶんの時間を自由にできるのだ。

ツボルグの缶を開けてくれ、とトニーは俺に頼んだ。蹄ではどうがんばってもできないようだ。開けてやると、ビールを一息に空けた。長々とげっぷを漏らしたあとで、葉巻を深々と吸う。

「ちょーおしはどうだい、イド」削ったり磨いたりできれいに整えた蹄を俺の肩にかけて、トニーが尋ねた。

「どうもこうもないさ」俺は答えた。「最低だよ」

「べえーっ」トニーは言った。「話してくれよ。ここの連中は毎日、四時間は散策瞑想をするし、二時間は揃って歌ったり踊ったりで、おまけに討論会までしている。怒りを露にしろ、世界から阻害された最低の気分を語れ、ってね。私は驢馬だから、そういう馬鹿げたことは性に合わない。だから適当にごまかしてつきあってやっている。きみもそんな感じでやればいい」

トニーは空き缶を踏みつぶすと、隣の部屋のバルコニーに見事なボレーシュートを決めた。俺がもう一本開けて渡すと、トニーはまた一息に空けた。「じゃあ、なぜここにいるんだ？」俺は尋ねた。

「こんなことを言ったら、きみは笑いだして止まらなくなるだろうが、どういうわけか、ここが居心地よくてね。説明はできないんだが、これまでけものにしてろくでもない生き方をしてきた私が、はじめて真面目に受けとめてもらえたんだ。連中が私の話を聞いてくれるからね。そりゃあ、舞い上がったおかしなやつらだろうが、真面目に相手になってくれる。馬力じゃなくて、存在そのものに関心をもってくれるんだ」

トニーの言うことはありきたりなようで、心にまっすぐ響いてくる。だからＴＶでもてはやされる。もっとも、それは、理由のひとつに過ぎないが。理由のうちいちばん大きいのは、もちろん、トニーが話す驢馬だからだ。あの事故以来、トニーがＴＶに映らない日はない――マックスはこれが手っ取り早い稼ぎになると思っている。チャンネル２のＴＶタレントたちやプロデューサーたちは、このアパートに日参しては、トニーを自局の番組に出演させてくれるよう、マックスに頼み込んだ。だが、マックスには宣伝の必要はなかった。宣伝しなくても、支持者は次々と来るからだ。さらに、お金も必要ない――その中には、やつが信じられないような額を要求しても、よろこんで寄付してくれる気前のいい連中がいる。自我から脱却させるのには金を払わせるのが一番だと、やつは俺に言ったことがあった。プロデューサーたちはマックスと交渉するうちに涙が溢れて止まらなくなり、ティッシュペーパーの箱を空（から）にし、赤ちゃんの笑顔のように純真な魂と、軽くなった財布を抱いて帰ることになる。

記念すべき『フロレンティン』の出演回で、トニーはイギー（登場人物の一人）に人生の指針を示す神秘の驢馬を演じ、その回の視聴率はとんでもなく上がった。まさに記録的だった。合同会社〈愛の発見〉の銀行口座の額は増え続けた。

俺もトニーのことは好きだ。いつも暢気(のんき)にかまえている。他の連中みたいに熱狂したりはしない。トニーとビールを飲んで話し、マリファナを少し吹かしたら、この先なんとかできそうな気がしてきた。

沿岸警備隊が到着した。彼女のことをひそかにこう呼んで、ずいぶん長くなる。沿岸警備隊。はじまりは海岸だった。「イド、日焼け止めを塗りなさい！」「イド、帽子をかぶっていなさい！」「イド、深いところには行かないように！」「イド、知らない人に話しかけないように。浜辺に来ている人の中に、おかしな人がいないだなんて、誰にもわからないんだから。何の心配もなく道を歩いていられた二十年前とは違うからね。新聞を読んでごらんなさい。昨日だって、デッキチェアごしの口論で殺された人がいた」

「でもさ、母さん、二十年前に俺を海に連れてってはいってないよね」

「それが何？　おまえが小さい頃はってこと」

「で、何の用だったの？」

「安息を得て学び、自分を癒やすために来たの」

「ここに!?」

「そう、ここに。何か問題でもある？」

「ここ、俺のアパートなんだよ、母さん。自活したくてここを借りたんだ。押しかけてこられても困るよ。ここは人が住むところで、カーメル・フォレスト（テルアビブ近郊のリゾートホテル）じゃないんだから」

「俺のアパートったって、家賃は誰が払ってるの？　どうでもいい。あたしには関係ないことだね。それに、ここには呼んでもらったんだし。電話もよこさないでいるうちに、おまえ宛に軍からまた通知が来たの。このまま呼び出しに応じないなら懲役だって。だから知らせようと電話をしたら、マックスが出てくれて、たっぷり話をした。マックスはいい子ね。話を聞いて、すっかり感心しちゃった。そのとき、来るように言われたものだから。マックスは、あたしを完全な人間に戻す手助けができるかもって。こういう大事なことは、早く教えてくれないと。もっと早く来ればよかった」

「母さん、もうたくさんだよ」

「たくさんって、何のこと？」

「そんなこと、止すんだ」

「こんなおふざけをだよ。見え透いててばかばかしいだけさ。母さんがしようとしてることだって、先が見えてる」

「止せって?」

「おまえにはわからないでしょう。考えたこともないんだから。大いなる神秘がある……人々はここに来て何を得るか。浄化され、瞑想の仕方を知る。この世界を改善する。世界をふたたびひとつに……」

「まあ、そういう人もいるかもしれないさ。でも、母さんは止しなって。母さんの目的はひとつだけ、自分が羽根を切った息子が、また羽根を生やしてしまわないよう見張りに来たんだろう。エプロンの下に押し込んで、目を離さないようにするためにね。昔からそうしたがっていたじゃないか」

「お聞き、息子よ。おまえの言ってることは的外れもいいところ。ものごとは変わっていくもの……」

「ものごとって何? 変わるって? 何も変わりやしないさ。ああ、変わるかもしれないけど、母さんが変わるわけじゃない。未知数のない方程式みたいなものさ。ソビエト帝国は崩壊したけれど、母さんは母さんのままでいる。一瞬たりとも変わることなく。助けて! 危ないこと言っちゃった! ポーランドの秘密警察が追ってくる!」

「おふざけはやめなさい、イド。わざわざ邪魔しなくてもいいでしょう。ここに来る人たちはそれぞれ瞑想に集中しようと努力している。おまえはあたしの邪魔にもなる。今、第三圏にいるところなんだから。重要なところよ。話はあとでしましょう。夕食のときにでも。セロリ・ライスのテーブルを囲んで、みんなでおまえの怒りや不満を聞いてあげる。それでいいでしょう?」

「よくないし、そんなもの食べたくもない! 今すぐ帰ってくれよ! 俺はセロリが嫌いだって知ってるくせに!」

「イド、ちっとも育ってないのね。甘えん坊のお母さんっ子のままで。オ────ムシャ────ンティ、オ────ム　シャ────ンティ、ハイ────!」

母さんは目を閉じて深呼吸すると、古代インドのマントラを唱えはじめた。母さんがこんな言葉を口にしたことはないのに。エイリアンに脳手術でもされたんだろうか?

俺は裏切られた思いで、馬鹿でかい疑問符を抱えて失望のどん底に沈んだ。母よ(エト・トゥ・)、汝(マミー)もか?

ディスコ・タイム。プレイヤーからCDを取り出してケースに入れると、他のCDがごたごた詰め込まれた引き出しにしまった。元のケースに戻っているディスクなんかない。ディープ・フォレストのケースから出したピクシーズのディスクをプレイヤーに入れる。夜の瞑想の助けになるよう、ボリュームを上げた。

ベッドに横になり、曲に合わせて壁を蹴る。至上のひととき。そう、まさに。必要なものが今、この部屋にすべて揃っている。どこかに行く必要はない。いちばん上の引き出しには、ウィンストン・ライトのカートンが一箱半あるから、煙草に不自由はしない。泣きたいときには、その下の引き出しにティッシュペーパーが二箱ある（俺が泣くかよ！）。いちばん下には、馴染(なじ)みの売人が分けてくれた乾燥マリファナが二パック。煙草に混ぜれば、葉っぱ半分で半日は楽しめる。クローゼットは食料庫だ。レーズンとナッツのミルクチョコレートバーが二本、プリングルズ、それからコカコーラのファミリー・サイズが三本。ベッドサイド・テーブルに置いた、インドの木彫りの小箱には、小遣いがいくらか入っている。金の出所は？　知るもんか。トニーの磨いた蹄の跡が、よく部屋に残ってはいるが。このカルトがしているように、トニーもまたあっちこっちに出向いては人を動かし、話をとりまとめている。

部屋にはもちろん電話もある。黒くて小さい、洒落たやつが隅でちんと控えていてくれる。

住所録を見てみたが、電話でからかってやれそうなやつはいなかった。が、思いついたことがある。引き出しをかきまわして、古い住所録を見つけだした。Dのページにドリの名を見つけ、電話をかけてみる。出たのはマリだった。あまりに久しぶりだったから、俺が誰なのかわからないようだった。

俺は名乗らないで、ドリに代わるように言った。

「おい、虫けら野郎、MAG（イスラエル軍の法務機関）はどうだ？　査察の準備はできたか？」

「イドか！　この有機質肥料、なんで今まで電話一本よこさなかったんだよ」ドリは喜んでいた。「元気か、役立たず」

「元気さ」俺は答えた。「テルアビブに住んでいるが、特に何もしていない」

「おまえのおふくろさんには百万回も電話したし、結婚式の招待状も送ったんだぜ。俺たち親友だろ？」

「そうだけど、でも……」

「『でも』はなしだ。式は今週末だから、絶対に来いよ」

「なあ、ドリ、正直な話、おまえとマリをお祝いには行けないんだ。まずいことがあって」

「まずいことって何だよ。俺たちのあいだに秘密はなしだぜ。何があったんだ？　俺の妹に手出しでもしたのか？　はっはっは」

「いや。おまえの妹じゃない。マリのほうだ。兵役終了パーティのときだ。俺もあの娘もいなくなったときがあったのを覚えてるか？　浜辺の人の来ないところに連れて行かれたんだ。砂が柔らかくていい感じだったし、彼女はヤッてるうちに大声を上げて俺の背中を引っ掻いたよ。爪が短かったから助かった。もう一度ってせがまれたよ。次はゆっくりしたな。ヤッてるあいだ、マリはご機嫌だった。やっぱりサイズは大事ね、だってさ。ドリ、俺はおまえの女房とヤッたうえ、おまえが短小だって聞かされたんだぞ。おまえと同じシャワールームを三年使ってた俺が気づきもしなかったってのにな」

電話の向こうは静まり返っていた。

「知らせておいたほうがいいと思ったんだ。ドリ、また電話するよ」

俺は電話を切った。俺の気持ちを片付けたかったのだが、ドリとマリには悪いことをしたかもしれない。だが、俺は友達には親切でありたかった。ドリはマリにはできすぎた男だ。やつがあの女のどこに惹かれたのかわからない。高揚感を覚えながら部屋を出た。俺は自分がしたいようにするだけだ。

だが、その高揚感もほんの一瞬、あっというまに終わった。瞑想室にオシャーがいた。すぐにひらめくものがあった。神聖な怒りが心に溢れ、やり返さなくては、という衝動が湧き上がってきた。俺は何も考えず、その衝動に任せた。

「おいおい！　俺の彼女がここで何してるんだ？」

　リビングルームの一団はいっせいに瞑想のトランス状態を断ち切られた。そして、そろって呆然とこちらを見た。オシャーも目を開き、俺に目を向けた。

「イド、わたしはもう、あなたの彼女じゃない。わたしは自分のしたいことをする。それに慣れてちょうだい」

「もう別れたのは承知の上さ。でも、なぜ別れたのかは今もわからない」

「イド、出ていってくれ。きみは私たちの光の探索を妨げている」マックスの口調は荘厳なまでに落ち着いていた。

「光なんぞケツくらえ。おまえがしてたのは俺の元彼女の探索か。そんなことだろうと思ってたさ」俺は答えると、オシャーに言った。「マックスはいつからおまえを〝探索〟してたんだ?」

「ほとんど出会ったときからだけど、わからないようにしていた。あなたと目を合わせるのが怖かった。傷つけたくなかった」

「そりゃ、傷つけたくなかったろうな。マックスとはヤリたかったし」

「イド、馬鹿を言うのはやめるんだ。本心からの言葉ではないことは、きみ自身がわかっているだろう」マックスの声は、さっきほど落ち着いてはいなかった。

「やめないね。始めたところだからな」

「ここにはみんながいる。イド、瞑想の邪魔になるんだ。外に出て、二人で文明人らしく話しあおう」

「いや、みんなにも聞いてもらいたいね。聞かせたくない理由でもあるのか？　おまえが俺を虚仮にしたってだけの話だ。ここにいる連中も虚仮にされてるんだ。聞く権利はある」

「そのとおりだ。信徒一人一人のアパートを掃除しに行くよう、モールと僕を送り出したとき、あなたとオシャーがここで何をしていたかは、知る権利がある」アズレーが立ち上がった。答えを求めているだけなのに、マックスを威圧しているように見える。

マックスは答えようとしたが、他の連中がアズレーに賛同して口々に叫びだした。他にも知りたいことがあるようだ。お布施の使い道とか、オシャーの他に女はいるのかとか。オサマ・ビン・ラディン暗殺の真相を除外すれば、あらゆる疑問がマックスに向けられた。やつの反論は抗議と要求の海に沈んだ。

転がり出した雪の玉のようで、止めるのはもう無理なようだ。

非常用にとっておいたマリファナ煙草を取り出そうと、いちばん下の引き出しを開いた。探っていると、何かが手に当たった。不運が始まってまもなく、内務省の許可を得て買ったジェリコ・マグナムだ。あのときオズは俺の肩を叩くと、真面目な口調できっぱりと言った。「これは真面目に扱わなくてはならないもので、持ってふざけるものじゃない。それを忘れないように」そのとき俺は、ふざけやしない、口にくわえて脳みそを吹っ飛ばすだけさ、とオズに言いたかったが、この手の冗談を聞き流す相手じゃないとわかっていた。ユーモアのセンスをかけらほども必要としない職業の連中だ。冗談も言うだけ無駄だろう。うけやしないし、言った自分が馬鹿に思えてくる。おまけに仕事柄、警察や国境警備隊や警備会社に知り合いが多いだろうし、その手の連中はどこにでもいるから、たいそうな面倒にもなりかねない。オズみたいなやつに冗談は言うものじゃない。

銃を買いにいくときにハイになっていたら、オズをなんとしてでも笑わそうとしたことだろう。キメていかなかったから、手入れはちゃんとするよ、と笑顔で言って帰ってこられた。

だが、すべてをあきらめるときが来た。物事はもう良い方に行くわけもないし、何をすればいいのか、もうわかったからだ。退路は断った。俺がぶち壊したから、マックスのカルトは修復できないだろう。グロスの店で働いていたのはとうの昔のことで、正直な話、辞めても惜しくもなんともない。ドリはもう一生の友なんかじゃないし、オシャーには俺が馬鹿だってことをはっきりわからせた。たとえ百万年たっても、元の鞘には戻れない。

いつもなら静かな歌声が響いているリビングルームからは、今は怒鳴りあいしか聞こえない。何を言っているのかさえ聞き取れないが、みながみな口々に怒鳴りあって、相手の言うことなど聞いてもいないようだ。流しっぱなしの音楽のあいだから、「信じていたのに裏切られた」「いかさまだ」「詐欺師め」「もうおしまいだ」というような言葉が切れ切れに聞こえてくる。

そう、もうおしまいだ。考えていたとおり、俺はすべてをぶち壊したし、それについて何も言うつもりはない。擦り切れたジャケットを拾ってはおる。ポケットにジェリコを押し込むと、マリファナを二本と煙草を一箱、それからライターも忘れずに、反対側のポケットに入れた。後ろ手にドアを閉め、足早に階段を降りた。通りを歩く。二ブロックほど行ったところで、ノートを忘れてきたのに気づいた。一言も書き残さないまま頭を吹っ飛ばすのはまずいから、持ってくるんだった。この世界に言い残すべき言葉など何もないのだが、なしで済ませるわけにもいかない。母さんは結婚の話になるといつも言っていた。「一生に一度のことなんだから、うまくやらないとね」

俺は手帳を取りにアパートに戻った。中に入ると、マックスは角張った椅子に座り、信徒たちに取り囲まれていた。リビングルームがこんなに込みあっているのを初めて見た。口々に何かわめいていたが、俺が入ってきたのに気づいて、いっせいに口を閉じてこちらを見た。あまりにもたくさんの目で。

自分の部屋に戻り、菫色（すみれいろ）の表紙のノートを手に取った。一昨年の誕生日に、オシャーが『禅とオートバイ修理技術』と一緒にプレゼントしてくれたものだが、本のほうはまだ読み終えていない。自分の考えを自由に書くようにと言って彼女がくれたのに、俺は一文字も書いていなくて、ノートには最初のページにオシャーのきれいな字が書かれているだけだった。

「イド、二十四歳のお誕生日おめでとう。
なんでも書いてね。自分のことでも、世界のことでも。詩も、メモも、大事だと思ったことなら何でも。言いたいことは抑えつけないで、言葉にして。大声で叫んで。
緘黙（かんもく）は無用。

愛をこめて　オシャー」

緘黙。なんていい言葉だろう。オシャーが口に出したことはなかったが、これが話し言葉でなく書き言葉だからだろう。たしかに、俺はこれまでずっと黙り込んでいた。ノートをポケットに入れると、上着が重くかさばった。部屋を出る前に思い出して、パイロットのボールペンも持った。これでいいだろう。ここのところ、忘れっぽくなっている。

出ていく前にリビングルームに入った。おかしなことが起きているようだ。部屋の空気は重苦しく、居心地が悪い。ポケットから銃把(グリップ)が突き出しているのに目が向くのがわかる。つまらない西部劇映画で、町の酒場に入ってきた黒い帽子のカウボーイになったような気分だった。

浜辺に着くまで、俺は大事な相棒ジェリコの、プラスティックのグリップを握ったままだった。重みでジャケットの右肩が下がっていた。

浜辺は静まり返っていた。こんなに気持ちのいい夜なのに、人っ子一人いない。誰もいないのは好都合だ。自殺は一人でするものだから。北に向かう。ブラチョフ・ビーチの黒い水は、これからすることに似合っているように見えた。

「自殺」なんて、おかしな言葉だ。慣れようと思って「イドは自殺した」と、何度も大声で言ってみた。「イドは死んだ」「イド・メナシェは自殺をした」「イドは自分の頭を撃った」「イドは昨夜、自殺した」それから「俺は自殺した」と言い換えた。ヘブライ語で言ってみたら、笑いが止まらなくなった。ヘブライ語のなかで、もっとも使用頻度が低いフレーズだからだろう。俺は大声で笑いながら、同じ言葉を繰り返した。「俺は自殺した、俺は自殺した、俺は自殺した」野球帽とトレーナーの老人が通りかかり、俺をちらと見ると、足早に立ち去った。

笑いすぎた。自殺に適した場所を見つけないと。

防波堤の突端に向かう。あたりはすっかり暗くなり、闇は俺の姿をすっぽり包んで、浜辺から見えなくしている。銃声がどれだけ響くかは銃身の長さによるという、オズの説明を思い出す。拳銃の銃声は――銃声のことをこう言うとは知らなかった――二、三十メートルくらいまでしか届かないし、海岸なら波の音にまぎれてしまう。浜辺に誰がいたとしても、俺の銃声に気づきはしまい。

大きな岩を積んだ防波堤の上を、慎重に脚を運ぶ。このまま落ちて首が折れるのはごめんだ、と思った。突端の岩に座った。ジャケットから拳銃を、ズボンのポケットから弾丸を出す。使うのは一発だけなのに、弾倉に十発も装填した。油と金属の匂いが心地よい。弾倉を見る。こちらを見返す目のようにも、銅色の薔薇のつぼみのようにも見えるダムダム弾の弾頭が、俺を待っている。

撃鉄を起こそうとした。なかなかできないのは、ダブルアクションだからだろう。安全装置を外すと同時にしないと撃鉄が起こせない。岩に狙いをつけて撃ってみた。硝煙が立ちのぼり、岩の欠片が飛び散った。銃声の大きさときたら、めまいがするほどだった。耳鳴りが止まらない。だが、こんなときに耳栓をするのも馬鹿げている。弾丸を受けた岩のありさまを見せてやりたいもんだ。砕けて穴が開いちまってる。

よし、この銃が使えることはわかったから、次に行こう。煙草をくわえ、兵役のあいだに覚えたとおりに、ライターを手で覆って風を避け、火をつける。岩に座って、ゆっくり深々と、煙を吸い込む。風が冷たく顔を叩く。この最後の一服ほどうまい煙草はなかった。

暗い波に向かって吸い殻を投げ捨てる。火が消えるジュッという音は聞こえなかった。煙草のあとでくわえたジェリコの銃身は、さっきの射撃で口蓋にまだ温かかった。硝煙と火薬の味がする。

目を閉じたのは、自殺するときはそうするものだからだ。キスするときだって、そうだろう。

「私がぁーきみだったらぁー、やらないねぇー」後ろから、唇をぶるぶる震わせる声がした。トニーが後肢を折って座り、顔に驢馬なりの笑いを浮かべていた。「世界は広い。そこから波を見下ろしてみなよ。荒れるのもほんのひとときさ。じきにおさまる。こんなふうにおしまいにすることはない」そう言うと立ち上がって、前肢の蹄を銃に掛け、俺の口から出した。

「失せろ、トニー」俺は言った。「仲間のところに帰れ」銃身をくわえ直して、目を閉じると引き金に指をかけた。

トニーはまた前肢で銃を外した。「きみのことを心配している人たちがいるんだ、イド。だから安直にこんなことするんじゃない。私はあきらめないからな」

俺は右手に持った拳銃をくわえ、左手の中指をトニーに見せつけた。引き金にかけた指にゆっくり力を入れる。「引き金はやさしく引け」新兵訓練所では火器の扱いをこう教わったものだ。

トニーは銃を取り上げようと、また前肢を伸ばした。やつも真剣だが、俺も死ぬと決めたから、従う気はさらさらない。

とうとう共に転がって、銃の奪い合いになった。トニーが俺の胸の上に座り、ただの痩せ驢馬でないことを見せつけた。俺は息をするのが精一杯だ。「生きるんだ、イド。くじけるな、私がついてる」その声からは、これまでのトニーの口調にはなかった、不動の意志が聞こえた。「きみが好きなんだよ」と言うと、強力な前歯で銃身をくわえて引いた。俺の指はまだ引き金にかかっていた。

意志があるかのように、銃がひとりでに発砲した。熟した西瓜(すいか)が爆発するように、トニーの頭が吹っ飛んだ。首のないトニーは二歩ばかり右によろめき、海に落ちた。火薬が目に熱くひりつき、銃声がまだ耳の中で唸っている。着ているものは血と脳の破片と、砕けた骨でいっぱいだ。そんなごたまぜの汚泥みたいなものが牛ぬるくねばついて流れ、シャツを通して染みこんでくる。口にも入ったが、驢馬のジュースは人生で味わったもののうちでいちばん不味いと断言していい。トニーはたった一頭、俺のことを心配し、気力(ジュース)を傾けてくれた。俺は渾身(こんしん)の力でジェリコを投げた。銃は遠くで水面を打ち、小さな飛沫をあげて沈んでいった。首のない驢馬も、黒い波にとらわれ、遠ざかっていった。

空に一点の光が現れ、大きくなってきた。UFOだ。それは降下して、トニーの死骸の上空を漂った。底部のハッチが開くと、黄色い光線が伸びてきて、トニーをゆっくり、しかも荘厳に持ち上げると、シャボン玉のようなその機内に収めた。すぐにハッチが閉じ、UFOはビーッ、ビーッ、ウォーンと音を立てると、飛び去っていった。静寂が戻った。聞こえるのは、防波堤に当たる波の音ばかりだ。車のブレーキが灼ける臭いを風が運んできた。

「何か得るものはありましたか？」

はっとして振り向いた。ヤーコン公園から一人だけ消えたハシディストだ。片手に祈りのときにかけるショールを、もう片方の手には祈禱書を持っている。「あの方のために服喪の祈りをしませんか」

「でも、驢馬だぜ」俺は言った。

「言わせていただければ」ハシディストは言った。「ユダヤ人の中には驢馬の心を持つ者が、驢馬の中にはユダヤ人の心を持つものがいます。あの方には人の言葉を語れる同胞はいないことでしょう――でも、お友達だったあなたは祈ることができます……それこそが大いなる善行であり……」

聞いてはいられなかった。俺は出まかせを言った。「俺はドゥルーズ派のムスリムだ。追悼の祈り(カッディーシュ)なんか唱えられるか」

俺は男に背を向け、着ていたものをみな脱いで海に投げ込み、パンツ一枚になって自分も海に飛びこんだ。血と脳のかけらを洗い落とそうと、冷たい水の中で体を激しく擦った。

雷鳴が轟き、稲妻が海を照らした。雨がざあっと降りだしたので、防波堤の上で身を震わせ、どことも知れない異国訛りの大声で歌う、帽子も上着も黒い男の姿は霞(かす)み、見えなくなった。「イスゴドル　ヴェイスコドシュ　シメイ　ラボ……」

俺は泳いで防波堤を離れた。ここ何週間のうちで初めて胸が痛んだ。あいつは俺のことを心配してくれていたんだ。驢馬のくせに。

アパートに帰ってきた。モールが玄関に置いた椅子の上に立ち、壁から白いシーツを外していた。そばにはたたんだシーツが山をなし、古ぼけて黄ばんだ、見慣れた壁紙が華々しく現れていた。

「モール」俺は尋ねた。「何をしてるんだ？」

「もうみんな終わったし、シーツも用がなくなったから、持って帰ろうと思って」

「終わったって？」

「言ったとおりよ。もーう、おっしまーい」何かの宣言のように言い放った。「あの人はただの人で、何もできないのを、もうみんな知ってる」

その口調はいくらか怒っているようで、モールは怒らないたちだと思っていたのは、俺の思い込みだったようだ。

キッチンから母さんが出てきた。「イドちゃん、あたし帰るわ」けたたましい声だ。「いろいろ作って冷蔵庫に入れといたから、あとでおあがり。母さんのシュニッツェルなしじゃ、おまえは生きていけないでしょう?」そして、俺の頬にべったりキスして口紅の痕をつけると、出ていった。

アズレーはバルコニーから、あたりに蘭の香りを振りまくあのゼラニウムの鉢を、両手に下げて入ってきた。ドアに歩み寄り、俺に気づくと「またな、イド」と唸った。そして、答えも待たずに背を向け、ぎくしゃくとした重い足取りで出ていった。

アパートは、マックスが事故に遭ったひと月足らず前のように、がらんとしていた。TVは元の場所にあったが、あのカウチがないから、リビングルームは同じ部屋のようには見えない。

マックスの部屋に入った。やつはTシャツの上に破れたトレーニング・ウェアを着て、手足を広げてベッドに横になり、イヤフォンでトランス・ミュージックを聴いていた。俺に充分聞こえるほど大きすぎる音だった。

「マックス」と呼びかけた。気づかないようだ。「マックス！」もう一度、大声で呼んだ。マックスは俺に目を向けた。そして、イヤフォンを外し逃げ出そうとした。が、オープンシューズの紐を踏んで、床にうつぶせに倒れた。

「殴らないでくれ、イド。オシャーとは何もしていないんだ。聖書に誓うよ」

「わかってるさ。それくらい知ってる。それに、前みたいな付き合いに戻れると思うよ」

「どうしてずぶ濡れなんだ？　服はどこにやった？」

「何があった？　どうしてみんな帰っていくんだ？」

「おまえがひっかきまわしてくれたからな」とマックスは答えた。なんでもない、と言いたげな口調で。「あのあと、厳しい質問を次々されて、どうにも答えようがなかった。だから、もうおしまいだ、みんな帰っていいぞ、と言ってやったんだ。そのあとはまた一騒ぎさ。責任逃れだ、と言うやつらもいた。でも、正直な話、もう終わりだということは、みんな気づいていたと思う。もう用はない、たわごとはもうたくさんだ、ってね。今は口をきく気力もないよ。ところで、ひとつ頼みがあるんだが、葉っぱがあったらくれないか」

　マックスの言うことももっともだ。マリファナをキメてから話せば、喧嘩なんてくだらなくてできやしない。持って出た分は服と一緒に海に流してしまったから、自分の部屋に取りにいった。

半年前に手に入れて、特別なときに封を切ろうと思っていた、モロッコの高純度のハシシの小さな塊が、いちばん下の引き出しの底に隠してあるのを思い出した。

俺のベッドにはオシャーが座っていた。

「オシャー、いたのか」俺は声をかけた。

「帰ってきたわ」オシャーは答えた。

「もう終わったんじゃないのか。俺とは別れたんだろう」

「そう、別れたけど、帰ってきた」

「おまえとマックスに言ったことで、俺を怒ってるんじゃないのか」

「ねえ、イド」このひと月は聞かなかった口調だ。「いつになったらわかってくれるの。いつも自分から重荷を背負うばかりで」オシャーは俺の頭の両側に手を当てた。なんとも気持ちよかった。「頭を休めなさい。ずっと走りっぱなしなんだから。イド、それじゃ自分にも、まわりの人たちにも良くない。全世界相手にたったひとりで対抗するなんて。みんな同じように傷ついている」

「でもさ、オシャー」俺は反論してみた。「生きているあいだに起きることは、成長へのきっかけだし、何か人生で得るものがあるんじゃないのか。なのにこのひと月で、俺たちは何を得たんだ？　成長もしない、何か学んだわけでもない。何か見落としたのか？　何の教訓にもならなかったんじゃないのか」

「やりなおしたくはないの？」オシャーは傷ついた様子だった。そう言って、俺の胸に頭を寄せた。彼女の身長は五フィート三インチで、俺たちは立っているから、頭は肋骨（ろっこつ）のいちばん下のところにある。彼女が震えているのは、泣いているからだ。頰を拭ってやり、濡れた指先を舐（な）めると、塩からかった。立ったまま、俺とオシャーは抱きあっていた。

　言いたいことはたくさんあった。片がついたという気にはなれない。でも、そんな気持ちにはもう意味がない。俺は成長したように思うし、何かをやりとげた気がするから、このひと月には何らかの価値があったんだろう。でも、それを誰かに語ることはできない。俺はオシャーを抱きしめ、首と肩のあいだに顔を埋めると、彼女がいつも使っている制汗剤のいい匂いがした。これでいいんだ、正しいかどうかより大事なことが、人生にはあるんだ。

「帰ってきておくれよ、オシャー。一緒にいられたら、俺は幸せだ」俺は言った。なんだか悲しくなって、泣きたくなってきた。

　それから何分か、ずっと抱きあったままでいた。悲しい気分は消えた。ものごとがあるべきところにおさまっていく気がした。

　オシャーは俺の腰に手を当てた。「服をどうしたの？　拳銃は？」彼女は尋ねた。

「海に捨てたよ。銃なんて何の役に立つ？」

「よかった」オシャーは言った。「何か着て。肺炎になっちゃう前に」

「御不要品（アルテ・ザッヘン）！　御不要品（アルテ・ザッヘン）！　お引き取りします！　冷蔵庫、戸棚、洗濯機……御不要品（アルテ・ザッヘン）！」通りからアーメッドの声が聞こえる。新しい相棒は、小柄な茶色の驢馬で、おとなしそうな目をしている。ものは言わず、アーメッドに従って廃品を積んだ荷車を引いている。この新しいコンビは評判で、アーメッドも上機嫌だ。「結局、驢馬には鉄学（ピロソフィ）はいらないってことさ」アーメッドは俺に言った。

アズレーのことはすっかり見直した。彼は本当の紳士だった。ばあちゃんにもらった、あのみっともないオレンジ色のウェディング・カウチをトラックに積んできて、リビングルームに戻してくれたのは嬉しかった。煙草の焼け焦げやコーヒーの染みがつき、セックスの痕跡まで残っているカウチだが、俺にとってはこれこそ我が家で、かけがえのないものだったからだ。

楽しい日々が帰ってきた。

俺たち三人はＴＶの前に置いたカウチに座っていた。マックスは擦り切れた、丈のちょっと短いジーンズを穿（は）き、片方に穴が開いてつま先が出てしまうフェルトのスリッパを足にかけて、お気に入りのニューヨーク・ニックスのＴシャツを着ていた。

「ピザの出前を頼もうぜ」マックスが言った。二十分前に俺たちが好きなツナのホワイトソースのＬＬと、他にいろいろ頼んでおいた、と俺は答えた。コカコーラのＬボトルも二本頼んだから、飲み物にも不自由はない。ドミノ・ピザのルールに従えば、あと十分のうちに届かなかったらドリンクは無料になる、と言い足した。

配達員がドアベルを鳴らすときのことを考えただけで、口の中に唾が湧いてきた。ピザの箱を開けると、ツナとタマネギとペパロニの香りが、溶けたチーズの香りと一緒に、極上の波となって立ちのぼり、鼻をくすぐるだろう。まもなくピザが届くと思うと、俺の腹はグーグー音を立てた。今晩は最高の一夜になりそうだ。

チャンネル２はコマーシャルを流している。二、三分もすればハイファ・ダービー（ハイファをホームとするサッカーの二チーム、ハポエル・ハイファ対マッカビ・ハイファの試合）の中継が始まる。キルヤット・エリエゼル・スタジアムが映った。スポーツキャスターのズヒール・バーロウルが興奮した口調で、すでにスタジアムは一万人のファンで埋まり歌声や歓声が響いています、と言った。その背後には、緑のスカーフやＴシャツを身につけた群衆が揺らめいている。発煙筒が投げ込まれ、スタジアムはピンクの煙に覆われた。トイレット・ペーパーとレジスターの記録紙が、紙テープよろしくピッチに飛び交う。こんなのはまだ出だしで、大騒ぎのうちには入らない。

ドアベルが鳴った。俺はドアを開けに行った。配達員がピザを二箱渡してよこした。

時間どおりだ。「二枚も頼んだっけ？」俺は尋ねた。ドミノ・ピザのイスラエル出店三十周年記念サービスです、と配達員は答えた。注文三件のうち一件に、同じ具材のピザがもう一枚、無料で付くという。

配達員は俺の肩越しにアパートの中を覗いた。「ここ、礼拝所か何かじゃありませんでしたっけ」と尋ねてきたので、一時そうだったが今はもうやめた、と答えた。『フロレンティン』に出た驢馬のトニーがいたところか、と聞いてきた。そうだが、トニーはもう戻ってこない、と俺は答えた。配達員は俺にコカコーラを渡しながら、お支払いは五十七シェケル六十アゴラです、と言った。俺は金がないとマックスに叫ぶと、マックスはキッチンのお布施の箱から出せと叫び返した。まだ残額はたんまりあるようだ。俺は支払いをして、配達員に気前よくチップを渡した。

オレンジ色のカウチに戻ると、オシャーに身を寄せた。彼女の肩に腕をまわした。オシャーが猫のように身をすり寄せてきて、彼女のお尻が俺のに柔らかく押しつけられた。オシャーは首を伸ばして俺の耳たぶをそっと咬み、元に戻れて嬉しい、もう離れたくない、と言った。

「吠え面かくなよ、ハポエル。今日のマッカビが伸してやるぜ」マックスが言った。

「馬鹿言ってろ、マックスちゃん」俺は返した。「ジョヴァニ・ロッソとベン＝シモンは絶好調だ。マッカビのディフェンスに思い知らせてやる。賭けるか？」

「静かにしろ、試合が始まるぞ」マックスが言うと、審判がキックオフのホイッスルを鳴らした。俺はオシャーのセーターの中に手を入れ、形よく温かいおっぱいに触れた。指先で乳首を転がすと、固くなってくるのがわかった。オシャーは猫が機嫌よく鳴くような声をあげて俺にすり寄った。柔らかい指が俺のシャツの中でゆっくり動く。

「試合が終わってからのお楽しみよ」耳元でそう言うと、彼女はまた耳たぶを咬んだが、今度はそっとではなかった。

立ち去らなくては

シモン・アダフ――植草昌実 訳

They Had to Move by Shimon Adaf

シモン・アダフは著名な詩人、散文作家、ミュージシャン、ＴＶの脚本家、大学教育者。1972年、ガザ占領地区に近いスデロトの街で、モロッコ系の両親のもとに生まれた。子供のころは宗教学校へ通い、のちに超正統派のスファラディーム（北アフリカ系のユダヤ人）中学校へ進み、半年で退学した。アダフは世俗の学校で学業を終えた。

アダフは兵役についているあいだに詩を発表しはじめた。1994年にテルアヴィヴに移住し、最初の短編集『イカルスの独白』*The Icarus Monologue* を上梓した。同書は文部省賞を勝ちとった。同書をはじめとする詩は広く翻訳され、アダフは文学の神童（ヴンデルキント）という評判を獲得した。2000年から2004年にかけて、イスラエル・オリジナルの散文路線の最年少編集者としてケーター出版社で働き、オフィル・トゥシェエ・ガフラやニル・バラムといったジャンルに忠誠を誓う才能を発見した。2004年にミステリ『日没まで一キロと二日』*One Kilometer and Two Days before Sunset* とヤング・アダルト向けのファンタジー『埋められた心臓』*The Buried Heart* をものした。後者にはユダヤ神話が深く染みこんでいる。2008年にはファンタジー長編『日焼けした顔』*Sunburnt Faces* を刊行した。アダフ最大のヒット作だったが、その称号は、姉の不慮の死にまつわる最新詩集『アヴィヴァ＝ノー』*Aviva-No* が受け継いだ。2006年には《ユダの薔薇（ばら）》シリーズを開始した。2010年のディレイニーばりの大作（エピック）『霜』*Kfor* もこの連作にふくまれる。2011年の次作『モックス・ノックス』*Mox Nox*（ラテン語で『じきに光が』という意味）は、『ねじの回転』に触発された改変歴史ものであり、権威あるサピア賞を勝ちとった。続編『世俗の都市、あるいは冥府』*Earthly Cities, or Netherworld* は2012年に刊行された。

アダフの文学と文学的ペルソナは、現代ヘブライ語文学の門番たちにいくつかの問題を突きつける。彼は博識家であり、当代屈指の博学なイスラエル人作家という地位を否定する者はいない。しかし、タルムードへの偏見や、スファラディームの血筋に由来する力強い神話、イスラエルの地理的周縁から中心へ移動し、周縁にもどったという来歴、書くものが自伝的なものから普遍的なものへ、遠い過去から現在へ、さらには遠い未来へと移行したことに加え、ときとして解釈がむずかしいが、それでも豊かな彼のヘブライ語のおかげで、ジャンル外の明敏な批評家の見地からすれば、その作品は歯ごたえのあるものになっている。

（中村 融 訳）

立ち去らなくてはならなくなった。選択の余地はない。仕度をしなくしは。洗濯も食事も、掃除も済ませて。それも、一人で。手伝いはない。母さんは日に日に弱っていき、彼女にもノームにも赤の他人を見るような目を向けるだけになって、もうずいぶんになる。ノームも黙り込んでいる。ふさいでいないときには近所の子供たちと喧嘩してばかりなので、彼女は弟を家から出さないようにし、代わりに謝ってまわった。そんなことがしていられるのも、せいぜいひと月だ。学校が夏休みなのがまだしもだったが、隣人たちは彼女のことを調べ、尋ねてまわり、とうとう彼女やノームとは何年も顔を合わせていないテヒラおばさんが家に来ることになった。母さんは、自分の妹の顔もまるで思い出せないようだった。ただ、ぼんやりと目を向けるばかりだ。いや、母さんの目はぼんやりとしてはいない。涙ぐんだ目は澄んで、二つ並んだ小さな鏡のように光を反射して、映るものをとらえていた。「アヴィヴァ、大きくなったわね」というテヒラおばさんを、母さんはまじまじと見ていた。手を差し出されたノームも、おばさんをじっと見返した。そして、身を遠ざけた。「ずいぶん散らかってるわね」家の中を見まわすと、おばさんは言った。それから居間のカウチに横になったままの姉に歩み寄り、両頰にキスした。

　テヒラおばさんは変わり者だ。いつもお洒落（しゃれ）をしていて、化粧もパーティに行くときのように念入りで、髪はポニーテールにまとめている。口紅は赤く、アイライナーはくっきりと青い。普段着もシンプルなだけにイヴニング・ドレスのように見える。不思議なのは、そのいでたちにそぐわない靴だ。青いエナメルで、色は申し分なくきれいなのだが、履き古してあちこちひびが入っている。おばさんが身につけているものは、どうしてどれもこれも青いのだろう。胸のうちで尋ねながら、首から下げた平たい卵形の銀のロケットを握りしめる。父（とう）さんがいなくなる前にくれたものだが、どういうものなのかは知らない。

　彼女は叫び声をあげかけた。いや、叫んでいたかもしれない。このひと月ぶんの苦しみは硬い殻になり、自分が前に泣いたのはいつだったかも思い出せなくなっていた。その殻を内側から叩くたび、震動を感じて彼女は叫びたくなった。今はその震動を感じてはいない。母さんがとうに察していたことを兵士たちが伝えに来た、あの深夜のように。あの夜はベッドから起きると、兵士たちを追い出そうとすさまじい声をあげ、何もわからないノームはただ姉にしがみついていた。弟は怖がって泣くばかりだったが、兵士たちが来たというだけで、彼女は受け入れたくないことが起きたのを知った。二週間後、レバノンとの戦争は終わったが、彼女にとっては何も変わらなかった。カチューシャ（ロケットランチャー）はロケット弾を乱射し、火の手は上がり続け、彼女の惑乱はやまなかった。刃が内臓を切り刻むような思いに、叫ばずにはいられなかったが、母さんはすべてをあきらめて衰弱しだし、ノームは怒りに駆られて闘う相手を探しはじめたので、彼女は息を深く吸って叫びを押し戻し、切りつける刃を抑え、それでも堪えきれずに叫んだ。苦痛が消え去ったあとには、父さんがいない、ということだけが残った。父さんの思い出が、自分が実の子ではないことが、それでも今まで共に暮らしていたことが。父さんと自分を繋ぐものは、今は平たい卵形のロケットだけで、誰が作ったものかも知らないが、こう言われたのを覚えている。「アヴィヴァ、忘れるんじゃないぞ」

彼女は泣こうとした。だが、泣けなかった。少し涙が出ただけだった。テヒラはすぐ気づき、彼女に歩み寄ると、かたく抱きしめた。「さあ」おばさんは言った。「もうここにいなくていいのよ。わたしの家に引っ越すんだから」

おばさんの家に？　他の町に？　母さんは不満を言わなかった。ただ「もう待っていることもないから」とだけ言い、おばさんは母さんの手をとった。アヴィヴァは三人の荷物をまとめたが、ノームは庭を走っていくと、鳳凰木（ほうおうぼく）の枝に手をかけ、登りはじめた。アヴィヴァが鳳凰木の名を覚えていたのは、父さんが木や花や鳥の名前を教えてくれたからだ。テヒラは外に出ると、エナメルの靴を鳴らしてノームを追っていき、アヴィヴァは窓辺に立っていたが、離れていても靴の音は聞こえ、弟に木から降りてくるよう、おばさんが小声で言うさまを見守った。おばさんの声は聞こえなかったが、口の動きは見えた。

夏休みが終わって学校が始まるまで、あと一週間あった。姉弟(きょうだい)は地元の、高校と中学が併設されている学校に行くことになる。ノームは七年生、アヴィヴァは十年生になり、ノームも喧嘩をしている暇はなくなるだろう。イェハドの町の子供たちは気が強い。テヒラの家のある町外れは一戸建てが並ぶ住宅地で、一戸建てに住んでいる子供たちは中でもさらに気が強い。二、三日前も、ノームはあざを作り、鼻血を出して帰ってきた。母さんは息子をじっと見るだけだったし、おばさんはしっかり化粧をした顔に困惑の表情を浮かべた。アヴィヴァは弟の傷を消毒し、薬や包帯で手当をして、落ち着くように言い聞かせたが、ノームは歯を食いしばって唸(うな)るだけだった。

「やってられないわ」アヴィヴァはテヒラに言った。引っ越してきてからは、あまり話をしていなかった。テヒラは姉弟にそれぞれの部屋を見せた。家は広く、書斎もあって――テヒラは「作業部屋」と呼んでいた――おばさんはほとんどまる一日、そこに閉じこもって彫刻を作っている。おばさんは結婚していないし、子供もいない。どうして、とアヴィヴァが尋ねると、笑うばかりで答えてくれなかった。おばさんはいつもの古いエナメルの靴を、制作しているあいだも履いていた。彫刻を見せてもらったことがある。モチーフは人体だが変形されていて、アヴィヴァには気味が悪いばかりだった。手がたくさんあったり、なかったり、首が二つあったり、口があるはずもないところに開いていたり、舌がなかったり。体の部位が普通はないところにある人体を見て、どう思えばいいのかわからなかった。どの彫刻も——どの怪物も、真新しい靴を履いていた。ナイキやニューバランスやティンバーランドだったり、ぴかぴかのハイヒールだったり、つま先の角張った革靴だったり。テヒラの家には本がたくさんあった。居間の大きな本棚にぎっしりと。ジェーン・オースティンの小説が揃(そろ)っていて、まだ『高慢と偏見』しか読んだことのないアヴィヴァには、楽しみができた。

「そうね」おばさんは言った。「このままにはしておけない」

「ノームにも熱中することがあれば」アヴィヴァが言った。

「あなたみたいに本を読めばいいのにね」

「前は読んでいたんだけど」

「どんな本を？」

「おばさんが持ってないような本。冒険小説やスリラーや、ファンタジーみたいな」

「ファンタジーならある」テヒラは彼女をまっすぐ見つめた。「ＳＦもね」

「父さんは……」

「知ってる。ノームは興味をもってくれそう？」

「おばさんの本棚にはなかったみたいだけど」

「居間の本棚に入れてないだけ」テヒラは背を向け、書斎に向かった。「さあ」振り向いて、アヴィヴァに言った。「いらっしゃい」

前に入ったときには気づかなかったが、書斎の奥に小さなドアがあった。位置は低い。テヒラはそのまま通ったが、おばさんより背の高いアヴィヴァは首をすくめた。

不思議な部屋だ。書斎よりもさらに変わっている。丈の高い台や、大小の飾り戸棚には、ビアジョッキや腕時計や本、剃刀（かみそり）や財布や、携帯用のコンピュータや眼鏡（めがね）といった、それぞれ関わりのなさそうなものが収まっている。それぞれに名前が書かれていた。アロン。ダン。ヨゲフ。レヴィ。ヤロン。ヨキタイル。ジーヴュールン。まだまだある。アヴィヴァは思った。**男の名前ばかり。なんだか博物館みたい。**テヒラはひときわ大きな飾り戸棚に近づくと、そこには段ボール箱が一つはいっていた。ラベルが目に入った。シモン。ずいぶん重そうだが、テヒラは苦もなく持ち上げ、部屋の真ん中のテーブルに置いた。「ごらんなさい」おばさんは言った。アヴィヴァは箱を開けた。中にはぴかぴかした表紙の、真新しい雑誌が入っていた。いちばん上の一冊は、表紙の『ファンタジア２０００』という黄色いタイトルの下に、紫と青を基調にして、ティーカップのようなものに乗って空を横切っていくエイリアンが描かれている。面白そう。箱の中身を出してみる。『ファンタジア２０００』の別の号が次々に現れた。昔の雑誌みたい。二〇〇〇年といえば、ずいぶん昔だから。

「ノームが熱中してくれる小説が、この中にきっとあるはず」アヴィヴァが尋ねる前に、テヒラは答えた。

「おばさんのもの？」

「ちがうわ」テヒラは言った。「シモンのよ」

「シモンって？」

「昔の恋人」まっすぐにこちらを見て、テヒラは答えた。アヴィヴァは自分の顔が赤くなるのがわかった。「この雑誌を揃えていた。自分を確かめるために読み続けて、大切にしていた。一度だけ、そう話してくれたわ」

アヴィヴァは部屋を見渡した。どれも男の名前。「ここにあるのはみんな……」

「そう。思い出の品よ」

「たくさんあるのね」

「たしかに。いつも二、三カ月で別れてしまったから」

「どうして？　出ていっちゃったの？」

「ちがうわ。わたしが飽きただけ」

「追い出した？」

「まさか。殺して、心の大事なところを取り出して、品物に封じ込めただけ」

ぎょっとして、部屋を見まわしていた目をおばさんに戻す。テヒラは声をあげて笑った。戸棚の一つに歩み寄る。後ろを開くと、革装の小さな本がきれいに並んでいた。「思い出すのに、品物だけでは足りないときは、これを見るの」一冊取り出した。表紙に名前が刻んである。渡されて見ると、その名前は「シモン」だった。アヴィヴァは開いた――本ではなくアルバムだ。浜辺のシモンとテヒラ。塔の前に立つ二人。どこかわからないが、夜景を背にした二人。写真のおばさんはアルバムの最初からずっと変わらないし、同じエナメルの青い靴を履いている。でも、シモンのほうは変わっていった。歳をとっている。ページをめくるうちに、心臓が止まったような気がした。写真の中に、そう、今目にしているこの一葉の、大きな木の下にいる――胡桃の木だ、とすぐにわかった――シモンとテヒラの背後、画面の隅のベンチに誰かが座っている。いや、誰かじゃない。父だ。「父さん！」思わず声をあげ、目をテヒラに向けると、おばさんも顔を近づけて言った。「本当だわ、ネタネルがここにいたなんて、気づかなかった。不思議ね。たしかにシモンとネタネルは親友だったけれど」

アヴィヴァはロケットをかたく握りしめた。部屋が狭くなっていくような気がした。すぐにここから出ないと。『ファンタジア2000』の一冊を手に取り、ほとんど走るように部屋を出る。額を上框(うわがまち)にぶつけたが、痛みも感じなかった。そのまま家の外に向かう。母さんはカウチに座って、電源を切ったＴＶの画面をじっと見ていた。玄関を出て、ようやく足を止めた。ノームがこちらに来るのが見える。重い足取りだ。**わたしが泣いていることに気づかれませんように。**彼女はかたく唇をむすんだ。「今度は誰と喧嘩したの？」できるだけ笑顔を作って声をかける。

「姉さんの知ったことじゃない」

「座ったら？　飲み物を持ってきてあげる」

コカコーラのグラスを手に戻ってくると、ノームは怒った顔のまま座っていたが、やがて泣きだした。「ほら、ノーム。これ見てよ」アヴィヴァは雑誌を差し出した。弟は目を向けようとしなかった。ノームは今、光線を放射する小さな恒星のように、憤懣(ふんまん)を放っている。アヴィヴァは手を伸ばし、父親と同じ黒くつやつやした弟の髪に触れた。ノームが払いのけたので、彼女はどうしていいかわからなくなったときの癖で、その手でロケットを握りしめた。左手で。右手では雑誌（四十一号だった）を開き、素早くページをめくった。「ほら、ノーム、父さんはこういう本が好きだったでしょう。エイリアンとか、宇宙船とか」ノームが目を向けた。涙のせいもあるだろうが、その目は輝いていた。彼女はさらに強くロケットを握りしめた。ページをめくり、『影よ、影よ、影の国』というタイトルが見えたところで手を止めた。「面白そうじゃない？」ノームにまっすぐ目を向けて訴えかけると、弟はすでにページに目を釘付け（くぎづ）けにしていた。文章にのめりこんでいる。「ノーム」と呼びかけても返事さえしない。ノームは雑誌を手に立ち上がると、読みながら家に入っていった。

何が起きたのか、アヴィヴァにはわからなかった。その日の午前中は、裏庭の木陰でジェーン・オースティンの『ノーサンガー・アビー』を読んでいた。招かれた屋敷には暗い秘密がある、と思い込む馬鹿な女の子の話だ。もちろん秘密などはなく、彼女は刺激的な空想を楽しんでいただけで、結局はその屋敷の息子と恋におちる。それにしても、とアヴィヴァは思った。時間のたつのはなんて早いんだろう。もう昼近くで暑くなり、菩提樹（ぼだいじゅ）やバンヤンや無花果（いちじく）の梢（こずえ）を通して日の光がまだらに差している。そのとき、玄関に女の人の大きな声がしたので、彼女は本を置いた。急ぎ足で玄関に向かう。テヒラも書斎から出てきた。母さんはカウチに座ったままだった。黒い髪を肩に広げた、がっしりした体格の女の人が、玄関先に立っていた。背の高い、痩（や）せた男の子の手をとっている。こんなに痩せていなければハンサムな子なのにな、とアヴィヴァは思った。ドアのそばの壁とテーブルのあいだに立っているノームより大柄だ。弟は落ち着いていた。笑みさえ浮かべている。彼は腕を組んで、姉をちらりと見た。

「その子の脚の骨を折ってやるところよ」女の人は言った。「できるものならね」

「何があったんですか」アヴィヴァは尋ねた。テヒラに目を向けたが、おばさんは黙ったままだ。

「あんたの弟が、どんなに悪いことをしたか、見ればわかるわ」

アヴィヴァは男の子に目を向けた。両腕や首や、他のあちこちに青あざができている。彼女はノームに目を向けた。「あんたがやったの？」

「この子だけじゃない」女の人は言いつのった。「この子の友達二人までも。まとめてお返ししてやりたいわ」それから、テヒラに矛先（ほこさき）を向けた。「何か言いなさいよ。自分が連れてきた身内の面倒も見られないの？」

テヒラは答えた。「ノームがどれだけ小柄か、よくごらんなさい。あなたの息子さんの半分くらいでしょう。一人で三人も相手にしたなんて、信じられますか」

「言っておやりなさい」女の人は息子に言った。「さあ」

「他にもいたんだ」男の子は洟（はな）をすすりあげながら言った。「もう一人の子と森に入ってきた」そして、アヴィヴァも通りかかったことのある、近くの森のある方角を指した。「ぼくたちがいつも遊んでいるところに」

「二人で？」アヴィヴァは尋ねた。「あんたみたいな大きな子と対決したの？」

「もう帰ろうよ」男の子は母親の手を引いた。カツ、カツ、カツと、テヒラが足音も高く外に出ると、どうぞお引き取りを、とばかりに門扉を開けた。女の人は怒った顔のまま玄関から降りた。それから振り返って、ノームに言った。「うちの子に今度近づいたら、ただじゃおかないからね」

ノームは笑顔を返した。そして、見送りながら手を振った。

「いったい何があったの？」アヴィヴァは尋ねた。

「さっぱりわからない」ノームは答えた。戻ってきたテヒラは訝しげに、丁寧に化粧した顔を甥に向けた。

夜、ノームが姉の部屋に来て、『ファンタジア２０００』の他の号はどこにあるか尋ねた。こういう小説をもっと読みたい、というので、おばさんに頼むように言うと、しばらくして一抱えの雑誌を持って戻ってきた。「どれから読むのがいいか、わからないんだ」弟は言った。「最初はどれがいいか、姉さんが選んでよ」

「あたし眠いの」姉は答えた。「自分で選べば」

ノームはひととおり眺めると、表紙の絵で一冊を選んだ。

翌日の夕方、ノームは寝起きのようにくしゃくしゃの髪で帰ってきた。このあいだの子に仕返しされたのかと思い、彼女は尋ねた。「どうしたの？　喧嘩に負けたの？」

「小説を選ぶのを手伝ってよ」弟は言った。「いいのが見つからないんだ」

「あのね」アヴィヴァは言った。「面倒くさがっちゃだめ。選んだら、次は読み聞かせを頼むつもりじゃないの」二人は居間で座っていた。母さんも一緒にいて、アヴィヴァに渡されたパンを食べていた。皿の上の料理は冷えていた。「やることがたくさんあるって、知ってるでしょう」それから、アヴィヴァは母さんに言った。「ちゃんと食べないと」母さんは答えた。「言ったでしょう、食べられないって」

「父さんは、お願いすればいつも本を読んでくれたよ」ノームが言った。

何も感じない。木のドアと同じで、わたしは何も感じない。アヴィヴァは胸の内で言うと、左手でロケットを握った。骨が折れるほど固く。**泣かない。辛くない。すぐに済んでしまうことなんだし。**「本を持ってきて」落ち着いているように聞こえる声で答えた。はっきりした口調で。

ノームはすぐに言われたとおりにした。彼女は目についたものを選ぶことにした。見覚えのある、ティーカップみたいな宇宙船に乗ったエイリアンの表紙の号を手に取る。開いた。最初の小説の書き出しには、学校の先生のことが書かれていた。これがいい。題名を見て――『アララテの山』という小説だ――「これ、面白そうね」と言った。ノームはすぐに読みはじめ、姉が母親の食事の世話をしているあいだ、一言も声を出さなかった。

ノームは走っていた。素行がおかしかったり、それに文句を言われたりしている弟を思うと、アヴィヴァは心配でならない。目を離さないようにしないと。『高慢と偏見』のページから目を上げると、ノームは森に向かい、そのあとを背の高い子を先頭に、男の子たちが追い駆けていった。彼女は立ち上がり、足早に後に続いた。

ノームの姿を森で見失い、男の子たちは大声で悪態をついていた。太りようも悪童ぶりもそっくりな二人が、親分格を前にいきまいている。「あいつ、捕まえてやる」

森の縁に生えた木の枝に、白鷺(しらさぎ)が三羽、ヘアピンの飾りのようにとまっていた。だが、アヴィヴァが森に着いたときには、もう何もいなかった。静まりかえっている。夏の暑さの中、ユーカリの木は青々と葉を茂らせ、幹は日差しに白く輝き、つんとする匂いが鼻を刺した。ふと目に止まった茂みの動きを追う。木々のあいだから、三人がノームに向かっていくのが見えたが、弟は腕を組みにやにや笑っていた。そのあと起きたことに、アヴィヴァは目を疑った。夢に見たようにおぼろげだった。男の子たちは棒きれや石を手にしていた。ノームが「出てこい」と言った。ユーカリの木のてっぺんが揺れだし、大勢の子供たちが現れた。みな飛んでいた。宙を。空飛ぶ子供たちだ、とアヴィヴァは思った。大人だが、かなり若い女の人が、一人ついていた。きれいな人だ。アメリカ人かもしれない。でも、淋(さび)しげだった。アヴィヴァにはわかった。いつも鏡に同じ表情を見ていたからだ。飛ぶ子供たちは手に手にロープを持って集まってきた。一人が両手を振ると、ノームを追ってきた三人は身動きが取れなくなったようだった——麻痺（まひ）してしまったかのように。飛ぶ子供たちは三人それぞれを引き離すと、藪（やぶ）に縛りつけた。そして、地上に降りた。女の人は両手を高く上げると、見えない糸を引き寄せるように動かした。わめきながら縛め（いまし）を解こうとしている男の子たちの上に小さな雲が下りてくると、雹（ひょう）が降りはじめた。大粒の雹が、絶え間なく。ノームは笑っていた。弟がこの前に笑ったのは、父さんが……**こんなことありえない**、と彼女は胸の内でつぶやいた。**これは夢なんだ。**彼女はその場を離れ、背を向けて駆けだした。

昼を過ぎ、ノームが昼食を食べに帰ってくると、アヴィヴァは彼を問い質（ただ）した。ノームは、姉さんがおかしなこと言ってる、と言いたげな目をしただけだった。**わたしがおかしいのかもしれない。でも、あの森にはたしかに何かがいる。調べないと。**夜、アヴィヴァは根気よく母さんに食事をとらせようとし、テヒラはそのさまを黙って見守り、ノームは『ファンタジア２０００』にのめり込んでいた。アヴィヴァはもう一度ノームに、森でおかしなことが起きなかったか尋ねてみた。弟は言った。「森がどうしたって？　でくのぼうのアヴィエルがぼくにいじめられたと文句をつけたあとは、姉さんの番かい？　森になんか行かなかったよ」

テヒラが言った。「森で何かあったの？」

「べつに」アヴィヴァは答えた。

「姉さん、小説を選ぶのを手伝ってよ」ノームが言った。「いいのが見つからないんだ」

「ノーム」アヴィヴァは答えた。「そういうのは自分で探すようにしないと」

「でも、姉さんは簡単に見つけてくれたじゃないか。二度も続けて。ぼくにはそんなことできない」

アヴィヴァが目を向けると、テヒラは笑い返したように見えた。おばさんのひび割れたエナメルの靴が床を鳴らした。母さんが咳きこんだ。「お母さん、大丈夫？」アヴィヴァは尋ねた。「気分は悪くない？」手を母さんの額に当てた。母さんは遠くにいる人を相手にするように言った。「いったい、これからどうなるの？　この先、何があるというの？　守ってくれる人はもういない。わたしは置き去りにされた」

ロケットが揺れていた。アヴィヴァは握りしめた。泣いてはいけない。

「頼むよ」ノームが雑誌を一冊、姉の手に押しつけた。

「ノーム、やめて」アヴィヴァは怒っていた。「考えもしないで選んでただけなんだから。いいのに当たったのはただの運よ」雑誌を開くと、そのページを指さした。

「これ、面白そうじゃない」正直な話、そうは思えなかった。ただ、題名だけは変わっていた。『5,271,009』

ノームは雑誌を奪うように手に取ると、すぐに読みはじめた。アヴィヴァは母親に目を戻した。

疲れ切って部屋に戻ると、ノームのことをなんとかしないと、とアヴィヴァは考えた。来週の前半には学校が始まるから、それだけに今の弟の様子は心配だ。**何かがノームに起きている。『ファンタジア２０００』とテヒラおばさんにも関係がある。おばさんがひび割れたエナメルの靴を履いているのはなぜだろう。父さんの友達だったというシモンはどういう人だったのだろう。**彼女はノームの部屋に行った。スタンドは点灯したまま、弟は枕に頭を置いてベッドに横になっていた。小さないびきをかいている。『ファンタジア２０００』の第五号が——今見て、彼女ははじめて号数に気づいた——床に落ちていた。机の上には便箋が一枚あった。「親愛なるソロン・アクィラ様」と、一行だけ書いてある。

雑誌を拾って自分の部屋に戻った。

『5,271,009』を読みだし、すぐに引き込まれた。作者はアルフレッド・ベスター。この人の書いた、虎みたいな顔をした男が出てくる本を、父さんが読んでいたのを思い出した。アヴィヴァはロケットを握りしめた。これは狂気に陥った芸術家と、ソロン・アクィラという名の、呪術医の類とも天使とも魔王ともつかない、人の夢も悪夢も現実に変える人物の物語だった。**親愛なるソロン・アクィラ様**、と胸の内で言ってみる。瞼が重くなっていたが、眠りにおちる前にテヒラの足音が聞こえた。

朝、彼女は家を出たノームのあとをつけていった。弟は思い詰めた様子で、手紙を手にしたまま、姉が背後にいるのにも気づかず歩いていく。森に向かう彼をアヴィヴァは追った。一度は木々のあいだで見失ったが、すぐに右手の大木の向こうにノームの後ろ姿を見つけた。飛ぶ子供たちを見た、木々のあいだが広くなっていたあのあたりだろうか。急ぎ足であいだを詰めたので、声が聞こえるほどに近づいたことに、すぐには気づかなかった。「思い知らせてやる……」ノームはつぶやいていた。

彼女は足を止め、弟が離れていくのを待ち、また後を追った。ノームには自分しか知らない道があるようだった。森の中をどんなふうにまっすぐ進み、どのあたりで曲がったか、アヴィヴァにはとても覚えきれなかった。

ノームは足を止めた。ついこのあいだ塗り替えたばかりのような、鮮やかに真っ赤な郵便ポストの前に。彼は手にした手紙をじっと見てから、その中に落とした。

「ノーム」木の間を抜けて戻ってくる弟に、アヴィヴァは声をかけた。ノームは姉をまじまじと見た。「ア……アヴィヴァ」口ごもりながら言う。「こんなところで何してるの？」

「あんたこそ、こんなところで手紙を出すなんて、どうしたの？」彼女は尋ねた。

「ああ、なんでもないよ、ゲームなんだ」

「ゲームって、どんな？」

「なんでもないんだってば」

「ノーム、この森には絶対に入らないって言ってたよね。アヴィエルと仲間の待ち伏せが怖いから？」

「そんなの全然ちがうね」

「何を考えてるの？　隠さなくちゃならないこと？」

「なんにもないさ。くだらないこと言うなって」

「じゃあ、どんなゲームなの？」

「言いたくないね」

「わかった。じゃあ、誰に手紙を出したか、当ててあげようか」

ノームは目を細めた。疑わしげにアヴィヴァを見る。「もう行かないと」と言うと、ほんの二、三歩で彼の姿が見えなくなった。

「ノーム」彼女は呼びかけた。

彼は戻ってきた。「だめだ」と切り出した。「ぼくと一緒でないと、一人じゃ帰れない」

「ノーム、何が起きているの？　テヒラおばさんに関係のあること？」

「どうして？　真面目な話、おばさんのことは知らないね」

「今の手紙の宛先は、ソロン・アクィラでしょう？」

ノームは姉にまっすぐ目を向けた。「どうしてわかったの？」

「小説の登場人物に手紙を出すのはなぜ？」

「本当にやって来るから」

「やって来るって？」

「あのポストに手紙を入れると、来てくれるんだ」

「アヴィエルが言っていた、あんたに加勢した『もう一人』の子も？」

「ボビーのことか。どういうやつかっていうと……そう、あの小説では、ボビーは継母(ままはは)にいじめられているんだけど、手でつくった影絵の怪物で仕返しするんだ。ぼくは『助けてくれ』ってボビーに手紙を書いた。小説を読んだあと、森を散歩していたら、いきなりここに来ていた。ポストを見つけたから、ここに手紙を入れてもいいじゃないか、と思った。ぼくがしたのはそれだけだったけど、ボビーが本当に来た。でも……小説に出てきたよりも、ずっと悪いやつだった。怪物の影を、それもすごく怖いのをたくさん呼び出して、アヴィエルと仲間を襲わせたんだ」

アヴィヴァは驚きの目を弟に向けた。ノームは作り話をしている。それも、とても上手に。父さんが話してくれたみたいに。

「次に、『アララテの山』に出てきた子供たちに書いた。他の星からやってきて、自分たちの力を知られてしまうのではないかと怖れている子たちなんだ。先生にも書いた。見た感じとちがって、いいやつらじゃなかった。ぼくを馬鹿にしたり、唾を吐いたりしてきた」

「あの……飛ぶ子供たちを？　本当にいたの？　先生って？　雹を降らせたあの女の人？」

ノームはうなずいた。悲しげな顔だった。「あいつらはボビーみたいにすぐ消えたりはしなかった。二度目にここに来たときもまだいたし、ぼくを捕まえられるだけの力が残っていた」

「わかった。みんな、おばさんが読ませてくれた雑誌から出てきたのよ。おばさんはどうしてこんなことができるんだと思う？」アヴィヴァは尋ねた。

「雑誌だけじゃないと思う」ノームが言った。「どうしてかはわからないけど、いつも呼び出せるわけじゃない」

「他にも試してみたの？」

「そうさ。他の小説の登場人物にも、何通か手紙を出してみたけれど、何も起きなかった。どういうわけか、何も起きないだろうとはわかっていた。そっちの小説は……」ノームは黙り込んだ。

「どうだったの？」

アヴィヴァに向けた弟の目は恐怖を湛えていた。ノームは怯えていた。「姉さんが選んだ小説じゃないと、登場人物が来てくれないんだ」

「わたしが選ばないと？」

ノームの感じている恐怖を、アヴィヴァも覚えた。手がロケットを探る。森が自分を捕まえようとしている気がした。卵形の銀のロケットを固く握る。姉の言葉を待つように、ノームは黙ったまま彼女を見つめていた。

「ソロン・アクィラが何をするか知ってる？」アヴィヴァは尋ねた。

「知ってる」ノームは答えた。「だから、ここに来てアヴィエルのいちばんの悪夢を現実にしてくれますように、と頼んだんだ」

「ノーム、肝心なところが抜けてる」彼女は言った。「ソロンは夢を現実にしてくれるけれど、夢見た人の子供時代の思い出を奪い去ってしまう。心の中にしまっておいたものを、夢ごとみんな奪い去ってしまう。あとに何も残さずに」

「あいつが来る」ノームの声は震えていた。

さほど離れていないユーカリの木のそばに、燃える炎のように光が宙に浮かんでいた。森が震えた。アヴィヴァは左手でロケットをかたく握りしめた。「このロケットは、父さんのロケット……」と繰り返しながら、右手でノームにしがみつく。

飛ぶ子供たちを思い出し、彼女は身震いした。

【訳者付記】

翻訳にあたり、以下の邦訳作品を参考にさせていただきました。記して感謝いたします。

「影よ、影よ、影の国」シオドア・スタージョン　村上実子訳　同題書所収　朝日ソノラマ一九八四）

「アララテの山」ゼナ・ヘンダースン　深町眞理子訳　『果しなき旅路』所収（早川書房一九七八）

イスラエルSFの歴史

シェルドン・テイテルバウム&エマヌエル・ロテム

イスラエルという国家は、本質的にサイエンス・フィクション（SF）の国とみなしてもかまわない——地球上でただひとつ、一冊ではなく二冊の影響力ある驚異の書を霊感源として生まれた国なのだ。その二冊とは——ヘブライ語の聖書と、シオニストの理論的支柱、テオドール・ヘルツルが二十世紀初頭に著したユートピア小説『古く新しい国（アルトネウラント）』（未訳）である。

建国からわずか七十年、ユダヤ人の国は未来的な発明をつぎからつぎへと量産している。驚くばかりのSF的産物、たとえば、生体埋めこみ式のPillCam™、スキューバダイヴィングのウェアラブル電子鰓（えら）、ハミングバード型のスパイ・ドローン、培養槽で成育した鶏の胸肉、マイクロコプター放射線検知器、センサーつきの果樹、十億ドルのコンピュータとWAZEやVIBERのようなスマートフォン・アプリ、そして——最後になったが、けっして軽んじるわけではない——あのスーパーマーケットの驚異、チェリー・トマトと種なしスイカ。

イスラエルがまだ生みだしていないもの――この点で、世界の先進国のなかで後れをとっているのだが――それはイスラエルの思弁小説（スペキュラティヴ・フィクション）[注1]を、何語であるにしろ、一望できるような権威ある一冊だ。『シオンズ・フィクション――イスラエル思弁的文学の宝庫』（原題 *Zion's Fiction: A Treasury of Israeli Speculative Literature*）は、この不備を補うために編まれている。本書はイスラエル文学という、小さく、おろそかにされ、めったに顧みられない泉にかぶせられた蓋（ふた）をこじあけるだろう。この種の文学を「ザイファイ（Zi-fi）」と呼ぶことをお許し願いたい（science fiction を sci-fi と略す造語のもじり。ただし、これ自体がオーディオ分野の略語 hi-fi のもじりである）。

ザイファイ――われわれはこの用語をつぎのように定義する。すなわち、イスラエルの市民、ならびに永住者――ユダヤ人、アラブ人、その他を問わず、居住地がイスラエル国内であれ国外であれ――が、ヘブライ語、アラビア語、英語、ロシア語など、聖地で話されている言語で書いた思弁的文学である、と。

とはいえ、本書はもっぱら、小さいながらも増大しつつある一群のイスラエル人作家たちにスポットライトを当てる。国産のヘブライ語、英語、ロシア語のサイエンス・フィクションとファンタジー（ＳＦ／Ｆ）、その他のスペキュラティヴ・フィクションの提供を天職と心得て、国内と国際的な市場の両方に狙いを定めてきた者たちである。

本書では、広い範囲から作品を選び、その作者は現代イスラエルSF／Fシーンの全領域にまたがっている。男と女、若者とそう若くない者、イスラエル生まれと移民、プロの作家とアマチュア。イスラエルに住みつづけている者もいれば、国を離れた者もいる。すでに海外で小説を発表している者も、ひとりやふたりにとどまらない。そうでない者にとっては、今回が国際的な闘技場への初登場となる。多くはイスラエルのSF／Fファンダム（詳細は後述）出身。そうでない者は主流文学の作家であり、キャリアのどこかの時点で、みずからのメッセージや奇抜な考えを伝える最良の媒体としてSF／Fの修辞を使おうと決めた者たちだ。とはいえ、全員に共通する点がひとつある――スペキュラティヴ・フィクションの技法を用いることで、イスラエルの読者と作家と批評家と学者の多くが広く共有している根深い文化的反感、輸入されたスペキュラティヴ・フィクション――SF、ファンタジー、ホラー[注2]――ばかりか、国内産の大多数の作品にも向けられる（迫害とまではいえないとしても）積年の文化的反感に叛旗をひるがえしたのだ。前述したように国家のルーツがSFにあるということと、この根深い反感とのあいだに矛盾があるからこそ、本書の刊行そのものが慶事になる、とわれわれは信じている。

作家のハガル・ヤナイが日刊紙〈ハアレツ〉に寄せた二〇〇二年のエッセイのなか

で、「わが国の揺れる椰子(やし)の木の下で妖精は踊らないし、マクペラの洞窟［族長たちの洞窟］に火を吐くドラゴンはいないし、ハリー・ポッターはクファル・サヴァに住んでいない」と嘆いた。地元の幻想的(ファンタジー)要素はとても貧弱なので、《ハリー・ポッター》のようなオリジナル・シリーズは「ユダヤ人の国家では刊行できなかった」[注3]と彼女は断言した。

ゆえにパラドックスが生じる。存在そのものがＳＦ／Ｆのヴィジョンを霊感源とする国で、ＳＦ／Ｆは最近までまったく受け入れられなかったし、いまでさえ大部分の文化的有識者に目の敵(かたき)にされているのだ。碩学(せきがく)ダニエル・グレーヴィッチが指摘したように、「初期のユダヤの伝統において、幻想文学は……驚くべき行為、魔法、救済を早めるための奇跡ばかりか、聖地への旅を題材にした、多種多様な信じがたい物語［の形をとっており］……国の歴史と思想における原動力だった」[注4]にもかかわらずだ。

学者のアダム・ロヴナーによれば、想像力にどんな価値を置くにしろ、そしてある種のファンタジーにどれほど汚名を着せてきたにせよ、すべての民族国家(ネーション)と国土(カントリー)は、住民か侵略者の語る途方もない話の化身(インカーネーション)となる。たとえば、アーサー王伝説に範をとったイギリスの場合はたしかにそうだ。聖書に登場するユダヤ人の祖地という初期の化身もそのとおりで、霊感源をたどればヨシュア記に行き着く。「シオニストの正史と文学史は」とロヴナーはいう。「いまは民族国家(ネーション)と説話(ナラティヴ)として頭韻を踏むも

のが密接に結びついていることを長らく示してきた」[注5]

これに反して、今日(こんにち)のイスラエルでは、建国以前の時期と同様に、「奇怪な異邦人や異常な出来事は、奇抜なものを好む精神にしか益がないのだから、それに対して門戸を開こうという意志は最小限だ」と作家のガイル・ハエヴェンは述べている。[注6]

どうしてだろう？　想像力を糧(かて)とするフィクションに対するこのアレルギー反応は、いったいどこから来るのだろう？

いくつかの説明がなされてきた。ひとつは、SF／Fへの反感が国外から輸入されたものにすぎないという説だ。けっきょく、西欧文化が長年にわたりSF／Fを――控え目にいっても――軽視してきたことは認めないわけにはいかない。つい最近まで、それは高級文学としては文化的に受け入れられていなかった。十代の少年向けで（少女向けではない！）、本物の文学的美質を欠いており、日常生活の身近な問題には目をつぶり、なにより悪いことに現実逃避だ――お好きな非難を選ぶなり、追加するなりされたい――こうして申し立てられた欠点のせいで、それは歴史的に一般的な検閲を通らずにきた。それはゲットー化し（しばしばゲットー化しつづけ）、書店や図書館では専用の棚に追いやられてきた。この傾向は建国前のイスラエルで進展し、蔓延(まんえん)したまま、いささかも正されなかった。さらにいえば、ユダヤ国家では文化的影響はかなりゆっくり広がり、浸透する傾向があるので、ＳＦ／Ｆに対する態度が、たとえばアメリカやイギリスで改善されたずっとあとになっても、いっこうに変わらなかった。

それとは別の説明もある。規範的なユダヤ教が、みずからの非教訓的で気楽な形式の文学にさえいだいている異常な軽蔑に基づくという説だ。「想像力」を意味するヘブライ語の単語 dimion が、この意味でヘブライ語に登場するのは十二世紀になってからで、モシェ・ベン＝マイモーン（ラテン名マイモニデス）の『迷える者たちの導き』（未訳）においてだった。そうはいっても、影響力の大きい聖書やポスト聖書的なユダヤ教のテクストが、しばしばかなり自由に潤色した物語に頼ったという事実がある。それらは頻繁に法外なファンタジーへと越境し、オリジナルのトーラー（法律）の物語に存在する隙間を埋めるか、テクスト上の矛盾を解決するかした。

こうした想像力に富む作品には、つぎのものが含まれる。ミドラシーム（教訓話）、メシャリーム（たとえ話と寓話（ぐうわ））、アガドット（ラビの伝説）。そして中世の黙示録的文学、たとえば聖人伝や、マセイ・メカヴァ（神秘的な創造論）、あるいは天界の旅を記述した聖書外典や偽書であるヘイハロット・テクスト。その一例がアブラハム・イブン・エズラ（十二世紀）によるマカーマ――韻を踏んだ散文の語り――*Hai ben Mekitz* で、中世の太陽系を構成する六つの惑星への旅と、その想像上の住民にまつわるものだ。にもかかわらず、賢人たちはこの膨大な文献群を「ただのお話や俗事」として切って捨てたのだった。

もちろん、どれほど途方もない出来事にあっても、信仰ひと筋であれば奇抜なものに惑わされず、幻想的なものを認めずにすんだのかもしれない。魔法や妖術は――モーゼやエリヤをはじめとする聖書の登場人物が奇跡を起こしたにもかかわらず――たいていの敬虔なユダヤ教徒にとって触れてはならないものとみなされていたし、いまもそうである。「魔法使の女は、これを生かしておいてはならない」と聖書が命じているのだ（出エジプト記。二十二章十八節）。

どちらの説明にも一理あることは認めるものの、われわれが強調したいのは、夢をいだくことと、じっさいにそのなかで生きることとのあいだに存在する本来的な緊張である。長らく荒廃していた父祖の地でヘルツルの『古く新しい国』のヴィジョンを実現するという建前のせいで、生まれかけていたユダヤ人の共和国は――人的な代償だけで――想像力の貯えを枯渇させそうになった。「もしそう願うなら」と末日の預言者（同書の表紙によれば、彼の役割は宇宙志向のSF／F作家兼イデオローグだ）は、みずからが提案する国家について有名な断言をした。「それはおとぎ話ではない」と[注7]。

とはいえ、ヘルツルは宣伝係として思うところがあり、シオニストの事業を大衆に知らしめる媒体として、十九世紀後半の古典的なＳＦ風ロマンスを選んだのだった。このことは、十中八九、国家建設の努力に不都合な文学的装飾をつけ加えただろう――本質的に空想的なものでありながら、野放図な想像力を呪われたものとみなす態度である。イスラエルの霊感源がＳＦ小説かもしれないという観念そのものが、癪にさわったのかもしれない。結果的に『古く新しい国』は、シオニストのイデオローグたちによって唯一無二の存在だと故意に誤解された。

文学的なファンタジーが霊感源であるにしろないにしろ、じっさいに機能する国家を創りだすには、よりいっそう実践的な性質のものを信仰するほかなかった。この仕事はとことん消耗するものであり、精も根もつき果て、資源ばかりか血も代償として、惨禍をともなうものだと判明した。シオニストの計画が実行に移されると、余力はほとんど残らず、由来がなんであれ、奔放な想像力による冒険を楽しむ余裕さえなくなった。実用一辺倒の集団であるシオニストは、絵に描いた餅のような計画やロマンチックな恋愛物語には、うんざりするほど用心深いままだった。

しかも、シオニストの事業は、はじめから全力投球だった。個人的な代償、欲望、理想、気質にかかわらず、ひとりひとりが共通の夢の実現に向けて、能力の限界まで貢献することを期待された。それは新しい民族国家、世界のコミュニティの正当な一員として、隣人たちと平和に共存するという夢だった。だれもが平等な権利と義務を有し、共通の利益のために働く公平で活気ある新たな社会という夢。新たに復活したヘブライ語を聖俗問わずあらゆる目的に用いて、ディアスポラ（民族離散）中にユダヤ人のしゃべっていたさまざまな言語にとって代わるようにするという夢。そして新たな人間、サブラ――すなわち、独立していて、意志強固で、怒りを押し殺さず、勤勉で、理想主義的な個人であり、虐げられたディアスポラのユダヤ人の正反対になるという夢。モシェ・シャミールの一九四七年の長編（のちに劇化、さらに映画化された）『彼は野原を歩いた』（未訳）の主人公、ウリという登場人物を典型とし、その他無数の短編小説、詩歌、長編小説、演劇、映画のなかで描かれたこの理想化された新種のユダヤ人は、ひょっとしたらシオニズム最大の希望であり、究極の功績となったのかもしれない[注8]。

この計画に寄食者のいる余地はなかった。そのなかには、架空の世界や窮地について書きたいと思っている人々も含まれていた。彼らには、ばかげた好みを追及する道徳的な権利がなかった。書くべきものは、新国家の建設に直結していなければならなかった。小説のなかで新国家の欠点を批判することは、許されるどころか奨励された。それにもまして、新国家を激賞することは歓迎された。これらの選択肢をとらなければ、作品を出版してくれる者はおろか、読んでくれる者もいなかった。

さらに、高度に政党化したイシューヴ（建国以前、委任統治期のパレスチナにおけるユダヤ人コミュニティー）の指導層は、二十世紀にはいったころから、しだいに社会主義的な傾向を深めていた。一九二〇年代後半には、労働運動の政治的優位は揺るがないものとなった。現在の文脈においてこの事実の意義は、社会主義とシオニズムの両方が、新しい文化と新種の人民をそなえた新しい社会の形成における知識人の役割を大いに強調し、このふたつのイデオロギーが組み合わさることで、ますます強調されるようになったということにある。

したがって、ユダヤ国家が誕生するずっと以前から、イスラエルの作家は、ユダヤ人の祖地という途方もないファンタジーを厳密に写実的な、あるいは自然主義的な文学用語で表現するよう期待されていた。これは、ファンタジーとＳＦの作家が（手垢のついた定型として避けないときは）一般に世界創造と呼んでいる行為だ。[注9]しかし、そのためには、逆説的ながら、当時五十歳だったヘブライ文学（エリエゼル・ベンイェフダがヘブライ語の復活を訴えたのが一八七八年）から、人工的な聖書調、ロマンの追求、過度にノスタルジックで、非現実的で、理想化された関心と修辞を剝ぎとらなければならなかった。これらの特徴は、十九世紀のヘブライ文学を危険なほど現実逃避に走らせた、と論じる者もいる。この風潮に逆らうために、イデオロギーは、作家や詩人をはじめとする芸術家が、ありったけの勇気を奮い起こし、ありったけのリアリズムでシオニストの使命を――聖書の出エジプトなみに、ありそうにない悩み多き事業として――描きだすことを要求した。

イデオロギー的な統制はかなり厳しかった。たとえ口に出していう者がいなかったとしても。イシューヴはつねに民主的な政治組織であり、建前上はどんな画家も、詩人も、著述家も、思想家も完全な表現の自由を享受していることになっていた。とはいえ、社会的な圧力は抗しがたいものだった。知識人の聖なる義務は、国民共通の冒険的事業へと人心をかきたてたり、かきたてられたりして、それを盛んにし、もし偏向したら批判すること。さらには若い世代に年長者の価値観と態度と大望を吹きこむことだった。この役割から逸脱すれば——ときには激烈に——眉をひそめられたし、もっと実践的なレヴェルでは、こうした制限を遵守しようとしない者たちは、大衆に語りかける手段（たとえば、出版社）を見つけられなかった。アム・オヴェド（「働く人々」）やシフリヤット・ポアリム（「労働者の図書館」）のようなあからさまな名前のついた公的出版社には、非常に明確な予定表があった。しかし、民間の資本主義的出版社でさえ、シオニストの事業の一翼を担うものだと自任していた。

かくして、イシューヴの文化的アウトプットを効果的に統制する門番の一団が力を持つようになった。出版人、文芸誌や新聞や雑誌の編集者、文芸批評家、文学部教授、などなどだ。この小さいながらも絶大な影響力を誇るグループは、大衆が読めるものに関して決定権を握った。彼らはイデオロギーに染まっており——シオニスト社会主義者か、でなければただのシオニスト——その発言は実質的に最終決定だった。

いうまでもないが、思弁的文学に対する反感は、門番たちの美質のひとつにすぎなかった。じつは、その点では争う事例がほとんどなかったので、統制全体の末端もいいところだったのだ。それにもまして、彼らはイデオロギーと道徳の純潔さの番人だった。[注10]高名な医師で、文筆にも手を染めたヤアコヴ・ヴィンシェル博士（一八九一〜一九八〇）の事例を見てみよう。彼は一九四六年に長い中編（ノヴェラ）『最後のユダヤ人』（未訳）を著した。ナチが第二次世界大戦に勝利したという仮定に立って戦後の改変歴史を展開させた作品の草分けであり——のちにＳＦの確固たるサブジャンルとなるものの先駆けである。ヴィンシェルはこの作品にマイナーな出版社しか見つけられず、同書はイシューヴの文学者たちにあっさりと無視された。皮肉な話だが、このノヴェラが冷遇された理由は、その文学的な質はおろか、ジャンルの帰属ともほとんど関係がない。なんと、ヴィンシェルは修正主義運動の有力メンバーであり、その指導者、ゼエヴ・ヤボチンスキーの弟子だったのだ。修正主義者は労働シオニストの不倶戴天（ふぐたいてん）の敵だった（ときには文字どおりの意味で）。それゆえ、ヴィンシェルの著作は、どうあがいても正道をはずれていたのである。

　国家の再生を通して救いを約束する世俗的救世主主義（メシアニズム）の影響が濃かったものの、当時の労働シオニストたちは、ヘブライ語聖書の神秘的、超自然的な側面には背を向けた。奇跡でいっぱいのハシディック（敬虔主義者）の説話など、彼らには用がなかった。とはいえ、ミトナグディームが信仰する、もっと合理的だと思われているユダヤ教も心の底から忌み嫌った。ちなみに、ミトナグディームとは、ハシディズム（敬虔主義運動）の対抗馬で、信仰心に篤（あつ）いが、教理を厳格に解釈しすぎる者たちだ。労働シオニストの信じるところでは、あらゆる形の狂信が、ユダヤ人は根無し草で、受け身で、意志薄弱で、理屈をこね、依存体質で、無力だという観念を徐々にはびこらせてきたのであり、ついにはホロコーストで恐怖の絶頂をきわめたのだという。代わりに建国者たちは、ユダヤ人が聖地に連綿と存在してきたという地理的、歴史的、考古学的な記述に注目し、最後には経験的手段によって実証できると信じていた。

　当然ながら、思弁的文学――イスラエル以外では一般にファンタジーやＳＦやホラーとして言及されるもの――は、ヘブライ語の純文学はおろか、大衆文学とされるもののなかにさえ居場所がなかった。たしかに、翻訳や原書で商業フィクションを読むイスラエル人はいたし、そのなかには多少のＳＦ／Ｆが含まれていたかもしれない。だが、自国産のジャンル・フィクションは、とりわけ低俗な型式のものが主であり、元はイディッシュ語でシュント、すなわち「クズ」と呼ばれるパルプ・フィクションの分派だった。国家建設という進行中の事業に寄与したり、勝ち得たものを強化することに――あるいは、活気あるヘブライ文学の言語資料を融合するという試みに――

貢献したりするはずもなかった。結果的に、それは定評のある出版社も広範な読者層も見つけられなかった。

　ヘブライ大学の社会学者で社会学上の逸脱の専門家、ナフマン・ベンイェフダによれば、イスラエルの文化委員たちは、文化的まがいものの甚(はなは)だしい例としてＳＦを名指しした。[注11] ヘルツルがテオドール・ヘルツカのユートピア作品『自由の地』（未訳）を手本に自作のユートピア小説『古く新しい国』を著したのをご存じないと見え、アメリカの原(プロト)社会主義者エドワード・ベラミーが一八八八年に発表したベストセラー『顧りみれば』――まぎれもないジャンルの古典――の成功と張り合おうとするいっぽうで、ＳＦ／Ｆを子供向けの気晴らしとみなした。

　皮肉なことに、まさに同じ人々のなかにロシア語の、とりわけソ連の文学形式と修辞を丸ごと輸入しようと旗をふった者たちがいた。それは彼らの革命家としての進化を告知していたのだ。イシューヴの文学的門番のなかでも左寄りのイデオローグたちは、労働シオニズムの国家建設事業と、ソビエト連邦に労働者の楽園を創るという、成功したことになっている努力とのあいだに類似するものを見たのだった。

　こうした傾向は、どの本をヘブライ語に翻訳するかを選ぶ際にも影響した。そのため、出版社は定評ある西欧文学の正典(カノン)から作品を輸入し、翻訳し、刊行することを期待された。そうでなければ、ソビエト連邦（いまにして思えば、これまた野放図なファンタジーの一形態だ）において前向きで革命的な時代の精神とされるものを露骨に反映している本、あるいはその反対勢力の退廃ぶりを気づかせる本を出版した。たとえば、アレン・ドルーリの『アメリカ政治の内幕』のヘブライ語訳に補遺として付された後記のなかで、出版社（前述のシフリヤット・ポアリム）は、読者に――これは一九六〇年という遅い時点の話である――「著者はかの偉大な国［アメリカ］の代弁者たちのスピリチュアルな道徳の力が勝利するところを示して、われわれを安心させようとした。しかし、本当のことをいえば、憂慮を深める理由をくれたのである。彼らのなかの正直で慎み深い者たちでさえ、［ソ連への］憎悪に呑みこまれると判明した」などと説明する義務を負っていると感じていた。

　そのいっぽう、軽めのエンターテインメントや気晴らしは、もっぱら前述のシュントに、映画に、共同体のキャンプファイヤーに、歌の集いに、そしてずっとあとには、ＴＶにまかされた。じっさい、ＴＶはイスラエルの文化的門番たちが従事した後衛戦の好例といえそうだ。イスラエルでは一九六六年という遅い時期まで、ＴＶが単純に禁止されていた。ダヴィド・ベングリオン首相が、ＴＶは「子供たちの気をそらすため、彼らが知識を学び、増やす代わりに、低俗な娯楽作品に夢中になる」[注12]のを恐れたからだ。そしてＴＶが解禁されたあと（建国の父が職務を退いたずっとあと）でさえ、二十年以上もこの国にはチャンネルがふたつしかなく、両方とも政府に掌握されていた。民放、ケーブルＴＶ、衛星放送、究極的にはストリーミング配信といった多数のチャンネルが存在する現在の状況への移行は、イスラエルの文学を多種多様にしてきたのと同じ力によるものだった。それをこれから議論する。

一九四八年にイスラエル国家がひとたび誕生すると、もっと若い世代の作家たち――いわゆるドール・ハメディナ、つまり国家成立世代――がその流れを逆転できたはずだ、と考えても不思議はない。けっきょく、シオニストの夢は成就したのだ。ユダヤ国家がしかるべき場所にあるのだから、知識人たち、とりわけ作家と詩人たちが想像力を解き放つときが来たのかもしれない。地ならしは終わった。ポスト建国文学シーンは空想に甘くなるだろう、と結論づけたとしても不思議はない。残念ながら、この男女が取り組んだような作り話（ファビュレーション）は、世界が見てきた思弁的文学のどのジャンルとも似ても似つかないものだった。

というのも、一年が過ぎるたびに、正常化したイスラエルは、勢力圏の拡大を認めてもらいたがったからだ。この国が独立戦争（第一次中東戦争）から生まれ出たとき、国境は確定しなかった。パレスチナをはじめとするアラブの敵対勢力は、次回の戦争で彼らがナクバと呼ぶもの、すなわち壊滅的惨敗の雪辱を果たす――建国前から住んでいたわけではないユダヤ人の占領地をできるだけ多く奪い返す――と誓った。イスラエル人のほうも第二ラウンド（ついで第三ラウンド、第四ラウンド……）を心待ちにした。その戦争が終われば、もっと確固とした国境が、維持できなかった一九四九年の停戦ラインに代わるだろうと考えたのだ。

国の前途が不たしかであればあるほど、語り部たちは、退屈で、ありふれていて、つまらない現実を崇めるようになった。それが自分たちの手をすり抜けていくからだ――かくして、ある独特な文学ジャンル全体が、社会的、政治的、心理学的リアリズムという東欧の約束ごとに支配されるようになった。イスラエルではそういう状況は孤立した地区のなかでしか見つからないという事実は、語り部たちを思いとどまらせなかった。

それゆえ、初期のイスラエル文学は――著述家で学者のエレナ・ゴメルその他が述べたように――キブツ生活という狭い局面に関するとりとめない黙想に、テルアヴィヴを舞台にしたブルジョアジーのメロドラマに、辺境に送られたセファラディーム（地中海沿岸地方からのユダヤ人移民）やミズラヒーム（中東イスラム世界出身のユダヤ人）移民の極貧に近い悲惨な窮状の描写に、往々にして独善的な国家成立前の地下運動の追想に、「屠所に連れていかれる子羊」という聖書の言葉に要約されるように、当時はまだ恥ずべきものとされていたホロコーストに（この態度が劇的に変わるのは、一九六一年のアイヒマン裁判を待たねばならなかった）、切迫した軍隊生活に、そして――稀にではあるが――日常生活のさ

まざまなロマンティックな様相に作品を限定した。[注13]

「われらが世代のイスラエル文学は」と著述家で批評家のヨラム・メルツェルは論じた。「イスラエルの現実という枠組みに固執し、めったにそれを越えない。イスラエルの時間、イスラエルの人、イスラエルの社会学、イスラエルの諸問題、イスラエルにおけるイデオロギー的な分断――換言すれば、イスラエルの存在と本質――が、イスラエルで書かれるヘブライ文学の大多数が参照した主要な枠組みである」と。ゴメルが評するように、テンプレート、つまりリアリズムそのものがイスラエル独特のファンタジー形式となるように選びだされ、それは十年が過ぎるたびに、ますます狭量で内省的に（しばしば恥ずべきナルシシズムの域に達するまで）なっていったのである。[注14]

誤解がないように強調しておくが、こうした作家や詩人や劇作家や、その先行者たちの創りだした文学的アウトプットの質にこのすべてが反映しているわけではない。モシェ・シャミール、イズハル・スミランスキー、ハノホ・バルトヴ、ナタン・シャハム、アハロン・メゲッドといった作家、そしてアヴラハム・シュロンスキーやナタン・アルテルマンといった詩人に加え、さらに多くの者たちが、右記の制約のもとで活動しながら文学上の傑作を生みだしてきた。それでも、後継者には無縁だった制約を彼らが受けていたことは否定できない。

『構造的ファビュレーション』（未訳）において、碩学ロバート・スコールズは、みずからの主題を「近年の科学との関わりによって知覚できるようになった人間が置かれた状況の虚構上の探求」[注15]と定義した。対照的に、ユダヤ人の民主国家を想像したイスラエルのフィクションは、現在の中東情勢では存在や存続がむずかしい正常性というものをしだいに浮き彫りにした。イスラエル文学は凡庸なものを尊び、地方の事情をしばしば無視するか軽視するかだった。その事情とは、平凡な日常への努力を内部崩壊かもっと悪いもので脅かすものだった。スコールズには申しわけないが、このユニークなサブジャンルといえそうなものを「寓話的（ファビュリスティック）リアリズム」と呼んでもいいだろう。

ここまでの話は、スペキュラティヴ・フィクションにとって当初から中心だった、ある特定の、問題を多くはらむ概念に置き換えられる――すなわち、ユートピアだ。「イスラエルは」と社会学者のバルーフ・キマーリングは論じた。「世界でただひとつの成功したユートピアの実現とみなされた［ただし、短期間だった――編者注］」したがって、イスラエルは「期待の地平線を表している。その完璧なヴィジョンを前にすれば、じっさいの歴史のごたごたは、過渡的で一時的な段階でしかないように見えて当然である……。イスラエルは、ほかのポスト黙示録文献やポスト・ユートピア文献と同じ包括的連続体に存在する」とゴメルは記す。ユダヤの祖地の住民たちは、この百年にわたり耐えてきた容赦（ようしゃ）ない敵意からの肉体的、心理的、あるいはデジタル的な休息を求めてきた（この文脈でイスラエル人がしばしば使うキャッチフレーズは、「ジャングルのなかの一軒家」だ）。文化の観察者ダイアナ・ピントの言葉を借りれば、イスラエル人は、いまや自分たちが「グローバル化した世界のまさにどまんなかで［彼ら］独自のサイバースペースに、科学的革新の上に築かれた［彼らの］ポストモダン未来に生きている」と考えている。[注16]

　社会科学者のダン・ホロヴィッツとモシェ・リサクの信じるところでは、こうした動向は、小さなイスラエルのユートピアに大きなトラブルを予言する。[注17]その国は競合する声、権力の中心、信仰体系に過度の重荷を負わされ、打ちのめされている、と彼らは論じる。それは風洞にも捕まっており、なかでは延々とつづく議論のこだまが弱められる。その議論は、存在する制度的、文化的、政治的チェック・アンド・バランス（行き過ぎを抑えて均衡をとること）の安定化効果よりも内なる疾風怒濤（シュトゥルム・ウント・ドラング）のほうに含みを持たせるのだ。

　どのユートピアにもいえることだが、所期の目的を達成できなければ、特殊な事情で存在が困難になる。古（いにしえ）のユダヤの祖地にふたたび住むことの核心は、東アフリカか、アルゼンチンか、ニューヨーク州北部を国のないユダヤ人の避難所にするという領土主義者のアプローチを避けることにあった[注18]。全体であれ一部であれ、イスラエルの地は、祖国への帰還というこのプロセスにとって付随的なものではなかった。その地こそが肝心要だったのである。

イスラエルの読者たちは、書物への強い欲求があると自負してきた。しかし、一九四八年の建国以前に蔑(さげす)んでいた実験主義や自己中心主義や突飛(とっぴ)なものは、彼らにとってその後も真剣な考慮に値しないままだった。文学の門番を自任する者たちはその地位を保ち、前と変わらずに統制をつづけた。文化的な逸脱はまだ大目に見られなかった(個人の場合はかまわなかった)。黙示録的な思索のはいりこむ余地がないのはたしかだった。とりわけ、それらがファンタジーの題材ではなく、純然たる現実であり、ゆえに耐えがたいほど居たたまれないものだったから。SF/F作家のラリイ・ニーヴンがかつていったように、「どうやってイスラエル人を怖がらせたらいいのか、さっぱりわからない」のだ。こういう状況で、フランツ・カフカが夢をかなえ、イスラエルの地に定住していたら、自分の選んだ文学キャリアを築きはしなかっただろう、とハエヴェンは指摘する[注19]。

輸入品についていえば、注目に値する例外がないわけではなかった。H・G・ウェルズ、ジュール・ヴェルヌ、エドガー・アラン・ポオ、アーサー・コナン・ドイル、

Ｈ・ライダー・ハガード、エドガー・ライス・バローズの科学ロマンスは、監視塔のわきをすり抜けた（その大部分は若い読者向けの本棚に直行した）し、オーウェルの『一九八四年』やハクスリーの『すばらしい新世界』といった主流文学作家の作品、さらにはアンドレ・モーロワの短編は、作家の評判がものをいって、同じように目こぼしされた。しかし、大衆向け文学、娯楽小説、ダイム・ノヴェルなどのサブジャンルは、熱烈なシオニストにすれば、あいかわらず国家建設に邁進（まいしん）する真面目な人々にはふさわしくないものだった。

とすれば、イスラエルのスペキュラティヴ・フィクションは、どうやってここから隆盛への道をたどったのだろう？　大きくて、ピカピカ光っていて――疑り深いイスラエル人の目には――なんとなくばかげて見える多くのものと同様に、ＳＦ／Ｆはまずアメリカからやってきた。最初は一九五〇年代のＢ級映画の装いで到来し、やがてヘブライ語の翻訳がポツポツとあらわれるようになったが、楽観的すぎた版元がしばしば破産に追いこまれた。一九五〇年代後半と一九六〇年代前半に発行された三種類の短命な雑誌も同じ結末を迎えた。

当時は翻訳ものであっても現代のＳＦ長編はきわめて稀であり、ロマン・ザイル（小さい小説）と呼ばれるシュントの――言い換えれば、パルプ文芸の――ヘブライ語版でしか見ることができなかった。国産の作品は聞いたこともなく、ファンタジーは子供の本棚にだけ存在した。アシモフ？　クラーク？　ハインライン？　影も形もなかった。空想科学小説(サイエンス・フィクション)はあまりにも稀少(きしょう)なので、なんと呼べばいいのか知っている者さえいなかった。イスラエルのファンは一世代を費やして、マダ・ビディオニ（虚構上の科学）とマダ・ディミオニ（空想的な科学）という用語それぞれの利点を論じてきた。けっきょく前者のほうが広く使われるようになった（もっとも、反論をつづけている者もいるが）。

一九六〇年代前半に、編者のひとり（エマヌエル・ロテム）は、故アモス・ゲフェンが（パルプの形式で）ヘブライ語訳したハインラインの『人形つかい』に出会った。すっかり虜(とりこ)になり、同じような本をもっと探したが、ほとんど手にはいらなかった。現代ＳＦ／Ｆという豊富な資源をようやく発見したのは、一九七〇年に大学院に進んでロンドンへ行ったときだった。自分が好きな種類の本を入手するには、角を曲がって最寄りのＷ・Ｈ・スミス書店へ行くだけでいい――そう理解したことは、人生を一変させる啓示となった。

この時期に出現した唯一のイスラエルＳＦといえるものは、モルデカイ・ロシュワルトのペンから生まれた。このポーランド生まれの作家にして大学教授は、一九三四年から五五年まで委任統治領パレスチナ／イスラエルに住んでいたが、黙示録的な作品、つまり身の毛もよだつ核戦争テーマの『レベル・セブン』（一九五九）と諷刺的な『世界の小さな終末』（一九六二）を、それぞれアメリカとイギリスで刊行した。おおむね好評を博したこの二長編は、国外で書かれ、作者のイスラエル経験を直接には反映しておらず、ヘブライ語への翻訳もまだ果たされていない。

ＳＦに手を染めることで、こうした制限に公然と叛旗をひるがえしたふたりのイスラエル人――詩人にして映画製作者のダヴィッド・アヴィダンと散文作家のイツハク・オレン――は、結果として周縁に追いやられ、死後にようやく再評価されるようになった。

とはいえ、一九七〇年代なかばに著しい変化が起きることになる。一九六七年なかばから一九七三年後半にかけて、イスラエルは三度の大きな戦争を経験した。テロや国境を越えたイスラエル側の報復攻撃をともなう無数の国境衝突があったことはいうまでもない。一九六七年六月の六日間戦争（第三次中東戦争）は、おおかたのイスラエル人に傲慢とまではいえないとしても――不遜な自尊心をいだかせ、救世主降臨の幻影をあおりにあおった。多くの者にとって、シオニストの夢はその六日という短期間に――神が宇宙を創造するのに要したのと同じ時間であるのは偶然ではない、という者もいただろう――完全に実現した。おそらく、大きく前進するときが来たのだろう。「地域の超大国」となったイスラエルには、いまや社会と経済と文化を正常化する余裕ができたのだ。

これもまた危険な幻想でしかないことが証明された。それを示したのは、一九六八年〜七〇年の凄惨な消耗戦争（エジプトとの砲撃戦）と、さらにつづく一九七三年十月の敗北しかけたヨム・キプール戦争（第四次中東戦争）だった。イスラエルの超大国幻想は粉砕されたのだ。それにもまして重要なのは、伝統的な支配層が、国全体はいうまでもなく、忠実な支持者たちを明らかに失望させたことだった。国民の総意により、社会的結合と、国家の団結と、自尊心と、使命感のシンボルとなっている軍事力でさえ、すべての約束をかなえられなくなっていた。権力の座は、もはや早い者勝ちでつかむものだった。

その直後に起きたのは政治的な変動だった。長らくイシューヴ、つづいてイスラエル国家の舵とりをしてきた労働党が、一九七七年の総選挙で敗北したのだ。しかし、分断線は政治の領域よりはるかに遠くまで広がった。国の経済が変化し、ときおり目もくらむような水準の成長と誇示的消費の増大をもたらした。労働党の選挙での敗北が、社会主義経済からリベラル経済への移行につながり、多くの者の経済的見通しを明るくしたものの、所得の分配における不平等を増幅させた。かつては一枚岩を誇ったイスラエル社会は、競合する部族に分裂した（たとえば左翼の理想主義者、右翼の国粋主義者、正統派ユダヤ教徒の入植者、超正統派ユダヤ教徒、自由貿易を標榜するリベラル、さまざまな宗教や政治の信念を標榜するイスラエル・アラブなど。付言するまでもないが、その多くはさらに細分化している)。教育もどんどん断片化し、実用的になった。つねに社会変化の反映でもあり、先触れでもある文化も、その例にならった。

文化における伝統的な支配層は、政治の場合と同様に、急速に衰えた。文学、演劇、音楽、視覚芸術においてなにが適切かを一方的に上から決める制度は、その権威を失いつつあった。ひび割れに雑草がはびこりはじめた。たとえば、それまでおとなしかった政治諷刺は、いまや辛辣になった。イスラエルにおいてSF/Fがもっと広範にあらわれるための舞台はこうしてととのった。先陣を切ったのは翻訳である(国内作家の軍団はまだ出現していなかった)。しかし、一九七〇年代なかばから、イスラエルの主流出版社が、ジャンルの名作をかなり高価な翻訳書の形で何百冊も書店に送りこむようになった。

それと同時に、イスラエルの主流文学も急速に変化をとげていた。イスラエル特有の絶え間ないイデオロギー的、地政学的制限のもとで、伝統的なヘブライらしさという観念に窒息されていると気づき、グローバリゼーションと多文化主義に救いを求めたイスラエル人作家たちは、そのときまで窒息したままだった。しかし、文学者のレイチェル・S・ハリスが述べるように、いまや多岐にわたる文化的出自や、多種多様な地理的位置づけにもかかわらず、一九七〇年代から出現し、つぎの年代のはじまりに作品を発表しはじめた一群の作家たちは、いわゆるポスト・シオニズムの庇護(ひご)のもとで、「シオニズムを再定義し、新たな、より包括的なイスラエルらしさを創造」しようとした。[注20]

その後、インターネットにアクセスできるようになると、こうした新来者のなかには、イスラエル以外の地域と個別に交渉しようとする者があらわれた。[注21] 同時に、かつてはヨーロッパ系のユダヤ人(アシュケナージムのこと)に独占され、ほぼ男性だけで成り立っていたヘブライ文学に、みごとに楔(くさび)を打ちこんだようにも見える。いまやヘブライ文学はヘブライ語、英語、その他の言語を駆使するフェミニストと非フェミニストの女性、世俗的な世界観を持つ者と宗教的な世界観を持つ者、非アシュケナージムの作家にまで参加枠を広げている。

その過程で、彼らはフォーラムと市場も開き、つぎのような人々に正当性をあたえた。すなわち、しばしば世俗文学に反発する信仰心の篤いユダヤ教徒、ヘブライ語を読み書きするアラブ人、ロシア語をしゃべるユダヤ教徒と非ユダヤ教徒、さまざまな性的傾向をそなえた人々である。まもなくフランス系移民の集団をはじめとする、ヨーロッパ系ユダヤ人の内気なコミュニティ、つまり、しだいに反セミティズムにかたむいているヨーロッパから逃れてきたとみなされている者たちにも声をあたえるだろう――声がまだもぎとられるのではなく、あたえられるものであるとしたらだが。

さらに最近では、エチオピアの血を引く作家たちの書くものが、ちらほらと目につくようになっている。

本書の観点からすれば、なにより大事なのは、すくなからぬ数のこうした作家たちが、ほんの一世代前なら考えられなかった冷静沈着な態度で、商業的なジャンルやサブジャンルに手を染めてきたことだ。それには探偵小説、エロティカ、警察小説、テクノスリラー、ＳＦ、ファンタジー、果てはホラーが含まれる。じっさい、ジャンルを渡り歩くのが恐ろしくうまくなった作家もおり、かつてのイスラエルではありえなかった変わり身の速さで、探偵小説のフォーマットからＳＦへ、魔術的リアリズムへと移行していく。

そのため、旧世代のイスラエル人文学者たちの多くが気力を奪われた。作家、読者、出版人、批評家、学者が、しだいに乗り物酔いにかかるように思われた。とはいえ、最終的にイスラエル文学は、前の世代の文芸批評家たちの根強い影響のもとで、救いがたい独善的思考と自己欺瞞(ぎまん)におちいる運命は免れた。ただし、この傾向は現在にいたるまで残っており、ある限定された形式の国産スペキュラティヴ・フィクションが存在し、不承不承ながらも受け入れられている理由を説明する。それはオーウェルの『一九八四年』やバージェスの『時計じかけのオレンジ』の同類であり、認識できる社会的、政治的関心にまっこうから取り組むものだ。イスラエルの元大統領、故シモン・ペレスが二〇〇八年にエルサレムの国際作家会議で述べたように、イスラエルの作家は末日の預言者であり、その仕事は国に訓戒を垂れることなのだ。「われわれは叱られるのが好きだ」とハエヴェンは述べている。「そして、叱られたがる良心の民としてみずからを思い描くことが、ことのほか好きなのだ」[注22]と。

叱られはする。だが、騙(だま)されはしない。

水門が破れ、監視塔の土台が揺らぐと、門番たちはみるみる力を失っていった(イスラエルの文化風景のなかにいまだに反響しているのは、そのかすかな名残(なごり)にすぎない。わずかばかりの妥当性を維持しようという試みが失敗に終わったからだ)。SF/Fへの道が開かれた。

まず、主流出版社が版元となった翻訳SFのシリーズがふたつ、一九七五年から七六年にかけてはじまった。マサダ社のシリーズは、ジャーナリスト、翻訳家、のちに出版人のアモス・ゲフェンが編集に当たった。アム・オヴェド社のシリーズは、ジャーナリストで翻訳家のドリット・ランデスと——短期間ながら——詩人で実業家で弁護士で学者のオリ・バーンスタインが編集した。いまはランデスが単独で編集しているホワイト・シリーズ(初期の表紙にちなんでそう呼ばれる)は、イスラエルSF/Fの大黒柱となり、その地位を保っている。

ほどなくして、ほかの一流出版社も追随した。特筆に値するのがケテル社で、そのシリーズは当初、哲学教授のアディ・ツェマハが編集に当たった。ズモラ－ビタン社のシリーズは真っ先に現代ファンタジーも収録した（いちばん著名なのはトールキンの作品だ）。ＳＦ／Ｆ専門のシリーズを立ち上げはしなかったものの、さらに数社が翻訳小説のリストにジャンル作品を含めるようになった。

ひと握りの雑誌がこのブームに呼応した。いちばん有名で、いちばん長つづきした〈ファンタジア２０００〉は、一九七八年から八四年の末にかけて四十四号を出した。組織化されたファンダム――ふつうは活気あるＳＦ／Ｆシーンの発展と不可分だとみなされる――は、一九九〇年代なかばまで存在しなかった。とはいえ、個々の読者は別問題だった。

編集者アーロン＆ツィピ・ハウプトマンとエリ・テネの統率のもと（『シオンズ・フィクション』の編者ふたりの慎ましい助力もあった）、〈ファンタジア２０００〉はアメリカの〈アスタウンディング〉や〈ザ・マガジン・オブ・ファンタジー＆サイエンス・フィクション〉といった雑誌と同様に、教育的な温室の役割を果たした。そのいっぽう、体裁は紙質の悪いアメリカのダイジェスト・サイズの雑誌をしのぎ、大部数を誇る雑誌〈オムニ〉のそれに近づいた。

光沢紙を使った月刊誌で、定期購読の二千部に加え、ニューススタンドでの売り上げがピーク時には約三千部だった〈ファンタジア２０００〉は、活気に満ちた読者投稿欄、書評と映画評、ポピュラー・サイエンスのコラム、作家のインタヴューとプロフィール記事、そして肝心要の点だが、国産のＳＦ／Ｆの草分けを掲載した。当時の人口が三百六十万にすぎなかった国で、典型的な人口当たりの定期購読者数がアメリカのＳＦ誌に近づき、イギリスのＳＦ誌にはより近づいた――ニッチな、さもなければ当時のイスラエルのニューススタンドで二番目に高価だった刊行物にしては、なかなか立派な成績である。

〈ファンタジア２０００〉は、地元の才能を育てるという仕事を意識的に、かつ良心的に引き受けた。その結果はまちまちだった。すくなからぬ有望作家が、アメリカやイギリスの雑誌に載るＳＦ／Ｆを熱心に模倣し、ぎごちないプロットと平凡なキャラクターをそなえた毒にも薬にもならない小説を生みだした。これらの作品で特にイスラエル的、それどころかユダヤ的と解釈できるものは、せいぜい著者の国籍くらいだった。しかし、傑出した例もないではなかった。一九八〇年に、短編作家ダヴィド・メラメドが *Tsavo'a beCorundy*（コルンディのハイエナ）を上梓した。〈ファンタジア２０００〉初出の数編を収録した佳作ぞろいの作品集である。しかし、同書は批評家にほとんど認められず、メラメドはけっきょくジャンルを去ることになった。ヒスタドルート（労働総同盟）の映画製作者ヒレル・ダムロンは、その忘れがたい短編小説“Milhemet haMinim”（両性の戦争）を長編に書きのばして一九八二年に刊行した。その直後、ダムロンはアメリカに移住し、英語の主流文学長編を何作か自費出版した。

ほかの〈ファンタジア２０００〉卒業生としては、遺伝学者のラム・モアヴ、ルッス・ブルメルト、イヴサム・アズガド、オルチヨン・バルタナ、モルデハイ・サソンなどがあげられる。本書に収録されているサソンの短編「シュテルン＝ゲルラッハのネズミ」（一九八四）は、〈ファンタジア２０００〉に掲載されたオリジナル小説の典型である。編集者のアーロン・ハウプトマンは、未来学者としてキャリアを積み、現在はテルアヴィヴ大学の〈テクノロジーと社会の予見ユニット〉で上級研究者を務めている。〈ファンタジア２０００〉最後の編集者ガビ・ペレグは、コンピュータ・プログラミングの道へ進んだ。早くから〈ファンタジア２０００〉に参加したイラストレーターのアヴィ・カッツは、のちにイスラエル・サイエンス・フィクション＆ファンタジー協会（略称ＩＳＳＦ＆Ｆ、詳細は後述）の機関誌〈ハメマド・ハアシリ〉や〈エルサレム・リポート〉に表紙絵を寄せ、今回は本書のイラストを担当してくれた。

ファン活動が産声をあげ、一九八一年には国内で最初のＳＦ／Ｆ大会が開催されたにもかかわらず、一九八二年にブームは尻つぼみになった。すでに予算不足だったエルサレムでの国際大会が、レバノンとの六月戦争のせいでとりやめになったのだ。その後、イスラエル経済はハイパーインフレーションに突入した（たとえば、〈ファンタジア2000〉三十三号（一九八二年七月）のニューススタンドでの売価は三十七シェケル。四十四号（一九八四年八月）は七百五十シェケルだった。購買力という点で、この額はほぼ同じだった）。一九八四年に〈ファンタジア2000〉は、読者の大半を失って休刊した。

SF／F商業誌のつぎの試み、〈ハロモト・ベアスパミア〉（スペイン語でパイプの夢。ヘブライ語でも英語でも、空中楼閣（ろうかく）を意味するいいまわし）が、ニル・ヤニヴとヴェレッド・トフテルマンの庇護のもと、二〇〇二年にオリジナルのヘブライ語小説を刊行しはじめた。その努力も二〇〇八年に終わりを告げたが、二〇一六年初頭にウェブ・ベースの刊行物として復活した。レホヴォトの街を拠点とするファン・クラブが一九八八年から英語で出している英語ファンジン〈サイバーコゼン〉は、オンラインで見られる。[注23]イスラエル初のSF志向ウェブサイトは、一九九六年にイスラエルSF&ファンタジー協会のためにヤニヴが開設した。

イスラエルSF／Fの好況と不況のサイクルは、イスラエル経済の浮沈（それ自体が間欠的な軍事的危機という運命のいたずらにしばしば左右される）を忠実に反映していた。この見解は社会学者ナフマン・ベンイェフダによるもので、彼によれば下降傾向の原因は、社会的多元性という以前より幅広い文化が、しぶとく残るイデオロギーを拒絶することと、個別化した社会的サブカルチャーを疑うことにあるという。文化的な門番たちは力の大半を失ったが、出版に対して多少の影響力を残しており、主要な出版社や、さまざまな影響力のある――ろくに読まれていないとしても――文芸誌の編集会議を依然として牛耳(ぎゅうじ)っていた。

この事態は一九九〇年代なかばまでつづいた。このころインターネットが、イスラエルの文化的マトリクスの断片化を極限まで推し進めた。碩学オレン・ソフィルが述べるように、インターネットの出現、そしてとりわけケーブルＴＶと衛星ＴＶの浸透が、グローバルな、あるいは、もっと特定するなら、アメリカの影響が増すという結果を生んだ。これらの要因は、社会的結合の弱体化と、（サブ）グループのアイデンティティや個人主義の強化をもたらしたと非難されてきた。これらは「国家の団結が弱まり、代わりに、個人主義的な傾向や消費文化が強まることと結びついた社会的、文化的プロセスの一部であるように見える」とソフィルはいう。[注24] メディアのメッセージを取り締まったり、統制したりする国家の能力が衰えたせいで、脱中央集権化は依然として進行中だ。

イスラエルに残っている文化的門番たちが、いまや壁ぎわに追いつめられていると気づいたとしても意外ではない。あいかわらず正典文学と大衆文学とのあいだに国境を設け、パトロールするつもりでいるものの、もはやただひとつの入場口を守ればいいというものではない。壁そのものが素通りできるようになってしまい、国家のアイデンティティが徐々に、だが避けようもなく断片化しているのだ。「リアリズムは」とエレナ・ゴメルはいう。いまや「イスラエルのファンタジーだ」[注25]と。

文化評論家のスチュアート・ホールが論じるように、社会の辺縁は、逆説的に刺激に満ちあふれ、しだいに強力な場所となった。とりわけ芸術と社会生活にかかわる範囲では。[注26]そのふたつが組み合わさったSFファンダムが、イスラエルで突如として繁栄しはじめたのも驚くには当たらない。

たくましさを増したファン活動は、一九九〇年代なかばに出現しはじめた。一九九六年に、ハウプトマンや、編集者兼翻訳家のアモス・ゲフェンをはじめとする面々が、多産な翻訳家（そして『シオンズ・フィクション』の共編者でもある）エマヌエル・ロテムと協力してISSF&Fを結成した。つづく数年間に、興味の対象を特定の作品に絞ったグループもいくつか目立ちはじめた。例をあげればスターベース972（イスラエルの《スタートレック》ファンの集まり）やサニーデイル・エンバシー（《バフィ～恋する十字架～》ファンダム）などだ。どちらもいまは活動を休止している。イスラエル・トールキン・コミュニティ、イスラエル・ロール・プレイング・ゲーム協会、AMAI（イスラエル・マンガ・アンド・アニメ協会）は、すべてが現在も活動中であり（最後のグループに対してイスラエル国防軍が筋ちがいの不快感を表明したにもかかわらず。メンバーの徴兵を拒んだ時期があったのだ）、旺盛な持久力を示している。

ＩＳＳＦ＆Ｆの業績としては、いくつかの年次大会を定期的に開催してきたこともあげられる。有名なのはＩＣｏｎ、オラモット（諸世界）、メオロット（光）、ビディオン（フィクション）で、前記のグループのひとつ、あるいは複数と共同開催したイヴェントもあった。世界ファンダムという檜舞台（ひのきぶたい）に躍り出て、国際的に認知されるきっかけになるはずだったのがアルマゲドンコンであり、ハル・メギド――アルマゲドンとして世界じゅうで知られている地――で新千年紀の到来を（正しい日時、つまり二〇〇〇年十二月三十一日の午後十二時に）告げる予定だった。残念ながら、二度目のパレスチナ人武装蜂起、通称インティファーダが勃発（ぼっぱつ）したため、このイヴェントは中止の憂き目を見たのだった。

こうした組織の例に漏れず、ＩＳＳＦ＆Ｆは半商業誌（セミプロジン）〈ハメマド・ハアシリ〉（第十次元）を創刊し、〈ファンタジア２０００〉に代わって、イスラエル人作家のオリジナル小説を掲載する場を設けた。オリジナルの短編小説をウェブサイトに掲載もしている。一九九九年にＩＳＳＦ＆Ｆは毎年恒例のゲフェン賞――その共同設立者で、尊敬すべき翻訳家にして編集者、アモス・ゲフェン（一九三七～九八）にちなむ――

を創設し、前年にヘブライ語で発表された国内作品と翻訳作品のもっとも優れたＳＦ／Ｆに贈るようになった。別の賞――未発表のヘブライ語短編に授与されるエイナト賞――が、ある一族による私的な財団の支援を得て、二〇〇五年にＩＳＳＦ＆Ｆによって立ち上げられた。熱狂的なＳＦファン、ロン・ヤニヴが私費を投じて、ゲフェン賞の候補作と受賞作を毎年電子書籍で刊行している。ゲフェン賞の書籍化は二〇〇二年にはじまった。二〇〇九年にＩＳＳＦ＆Ｆは〈ハメマド・ハアシリ〉に代わる年刊のソフトカヴァー書籍《ハヨ・イフィェ》（かつて未来に）を発刊し、ヘブライ語で書かれた新作と未発表の短編小説が大半を占めるショーケースとした。イスラエルでは一般に短編を発表する場が乏しいため、これらの作品集は重要性を増している。

ＩＳＳＦ＆Ｆの試みが空振りに終わった分野もある。教育者と文部省の役人を説得して、学校のカリキュラムにＳＦ／Ｆを含めようという試みだ（本書の共編者Ｅ・Ｌもかかわっていた）。ＩＳＳＦ＆Ｆはこう主張した――短編のなかには、文学の授業の必読リストに入れてよいほどの文学的価値を持つものもある。科学の授業でとりあげれば、目がうつろになるほど退屈な教科書に多少の活気を吹きこむ役に立つものもある、と。こうした努力は水の泡となった――保守派の残党はいまだに全滅しておらず、降伏もしていなかったのだ。門番たちは、あいかわらず学童が授業で読むものを統制していた。

もっと明るい話題をひとつ。イスラエル・ファンダムの組織化は、駆け出しの作家たちにとって重要だと判明した。彼らはそれまで自作に読者もいなければ、交流できる仲間もいないと感じていたのだ。ＳＦ大会で気の合う者たちと会ったり、自分とよく似た大志をいだく作家たちの短編――のちには長編――を読んだりして勇気をもらったからには、彼らを止めるものはなくなった。彼らの小説のなかには本書におさめられているものもある。うまくいけば、さらに多くを続巻でお目にかけられるだろう。

もっと印象的なのは、三人の総理大臣賞受賞者をふくむ重要な主流文学の作家たちが、ＳＦ／Ｆの修辞と意匠にチップを交換した上で、新しい賭けに出ようとしたことだった。たとえば、故ナヴァ・セメルはＳＦ長編三作（そのうちの一作はペンネームで）、オペラの台本、戯曲を上梓した。ガイル・ハエヴェンは、傑作ぞろいの短編集を。シモン・アダフは、複雑怪奇で驚異のつきないＳＦ／Ｆ超大作を。風変わりな漂泊者で、国際的に評価の高いイギリス在住のＳＦ／Ｆ作家ラヴィ・ティドハーは、同書をジャンルが生んだイスラエル初の傑作と持ちあげている。とはいえ、最初の賭け金を出したときに彼らが気づいたように、部屋のなかのテーブルのひとつは、すでに著名人に占められていた。たとえば前海軍司令長官シュロモ・エレル、ともに文部大臣を務めたことのあるアムノン・ルビンスタインとヨッシ・サリドだ。[注27]後者のグループは、自分がじつはSFを書いていたことを認めようとしなかっただろう。しかし、文学的な評価の定まった彼らの同類は、そういう気おくれを見せなかった。彼らの作品は、どこから見てもジャンルの好例だった。

インターネットは、ジャンルの増殖に役立つ途方もなく有益な道具をあたえてくれた。作家はもはや創作物を提出して、編集者の判断を仰がなくてもよくなった。自分自身のブログや、いくつかある専門のウェブサイトのどれかに、自分自身で発表できるのだ。ひときわすばらしいサイトが、ラミ・シャルヘベットの《ブリ・パニカ！》（パニクるな！）で、二〇〇一年に開設され、いまも健在である。

ハイファ大学のケレン・オムリが、二〇一三年にサイエンス・フィクション・リサーチ・アソシエーション（アメリカの学術団体）の公刊した論文のなかで報告したように、この分野はアカデミックな注目を集め、それを維持できるほど肥沃だと証明されてきた。[注28] イスラエルの公立大学は、現在それぞれが思弁的文学の講座を設けており、国外と、しだいに増えつつある国内の作品両方を教えている。たとえば、テルアヴィヴ大学の英米研究学部は、毎年恒例のSFシンポジウムを主催している。いっぽう、学生はこの分野でイスラエルの教育機関から学士号を授与されてきたし、これまでのところ、すくなくともひとつの博士号も授与されている。

さらにいえば、二〇〇九年にグラフ出版が *Im Shtei haRaglayim Amok baAnanim*

を出版した（英語では『両足を雲に乗せて――イスラエル文学におけるファンタジー』として刊行。版元はボストンのアカデミック・スタディーズ・プレスで、《イスラエル――社会、文化、歴史》シリーズの一環だった）。オルチヨン・バルタナのもっと難解な大著 *HaFantasya beSiporet Dor haMedina*（国家成立世代の文学におけるファンタジー、一九八六）、ならびにラヘル・エルボイム゠ドロルが一九九三年に発表した *HaMachar Shel haEtmol*（昨日の明日）を別にすれば、『両足を雲に乗せて』は――編者たちの言葉を借りるなら――「はじめて真剣に、幅広く、理論的に洗練された形でなされたイスラエル文学と文化におけるファンタジーの探求」[注29]だった。とはいえ、イスラエルのＳＦを詳細に論じているわけではないので、姉妹編のために余地を残したのだと思いたい。

「この分野が豊かになるにつれ」とオムリは書いている。「地元で生まれたジャンル・フィクションの提供する愉悦と洞察も豊かになり、むかしのようなアングロ゠アメリカ流のテーマや伝統や舞台設定はどんどん減り、もっと本質的でもっと入り組んだものになってきた。つまり、ヘブライ語のイスラエルＳＦに」[注30]

ならば、スペキュラティヴ・フィクションを書くとき、イスラエルの作家はなにを題材にするのか？　いくつかの著名な例外をのぞけば、その多くは終末について書く。

あるいは、より正確を期せば、イスラエルなるものの終末についてだ。

「イスラエルでは、ほかのどんな社会にもまして」とバルーフ・キマーリングは述べる。「過去と現在と未来がまざり合っている。集合的な記憶が客観的な歴史だとみなされる」と。このまざり合いの重要な成分に、「黙示録的な『末日』に奇跡が起きて救世主が聖地に帰還する」という、かつては普遍的だった——ある種の宗教サークル内ではいまも廃れていない——信念がある[注31]。

イスラエル人は、国家の建設者たち（世界の欠陥と腐敗、とりわけ「ユダヤ人の状況」は新秩序に置き換えられなければならないという考えに凝り固まった者たち）の世俗的メシアニズムと、隣人の多くが信奉する人殺しもいとわないどころか、民族の根絶やしさえ図る——あからさまな場合もあれば、そうでない場合もある——敵対主義とのあいだに生じる矛盾と長らく闘わなければならなかった。この敵対する衝動から逃れようとして、彼らは絶大な軍事的抑止力という幻影を追いかけたり、ノスタルジーに助けを求めたり、黙示録的な大災害が起きるのを長年にわたり待望したりしてきた。

イスラエル人にとって、黙示録的な思想に染まることは、たんに恐怖をあおる行為でも神経症でもない。ホロコーストを考えてみればいい。それはこの思索にとって説得力のあるエンジンの役割を果たす。『イスラエルを翻訳する』（未訳）において、アラン・Ｌ・ミンツは巨匠アーロン・アッペルフェルド（一九三二〜二〇一八）の作品を激賞し、「想像上の活動の分野としてホロコーストを一点の曇りなく［とりあげた］」、つまり、語りえないものを語ったのだ、と述べた。[注32]さらに、「もしメシアニズムが、たとえ誤解されたメシアニズムであれ、ユダヤ教の黙示録の『肯定的』な典型例であるとしたら、ホロコーストは、出来事としても象徴としても、否定的な極である」とミンツは断言する。

ヨーロッパのユダヤ人が三分の二も虐殺されたことをＳＦ／Ｆというプリズムを通して検証するという考えは、イスラエルの文芸批評家、故ゲルション・シャケッド――前述の門番を代表する人物――がかつて述べたように、グロテスクに思えるかもしれない。幻想的（ファンタスティック）なものについて、ギャリー・Ｋ・ウルフはこう書いている。「その性質によって、ホロコースト文献だけでなく、過去二百年にわたり『真面目な』文学として受けとられ、教えられてきたもののほぼすべてを支配してきたリアリズムという規範を侵犯する」と。それでも、イギリスやアメリカの小説のなかには、たとえばレン・デイトンの『ＳＳ－ＧＢ』、フィリップ・Ｋ・ディックの『高い城の男』、ハリー・タートルダヴの『わが敵の面前で』（未訳）、Ｊ・Ｒ・ダンの『カインの日々』（未訳）、ジェイン・ヨーレンの『悪魔の算術』（未訳）、さらにはラヴィ・ティドハーの『黒き微睡（まどろ）みの囚人』のように、斬新（ざんしん）きわまりない検証を行ったので、シャケッドが誤っていたと証明したものもある。[注33]ただし、シャケッドは狭量であったとしても、ホロコーストに対する適切な反応は沈黙だけだと論じた者たちほど、ひどい誤解をしていたわけではない。

　もしホロコーストが「想像を絶する邪悪との連続する対決」でありつづけるなら――とウルフはつけ加える――「つぎの世代が自分たち自身の言葉でふたたび想像しなければ」ならない。ホロコーストを経験していない者は、自分たちが特に不利な立場に置かれていることに気づく。なぜなら、ユーディット・B・ケルマンが述べたように、ホロコーストは依然として「現実離れ（ファンタスティック）しすぎていて直視できない」からだ。だからこそ、ほぼすべての報告書が伝えているのだ――自分たちを死の収容所へ運ぶ列車に乗せられたり、待ち受けるガス室へ追いたてられているときでさえ、おびただしい数のヨーロッパ系ユダヤ人が、おおむね正確な警告を受けとっていたにもかかわらず、それを信じようとしなかったのだ、と。「現実があまりにも現実離れしているとき、どんな文学の効果がそれを信じられるものにするだろう？　読者がその人間的な意味を理解するのに役立つだろう？」と彼女は問う。そしてナチの支配する土地の外にいるユダヤ人たちは、そういう事態が起こりうるということをまったく信じなかった。たとえば、一九四三年七月、ポーランドから非ユダヤ人難民ヤン・カルスキーがワシントンDCに到着し、おそらく当時のアメリカでもっとも有名だったユダヤ人、フィリックス・フランクファーター判事と面会した。カルスキーが母国で起きていることを証言したあと、それを聞いたフランクファーターはこういった――「あなたが話してくださったことは、とうてい信じられません」[注34]。

ホロコーストは、最初の全面的に産業化された絶滅政策（ジェノサイド）だった。ＳＦは、産業化と現代生活における科学とテクノロジーの衝撃に対する反応として出現した。注記するべきは、顔の見えない官僚制の狡猾（こうかつ）さで強化された、この三つの要素を戯画化するものとして、ＳＦに勝るものがどこにもなかったことだ。それはヒロシマとナガサキへの原爆投下と並んで、われらが時代の本質である黙示録的事件のひとつとして屹立（きつりつ）している。ポーランド系イスラエル人作家モルデカイ・ロシュワルトは、このことを本質的に理解していた。『ショアー2』（一九七五／未訳）と『ブロック23』（一九九六／未訳）で未来のホロコーストを描いた扇動者のアモス・ケナンもそうだった。

イスラエルの思弁的文学が請け負った仕事のひとつが、危険なまでに隣り合っているふたつの動機両方を白日のもとにさらすことだった。すなわち、先祖返りの異教崇拝と、範囲は狭いかもしれないが、宗教的並びに世俗的メシアニズムとロマンティシズムであり、これらがホロコーストにつながったのである。この国の起源がユートピアにあること、そしてヘブライ文学がシオニストの事業とその副産物を積極的に検証してきたことを思えば、こういった懸念を払拭（ふっしょく）するという重責は、自動的にディストピア小説に負わされてきた。ロヴナーが弁じるように、「終末に先んじる手段としてそれを予言するのは、ユダヤ文学ではおなじみ」なのだ。[注35] ヨナ記を読みさえすればいい。

ディストピア文学は、たいていのイスラエル人が幻想的(ファンタスティーク)なものを蔑むという法則の主要な例外となる。同時代の西欧で、大人も子供も同じように、破滅ものの〈ハンガー・ゲーム／マッド・マックス〉連続体の小説や映画における大仰なドラマに熱中しているのとはちがい、イスラエルでたいへんな人気を博しているわけではないかもしれない。だが、ロヴナーがイスラエルの終末文学に関する、その画期的な研究で述べるように、「四十年近くにおよぶ黙示録的ヘブライ語フィクションは、じつは世界じゅうで英語に翻訳されてきた」のだ。実例としては——そのいくつかは後述する——アモス・オズのノヴェラ『遅い愛』（一九七五／未訳）、オルリ・カステル＝ブルームの『人間のかけら』（二〇〇四／未訳）と『ドリーの街』（二〇一〇／未訳）、アリ・フォルマンの二〇〇八年アカデミー賞候補映画『戦場でワルツを』を本人がグラフィック・ノヴェル化したものなどがある（フォルマンは、この後ポーランド系ユダヤ人作家スタニスワフ・レムの諷刺ＳＦ長編『泰平ヨンの未来学会議』（一九七一）を実写とアニメーションで映画化する。同作は二〇一三年に『コングレス未来学会議』として公開された）。

ディストピア小説は、（アラン・ミンツによって同定された）英語圏のユダヤ人の動向に反するように思えるだろう。つまり、英雄的に理想化されたイスラエル社会を反映していないイスラエル文学とは絶縁するという動向だ。「これらの文学作品が［英語への］翻訳に選ばれた主な理由は」とロヴナーは主張する。「イスラエルの現実が、文化の再生と国家の安全保障というシオニストの理想からずれていると認識しているからにほかならない。さらにくわしくいえば――こうした作品の翻訳が存在するのは、ディアスポラの状態にある読者たちが、イスラエルの英雄主義と軍事的な武勇という神話を強化したがっているいっぽうで、同時に迫害されるユダヤ人という殉教者(じゅんきょうしゃ)性も保っておきたがっていることを意味する」[注36]

イスラエル独立戦争にまでさかのぼる過去の軍事行動への疑念、絶え間ないテロ、イスラエル人の想像力にのしかかるホロコーストの圧倒的な影――そしてイスラエルのどまんなかでヨーロッパとアジアとアフリカを結ぶ十字路を見おろす城砦(じょうさい)の小山が落とす影――これらもまた、黙示録的な修辞を目立たせる一助となってきた。イスラエルの歌手アリク・アインシュタインが郷愁をこめて「古き良きエレッ・イスラエル（イスラエルの地）」と呼ぶ平穏で幸福な時代に焦がれる長つづきしない気持ちと、いまにも起こりそうな破局を予期する気持ちとのあいだに囚(とら)われて、イスラエル文学の重要な部分は「悪夢への郷愁」に駆りたてられている、とロヴナーは（現代ヘブライ文学者

アーノルド・バンドを参照して）いう。[注37]

無制限の空想という勝負には慎重だったものの、イスラエルの作家たちが、オーウェルやハクスリーやバージェスについて熟知していたのはまちがいない。つまり、彼らがそれぞれの文学的悪夢を紡いだのは、ジャンルの基礎だけではなく、もっぱら政治的な基盤のせいで、作家階級の怒りを買っていた時期だったということをわかっていたのだ。彼らを守ったものが、文学的評判と、暴風警報を発するという意図の真剣さの両方であったことに疑問の余地はない。

ディストピア小説の修辞にはじめて手を染めたヘブライ語の本のひとつが、イスラエル屈指の著述家によって書かれたのは、イスラエルのディストピア小説にとって名誉なことだった。一九七一年に、アモス・オズがノヴェラ *Ahavah Meuheret*（遅い愛）を発表した。[注38] 古典的な規範や警世を意図したものというよりは心理学的な『遅い愛』は、同時代へブライ文学の地図上に現代のディストピア的イメージと描写を堂々と載せた。オズはそれによって標準的なシオニストの絵画的描写をリセットし、ディストピア小説やパルプSFから借用して発展させた――ように思えるときもある――修辞で染めあげた。当時の主流だったイスラエルの文学的感性にとって（そしておそらくはオズ自身が表明した意図にとって）どれほど不快であったにしろ、この新しい語彙もノヴェラそのものも無視するわけにはいかなかった。

ガイル・ハエヴェンが述べるように、もしイスラエルのディストピア小説が国内でいずれはある程度まで受け入られるとしたら、「『われわれの暮らしという火急の現実』となんらかのつながりがあり、なんらかの砕けたシンボルを［検討する］か、ゴーゴリの言葉を借りるなら、要するに『国に益する』点がある」からだ。[注39]たしかに、『一九八四年』や『すばらしい新世界』や『時計じかけのオレンジ』を酷評する者たちでさえ、これらの本がたんに未来への空想的な遠出を提供するのではなく、じつは今日のさし迫った現実について多くを語っているのだとはっきり理解していた。

かといって、文学者すべての懸念が薄らぐわけではなかった。本書の編者のひとり（シェルドン・テイテルバウム）は、一九八四年に近未来政治スリラーであるノヴェラ、『アイン・ハロドへの道』（未訳）について著者アモス・ケナンにインタヴューした。ケナンは、同書が――SF／Fの修辞であふれているものの――どんな形であれSFに分類されるという仮定に反発した。「外を見たまえ」と彼は声を荒らげた。「これはドキュメンタリー・ジャーナリズムだ」

驚くには当たらないが、イスラエルのディストピア小説のうちでもっとも好評を博し、もっとも長く読まれそうな例ふたつ――ケナンの『アイン・ハロドへの道』とビンヤミン・タムーズの *Pundako shel Yirmiyahu*（エレミアの宿／未訳）――が一九八四年に出版されたのは当然だった。その年が来たからこそ、世界じゅうで省察と現状把握がなされたのだ。さらにいうなら、イスラエルは一九八二年の誤ったレバノン侵攻が泥沼化して苦境にあり、この先何年も撤退もなければ、有望な結果が出る見こみもなかった。その正式名称〈ガラリヤの平和作戦〉は、オーウェルが考案したどの言葉にも負けないニュースピークの好例だった。

第一次レバノン戦争は、イスラエル人とディアスポラの状態にあるユダヤ人に煮え湯を飲ませた。多くの者たちは、それを表向きの目的とはほとんど関係がない冒険主義者の愚行だと見た。中東全体を再編成しようという当時の国防相アリエル・シャロンの計画への懸念、サブラ・シャティーラ難民キャンプでの大虐殺に対するイスラエルの許しがたい怠慢への怒り、長年にわたりイスラエル社会に蔓延する無力感と無防備の感覚、最初の自爆テロリストの出現、公式には説明のなかったメナヘム・ベギン首相辞任において頂点に達した権力構造の揺らぎの暗示――これらすべてがディストピアのヴィジョンに声を見つけたのだ。

一世代あと、『アイン・ハロドへの道』にはアラブ系イスラエル人からの応答があった。サイード・カシュアのヘブライ語長編 *VaYehi Boker*（勝手に朝は来る、二〇〇四／未訳）においてである。[注40] 同書はアラブ系イスラエル人コラムニストの故郷ティラを舞台とし、無名の主人公――にもかかわらず生い立ちの多くを著者と共有している――が、テルアヴィヴの左翼系イスラエル新聞を解雇されたあと、その地に隠(いん)

遁する。いちどはノスタルジーに浸るが、やがてカシュア――イスラエルに百七十万人いるアラブ人のあいだの少数派のひとりで、都会の中流階級の生活を満喫している――は、伝統的なアラブ系イスラエル人の故郷での生活の息苦しさと、田舎根性と、希望がないことから来る疎外に直面する。街が軍隊に包囲され、境界線を越えようとする者は片っ端から撃てと命令がくだされたとき、主人公の閉塞感は何倍にもなる。

読者はこの窮地をイスラエル・アラブの悩み多い現状のメタファー、それどころか兆候として解釈したくなるかもしれない。だが、二〇〇二年刊の前著*Aravim Rokdim*（踊るアラブ人たち、二〇一四年に映画化され、成功をおさめた。／未訳）がイスラエル国内外で絶賛されたカシュアは、わかりやすくもなければ、かたくなでもない。同書は、パレスチナ当局に属す包囲軍が、最終和平合意の一環としてイスラエル人と土地を交換したという主人公の――本人にとっては恐ろしい――発見で幕を閉じる。

タムーズの『エレミアの宿』は、黙示録に対して別の道をとった。ある種のイスラエル人にとっては、同じくらい警戒心をいだかせる道だ――超正統派が国を乗っ取るのである。[注41]プロットは、時間的に遠く離れたイスラエルで展開する。そこは物理的にも、宗教的にも、社会的にも分断されたエルサレムに本部を置く好戦的な原理主義者のラビ役員会の面々に支配されている。陽気で愉快であると同時にぞっとさせられる同書は、ラビの語るたとえ話のパスティーシュとして書かれている。ヘブライ語を読み書きできる者ならだれでもすらすら読めるものの、ところどころが古風なヘブライ語の文体でそれらしく書かれている。伝統的に（現在も）宗教訓話のためにラビのサークル内で使われる文体である。英語に（ひょっとしたら、教会用ラテン語をのぞけば、どの言語にも）この文体に当たるものはないので、英語への翻訳は望み薄だ。[注42]

一九八七年に、著述家で劇作家、TV番組のホストであるイツハク・ベン＝ネルが *HaMal'achim Ba'im*（天使がやって来る／未訳）を上梓した。一九七七年の自作短編"Aharey haGeshem"（雨のあと／未訳）を下敷きにした長編である。[注43]これは『アイン・ハロドへの道』と『エレミアの宿』の要素にバージェスの『時計じかけのオレンジ』をまぜ合わせたものだ。ベン＝ネルが描くユダヤ国家は、原理主義者の政府のブーツに踏みつけられており、その政府はテルアヴィヴをはじめとする沿岸地域の世俗住民に対してポグロム（組織的迫害）を仕掛け、自分たちの意志を通そうとする。幻想的な修辞がテクストに織りこまれており、例をあげれば、想像上のドワーフ二人組、地球外出身の婦人警官、こっぴどくたたきのめされたあと、新たな癒しの力を得る主人公（その力は、額に青いダヴィデの星がゆっくりとあらわれることでもたらされる）、もはやアラブの憎悪に脅かされていないが、その後みずからにそむいた国、そして社会を分断する遠心力と共謀するか、見て見ぬふりをするハイテク・セクターなどがある。

ベン＝ネルの作品に対する反響は、イスラエルの知識人たちの頑固なＳＦ／Ｆ修辞への反発の例証となる。文学的門番の第一人者として前述したゲルション・シャケッドは、当初「現実的なプロットを織りなし、人間の状況を正確に提示する」ベン＝ネルの才能を絶賛していた。しかし、一九八七年にベン＝ネルが本格ＳＦのディストピア小説『天使がやって来る』で文学的立場を覆すと、こぶしを握り、歯ぎしりするようになった。「われわれ読者は……作家たちの悪ふざけに、どこまでつき合わなければならないのだろう？」と、裏切られた大物批評家は問うた。[注44]「われわれをこんな目にあわせる文学には背を向けるときではないだろうか？」と。

このような態度が変わるには何年もかかった。そのあいだに、大衆の注目と賛辞を集める本の数が増えていった。たとえば、二〇〇八年に、アサフ・ガヴロンが *Hydromania*（ハイドロマニア／未訳）を上梓した。二〇六五年を舞台にしたエコスリラーで（ドイツ語、オランダ語、イタリア語に翻訳された）、からからに干上がり、住むところが極度にかぎられた上に、アラブ軍の侵略で滅亡を目前にしたユダヤ国家を描いている。同書は、ジャンル作品が社会的な関心に取り組めば、イスラエル人はもっと広い心で迎え入れるという観念の好例となっている。たとえば、イタリアの新聞〈ラ・スタンパ〉によれば、『ハイドロマニア』は「国の根源的な強迫観念ふたつを捉え、展開する。つまり、強大なアラブ世界に押しつぶされる恐怖と、渇きで死ぬ恐怖だ」ということになる。

もうひとつ例をあげよう。二〇一三年にヤリ・ソボル――高名なイスラエル人劇作家ジョシュア・ソボルの息子で、多作で知られるイスラエルのバンド、モニカ・セックスのリード・シンガー――が *Etzba'ot shel Psantran*（ピアニストの指／未訳）を発表した。この長編は、いまや標準となった左翼的なイスラエルのディストピア・テーマの新手であり――このディストピアは、またつぎの戦争が到来したあとに生まれる――思想警察が芸術家や、ポスト・ポスト・シオニストや、左寄りのコラムニストや、キブツの生き残りや、日刊紙〈ハアレツ〉の最後まで残った定期購読者を拷問するさまを描きだした。[注45] 左翼的なコラムニストや、キブツのメンバーや、国の動かしがたい右傾化を見てきた〈ハアレツ〉の読者にとって、こうしたシナリオは、憂慮すべき事態が絵空事ではないと知らせるものだ。

オルリ・カステル＝ブルームの長編『ドリーの街』（一九九二、英訳一九九七／未訳）は、もっと極端であるものの、また新たな事例を提出する。〈ドリーの街〉は、テルアヴィヴの悪夢めいた分身であり（書名の由来は主人公である女性殺人者）、「世界一イカレた街」だが、特異な創造物といえる。ここではだれもが逃げている、とカステル＝ブルームは説明する――その余分なものをすべて剝ぎとった文体は、ヘブライ文学の流れを永久に変えた、と多くの者が主張する（弱めたという者もいるだろう）。そして「だれもが逃げているから、追いかける者がつねにいて、追いかける者がいるから、捕まえるし、捕まえたら処刑して、川へ投げこむ」のだ。[注46]外科医のドリーは息子をこの運命から救うが、そのためには毒性のある細菌を息子に接種し、イスラエルの地図をその背中に刻みつけ、ドイツ人の赤ん坊の腎臓を不運な息子に移植するしかない。彼女は自分自身のイスラエルの悪夢を息子の未成熟の肉体に刻印しようと、なりふりかまわず奮闘する。

　カステル＝ブルームの残酷演劇(グランギニョール)は、*Halakim Enoshiyim*（二〇〇二。『人間のかけら』として英訳。二〇〇四／未訳）において、一見するともっと地味で、けばけばしくないもの――純粋なディストピアへの取り組み――に席をゆずる。[注47]同書が登場したのは十年後、第二次インティファーダのさなかであり、爆弾を腹に巻いたパレスチナ人が、ヴェストのボタンを押して、定期的にイスラエル市民を身元不明の血にまみれた肉の小山に変えていたときだった。彼女のシナリオでは、政府は殺戮(さつりく)を抑えられず、首相は倒れ、内閣は麻痺(まひ)状態におちいる。国は突如として三重の災厄に見舞われる。それは「サウジ風邪」の大流行、八フィートの降雪、野球ボール大の雹(ひょう)である。この天候は海底火山の噴火が原因で、疫病の大流行はアラブの生物学兵器による攻撃だと判明する。定期旅客船がテルアヴィヴの大通りを疾走するころには（のちにラヴィ・ティドハー＆ニル・ヤニヴのシュルレアリスティックな長編『テルアヴィヴ一件書類』［未訳］に再登場するイメージ）、国は消滅の瀬戸際でぐらついている。

二〇一〇年には定評のあるイスラエルの詩人にして小説家のシモン・アダフが長編 *Kfor*（霜／未訳）を発表した。舞台は遠い未来のテルアヴィヴ。あるイエシヴァ（教学院）の生徒の一団が、驚くべきことに翼を生やしはじめる。著述家にして編集者のニック・ゲヴェルスは、この長編の「イスラエルでの暮らしの鮮明な描写はもちろん……現象としての、そして文学ジャンルとしての幻想的（ファンタスティック）なものの繊細で切れ味鋭いあつかい」を称賛した。アダフは短編「立ち去らなくては」で本書に登場している。〈ファンタジア2000〉の三十周年記念号から選ばれたものだ。

とはいえ、イスラエルと黙示録とのつながりを探る試みのなかでいちばん長く読まれるのは、一九九九年にケテル社から刊行されたガイル・ハエヴェンの卓越したSF／F短編集 *HaDerech leGan Eden*（天国への道／未訳）の収録作かもしれない。たとえば、"Lir'ot et ha'Nolad"（字義どおりなら「新生児を見よ」）。予見を述べるのに使われるヘブライ語のいいまわし）においては、終末がさし迫っているのを認識した遠い未来社会が、成人まぎわの若者たちを人類滅亡の寸前へと送りこむ。彼らがそこで生きのびて、破滅の原因をおぼろげにでも感知し、役に立つ情報をたずさえて帰還できるよう望みをかけてのことだ。ガイル・ハエヴェンは、SF／Fという約束の地を発見したイスラエルの主流文学作家のなかで指折りの存在であり、SF／Fというジャンルに精通した数すくない者のうちのひとりである。

　イスラエルの演劇は、黙示録の表現と特に相性がいいと証明されてきた。文学者のザハヴァ・カスピによれば、一九七三年のヨム・キプール戦争以来、イスラエル社会を苦しめてきた深刻な実存的トラウマの症状を示すのに劇作品が熟達しているからだという。[注48] 一九六七年の六日間戦争から生じた救済の感覚と、ヨム・キプール戦争直後の絶望感は、とりわけメシアニズム的な態度の幕開けを用意した。全体に、黙示録の演劇的表現は――特に一九七〇年代を通じて――社会的ＰＴＳＤ（心的外傷後ストレス障害）の深刻な症例と解釈できるものに吐け口を提供した。

　カスピは、イスラエルにおける黙示録的演劇にはふたつの波があるという。敗北寸前に追いこまれたヨム・キプール戦争への反応と、一九八〇年代のレバノン戦争と第一次インティファーダへの反応だ。著名な例をあげよう。シュメル・ハスファリの一九八二年の戯曲 *Tashmad*（ヘブライ暦で一九八四年に当たる／未訳）は、アル・アクサー・モスクを破壊し、代わりに新たな神殿を建てようとするイスラエル人入植者たちの計画を描く。モッティ・ラーナーの *Hevlei Mashiah*（メシア以前の艱難辛苦／未訳）では、同様の計画が実行に移され、局地戦争が勃発する。ジョシュア・ソボルの一九八八年の *Syndrome Yerushalayim*（エルサレム・シンドローム／未訳）は、今日の占領地における状況のアナロジーとして、紀元七〇年のエルサレム破壊を描きだす。ハノホ・レヴィンの*Retzah*（一九九七。『殺人——三幕とエピローグの戯曲』として英訳、二〇〇五／未訳）は、中東における暴力行為と報復の終わりない連鎖を描く。シモン・ブザグロが二〇〇二年に制作した*Geshem Shahor*（黒い雨／未訳）は、原爆攻撃下のイスラエルで幕を閉じる。そしてタミール・グリーンバーグの*Hebron*（二〇〇七／未訳）では、紛争で殺された子供たちの埋葬を大地が拒否し、ヘブロンの街を呑みつくす炎の回廊のなかで彼らの遺体を吐きだす。

ナヴァ・セメルの『そしてドブネズミが笑った』[注49]（未訳）は、ホロコーストの問題と、その出来事に特有の記憶にまっこうから取り組んでおり、テルアヴィヴ・カメリ・シアターとイスラエル室内楽団によってオペラ化され、二〇〇五年四月に上演された。物語は、二十二世紀の初頭、「生態学的大災害」のあとに展開する。これがきっかけで、マイクロ国家ジースラエル（TheIsrael）にサイバネティック社会が誕生する。

イスラエル人作家サヴィヨン・リーブレヒトは、ホロコーストへの一貫した取り組みでもよく知られているが、本書に収録されたノヴェラ「夜の似合う場所」で、同じくらい悲惨なシナリオを創りだす。アダム・ロヴナーは、この小説を「未来のホロコースト・フィクション」に分類する。もしこれらの物語に出てくるのが、イスラエル人の死者の町のようなものだとすれば、エトガル・ケレットのテルアヴィヴは、一九九八年のノヴェラ「クネレルのサマーキャンプ」において描かれたかぎりでは、地獄の辺土（リンボー）だ。ケレットのテーマを多面的に発展させたヴァリエーションは、オフィル・トゥシャ・ガフラの二〇〇三年ゲフェン賞を受けた力作 *Olam Basof*（終わりの世界／未訳）のなかに見つかる。同書では、妻の死を受け入れられないゴーストライターが、彼女を追って死後の世界へおもむく。〈ジューイッシュ・レヴュー・オブ・ブックス〉のマイクル・ウェインガードは、同書を評して「『オルフェウスとエウリュディケ』と『不思議の国のアリス』との出会い」と述べている。[注50]

イスラエルの思弁的文学にくり返し登場するもうひとつのテーマが、すでにほのめかしたように、改変（あるいは反事実的）歴史である。文学そのものが、本来、反事実的なものでしかありえない。ロヴナーが述べるように、「それは物事をありのまま記述するのではなく、ありえる世界を表現する。文学の比喩（ひゆ）的な言語は、新たな可能性の地平線を開くために、日常言語に潜在する創造的な力を用いる……。才能に恵まれた男女が、言葉の呪力を整理して、想像上のものを生き生きと描き、幻影に実質をあたえるのだ」[注51]延々とつづく現実のアラブとイスラエルの紛争は、あらかじめ運命が定まっていない。「出来事の因果的連鎖というものはない。物事はつねにそうではないと判明するかもしれない……。不可避性とはキメラ、偶発事件を組織化して物語にし、存在の偶然性をとりのぞいたときの産物である」

多数の改変歴史物語がヘブライ語で発表されてきた。アメリカのピュリッツァー賞受賞作家マイケル・シェイボン――二〇〇八年のヒューゴー賞とネビュラ賞の受賞作、『ユダヤ警官同盟』の著者――のファンは、イスラエルの小説家で劇作家のナヴァ・セメルが、四年も前に彼女自身の長編『イスラ島（アイル）』（未訳）において、そっくりとはいえないまでも、よく似た土地を踏破していたと知れば、驚かれるかもしれない。シェイボンの作品では、敗北したイスラエルの生き残りが、一九四一年にアラスカ州シトカの小さな自治区に一時的に入植し、地元のイヌイットやアメリカ先住民とさまざまな軋轢（あつれき）を起こしながら暮らしている。セメルの長編では、彼らはニューヨーク州北部のアメリカ先住民が定住する島に住んでいる。どちらの物語も探偵小説や、ＳＦや、改変歴史小説の約束ごとに大きく依拠しているのは偶然ではない。

ユダヤ人問題への領土主義者的解決に関するセメルの考察につづいて、ヨアヴ・アヴニがいわゆるウガンダ案――英国植民地相ジョゼフ・チェンバレンが一九〇三年に提示した案――に基づくユダヤ国家の運命を考察する。その小説――原題 *Herzl Amar*（「ヘルツルがいった」は「サイモンがいう」に当たるヘブライ語のいいまわし／未訳）――は東アフリカにあるユダヤ人共和国が舞台であり、二〇〇五年におけるそこでの問題は、今日のイスラエルのそれと酷似しているように思える。たとえば、ユダヤ国家はマサイ族の領地から撤退を計画しているいっぽうで、国内最古のユダヤ人入植地のふたつを消滅させ、内戦の危機にある。他方、同書の主人公は国防軍の兵役をまっとうし、中東へのバックパック旅行を企てている。特に行きたいのが永遠に停滞した聖地で、そこはポスト強制礼拝巡礼者や短期滞在客を引きつけている。

矢継ぎ早に作品を生みだし、世界を転々とするイスラエル人作家ラヴィ・ティドハーは、『黒き微睡みの囚人』（二〇一四）において、一九二三年のミュンヘン一揆に失敗してイギリスへ逃亡したあとのヒトラーを凡庸な私立探偵として描きだす。『ヒトラーが作らなかった世界――改変歴史とナチズムの記憶』（未訳）のなかで、ガヴリエル・Ｄ・ローゼンフェルドは、自分がはじめて出会ったヒトラーが勝利した世界を描く反事実作品は、ロバート・ハリスの『ファーザーランド』（一九九二）であり、その奇想に驚くいっぽう、本そのものにはあまり感心しなかったという。せいぜい娯楽作といったところで、レン・デイトンの『ＳＳ‐ＧＢ』の亜流だと断言する。同じことは、イスラエルでやはりベストセラーになった元イスラエル左翼政治家ヨッシ・サリドの長編 *Lefichach Nitkanasnu*（「それゆえに、われわれはここに集った」、イスラエル独立宣言の忘れがたい一節／未訳）についてもいえるかもしれない。[注52] 同書は一九四八年にはじまり、一九六七年まで一年ごとを書いていく。サリドはつぎのように問う――もしアラブの隣人によって追放されたあと、一九五〇年に姿をあらわしはじめたアラブ諸国からのユダヤ人難民を、シオニストの体制がもっと温かく迎え入れていたら、どうなっていただろう？　さらに、彼らが国境を越えてきた最下層階級にふさわしい冷たいあしらいをあとから受けず、代わりにドイツやヨーロッパのユダヤ人と同じような手厚い支援を受けていたら？　「もし○○だったら」は際限なくつづく。

テーマとモチーフを別にすれば、『シオンズ・フィクション』のなかで見つかるものは、秀作がつぎつぎとあふれだす豊饒の角（コルヌコピア）だろう。大雑把（おおざっぱ）にいえば、それらはふたつのカテゴリーに分けられる――主流文学の著者の手になるものとジャンル作家の手になるものだ。前者の一例として、読者はガイル・ハエヴェンの傑作短編「スロー族」に出会うだろう。〈ニューヨーカー〉に掲載された唯一のイスラエルＳＦである〈ニューヨーカー〉にＳＦ／Ｆ小説が載ること自体が――ジャンル特集号であっても――偉業といえる）。同類の作家にはサヴィヨン・リーブレヒト、ナヴァ・セメル、シモン・アダフなどがいる。しかし、小説の大部分は――文学的な意味で――ＳＦ／Ｆ育ちの作家の筆になるものだ。例をあげれば、ロテム・バルヒン、ヤエル・フルマン、ガイ・ハソン、ケレン・ランズマン、エヤル・テレル、ラヴィ・ティドハー、ニル・ヤニヴなどである。世界じゅうのおびただしい数のジャンル作家と同様に、彼らはまずファンになり、そのあと商業媒体に作品を発表した作家となった。彼らの出現と、そのめざましいアウトプットがあったからこそ、われわれはこのアンソロジーを編み、彼らにふさわしい、より広い読者層へ届けることにしたのである。

最後にもうひとつ。かなうなら、いまイスラエルに住んでいるロシア語のＳＦ／Ｆ作家たちに関心をいだいてもらいたい。ロシア系の移民は、本を読むことに関して地元生まれの同輩たち——彼らとて怠慢というわけではない——に勝るという評判だ。そしてロシア人が愛読するありとあらゆる本のなかで、ＳＦ／Ｆはかなり上位にランクする。イスラエル人が、国産外国産を問わず、スペキュラティヴ・フィクションに偏見をいだいていることを、彼らの多くが不可解なネクルツーニーと見るのは、大いにありそうなことだ。その意味は「教養がない」——ロシア語の語彙のなかで最悪の侮辱のひとつである。

さしあたり、彼らの大半はまだロシア語圏に引っこんでいるほうを選ぶ。彼らのＳＦ／Ｆファンジン、定期刊行物、ライヴ・アクションのロール・プレイング・クラブは、もっぱらイスラエルのレーダー監視下で活動している。イスラエル人の大多数はまるっきり気づいていないが、彼らの子孫がロシア語からヘブライ語に切り替えると同時に、この隠れた文学的間欠泉は、まもなく盛大に噴出するだろう。そして親から受け継いだ文学の好みはそのままに、ヘブライ語文芸（ベル・レトル）の性質を永久に変えてしまうはずだ。

「イスラエル人口に対するロシア系の割合は、おそらく九〇年代の大アリヤ（ユダヤ人のイスラエルへの移住）以来ほぼ変わっていない」とウクライナ生まれのイスラエル人学者にして作家のエレナ・ゴメルはいう（彼女の短編「エルサレムの死神」を本書に収録できたことは欣快である）。「しかし、彼らのおかげでイスラエルにおけるSFの評価が著しく改善され、興味を増大させていることはまちがいない。ICｏｎのようなフェスティヴァルの興隆……SF／Fを（じつに興味深いことに、たとえ母語でないとしても、しばしば英語で）読み／書きする若いイスラエル人の数、イスラエル産コミックの出現、などなど。SFに関するわたしの授業で、学生の半分は『ロシア人』だ（たとえその多くが、イスラエルで育つか生まれるかしたのだとしても）」

われわれは彼らを待つ。そして彼らとともに、夢を見る。

【原注】

1　スペキュラティヴ・フィクションという用語は、まずＭ・Ｆ・イーガンが造語し、のちにロイド・アーサー・エシュバックとロバート・Ａ・ハインラインが広めた。一般的にその意図は、初期のＳＦの多くに見られた科学技術的側面の偏重に異議を唱えることにあった。ハインラインはこの用語をＳＦの部分集合とし、「人間の行動のための新しい状況、新しい枠組みを生みだすため」の既知の科学とテクノロジーからの外挿（エクストラポレーション）にかかわるものだと定義した。

2　ホラーは、昨今はダーク・ファンタジーないしはウィアード・ファンタジーと呼ばれることが多いが、イスラエルのスペキュラティヴ・フィクションにおいてはあまり見られない。ただし、ひと握りの作家——たとえばアサフ・アシェリーやオルリ・カステル＝ブルーム——は、果敢にもそれに手を染めてきた。多くのイスラエル人にすれば、毎日たっぷりの恐怖（ホラー）と隣り合わせに生きているのだから、架空の苦しみを余分に味わうのはご免だといったところだろう。

3　マイクル・ウェイングラッド、「リヴァイアサンに乗る——イスラエル・ジャンル・フィクションの新しい波」"Riding Leviathan: A New Wave of Israeli Genre Fiction"、〈ジューイッシュ・レヴュー・オブ・ブックス〉二〇一四年冬季号、http://jewishreviewofbooks.com/articles/602/riding-leviathan-a-new-wave-of-israeli-genre-fiction より。ヤナイはその後、

二作の堂々たるファンタジー長編 *HaLivyatan MiBavel*（バビロンのリヴァイアサン、二〇〇六）と *HaMayim shebein HaOlamot*（世界のあいだの水、二〇〇八）を刊行し、この問題を正すことになる。

4　ダニエル・グレーヴィッチ、「ファンタジーとはなにか？」“What Is Fantasy?”、ダニエル・グレーヴィッチ、エレナ・ゴメル、ラニ・グラフ編『両足を雲に乗せて——イスラエル文学におけるファンタジー』*With Both Feet on the Clouds: Fantasy in Israeli Literature*（マサチューセッツ州ボストン、アカデミック・スタディーズ・プレス刊、二〇一三）十三頁。

5　アダム・L・ロヴナー、『シオンの影に——イスラエル以前の約束の地』*In the Shadow of Zion: Promised Lands before Israel*（ニューヨーク州、ニューヨーク大学出版局、キンドル版、二〇一四）、キンドルの位置 no.8224 のうち 161、Amazon.com より。

6　ガイル・ハエヴェン、「想像できないものとはなにか？」“What Is Unimaginable?”、『両足を雲に乗せて』所収、四五頁。

7　ふつうは英語で「もしそう願うのなら、それは夢ではない」となる。ところが、ヘルツルはドイツ語の「メルヒェン」、すなわち「おとぎ話」を用いた。

8　レオン・ユリスの主人公、アリ・ベン・カナアン（『エクソダス——栄光への脱出』／邦訳は河出書房新社、一九六一）は、この理想化されたイメージを弱々しくした戯画だった。

9　ジェフ・ヴァンダミア、『ワンダーブック 図解 奇想小説創作全書』（ニューヨーク、エイブラムス・イメージ、二〇一三／邦訳はフィルムアート社、二〇一九）。

10　こうした改竄（かいざん）の適例をあげれば、ローレンスの『チャタレー夫人の恋人』の一九三八年版翻訳（セックス・シーンがない）や、ウォーレスの『ベン・ハー』の一九二四年版翻訳がある。後者はイエスとキリスト教への言及を（もちろん、副題の「キリストの物語」も含め）しらみつぶしに削除した。

11　ナフマン・ベンイェフダ、「イスラエルのＳＦ史における社会学的省察」"Sociological Reflections on the History of Science Fiction in Israel"、〈サイエンス・フィクション・スタディーズ〉十三号（一九八六）、七五頁。

12　オレン・トカトリー *Mediniyut Tikshoret beIsrael*［イスラエルにおけるコミュニケーションの方針］（テルアヴィヴ、オープン・ユニバーシティ出版局、二〇〇〇）、八五頁より引用。

13　エレナ・ゴメル、「現実とはなにか？」、『両足を雲に乗せて』所収、三三三頁。ミズラヒームという用語は、中東諸国からのユダヤ人に適用され、その多くはバビロニアの離散にまで系譜をたどれる。セファラディームのユダヤ人と混同、あるいは混合してはならない。後者の祖先は、一四九二年と一四九六年の追放に先立つ数百年間、スペインとポルトガルに住んでおり、一般に南と東へ散らばった。じつは、このふたつはまったく別の亜文化（サブカルチャー）である。

14　ヨラム・メルツェル、「なぜここでは魚が降らないのか?」"Why Doesn't It Rain Fish Here?"、『両足を雲に乗せて』所収、一九四頁。ゴメル、「現実とはなにか?」三二頁。

15　ロバート・スコールズ、『構造的ファビュレーション――未来のフィクションに関する試論』*Structual Fabulation: An Essay on the Fiction of the Future*（ノートルダムおよびロンドン。ノートルダム大学出版局、一九七五）。

16　バルーフ・キマーリング、『イスラエルらしさの発明と衰退――国家、社会、軍事』*The Invention and Decline of Israeliness: State, Society, and the Military*（バークリー、カリフォルニア大学出版局、二〇〇一）八頁。エレナ・ゴメル、「現実とはなにか?」三三〜三四頁。ダイアナ・ピント、『イスラエルは動いた』*Israel Has Moved*（ボストン、ハーヴァード大学出版局、二〇一三）一頁。

17　ダン・ホロヴィッツ&モシェ・リサク、『ユートピアのトラブル――過負荷のかかったイスラエルの政体』*Trouble in Utopia: The Overburdened Polity of Israel*（ニューヨーク、ニューヨーク州立大学出版局、一九八九）。

18　シオニスト運動は、端緒においてふたつの対立する見解の軋轢(あつれき)によって分裂しかけた。いわゆる領土主義者は、ユダヤ人問題は早急に解決されねばならず、提供されるのならどんな土地でも――特に英領ウガンダを――喜んで受け入れるという立場。いっぽうシオンのシオニスト派は、望ましい解決がなされる場所はイスラエルの地しかありえないと主張した。ヘルツル自身は当初は前者の見解を支持したが、産声（うぶごえ）をあげたばかりの運動が分裂するのを防ぐため、のちにシオンのシオニストに鞍替（くらが）えした。

19　ハエヴェン、「想像できないものとはなにか？」、四六頁。とはいえ、この件に関して改変歴史的な思弁がなくなったわけではない。たとえば「もしフランク人がパレスチナへ移住していたとしたら」"What If Frank Had Immigrated to Palestine"。ガヴリエル・D・ローゼンフェルド、『ユダヤ史の What If』 *What Ifs of Jewish Histroy*（ケンブリッジ、ケンブリッジ大学出版局、二〇一六）一八七〜二一四頁。ラリイ・ニーヴンの発言は、二〇〇七年三月二十日、イスラエル、レホヴォトのワイズマン・インスティチュートで開催された〈審判の日小惑星〉に関するパネル・ディスカッションより引用。編者E・Lの記憶による。

20　レイチェル・S・ハリス、「二十一世紀のイスラエル文学――文化横断的世代、序説」"Israeli Literature in the 21st Century: The Transcultural Generation: An Introduction"、〈ショファー33〉、四号（二〇一五夏季）一〜一四、二〇〇頁。一頁からの引用は、プロクェスト電子データベースより。ポスト・シオニズムとは、イスラエル国家においてユダヤ人の主権を回復したからには、シオニスト運動は運命を成就した。それゆえ完結し、以後は時代遅れになるという感覚を指す。

21　シェルドン・テイテルバウム、「ＳＦから、同時代の現実の新たな見方」"Out of

Science Fiction, a New View of Contemporary Reality",〈ロサンジェルス・タイムズ〉一九八八年一月十七日。

22 ハエヴェン、「想像できないものとはなにか?」四五頁。

23 「サイバーコゼンについて」"About CyberCozen"http://www.kulichki.com/antimiry/cybercozen より。

24 オレン・ソフィル、『イスラエルにおけるマス・コミュニケーション――国粋主義、グローバリゼーション、分断化』*Mass Communication in Israel: Nationalism, Globalization, and Segmentation*（ニューヨーク、バーガーン・ブックス、二〇一五）二頁。

25 ゴメル、「現実とはなにか?」三六頁。

26 ソフィル『イスラエルにおけるマス・コミュニケーション』に引用あり。一四頁

27 シュロモ・エレル、『海中外交』*Undersea Diplomacy*（テルアヴィヴ、マーリヴ・ブックス＝ヘド・アルツィ出版、二〇〇〇）。アムノン・ルビンスタイン、『われわれの上の海』*The Sea above Us*（テルアヴィヴ、ショッケン出版社、二〇〇七）。ヨッシ・サリド『それゆえに、われらはここに集った――もうひとつの歴史』*Accordingly We Are Here Assembled: An Alternate Histroy*［ヘブライ語で］（テルアヴィヴ、イェディオス・アーロノス・ブックス＆チェメド・ブックス、二〇〇八）。

28 ケレン・オムリ、「SF101」"SF 101"〈サイエンス・フィクション・リサーチ・ア

ソシエーション・レヴュー〉三百六号（二〇一三年秋季）、著者のウェブサイトより。

29　グレーヴィッチ&ゴメル&グラフ編、「序文」"Introduction"、『両足を雲に乗せて』九頁。

30　オムリ「ＳＦ１０１」。

31　キマーリング、『発明と衰退』、一六、二三頁。

32　アラン・L・ミンツ、「イスラエルを翻訳する——同時代ヘブライ文学とアメリカにおけるその受容」*Translating Israel: Contemporary Hebrew Literature and Its Reception in America*（ニューヨーク州シラキュース、シラキュース大学出版局、二〇〇一）五〇頁。

33　ゲルション・シャケッド、「悪夢に直面して——ホロコーストに関するイスラエル文学」"Facing the Nightmare: Israeli Literature on the Holocaust"、『ナチの強制収容所』*The Nazi Concentration Camps*（エルサレム、ヤド・ヴァシェム、一九八四）所収、六九〇頁。ギャリー・K・ウルフ、「序文——証言としてのファンタジー」"Introduction: Fantasy as Testimony"、ユーディット・B・ケルマン&ジョン・エドガー・ブラウニング編、『ホロコースト文学と映画における幻想的なもの』*The Fantastic in Holocaust Literature and Film*（ノースカロライナ州ジェファーソン、マクファーランド&カンパニー、二〇一五）所収、キンドル版、位置 no.4490 のうち 137。

34　ユーディット・B・ケルマン、「ホロコースト文学における幻想的なものの使用」"Uses

of the Fantastic in the Literature of the Holocaust"、『ホロコースト文学と映画における幻想的なもの』所収、キンドル版、位置no.4490のうち325。フィリックス・フランクファーターの引用はスタンフォード大学ニュース・サーヴィス、ニュース・リリース、一九九五年三月七日、http://web.stanford.edu/dept/news/pr/95/950307Arc5338.htmlより。

35　アダム・ロヴナー、「終わりの強制——黙示録的イスラエル・フィクション、一九七一〜二〇〇九」"Forcing the End: Apocalyptic Israeli Fiction, 1971-2009"、レイチェル・S・ハリス&ロネン・オマー＝シャーマン編『意見の相違の物語——同時代イスラエル芸術と文化における戦争』*Narratives of Dissent: War in Contemporary Israeli Arts and Culture*［電子書籍］、（デトロイト、州立ウェイン大学出版局、二〇一二）、二〇九頁。

似たような傾向が、いまのアラブ世界にも認められるのはたいへん興味深い。そこでは「ディストピア小説とシュルレアルな小説の新しい波が［出現している］」。中東の作家たちは、アラブの春の混沌(こんとん)とした余波と、胸をえぐる失望と格闘している。エジプト、チュニジア、リビア、その他の地における民衆蜂起の五年後、ポスト革命文学の寒々とした黙示録的な特徴が、その地域に根づいている。作家のなかにはSFやファンタジーの技法を用いて、過酷な現在の政治的現実を描いている者もいる……。『アラブ文学を支配していたリアリズムから離れる動きがある』とクウェート生まれの小説家サリーム・ハダドがいっている……『いま浮上しつつあるのは、従来よりも暗くて、すこしだけ深いものだ』と」（「中東作家はディストピア小説に避難所を見いだす」"Middle EasternWriters Find Refuge in the Dystopian Novel"、〈ニューヨーク・タイムズ〉図書欄、二〇一六年五月二十九日)。特筆すべき例が、イラクの作家アーメド・サアダーウィの『バグダッドのフランケンシュタイン』*Frankenstein in Baghdad*（アラビア語、アル・カメル、二〇一三。英訳、ペンギン・ブックス、二〇一八）である。

36　ロヴナー、「終わりの強制」二〇六、二〇九頁。

37　同右、九九、二〇六頁。アリク・アインシュタイン、*Eretz Yisrael haYeshana vehaTova* フォノドー・アルバム一三〇三八、一九七三。

38　アモス・オズ、『遅い愛』*Late Love*、『死ぬまで』*Unto Death* 所収、ニコラス・デ・ラング訳（ニューヨーク、ハーコート・ブレース・ジョヴァノヴィッチ、一九七五）。

39　ハエヴェン、「想像できないものとはなにか?」三〇頁。

40　サイード・カシュア、『勝手に朝は来る』*Let It Be Morning*（ニューヨーク、グローヴ・プレス、ブラック・キャット、二〇〇六）。

41　ロバート・A・ハインラインの『動乱２００１』と比較せよ。同作のアメリカは、自称預言者による神権政治のもとにある。

42　だからといって似たようなテーマの小説が書かれなくなったわけではない。例をあげれば、アミット・ゴッデンバーグ *Ir Nidachat*［撤退した都市］、二〇一五。イシャイ・サリド

Ha'Shlishi［三番目］、やはり二〇一五。あるいはドロル・バースタイン *Teet*［粘土］、二〇一六。

43　イツハク・ベン＝ネル、“Aharey haGeshem”［雨のあと］（テルアヴィヴ、一九七七）。

44　ゲルション・シャケッド *Gal Ahar Gal baSipporet haIvrit*［ヘブライ語の物語における波また波］（エルサレム、一九八五）、一六八頁。アヴラハム・ハゴルニ、「一・五人のドワーフ」“A Dwarf and a Half”［ヘブライ語で］、〈ダヴァル〉一九八七年十一月二十日。

45　ヤリ・ソボル *Etzba'ot shel Psantran*［ピアニストの指］（テルアヴィヴ、キネレット・ズモラ＝ビタン・ドゥヴィル、二〇一二）、ウェイングラッド、「リヴァイアサンに乗る」。

46　オルリ・カステル＝ブルーム、『ドリーの街』*Dolly City*（ダーキイ・アーカイヴ・プレス、二〇一〇）七六〜七七頁。

47　オルリ・カステル＝ブルーム、『人間のかけら』*Human Parts*（ボストン、ヴェルヴァ・ムンディ・ブックス、二〇〇四）

48　ザハヴァ・カスピ「イスラエル演劇におけるトラウマ、黙示録、倫理」“Trauma, Apocalypse, and Ethics in Israeli Theatre”、〈CLC Web　比較文学と文化〉第十四巻第一号（二〇一二）三頁。

49　ナヴァ・セメル『そしてドブネズミが笑った』*And the Rat Laughed*［*Tzhok Shel Achbarosh*］（プロザ、二〇〇一。英訳、オーストラリア、メルボルン、ポート・キャンベラ・プレス、二〇〇八)。

50 サヴィヨン・リーブレヒト、「夜の似合う場所」[*Makom Tov La'Laila*]（ニューヨーク、パーシー・ブックス、二〇〇六)。ロヴナー『シオンの影に』二一五頁。エトガル・ケレット、「クネレルのサマーキャンプ」（邦訳は河出書房新社・同題短編集に所収、二〇一八)、短編集 *Ga'agu'ay leKissinger*［失踪したキッシンジャー］に所収（ロンドン、チャット&ウィンダス、二〇〇七)、二〇〇六年に『リストカッターズ』として映画化。二〇〇五年に『ピッツェリア・カミカゼ』（邦訳は河出書房新社、二〇一九）としてグラフィック・ノヴェル化。O・T・ガフラ *Olam Basof*［終わりの世界］（二〇〇三、英訳、ニューヨーク、トー、二〇一三)。

51 ロヴナー『シオンの影に』二一五頁。

52 ラヴィ・ティドハー『黒き微睡みの囚人』（ロンドン、ホッダー&ストウトン、二〇一四／邦訳は竹書房文庫、二〇一九)。ロバート・ハリス『ファーザーランド』（モンタナ州ビリングス、ＢＣＡ、一九九二／邦訳は文春文庫、同年）三七二頁。

（中村　融　訳）

あとがき

アーロン・ハウプトマン

あれは一九九六年、創設されたばかりのイスラエルSF&ファンタジー協会が、第一回年次総会を開いているときだった。わたしはエマヌエル・ロテムをはじめとする友人たちとともに、熱心な若いSFファンのひしめくテルアヴィヴ・シネマテークの廊下を意気揚々と歩いていた。ファンのひとりがわたしをまじまじと見て、友人にそっと耳打ちした──「たぶんあの人はアーロン・ハウプトマン。〈ファンタジア2000〉の編集長だった人だ」すると彼の友人は驚き顔でこう答えた──「なんだって？　まだ生きていたのか!?」

さよう、わたしは生きている。二十年後のいまも健在で、元気旺盛だ（あるいは、すくなくとも、そうあろうとしている）。それより大事なのは、イスラエルのSFシーンが健在で、前にもまして元気旺盛なことだ。なるほど、定期刊行される紙の雑誌はもはやない（とにかく、紙の雑誌の時代が終わりかけている）。しかし、オンラインの活動は花盛りだ——内容豊富なサイトが三つか四つある。SF大会は毎年何千もの参加者を引きつけ（驚くなかれ、ときには競合するふたつのイヴェントが、同時開催されるのだ）、オリジナル小説を集めた作品集が年にいちど刊行され、いくつかの地方出版社がSFを専門とし、ヘブライ語のSFが翻訳され、イスラエル人作家が賞をとり、映画が製作され、学術論文が書かれている。一九七八年のむかしに、だれがこの事態を想像しただろう？　その年、われわれはイスラエル初のSF雑誌、いまは亡き〈ファンタジア２０００〉を創刊し、翻訳に加えて、ヘブライ語のオリジナル小説の投稿を募ったのだった（おかしな話だが、むかしむかしは西暦二〇〇〇年という言葉が未来的に聞こえたのだ）。

さよう、われわれは夢を見た。SFとは夢が形になったものではないだろうか？　SFの夢（と悪夢）は想像力の産物だが、現実を霊感源としている。そして人間の知識と行動に霊感をあたえ、それを豊かにすることで現実を形作る。わたしがこの文章を書いているのは、人工知能をテーマにした学術的な会合に出席した直後だ。議長は、AIとロボット工学の起源がSFに深く根ざしていることを聴衆に指摘した。人工知能とロボット工学は、まもなくわれわれの生活に欠かせない一部となるだろう。もちろん、同じことは宇宙旅行にも、さらには人間＝機械インターフェイス、サイバースペース、サイボーグ、ナノテクノロジー、その他もろもろについてもいえる。そして、あらゆるSFファンが知っている（あるいは、知っているべきである）ように、肝心なのはテクノロジー（現実であれ虚構であれ）ではなく、思弁的な科学ですらなく、それらと人間、つまり、われわれとの相互作用なのだ。優れたSFは、われわれがどのように科学とテクノロジーによって形作られているか（あるいは、形作られるようになるか）、科学とテクノロジーがどのようにわれわれによって形作られているか（あるいは、形作られるようになるか）を深く理解する助けになってくれる。わたしにとって、最良のSF小説とは、もうひとつの現実にまつわる思考実験であり、まことしやかなテクノサイエンスの成分を含んでいるものだ。ある意味で、SFを読むと、いままでとはちがう考え方をするようになるし、ひょっとしたら、われわれの世界や別の世界をより深く理解させてくれるかもしれない。

もし人間が可能性のある未来、もうひとつの現実を理解できないのなら、その原因はもっぱら想像力が足りないことにある。SFコミュニティには、それがあり余るほどある。アーサー・C・クラークは（『未来のプロフィル』のなかで）こう書いている――「信頼するに足る予言者」（福島正実・川村哲郎訳）といえるのは、SF読者のごく一部だけだが、「信頼するに足る予言者のほとんど一〇〇パーセントまでが、SF読者か――でなければSF作家である」（同前）と。いまなら「予言者」という単語は、「未来学者」か「先見の明のある実務家」に置き換えたほうがいいだろう。先見の明と未来研究は、最後には（いまはまだじゅうぶんではないが）調査と方針策定にとって代わるのだから。

　そのうえ、こうした分野（予言ではなく、もうひとつの未来の分析をあつかう）においては、ＳＦやＳＦ的思考の寄与に対する関心が高まっている。経済、政治、気候、因習的な考え方や方法論に挑戦するテクノロジーにおいては、絶えず不測の事態に直面する。先見の明のある研究の成果を豊かにし、その効力を強めるためには、可能性を秘めたワイルド・カードについて、異端的な見解を奨励することが肝心なのだ。この場合ワイルド・カードとは、見こみは小さいが、インパクトは大きい（と現在は考えられている）未来の事象である。そしてワイルド・カード向きのワイルドなアイデアの源泉として（そこから広がる可能性を含めて）ＳＦに勝(まさ)るものはない。そう、瞬間移動(テレポーテーション)について考えてもかまわないのだ。

　じっさい、近年の研究調査活動、たとえばヨーロッパ連合の研究調査プログラムにおけるいくつかのプロジェクト（筆者は参画する特権に恵まれた）では、ワイルド・カードを想像することが重要な役割を果たし、プロジェクトの活動計画は、インスピレーションを求めてＳＦ文学を探求するよう研究者たちを焚(た)きつけた。こうしたプロジェクトのひとつでは、多くの想像力に富んだワイルド・カードが分析され、テクノロジーと社会の相互作用に関して新しい（が、現在は見過ごされている）研究方向をさし示した。そのなかにはまぎれもない「ＳＦの風味」を持つものもあった——たとえば、脳＝コンピュータ・インターフェイスが夢の操作を可能にし、人々がそれに耽溺(たんでき)している社会にまつわる研究だ。別のプロジェクトは、新しいテクノロジーが濫用(らんよう)される可能性について、ワイルド・カード的なシナリオをあつかった。そのうちのひとつは、（遠隔操作で）自己修復や、アップグレードや、リサイクルのできる未来の日常的ガジェットを描いていた。これはナノテクノロジーか、インターネット・オブ・シングスと組み合わさった４Ｄプリンターのおかげで実現するわけだが、それゆえ自己破壊の引き金となる悪意のある信号には脆弱(ぜいじゃく)だ（したがって、信頼できる製品を買う場所として、ノミの市がもっとも魅力的になる）。そのプロジェクトは、あるＳＦ作家の助けを借りて、いわゆる物語的シナリオ——ＳＦ小説と呼んでもいい——の概要をスケッチさえした。ちなみに、その作家（わが親友カルルハインツ・シュタインミュラー）は、たまたま本職の未来学者でもあるが、これは偶然の一致ではない。

　科学とテクノロジーの、そして社会変化全般の進展の度合いが加速しているからには、「ＳＦが実現するのを目の当(ま)たりにする」や「われわれは未来に生きている」という文句は常套句(じょうとうく)になりつつある（もっとも、現在の社会現象のいくつかを見ると、われわれは過去に生きるために時をさかのぼるのではないか、と思わずにはいられない。これもまたＳＦと関係がある——ＳＦという大樹の改変歴史(オルターナティヴヒストリー)という枝である)。しかし、不断のものは変化だけであり、未来はつねにわれわれを驚かせるのだから、SFの役割は終わっていない。SFは未来だ。未来はSFだ。SF万歳！

(中村　融　訳)

謝辞

イスラエルの諸部族は、四十年間シナイ砂漠をさまよったあと、約束の地にはいることができた。本書ができあがるには、同じくらいの時間がかかった。多くの人々が助けてくれたおかげで、われわれはしばしば足場の不安定な涸れ谷（ワジ）や、峠や、空井戸や、偽の曲がり角や、行き止まりを避けて通ることができた。そうでなかったら、この強行軍はいつまでもダラダラとつづいていただろう。お名前をあげれば、ロバート・シルヴァーバーグはわれらが代理人（エージェント）、ジャバーウォッキー・リテラリイ・エージェンシーのエディ・シュナイダーを紹介してくれた。ほかの一流エージェントが本書に――そしてわれわれに――門戸を閉ざしたずっとあとになって、彼は熱意をもってこの仕事を引き受けてくれた。

シェルドン・テイテルバウムは、以下の方々に感謝を捧（ささ）げたい。まずはわれらが法律のゴジラ、ガイ・ミズラヒ。アーロン・ハウプトマンは、〈ファンタジア２０００〉の最盛期にみずからの言葉をヘブライ語に翻訳するという不愉快な仕事を買って出てくれた。ハナン・シャーは、ＳＦ／Ｆに関する月例コラムを最初に掲載したイスラエル日刊紙、〈エルサレム・ポスト〉に書評を寄せてくれた（本人は「うちゅううのユダヤ人！」と呼んだものだ）。イアン・ワトスン、ジョン・クルート、〈ファウンデーション〉の妖精たちは、喉から手が出るほどほしかった知識や洞察を授けてくれるなど、折に触れて力を貸してくれた。

エマヌエル・ロテムは、先駆者たる故アモス・ゲフィンとアハロン・シェール、並びにドリット・ランデスとアディ・ゼマクに敬意を表したい。さらに以下の方々にも謝意を表したい。リアト・シャハル＝カシュタンをはじめとするイスラエルSF＆ファンタジー協会の面々、とりわけナダヴ・アルモグとエウード・マイモンは、助力と助言を惜しまなかった。ダニー・マノーとギャビ・ペレグは、わたしを〈ファンタジア２０００〉に引きこんだ。多くの読者は、わたしのSF／F翻訳にフィードバックをくれた（好評であれ悪評であれ、それらはつねに有益だった）。ラリイ・ニーヴンとブライアン・ステイブルフォードとイアン・ワトスンの励ましはありがたかった。そして最後に、わが親友アーロン・ハウプトマンに感謝する。

編者ふたりは、われらが輝かしいイラストレーター（イラストリアス）にして親友、アヴィ・カッツに感謝する。アレックス・エプスタイン、エレナ・ゴメル、ダニエル・グレーヴィッチ、ガイル・ハエヴェン、エリ・ハースタイン、ノア・マンヘイムは、本書の編集委員会の設立を助けてくれた。アダム・ロヴナーとジェシカ・コーヘン＝ロヴナーは、調査と翻訳関連の問題に関して、早いうちに時宜を得た相談に乗ってくれた。ビル・ゴウは、原稿に目を通し、適切な指摘をいくつもしてくれた。アダム・テイテルバウム、ランス・コディ、アダム・ロス、エリック・メニュークから成る大胆不敵な一団は、キックスターター・プロモーションの裏方を務めてくれた。そしてライオネル・ブラウンは、全身全霊をかたむけてそのプロモーションを支援してくれた。ジョン・ロバート・コロンボは、最初に仕事のやり方を教えてくれた。そしてロバート・マンデルは、われわれが出会ったほかの出版社がすべて恐れをなしたにもかかわらず、イスラエルが公正なあつかいを受けられるようにしてくれた。マンデル・ヴィラー・プレスのスタッフの面々、並びにノエル・パーソンズとバーバラ・ワーデンは、つねに変わらず助けてくれた。彼らの信念に満ちた貢献、そして多くの方々の貢献がなければ、『シオンズ・フィクション』は砂漠から出られずじまいに終わっただろう。彼らに、そしてわれわれの道を照らしてくれたほかのあらゆる方々に、われわれは深甚の感謝を捧げる。

そしてもちろん、この作品集に作品を寄せてくれた作家全員に謝意を捧げると同時に、紙幅の都合で収録を見送った多くの作家にお詫びしなければならない。続巻でこの事態を正せることを心から願っている。

（中村 融 訳）

編者紹介

エマヌエル・ロテムは一九四四年、テルアヴィヴで生まれ、一九七〇年代なかばからイスラエルSF／ファンタジー（以下SF／Fと略す）界の中心人物だった──ヘブライ語で出版された最高のSF／F小説を何作か翻訳し、それ以外を編集したのだ。駆け出しの作家に助言をあたえ、イスラエル・サイエンス・フィクション&ファンタジー協会（ISSF&F）創設の原動力となり、その初代会長を務めた。そして毎年恒例のSF大会Iコンをはじめとするファン活動を創始した。

ロテムの最初のSF翻訳はフランク・ハーバートの『デューン　砂の惑星』であり、これは古典となっている。イスラエルの文学史家エリ・エシェドによれば、「この翻訳はSF翻訳の傑作とみなされる」さらにSF／Fの翻訳が続々と出て、ロテムの名はヘブライ語で読むファンにはなじみ深いものとなり、尊敬の対象となった。

何度か職を変えたあと、ロテムはフリーランスの翻訳家兼編集者となった。SF／Fに加え、ポピュラー・サイエンスと軍事史にも造詣が深い。一九八三年にロテムは、イスラエルのSF／F雑誌〈ファンタジア2000〉の編集委員会の議長となった。十数年後の一九九六年には、ISSF&Fの開始を告げる会合を主宰した。これは、彼が少数の熱心なファンとともに創設した団体である。ゲスト作家ブライアン・オールディスが、ISSF&Fの活動開始を公式に宣言し、ロテムは満場一致で初代会長に選ばれた。

現在までにロテムが手がけたSF／F翻訳としては、以下の作家の作品があげられる――ダグラス・アダムス、ポール・アンダースン、アイザック・アシモフ、アルフレッド・ベスター、エドガー・ライス・バローズ、ロイス・マクマスター・ビジョルド、ジャック・チョーカー、C・J・チェリイ、アーサー・C・クラーク、ハル・クレメント、マイクル・クライトン、フィリップ・K・ディック、ロバート・L・フォワード、ウィリアム・ギブスン、ロバート・A・ハインライン、フランク・ハーバート、アーシュラ・K・ル・グィン、アン・レッキー、アン・マキャフリイ、ラリイ・ニーヴン、マーヴィン・ピーク、フレデリック・ポール、クリストファー・プリースト、ロバート・シェイ&ロバート・A・ウィルスン、ロバート・シルヴァーバーグ、E・E・〝ドック〟・スミス、ジェイムズ・ティプトリー・ジュニア、J・R・R・トールキン、ジャック・ヴァンス、コニー・ウィリス、その他多数。一九九四年には、リチャード・ドーキンスの『利己的な遺伝子』をヘブライ語に訳した功績が認められ、ロテムはイスラエル屈指の翻訳賞チェルニホフスキー賞を獲得した。ＩＳＳＦ＆Ｆは、二十周年に当たる二〇一六年に、生涯功労章を彼に授与した。

シェルドン（シェリ）・テイテルバウムは一九五五年、モントリオールで生まれた。コンコーディア大学に進み、史学で優等の成績をおさめた。一九七七年に卒業すると、カナダを離れてイスラエルへ移住し、歩兵連隊に入隊して、イスラエル国防軍の士官訓練を修了し、空挺旅団（くうていりょだん）の幹部将校として兵役についた。イスラエルでは兵役を果たすかたわら、草創期にあったイスラエルの雑誌〈ファンタジア２０００〉の編集委員となり、〈エルサレム・ポスト〉の社内ＳＦ書評家ともなった。五年におよぶ兵役を終えると、テイテルバウムはジャーナリズムの世界に身を投じ、〈エルサレム・ポスト〉で仕事をするようになった。同紙の夜間デスク副編集長を務め、週末には、特集記事のライターになった。昼間はワイズマン・インスティチュート・オブ・サイエンスでライターとして働いた。

　一九八六年、テイテルバウムは家族を連れてロサンジェルスへ移住し、高名な映画雑誌〈シネファンタスティック〉の西海岸編集局長、〈ロサンジェルス・ジューイッシュ・ジャーナル〉の創設記者、〈エルサレム・リポート〉の主筆という新しい職務についた。さらにいえば、本業として南カリフォルニア大学で科学ライターとして三年間、その後、アメリカ・エネルギー省の依託業者としてさらに三年間勤めあげた。

テイテルバウムは〈ロサンジェルス・タイムズ〉、〈ニューヨーク・タイムズ〉、〈フォワード〉、デジタル版〈タイム〉、〈ワイアード〉、〈SFアイ〉、〈ミッドナイト・グラフティ〉、〈ファウンデーション──ザ・レビュー・オブ・サイエンス・フィクション〉、『SF百科事典』、『ユダヤ百科事典』にSF／F関連のテーマで記事を寄せている。カナダの第一回ノーザン・ライツ賞の受賞者であり、ブランダイス大学の主催するユダヤ人出版報道賞を三度（みたび）受けている。

訳者（代表）あとがき

本書はシェルドン・テイテルバウム＆エマヌエル・ロテム編のアンソロジー *Zion's Fiction: A Treasury of Israeli Speculative Literature*（Mandel Vilar Press, 2018）の全訳である。

版元はアメリカのコネティカット州シムズベリーを拠点とする出版社。つまり、イスラエル人の編者たちが、イスラエルSFの精髄を世に知らしめるために英語版の本を編み、アメリカの出版社から刊行したわけだ。こう書くと、ケン・リュウ編の中国SFアンソロジー『折りたたみ北京』（二〇一六／新☆ハヤカワ・SF・シリーズ）を連想する人もいるだろう。コンセプトはほぼ同じだが、ケン・リュウ編のアンソロジーがアメリカ側からのアプローチだったのに対し、本書はイスラエル発というところに特色がある。

ひと口に英語版といっても、ヘブライ語からの英訳、最初から英語で発表された作品、ロシア語からの英訳と三つのパターンがあるので、その辺を整理しておく。ちなみに、ロシア語からの作品がはいっているのは、ソ連崩壊後のユダヤ人大移民の結果、ロシア語文化圏がイスラエル国内にできあがっているからだそうだ。

「オレンジ畑の香り」"The Smell of Orange Groves" by Lavie Tidhar　英語で発表。初出はwebzine〈クラークスワールド・マガジン〉二〇一一年十一月号。

「スロー族」"The Slows" by Gail Hareven　ヘブライ語から英訳。訳者はヤーコヴ・ジェフリー・グリーン。初出は一九九九年。

「アレキサンドリアを焼く」"Burn Alexandria" by Keren Landsman　ヘブライ語から英訳。訳者はエマヌエル・ロテム。初出は二〇一五年。

「完璧な娘」"The Perfect Girl" by Guy Hasson　英語で発表。初出は〈ドリームス・イン・アスパミア〉十二号、二〇〇五年。

「星々の狩人」"Hunter of Star" by Nava Semel　ヘブライ語から英訳。訳者はエマヌエル・ロテム。初出は二〇〇九年。

「信心者たち」"The Believers" by Nir Yaniv　ヘブライ語で発表。初出は〈ハロモット・ベアスパミア〉十六号、二〇〇七年。英訳webzine〈チジン〉二〇一〇年一〜三月号。

「可能性世界」"Possibilities" by Eyal Teler　英語で発表。初出は〈ザ・マガジン・オブ・ファンタジー&サイエンス・フィクション〉二〇〇三年七月号。

「鏡」"In the Mirror" by Rotem Baruchin　ヘブライ語から英訳。訳者はダヴィド・シャノッフ。初出は〈第十次元〉二十九号、二〇〇七年。

「シュテルン＝ゲルラッハのネズミ」"The Stern-Gerlach Mice" by Mordechai Sasson　ヘブライ語から英訳。訳者はエマヌエル・ロテム。初出は〈ファンタジア２０００〉四十号、一九八四年。

「夜の似合う場所」"A Good Place for the Night" by Savyon Liebrecht　ヘブライ語から英訳。訳者はサンドラ・シルヴァーストーン。初出は二〇〇二年刊行の同題短編集。

「エルサレムの死神」"Death in Jerusalem" by Elana Gomel　英語で発表。初出はInk Stains: Volume6、二〇一七年。

「白いカーテン」"White Curtain" by Pesakh (Pavel) Amnuel　ロシア語から英訳。訳者はアナトリー・ベリロフスキー。初出は〈リアリスティ・ファンタスティック〉二〇〇七年十一月号。

「男の夢」"A Man's Dream" by Yael Furman　ヘブライ語から英訳。訳者はナダフ・アルモグ。初出は二〇〇六年刊行の短編集『無精子症の夢』。

「二分早く」"Two Minutes Too Early" by Gur Shomron　英語で発表。初出は二〇〇三年。

「ろくでもない秋」"My Crappy Autumn" by Nitay Peretz　ヘブライ語から英訳。訳者はエマヌエル・ロテム。初出は二〇〇五年。

「立ち去らなくては」"They Had to Move" by Shimon Adaf　ヘブライ語から英訳。訳者はエマヌエル・ロテム。初出は二〇〇八年。

ご覧のとおり、二編をのぞいて今世紀にはいってからの作品だ。一国の文学ジャンルを概観するアンソロジーを編む場合、歴史的な文脈に重きを置いて編年体で作品を並べる方法と、近年の成果をまとめる方法のふたつが考えられるが、本書は明らかに後者である。もっとも、歴史的側面をおろそかにしているわけではなく、編者たちの読みごたえのあるイスラエルSF史が補完の役割を果たしている。至れり尽くせりのアンソロジーといえるだろう。

では、アメリカでの反響はどのようなものだったのか？　代表的な例をふたつ紹介しよう――

「SFやファンタシーを読むことの根本的な喜びは、自分とは異なる精神をのぞきこむ機会をあたえられることにある。ここにはその機会がある。イスラエルという国の聡明な精神の数々が、想像力を研ぎ澄まし、それぞれの異なる夢と悪夢を共有した。その結果をわれわれは楽しむことができる」（作家ラリイ・ニーヴン）

「『シオンズ・フィクション』は、ぐらつく地面で踏ん張ることをおぼえた人々の無制限の夢を探求する。危険と希望で満ちた未来に直面するために、想像力というランプを額に灯(とも)さないかぎり探査できない領域へ乗りだすのだ」（作家デイヴィッド・ブリン）

もはや贅言を費やすまでもない。

さて、筆者はイスラエルＳＦについてはまったく無知であり、ロバート・シルヴァーバーグの「まえがき」や編者たちによる「イスラエルＳＦの歴史」に加える情報はひとつもない。では、どうしてこの文章を書いているかというと、この本の邦訳を出すようにと焚きつけた張本人であるからだ。要するに、いいだしっぺの責任をとらされているのである。

話は二〇一九年三月にさかのぼる。当時、意欲的なラインナップでＳＦ界に新風を吹きこみつつあった竹書房編集部のＭ氏から電話があった。イスラエルＳＦのアンソロジーというものが届いているのだが、内容がさっぱりわからないので、読んで評価してもらえないかという。その『シオンズ・フィクション』という本の題名だけは知っていたので、未知の世界への興味も手伝って、ふたつ返事で引き受けた。

このとき筆者がイスラエルＳＦについて知っていたのは、モルデカイ・ロシュワルトというイスラエル出身の作家がいて、冷戦たけなわのころに核戦争の恐怖を描いた『レベル・セブン』（一九五九／彌生書房→サンリオＳＦ文庫）と、核ミサイルを積んだ原子力潜水艦が叛乱を起こす『世界の小さな終末』（一九六二／ハヤカワノヴェルズ→ハヤカワ文庫ＮＶ）という秀作を遺したこと。そしてラヴィ・ティドハーというイギリス在住のイスラエル人作家が、近年めざましい活躍を見せていることだけだった。後者は《ブックマン秘史》三部作（二〇一〇〜二〇一二／ハヤカワ文庫SF）、『完璧な夏の日』（二〇一三／創元SF文庫）、『黒き微睡（まどろ）みの囚人』（二〇一四／竹書房文庫）とたてつづけに邦訳が出ており、二〇一九年四月に川崎市で開かれたSF大会HAL-CON 2019のゲストとして来日を果たすことになる。

さて、送られてきた『シオンズ・フィクション』のプリント・アウトは、思いのほか大部だった。その分量に恐れをなしながら読みはじめ、四つ目の小説「完璧な娘」まで来たところで居住まいを正した。おいおい、これはたいへんなものだぞ。この水準がつづくとしたら、イスラエルSF恐るべしだ、と。果たして、期待は裏切られなかった。テーマも色調もバラバラながら、各編の水準は恐ろしく高く、傑作と呼んでいいものもある。興奮しながら読みおえ、この感激をだれかに伝えたくて居てもたってもいられず、編集部に電話をかけた。出版社とはメールのやりとりがもっぱらで、電話をかけるなどということはめったにない。電話を受けたM氏も驚いていたが、こちらの興奮ぶりは伝わったようで、「じゃあ、出す方向で検討します」という返事をもらった。

そういうしだいで邦訳刊行は決まったが、ひとりでやっていると、いつまでたっても出ないだろうし、女性作家の作品は女性が訳したほうがいいと思っているので、筆者が信頼を寄せる翻訳者の方々に声をかけ、分担してもらうことにした。その割り振りなども筆者がおこなったので、こうして訳者代表を務めているわけだ。多忙ななか、面倒な仕事を引き受けてくださったみなさんには感謝の言葉もない。

ところで、先ほど「テーマも色調もバラバラ」と書いたが、ひとつ欠けているテーマがある。いわゆる宇宙小説――地球外を舞台にした作品がひとつもないのだ。これがたまたまなのか、編者たちの意図によるものか、はたまたイスラエルSFの特色なのかはわからない。ただ、編者たちの「イスラエルSFの歴史」を読むと、「ディストピア」と「終末」ものが幅をきかせているらしいので、編者たちの考えるイスラエルSF像を反映しているのはまちがいない。

最後に事務的なことをいくつか。

前述したように、本書は *Zion's Fiction* の全訳だが、構成が一部原書とは異なっている。具体的にいえば、シルヴァーバーグの「まえがき」のつぎに位置していた編者たちの「イスラエルSFの歴史」を巻末近くに持ってきたこと、逆に巻末にまとまっていた作者紹介を各編の前に移したことだ。前者は本としてのバランスを考えた日本側の判断、後者は編者たちの意向である。

さらにいえば、原書には本書にたびたび名前の出てくるアヴィ・カッツという画家が、表紙絵と各編の扉絵を寄せているのだが、邦訳版では割愛した。

ラヴィ・ティドハー「オレンジ畑の香り」の小川隆訳は、氏が主催していた翻訳家グループ〈26to50〉のホームページに掲載されていたもの。現在は休止中である。本書への収録にさいしては、惜しくも鬼籍に入られた小川氏に代わって、弟子に当たる翻訳家、鈴木潤氏のお手をわずらわせた。お二方に深く感謝する。

イスラエルＳＦの精髄を謳いながら、本書が英語からの重訳である点に疑問をお持ちの方もいるだろう。筆者もヘブライ語からの邦訳が出るなら、それに越したことはないと思う。だが、それを待っていたらいつになるかわからない。まずは関心を持つこと、持ってもらうこと。それなら重訳も許されると判断した。この点もケン・リュウ編の中国ＳＦアンソロジーをめぐる状況が参考になっている。本書でイスラエルＳＦに開眼する人がひとりでも多く出ることを願ってやまない。

著者名など、一部の表記に関しては、イスラエル大使館の協力を仰いだ。深甚の感謝を捧げる。

訳者代表　中村融

二〇二〇年八月

シオンズ・フィクション　イスラエルSF傑作選

2020年10月7日　初版第一刷発行

編　者　シェルドン・テイテルバウム&エマヌエル・ロテム
訳　者　中村 融　安野 玲　市田 泉　植草昌実
山岸 真　山田 順子
デザイン　坂野公一(welle design)

発行人　後藤明信
発行所　株式会社 竹書房
〒102-0072
東京都千代田区飯田橋2-7-3
電話：03-3264-1576(代表)
03-3234-6383(編集)
http://www.takeshobo.co.jp
印刷所　凸版印刷株式会社

定価はカバーに表示してあります。
乱丁・落丁の場合には竹書房までお問い合わせください。

ISBN978-4-8019-2410-9　C0197
Printed in Japan